D1700615

SCIENCE FICTION

Herausgegeben
von Wolfgang Jeschke

Eine ausführliche Bibliographie
der im Wilhelm Heyne Verlag erschienenen Werke
von C. J. CHERRYH
finden Sie am Schluß des Bandes.

C. J. CHERRYH
FREMDLING

Erster Roman des
ATEVI-ZYKLUS

Aus dem Amerikanischen übersetzt
von
MICHAEL WINDGASSEN

Deutsche Erstausgabe

WILHELM HEYNE VERLAG
MÜNCHEN

HEYNE SCIENCE FICTION & FANTASY
Band 0605651

Titel der amerikanischen Originalausgabe
FOREIGNER
Deutsche Übersetzung von Michael Windgassen
Das Umschlagbild malte Michael Whelan

Redaktion: Wolfgang Jeschke
Copyright © 1994 by C. J. Cherryh
Erstausgabe 1994 by DAW Books, New York
Mit freundlicher Genehmigung der Autorin
und Paul und Peter Fritz, Literarische Agentur, Zürich
(# 50863)
Copyright © 1997 der deutschen Übersetzung
by Wilhelm Heyne Verlag GmbH & Co. KG, München
Printed in Germany 1997
Umschlaggestaltung: Atelier Ingrid Schütz, München
Technische Betreuung: M. Spinola
Satz: Schaber Satz- und Datentechnik, Wels
Druck und Bindung: Elsnerdruck, Berlin

ISBN 3-453-11917-7

ERSTES BUCH

Es war das tiefe Dunkel, weitestgehend unerforscht und bislang nur von einigen wenigen Robotern aufgesucht. Die Masse, die es hier gab, war für die Erde gleichsam der zweite Trittstein auf dem Weg zu einer Gruppe von verheißungsvollen Sternen, und das erste bemannte Schiff, das in ihr Schwerkraftfeld geriet, fand einen verlorenen Ort vor, bar jeder elektromagnetischen Spreu aus Funkgesprächen zwischen Kontrollstationen und Raumkreuzern oder aus den schnellen, knappen Ordern von Maschine zu Maschine. Nur die Strahlung der Masse, die der fernen Sterne und das Hintergrundgeflüster des Seins schlechthin trafen hier auf die Sensoren mit einer Kraft, die gerade ausreichte, um Aufmerksamkeit zu erregen.

Hier wurden Menschen genötigt daran zu denken, daß das Universum sehr viel weiter war als ihr kleines Sternennest, daß in dieser Weite die Stille sehr viel mehr bedeutete als das lauteste Lebensgeräusch. Menschen erforschten diese Stille, drangen störend in sie vor, bauten Stationen und fristeten ihr Dasein, örtlich und zeitlich begrenzt, aber nicht ohne die Unendlichkeit auf immer biologisch zu kontaminieren.

Und sie waren nicht die einzigen Bewohner des Universums; daran ließ sich nicht länger zweifeln. Darum reisten sie überall dorthin, wo ihre Sonden auf die Möglichkeit fremden Lebens hinwiesen und wo Planeten günstige Lebensbedingungen versprachen; sie entfalteten ihre mechanischen Horcher und lauschten ins Dunkle – so wie es die *Phoenix* tat während ihrer hundertstündigen Traverse durch den Realraum.

Doch sie hörte nichts, was die Kapitäne und die Besatzung an Bord zufrieden stimmte, denn sie wollten nicht, daß andere ihnen dazwischenfunkten und sich einmischten in das, was sie mit ihrer Mission beabsichtigten: nämlich eine Brücke zu schlagen zu einem neuen, ressourcenreichen Territorium. Vorrangiges Ziel war ein G5-Stern, auf den Karten eingetragen unter der Nummer 89020 und in den militärischen Codebüchern gekennzeichnet als T-230.

Den Stern erreichen, die schwere Ausrüstung entladen … eine Station errichten, die als Handelsniederlassung genutzt werden kann und den menschlichen Einflußbereich auf neue, profitable Zonen ausweitet.

So transportierte die *Phoenix* die einzelnen Bauteile, die Algen und Biokulturen für die Versorgungstanks, die Konstruktionspläne und Schaltdiagramme, die Systemprogramme, Datenbanken und dergleichen mehr. An Bord waren außerdem die Minenpioniere, Konstrukteure, Mechaniker, Programmierer sowie das gesamte Personal, dem als Entlohnung für seine Arbeit Anteile an der zu errichtenden Handelsstation garantiert worden waren. An diese jüngste Expedition wurden große Hoffnungen geknüpft; alles Wissen und alle Erfahrungen, gewonnen aus erfolgreich abgeschlossenen Unternehmungen vergleichbarer Art, flossen mit ein in dieses Projekt.

Optische und elektronische Geräte orteten von der Erde aus solche Sterne, die als lohnendes Ziel in Frage kamen. Roboter erkundeten den Weg, ohne daß Menschenleben riskiert zu werden brauchten. Sie sondierten die Raumzonen und kehrten mit Navigationsdaten und Beobachtungen aus erster Hand zurück. So auch in diesem Fall. Nach vorliegenden Informationen war T-230 ein so reiches, attraktives System, daß sich die *Phoenix* sofort auf den Weg machte, volle Kraft voraus, wie es nur dann zu wagen ist, wenn kein anderer Verkehr die Fahrt behindert und wenn kein Zweifel daran besteht, daß es am Zielort die Möglichkeit zum Wiederauftanken gibt. In ihrem Sog verwirbelten glühend Gase und Staub, während die Mannschaft ihre Hundert-Stunden-Routine absolvierte, Apparaturen wartete, Anzeigen justierte und Kontrollmessungen vornahm. Kaffeetrinkend verbrachten die Kapitäne die letzte Wache miteinander; sie besprachen die jüngsten Protokolle und billigten den von Navigator McDonough ausgearbeiteten Zeitplan.

Das Ergebnis dieser Konferenz vermittelte sich dem Piloten als grünes Blinklicht am Rand der Armaturen und in dem vagen Gefühl, daß alle Prozesse an Bord planmäßig abliefen. Taylor war Online, das heißt: Ihn erreichten Input-Daten mit der Baud-Rate einer Computerschnittstelle. Unbeeinträchtigt von den mißlichen Tendenzen eines im Normalzustand befindlichen Menschengehirns, das dem Ansturm von Informationen nicht gewachsen ist, waren all seine Sinne chemisch ausgerichtet auf Computersignale, die ihm Aufschluß gaben über das Flugverhalten des Schiffs.

Auf dieses grüne Blinklicht hatte er gewartet. Jetzt zeigte es sich, und was andere davon hielten, kümmerte Taylor nicht. Für ihn bedeutete es nur eines: daß nun der Austrittspunkt erreicht war. Vor seinem Gesicht faltete sich die Zeit zusammen. Zuversichtlich langte er hinaus durch den Raum in Richtung auf T-230.

Er war ein erstklassiger Pilot. Die Drogen im Blut verhalfen ihm zu einer extrem spezifischen Konzentration und zu einer vollkommen abstrakten Einschätzung der Daten, die er über Augen und Ohren wahrnahm. Er hätte die *Phoenix* ins Herz der Hölle gesteuert, wären ihm vom Computer entsprechende Koordinaten übermittelt worden. Doch worauf er nun einschwenkte war T-230.

Er war der einzige an Bord, der spürte, daß für das Schiff, obwohl es weiterraste, die Zeit stehenblieb.

Sein Herz pochte in Realzeit. Die Augen fixierten den Monitor, beschrieben mit rot leuchtenden Zeilen. Doch dann brachen diese Zeilen, hypothetisch geworden, unvermittelt ab; statt dessen blinkten Punkte auf, bis auch die im schwarzen Hintergrund des Bildschirms verschwanden. Und wie ein unumgängliches Gottesurteil stand nun darauf in rot leuchtenden Buchstaben geschrieben: ZIELPUNKT-FEHLER.

Der Puls beschleunigte sich. Taylor langte zum Unterbrecherschalter ABORT und fühlte die Tastenmulde unter der Fingerspitze. Ihm wurde schwarz vor Augen. Aus dem Dunkel glimmte ihm nur diese eine Fehlermeldung entgegen. Er spürte kaum den Tastenwiderstand, als er spontan den Unterbrecherschalter drückte. Im Unterschied zum Computer wußte er unterschwellig um diese schiere Notwendigkeit.

Ausstieg aus dem laufenden Programm.

Schwarzer Bildschirm.

ZIELPUNKT-FEHLER.

Gott hielt keine weiteren Daten parat.

II

Es tönte aus sämtlichen Lautsprechern: Dies ist kein Probealarm. Computerfehler. Dies ist kein Probealarm …

McDonough stand der Schweiß auf der Stirn. Unablässig stach er auf die Kom-Taste ein, um mit Taylor in Verbindung zu treten. Alle Monitore waren wie leergefegt.

Dies ist kein Probealarm …

Die Abort-Funktion war ausgelöst worden. Zur Rettung der *Phoenix*. Die Geschwindigkeit riß ab ohne Rücksicht auf die zerbrechlichen Knochen der Besatzung.

Automatisch bootete sich der Zentralcomputer neu hoch, stellte die Vernetzung zu den wichtigsten Terminals wieder her. Nach mehreren vergeblichen Anläufen

kamen auf McDonoughs Bildschirm Daten zum Vorschein.

Im Radarmonitor nahm der Stern Gestalt an.

Nein, zwei Sterne: der eine bläulich weiß, der andere
blaßrot. McDonough saß wie versteinert vor dem
Schirm, der den Kurs der *Phoenix* vorzeichnete. Sie trieb
auf die weiße, nukleare Hölle zu.

»Wo sind wir?« wollte jemand wissen. »Wo sind wir?«

Für den Navigator klang die wiederholte Frage wie
ein Vorwurf. Sie schlug ihm auf den Magen, der ohnehin
arg strapaziert war. Er blickte zum Piloten hin in der
Hoffnung, daß er eine Antwort geben könnte. Doch Taylor starrte unverwandt auf seinen Monitor und rührte
keinen Finger.

»Inoki«, sagte McDonough. Aber der Copilot hatte
offenbar die Besinnung verloren, wenn nicht mehr.

»Greene soll kommen. Greene und Goldberg, hoch zur
Kommandobrücke!« Das war die Stimme LaFarges; der
Senior-Kapitän rief die beiden Ersatzpiloten über Laut-
sprecher zu sich.

McDonough spürte, wie ihm die Glieder zu zittern an-
fingen. Hatte LaFarge womöglich vor, die gesamte Besatzung auszutauschen? fragte er sich. Das käme seinem
Wunsch entgegen, sich in die Koje zu werfen und abzu-
schalten. Andererseits drängte es ihn zu erfahren, was es
mit diesem binären Sterngebilde auf sich hatte, wo sie
sich befanden und welcher Fehler ihm womöglich anzukreiden war. Die ihm per Kanüle verabreichten Nähr-
stoffe verursachten Übelkeit, verstärkt durch den Anblick, den er vor sich hatte. Auf Optik und Roboter war
doch Verlaß. Die Instrumente konnten sich nicht irren.

»Sir?« Karly McEwan saß neben ihm. Sie, die Nummer
zwei der Navigationsstation, zitterte wie er und war
ebenso benommen. Dennoch, sie hatte die Zähne zusam-
mengebissen und hackte auf ihrer Tastatur herum, wild
entschlossen, dem Chaos Sinn zu entnehmen. »Sir? Auf
Default gehen, Sir?«

»Ja, fürs erste«, murmelte er unwillkürlich. Es war, als antwortete eine höhere Gehirninstanz, denn sein Bewußtsein funktionierte im Augenblick auf niedrigerem Niveau. Die Bemerkung ›fürs erste‹, als Ausdruck für Vorsicht gemeint, traf auf seine zweifelnde Intelligenz wie ein Orakel des Untergangs. »Spektralanalyse, Station zwei und drei. Kartenvergleich, Station vier. Station fünf: Initiation neustarten und Zielkoordinaten festlegen.« Die Instruktionen entsprachen einer längst verinnerlichten Routine. Ansonsten waren bei ihm – wie bei Taylor – alle Verstandesfunktionen lahmgelegt. »Wir brauchen medizinische Hilfe. Ist Kiyoshi auf der Brücke? Taylor und Inoki haben Probleme.«

»Liegen wir stabil?« Die Stimme von Kiyoshi Tanaka; sie wollte wissen, ob es sicher sei, den Gurt abzulegen und nach den Piloten zu sehen, doch jeder Frage war eine zweite, hintergründige Bedeutung zu entnehmen, die auf das Ungewisse abzielte. »So stabil, wie's die Umstände zulassen«, antwortete LaFarge. Derweil ermittelte das Spektralanalyse-Programm eine Flut von Vergleichsdaten über jedes Sternensystem im Sektor; vor McDonoughs Augen marschierte eine Kolonne von Negativ-Bescheiden über den Bildschirm. Die Statuszeile am unteren Rand zählte mit: KEINE ÜBEREINSTIMMUNG; 3298 OBJEKTE UNTERSUCHT.

»Wir erhalten Anfragen auf Kanal B«, meldete sich der Kom-Verteiler. »Die Passagiere bitten darum, die Quartiere verlassen zu dürfen. Außerdem wünschen sie einen Monitoranschluß.«

Taylor war gefragt. Er hatte den Passagieren stets Gelegenheit gegeben, alle wichtigen Etappen der Reise am Bildschirm mitzuverfolgen, so beim Verlassen der Erde, beim Eintritt in die Massepunkte, beim Austritt und so weiter.

»Nein«, antwortete LaFarge entschieden. »Kein Bild.« Daß es Schwierigkeiten gab, konnte selbst ein Blinder sehen. »Gebt ihnen Bescheid, daß wir auf der Brücke einen medizinischen Notfall zu versorgen haben. Wir haben alle Hände voll zu tun.«

Tanaka hatte inzwischen Taylor und Inoki erreicht und verabreichte Taylor eine Injektion. McDonough warf einen flüchtigen Blick zur Seite. Die Passagiere hatten Wind davon bekommen, daß Probleme aufgetreten waren, und das Ergebnis stand jetzt fest. KEINE ÜBEREINSTIMMUNG.

SUCHE FORTSETZEN?

Der Computer hatte alle benachbarten Sterne abgegrast.

»Karly, mit welcher Priorität wurde gesucht?«

»Von Default aus«, antwortete die zweite Navigatorin. Die Suche nach übereinstimmenden Sternen ging von Sol aus und erstreckte sich über den nächsten Sektor. »Auf unserem Sektor, plus minus fünf Lichtjahre.«

Das Übelkeitsgefühl in McDonoughs Magen verschlimmerte sich.

Nichts ergab einen Sinn. Die Ersatzpiloten kreuzten auf und stellten Fragen, die niemand beantworten konnte, dieselben Fragen, denen jeder Navigator anhand der Instrumente und Unterlagen nachzugehen versuchte. Der Kapitän verlangte fluchend, daß Taylor und Inoki von der Brücke geschafft werden sollten. McDonough nahm, um sich abzulenken, irgendwelche Checkups vor, während Tanaka den beiden Piloten auf die Beine half. Taylor konnte ohne Hilfe stehen, schien aber nach wie vor blind für das zu sein, was um ihn herum passierte. Inoki konnte sich kaum rühren. Einer der Kom-Techniker mußte ihn wegtragen, nachdem Tanaka ihn losgeschnallt und die Kanüle aus seinem Implantat herausgezogen hatte. Keiner der beiden nahm Notiz von Greene oder Goldberg, die gekommen waren, um für sie einzuspringen. Taylor stierte ins Leere; Inokis Augen waren geschlossen.

SUCHE FORTSETZEN? fragte der Computer. Er hatte mitt-

11

lerweile sämtliche Sterne unter die Lupe genommen, die von der Erde aus bis zu dreißig Lichtjahren entfernt lagen.

»Wir haben nur noch fünf Prozent Treibstoff«, erklärte der Kapitän ruhig. Diese Auskunft kam einem Todesurteil gleich. »Ist irgendwas über Funk reingekommen?«

Hier doch nicht, dachte McDonough im stillen, und die Kom-Station meldete: »Totenstille. Außerdem überlagern die Sterngeräusche alles, was an uns adressiert sein könnte.«

»Dann gehen wir jetzt auf Langstrecke, behalten unseren Vektor bei. Vielleicht sind wir am Ziel vorbeigeschossen.«

»Aye, Sir.«

Wenig später drang das Heulen der Hydraulik durchs Schiff. Die große Schüssel wurde ausgefahren und auseinandergeklappt, um auf Empfang zu gehen. Die Geschwindigkeit war vorsichtshalber weiter zurückgenommen worden. Vorsicht hätte durchaus Sinn gemacht in Erdnähe. Doch hier? Von dem fremden Binär-System lagen keinerlei Daten vor; niemand war einem solchen Doppelgestirn jemals so nahe gekommen. Auch über die Sensoren ließen sich keine Informationen einholen, auf die Verlaß gewesen wäre. Was sie hier erwartete, wußte Gott allein.

Mit zittrigen Händen startete McDonough eine weitere Suchsequenz, ausgedehnt auf hundert Lichtjahre in alle Richtungen. Dem negativen Befund war nur eines zu entnehmen: Sie hatten ihr Ziel verfehlt. Und irrten durch unbekannte Zonen mit fünf Prozent Treibstoff in Reserve. Zum Glück waren Pioniere und Schürfgeräte an Bord. Gott sei dank; die Pioniere würden aus dem System Eis aufsammeln und daraus Treibstoff machen können.

Wenn da draußen bloß nicht diese höllischen Strahlen wären und die Sonnenwinde, die der bläulich weiße Riese von sich schleuderte. Fleisch und Blut würden in Nähe eines solchen Sterns nicht durchhalten können.

Falls überhaupt möglich, wäre für die Pioniere die Arbeit da draußen auf kurze Zeit begrenzt.

Oder wenn das Schiff, was durchaus zu befürchten war, unentrinnbar angezogen würde von der Schwerkraft dieses massigen Gestirns ... nein, eher hätte die Strahlung das Schiff und seine Besatzung zunichte gemacht.

»Wir haben die Initiation noch mal durchlaufen lassen«, sagte Greene, der auf Taylors Platz saß. »In der Befehlsfolge ist kein Fehler festzustellen.«

Taylor hatte also alles richtig gemacht und nach Maßgabe der Navigationsvorlagen entschieden. Kalte Angst nagte an McDonoughs Magenwänden.

»Was sagen Sie dazu, Mr. McDonough?«

»Mir fehlt bislang jede Erklärung.« Seine Stimme blieb ruhig. Dabei war ihm ganz anders zumute. Wie sollte er nach Lage der Dinge beweisen, daß er keinen Fehler gemacht hatte?

Es konnte doch nicht sein, daß ein Schiff, aus dem Hyperraum heraustretend, einer anderen Richtung folgte als derjenigen, die beim Eintritt eingeschlagen worden war. Unmöglich. Denkbar war, daß ein Hyperraum-Partikel den Redundanzspeicher durcheinandergebracht und der Computer darum den Zielpunkt verfehlt hatte. Aber auch das würde nicht erklären, wieso das Schiff, zumal mit begrenztem Treibstoff, soweit abgetrieben sein konnte, daß nun keine Orientierung an bekannten Sternen mehr möglich war.

Alles, was sie brauchten, waren zwei Sterne, die anhand ihrer jeweiligen Spektren in Übereinstimmung zu bringen waren mit dem, was auf den Karten verzeichnet war. Zwei Sterne, die auf die Karten paßten, reichten aus, um den Standort bestimmen zu können. Und es konnte doch nicht sein, daß sie, bei den Treibstoffreserven, die sie hatten, mehr als fünf Lichtjahre vom zweiten Massenpunkt abgewichen waren. Und insgesamt nicht mehr als zwanzig Lichtjahre von der Erde.

Aber im Umkreis von zwanzig Lichtjahren gab es nur einen weißen Riesen, nämlich Sirius. Doch was sie da vor sich hatten, war nicht Sirius. Für die Spektren dieser Doppelsonne lagen keine Vergleichsdaten vor. Wieso nur? Was war geschehen?

McDonough hielt nach Pulsaren Ausschau. Wenn der kleine Maßstab keinen Aufschluß gibt, sucht man im nächst größeren, und man fängt an, halb ausgegorene Theorien in Betracht zu ziehen, solche über kosmische Makrostrukturen oder zusammengefaltete Schnittstellen. Man greift nach Strohhalmen, um den Verstand darauf aufzurichten, um die Hoffnung nicht zu verlieren, doch noch Hinweise zu finden oder zumindest eine der zahllosen Unwahrscheinlichkeiten als gegeben zu erkennen.

III

Irgendwas ist faul; dieses Wort machte die Runde in den äußeren Gängen von dem Augenblick an, da den Beschäftigten für den Bau der Station erlaubt war, ihre Quartiere zu verlassen. Das Gerücht drang vor bis in die Lounges, wo sich Piloten und Mechaniker vor den Videoschirmen drängten; über jeden verdammten Kanal hieß es: IN BEREITSCHAFT HALTEN.

»Warum erfahren wir nichts Genaues?« fragte jemand in das allgemeine Schweigen hinein. »Wir haben ein Recht darauf zu erfahren, was los ist.«

Ein anderer Techniker meinte: »Wieso stellen die uns keinen Monitor zur Verfügung. Den kriegen wir doch sonst auch immer.«

»Ob wir verrecken oder nicht, kümmert die da oben herzlich wenig«, sagte einer der Pusher-Piloten.

»Wahrscheinlich ist alles halb so schlimm«, versuchte ein anderer zu beschwichtigen. Und nun setzte wieder Schweigen ein, bedrücktes Schweigen. Daß Gefahr in der Luft hing, schwante jedem. Beim Einschwenken und

Abbremsen hatte das Schiff einen ganz und gar ungewöhnlich heftigen Schlag einstecken müssen. Die Gesichter derjenigen, die sich im Hyperraum auskannten, waren ebenso lang und nervös wie die der Facharbeiter, die keine Erfahrung zum Vergleich heranziehen konnten.

Von wegen, alles sei wahrscheinlich nur halb so schlimm, dachte Neill Cameron. Selbst ein einfacher Mechaniker, wie er es war, wußte den Unterschied zu erkennen zwischen diesem Systemeintritt und dem voraufgegangenen. Freunde und Partner standen in Gruppen eng beieinander. Neill hielt Miyume Little an der Hand; ihre war kalt, seine schweißnaß.

Er hätte sie gern beruhigt mit dem Hinweis darauf, daß da oben womöglich irgendeine Show vorbereitet wurde zur Feier der Ankunft in ihrer neuen Heimat.

Vielleicht hatte man eine Menge zu tun, so daß auf der Brücke niemand auf den Gedanken kam, die Passagiere zu informieren. Vielleicht galt es, die Flugbahn innerhalb des Systems zu bestimmen oder die Bedingungen vor Ort abzuchecken. Womöglich würde man sie gleich auffordern, die Gurte anzulegen, damit die *Phoenix* auf Kurs gebracht werden konnte. Neill hatte in der Lounge einen Kollegen von dieser Möglichkeit sprechen hören. Hoffentlich war dem so.

Leider sprach alles dafür, daß die *Phoenix* tatsächlich in Schwierigkeiten steckte. Trotzdem, es wäre verfrüht, in Panik zu geraten. Die Crew tat ihren Job; sie würde schon die richtigen Entscheidungen treffen und sich insbesondere davor hüten, durch irgendwelche voreilige Meldung Unruhe zu stiften, sei's durch Schönrederei oder durch Vorbereitung auf den schlimmsten Fall.

Alberne Sorgen. Roboter waren hier gewesen und hatten die Position von T-230 mit absoluter Sicherheit festgestellt. Die Crew der *Phoenix* bestand aus handverlesenen Experten mit großer Erfahrung; und das Schiff selbst hatte fünf Jahre lang als Handelstransporter gedient, bevor es umgerüstet worden war für die laufende Mission. Die UN-Regierung hätte gewiß nicht Milliarden investiert in ausrangiertes Material oder in eine untaugliche Crew, die ihr Schiff in einen Stern hineinfallen ließe.

Nein, eine solche Katastrophe war bestimmt nicht zu befürchten, weil viel zu unwahrscheinlich.

Neill verstand sich darauf, Pusher und Schürfmaschinen in alle Einzelteile auseinanderzunehmen und wieder zusammenzusetzen. Was an einem Pionierschiff kaputtgehen konnte, wußte er als Mechaniker mit Geschick und Schraubenzieher wieder hinzubiegen. Aber von den Antrieben der *Phoenix*, den Aggregaten, die im Hyperraum zur Wirkung kamen – davon verstand er nicht die Bohne.

Plötzlich verschwand die Order, wonach ein jeder in Bereitschaft zu stehen hatte. Statt dessen zeigte sich auf dem Bildschirm ein Ausblick auf die Sphäre. Allgemeines Aufatmen war zu vernehmen. Doch bevor sich Erleichterung breitmachen konnte, schlug eine Handvoll von Technikern Alarm. Sie standen in der Mitte des Raums und waren sichtlich verstört. »Das kann doch nicht wahr sein«, hieß es. Oder: »Wo zum Teufel sind wir?« Miyumes Hand klammerte sich fester um die von Neill.

Alles starrte auf den hellweiß strahlenden Ball. Miyume hielt ihn für einen Stern, doch die Techniker schüttelten den Kopf. Auch Neill konnte sich keinen Reim machen auf die rote Glut am Rand des Bildausschnitts.

»Das ist kein G5er«, bemerkte einer. »Das ist ein verdammter Doppelstern.« Und als jemand wissen wollte, was das zu bedeuten habe, herrschte er ihn an: »Tust du so, oder bist du bist so blöd? Wir sind nicht da, wo wir hätten rauskommen sollen!«

Neill verstand von alledem kein Wort; was er hörte, ergab für ihn keinen Sinn. Miyume zeigte sich verängstigt. Andere versuchten zu beruhigen, doch der eine, der Bescheid zu wissen schien, brüllte alles nieder:

»Wir sind total vom Schuß gekommen! Das da ist kein G5er, geschweige denn der, zu dem wir hinwollten.«

»Und wo sind wir dann?« fragte Miyume; es waren die ersten Worte, die sie sagte. Keiner wußte eine Antwort, am allerwenigsten Neill. Er konnte nicht glauben, daß T-230 verfehlt worden war. Nach allem, was er von der Raumfahrt und den Gesetzen der Physik wußte, behielt ein Schiff die Richtung bei, die es eingeschlagen hatte. Oder etwa nicht? Das Ziel wird anvisiert, ein entsprechendes Feld aufgebaut, und ab geht's, und wenn genug Treibstoff vorhanden ist, kommt man auch da an, wo man ankommen will.

Doch allmählich nahmen selbst bei ihm die Zweifel Überhand. Kann es sein, daß wir über das Ziel hinausgeschossen sind? Wenn ja, um wieviel? Wie weit könnte die Treibstoffmenge maximal reichen?

»*Hier spricht Kapitän LaFarge ...*«

Ein Rundruf. Aufgeregt versuchte jeder, den jeweils anderen zur Ruhe zu bewegen.

»*... unglückliche Umstände ...*« Die Worte gingen unter im allgemeinen Lärm. So sehr er sich auch anstrengte, Neill verstand nicht, was der Kapitän sagte. Miyumes Fingernägel krallten sich in seine Hand. »Still jetzt!« brüllte sie aus vollem Hals, was gleichzeitig mehrere taten.

»*... Positionsprobleme*«, war das nächste deutlich zu hörende Wort. Und dann: »*Daraus erwächst für uns keine unmittelbare Gefahr.*«

»Der hat entweder selbst keine Ahnung, oder er will uns was vormachen!« rief einer der Techniker.

Jemand brachte ihn zum Schweigen. Andere, die Fragen zu stellen versuchten, wurden davon abgehalten.

»*... bitte ich darum, daß jeder wie gewohnt seinen Aufgaben nachgeht*«, fuhr der Kapitän fort. »*Es kann nicht lange dauern, bis wir unsere aktuelle Position bestimmt haben. Zwischenzeitlich werden wir uns im hiesigen System nach Treibstoffersatz umschauen. Wir sind gut genug ausgerüstet, um* *mit der gegebenen Situation fertig zu werden. Es gibt also keinen Grund zur Besorgnis. Das war's.«*

Daß die Position bald bestimmt sein würde, klang tröstlich. Auch alles andere, was der LaFrage mitgeteilt hatte, ließ Hoffnung aufkommen. Vor allem schöpfte Neill Zuversicht aus dem Hinweis darauf, daß die Situation dank der guten Ausrüstung des Schiffes zu meistern sei. Doch anstatt gelassener zu werden, funkte ihm ständig durch den Kopf: Es kann uns nichts passieren, uns doch nicht ... bei all den Sicherheitsvorkehrungen. Jedes noch so kleine Risiko ist in der Planung mitberücksichtigt worden ...

Die Besatzungsmitglieder waren aufs Sorgfältigste ausgesucht worden. Um für die Auswahl auch nur annähernd in Betracht zu kommen, hatte man Dutzende von Empfehlungen vorlegen, sich gründlichster Untersuchungen und Qualifikationstests unterziehen müssen. Unfähige Leute wären niemals an Bord des Schiffes gelangt. Undenkbar, daß man eine so wichtige Mission wie diese durch Schlamperei gefährdet hätte.

»Die Sache stinkt zum Himmel«, meinte einer der Techniker. »Wenn ich das schon höre: ›Es kann nicht lange dauern ...‹ Würde mich nicht wundern, wenn uns die Schwerkraft schluckt.«

»Ach was«, sagte ein Kollegen. »Fest steht nur, daß wir nicht da sind, wo wir sein sollten. Und das ist schlimm genug.«

»Wie wollen die hier bloß Treibstoff beschaffen?« mäkelte ein anderer Techniker. »Bei der Strahlenhölle da draußen ...«

Neill wußte, daß ein Pusher, weil ungeschützt, für eine solche Aufgabe nicht taugte. Ihm wurde wieder mulmig bei diesem Gedankens. Die Strahlung des Jupiter war verheerend. Noch viel schlimmer strahlte dieses Ding da ... diese Doppelsonne, deren Licht das Bild der Kamera gleißen ließ und verzerrte ...

Pionierpiloten, die für längere Zeit unter solchen Bedingungen arbeiten müßten, kämen da nicht heil wieder raus. Hier war für sie nichts zu holen, oder nur gegen einen extrem hohen Preis. Pusher-Maschinen waren ausgelegt für freundliche, milde G5-Bedingungen.

Er verlor kein Wort darüber. Miyume machte einen verstörten Eindruck. Auch er hatte Angst. Eins kam zum anderen. Die düsteren Aussichten ließen sich hochrechnen. Vielleicht hatten die Piloten recht: Den Versprechungen der Gesellschaft ist nicht zu trauen; auch nicht dem Kapitän, der von ihr eingestellt wurde. Denn eins und eins macht zwei, darüber läßt sich nicht hinwegtäuschen.

Sie rechneten, addierten ihre Sorgen, und das Ergebnis war nicht kleinzukriegen. Hoffnungen zählten nicht.

IV

McDonough tauchte hinter Taylors Stuhl auf; er sagte, daß kein Fehler gemacht worden sei. Taylor hörte und verarbeitete die Bemerkung im informellen Leerlauf seines Verstandes. Er schaltete furchtbar langsam, wenn überhaupt. Von dem, was sonst um ihn herum passierte, nahm er keine Notiz. Er ließ sich nicht ablenken und achtete ausschließlich auf den Navigator. Er versuchte, ihm eine Frage zu stellen, und mußte seine Gehirnprozesse auf ein Mindestmaß abdämpfen, um ein einziges Wort hervorbringen zu können.

»Was?«

Dann hörte er nur Gebrabbel. Irgendwelche unbefugten Leute faßten ihn an, redeten auf ihn ein. Taylor blendete die Stimmen aus, bis er schließlich nur noch die von McDonough wahrnahm. Der sagte, daß Treibstoff nachgeladen worden sei.

Endlich eine Information, die sich verarbeiten ließ: In Realzeit waren sie also schon seit mehreren Monaten vor diesem Stern. Ein wichtiger Hinweis.

Dann sagte der Navigator, daß Greene krank sei, und er sprach von irgendeinem Unfall, von Verstrahlung, von toten oder todkranken Pionieren und Besatzungsmitgliedern, davon, daß sterbende Piloten dabei seien, ihre Nachfolger auszubilden ... und schließlich erwähnte er noch, daß man guter Hoffnung sei, endlich nach T-230 zu gelangen. Ja, damit ließ sich was anfangen. Mit frischen Treibstoffreserven würden sie die Reise fortsetzen und dieser höllischen Umgebung entfliehen, diesem Doppelmonstrum, das ihn in einsame Umnachtung versetzt hatte. Zum ersten Mal seit ungezählten Stunden gelangten neue Daten zu ihm durch.

»Zielpunkt«, mühte sich Taylor zu sagen, und McDonough fütterte ihn mit Koordinaten. Doch die ergaben für ihn keinen Sinn.

»Falsch«, sagte Taylor. Darauf antwortete McDonough, daß ein neuer Nullpunkt festgelegt worden sei, und zwar hier in diesem System; per Optik habe man einen möglichen Massepunkt ausfindig gemacht, und jenseits davon läge ein G5er, auf den sie nun zusteuern wollten.

Der Navigator nannte noch weitere Details, die Taylor begierig in sich aufnahm, einfach nur sammelte, ohne sie zu verarbeiten. Voller Erleichterung, aber immer noch schwerfällig in seiner Konzentration hörte er auf das, was McDonough zu sagen hatte. Er sagte, Crew und Kapitän wollten ihn wissen lassen, daß die Reise weiterginge. Ob er, Taylor, spüre, daß das Schiff wieder in Bewegung sei.

Aber ja doch. Die Dinge bewegten sich schneller und schneller. Es kamen wieder verwertbare Daten und Koordinatenpunkte in Sicht, zunächst vereinzelt, dann massenweise. »Auf die Brücke, jetzt«, stammelte Taylor.

McDonough ging weg. Der Datenstrom versiegte. Taylor wartete. Und wartete. Auf den nächsten befugten Kontakt, der ihm Informationen zukommen ließ.

Endlich kam McDonoughs Stimme zurück; er sagte, daß der Kapitän, ihn, seinen Piloten, auf der Brücke haben wolle. Goldberg würde ihm assistieren. Greene, erinnerte McDonough, sei krank; Inoki tot, gestorben vor drei Jahren. Erdzeit.

Wieder ein wichtiger Hinweis, den es zu berücksichtigen galt. Goldberg würde ihm assistieren. Seine Gedanken versuchten zu springen. Er hielt sie zurück in konzentrierter Erwartung darauf, daß es bald wieder jede Menge Daten zu verarbeiten gäbe.

Er nahm Platz, spürte die Sitzschale, die Rücken und Seiten umschloß. Jemand sagte – es war eine befugte Stimme, die von Tanaka, wie er vermutete –, daß er keine Drogen mehr nötig habe. Sein Gehirn würde sie nun von sich aus synthetisieren.

Interessantes Faktum. Das erklärte einiges. Jetzt meldete sich Goldberg zu Wort; er sagte, daß sich alles so gut angelassen habe, als sie von der Erde gestartet seien, und wie es zu diesem Malheur habe kommen können, sei immer noch allen ein Rätsel; aber man dürfe nun hoffen, daß das Schlimmste überstanden ist.

He, sagte Goldberg, hast du gehört?

»Ja«, antwortete Taylor träge. Er hatte das Ziel bereits fest im Blick. Diesmal würde er es nicht wieder aus den Augen verlieren. Das Universum flüsterte ihm zu, was er wissen mußte. Die Daten strömten in nachvollziehbarem Tempo auf ihn ein. Er ließ das Schiff ins angepeilte Massenfeld eintauchen und der Schwerkraft ein Schnippchen schlagen, um wieder hervorzuschnellen in Richtung auf den G5-Stern, der nun deutlich zu sehen war. Darauf steuerte er nun zu, ruhig und in der Gewißheit, die richtigen Daten zu kennen.

Sicher brachte er das Schiff in eine Umlaufbahn.

Im Licht der gelben Sonne schaltete er ab, ein System nach dem anderen.

Endlich konnte er sich schlafen legen.

ZWEITES BUCH

I

Der fremde Stern war aufgegangen. Begleitet vom Mond stand er über den Hügeln aus Sandstein. Im letzten Sonnenlicht hockte Manadgi über merkwürdig gleichförmigen Spuren, die, wie ihm schien, eine Maschine im Lehmboden am Rand des Baches zurückgelassen hatte. Er klemmte den Mantelsaum zwischen die Knie und lauschte in alle Häuser des Himmels, in die günstigen und ungünstigen gleichermaßen. Bis auf ein dünnes Zirpen und das *O'o'o'klick* eines kleinen Wesens, das in den Büschen steckte, war nichts zu hören.

In unregelmäßigen Bewegungen zogen mehrere Himmelskörper, winzig kleine Lichtflecken, um den fremden Stern. Wer scharfe Augen hatte, konnte sie zählen: zwei, drei Punkte, die vor Sonnenaufgang und in der Abenddämmerung in Nähe des fremden Sterns zu sehen waren.

Ihre Anzahl und Konstellation zueinander wechselte ständig. Gehörte der fremde Stern mit zu dieser Gruppe, oder war er unabhängig davon? Wie ließ sich deuten, welchen Einfluß sie ausübten?

Auch die Astronomen rätselten, heute wie vor hundertzwanzig Jahren, als der fremde Stern entdeckt worden war. Zuerst hatte man ihn mit bloßem Auge kaum wahrnehmen können, aber dann war er immer größer geworden. Er tauchte auf mit dem Mond und ging mit ihm unter, eingereiht in dessen uralten Tanz mit der Sonne.

Trotz ihrer Fernrohre und Planetarien hatten die Astronomen bislang nicht entscheiden können, ob diese Himmelserscheinung als ein Mond oder als Stern zu bezeichnen war, denn nach Aussehen und Verhalten mochte sie beides sein. Genauso unschlüssig war man sich in Beantwortung der Frage nach ihrer schicksalhaften Bedeutung. Manche sahen in ihr ein gutes Zeichen, andere ein schlechtes, und jeder wußte für seine Behauptung entsprechende Beweise beizubringen. Nur nand' Jadishesi hatte sich festgelegt; schlau wie sie war, sprach sie dem Stern eine Kraft zu, die Wandel bewirkt.

Auf diese Linie schwenkten nach und nach zunehmend viele Astronomen ein, denn der Stern wuchs von Jahr zu Jahr und zog immer mehr Begleiter in seinen Bann. Und das konnte nur eines bedeuten: kontinuierliche Instabilität.

Durfte man da für die Zukunft hoffen?

Die Spuren im Lehm, diese Hinterlassenschaften von Maschinen, waren leichter zu deuten. Jeder wußte, was es damit auf sich hatte. Die Tachi, jenes Hirtenvolk, das in diesem Hügelland sein Vieh weiden ließ, machte zuerst darauf aufmerksam mit der Beobachtung, daß Maschinen, von großen Blumen gehalten, langsam vom Himmel herabgeschwebt und sanft gelandet seien.

Diese Maschinen fuhren umher, walzten Bäume nieder und versetzten die Kinder der Tachi in Angst und Schrecken.

Aber waren sie wirklich vom Himmel gefallen, an Blumen hängend? Manadgi zweifelte daran, so wie er daran zweifelte, daß der Mondschatten im Herbst zur Heilung von Rheuma verhelfen konnte. Heutzutage mußte doch allen klar sein, daß die Erde um die Sonne kreiste und daß der Jahreszeitenwechsel aufgrund der geneigten Erdachse zustande kam. In der heutigen Zeit, die manche als die Zeit der Aufklärung bezeichneten, waren solche Dinge allgemein bekannt. Darüber lagen gesicherte Erkenntnisse vor, nicht zuletzt dank der Astronomen, die sich seit langem mit dem untypischen Verhalten dieses fremden Sterns beschäftigten und zur

Lösung dieses Problems vom Hof des Aiji mit immer besseren Fernrohren ausgestattet wurden.

Inzwischen wußte jeder oder zumindest jeder, der gebildet war: Der Mond, als eine Sphäre planetarischer Natur, war sozusagen der kleine Cousin der Erde. Beide wanderten durch den Ätherraum, und während der Mond seine Jahre nach seinem Mutterplaneten bemaß, rechnete man auf dem Planeten die Zeit nach der Sonne.

Manadgi zweifelte, wollte aber nicht ausschließen, daß womöglich doch Maschinen vom Himmel gefallen waren. Die enormen Spuren, die er da vor sich im Lehm sah, konnten schlechterdings nicht von den Fuhrwerken der Bauern stammen. Vielleicht, so dachte er, war der Mond von Lebewesen bewohnt. Vorstellbar auch, daß sie und ihre Maschinen mit Hilfe großer weißer Blütenblätter oder Segeltücher zur Erde schwebten. Manadgi wollte sich mit eigenen Augen davon überzeugen lassen. Falls tatsächlich Besucher zu erwarten waren, dann würden sie wahrscheinlich vom Mond kommen; vielleicht schon morgen, denn morgen war Vollmond.

Möglich war aber auch, daß diese Blütensegel woanders herkamen, von dem wandernden Stern nämlich. Angesichts seiner durchweg seltsamen Erscheinung nähme es nicht wunder, wenn er auf irgendeine Weise in Beziehung stünde mit diesen Maschinen. Auch er war ein Neuankömmling am Himmel, der sich seit rund vierzig Jahren daran zu schaffen machte, eine Fülle kleiner Himmelskörper, bloßer Lichtflecken um sich zu scharen.

Es könnte auch sein, dachte Manadgi, daß diese Lichtflecken ebenfalls größer würden, sich der Erde näherten und demnächst ihren Bewohnern auf den Pelz rückten.

Vielleicht hatte ein Mondvolk den fremden Stern in die Ekliptik gebracht; vielleicht war es auf dieser künstlichen Welt herbeigesegelt, angetrieben von Ätherwinden so wie die irdischen Schiffe, die vor dem Wind übers Meer fahren.

Ob ein zeitlicher oder ursächlicher Zusammenhang zwischen den freischwebenden Blumensegeln und der Position des Sterns oder einer bestimmten Mondphase bestand, war bislang noch nicht festgestellt worden. Dabei hatten die Tachi präzise Buch geführt, erstaunlich für ein so schlichtes Hirtenvolk, das sich nicht davon abbringen ließ zu behaupten, Blütenblätter gesehen zu haben und nicht etwa Segeltücher oder dergleichen. Und obwohl nachweislich fremde Lebewesen damit zur Erde niedergefahren waren, hatten sich die Tachi ein Vierteljahr lang Zeit gelassen mit der Antwort auf die Frage, wie darauf zu reagieren sei. Erst jetzt, da diese Maschinen das Land verwüsteten und ihre Kinder erschreckten, drängten sie den Aiji des Mospheiranischen Bundes zu strengen, unverzüglichen Maßnahmen.

Manadgi stand auf, klopfte den Staub von den Händen, und überquerte den Bach trockenen Fußes, dank einer großen Sandsteinplatte, die offenbar die Maschine aus dem Ufer herausgebrochen hatte, als sie die Böschung hinaufgerollt war. Ihre Räder hatten ein kurioses Muster in den feuchten Boden geprägt, und die Tiefe des Abdrucks ließ auf ein enormes Gewicht schließen. Daß sie die Steigung geschafft hatte, zeugte überdies von einem starken Antrieb. Aber all das konnte Manadgi nicht verwundern: Ein Mondvolk, das den Ätherwind zu nutzen verstand und mit Segeln zur Erde schweben konnte, hatte gewiß viele tüchtige Ingenieure. Und leistete vermutlich auch in anderen Hinsichten Beachtliches.

Der Spur der Maschine zu folgen war beileibe nicht schwer; sie hatte kleine Bäume entwurzelt und Grasnarben aufgeworfen. Die Dämmerung nahm zu. Manadgi hoffte, denen vom Mondvolk nicht im Dunklen über den Weg zu laufen, jedenfalls nicht bevor herausgefunden war, was sie hier zu suchen hatten.

Der Aiji der Tachi hatte gesagt, daß sie im Tal anzutreffen seien, jenseits der steinernen Großmutter.

Fast hätte er den markanten Stein übersehen. Er lag umgekippt auf der Seite.

Besorgniserregend. Dieses Mondvolk schien ziemlich anmaßend und rücksichtslos zu sein, was auch schon an der Fährte aus umgeknickten Bäumen abzulesen war. Anscheinend hatten die Fremden noch nicht zur Kenntnis genommen, daß hier zivilisierte Leute lebten, die Respekt verdienten.

Manadgi war entschlossener denn je herauszufinden, worin die Stärke der Eindringlinge bestand und wie es um die Möglichkeit einer Verständigung mit ihnen bestellt war. Das zu erfahren hatte für ihn Priorität; erst dann kamen Fragen wie die nach ihrer Herkunft oder danach, was dieser wandernde Stern wohl bedeuten mochte.

Über all das hoffte er Auskunft zu finden.

Als er, der Räderspur folgend, die Anhöhe erreichte, sah er im letzten Licht hinab auf eine Ansammlung großer Gebäude, weiß, kastenförmig und ohne jedes schmückende Beiwerk.

Er hockte sich auf die Fersen. Es gab keine andere Möglichkeit der Deckung hier. Das Mondvolk hatte alles kahlgeschlagen, das ganze Tal umgepflügt, um diese häßlichen Gebäude zu errichten, die in der Farbe des Todes gestrichen waren und wie beliebig hingeworfene Würfel dalagen. Keine ihrer Fluchten und Kanten stand in günstiger Ausrichtung zu den Hügeln im Hintergrund. Um die Hände zu wärmen, führte er sie an den Mund, denn es war mit der Dämmerung kalt geworden.

Der Anblick, der sich ihm bot, war so ernüchternd, so abstoßend, daß alle Hoffnungen schwanden und ihm statt dessen angst und bange wurde vor der Frage, welche Zwecke sie wohl hier verfolgten, diese Leute, die auf Blütenblättern zur Erde gesegelt waren.

Das großartige Schauspiel der untergehenden Sonne sah die an Bord gebliebene Besatzung nur vermittels der Kameras als aufgezeichnete Konserve. Diejenigen, die auf die Planetenstation umgezogen waren, mußten nach draußen gehen oder auf dem Rückweg von der Arbeit eine Pause einlegen, um das herrliche Lichtspiel genießen zu können. Aber die wenigsten hatten Sinn dafür. Ian Bretano aber fand noch Gefallen daran, denn es war neu für ihn.

Neu und verwirrend, wenn er darüber nachdachte, wie unermeßlich weit er nun von zu Hause weg war und was ihn hier wohl in Zukunft erwartete, denn er würde den Rest seines Lebens auf diesem Planeten verbringen müssen.

Und manchmal, wenn nachts die Sterne in hohem Bogen über das Tal wanderten und der Mond am Horizont auftauchte, wünschte er sich sehnlichst aufs Schiff zurück und bereute, daß er sich hier unten auf diesem Flecken hatte absetzen lassen, der ihm vorkam wie der Grund eines planetarischen Brunnens. Der Mission hätte er auch nützlich sein können in den sauberen, sicheren Labors an Bord des Schiffes – im Obergeschoß, wie die Kollegen hier unten zu sagen pflegten, als brauchte man nur einen Lift zu besteigen, um zur Geborgenheit, zu Familie und Freunden zurückkehren zu können.

Doch Familie und Freunde waren außer Reichweite, fürs erste und womöglich für immer. Darauf hatten sie sich eingelassen, als sie hier heruntergekommen waren, um sich wechselhaftem Wetter auszusetzen und eine so dünne Luft zu atmen, daß schon ein Gang um den Stationskomplex einer sportlichen Leistung gleichkam.

An die dünne Luft könne man sich problemlos gewöhnen, hatten die Ärzte behauptet. Anderer Meinung war nur einer der Botaniker gewesen, der sich mit Algenkulturen befaßte; er hatte es abgelehnt, als Forscher vor Ort eingesetzt zu werden.

Zugegeben, es gab Dinge, die für manche Unannehmlichkeit entschädigten. Jede Probe, die im Labor zur Untersuchung kam, war von einer neuen Art, deren chemische Zusammensetzung und genetische Struktur es zu erforschen galt.

Und alle diejenigen, die sich an den Tageshimmel hatten gewöhnen können, an das schimmernde, von Staub gefilterte Licht des blauen Raums, und die, die, ohne schwindelig zu werden, zum Horizont aufblicken konnten – Gott sei dank standen da Hügel, die die Sphärenwölbung kaschierten und statt dessen den wohltuenden Eindruck einer konkaven Oberfläche vermittelten –, sie konnten einen kleinen Spaziergang nach draußen riskieren, den Blick zum Himmel richten und bestaunen, wie sich hinter den Hügeln die Farben veränderten, wenn die Welt ihr Gesicht dem dunklen Raum zuwandte.

Jeder Abend und jeder Morgen brachte anderes Wetter und andere Schatten zwischen den Hügeln mit sich.

Wetter und Hügel ... Wörter, die sie im Erdkundeunterricht gelernt hatten, veranschaulicht an Fotos, denen aber nicht anzusehen war, wie transparent ein Himmel ist, wie sich ein Windstoß anfühlt oder wie er durch Gräser rauscht. Ian fand es nach wie vor beängstigend, wenn ein Donnerschlag die dünnen Fensterscheiben erzittern ließ. Er hätte nie für möglich gehalten, daß Luft dermaßen schnell abkühlen kann, wenn sich eine Wolke vor die Sonne schiebt. Es überraschte ihn, daß Gewitter einen Geruch haben, daß eine Landschaft so viele unterschiedliche Geräusche hervorbringt und vor allem Düfte, angenehme wie unangenehme, Düfte, die sich bestimmt noch deutlicher für ihn bemerkbar machen würden, wenn seine Nase zu bluten und seine Lungen zu schmerzen aufhörten.

Es fiel ihm immer noch schwer, sich mental umzustellen vom Aufenthalt im Schiff, wo ihm Natur nur per

Video vorgespielt worden war, auf ein Leben auf festem Grund, der ihm die Möglichkeit entzog, den Lichtern am Himmel näher zu kommen.

Der Abschied vom Obergeschoß hatte weh getan. Eltern, Großeltern, Freunden – was hätte er ihnen sagen sollen? Er hatte sie umarmt, und ihm war bewußt gewesen, daß es womöglich das letzte Mal sein würde. Sie waren in der Lounge zusammengekommen, unbehelligt von den Überwachungskameras. Er hatte sich zunächst gar nicht mal unwohl gefühlt, bis zu dem Moment, als er den Ausdruck im Gesicht seines Vaters sah. Da verdickten seine Zweifel zu einem Kloß, der ihm in der Kehle steckte, und der rührte sich nicht vom Fleck, während der Reise in der Kapsel nicht und auch nicht nach dem Öffnen des Fallschirms.

»Auf Wiedersehen«, hatte er ihnen beim Abschied gesagt. »In fünf Jahren. In fünf Jahren kommt ihr mich besuchen.«

Das war so geplant: zuerst die Station errichten, dann ein Shuttle bauen für einen sicheren Pendelverkehr zwischen Station und Schiff, und wenn schließlich Rohstoffe gefunden waren, für die sich die Gilde interessieren würde, könnten die ersten Kolonisten nachkommen, vorrangig solche, deren Angehörige die Aufbauarbeit vor Ort geleistet hatten. Auch sie würden noch als Pioniere einen ersten Platz in der Geschichte dieser Station einnehmen.

Gott, was hatte er für einen Bammel gehabt, als er die Lounge verließ und mit den zehn anderen Teamgefährten die Einkleidekabine betrat. Wäre die Möglichkeit gegeben gewesen, hätte er seinen Entschluß zurückgenommen und darum gebeten, die Testreihe fortzusetzen, mit der der Kapselabwurf ausprobiert worden war.

Es war entsetzlich, und ein zweites Mal würde er nicht den Helden spielen wollen. Gott, dieser freie Fall ... und dann die Landung ...

Sie waren die ersten Astronauten, die sich mit einer

am Fallschirm gesicherten Kapsel auf einem fremden Planeten hatten absetzen lassen. In den technischen Datenbanken wurde alles festgehalten, und darin gab es keinen vergleichbaren Eintrag. Ob die Kapsellandung sicher gelingen würde, war nicht vorherzusagen gewesen. Genausowenig war nun vorherzusagen, ob der zu bauende Shuttle funktionieren würde. Es war nicht einmal geklärt, ob es überhaupt gebaut werden konnte. Denn dazu käme es erst, wenn die Gilde entsprechende Mittel lockermachen würde.

Wie dem auch sei, sie waren jetzt hier unten. Die Gilde hatte sich zwar geweigert, sie abzusetzen, aber nicht verhindern können, daß sie gestartet waren, denn weil die von ihnen gebaute Fähre ohne Antrieb ausgekommen war, hatten sie die Piloten der Gilde nicht in Anspruch zu nehmen brauchen. Die Fähre war aus Ersatzteilen und mit Hilfe alter Pläne zusammengesetzt worden, die die Gilde in ihrer unendlichen Weisheit als völlig untauglich für eine Landung in dieser Gegend verworfen hatte.

Natürlich hätte die Gilde den Start unter Anwendung von Gewalt verhindern können. Angesichts der bitteren Spannungen war auch jetzt noch zu befürchten, daß sie ihnen einen Strich durch die Rechnung machte.

Immerhin war die Raumstation auch nicht gerade machtlos; sie hatte ihre eigenen Kräfte an Bord und würde es auf eine Konfrontation durchaus ankommen lassen. Einer solchen Machtprobe schien die Gilde aber zur Zeit aus dem Weg zu gehen. Wer weiß, warum? Vielleicht war sie in sich zerstritten, vielleicht hatte sie nicht damit gerechnet, daß die Frachttransporter tatsächlich ankommen würden, oder womöglich steckten sie – Gott bewahre – in Gewissenskonflikten. Niemand wußte, was im Rat der Gilde verhandelt wurde; fest stand nur, daß sie sich bislang nicht gerührt hatte. Daß es ihr einfallen könnte, die Leute der Bodenstation verhungern zu lassen, stand jedenfalls nicht zu befürchten, denn in einem solchen Fall käme es zu einer offenen Konfrontation, die selbst ihr nur schaden würde. Und darum konnte die Versorgung mit Lebensmitteln und Ausrüstungsgegenständen unvermindert fortgesetzt werden.

Im kommenden Jahr würde die Versorgung mit Lebensmitteln wahrscheinlich ohnehin überflüssig sein. Falls das, was hier wuchs, eßbar war, würden sie sich selbst versorgen können. Der erste, nähere Blick von der *Phoenix* aus hatte erkennen lassen, daß der Planet bewohnt war, daß es Städte gab und Staudämme, Landwirtschaft und Bergbau, all das, was von einer relativ fortgeschrittenen Zivilisation zeugte.

Die Sonne versank in einer Farbpalette aus Rot-, Gelb- und Goldtönen. Über den Hügeln stand leuchtend ein Planet. Das war Mirage, der zweite Planet dieser Sonne, die sie einfach ›Sonne‹ nannten, weil ihnen kein besserer Name einfiel. Wenig einfallsreich war auch ihr Name für den dritten Planeten im System; sie nannten ihn ›die Welt‹ oder bisweilen auch ›Down‹.

Ein verrückter Name für einen Planeten, meinte Ian. Er fand es bedauerlich, daß sich die Elterngeneration keinen spezifischeren Namen hatte einfallen lassen. Es war sogar der Vorschlag gemacht worden, ihn ›Erde‹ zu nennen, weil ja der Doppelsinn des Worts erhalten bleiben müsse. Die Gilde hatte diesen Vorschlag sofort verworfen.

Insbesondere Renaud Lenoir, der Hydroponik-Biologe, hatte sich leidenschaftlich und wortreich gegen diese Namensgebung ausgesprochen: Von Erde könne nicht die Rede sein und auch nicht von Sonne, und außerdem sei sie nicht der Stern gewesen, der ursprünglich angepeilt worden war; den habe man verfehlt aufgrund irgendwelcher rätselhafter Vorkommnisse im Hyperraum, die nur dank der entschiedenen Tat von Taylor nicht zur Katastrophe geführt hatten.

In der Gilde wurde Taylor als Heiliger verehrt, er und

McDonough und die Piloten, denen jeder, der lebte, sein Leben verdankte. Auch Lenoir, der sich so vehement gegen die Bezeichnung Erde ausgesprochen hatte, war heilig gesprochen worden, obwohl das Gremium, das darüber verfügt hatte und aus dem später die Gilde hervorgegangen war, all dem widersprach, woran Lenoir fest geglaubt hatte, und obwohl die meisten Konstrukteure und Techniker, deren Söhne und Töchter Lenoirs Visionen verwirklichen und die Bodenstation errichten sollten, in der entscheidenden Sitzung gegen seine Ernennung gestimmt hatten.

Nicht Erde und nicht der anvisierte Stern, darauf hatte Lenoir immer wieder aufmerksam gemacht. Dieser Planet habe seine ureigene Entwicklung vollzogen, vom Einfachsten bis hin zur Ausbildung hoher Intelligenz; und im Verlauf dieses Prozesses seien einzigartige biologische Gesetze festgelegt worden, die spezifische Lebensformen und spezifische Lebensbedingungen erfolgreich aufeinander abgestimmt hätten.

Biochemie, Taxonomie, Interdependenzforschung – fast alle Zweige der von Menschen betriebenen Naturwissenschaften waren in der Bibliothek an Bord der *Phoenix* vertreten: das seit Tausenden von Jahren zusammengetragene, abgesicherte und systematisch geordnete Wissen über die beziehungsreichen, wechselwirksamen Vorgänge innerhalb der irdischen Biosphäre.

Würden Begriffe diesem definitorischen Rahmen entlehnt und auf ganz andere, nur äußerlich ähnliche Zusammenhänge übertragen, hätte das nach Lenoirs Meinung eine große Verwirrung unter künftigen Generationen zur Folge, denn die wüßten nicht mehr, wer und wo sie sind. Sie würden fremde Welten durch die Brille ihrer eigenen Evolutionsgeschichte betrachten und darum immer wieder Fehleinschätzungen machen, die teuer zu stehen kommen könnten. Die Bezeichnung fremder, noch unverstandener Phänomene mit vertrauten Begriffen korrumpiere nicht nur die eigene menschliche Kultur, sondern führe womöglich auch zu einer nicht wiedergutzumachenden Schädigung jenes neuen Ökosystems, in dem man Zuflucht gesucht hat.

Also, die Erde war es nicht. Auf einen bestimmten Namen hatte sich der Rat aber auch nicht einigen können. Was blieb dem Ur-Urenkel von Lenoir anderes übrig, als mit Blick auf diese blaue, wolkenumwirbelte Heimat, die Taylor für sie ausfindig gemacht hatte, von seiner Welt zu sprechen?

Das System war erforscht und durchmessen worden. Man hatte die Raumstation ausgebaut, schürfte nun Rohstoffe und versuchte, durch Handel Erträge zu erwirtschaften, um mit diesen Mitteln ein Shuttle bauen zu können, das eine Verbindung zur Oberfläche des Planeten herstellen würde. Doch die Pilotengilde wollte, daß sie von dieser Oberfläche verschwanden. Nach nun fast hundertfünfzig Jahren, die sie diese Welt umkreisten, drängte die Gilde darauf, die Station dicht zu machen und das gesamte Inventar in jene luft- und wasserlose Planetenbasis zu verlegen, die ihnen von der Gilde großzügigerweise auf Maudette angeboten wurde, dem, von der Sonne aus gesehen, vierten Planeten, also weit genug entfernt von der Welt, die die Gilde unbedingt frei zu halten wünschte von menschlicher Einflußnahme.

Doch das war nur ein Vorwand. In Wirklichkeit trachtete die Gilde danach, sie alle an die Kandare nehmen zu können.

Die Sonne war inzwischen bis auf die Dächer der Gebäude herabgesunken. Die Hügel lagen bereits im Schatten. Ian lehnte sich mit dem Rücken an die Wand von Lab 1 und betrachtete das Farbenfeuer. Vor ihm erstreckte sich die rötliche Lehmpiste bis hinauf zu den Hügeln der wispernden Gräser.

Die Bezeichnung ›Gräser‹ war definitiv zutreffend; die Abteilung hatte vor zwei Wochen den Gebrauch dieses Wortes offiziell für gültig erklärt, da die Theorien und Vermutungen aus hundertfünfzigjähriger Fernbeobachtung wissenschaftlich verifiziert werden konnten. Damit hielten es bestimmte Leute sehr genau, diejenigen nämlich, deren Job es war, Definitionen und Namen von Arten auswendig zu lernen, die sie nur von Abbildungen her kannten, und an Generationen von Schülern weiterzugeben, was sie nie aus eigener Anschauung kennengelernt hatten – Erdkunde.

Die Vertreter der Gilde schüttelten darüber natürlich den Kopf. Deren Söhne und Töchter brauchten am Erdkundeunterricht nicht teilzunehmen, o nein. In all den Jahren, die nötig gewesen waren, um die *Phoenix* wieder flottzumachen, hatten deren Kinder fleißig Physik, Maschinenbau und Nautik studiert. Wenn das mal nicht praktisch war, ein Raumschiff starten zu können in Zeiten, da andere sich mit den gröbsten Notwendigkeiten hatten rumschlagen müssen ...

Aber das waren ja auch nur ›Narren‹ – so und noch schlimmer betitelten die Gildengören die Kinder der Raumstation.

Und weswegen wurden sie Narren genannt? Weil sie angeblich einen Planeten bedrohten, der der Gilde in Wahrheit völlig schnuppe war? Weil sie sich von dieser Welt versprachen, was sie so lange hatten entbehren müssen? Weil sie sich an Dinge heranmachten, worauf die Gilde Alleinanspruch angemeldet hatte? Weil sie, die nun einmal zufällig nicht Nachfahren der engeren *Phoenix*-Crew waren und darum nicht zur Gilde gehörten, deren Autorität in Frage stellten? Weil die Kinder gemeiner Konstrukteure von Karrieren ausgeschlossen waren, die dem Gildennachwuchs wie selbstverständlich offen standen?

Die Schmähungen der besser gestellten Kinder hatten ihre beabsichtigte Wirkung nicht verfehlt und weh getan, auch wenn sie dafür von deren Eltern manchmal bestraft worden waren. Das aber hatte diese eingebildeten Gören weiß Gott nicht einschüchtern können, und es änderte auch nichts daran, daß die Stationskinder benachteiligt blieben und lernen mußten, worüber die anderen nur den Kopf schüttelten, Dinge, die die verlorene Erde und den verfehlten Bestimmungsort betrafen.

Und jetzt forderte die Gilde: Verlaßt diese Welt; zieht nach Maudette und errichtet dort eine Kolonie, während wir uns nach anderen Planetensystemen umschauen, auf die noch niemand Anspruch erhebt – o ja, und so ganz nebenbei: auf diesen neu entdeckten Planeten könnt ihr dann weitere Kolonien errichten und fleißig Vorräte erwirtschaften, damit wir immer genug Treibstoff für unsere Schiffe haben und immer neue Pfründe auskundschaften können. Ihr als unsere Arbeiterdrohnen werdet die dann auch noch für uns ausbeuten; für Generationen eurer Nachkommen bleibt gewiß genug zu tun, denn das All ist groß, und wir von der Gilde werden euch immer wissen lassen, daß wir was Besseres sind.

Nein, lieber hier sein in kühler Luft unter dunkel werdendem Himmel, *deren* Himmel, an dem Mirage gerade unterging und Maudette noch nicht aufgetaucht war zur Zeit dieses seltsamen Übergangs von verdämmerndem Tag und heraufziehender Nacht.

Wahrscheinlich würden sie hier sterben, womöglich früher als gedacht, denn es stand noch so vieles zu befürchten. Eine Mikrobe könnte sie alle im Nu dahinraffen, und vielleicht würden sie dieser Welt und allem, was darin lebte, tatsächlich einen schrecklichen Schaden zufügen.

Alle Sorgen und Ängste stellten sich wieder ein mit der Dunkelheit, die von den fremden Hügeln herabstieg, und mit ihnen kam das Heimweh. Er wünschte sich, den Angehörigen und Freunden seine Gedanken mitteilen zu können. Wie die Trauer um einen Verstorbenen schmerzte es ihn, als er sich vergegenwärtigen mußte, daß eine Telefonverbindung, wenn überhaupt, nur unter großen Schwierigkeiten herzustellen war und daß noch in den Sternen stand, ob das Shuttle, auf das sie ihre Zukunft setzten, überhaupt jemals gebaut werden würde.

Nur gut, daß Estevez und Julio mit ihm hier auf Down waren – Gott gebe, daß Julio seinen Schnupfen bald auskuriert hatte. Sie mieden es, über die da oben zu reden, wollten nicht unnötig ins Grübeln geraten. Gemeinsam waren sie zur Schule gegangen und ausgebildet worden; sie kannten sich von Kindesbeinen an. Kein Wunder in der begrenzten Welt einer Raumstation. Früher hatten er und Julio jede Menge Probleme gewälzt. Aber solche Themen waren jetzt tabu. Sorgen zu äußern gehörte sich hier unten nicht. Hier unten war alles prima, keiner hatte Angst, und wenn er einmal nicht beizeiten in die Station zurückgekehrt wäre, würde niemand nervös auf die Uhr schauen. Nun, vielleicht würde Julio ab und zu ans Fenster treten, um nachzusehen, ob er eventuell von einem fliegenden Tier gebissen worden war, das sie noch nicht untersucht und katalogisiert hatten.

Ian steckte die Hände in die Taschen und schlenderte auf die Baracken zu. Estevez hatte wahrscheinlich schon das Abendessen in die Mikrowelle geschoben und die Zeitschaltuhr so programmiert, daß das Essen bei Einbruch der Dunkelheit fertig sein würde. Feste Essenszeiten gab es nicht; man ging zu Tisch, wenn die Arbeit erledigt war. Was auf die Teller kam, war auch alles andere als verlockend, nämlich immer dasselbe: Tiefkühlkost, Trockenfutter oder Instantbrühe, woran man sich ziemlich schnell leid ißt. Aber an Lebensmitteln mußte halt gespart werden zugunsten der Laborausrüstung. Vielleicht spekulierte die Gilde darauf, daß sie wegen der miesen Ernährung bald das Handtuch werfen und sich von der Aussicht auf ein köstliches Dinner zur Rückkehr in die Raumstation ködern lassen würden.

Ian hatte seit längerer Zeit einen unangenehmen Kupfergeschmack auf der Zunge, der sich nur durch Süßigkeiten neutralisieren ließ, und davon lutschte er nun jede Menge. Das Zeugs stammte aus den Labors der Raumstation, und er benannte es nach den chemischen Substanzen, aus denen es zusammengesetzt war.

Was die Versorgung mit Lebensmitteln anging, waren sie von denen da oben nach wie vor total abhängig. Um davon loszukommen, bemühten sie sich eifrig, Pflanzen und Gräser der Umgebung zu analysieren und festzustellen, was sie mit vergleichbaren Arten der Erde gemein hatten und was sie davon unterschied. Die Gilde meinte immer nur pauschal: Laßt die Finger davon, das ist giftig, mischt euch nicht in fremde Ökosysteme ein.

Von wegen. Ian und seine Kollegen hatten gefunden, wonach sie suchten. Die Gilde würde sich wundern, wenn sie von den Testergebnissen erführe, denn die sprachen für sich: Die Probe enthielt eindeutig bestimmbare, nicht-toxische Stoffe, die in ihrer chemischen Zusammensetzung exakt übereinstimmten mit denen einer irdischen Pflanze, die in kultivierter Form der Menschheit über Jahrtausende als Grundnahrungsmittel gedient hatte.

Dieses Ergebnis käme der Gilde ganz und gar nicht zupaß, zumal sie hartnäckig die Auffassung vertrat, daß es nicht lohne, planetare Biosysteme zu erforschen. Daran war sie nicht interessiert, wohl aber am Abbau von Rohstoffen. Ansonsten hatten Planeten für sie keinen Wert. Darum konnte man ihre Wortführer auch nicht ernst nehmen, wenn sie vor ökologischen Katastrophen warnten und die Rechte von Einheimischen in Schutz zu nehmen versuchten. Selbst die lokale Fauna hatte für sie mehr Rechte als der einfache Arbeiter auf der Station. Aber an der Erforschung natürlicher Prozesse war sie nicht interessiert …

Entgegen aller Voraussagen waren auf Down Mikroben gefunden worden, die sich mit denen, die der Mensch notwendigerweise mit sich herumschleppt, durchaus vertrugen. Jedenfalls liefen sie nicht gegeneinander Amok. Und das war die größte aller Sorgen gewesen: daß fremde und für den Menschen tödliche Viren eingeschleppt werden könnten oder daß sie, die Menschen, ihrerseits Erreger exportieren und katastrophale Epidemien auslösen würden. Davor waren sie natürlich auf der Hut und hatten Vorsichtsmaßnahmen getroffen, aber eben nur unter Laborbedingungen. Keiner wußte, was wirklich auf sie zukommen würde. Daß sie nun Mikroben gefunden hatten, die biologisch korrespondierten, war an sich alarmierend genug. Aber sie vertrauten weiterhin auf ihr gutes Glück, zumal die Immunologen davon ausgingen, daß da, wo Korrespondenzen seien, auch effektive Antikörper sein würden. Im Labor setzte sich die Ansicht durch, daß die Evolution mikrobischen Lebens doch wohl in sehr viel stärkerem Maße bedingt ist durch geologische und planetarische Gegebenheiten als bislang angenommen. Eine gewagte Hypothese, die da unter Genetikern, Geologen und Biologen in jener feuchtfröhlichen Nacht ausgeheckt worden war, als aus dem Obergeschoß ein außerplanmäßiges Versorgungsgeschenk eintraf.

Himmel, diese heillose Unvernunft hier unten, dieses plötzliche Ausflippen nach all den Jahrzehnten ernster Pflichterfüllung zum Wohle der Sache, der Bewegung. Nach anderthalb Jahrhunderten stagnierender taxonomischer Studien machten sie nun eine aufregende Entdeckung nach der anderen. Sie waren wie besoffen von all dem Neuen, was auf sie einflutete. Sie lernten aus unmittelbarer Anschauung natürliche Systeme zu begreifen. Dazu standen ihnen komparative, aus Lenoirs Lehrsätzen entwickelte Kriterien zur Verfügung, Daten, die im Laufe von hundertfünfzig Jahren mit Hilfe von optischen und elektronischen Geräten in nichteinmischender Beobachtung aus dem All gesammelt worden waren. Und sie setzten ihre Arbeit fort, unbeirrt von den Schmähungen der Gilde und ungeachtet der Tatsache, daß die Gilde ihnen notwendige Mittel vorenthielt, weil sie eigene Interessen und Projekte verfolgte.

Gewiß würde die Gilde einen ihrer Ratsbeschlüsse zutiefst bereuen, den nämlich, daß sie den Bau der Raumstation im Orbit dieses blauen, lebendigen Planeten gestattete und nicht darauf beharrte, sie in der Umlaufbahn von Maudette, diesem öden, unwirtlichen Planeten, zu errichten.

Damals hatten sich Argumente der Sicherheit durchgesetzt; wenn irgendein Problem aufträte, wäre es besser, lebenswichtige Ressourcen in Reichweite zu haben.

Und die waren nun in der Tat in Reichweite, so auch jene intelligente Zivilisation, die auf diesem Planeten ausgemacht worden war. O ja, von Anfang an hatte die Gilde moralische Skrupel laut werden lassen und geltend gemacht, daß der Planet und seine Bewohner ein Recht auf eigene Entwicklung haben würden. Doch Papa meinte dazu immer nur: Wieso ist das Leben dieser Fremden für die Gilde unantastbar, unseres aber so billig und gering?

Tja, nun war Ian hier unten. Papa hatte nicht mitkommen können, und Mama wollte nicht ohne Papa. Sie wurden gebraucht in der Station und für die Bewegung; es galt, die Sache mit dem Shuttle durchzuboxen.

Er wußte nicht und kümmerte sich auch nicht mehr darum, was da oben ablief. Was für ein Glück, daß er von dem ewigen Hickhack innerhalb der Bewegung nichts mehr mitbekam, von den Kompetenzstreitigkeiten und endlosen Diskussionen darüber, wie man sich nun der Gilde gegenüber verhalten sollte (als Sohn des Verwalters war er bestens informiert gewesen über den Stand der Dinge; er hatte alle Argumente gehört, die für oder gegen seine Teilnahme am Aufbau der Bodenstation sprachen, und von manchen dieser Argumente war er persönlich sehr verletzt worden). Doch all das kümmerte ihn nicht mehr. Er war nun hier unten, um wissenschaftlich zu arbeiten. Schon als Achtjähriger hatte er sich dafür interessiert, obwohl es keine realistische Aussicht darauf gab, daß er auf diesem Gebiet auch einmal beruflich würde tätig sein können.

Aber Paps Träume und Hoffnungen waren für ihn eine Selbstverständlichkeit. Und deshalb hatte er ohne zu zögern *ja, natürlich* gesagt, als man ihn fragte, ob er nach unten gehen wolle.

Da war er nun; er stand auf der Oberfläche des Planeten und setzte Lenoirs Werk fort. Er sammelte und untersuchte Proben von fremden Organismen. Er schaffte die Grundlagen für eine Wissenschaft von der Natur dieser Welt, nicht zuletzt mit dem Ziel der Fehlervermeidung im Umgang mit dieser Natur. Denn, verdammt noch mal, warum sollten sie sich nicht auf Dauer hier einrichten dürfen? Lenoir hatte recht – vielleicht gab es auf dieser Welt höhere Lebensformen, vielleicht hatte sie schon seit Tausenden von Jahren einen Namen in der Sprache der Einheimischen; aber die Menschen waren per Zufall und unfreiwillig in dieses System geraten, und es war unumgänglich, daß sie sich mit dieser Welt auseinandersetzten, denn Maudette kam für sie nicht in Frage. Die Gilde wollte sie nur deshalb dorthin versetzen, weil sie zu Recht befürchten mußte, daß sich ihre Arbeiterdrohnen auf einem gastlichen Planeten selbständig machen könnten. Noch bevor sie einen Fuß auf sie gesetzt hatten, war diese Welt für Ian und seinesgleichen eine unwiderstehliche Möglichkeit, Freiheit und Identität zurückzugewinnen und zu behaupten.

Davon würde er sich durch nichts wieder abbringen lassen. Auf keinen Fall würde er zurück nach oben gehen, nicht einmal dann, wenn der Hungertod drohte und ein Schiff der Gilde zur Rettung käme.

Nie im Leben würde er sich abholen und nach Maudette versetzen lassen, um dort nach der Pfeife der Gilde zu tanzen.

Dazu war es jetzt zu spät, ein für allemal.

Apropos spät ...
Julio stand am Fenster. Ein Schatten vor dem Licht.
Ein Schatten, der niesend zusammenzuckte.

III

Vielleicht war es Feigheit, die Manadgi davon abhielt,
ins Tal hinabzusteigen. Vielleicht war es auch klüger so,
daß er im Schutz der Dunkelheit zurückblieb und die
ganze Nacht lang sinnierend dasaß in der Hoffnung,
daß ihm eine nützliche Einsicht käme.

Eines der Gebäude hatte Fenster. Deren Größe war
aus der Ferne nicht richtig einzuschätzen. Dahinter
konnte er vereinzelt Bewegungen von Lebewesen ausmachen.

Er sah die Maschinen inmitten der Verwüstung, die
sie angerichtet hatten. Sie rührten sich nicht von der
Stelle, kauerten in einem Netz aus tiefen Spuren, die
aufzureißen offenbar ihr Zweck war. Denn es sah nicht
danach aus, als wollten sie an einen bestimmten Ort gelangen. Vielmehr schienen sie es darauf anzulegen,
möglichst viele Spuren im Umkreis der Gebäude in den
Boden zu pflügen.

Brauchten sie Verwüstung, um sich darauf bewegen
zu können?

Ob das Mondvolk einen Sinn darin sah, daß die Maschinen das Land durchwühlten? Fürchteten sie etwa
Angriffe von Feinden? Vielleicht rissen sie alles nieder,
um Spionen keinerlei Deckungsmöglichkeit zu lassen.

Vielleicht versuchten sie mit der Zerstörung ihre
Macht zu demonstrieren, oder – entsetzlicher Gedanke –
sie empfanden womöglich Gefallen daran.

Manadgi war fast bereit gewesen, wie beabsichtigt
nach unten zu gehen und sich den fremden Wesen vor-
zustellen, doch der Gedanke, daß sie Verwüstung als
etwas Schönes ansehen könnten, hielt ihn zurück.

Unten rollte eine dieser Maschinen vorbei und warf einen Lichtkegel vor sich her, der hell war wie die untergehende Sonne und über die aufgewühlten Spuren und das Gras am Rand leuchtete. Sie hatte keine Räder, sondern kroch auf zwei Kränzen aus aneinandergereihten Platten. Das Vorderteil bestand aus einer starr nach vorn gestreckten Klaue. Vielleicht ließ sich damit graben oder der Boden abhobeln. Vielleicht war sie eine Waffe.

Auf ein solches Ding zuzugehen und es nach seinen Absichten zu befragen, war gewiß nicht ratsam.

Ein Lichtstrahl traf auf die Felsen und bewegte sich am Hügel entlang. Manadgi hielt den Atem an und wagte es nicht, sich zu rühren. Jetzt schwante ihm: Da saß jemand in der Maschine und hatte Gewalt über sie. Die Bewegung des Lichts war auf so unheimliche Weise stetig und drängend, daß Manadgi spürte, wie sich ihm die Haut zusammenzog.

Angenommen, dachte er, das sind Uhrwerke, diese Maschinen. Was wäre, wenn sie aufgezogen und, von ihren Besitzern freigelassen, das Werk der Zerstörung aus eigenem Antrieb fortführten?

Jetzt stach aus dem Hinterteil der klappernden Maschine ein Lichtstrahl ins Dunkle und kam Manadgi bedrohlich nahe. Er zog sich zurück, blieb aber dann wie angewurzelt stehen, als er unter sich zwischen Büschen und Gräsern im Licht der Maschine blankes Glas auf dürrem Metallgestänge schimmern sah.

Ein Auge, dachte er; ein einzelnes Maschinenauge, ihm zugewandt, aber unbewegt. Vielleicht hatte es ihn noch nicht entdeckt.

Manadgi war gekommen, um auf die Fremden zuzugehen. Aber nicht darauf; darauf zugehen wollte er nicht. Er wagte es nicht, Luft zu holen, rührte sich nicht aus Angst, das Ding könnte sich auf ihn zubewegen. Wie lange schon, so fragte er sich, war dieses Auge auf ihn gerichtet, ohne daß er es bemerkt hatte.

Dann wurde es wieder dunkel; die Maschine verschwand hinter den Büschen. Er ging in die Hocke, bereit aufzuspringen, gleichzeitig aber auf der Hut, seine Deckung preiszugeben, da zu fürchten war, daß ihm ein weiteres Auge mit mechanischer Geduld auflauerte; womöglich vermochte es durch Sträucher und Felsen hindurchzuspähen. Aber offenbar war es ihm bislang irgendwie gelungen, unentdeckt zu bleiben. Er fing zu zittern an eingedenk der Vorstellung, daß die Zukunft seines Volkes nun womöglich entscheidend von ihm abhing, von seiner Einschätzung der Lage, die aber kaum ausgewogen sein konnte, da er nicht einmal wußte, wie groß die Anzahl der Fremden war. Dennoch, er mußte entscheiden und die Dinge ins Rollen bringen, auf Gedeih oder Verderb des Aiji und vieler, vieler Leben, die von ihm abhängig waren.

Soviel stand fest: Das Mondvolk hatte nicht das Recht, in das Land der Tachi und den Einflußbereich des Aiji einzudringen. Es hatte in seiner Arroganz schon großen Schaden angerichtet und somit alle Völker herausgefordert. Und es lag an ihm, Manadgi, zu entscheiden, was zu tun war. Sollte er riskieren, daß diesem Auge Beine wuchsen, um loszurennen und Meldung zu erstatten; oder daß es mit lauter Stimme weitere Augen aufmerksam machte und die klauenbewehrte Maschine zurückriefe?

Bisher war nichts dergleichen geschehen. Vielleicht war es außer Funktion. Vielleicht war es selbst nur Teil einer Maschine und womöglich beschädigt. Dieses Zeug kam ja aus dem Himmel, und es mochte durchaus sein, daß eines der Blütenblättersegel versagt und zum Absturz auf die Felsen geführt hatte.

Vorsichtig und leise schlich Manadgi weiter zurück, weg von diesem fraglichen Auge, das womöglich auch Ohren hatte und das Rascheln seiner Kleider, sein Atemholen oder sogar – auch das war denkbar – sein Herzklopfen hören konnte. Doch das Auge schien blind zu sein; womöglich schlief es – oder tat nur so als

43

ob. Konnten Uhrwerke hören, riechen oder gar denken?

Konnten sie sich bewegen? Waren sie in der Lage, ihre Schalter selbständig an- und auszustellen? Unvorstellbar.

Jedenfalls blieb es untätig. Manadgi richtete sich auf und schlich den Hang hinauf. Glücklicherweise begegnete ihm zwischen den Gräsern kein weiteres Auge.

Auf der Hügelkuppe angekommen, ließ er sich zwischen Felsblöcken nieder und atmete tief durch, um seine Nerven zu beruhigen.

Er dachte: Es wäre besser gewesen, der Aiji hätte nicht ihn, den Sprecher, losgeschickt, sondern einen seiner Assassinen, einen seiner Wachsoldaten, die mit der Gefahr vertraut waren, sich lautlos zu bewegen verstanden und eine Bedrohung richtig einzuschätzen wußten.

Er, Manadgi, war nicht der richtige für eine solche Aufgabe; das hatte er inzwischen eingesehen. Für ihn empfahl es sich jetzt, zurückzukehren und zu berichten, was er gesehen hatte. Er würde dem Aiji und den Mitgliedern des Hasdrawad raten, Kundschafter auszuschicken, die sich gegebenenfalls auch zur Wehr setzen könnten. Einen sicheren Weg der Annäherung sah Manadgi nicht.

Aber hatte ihn eine der Maschinen angegriffen? Hatten sie den Kindern ein Leid zugefügt? War Vieh aus den Herden der Tachi zu Schaden gekommen?

Manadgi mußte sich eingestehen, daß ihm vorhin die Angst ein Schnippchen geschlagen hatte. Den Maschinen war zwar vorzuwerfen, daß sie Landstriche verwüsteten, nicht aber, daß sie den Hirten oder ihrem Vieh nach dem Leben trachteten. Die Kinder, die sie zuerst entdeckt hatten, waren unbehelligt und ohne verfolgt worden zu sein in ihr Dorf zurückgekehrt, so auch diejenigen, die die Blütenblätter vom Himmel hatten segeln sehen.

Vielleicht waren die Maschinen in Wirklichkeit

dumm, ohne Sinn und Verstand. Wie töricht, vor ihnen davonzulaufen, dachte Manadgi.

Er war froh, daß ihn niemand beobachten konnte, wie er im Dunklen dahockte und zitterte – und das nicht etwa vor Kälte.

Sollte er dem Aiji und seinem Hof berichten, daß er nur einen flüchtigen Blick riskiert und sich sogleich wieder aus dem Staub gemacht hatte? Der Aiji vertraute seinem Geschick als Beobachter und Unterhändler. Es müßte ihm doch wenigstens möglich sein festzustellen, wie groß die Anzahl der Fremden war. Über eine solche Information ließ sich im Hasdrawad diskutieren, und der Aiji könnte entscheiden, was zu unternehmen sei.

Manadgi wagte es nicht, mit einem Bericht zurückzukehren, der nur aus vagen Vermutungen bestand. Damit würde er Angst schüren und unüberlegte Reaktionen provozieren, womöglich gewaltsame Handlungen, die aus einer möglicherweise eher harmlosen Situation eine ernste Krise entstehen lassen könnten. Er war gekommen in der Absicht, das Mondvolk zu fragen, was es hierher geführt habe. Deren Antwort wollte er denn dem Aiji vortragen. Natürlich war damit zu rechnen, daß er auf Feindseligkeit stoßen und womöglich sogar getötet werden würde. Doch dieses Risiko hatte er bereitwillig auf sich genommen, als ihn der Aiji gebeten hatte, die Fremden aufzusuchen.

Konnte er jetzt unverrichteter Dinge kehrtmachen und, um nicht als Feigling dazustehen, behaupten, die Maschinen hätten ihn bedroht? Seine Aussage hätte Gewicht und möglicherweise Folgen, die nicht wiedergutzumachen waren.

Nein, so konnte er sich nicht verhalten. Der Aiji hielt ihn für geeignet, diese Mission zu erfüllen, und er durfte dessen Vertrauen nicht mißbrauchen. Wichtiger noch war, daß er vor sich selbst bestehen konnte. Er hatte im Augenblick nur wenig, woran er sich aufrichten konnte. Die Nacht war kalt und er durch nichts in seinem Leben hierauf vorbereitet worden.

IV

Der Morgen graute so milchig und fahl wie am ersten Tag, den Ian auf diesem Planeten erlebt hatte. Bald aber kam Farbe hinzu, ein zartes Rosa, auf perlenweiße Wolken getupft. In den Niederungen hingen dünne Nebelschlieren. Wasserdampfgesättigte Luft, die Temperatur am Taupunkt: Kondensation. Wetter. Zuvor hatte es Niederschläge gegeben, und die Feuchtigkeit war vom Boden verdunstet; auch die Pflanzen trugen atmend ihren Teil dazu bei. In den Labors oben in der Raumstation ließen sich solche Vorgänge simulieren. Hübsche Effekte kamen dabei zustande.

Aber von rosafarbenen Wolken hatte man da oben keine Vorstellung. Zu dumm, dachte Ian. Die nachzumachen müßte doch auch noch möglich sein, mit Scheinwerfern und Farbfiltern.

Sieht hübsch aus, hatte Julio von der Barackentür aus gesagt; hübsch und kalt, viel Spaß.

Estevez mit seiner Filtermaske und dem Thermoanzug: ein Spezialist für trophische Systeme, der allergisch war gegen natürliche Umwelteinflüsse. Ein interessanter Fall für die Ärzte.

Estevez duckte sich unter dem hellen Himmel. Gestand er sich ein, Angst zu haben? Würde er umkehren? Allein der Blick aufs Wetter löste Brechreiz bei ihm aus. Allergien, sagte Estevez.

Es blieb ihm nichts anderes übrig als durchzuhalten. Steroide konnten seine Schwierigkeiten auf Dauer nicht lösen, und andere therapeutische Methoden waren nicht erprobt, weil sich in der Raumstation seit über hundert Jahren keine Immunprobleme eingestellt hatten. In dem kleinen Labor fehlten die Möglichkeiten für gentechnische Maßnahmen, und sie konnten auch keine Musterproben nach oben schicken. Es war außerdem mehr als fraglich, ob sich Gentechnik in Estevez' Fall und unter den hier herrschenden Bedingungen überhaupt anwenden ließ. Immerhin kam ein bißchen Hoffnung aus dem Archiv; es riet zu einem uralten Verfahren: Findet die allergene Substanz und versucht es mit Desensibilisierung.

Was soll's? sagte Estevez, schlaflos wegen der vielen Steroide, von Nadeln zerstochen und voller Pflaster als Ergebnis der vielen Experimente, die Botaniker und Zoologen mit ihm veranstalteten. Er ließ alles an sich ausprobieren. Aber einstweilen blieb er auf die Filtermaske angewiesen, und es war zu hoffen, daß er den Mut nicht verlor. Besorgniserregend war, daß er so schnell, innerhalb von nur zwei Monaten, allergisch reagierte. Die Ärzte meinten, daß sich solche Reaktionen normalerweise erst sehr viel später einstellten. Aber mit Bestimmtheit konnten sie nichts sagen. Schließlich waren nie zuvor Mitglieder einer seit hundertfünfzig Jahren genetisch isolierten und extrem strahlenbelasteten Menschengruppe auf die Oberfläche einer fremden Welt geraten. Jedenfalls stand davon nichts in den Archiven.

Wunderbar, sagte Estevez.

Sie zogen los, um ihre Schablonen zur Zählung des Artenbestandes auszulegen und um noch mehr Proben zu sammeln, Muster von Grassorten, Samen- oder Sporenpflanzen. Die Ärzte hielten manche dieser Proben Estevez unter die Nase oder klebten sie ihm auf die Haut. Sie ließen Klebebänder im Wind baumeln, um anschließend zu untersuchen, welche schwebenden Teile daran hängengeblieben waren. Sie nahmen Filterschnipsel der Atemmaske unter die Lupe, denn ursprünglich war man davon ausgegangen, daß das, worauf Estevez allergisch reagierte, in der Luft herumschwirrte. Jetzt verfolgten sie außerdem eine neue

Theorie und suchten im Boden und faulenden Gras nach Schimmelpilzen.

Zusätzlich zu ihren üblichen Tests machten sie also nun Bodenproben und weiteten das abgemessene, in Planquadrate unterteilte Versuchsfeld um eine unsterilisierte Fläche aus. Alle hundert Meter steckte er ein Plastikrohr bis unter die Wurzeln der Gräser und steckte jeweils einen der blauen Indikatoren hinein, um diese auf dem Rückweg alle wieder mitzunehmen. Auf der langen Steigung nach Osten, hin zur aufgehenden Sonne, wurden ihm die Beine schwer; er mußte immer wieder stehenbleiben und nach Luft schnappen.

Tags zuvor hatte er auf dem Osthügel andere Farben gesehen, Farben einer Pflanze, die anscheinend Blüten ausbildete, um ihr genetisches Material zur Fortpflanzung bereitzustellen, so wie es die Gräser taten und vergleichbar mit der Bestäubung im irdischen Ökosystem.

Es war demnach davon auszugehen, daß etwas in die Luft entlassen wurde, das sich als Pollen bezeichnen ließ. Das Komitee war sich auch in der Frage noch uneins. Quasi-Pollen oder Quasi-Sporen von Quasi-Pflanzen – solche Spitzfindigkeiten konnten Estevez nicht weiterhelfen. Zugegeben, die Reproduktion der breitblättrigen Gräser war noch nicht hinreichend geklärt, und vielleicht bestand wirklich Anlaß zur taxonomischen Differenzierung, aber für Ian sahen diese Pflanzen aus wie jene Blumen, die, aus Erdsamen gezogen, im Erdherbarium der Raumstation wuchsen; sie waren rotviolett und deutlich unterschieden von allem, was sie bisher in dieser Gegend hatten wachsen sehen.

Und als er sich ihnen näherte, strömte ihm ein süßer, angenehmer Duft entgegen. Er bestieg den Hügel und rupfte ein vollständiges Exemplar dieser Pflanze aus dem Boden.

Er packte das Muster ein in der Hoffnung, Estevez damit dienen zu können, legte dann seine Rasterschablone auf den Boden, nahm den Recorder zur Hand und fing an, jene Gräser zu zählen, deren Ähren im Durchschnitt 136 Gramm wogen und nach Meinung von Lawton allem Anschein nach künstlich selektiert worden waren. Wahrscheinlich handelte es sich um wilde Ableger einer kultivierten Getreideart, und was für die Einheimischen nahrhaft war, könnte womöglich auch für Menschen eßbar sein.

Und das wiederum würde bedeuten …

Vom Basislager her war plötzlich das Heulen der Sirene zu hören. Ian erschrak und schaute sich um. Wahrscheinlich, so dachte er, hatte einer der Kollegen das Sperrgebiet überschritten und den Grenzalarm ausgelöst.

In der Nähe raschelte es im Gras.

Am Boden kniend, fuhr er herum und sah sich einem Paar brauner, verstaubter Stiefel gegenüber, dem Saum eines braunen, knielangen Mantels mit langer Knopfreihe, einer dunkelhäutigen Gestalt, die aus seiner Perspektive riesenhaft erschien.

Ian konnte sich nicht rühren. Er hörte den Alarm in der Ferne und registrierte mit Schrecken, daß die Sirene Gefahr meldete. Und Ursache dafür war gewiß dieser … *Mann*, dieses Wesen, das sich herangeschlichen hatte und auf *ihn* zugetreten war.

Unmißverständlich deutete ihm dieser Einheimische einmal, zweimal an, daß er sich vom Boden erheben möge. Kein Zweifel, dieses Wesen war intelligent und zivilisiert. Sein schwarzes Gesicht war durchaus menschenähnlich und wirkte ansehnlich in seinen scharfen, kantigen Zügen.

Es wiederholte seine Geste zum dritten Mal. Ian wähnte sich nicht unmittelbar bedroht und stand auf. Der Fremde war beeindruckend groß, überragte Ian um Kopfeslänge und hatte breite Schultern. Er schien unbewaffnet zu sein. Ian fuhr der Gedanke durch den Kopf, daß der andere womöglich Teile seiner Ausrüstung für Waffen halten könnte. Er wagte es nicht, nach der Sonde zu langen, aus Angst, eine Bewegung zu machen, die falsch gedeutet werden könnte. Er erinnerte sich an erdgeschichtliche Beispiele unbedachter Handlungen, die zu kriegerischen Auseinandersetzungen geführt hatten.

Vorsichtig und sein Gegenüber nicht aus dem Auge lassend, griff er in die Brusttasche und schaltete das Taschenradio ein. »Rufe Basis. Habe Kontakt gemacht«, sagte er und musterte das Gesicht des Fremden. »Basis.« Er hielt die Stimme bedeckt, tat so, als spräche er mit sich selbst. »Ich bin's, Ian. Habe Kontakt gemacht. Bin in Gesellschaft hier draußen.«

Der Einheimische blieb ruhig und gelassen. Aus Sorge, daß eine Antwort vom Basislager aus dem Radio herausplatzen und den anderen irritieren könnte, drehte Ian den Regler in die, wie er hoffte, richtige Richtung nach unten.

»Nil li sat-ha.« So oder ähnlich klang, was der Fremde sagte in leiser und Gott sei dank freundlich tönender Stimme. Er deutete auf das Lager im Tal, wandte sich davon ab und gab Ian zu verstehen, daß er ihm folgen möge.

»Hallo, Basis«, sagte Ian, bemüht, einen unaufgeregten Tonfall anzuschlagen. »Das war soeben seine Stimme. Ich vermute, daß er männlich ist. Sieht so aus. Ein großer Kerl. Gut gekleidet. Unbewaffnet. Bleibt, wo ihr seid. Er macht einen vernünftigen Eindruck auf mich. Er will, daß ich ihm folge. Ich werde die Sperrzone verlassen. Bleibt zurück und meldet euch nicht über Funk.«

Eine kräftige Hand legte sich fest um seinen Arm. Verstört sah er sich nach dem Fremden um. Nie zuvor war er auf so nachdrückliche und einschüchternde Weise angefaßt worden. Die Situation spitzte sich bedrohlich zu, denn mit Blick nach unten sah er seine Freunde herbeirennen. Der Fremde war sichtlich alarmiert. Unbesonnenheit könnte jetzt alle Pläne über den Haufen werfen und lebensbedrohlich werden.

Komm mit, verlangte der Fremde. Am liebsten wäre Ian davongerannt, nach unten ins Lagers, um von dort nach seinen Bedingungen weiterverfahren zu können.

Doch der andere hielt ihn gepackt; er war ihm an Kraft überlegen und drängte den Hang hinauf. Ian wußte sich nicht zu verhalten. Das Radio war noch eingeschaltet. Hoffentlich würden die Freunde jetzt nicht zur Jagd blasen und den Fremden in die Enge treiben. »Basis, es besteht keinerlei Gefahr. Er will nur mit mir reden. Um Himmels willen, pfeift die Leute zurück ...«

Wieso kamen ihm die Freunde nachgerannt? Wußten sie etwas, wovon er keine Ahnung hatte? Sie wollten doch nicht etwa Gewalt anwenden. Die wenigen Waffen, die sie hatten, sollten vor wilden Tieren schützen. Unmöglich, sich damit gegen ein organisiertes Volk zur Wehr zu setzen, wenn es zur Verteidigung seines Land gegen sie, die Eindringlinge, zu Felde ziehen würde. Solange das Shuttle nicht gebaut war, saßen sie hier auf dem Planeten in der Falle, und von der Gilde würde ihnen niemand zur Hilfe kommen. Nein, falls sich die einheimische Bevölkerung entschlösse, sie zu attackieren, wären sie ihr ohnmächtig ausgeliefert.

Von unten brüllte ihnen jemand etwas zu; Ian verstand nicht, was. Der Fremde beschleunigte seine Schritte, fing zu laufen an und zerrte ihn hinter sich her. Er geriet in Atemnot, so schnell ging es den Hang hinauf.

»Bleibt zurück!« keuchte er. »Verdammt noch mal, er tut mir nichts. Warum jagt ihr ihn?«

Er hatte sich längst noch nicht akklimatisiert und bekam keine Luft mehr. Er brachte kein Wort hervor, konnte sich kaum mehr auf den Beinen halten. Doch der andere ließ nicht locker und schleifte ihn immer weiter, an Büschen und Felsen vorbei.

Dann knickte er mit dem Fuß um und schürfte sich auf steinigem Grund die Knie auf. Der Fremde hielt seinen Arm so fest umklammert, daß sich das Blut in der Hand staute.

Er blickte zu dem Fremden auf und schnappte nach Luft. Der schaute sich um, ängstlich wie es schien, und hievte Ian gewaltsam vom Boden hoch.

»Nur keine Panik«, sagte er ins Radio. »Ich habe die Lautstärke runtergedreht und kann euch nicht hören. Ich will den Mann nicht nervös machen. Bitte, bleibt zurück!«

Der Einheimische zerrte ihn weiter. Ian bemühte sich, Schritt zu halten. Seine Lungen brannten; die Atemluft schnitt ihm wie ein Messer durch die Kehle. Ihn schwindelte, und er sah nur noch Grautöne vor Augen. Aus eigener Kraft kam er nicht mehr weiter.

Der Fremde trug ihn an einen dunklen Ort, legte ihn zu Boden und beugte sich keuchend tief über ihn. Ian protestierte nicht; er rang nach Luft und hatte nur den einen Wunsch, am Leben zu bleiben.

V

»Allein mit diesem Wesen«, wiederholte Patton Bretano verzweifelt, das Empfangsteil in der Hand, und Pardino, der unten in der Bodenstation saß, berichtete weiter, daß Ians Radio in Betrieb sei und daß sie ihn nach wie vor hören konnten. Man erwarte jetzt, sagte er, eine Entscheidung von oben.

Patton Bretano hörte zu und fragte sich, warum es ausgerechnet *seinen* Sohn getroffen hatte. Warum war er nur so unvorsichtig gewesen und ohne Begleitung losgezogen? Warum hatte er nicht Reißaus genommen, statt dem Fremden zu folgen? Patton fürchtete die Antwort zu kennen.

Doch daß Ian das Projekt mutwillig gefährdete, war ihm nicht zu unterstellen. Ausgeschlossen. Pardino sagte, er habe sich am Rand des Sperrbezirks aufgehalten, innerhalb jener Grenzen, die das Forschungsterrain absteckten, und das sei flächenmäßig nicht sehr groß, aber immerhin so groß, daß es noch Jahre dauern würde, bis darin alles untersucht wäre. Oder bis man sie von außen unter die Lupe nähme. Womöglich war er jetzt Versuchsobjekt der Einheimischen und denen schutzlos ausgeliefert. Immerhin hatte er, wie Pardino sagte, das Radio eingeschaltet, was hoffen ließ, daß die Kollegen ihn bald würden befreien können.

Wie soll ich das bloß Joy beibringen? schoß es ihm durch den Kopf, und diese Frage durchkreuzte alle vernünftigeren Gedanken. Er verfluchte den Sohn für dessen Unachtsamkeit und war als Vater geneigt, dem erstbesten Impuls nachzugeben, der darauf drängte, ein Suchkommando zusammenstellen zu lassen, ohne Rücksicht auf die Risiken eines solchen Unternehmens. Und ohne Rücksicht darauf, wie sich ein solches Unternehmen vor der Gilde rechtfertigen ließ. Als Fürsprecher der Landung und politisch Verantwortlicher war ihm natürlich von Anfang an klargewesen, daß sich seine Leute in dieser fremden Welt großen Gefahren aussetzen würden, und es waren etliche Maßnahmen ergriffen worden, um diese Gefahren möglichst gering zu halten. Die elektronisch abgesicherte Sperrzone und alle anderen Schutzvorkehrungen hatten sich bis jetzt bewährt. In all den Monaten war es nie zu einem Zwischenfall gekommen. Nur darum hatte sich Patton schließlich von seinem Sohn breitschlagen lassen, ihm zu erlauben, mit dem zweiten Team nach unten zu fliegen.

»Pat«, rief Pardino. »Pat, bist du noch da?«

»Ja«, antwortete er und dachte: Gott beschütze uns; jetzt ist geschehen, was immer zu befürchten war, und mein Sohn ...

»Die Kollegen sind einstimmig der Meinung, daß wir vorläufig von einer Verfolgung absehen sollten«, sagte Pardino. »Wir sind nicht in der Lage ...«

»Ich will mithören, was ihr über Ians Radio empfangt.« Seine Stimme zitterte, und er spürte, wie ihm die Nerven durchzubrennen drohten. Pardinos Geschwätz interessierte ihn nicht. Er wollte seinen Sohn hören, sich mit eigenen Ohren davon überzeugen, daß es ihm gut ging, und so setzte er alle Hoffnung auf das eingeschaltete Radio. Es war ihm egal, wie die Gilde reagieren würde, egal, daß sich die Nachricht bald in der ganzen Station rumgesprochen haben würde. Nur, wie sollte er Joy beibringen, was passiert war, und was würde er als offizielle Erklärung vortragen können?

Er mußte Stellung beziehen und der Gilde zuvorkommen. Denn der Pilotenverband würde es sich nicht entgehen lassen, den Vorfall zum Anlaß zu nehmen, um vor der Ratsversammlung wieder einmal Front zu machen gegen *sein* Unternehmen und die Hoffnungen, die damit verknüpft waren. Herrje, ausgerechnet sein Sohn brachte nun den ganzen Plan ins Wanken.

Natürlich war ihm und dem Komitee klar gewesen, daß es früher oder später zu einer Konfrontation mit den Einheimischen kommen würde. Darum hatten sie die Insel als Landeplatz ausgesucht, denn dort lebte allem Anschein nach ein rückständiges Volk, von denen weniger Widerstand zu erwarten war als von technisch und politisch weiter entwickelten Gruppen. Wie auch immer, daß ausgerechnet Ian nun als erster mit den Fremden in Kontakt geraten war, behagte Patton ganz und gar nicht.

Pardino sagte, daß eine Verbindung auf Kanal B hergestellt sei. Patton zweifelte keinen Augenblick daran, daß die Gilde den Funkverkehr überwachte und jedes Wort, das zwischen ihm, seinem Sohn und der Bodenstation gewechselt wurde, im selben Moment zu hören bekam. Jede Wette.

»*Pat*«, sagte Pardino und übertönte, was er eigentlich hören wollte, nämlich Ians Stimme, »*Pat, dein Junge ist nicht auf den Kopf gefallen und weiß sich zu helfen. Mach dir* keine Sorgen. Wir wissen zwar auch nicht, was vorgefallen ist, aber feststeht, daß er unverletzt ist und auch nicht bedroht wird. Die Gegenseite ahnt offenbar nicht, daß er mit uns in Verbindung steht. Um sie nicht zu erschrecken, hat er die Empfangslautstärke an seinem Apparat runtergestellt. Noch hält er sich in der Nähe auf. Die Batterien sind voll und reichen mindestens für weitere vier Tage. Er sagt, wir sollen uns zurückhalten, damit der andere nicht in Panik gerät. Hast du verstanden, Pat?«

»Ja doch. Verdammt, ich will mithören, was da über Radio reinkommt.«

»Die Verbindung steht.« Pardino klinkte sich aus, doch dadurch wurde die Übertragung auch nicht besser. Patton lauschte angestrengt dem statischen Knistern und hielt an der Bemerkung fest, daß sich sein Junge zu helfen wisse.

Dann war Ians Stimme zu hören. Außer Atem sagte er: »Immer noch alles in Ordnung. Macht euch keine Sorgen. Er hat bloß Angst, daß uns jemand folgt. Wir sind hier in einer Höhle zwischen den Felsen. Er hält mich am Arm fest, sehr behutsam, versucht anscheinend, mich zu beruhigen. Er spricht zu mir und hält das, was ich sage, für den Versuch einer Antwort.«

Die andere Stimme hörte sich wie ein tiefes, ruhiges Schnurren an.

»Er ist mindestens einen Kopf größer als ich«, fuhr Ian fort. »Vom Körperbau ähnlich wie wir, allerdings enorm kräftig. Seine Haut ist schwarz wie das All, die Nase leicht gewölbt, aber ziemlich flach im Gesicht; die Augen stehen eng beieinander. Ich glaube, er runzelt die Stirn ...«

Und dann wieder die andere Stimme. Nach einer Pause:

»Er spricht mit mir. Das ist zu hören, oder? Es klingt, als wolle er mich beruhigen.«

Patton hörte aus der Stimme des Sohnes Angst heraus. Es war deutlich vernehmbar, daß er unter Stress stand und immer wieder nach Luft schnappen mußte.

Nervös verknotete Patton die Finger ineinander bei dem Gedanken daran, daß die Gilde jedes Wort und jeden Laut mitschneiden würde, um die Aufnahme dem Rat vorspielen zu können.

Er kannte seinen Sohn. Ian wußte sich zu beherrschen und schien auch jetzt seine Nerven im Griff zu haben. Seine Atemnot war in erster Linie auf körperliche Erschöpfung zurückzuführen. Anscheinend hatte er sich überanstrengt. Doch wer ihn weniger gut kannte, würde annehmen müssen, daß er vor Angst keine Luft bekam.

Patton wählte die Büronummer seiner Frau. Er wollte nicht, daß sie über Dritte erführe, was geschehen war, und sagte betont gelassen: »Joy, ich habe soeben erfahren, daß es unten zum ersten Kontakt mit Einheimischen gekommen ist, genauer gesagt, zwischen Ian und einem offenbar männlichen Wesen. Wie's aussieht, besteht kein Anlaß zur Sorge.«

»Was soll das heißen?« meldete sich Joy vom anderen Ende. »Wo steckt er jetzt? Ist er in Sicherheit?«

»Es geht ihm gut«, antwortete Patton. »Wir stehen mit ihm in Verbindung. Er hat sein Radio eingeschaltet. Auf Kanal B kannst du ihn hören.«

»Ja, ich bin drauf«, sagte Joy. »Ich höre ...«

»... ein bißchen außer Atem«, berichtete Ian und hustete. »Hab weiche Beine gekriegt, was wohl daran liegt, daß ich immer noch nicht richtig akklimatisiert bin. Ich weiß nicht genau, vermute aber, daß wir höchstens zwei, drei Kilometer vom Basislager entfernt sind. Es stehen hier Bäume mit großen, dünnen Blättern. Viel Grün ringsum, hauptsächlich eine Art Moos. Ich glaube wir sind in der Nähe von Wasser. Üppige Vegetation ...«

Patton konnte es kaum fassen. Ian schien sogar jetzt noch seine naturkundlichen Beobachtungen fortzusetzen. Dabei interessierte doch jetzt viel mehr, was es mit diesem Einheimischen auf sich hatte.

Als dessen Stimme wieder zu hören war, schaltete

sich Joy dazwischen: »*Ist das einer von denen?*« Und er antwortete: »Bislang haben wir's nur mit einem zu tun. Er ist durch die Absperrung marschiert und auf Ian zugetreten. Ian wollte nicht, daß jemand dazukommt. Offenbar fühlt er sich nicht bedroht.«

»*Sir*«, unterbrach die Stimme seiner Sekretärin. »*Vordict hat angerufen. Er sagt, es sei dringend. Es geht um Ihren Sohn.*«

Die Gilde wußte also tatsächlich schon Bescheid. Sie würde die Sache aufblasen und politisches Kapital daraus zu schlagen versuchen. Patton konnte sich darauf jetzt nicht einlassen. Sein Sohn steckte in Schwierigkeiten, unvermeidlichen Schwierigkeiten, mit denen von Anfang an zu rechnen gewesen war; und darauf, daß sie eintreten, hatte dieser verdammte Vordict nur gewartet.

»*Es geht wieder los*«, sagte Ian mit matter Stimme. »*Er will unbedingt weiter. Mir ist kalt, und ich bin außer Puste ...*«

»Halten Sie ihn hin«, bat Patton seine Sekretärin, und an Joy gerichtet: »Es ist Vordict. Er will sich mit mir unterhalten. Ian kann uns nicht hören. Wie dem auch sei, der, auf den er gestoßen ist, scheint friedfertig zu sein.«

Ian schnappte keuchend nach Luft. Dem Vater drohte das Herz auszusetzen.

»*Ich bin gestolpert*«, meldete sich Ian nach einer Weile. »*War nicht weiter schlimm. Mit mir ist alles in Ordnung. Bitte, unternehmt nichts, was wir später bereuen müßten.*«

Patton wünschte, daß sich auch die Gilde Ians Worte zu Herzen nähme.

»*Patton*«, tönte es aus dem anderen Kanal. »*Patton, das haben Sie zu verantworten. Dafür müssen Sie geradestehen. Ihr Sohn ist in Gefahr, und Sie wußten von vornherein, verdammt noch mal, sehr wohl, daß da unten eine Siedlung in der Nähe ist. Trotzdem haben Sie Ihren Kopf durchsetzen müssen. Dafür werden Sie dem Rat Rede und Antwort stehen.*«

VI

Bislang verlief alles ohne Komplikationen, ohne Gewalt und Waffenandrohung. Der Mondmann widersetzte sich nicht; im Gegenteil, er war gefügig.

Mit so viel Glück hatte Manadgi gar nicht gerechnet. Es machte ihn skeptisch, daß die Gegenseite, die doch allem Anschein nach so übermächtig war, keinen Versuch unternahm, ihn aufzuhalten.

Der Mondmann selbst machte einen schwächlichen Eindruck. Er war mindestens einen Kopf kleiner und geriet schon bei kleinstem Anstieg außer Atem. Seine ohnehin schon bleiche Hautfarbe war noch bleicher geworden. Er wankte, blieb aber dennoch bemüht, Schritt zu halten.

Vielleicht hatte er ihn in heillose Angst versetzt. Vielleicht waren die Fremden insgesamt von Natur aus nachgiebig und duldsam. Doch dieser vagen Möglichkeit mißtraute er, zumal deren Uhrwerkmaschinen alles andere als harmlos zu sein schienen.

Er ging immer weiter, und der Mondmann taumelte neben ihm her. Ständig brabbelte dieses seltsame Wesen vor sich hin; womöglich war es nicht richtig bei Verstand. Er hatte es vor einem Grasflecken hockend angetroffen und einzelne Halme abzählen sehen, wobei es immer wieder auf verschiedene Knöpfe eines schwarzen Kastens drückte. Vielleicht ergab das irgendeinen Sinn, doch den wußte sich Manadgi nicht zu erklären.

Vielleicht war es verrückt. Möglich auch, daß das gesamte Mondvolk verrückt war – so wie jene Eindringlinge von einst, die Jagd auf die Hirten gemacht, sich aber dann wieder zurückgezogen hatten.

Vielleicht waren die Fremden ein schwaches, friedfertiges Volk, das sich auch dann nicht zur Wehr setzte, wenn einer der ihren verschleppt wurde.

Aber wer hatte diese Uhrwerkmaschinen losgelassen, die das ganze Tal verwüsteten?

Der Mondmann tat sich immer schwerer, auf den Beinen zu bleiben. Schließlich sank er auf die Knie und langte mit beiden Händen in die Seite. »Steh auf!« forderte Manadgi und winkte mit dem Arm.

Der Mondmann wischte sich übers Gesicht. Aus der Nase tropfte Blut; kein Zweifel, es war Blut, so rot wie das eines jeden Atevi. Offenbar war ihm vor Anstrengung ein Äderchen geplatzt.

Er tat ihm leid. Manadgi wollte dem Fremden nicht weh tun, und obwohl diesem Blut übers Gesicht lief, mühte er sich zu tun, was von ihm verlangt wurde.

Manadgi stieß ihn sacht an und gab ihm zu verstehen, daß er sich setzen solle. Darüber schien er froh und erleichtert zu sein. Er beugte sich vor und kniff die Nasenlöcher zusammen. Dann fing er auch noch zu husten an, daß Manadgi fürchtete, er könnte womöglich ersticken.

Manadgi ging in die Hocke und steckte die Hände zwischen die Knie. Hoffentlich, so dachte er, wußte sich dieses Wesen selbst zu helfen. Es machte einen so erbärmlichen und hinfälligen Eindruck, daß Manadgi um sein Leben fürchtete. Er reichte ihm seine Feldflasche; vielleicht half ihm ein Schluck Wasser auf die Beine.

Der Mondmann sah ihn mit leidendem Blick an. Dann zog er den Korken aus der Flasche, träufelte ein bißchen Wasser in die blutige Hand – wahrscheinlich um sicherzustellen, daß es sich tatsächlich um Wasser handelte –, spülte damit das Gesicht, füllte erneut die hohle Hand und schlürfte daraus. Zu trinken schien ihm gut zu tun.

Der würgende Husten ließ nach. Und wieder murmelte der Mondmann vor sich hin. Seltsam …

Aber ein ganz und gar nicht häßliches oder gar furchterregendes Wesen, befand Manadgi. Allerdings bot das blutverschmierte, bleiche Gesicht einen erschreckenden Anblick, und die Fremdartigkeit ließ Manadgi davor zurückscheuen, ihn zu berühren. Es war ihm sogar unangenehm, die Feldflasche aus seiner Hand zurückzunehmen. Doch es tat ihm leid, daß sich der Mondmann so sehr quälen mußte, weil er, Manadgi, nicht bedacht hatte, wie kränklich er war.

Dennoch, so wie die Dinge standen, hatten seine Gefährten diese Maschinenmonster auf den Weg gebracht.

»Steh auf!« sagte er in denselben Worten wie zuvor. »Steh auf!«

Der Mondmann zeigte sich sofort bereit, der Aufforderung zu folgen, schien also verstanden zu haben. Die Flasche unter den Arm geklemmt, so, als wollte er sie nicht mehr hergeben, mühte er sich aufzustehen. Und während sie weitermarschierten, plapperte er wieder vor sich hin mit dünner, kläglicher Stimme.

Sie hatten den umgestürzten Großmutter-Felsen passiert und das Gelände verlassen, das von den Maschinen aufgewühlt worden war. Ringsum wogte hohes Knäuelgras. Weiter unten strömte, wie sich Manadgi erinnerte, ein Bach durch eine tiefe Felsrinne, deren Ränder dicht bewachsen waren mit Farnkraut. Dort wollte er hin; am kühlen, klaren Wasser ließ sich Rast machen, und es war ein geschützter Ort, sicher vor den Uhrwerkmaschinen.

»Gib acht!« warnte er das Mondwesen, langte nach ihm und bekam den blauen Ärmel zu packen. Es fuhr mit dem Kopf herum, wandte ihm das bleiche, blutverschmierte Gesicht zu und war sichtlich erschrocken. Und zurückweichend, trat es über den Rand hinaus, tauchte im Farn unter und stürzte.

Es gab keinen Laut von sich, kugelte die steil abfallende Böschung hinunter und kam, zur Hälfte im Wasser eingetaucht, am Uferrand zu liegen.

Es lag da und rührte sich nicht. Womöglich hatte es sich ernstlich verletzt. Manadgi befürchtete das Schlimmste, nicht nur für den Fremden, sondern vor allem auch für sich und die seinen. Das Unglück schien unaufhaltsam über sie alle hereinzubrechen. Er wagte es nicht, den Fremden zu berühren. Doch was blieb ihm anderes übrig? Hier war er auf sich allein gestellt und ohne Aussicht auf Hilfe.

Also zog er ihn an den Schultern aus dem Wasser. Der Mondmann starrte ihm aus offenen Augen entgegen, benommen und entgeistert. Es schien, als habe er sich gänzlich verloren.

Manadgi kniete nieder und wusch ihm Gesicht und Hals. Als ein böses Omen sah er an, wie sich das klare Wasser mit Blut mischte. Ihm war jetzt bewußt, daß er den Fremden zu weit getrieben, ihm zu viel abverlangt hatte. Er schien restlos verausgabt zu sein, war nicht einmal mehr in der Lage zu protestieren.

Ein tapferes Wesen, dachte Manadgi; und so friedfertig, so willfährig. Erleichtert nahm er zur Kenntnis, daß es sich langsam erholte und allem Anschein nach doch nicht ernstlich verletzt war. Es schaute ihn an, als rechnete es damit, wieder aufstehen und weitermarschieren zu müssen. Und ihm war auch jetzt kein Widerstand anzumerken; sein Blick schien allenfalls erfragen zu wollen, wer er, Manadgi, sei, was er vorhabe und wohin er ihn führen wolle. Würde nicht jedes vernünftige Wesen solche Fragen stellen? Das war doch nur allzu verständlich.

Um so unverständlicher erschien Manadgi, daß es ihm bereitwillig gefolgt war, anstatt in seiner seltsamen Behausung Zuflucht zu suchen, daß es sich überhaupt allein auf den Hügel hinausgewagt hatte, nur um Grashalme zu zählen.

Vielleicht hatte es das Glück auf seiner Seite; womöglich wußte es um diese Gunst, was erklären würde, warum es sich so schicksalergeben verhielt.

Wenn dem so war, durfte auch er, Manadgi, hoffen, begünstigt zu sein, solange er dieses Wesen schonte und dessen Glück nicht fahrlässig herausforderte.

Er streckte die Hand aus, um es zu berühren, und

sprach mit ruhiger Stimme: »Ruh dich aus, erhol dich. Es ist alles gut. Komm, trink.« Er ging davon aus, daß es auch normales Wasser zu sich nehmen konnte und nicht auf irgendwelche Äthersubstanzen angewiesen war. Mit der Hand schöpfte er Wasser aus dem Bach, trank daraus und sagte in deutlicher Artikulation: »Trinken.« Der Mondmann wiederholte das Wort, kleinlaut und schwach, wie er war.

Die Angst wich aus seinem Blick; statt dessen zeigte sich Neugierde, ja sogar eine Spur von Dankbarkeit in seinem Gesicht. »Ian«, sagte der Mann zweimal hintereinander und deutete mit dem Finger auf sich. Offenbar wollte er seinen Namen zu verstehen geben. Mit gleicher Geste nannte Manadgi seinen Namen.

»Ian«, wiederholte der Mann und streckte seine Hand aus, auffordernd, daß man es ihm gleich tue.

»Manadgi.« Er streckte seine Hand, obgleich er sich närrisch dabei vorkam. Das fremde Wesen ergriff die Hand und schüttelte sie heftig.

»Ian, Manadgi«, sagte es und zeigte sich erfreut über seine Entdeckung. Sie saßen da, schüttelten einander die Hand, gleichermaßen närrisch, gleichermaßen ängstlich und erleichtert und verwirrt über die gegenseitige Andersartigkeit.

Natürlich hatte Manadgi keine Ahnung von den Sitten und Erwartungen des Mondvolkes. Ebenso ratlos mußte dieser Ian sein. Immerhin schien er zivilisiert zu sein und hatte auf seine seltsame Weise eine persönliche Beziehung zu ihm aufgenommen, eine Beziehung, die gewiß von großer Bedeutung war, gehörte er doch einem Volk an, das, wie man sehen konnte, Enormes zu leisten vermochte.

»Laß uns gehen«, sagte er und machte sich ihm durch Gebärden verständlich. »Wir, Ian und Manadgi, gehen jetzt ins Dorf.«

DRITTES BUCH

I

Durch die Läden der geöffneten Terrassentür drang schwüle Luft voll vom Duft der bei Nacht blühenden Ranken an der Hauswand. Ein O'oi-ana, der Künder von Regenwetter, machte immerzu *klick-klick*. Bren lag zu Bett und dachte, daß es klüger wäre, aufzustehen und Fenster und Türen zu schließen. Der Wind würde drehen und mit kühlem Schwall vom Meer her kommen. Doch Bren war zu träge, und so blieb er liegen, darauf wartend, daß das erste Morgenlicht den Schatten der Läden auf die Gardinen warf.

Die Schnitzerei im Gitterwerk der Läden stellte die Symbole für Glück und Zufall dar, *Baji* und *Naji*. Draußen bewegten sich die Ranken im auffrischenden Wind, und endlich, endlich zuckten leuchtend die Gardinen auf mit dem Versprechen, daß die Hitze bald überstanden sein würde.

Mit dem nächsten Lichtstrahl zeigte sich der Schattenriß eines Ateva, der auf der Terrasse aufgetaucht war und wie ein Standbild verharrte. Was hatte der dort zu suchen. Bren erschrak, als er die Silhouette in der wogenden Gardine entdeckte, und glitt mit pochendem Herzen zum Bettrand hin.

Erneut zuckte ein Blitz auf und ließ erkennen, daß der nächtliche Schatten durch aufgeklappte Läden ins Zimmer einzudringen versuchte.

Bren langte unter die Matratze und holte die darunter versteckte Pistole hervor, stützte die Arme aufs Kissen, so wie es ihm der Aiji beigebracht hatte, und feuerte die Waffe ab. Die Erschütterung der Explosion betäubte seine Hand, und der Feuerstrahl machte ihn blind vor der Nacht und dem Eindringling. Aus Angst verfehlt zu haben, ließ er gleich darauf einen zweiten Schuß folgen.

Atemlos lauschte er ins Dunkle, hörte aber keinen Körper fallen. Die weißen, dünnen Gardinen wehten ins Zimmer; kühle Luft machte sich darin breit.

Mit tauben Händen hielt er die Pistole umklammert. Das Krachen der Schüsse dröhnte in den Ohren nach, so daß er nicht hörte, was leiser war als ein Donnerschlag, leiser als das Klappern im Schloß der Schlafzimmertür. Anscheinend waren die Wachen gekommen und versuchten mit ihrem Schüssel die Tür zu öffnen.

Oder womöglich doch nicht. Er zog die Beine an, stützte die ausgestreckten Arme auf die Knie und richtete den Pistolenlauf auf den Eingang. Kurz darauf ging die Innentür auf. Licht und Schatten stürmten auf ihn ein.

Die Wachen des Aiji hielten sich nicht mit Fragen auf. Einer eilte durch die Terrassentür nach draußen, wo es zu regnen angefangen hatte. Der andere, ein gesichtsloser Schatten mit schimmernder Metallbeschlägen, trat auf ihn zu und wand ihm die Pistole aus den Händen.

Jetzt stürmten weitere Wachen herbei, und er hörte Banichis Stimme – ja, es war Banichi, der ihm die Waffe abgenommen hatte. »Durchsucht das Gelände«, rief Banichi. »Und seht nach dem Aiji!«

Bren zitterte vor Erregung. »Wie geht es Tabini?« fragte er. »Ist mit ihm alles in Ordnung, Banichi?«

Doch Banichi nahm seine Frage nicht zur Kenntnis; er sprach in sein Taschen-Kom und teilte Befehle aus. Dem Aiji ist nichts passiert, dachte Bren im stillen; sonst wäre Banichi nicht hier, und er würde gewiß nicht so gelassen dastehen und mit ruhigem Tonfall Kommandos geben. Er hörte Banichi in den Apparat sprechen, hörte auch, wie ihm mitgeteilt wurde, daß auf dem Dach nichts Verdächtiges zu bemerken sei.

Bren fühlte sich unwohl in seiner Haut. Daß er eine Waffe hatte, war nicht rechtens, und er mußte fürchten, daß Banichi ihn deswegen festnehmen würde. Als der sein Funkgerät in die Tasche zurückgesteckt hatte, packte er Bren bei den Armen und zog ihn zu sich an den Rand des Bettes.

Die andere Wache kehrte durch die Terrassentür ins Zimmer zurück. Es war Jago. Sie arbeitete immer mit Banichi zusammen. »Da sind Blutspuren. Ich habe die Posten an den Toren verständigt.«

Seine Schüsse hatten also doch getroffen. Jago ging wieder nach draußen. Banichi schaltete das Licht ein und kam zurück; seine gelben Ateviaugen funkelten. In seinem schwarzen, glatten Gesicht lag ein drohender Ausdruck.

»Der Aiji hat mir die Pistole gegeben«, beeilte sich Bren zu versichern, um Banichis Vorwurf zuvorzukommen. Banichi blieb eine Weile stumm vor ihm stehen und sagte schließlich:

»Das ist *meine* Waffe.«

Bren zeigte sich verwirrt. Fröstelnd zitterte er am nackten Körper und zog die Decke über den Schoß. Im Garten wurde es laut; Jago brüllte auf andere Wachen ein.

»Das ist meine Waffe«, wiederholte Banichi. »Kann es daran irgendwelche Zweifel geben? Sie sind durch ein Geräusch geweckt worden. Draußen schlich ein Assassine ums Haus. *Ich* habe auf ihn geschossen. Was haben Sie gesehen?«

»Einen Schatten. Einen Schatten, der durch die Gardinen ins Zimmer trat.« Wieder geriet er ins Zittern. Er wußte, es war dumm gewesen, so einfach drauflos zu schießen, durch die offene Tür in den Garten, geradewegs auf das Küchengebäude zu. Das Geschoß hätte von einer Wand abprallen und in den Seitenflügel schlagen können, wo andere schliefen. Hände und Ohren waren immer noch wie betäubt von dem Knall, und in der Luft hing stinkender Schmauch.

Es regnete inzwischen heftig. Banichi sprach über

Funk mit dem Posten und belog die Kollegen, indem er behauptete, auf einen Eindringling geschossen zu haben, als der sich über den Paidhi herzumachen versuchte; nein, der Paidhi sei unverletzt, aber völlig verängstigt; es bestehe keine Veranlassung, den Aiji zu wecken, falls er denn noch schlafe und von den Schüssen nicht aufgeschreckt worden sei. Allerdings müßten die Wachen verdoppelt und die Suche verstärkt werden, vor allem an der Südpforte, und zwar bevor der Regen alle Spuren verwischen würde, sagte Banichi.

Banichi meldete sich ab.

»Warum sind die hierher gekommen?« fragte Bren. Er bezog sich auf die erwähnten Assassinen, konnte aber kaum glauben, daß es jemand, der noch recht bei Verstand war, wagen würde, in den streng bewachten Hof des Aiji vorzudringen, der von Hundertschaften verteidigt wurde.

Und das, um ausgerechnet ihn, Bren Cameron, den Günstling des Aiji und aller Nai'aijiin, zu liquidieren? Das ergab keinen Sinn. Wer sollte Interesse daran haben?

»Nadi Bren.« Banichi hatte seine kräftigen Arme vor der Brust verschränkt und schaute auf ihn herab, als habe er ein dummes Kind vor sich. »*Was* haben Sie gesehen?«

»Wie gesagt, einen Schatten, der hinter den Vorhängen hervortrat.« Die Betonung der Frage verunsicherte ihn. Vielleicht hatte er bloß geträumt und wegen einer Einbildung das ganze Haus und alle Wachen in Aufregung versetzt. Er war sich nicht mehr sicher, überhaupt etwas gesehen zu haben.

Doch Jago hatte eine Blutspur entdeckt, was nur bedeuten konnte, daß irgend jemand getroffen worden war. Von seinen Schüssen.

»*Ich* habe die Pistole abgefeuert«, sagte Banichi. »Stehen Sie auf und waschen Sie Ihre Hände, Nadi. Am besten gleich zwei-, dreimal nacheinander. Und halten Sie die Terrassentür verschlossen.«

»Die ist doch bloß aus Glas«, meinte Bren. Er fühlte sich nicht mehr sicher. Vor zwei Wochen hatte ihm der Aiji die Pistole gegeben und beigebracht, wie damit umzugehen war. Sie waren allein gewesen, draußen im Landhaus bei Taiben. Davon konnte also niemand wissen, auch nicht Banichi und am wenigsten der Meuchler – falls der tatsächlich ums Haus geschlichen war und nicht bloß irgendein harmloser Nachbar, der nach draußen gegangen war, um frische Luft zu schnappen.

»Nadi«, sagte Banichi. »Waschen Sie jetzt Ihre Hände.«

Bren rührte sich nicht vom Fleck. Er war verwirrt und zu naiv, um zu begreifen, was geschehen war. Warum in aller Welt, *warum* hatte ihm der Aiji dieses unerwünschte Geschenk gemacht. Zugegeben, es gab Anzeichen, die nichts Gutes erhoffen ließen, und gerade in jüngster Zeit waren die Wachen zu strengeren Kontrollen angehalten worden, aber dennoch …

Tabini-Aiji hatte ausdrücklich darauf hingewiesen, daß die Waffe niemand zu Gesicht bekommen dürfe.

»Nadi.« Banichi wurde ungeduldig.

Bren stand auf und ging fröstelnd und nackt, wie er war, nach nebenan ins Bad. Der Magen rebellierte, von Schritt zu Schritt heftiger. Schließlich stürzte er zur Toilette hin, um sich zu übergeben, was ihm schrecklich peinlich war, aber nicht zu unterdrücken. Dreimal mußte er würgen unter schmerzhaften Krämpfen, die ihm die Luft wegnahmen.

Daß er so reagierte, beschämte und irritierte ihn zugleich. Er ließ Wasser ins Waschbecken laufen, seifte die Hände ein und schrubbte sie, bis der Schießpulverschmauch nicht mehr zu riechen war. Banichi schien gegangen zu sein, so glaubte er jedenfalls.

Doch als er sich aufrichtete und nach dem Handtuch langte, sah er Banichis Abbild im Spiegel.

»Nadi Bren«, sagte Banichi leise. »Wir haben versagt.«

Solche Worte von Banichi zu hören war mehr als ver-
wunderlich. Bren trocknete das Gesicht, und während
er die tropfenden Haare frottierte, musterte er sein
Gegenüber, diese schwarze, gelbäugige Erscheinung,
die so gelassen und kraftvoll wirkte wie ein Abgott.

»Sie waren tapfer«, sagte er, und Bren Cameron, der
Nachkomme von Raumfahrern, der Vertreter derer, die
nun in sechster Generation gezwungen waren, in der
Welt der Atevi zu leben, fühlte sich durch die Worte wie
geohrfeigt von den mächtigen Händen Banichis.

»Ich hab ihn nicht erwischt. Wer es auch war, er
schlich da draußen rum, wahrscheinlich bewaffnet ...«

»*Wir* haben ihn nicht erwischt, Nadi. Es ist nicht Ihre
Sache, für die Sicherheit des Hauses zu sorgen. Haben
Sie in letzter Zeit etwas Ungewöhnliches bemerkt?«

»Nein.«

»Woher haben Sie die Waffe, Nadi-ji?«

Traute ihm Banichi nicht? »Tabini hat sie mir ...«

»Von welcher *Stelle* haben Sie die Waffe geholt?
Bewegte sich die verdächtige Person langsam oder
schnell?«

Jetzt wußte er, was Banichi zu erfahren wünschte. Er
legte das Handtuch über die Schultern und spürte kalten Wind ins Zimmer wehen. Donnerschläge rollten von
der Stadt herbei. »Sie lag unter der Matratze. Tabini hat
mir geraten, daß ich sie immer griffbereit in der Nähe
halten sollte. Und ich weiß nicht, wie schnell er sich bewegt hat, der Assassine, meine ich. Ich sah nur den
Schatten, wälzte mich an den Bettrand und langte nach
der Waffe.«

Banichi zog die Brauen zusammen, kaum merklich.
»Zuviel Fernsehen«, sagte er ohne jede Spur von Ironie.
»Legen Sie sich wieder zu Bett, Nadi.«

»Banichi, was ist eigentlich passiert? Warum hat mir
Tabini die Pistole gegeben? Warum hat er mir gesagt ...«

»Gehen Sie zu Bett«, sagte er und legte zum Nachdruck die Hand auf Brens Schulter. »Es wird Sie keiner

mehr stören. Sie haben einen Schatten gesehen, mich gerufen, und ich habe zwei Schüsse abgegeben.«

»Ich habe einfach drauflos geballert, und womöglich ist eins der Geschosse drüben in der Küche eingeschlagen.«

»Sehr wahrscheinlich. Ich bitte Sie zu berücksichtigen, daß Kugeln mitunter eigene Wege verfolgen. Das haben Sie uns doch beigebracht, oder? Hier, nehmen Sie.« Er zog seine Pistole aus dem Halfter und steckte sie ihm zu.

Bren war sprachlos.

»Legen Sie die unter Ihre Matratze«, sagte Banichi. Er machte kehrt, verließ das Schlafzimmer und zog die Tür hinter sich zu.

Splitternackt stand Bren da, Banichis Pistole in der Hand und mit tropfendem Haar, das bis auf die Schultern herabhing.

Er trat ans Bett und schob die Waffe unter die Matratze, dorthin, wo die andere versteckt gewesen war. Dann schloß er die Läden und die Glastür vor Wind und Regen.

Donner grollte. Bren war durchgefroren. Er unternahm einen ungeschickten Versuch, die Bett-Tücher zu glätten, warf dann den Morgenmantel über, schaltete das Licht aus und schlüpfte unter die Decken. Vor Kälte zitternd rollte er sich, in Mantel und Decken gehüllt, zu einem Ball zusammen.

Warum ausgerechnet ich? fragte er sich immer wieder. Wem könnte er nur ein so großer Dorn im Auge sein, daß dieser sein Leben riskierte, um ihn aus dem Weg zu schaffen? Er hatte sich doch mit niemandem angelegt, geschweige denn verfeindet.

Vielleicht hatte der Assassine den Weg des vermeintlich geringsten Widerstands und die geöffnete Terrassentür zum Einstieg gewählt, um sich von hier aus durch die angrenzenden Flure zu schleichen bis hin zu Tabini-Aiji.

Aber es standen doch überall Wachen. Ein gedungener Mörder konnte unmöglich so töricht sein anzunehmen, daß er unentdeckt bleiben würde.

Vielleicht hatte er sich auch nur im Zimmer geirrt. Womöglich wohnte eine wichtige Person im Gästequartier nebenan. Allerdings hatte Bren von einem solchen Besuch nichts gehört. Aber wem hätte sonst wohl das versuchte Attentat gelten können? In diesem Trakt wohnten außer ihm, Bren, nur noch die Gartenaufsicht, die Sekretäre, der Chefkoch und die Rechnungsprüfer; von denen war keiner als gefährdete Person anzusehen.

Banichi hatte ihm seine Pistole gegeben im Austausch gegen die des Aiji. Bren sah inzwischen wieder klarer und verstand: Banichi wollte ihn aus dieser Sache raushalten, um ihn, den Paidhi, in Schutz zu nehmen vor den Ermittlungen und Verhören durch die Sicherheitsabteilung.

Er hoffte inständig, davon verschont zu bleiben, konnte sich auch nicht vorstellen, daß der Chef der Sicherheit irgend etwas gegen ihn in der Hand hatte oder einen Grund, ihn aufs Korn zu nehmen, wo er doch Opfer des Anschlags war. Und es gab keine Veranlassung, Banichis Bericht in Zweifel zu ziehen, zumal Banichi eine Respektsperson war und in gewisser Weise sogar noch höher gestellt als der Chef der Sicherheit.

Aber dennoch ... wer mochte Interesse daran haben, in sein Zimmer einzudringen? Brens Gedanken kehrten immer wieder zu dieser Frage zurück. Ebensosehr verstörte es ihn, von Banichi die Pistole zugesteckt bekommen zu haben. Ein gefährlicher Tausch. Womöglich würde er darüber Rechenschaft ablegen müssen. Es war zu befürchten, daß bei einer Durchsuchung seines Zimmers die Waffe gefunden würde. Daß sie Banichi gehörte, ließ sich schnell feststellen. Für den Fall wäre viel Ärger zu erwarten, den vor allem Banichi würde ausbaden müssen. Rechnete er damit? Hatte er seine Waffe zurückgelassen, um letztlich Verantwortung zu übernehmen für etwas, das von ihm zwar nicht gewollt, aber irgendwie verursacht war?

In seine Grübeleien schlich sich sogar Zweifel an Banichis Integrität. Dabei waren er und dessen jüngere Partnerin Jago absolut loyal; sie gehörten zu Tabinis Leibgarde, begleiteten den Aiji auf Schritt und Tritt. Es wäre fraglos ein leichtes für sie, ihm Schaden zuzufügen – und nicht nur ihm –, wenn sie es denn drauf anlegten.

Himmel, nein, diese beiden zu verdächtigen war völlig abwegig. Banichi würde ihn, Bren, nicht hintergehen. Im Gegenteil, er – wie auch Jago – war bereit, für ihn in die Bresche zu springen, wenn auch nicht ausschließlich zu seinen, sondern in erster Linie zu Gunsten des Aiji. Er, Bren, war der Paidhi, der Dolmetscher, und in dieser Funktion für Tabini unerläßlich, Grund genug, ihn zu beschützen. Wenn ihm etwas zustieße, würde Tabini-Aiji persönlich davon betroffen sein und keine Ruhe geben, bis der Fall aufgeklärt wäre.

Und, verdammt noch mal, er wollte nicht, daß die ganze Zitadelle wegen dieses nächtlichen Zwischenfalls in Aufruhr geriet. Er wollte nicht auf sich aufmerksam machen, geschweige denn in irgendwelche Fehden hineingezogen werden. Ein solches Aufsehen würde seiner Stellung unter den Atevi ernstlich schaden, mehr noch: Er hätte hier ausgedient, falls die Sache als Fernsehnachricht an die Öffentlichkeit gelangte und dadurch politische Brisanz bekäme. Es würde ihm unmöglich sein, seine Arbeit fortzusetzen, weil er allenthalben nur noch auf Mißtrauen stieße.

Immer noch fröstelnd versuchte er, seine Gedanken zu ordnen, doch der leere Magen machte ihm zu schaffen, und der Pulvergeruch in der Luft war unerträglich. Er konnte sich vom Nachtpersonal ein Mittel zur Beruhigung der Nerven bringen lassen oder Moni und Taigi, seine persönlichen Dienstboten, rufen. Doch die Ärmsten waren wohl längst aufgescheucht worden und mußten sich verwirrenden Fragen stellen … Haben Sie auf den Paidhi geschossen? War die Tür verriegelt oder nicht?

Die Leute von der Sicherheit knöpften sich wahrscheinlich jeden einzelnen Bediensteten vor. Nicht einer im ganzen Flügel würde jetzt noch schlafen können. Die Schüsse waren bestimmt bis zur Stadt hin hörbar gewesen. Womöglich liefen gerade sämtliche Telefonleitungen heiß; wahrscheinlich würde sogar der Bahnhof abgeriegelt sein und bis auf weiteres kein Zug mehr fahren. All das durfte er sich anrechnen: Er hatte Tabinis Sicherheitssystem in Gang gesetzt, und er wußte um dessen Umfang und Ausmaß.

Er sehnte sich nach heißem Tee und Keksen. Aber Dienstboten zu rufen und sie mit seinem Auftrag durchs halbe Haus eilen zu lassen würde nur die Ermittlungen stören.

Der Regen hatte zugenommen und prasselte gegen das Glas. Daß man den Assassinen jetzt noch erwischte, war mehr als unwahrscheinlich.

Am Morgen rollten Moni und Taigi mit dem Frühstückswagen an – und brachten die Nachricht, daß Tabini-Aiji ihn, Bren, so bald als möglich zu sprechen wünsche.

Das überraschte nicht. Im Gegenteil, weil er damit gerechnet hatte, war er schon vor Anbruch der Dämmerung aufgestanden, um sich zu duschen und zu rasieren. Ohne die Hilfe seiner Diener in Anspruch zu nehmen, hatte er Hemd und Hose angezogen und die Haare zu einem Zopf zusammengeflochten. Er hatte den Fernsehapparat eingeschaltet und das Morgenmagazin angesehen. Daß der Zwischenfall mit keinem Wort Erwähnung fand, verblüffte ihn sehr. Statt dessen wurde ausführlich über das Gewitter in der Nacht berichtet und darüber, daß über Shigi und Wingin ein heftiger Hagelschauer hereingebrochen sei, der viele Dächer beschädigt habe.

Daß die erwartete Nachricht ausblieb, enttäuschte ihn seltsamerweise, ja, er fühlte sich irgendwie beleidigt. Schließlich war ein Meuchler in sein Zimmer vorgedrungen, und obwohl es ihm nur recht sein konnte, daß er vor der Öffentlichkeit aus dieser Sache herausgehalten wurde, hatte er doch gehofft, bestätigt zu finden, daß es zu einem Anschlag auf den Hof des Aiji gekommen war. Am liebsten hätte er gehört, daß man den Eindringling dingfest gemacht habe und nun Verhören unterziehe.

Aber nichts dergleichen, jedenfalls nicht in den Fernsehnachrichten. Moni und Taigi servierten das Frühstück, ohne eine einzige Frage zu stellen oder den Vorfall zu kommentieren. Es schien sie auch nicht zu interessieren, warum im Bad so viele Handtücher auf dem Boden lagen. Sie übermittelten lediglich, wie vom Personalbüro beauftragt, die Nachricht des Aiji, schafften Ordnung in der Wohnung und nahmen mit keiner Bemerkung Bezug auf das, was in der Nacht geschehen war.

Im vergangenen Frühjahr hatte der Lord von Talidi draußen im Wassergarten einen entfernten Verwandten ermordet, nachdem er mit ihm über eine antike Waffe in Streit geraten war. Noch Tage danach hatte der gesamte Hofstaat Kopf gestanden.

Heute blieb alles ruhig. Guten Morgen, nand' Paidhi, wie ist Ihr wertes Befinden? Noch ein paar Beeren? Ein Schlückchen Tee?

Dann aber schließlich meldete sich Moni zu Wort, der sonst selten den Mund aufmachte. »Wir sind alle froh, daß Ihnen nichts passiert ist, nand' Paidhi.«

Er schluckte gerade ein Stück Frucht hinunter.

Erleichtert hakte er nach: »Haben Sie von der Unruhe letzte Nacht etwas mitbekommen?«

»Die Wache hat uns geweckt«, antwortete Taigi. »Da wurde uns bewußt, daß etwas vorgefallen war.«

»Haben Sie denn nichts gehört?«

»Nein, nand' Paidhi.«

Vielleicht, so mutmaßte er, waren die Schüsse für Donnerschläge gehalten worden. Sturm und Regen hatten wohl ein übriges zu dieser Täuschung beigetragen. Mittlerweile fiel es ihm selbst schwer, sich an konkrete Einzelheiten zu erinnern; fast hatte er den Eindruck, als sei die Gestalt in der Terrassentür einem Traum entstiegen. So sehr hatte ihn das Schweigen der Diener verunsichert, daß er an seinem Verstand zu zweifeln begann.

Über die plausible Erklärung, die ihm nun geboten wurde, freute er sich um so mehr. Der Lärm der Schüsse war also nicht bis zur Dienerschaft vorgedrungen, deren Quartiere neben den alten Mauern auf der anderen Seite des Hügels lagen. Es hatte ja dieses heftige Gewitter eingesetzt. Und daß ihm in seinem heillosen Schrecken über den versuchten Anschlag die krachenden Schüsse vorgekommen waren wie Weltuntergangsgetöse, bedeutete beileibe nicht, daß auch alle anderen auf gleiche Weise davon Kenntnis genommen hatten.

Immerhin zeigten sich Moni und Taigi besorgt um ihn; vielleicht waren sie auch verwundert über sein Verhalten als Mensch; vielleicht hatten sie anderes von ihm erwartet. Wie dem auch sei, die beiden hielten sich bedeckt. Verständlich, denn wer wie er, Bren, Staub aufgewirbelt hatte, durfte sich nicht wundern, wenn man ihm vorenthielt, was über ihn gemunkelt wurde. Gerade jetzt in dieser Krisensituation war jede Information von weitreichender Bedeutung, und wer den Anschein erweckte, etwas zu wissen, mußte damit rechnen, daß er von den Ermittlern ins Visier genommen würde. Wer wollte das schon? Insbesondere diejenigen, die ihm, Bren, nahestanden, würden sich hüten, irgendwelche Gerüchte weiterzutragen. Auch er konnte daran nicht interessiert sein.

Darum war aus Moni und Taigi nicht mehr herauszubekommen; sie wollten nicht riskieren, noch einmal aus dem Bett geholt und einer zweiten Verhörrunde unterzogen zu werden. Dienerschaft und Verrat – dieser vermeintliche Zusammenhang war ein klassisches Klischee in den Dramen der Atevi. Lächerlich, denn es paßte ganz und gar nicht auf die beiden. Trotzdem hatten sie darunter zu leiden und mußten immer wieder fürchten, in Verdacht zu geraten. Bren hatte Verständnis für diese Sorge.

»Ich hoffe, die Sache hat sich erledigt, und wünsche mir, daß Sie nicht länger von der Polizei belästigt werden. Ich weiß, daß Sie ehrlich und aufrichtig sind.«

»Wir sind sehr dankbar für Ihr Vertrauen«, sagte Moni, und beide verbeugten sich. »Bitte, passen Sie gut auf sich auf.«

»Banichi und Jago untersuchen den Fall.«

»Das ist gut«, meinte Taigi und reichte ihm einen Teller Rührei.

Nachdem er gefrühstückt hatte, zog er sein bestes Sommerjackett über, das am Kragen und an der Knopfleiste mit Leder paspoliert war.

»Lassen Sie sich unterwegs nicht aufhalten«, sagte Taigi.

»Keine Sorge.«

»Wer begleitet Sie?« fragte Moni. »Sollten wir nicht lieber den Sicherheitsdienst rufen?«

»Um mich in den Audienzsaal zu führen?« Wie besorgt die beiden waren, dachte er und fühlte sich geschmeichelt. »Das ist nicht nötig, wirklich nicht.« Er nahm seinen Schlüssel und steckte ihn in die Tasche. »Ich bitte Sie nur, dafür zu sorgen, daß Fenster und Türen verriegelt sind, vor allem die zum Garten hin.«

»Nadi«, sagten sie und verbeugten sich ein zweites Mal, ohne eine Miene zu verziehen. Wie alle Atevi verstanden sie sich darauf, ihre Gefühle nach außen hin nicht sichtbar werden zu lassen. Gutgelaunt trat er vor die Tür …

Und lief geradewegs einem schwarz uniformierten Offizier der Wache in die Arme.

»Nand' Paidhi«, sagte der und musterte ihn mit skeptischem Blick. »Ich habe den Auftrag, Sie in den Saal zu begleiten.«

»Das ist nicht nötig«, entgegnete er. Sein Herz hatte ein halbes Dutzend Schläge übersprungen. Er kannte den Mann nicht. Allerdings stand kaum zu befürchten, daß sich ein Assassine erdreisten würde, unter einer solchen Uniform Deckung zu suchen. Er folgte dem Offizier durch die Gänge, vorbei an mehreren Wachposten und durch die Kolonnade dem Hauptgebäude entgegen.

Mächtige verwitterte Mauern umringten das Bujavid, den Regierungssitz, der, als Zitadelle ausgebaut, auf dem höchsten Hügel thronte, erhaben und getrennt von Shejidan und den Hotels weiter unten, die jetzt bis unters Dach belegt sein würden. Denn am heutigen Morgen sollte die Volksversammlung eröffnet werden, die nur alle drei Jahre zusammentrat, und darum waren aus allen Teilen des Landes Provinz-, Stadt- und Bezirksabgeordnete in die Stadt gekommen. Und nun strömten sie in Scharen aus ihren Unterkünften, um sich zu Fuß auf den Weg zu machen, die gestufte Prachtstraße hinauf durch das bewehrte »Tor der Hoffnung auf Gerechtigkeit«, schließlich über die von Blumen gesäumten Gehwege hin zu der berühmten Neunflügelpforte. Wie Pilger strömten sie herbei: Dutzende großgewachsener, breitschultriger Atevi mit nachtschwarzer Haut und glänzend schwarzen Zöpfen; manche gekleidet in kostbare Gewänder aus Satin und mit goldenen Borten, andere eher schlicht, aber gewiß in ihrem jeweils besten Aufzug; Berufspolitiker Seite an Seite mit einfachen Händlern und vornehmen Lords; dazwischen zaghafte Bittsteller, die ihre Petitionen mit sich führten: Schriftrollen, verschnürt mit bunten Bändern, dazu kleine Blumenbouquets, die auf den Tischen im Foyer abzulegen seit alters her Brauch war.

Die Luft duftete nach Blumen und den jüngsten Regengüssen. Aus der Halle am Ende der offenen Kolonnade drang lautes Stimmengewirr. Freunde und Bekannte trafen aufeinander. Man stand in langen Reihen an, um sich bei den Sekretären registrieren zu lassen. Auf deren Schreibtischen im vorderen Teil der Halle stapelten sich Anträge und Petitionen.

Für die Leute am Hof war das menschliche Wesen inmitten der Atavimenge kein ungewöhnlicher Anblick – diese bleiche, zierliche Gestalt, die, weil einen Kopf kleiner als die anderen, fast unterging im allgemeinen Gewühl, zumal sie unauffällig, geradezu konservativ gekleidet war und im Unterschied zu den meisten auf eine Schleife im Zopf verzichtete. Ungewöhnlich war nur, daß er von einem Polizisten begleitet wurde.

»Wie sieht der denn aus?« rief ein Kind und zeigte mit dem Finger auf ihn.

In Verlegenheit gebracht, schlug die Mutter dem Kind auf die Hand, doch dessen Stimme hallte im Raum nach, so daß viele Atevi aufmerksam wurden, dann aber so taten, als hätten sie weder den Menschen noch seinen Bewacher registriert.

Von aufdringlichen Blicken verschont blieben selbst die Lords der Provinzen mit ihrem Gefolge von Adjutanten und Leibwachen. Auch Bren hatte trotz des kindlichen Ausrufs keinen Grund, befangen zu sein und fürchten zu müssen, von allen Seiten begafft zu werden.

Höflich verabschiedete sich Bren von seinem Begleitschutz, als sie vor dem Flüsterflügel angekommen waren, jenem Teil der großen Pforte, der in den Audienzsaal führte. Bren trat leise ein, um die Sitzung, die bereits begonnen hatte, nicht zu stören.

Er fürchtete, sich allzu sehr verspätet zu haben. Aber Moni und Taigi waren nicht früher als sonst gekommen, um ihn zu wecken, hatten auch keinen Termin für das Gespräch mit dem Aiji genannt. Hoffentlich wartete Tabini nicht schon ungeduldig. Bren ging auf das Pult zu, wo der Zeitplan für die Anhörung auslag.

Banichi kam ihm entgegen. Er trug die metallbeschlagene schwarze Uniform der Leibgarde des Aiji. »Nadi Bren. Haben Sie gut geschlafen?« fragte er und trat auf ihn zu.

»Nein«, bekannte er; und hoffnungsvoll: »Haben Sie ihn erwischt?«

»Leider nein, Nadi. Der Regen ist uns dazwischengekommen. Zu dumm.«

»Weiß Tabini Bescheid?« Er warf einen Blick auf die Estrade, auf der Tabini-Aiji saß; er unterhielt sich gerade mit Gouverneur Brominandi. »Ich bin hierher bestellt. Wissen Sie vielleicht, was er von mir will? Was soll ich ihm sagen?«

»Die Wahrheit, aber nur wenn Sie mit ihm allein sind. Es war immerhin seine Waffe, oder?«

Bren blickte auf. Zweifelte Banichi inzwischen an seiner Geschichte? Von einem solchen Zweifel war bei ihm in der vergangenen Nacht noch nichts zu spüren gewesen. »Ich habe Sie nicht belogen, Banichi.«

»Ich weiß«, antwortete er, und als Bren auf das Pult zusteuerte, um sich beim Sekretär auf die Namensliste setzen zu lassen, hielt Banichi ihn am Ärmel ziehend zurück. »Kein Wort im Beisein anderer«, flüsterte er und nickte in Richtung Estrade. Ohne Brens Arm freizugeben, führte Banichi ihn vor das Podest.

Brominandi von Entaillan – meliertes schwarzes Haar und die Hände voller Ringe, manche zum Schmuck, andere als Zeichen seines politisches Amtes – Brominandi war ein Mann, der selbst Steine langweilen konnte. Die beistehenden Wachen hatten bislang noch kein höfliches Mittel gefunden, ihn, den Gouverneur, zum Gehen zu bewegen.

Auf das, was er zu sagen hatte, reagierte Tabini immerzu kopfnickend. Schließlich versprach der Aiji: »Ich werde die Sache vor den Rat bringen.« Offenbar ging es in diesem Gespräch wieder einmal um Wasserrechtsfragen. Darum stritten die beiden Provinzen am Oberlauf

78

der Alujis gegen die drei Anrainer des Unterlaufs, die allesamt von einer geregelten Versorgung zur Bewässerung ihrer Felder abhängig waren. Seit nunmehr fünfzig Jahren dauerte dieser Streit an, ohne daß es je zu einer Einigung gekommen wäre. An Banichis Seite stehend faltete Bren die Hände, hielt den Kopf gesenkt und gab sich so unauffällig, wie es einem Menschen am Hofe eben möglich war.

Schlußendlich akzeptierte Tabini-Aiji die unvermeidliche Petition (oder war es die Protestnote gegen eine Petition der anderen Seite?) aus Brominandis Händen, eine voluminöse Schriftrolle, mit vielen Banderolen und Wachssiegeln versehen, und reichte sie weiter an seine Sekretäre.

Bren blickte flüchtig auf und sah, daß der Aiji ihm und Banichi ein Zeichen gab vorzutreten. Sie bestiegen die Estrade und verbeugten sich vor dem Sessel des Aiji. Das Gemurmel jener anderen Bittsteller, die den Vorzug hatten, unter den ersten zu sein, hallte leise von der weiß und golden bemalten Kuppel der Halle wider.

Tabini kam gleich zur Sache: »Wissen Sie, wer es war, Bren? Irgendein Verdacht?«

»Nein, Aiji-ma. Ich habe auf ihn geschossen, wohl aber nicht getroffen. Banichi sagte, ich solle behaupten, daß er geschossen hat.«

Tabinis gelbe Augen waren sehr hell, wirkten mitunter und bei besonderem Licht geradezu gespenstisch, und wenn er wütend war, konnten sie einem Angst machen. Doch er schien nicht wütend zu sein; er machte auch keinem einen Vorwurf.

Banichi sagte: »Ich wollte nicht, daß neugierige Fragen gestellt werden.«

»Was der Eindringling wollte, ist nicht klar?«

»An einen versuchten Raubüberfall glaube ich nicht. Eher an ein versuchtes Rendezvous ...«

»Nein«, widersprach Bren entschieden, empört über diese Andeutung. Doch Tabini kannte ihn und wußte nur zu gut, daß Atevifrauen ein Faible für ihn hatten. Darüber wurde gern gewitzelt, zumeist auf seine Kosten.

»Keine Verehrerin?«

»Nein, Aiji-ma.« Nur das nicht, hoffte er inständig, erinnerte er sich doch, daß Jago auf der Terrasse Blutspuren entdeckt hatte.

Tabini-Aiji streckte die Hand aus und berührte seinen Arm, als wollte er sich entschuldigen für seine leichtfertige Unterstellung. »Ich nehme die Sache durchaus ernst. Sie sollten in Zukunft darauf achten, daß Fenster und Türen verschlossen bleiben.«

»Die Tür zum Garten ist aus Glas und leicht einzuschlagen«, meinte Banichi. »Aber daran etwas zu ändern wäre unklug, weil dadurch argwöhnische Fragen aufgeworfen würden.«

»Wie wär's mit einem Draht?« fragte Tabini.

Bren zeigte sich entsetzt. Diese tödliche Schutzmaßnahme sicherte die Gemächer des Aiji; doch er, Bren, wollte davon nichts wissen.

»Ich werde dafür sorgen«, sagte Banichi.

»Womöglich tappe ich dann selbst in die Falle«, protestierte Bren.

»Ach was«, entgegnete Tabini; und an Banichi gewandt: »Veranlassen Sie alles Nötige. Heute noch. An jeder Tür. Die Schlösser müssen ausgewechselt werden. Sein Schlüssel zur Entsicherung.«

»Aiji ...«, hob Bren zu sprechen an.

»Ich habe heute noch viele Gespräche zu führen«, entgegnete Tabini; mit anderen Worten: Sei still! Wenn er einen solchen Ton anschlug, war es ratsam zu gehorchen. Die beiden zogen sich zurück. Bren blieb auf der vierten Podeststufe stehen, wo er für gewöhnlich seinen Platz einnahm.

»Warten Sie hier«, sagte Banichi. »Ich hole den neuen Schlüssel.«

»Banichi, ist jemand hinter mir her?«

»Sieht so aus, oder? Es war jedenfalls bestimmt keine Verehrerin.«

»Wissen Sie mehr als ich?«

»Allerdings. Was interessiert Sie?«

»Mein Leben.«

»Passen Sie auf den Draht auf. Die Gartenseite wird ebenfalls mit einem Schlüssel aktiviert und entsichert. Und ich werde Ihr Bett von der Terrassentür wegrücken lassen.«

»Aber es ist Sommer und sehr heiß.«

»Gewisse Unannehmlichkeiten hat jeder.«

»Ich wünschte, es würde mir jemand mal sagen, was eigentlich los ist.«

»Sie sollten die Damen nicht gegen sich aufbringen.«

»Sie machen Witze.«

Natürlich, Banichi versuchte wieder einmal, dem eigentlichen Problem auszuweichen. Und statt Auskunft zu geben, machte er sich mit vergnügter Miene auf den Weg, um das Zimmer in eine Todesfalle zu verwandeln, stromleitende Matten vor die Türen zu legen und Schaltkreise zu schließen, die auch ihm, Bren, zum Verhängnis werden könnten, wenn er unbedacht oder schlaftrunken an die Gartentür träte.

Der nächtliche Vorfall hatte ihn verängstigt. Jetzt war er wütend und frustriert darüber, daß sein Alltag gestört und seine Bewegungsfreiheit beschnitten wurde. Er sah es kommen: ständige Bewachung, Restriktionen, Drohungen ... und das alles womöglich nur, weil irgendein Verrückter aus irgendwelchen Gründen Menschen nicht leiden konnte. Das war die einzige Erklärung, die Bren plausibel fand.

Er setzte sich auf die Stufe, die ihm, dem Paidhi-Aiji zugewiesen war. Er hörte den Gesprächen, die der eigentlichen Audienz vorangingen, aufmerksam zu. Vielleicht, so dachte er, war eine Gefahr von politischer Dimension im Schwange. Doch die Art, wie Banichi ihm Informationen vorenthielt, und Tabinis Schweigen, mit dem er nicht verhehlen konnte, sehr viel mehr über den Fall zu wissen – all das sprach eher dafür, daß es sich bei dem Eindringling wahrscheinlich doch nur um einen Einzelgänger mit persönlichen Ressentiments handelte.

Ein echter, lizensierter Assassine, der noch recht bei Verstand war, würde sich niemals auf einen Menschen ansetzen lassen, der ein wichtiges Amt bei Hofe bekleidete und außerdem mit dem Aiji des Westbundes auf vertrautem Fuß stand.

Doch wer mochte einen Groll gegen ihn hegen? Oder gegen das, was er als Mensch gleichsam symbolisch verkörperte, also zum Beispiel gegen technischen Fortschritt oder dergleichen? Wie war einer solchen Person auf die Schliche zu kommen?

Immerhin tröstete ihn der Gedanke, daß es wohl kein Assassine war, der ihn bedrohte, sondern aller Wahrscheinlichkeit nach bloß ein Verrückter oder ein Amateur ohne Lizenz, einer, der Fehler machte, weniger gezielt zu Werke ging und damit auch Leute in Gefahr brachte, auf die er es gar nicht abgesehen hatte, in der Hinsicht also äußerst bedrohlich war.

Banichi hatte – als einer von wenigen – eine Lizenz, so auch Jago. Mit denen legte sich keiner an. Der Eindringling konnte von Glück reden, daß seine Spuren im Garten vom Regen verwischt worden waren, es sei denn, er hatte klugerweise den Wetterumschwung mit ins Kalkül gezogen.

Wie dem auch sei, glücklich konnte man ihn jetzt nicht mehr nennen, denn Banichi war hinter ihm her, und es würde ihm dreckig ergehen, wenn der ihn zu fassen bekäme.

Der Gejagte durfte es unter anderem nicht wagen, zu einem Arzt zu gehen, obwohl er den nötig zu haben schien; die Blutspuren zeugten davon. Auf den beherzten Empfang, den Bren ihm bereitet hatte, war der Attentäter offenbar nicht gefaßt gewesen. Recht so, daß er jetzt in der Klemme steckte, dachte Bren; und er hoffte, daß auch der Auftraggeber, wenn es einen gab, in arge Verlegenheit geriet und sich genötigt sähe, den Vertrag zurückzuziehen.

Die Türen öffneten sich. Die Wachen und Hofdiener ließen die Menge eintreten. Der Sekretär nahm vom Marschall einen Berg von Petitionen, eidesstattlichen Erklärungen und Anträgen entgegen.

Zwischen den praktischen Gewohnheiten der Atevi und den technischen Gegebenheiten, die von den Menschen zur Verfügung gestellt worden waren, hatten sich im Laufe der Zeit seltsame Schnittstellen entwickelt. Den Atevi war gewiß nicht vorzuwerfen, daß sie krampfhaft an überkommenen Traditionen festhielten und bloß solcher Traditionen zuliebe weiterhin darauf bestanden, ihr Anliegen in Form solcher unhandlichen Schriftstücke vorzutragen. Computer waren längst in Gebrauch und wurden von den Sekretären zur Datenverarbeitung genutzt.

Aber wie sollten sich Atevi an Personencodes oder Aktenzeichen gewöhnen? Wer sie dazu bewegen wollte, würde sie zunächst davon überzeugen müssen, daß solche Zahlen und Ziffern ohne magische Bewandtnis waren. Und es müßte ihnen begreiflich gemacht werden, daß die willkürliche Veränderung solcher Zahlen zu einem Chaos in der Verwaltung führte. Ein Ateva gab sich mit einer vom Computer bestimmten Nummer beileibe nicht immer zufrieden und drängte auf sofortige Korrektur, wenn er diese im Sinne seiner Numerologie für ungünstig erachtete.

Zahlen zu erzeugen, nur um einem Computer die Arbeit zu erleichtern, galt allenthalben als eine abstruse Sinnlosigkeit. Manche äußersten sogar den Verdacht, daß der Hof in Shejidan mit der computergestützten Datenverarbeitung die heimliche Absicht verfolge, Bedeutung und Einfluß der Provinzen zu unterminieren, und daß der Aiji heimlich mit den Menschen konspiriere, die dieses heimtückische Gerät auf die Welt gebracht hatten.

Nicht alles, was von den Menschen stammte, wurde mit soviel Argwohn betrachtet. Auf das Fernsehen zum Beispiel wollte keiner mehr verzichten. Auch die Fliegerei fand immer mehr Zuspruch, obwohl sie mit erschreckend fahrlässiger Unbekümmertheit betrieben wurde, woran auch die gesetzlichen Maßnahmen zur Regulierung des Luftverkehrs nur wenig ändern konnten, die der Aiji nach der schrecklichen Katastrophe an der Weinathi-Brücke verordnet hatte.

Den Göttern der Atevi sei Dank, daß Tabini-Aiji ein nüchtern denkender und völlig unreligiöser Mann war.

Jedem Bittsteller stand für den Vortrag seines Anliegens eine bestimmte Zeit zu Verfügung, bemessen nach dem Durchlauf einer Sanduhr. Im großen und ganzen ging es um landwirtschaftliche Probleme, aber es gab auch Fragen, die den Handel betrafen oder einzelne Bauprojekte, die – wie der Straßen-, Staudamm- oder Brückenbau – Hoheitsrechte tangierten und darum die beiden Häuser der Legislative passieren mußten: das Hasdrawad und das Tashrid. Der Aiji hatte zwar keinen Einfluß auf das Genehmigungsverfahren, doch von seiner Billigung hing ab, ob das geplante Projekt überhaupt zur Vorlage kam.

Darüber hinaus bot der Aiji im Rahmen seiner Audienzen an, Streitigkeiten zu schlichten. Heute standen zwei solcher Fälle an. In einem Fall ging es um ungeklärte Besitzverhältnisse zwischen einer Frau und ihrem Ex-Mann.

»Es ist besser, mit dieser Sache vor Gericht zu gehen«, sagte Tabini. »Sie können sich auszahlen lassen, in Raten, die von seinem Einkommen abgezogen werden.«

»Lieber würde ich ihn umbringen«, entgegnete die Frau.

»Vergessen Sie nicht zu registrieren.« Tabini entließ

die Frau mit einem Schlenker aus dem Handgelenk und ging zum nächsten Fall über.

Ein solcher Vorgang machte deutlich, warum es die Menschen vorzogen, auf Mospheira zu leben. Mospheira war eine Insel, die von Menschen verwaltet wurde. Dort blieben Computerzahlen unangefochten, und zu den Gesetzen gab es eben nicht die Alternative der Blutfehde.

Verwaltung und Rechtspflege, so wie sie in den sechs sogenannten Provinzen zum Zuge kamen, hatten allerdings durchaus auch ihre Vorzüge. Unter der Herrschaft des Aiji lebten dort rund dreihundert Millionen Bürger, und es gab nur ein einziges Untersuchungsgefängnis, in dem nie mehr als fünfzig Individuen auf ihren Prozeß oder eine Anhörung warteten, ohne die Möglichkeit, auf Kaution freigelassen zu werden. Außerdem gab es eine Anzahl von Nervenheilanstalten für diejenigen, die einer solchen Einrichtung bedurften. Unverbesserliche, antisoziale Elemente kamen in ein Arbeitslager, wovon es ingesamt vier gab. Dort waren insbesondere solche Personen anzutreffen, die sich eigenmächtig das Amt eines Assassinen angemaßt hatten.

Vernünftige, gesetzestreue Atevi scheuten vor Streit und Auseinandersetzung zurück. Ehescheidungen wurden fast immer in höflichem Übereinkommen abgewickelt. Ein jeder hütete sich davor, den Kontrahenten in die Enge zu treiben oder auch nur zu beleidigen. Zum Glück verstanden sich die Atevi darauf, geschickt miteinander zu verhandeln. Falls es aber in einem Streit nicht zur gütlichen Einigung kam, wurde in der Regel eine physische, wenngleich unbewaffnete Konfrontation gesucht. Erst in allerletzter Konsequenz drohte offene, ordnungsgemäß registrierte Fehde.

Selbst großgewachsene, kräftige Menschen waren einen Kopf kleiner und brachten ein Drittel weniger Masse auf die Waage als ein durchschnittlicher Ateva, ob männlich oder weiblich. Schon allein aus diesem Grund zogen sie ihre eigene Rechtssprechung vor.

Bren hatte offenbar jemanden beleidigt, der sich nicht an geltende Regeln hielt. Zumindest hatte dieser Unbekannte keine Fehdeabsicht registrieren lassen. Denn in dem Fall wäre ihm, Bren, automatisch eine entsprechende Benachrichtigung zugestellt worden. So sehr er auch grübelte, er konnte sich nicht erinnern, irgend jemanden in letzter Zeit durch ungeschicktes Verhalten irritiert zu haben. Und nun wurde auf Tabinis Geheiß seine Unterkunft mit einer tödlichen Installation abgesichert.

Der Schock von der vergangenen Nacht steckte ihm immer noch in den Gliedern und hinderte ihn daran, nüchtern und sachlich nachzudenken. Er konnte sich außerhalb seiner Wohnung nirgends mehr sicher fühlen. Zwar mieden professionelle Assassinen jegliche Form von Öffentlichkeit, dennoch mußte er allenthalben damit rechnen, daß aus der gesichtslosen Menge ein Messer hervorschnellen und eine Hand zustoßen könnte, um ihn zu Fall zu bringen.

Auch unter den Bediensteten der Lords waren nicht wenige lizensierte Assassinen, mit denen er täglich in engen Kontakt kam. Bislang hatte er sich deswegen keine Sorgen machen müssen, aber jetzt ...

Ein älterer Herr, der nun als sechsundvierzigster Bittsteller an die Reihe kam, ersuchte den Aiji, an einer Konferenz zum Thema Stadtentwicklung teilzunehmen. Das Anliegen wurde zu den Akten gelegt.

Eines Tages – das hatte der Aiji ihm vertraulich mitgeteilt, und er wußte, daß auch schon dessen Vorgänger ähnliches gesagt haben sollte – eines Tages würde das zehnstöckige Archivgebäude unter der Last all der mit Siegeln und Banderolen beschwerten Schriftstücke und Akten in sich zusammenbrechen und in einer gewaltigen Staubwolke versinken. Zum Glück waren keine weiteren Fälle zu behandeln, beziehungsweise zu den

Akten zu legen. Der Sekretär hatte den letzten Namen auf der Liste aufgerufen; sein Schreibtisch war leer.

Nein, doch nicht ganz. Tabini ließ den Sekretär zu sich kommen. Der brachte ihm ein ungewöhnlich reich verziertes Dokument, mit roten und schwarzen Bändern versehen, den Farben hohen Adels.

»Eine Absichtserklärung in eigener Sache«, sagte Tabini und stand auf. Seine Adjutanten und alle Anwesenden wurden unruhig vor Erregung. Der Sekretär hob das Schriftstück mit ausgestreckten Armen vors Gesicht und las vor: »Tabini-Aiji gegen Unbekannt, welcher oder welche ohne Absichtserklärung den Frieden meines Hauses störte und die Person des Paidhi-Aiji, Bren Cameron, an Leib und Leben bedrohte. Falls irgendeinem Gast oder Mitglied meines Haushalts aus diesem oder weiteren Angriffen Schaden erwachsen sollte, werde ich, der Aiji, persönlich das Fehderecht zur Verteidigung der Sicherheit meines Hauses in Anspruch nehmen und Banichi von Dajoshu aus der Provinz Talidi zu meinem registrierten und lizensierten Agenten ernennen. Diese Absichtserklärung ist zur Veröffentlichung bestimmt und beglaubigt durch Unterschrift und Siegel.«

Bren war schockiert. Das Raunen der Umherstehenden und die Blicke, die sich auf ihn richteten, machten ihn, der stets um Unauffälligkeit bemüht war, zusätzlich nervös. Tabini verließ das Podest und ging an ihm vorbei mit den Worten:

»Seien Sie klug, Nadi Bren.«

»Aiji-ma«, murmelte er und verbeugte sich, tiefer als sonst, um seine Unsicherheit zu verbergen. Die Audienz war zu Ende. Dicht gefolgt von Jago und seinen engsten Dienern, bahnte sich Tabini einen Weg durch die Menge und verschwand hinter einer der Seitentüren.

Auch Bren machte sich auf, beklommen und zaghaft. Er fürchtete, daß der Attentäter oder sein Auftraggeber in der Nähe sein könnte, und hoffte, vor der Tür wieder in polizeilichen Begleitschutz genommen zu werden.

Zu seiner Erleichterung sah er Banichi auf sich zukommen, und gemeinsam traten sie durch den Flüsterflügel hinaus in die Halle.

»Tabini hat seine Fehdeabsicht erklärt«, sagte Bren, vorfühlend, ob Banichi über diese Maßnahme im voraus informiert gewesen war.

»Das wundert mich nicht«, antwortete Banichi.

»Vielleicht sollte ich lieber die nächste Maschine nach Mospheira nehmen.«

»Das wäre dumm.«

»Da herrschen andere Gesetze. Und ein Ateva, der mir nach dem Leben trachtet, würde dort sofort auffallen. Im Gegensatz zu hier.«

»Sie wissen doch nicht, ob es einer von uns ist.«

»Wenn nicht, war's, verdammt noch mal, der größte und breiteste Mensch, der mir je unter die Augen gekommen ist. Verzeihen Sie.« Als Paidhi-Aiji war es nicht statthaft zu fluchen, jedenfalls nicht in der Öffentlichkeit. »Es war kein Mensch. Das weiß ich.«

»Sie wissen vielleicht, wer in Ihr Zimmer eingedrungen ist, aber nicht, wer ihn angeheuert hat. Sicherlich haben Sie davon gehört, daß auf Mospheira der Schmuggel blüht. Auch daher könnte Gefahr drohen.«

Die ragische Sprache unterschied in ihren Pronomen weder nach Geschlecht noch Rang, und es gab nur eine Form der Anrede – das distanzierte »Sie«.

»Ich wüßte nicht, wo ich sicherer leben könnte.«

»Tabini braucht Sie hier.«

»Wozu?« Daß er gebraucht werde, hatte Bren noch nie gehört. Es wäre für ihn überraschend zu erfahren, daß Tabini jemals etwas unternähme, das von der geschäftsmäßigen Routine abwich.

Vor ein paar Wochen hatte Tabini ihm aus einer Laune heraus eine Pistole zugesteckt und zwei Stunden lang Schießunterricht gegeben. Sie hatten viel Spaß dabei gehabt, auf Melonen gezielt, die an Stangen aufgespießt waren, und anschließend zusammen zu Abend gegessen. Sie waren die ganze Zeit über allein gewesen, nämlich im Jagdhaus des Aiji, und Tabini hätte genügend Zeit gehabt, ihn vor einer drohenden Gefahr zu warnen.

Sie bogen um eine Ecke. Banichi schien seine letzte Frage überhört zu haben. Sie traten hinaus in die Kolonnade; aschfahl und geometrisch erhoben dahinter die alten Mauern des Bu-javid. Die Schar der Bittsteller strömte nun in umgekehrter Richtung, zurück nach unten, den Hotels entgegen. Diejenigen, die noch nicht vorstellig geworden waren, hatten ihre Nummer und würden in der festgelegten Reihenfolge vom Aiji empfangen werden.

Als die beiden die Menge hinter sich gelassen hatten und jene Halle durchquerten, die zu den Gartenwohnungen führte, brachte Banichi zwei Schlüssel zum Vorschein. »Das sind Originalstücke«, sagte er. »Sehen Sie sich vor, daß Sie die nicht mit den alten verwechseln. Die passen zwar auch noch, können aber den Schutz nicht entsichern.«

Bren zeigte sich verwirrt, aber auch davon schien Banichi keine Notiz zu nehmen. »Wär's nicht damit getan, dem Miststück einen gehörigen Schrecken einzujagen? Er ist immerhin kein Profi.«

»Es wird sich zeigen, wie er auf Tabinis Absichtserklärung reagiert«, antwortete Banichi. »Wie sagten Sie selber noch? Er wäre schön verrückt, wenn er es ein zweites Mal versuchte.«

Bren schnürte sich der Magen zu. »Verfluchter Mist ...«

»Ich habe die Dienerschaft instruiert. Das sind alles loyale, umsichtige Leute, die sich auf ihre Arbeit verstehen. Sie können nicht mehr ohne weiteres zu Ihnen rein. Manches werden Sie nun selbst erledigen müssen. Zum Beispiel das Bett neu beziehen. Das mache ich auch. Ihre Wohnung ist jetzt ähnlich abgesichert wie meine oder die von Jago.«

Das wußte Bren bislang nicht, obwohl er Banichi und

Jago gut kannte. Nun ja, in ihrem Fall und in Tabinis machten solche Umstände sehr wohl Sinn. Aber doch nicht in seinem.

»Ich kann doch davon ausgehen, daß keine Zweitschlüssel zu Ihrer Wohnung im Umlauf sind, oder?« sagte Banichi. »Irgendwelche Damen, von denen ich nichts weiß? Oder … ehm … andere Kontakte?«

»Nein.« Was für eine Frage. Banichi kannte ihn genau und wußte, daß er mit einigen Frauen auf Mospheira in Verbindung stand, daß er auch nicht abgeneigt war, mit der einen oder anderen eine – wie sich Banichi ausdrückte – ›Ein-Kerzen-Nacht‹ zu verbringen. Mehr war da nicht. Ihm, dem Paidhi-Aiji, fehlte im übrigen die Zeit für Geselligkeiten, geschweige denn für längere romantische Manöver, verletzte Gefühle, Abschiedsszenen und das ganze Pipapo. Und schon gar nicht für solche Personen, die sich einzuschmeicheln versuchten, um ihm Informationen zu entlocken. Seine Freundinnen stellten keine Fragen und würden nie mehr von ihm verlangen als einen Strauß Blumen, einen Telefonanruf oder einen Abend im Theater.

»Passen Sie gut auf, falls Sie doch irgendwelche Schlüssel abgegeben haben sollten.«

»Ich bin doch kein Narr.«

»Narren der Art gibt's im Bu-javid eine ganze Menge.«

Gib einem Ateva technische Möglichkeiten an die Hand, und er bastelt Dinge zusammen, auf die ein Mensch nie kommen würde. Die Erfindungen der Atevi haben ihren ganz eigenen sozialen Kontext; sie entspringen Ideen, die für Menschen kaum nachvollziehbar sind. Der sogenannte Draht war eine solche Erfindung. Typisch, daß Atevi bei allen innovativen Bemühungen in erster Linie an die Optimierung persönlicher Sicherheit dachten. Und es war für sie völlig legal, auch todbringende Schutzvorkehrungen zu installieren. Wie weit sie damit gingen und wie solche

Geräte im einzelnen funktionierten, war nicht zu erfahren.

Der Paidhi versuchte, auf dem laufenden zu bleiben, was die technische Entwicklung der Atevi anging, zumindest in terminologischer Hinsicht. Doch diese Entwicklung ging so rasant vonstatten, daß er den Anschluß zu verlieren drohte, und es war zu fürchten, daß sie sich immer mehr der menschlichen Kontrolle entzog, zumal die Atevi ihre Erfindungen und Entdeckungen als Geheimnisse hüteten. Überhaupt waren die Atevi wenig kommunikativ.

Die beiden erreichten die Tür zu Brens Wohnung. Bren öffnete sie mit dem Schlüssel, den er von Banichi bekommen hatte. Weder von der Matte noch vom Draht war irgend etwas zu sehen.

»Glück gehabt«, sagte Banichi. »Sie haben den richtigen Schlüssel verwendet.«

»Den, den *Sie* mir gegeben haben.« Bren konnte über Banichis Scherz nicht lachen. »Wo ist die Matte. Ich sehe sie nicht.«

»Unterm Teppich. Ich empfehle Ihnen, nicht mehr barfüßig zu gehen. Es könnte sonst passieren, daß Sie sich am Draht die Zehen aufschneiden.«

Der Draht war extrem dünn und kaum auszumachen. Bren ging ins Zimmer. Banichi blieb vor der Tür stehen.

»Wenn er geladen ist, schneidet er sich durch alles durch, was isolieren könnte, durch Lederstiefel allemal. Aber auch im entsicherten Zustand sollten Sie ihm nicht zu nahe kommen. Bleiben Sie in der Wohnung und schließen die Tür.«

»Ich muß heute nachmittag zur Energiekonferenz.«

»Warten Sie auf Jago. Sie wird Sie abholen. Sie können sich ja inzwischen umziehen.«

»Was soll das? Werde ich jetzt ohne Begleitung nirgends mehr hinkommen? Glauben Sie etwa, daß mir der Bauminister oder der Chef der Wasserversorgung an die Gurgel springen könnte?«

»Sicher ist sicher, Nadi Bren. Im übrigen dürfte Ihnen Jagos Begleitung nicht unangenehm sein. Sie ist fasziniert von Ihren braunen Haaren.«

Bren war empört. »Sie macht sich über mich lustig, Banichi.«

»Verzeihen Sie.« Banichi verzog keine Miene. »Seien Sie nett zu ihr. Begleitschutz kann verdammt langweilig sein.«

II

Straße oder Schiene – darüber wurde schon lange gestritten. Auf der einen Seite standen die Befürworter des Individualverkehrs, die mit ihrer einflußreichen Lobby den Ausbau der Straßenverbindungen mit den Hügelstädten forderten. Nicht weniger mächtig war auf der anderen Seite die Eisenbahnindustrie, die Forschungsgelder für die Entwicklung von Hochgeschwindigkeitstrassen beanspruchte und die Hochländer ins Schienennetz einbinden wollte. Dieser Streit wurde erweitert um Widerstände seitens der kommerziellen Luftfrachtunternehmen und nicht zuletzt auch seitens des Verbandes der Steuerzahler, der noch höhere Abgaben nicht hinzunehmen bereit war. Der Provinzgouverneur plädierte für den Straßenausbau und setzte mit seinen Argumenten den Bauminister gehörig unter Druck.

Der Computerbildschirm zur Rechten Brens hatte schon vor geraumer Weile sein Schonprogramm aktiviert. Bren folgte der Diskussion nur mit einem Ohr. Er kannte sämtliche Argumente längst; sie wurden nur immer wieder neu variiert und rhetorisch schmackhaft gemacht. Auf dem Notizblock, den er vor sich liegen hatte, entstanden Kritzeleien, die allenfalls in psychologischer Hinsicht von Bedeutung waren, aber immerhin interessanter als der Vortrag des Ministers für Transport und Verkehr.

Jago war draußen; sie erfrischte sich wahrscheinlich

gerade mit einem Drink, während der Paidhi-Aiji nur noch einen kleinen Schluck Eiswasser im Glas hatte.

Jetzt meldete sich der Bauminister mit seiner einschläfernden, monotonen Stimme zu Wort. Doch der Paidhi-Aiji mußte zuhören, denn es war zu erwarten, daß jetzt bald ein Antrag zur Abstimmung kam. Er hatte natürlich kein Stimmrecht, durfte nicht einmal unaufgefordert Stellung beziehen, es sei denn, er entschloß sich, seine politische Trumpfkarte auszuspielen: Er konnte nämlich sein Veto einlegen gegen Ratsvorlagen für das Unterhaus, das Tashrid. Dieses Veto war verbindlich und zwang zur Einberufung des Vermittlungsausschusses. Er hatte von diesem Recht bislang zweimal Gebrauch gemacht, und zwar jeweils in Sitzungen des Rates für Forschung und Entwicklung. Dem Bauminister war er noch nie solchermaßen in die Parade gefahren – im Unterschied zu seinem Vorgänger, der sich insgesamt achtzehnmal gegen den Ausbau der Paßstraße ausgesprochen hatte. Dieses Thema war vorerst abgehakt, da es nun eine Schienenverbindung auf dieser Strecke gab.

Die Bibliothek auf Mospheira enthielt die gesamte Geschichte der Menschheit und sämtliche Aufzeichnungen von Brens Vorfahren, Erfahrungen und Einsichten, unter anderem darin, daß der rücksichtslose Konsum petrochemischer Ressourcen eines Planeten zugunsten einer Orgie motorisierten Individualverkehrs langfristig auf Kosten der Umwelt- und Lebensqualität geht. Doch was der Paidhi für richtig erachtete, vertrug sich nicht mit hiesigen Ambitionen, und im Falle des geplanten Schnellstraßensystems stieß sein Rat auf entschiedenen Widerspruch. Noch funkelte die Luft über dem Bergid-Massiv kristallen klar, was nicht zuletzt den Paidhiin zu verdanken war, die nun fast seit zwei Jahrhunderten in den Bundesprovinzen ihren Einfluß geltend machten. Bren war stolz auf diese Tradition.

Als die Menschen, wider Willen und ohne eingeladen

zu sein, auf ihren Planeten gekommen waren, hatten die Atevi noch nicht einmal die Technik der Dampfkraft im Griff gehabt.

Als die Atevi dann mit den technischen Möglichkeiten der Fremden aus dem All Bekanntschaft machten, wollten natürlich auch sie am Fortschritt teilhaben und ihren Nutzen daraus ziehen. Aber im Unterschied zu den Menschen sahen sie in diesem Fortschritt vor allem die Chance zur persönlichen Machtentfaltung und Absicherung. Den Theoretikern der Menschen zufolge, waren die Atevi in dieser Hinsicht sozusagen allesamt gleichgeschaltet, denn dieses Machtinteresse war auf dem ganzen Planeten und über alle kulturellen Grenzen hinweg in gleicher Weise ausgeprägt. Auf der geschützten Insel von Mospheira hatten diese Theoretiker gut spekulieren, doch der Paidhi-Aiji mußte sich mit praktischen Problemen herumschlagen und gut Wetter machen beim Aiji der Ragi-Atevi in Shejidan, der Hauptstadt jener Provinz, die der Insel Mospheira am nächsten lag und seit langer Zeit mit ihr verbündet war.

Zerbräche diese Allianz, würde es zu einer zweiten schrecklichen Kraftprobe kommen zwischen menschlicher Technologie und den atevischen *Haronniin*. Der Begriff Haronniin ließ sich in der Sprache der Menschen nur annäherungsweise übersetzen mit ›Überbeanspruchung, die eine Korrektur rechtfertigt‹ oder anders ausgedrückt: War die Geduld der Atevi am Ende, gab es für sie nur ein Mittel zur Wiederherstellung sozialer Ordnung und psychischer Balance, nämlich Assassination. Übrigens: Auch für andere Begriffe ihrer Sprache gab es nur vage Übersetzungen. Zum Beispiel war der Aiji nicht ›Fürst‹ zu nennen, schon gar nicht ›König‹, und interessanterweise wurden der Begriff für Landes- oder Hoheitsgrenzen synonym gebraucht mit dem Wort für Flugpläne.

Nein, es war keine gute Idee, Straßen auszubauen und damit den Individualverkehr zu fördern, nicht zuletzt deshalb, weil damit eine Dezentralisierung der öffentlichen Bauverwaltung einhergehen würde, und die wiederum brächte den verschiedenen Aijiin des Kontinents nur finanzielle und fiskalische Nachteile, also auch Tabini-Aiji.

Nein, es war nicht gut, eine Wirtschaft zu fördern, die Einzelunternehmer große Profite machen ließ und zu einer weiten Streuung von Niederlassungen entlang der Schnellstraßen führen würde – ganz nach dem Vorbild der Industrie- und Handelssysteme der Menschen.

Eine solche Kopie hätte schreckliche Folgen hier, wo Assassination alltäglich war und legitimes Mittel der Stressbewältigung.

Verdammt, dieser heimtückische Anschlag; je mehr er darüber nachdachte, desto tiefer griff seine Verunsicherung, insbesondere im Hinblick auf seine Rolle als Paidhi. Um Paidhi zu werden, hatte er jahrelang intensiv studiert, mit dem Ergebnis, daß er nun eine Sprache fließend beherrschte, die sich nur unvollkommen ins Mosphei', die Sprache der Menschen, übertragen ließ. Mit dieser Sprache hatte er sich auch die Denkungsart der Atevi zu eigen gemacht, jedenfalls teilweise. Und es wurden nun sozusagen einzelne Bruchstücke und Teile aus dem dunklen Gewässer atevischer Mentalität an die Oberfläche geschwemmt, so wie er sie verstand; Gedankenfetzen an der Schnittstelle zwischen der Vorstellungswelt der Atevi und der der Menschen.

Besorgniserregende Gedanken, die immer mehr in Zweifel zogen, daß der Angriff auf ihn, den unanstößigen, neutralen und diskreten Paidhi-Aiji, bloß die Tat eines Verrückten gewesen war. Steckte nicht womöglich doch planvolles Vorgehen dahinter, das nicht auf ihn als Person zielte, sondern auf politische Veränderung.

Dabei war er ständig darum bemüht, sich aus allem rauszuhalten und möglichst unauffällig aufzutreten. Er führte gleichsam ein Schattendasein, sowohl am Hofe wie auch in den verschiedenen Ausschüssen, wo er immer nur schweigend dasaß und mitprotokollierte. Selten, ganz selten legte er auch mal ein selbstverfaßtes Papier vor. Daß jetzt Tabini durch seine Absichtserklärung die öffentliche Aufmerksamkeit auf ihn gelenkt hatte, widersprach grundsätzlich seinem Amtsverständnis als Paidhi.

Er wünschte, Tabini hätte auf diese Erklärung verzichtet. Doch dem Aiji war nichts anderes übrig geblieben; er hatte auf das versuchte Attentat reagieren müssen, vor allem deshalb, weil der Angriff ohne vorherige Ankündigung erfolgt war.

Wohlgemerkt, Assassination war legal und als letztes Mittel der Auseinandersetzung anerkannt, sofern eine entsprechende Absicht amtlich registriert wurde und der Beauftragte eine Lizenz als Assassine besaß. Es war auch nach atevischer Rechtsvorstellung alles andere als statthaft, zu einem Blutbad anzustiften und blindlings zuzuschlagen. Die Vorschrift verlangte, daß der zur Lösung eines Problems unerläßlich gewordene Mordanschlag gezielt und möglichst begrenzt durchgeführt wurde. In diesem Zusammenhang sprachen Atevi von *Biichi-gi*, was Menschen mit ›Finesse‹ übersetzten.

Der Anschlag auf ihn war ohne jede Finesse gewesen. Nun, der Täter hatte wohl damit gerechnet, daß Bren, wie alle Menschen diesseits der Meerenge von Mospheira, keine Waffe besaß. Er hatte nicht wissen können, daß dem Paidhi erst kürzlich von Tabini eine Pistole zugesteckt worden war.

Daß aber der Täter, wie Banichi und Jago behaupteten, keine Spuren hinterlassen hatte, zeugte wiederum doch von einer gewissen Kunstfertigkeit.

Wie dem auch sei, ob es an Finesse mangelte oder nicht, war für Bren einerlei. Ihn ließ der Gedanke nicht los, daß der Anschlag womöglich dem System galt. Wurde er, Bren, als ein Rädchen in diesem System identifiziert? Als Vertreter der Menschen, als Paidhi, als Ratgeber, der seinen Aiji davon zu überzeugen versuchte, daß es aus ökologischen und fiskalischen Gründen besser sei, auf Schnellstraßen zu verzichten und statt dessen die Schienenwege auszubauen? Nun, darüber konnte wohl nur die Seite Aufschluß geben, die es auf ihn angelegt hatte.

In der Vergangenheit war es noch nie zu einem Anschlag auf einen Paidhi-Aiji gekommen. Warum auch? bestand doch die Aufgabe eines Paidhi lediglich darin, Wörter zu sammeln, lexikalisch aufzubereiten, soziale Veränderungen zu beobachten und anzumelden. Die Ratschläge, die Bren seinem Aiji erteilte, waren beileibe nicht allein auf seinem Mist gewachsen, sondern Ergebnis der Überlegungen von zahlreichen Experten und Sachverständigen aus Mospheira. Die erklärten ihm im Detail, was er Tabini anzubieten und zu empfehlen hatte. Kurzum: Wer ihn, Bren, aus dem politischen Komplex mit Biichi-gi herauszuraffinieren versuchte, erreichte damit allenfalls eine gewisse Verstimmung bei den Menschen. Der Ausbau der Straßen wäre jedoch um keinen Deut vorangetrieben.

Tabini hatte irgendwas gewittert und ihn deshalb mit einer Pistole bewaffnet – wovon seine Kontakte auf Mospheira nichts wußten.

Das war Punkt zwei, den es zu bedenken galt. Tabini hatte ihn ausdrücklich darum gebeten, den Besitz der Waffe geheimzuhalten, und weil er das Vertrauen ernst nahm, das der Aiji in ihn setzte, war davon kein einziges Mal in seinen Berichten die Rede gewesen, die er nach Mospheira schickte. Darüber machte er sich Sorgen. Aber Tabinis Wunsch zu mißachten kam für ihn nicht in Frage. Er war außerdem sehr stolz gewesen – persönlich wie beruflich –, daß Tabini ihn in sein Jagdhaus nach Taiben eingeladen hatte, wo höfische Regeln und Etikette außen vor gelassen wurden und man richtig entspannen konnte. Schießsport war eine Leidenschaft der Atevi, und Tabini, der meisterlich mit einer Pistole umzugehen verstand, hatte – offenbar aus Lust und Laune – ein spezielles Abkommen verletzt, indem er dem Paidhi eine ganze Woche lang die Gunst seiner Gesellschaft gewährt hatte – eine ungewöhnliche Geste, die einem Aiji eigentlich nicht zustand und fast so etwas wie Freundschaft zum Ausdruck brachte.

Vielleicht war ihm als Anerkennung dafür, daß er sich während des Schießunterrichts so gelehrig gezeigt hatte, von Tabini die Pistole gegeben worden. Dieses Geschenk kam einem Akt extravaganter Rebellion gleich. Wahrscheinlich hatte Tabini aus diesem Grund darauf gedrungen, daß er über die Waffe kein Wort an Dritte verlieren solle, worüber er sich damals keine weiteren Gedanken gemacht hatte, weil sein Kopf schwirrte in Anbetracht dieser einzigartigen, beispiellosen Situation, dieser geradezu warmherzigen Geste Tabinis einem Menschen gegenüber, die ihn, Bren, unvermittelt in einen Gewissenskonflikt brachte hinsichtlich seiner offiziellen Position und Verpflichtung, seinen Vorgesetzten auf Mospheira Bericht zu erstatten.

Er hatte sich sofort gefragt, wo er die Waffe lassen sollte, wenn er nach Hause zurückflöge, ob er sie überhaupt behalten konnte oder ob es nicht besser wäre, sie verschwinden zu lassen. War es möglich, so hatte er sich gefragt, daß Tabini ihn auf die Probe stellte, um herauszufinden, ob er Eigenständigkeit und Diskretion besaß und gegebenenfalls auch einmal absehen konnte von den Verpflichtungen gegenüber seinen Vorgesetzten?

Als er dann mit diesem Geheimnis im Gepäck nach Shejidan zurückflog, wurde er gewahr, daß die Sicherheitsmaßnahmen zum Schutz Tabinis in den letzten Wochen auf alarmierende Weise verschärft worden waren.

Und da hatte er es mit der Angst zu tun bekommen. Da wurde ihm bewußt, daß er in etwas hineingeraten war, aus dem er vorläufig nicht herauszukommen wußte, daß, obwohl er dazu verpflichtet war, keine Meldung gemacht hatte, weil er keinem seiner Vorgesetzten auf Mospheira zutraute, die Situation am Hofe Tabinis so zu durchschauen, wie er es vermochte. Er wußte, daß Gefahr im Verzug war, konnte aber keine konkreten Hinweise benennen oder eine Einschätzung der Situation vornehmen, und er wollte nicht irgendwelche Befehle seiner Vorgesetzten ausführen müssen, ehe ihm klar sein würde, was da in der Hauptstadt im Schwange war.

Deshalb hatte er die Pistole unter der Matratze versteckt, wo sie relativ sicher lag, und nicht in eine der Schubladen, die von den Dienern hin und wieder geöffnet wurden.

Und deshalb hatte er, als der Schatten in der Terrassentür auftauchte, die Waffe sofort zur Hand gehabt und nicht lange gefackelt. Er lebte lange genug im Bujavid, um zu wissen, daß ein Ateva nicht ohne Anmeldung bei anderen Leuten im Zimmer aufkreuzte, es sei denn in finsterer Absicht. Bestimmt hatte der Eindringling angenommen, daß der Paidhi unbewaffnet sei – und den Schreck seines Lebens bekommen.

Es konnte doch nicht sein, daß die ganze Sache inszeniert gewesen war, um ihn als unbefugten Halter einer Pistole zu überführen. Oder?

Er spintisierte und war nicht bei der Sache. In der nächsten Woche sollte ein Antrag zur Abstimmung gebracht werden. Doch er hatte die letzten Bemerkungen des Ministers nicht mitbekommen. Wenn er jetzt einen wichtigen Punkt verschlafen hätte, würde womöglich das, wofür seine Vorgänger seit zweihundert Jahren mit großem Engagement eingetreten waren, einen empfindlichen Rückschlag erleiden. Was einmal verhandelt war, konnte nicht wieder aufgerollt werden, auch nicht auf Weisung Tabinis, und der würde sich hüten, einen Kampf aufzunehmen, der aller Wahrscheinlichkeit nach für ihn von Nachteil wäre. Im Zweifelsfall würde er den Rat seines Paidhi verwerfen und sich – verständlicherweise – auf die Seite der Atevi schlagen.

»Ich möchte eine Abschrift«, sagte er zum Abschluß der Sitzung und erntete empörte Blicke.

Er hatte die Versammelten offenbar unnötigerweise alarmiert. Sie schienen seine niedergeschlagene Stimmung für Verärgerung zu halten und seine Bitte um Abschrift, die auf eine Verzögerung hinauslief, für einen Hinweis darauf, daß der Paidhi vorhatte, von seinem Vetorecht Gebrauch zu machen.

Der Minister zeigte sich irritiert; auch die anderen schienen darüber zu rätseln, worauf der Paidhi hinauswollte. Atevi in Verwirrung zu bringen war alles andere als klug. Bren hatte genügend andere Sorgen; es konnte ihm weiß Gott nicht daran gelegen sein, jetzt auch noch die Ratsmitglieder gegen sich aufzubringen.

Der Bauminister hatte natürlich von dem Anschlag längst erfahren und mutmaßte jetzt womöglich, daß er, Bren, insgeheim jemanden aus seinem Stab verdächtigte. Falls der Minister tatsächlich auf einen solchen Gedanken käme, würden er und sein Anhang gewiß Vorsorge treffen und Rückendeckung suchen bei Leuten, die Bren fürchten mußte.

Sollte er zugeben, daß er nicht aufmerksam zugehört hatte? Und damit den zu langatmigen Ausführungen neigenden Bauminister an seiner verletzlichsten Stelle, seiner Eitelkeit treffen? Den gesamten Rat als langweiligen Haufen beleidigen?

Verdammt, aus geringsten Anlässen machten Atevi eine Affäre. Sich immer richtig zu verhalten war reine Glücksache. Sie konnten Leute, bei denen sich jede flüchtige Empfindung im Gesichtsausdruck niederschlug, einfach nicht verstehen.

Er nahm seinen Computer und ging hinaus in die Halle, nicht ohne sich vorher höflich zu verbeugen vor denen, die er offenbar irritiert hatte.

Jago war sofort an seiner Seite, die adrette Jago, nicht ganz so groß wie die anderen um sie herum, aber äußerst bestimmt, scharf und gefährlich. Ihr Geleitschutz machte allen klar, welche Position er, Bren, innehatte und wer ihm den Rücken stärkte, nämlich kein geringerer als der Aiji selbst.

Eine weitere Besonderheit im Denken der Atevi war die Vorstellung, daß eine Person, die soviel Macht besaß, ohne bislang davon Gebrauch gemacht zu haben, diese spätestens dann ausspielen würde, wenn sein Status quo bedroht war.

»Irgend etwas Neues?« fragte er Jago, als er sich außer Hörweite zu anderen wußte.

»Nein«, antwortete sie. »Die Spur ist kalt. Aber wir bleiben trotzdem dran.«

»Auf Mospheira wäre ich jetzt sicherer.«

»Tabini braucht Sie.«

»Das sagt auch Banichi. Aber wozu sollte er mich brauchen? Als Ratgeber tauge ich zur Zeit auch nicht; ich bin mit meinen Gedanken nicht bei der Sache.«

»Schlafen Sie sich erst einmal aus.«

In einem Zimmer, das zur Todesfalle umfunktioniert worden war. Zu diesem Vorschlag fiel ihm nichts ein. Sie kamen beim Postschalter vorbei, und er nutzte die Gelegenheit, um nachzufragen, ob etwas für ihn angekommen sei. Hoffentlich etwas Erfreuliches, ein Brief von zu Hause, Illustrierte mit Fotos von Menschengesichtern, mit Artikeln in seiner Sprache, die seine Interessen als Mensch bedienten und seine Vorstellungen anregten, für ein paar Stunden nach dem Abendessen, um auf andere Gedanken zu kommen und schlafen zu können, ohne von Alpträumen heimgesucht zu werden. Heute war einer der Tage, an denen er sich sehnlichst wünschte, daß Barb mit der nächsten Maschine hergeflogen käme, und sei es nur für vierundzwanzig Menschenstunden ...

Mit tödlichen Drähten an beiden Schlafzimmertüren?

Er kramte den Schlüssel zu seinem Schließfach aus der Tasche, doch ehe er ihn ins Schloß stecken konnte, hielt Jago seinen Arm gepackt. »Vorsicht!«

Fürchtete sie etwa eine Bombe im Schließfach? »Sie übertreiben«, sagte er.

»Vielleicht übertreiben auch Ihre Feinde.«

»Es kann doch wohl nicht im Sinne der Finesse sein, ein Schließfach in die Luft zu sprengen.«

»Und wie wär's mit einer Giftnadel, die darauf wartet, daß Sie hineinlangen?« Sie nahm ihm den Schlüssel ab, rief den Schalterbediensteten und sagte: »Die Post des Paidhi, bitte.«

Der Bedienstete ging und kam bald darauf zurück. »Nichts da.«

»Das kann doch nicht sein«, entgegnete Bren. »Es wäre das erste Mal, daß nichts für mich angekommen ist. Solange ich hier bin, ist mein Schließlich nie leer gewesen. Bitte, Nadi, schauen Sie noch einmal nach.«

»Irrtum ist ausgeschlossen, nand' Paidhi.« Der Bedienstete breitete die Arme aus. »Es wundert mich selbst, daß Ihr Schließfach leer ist. Vielleicht sind irgendwelche Feiertage dazwischengekommen.«

»Nicht daß ich wüßte.«

»Oder hat jemand anders die Post für Sie schon abgeholt?«

»Aber nicht in meinem Auftrag.«

»Tut mir leid, nand' Paidhi. Es ist nichts für Sie da.«

»Schon gut. Entschuldigen Sie die Mühe«, sagte er und verbeugte sich. Und an Jago, leise, nervös: »Da war jemand an meiner Post.«

»Wahrscheinlich hat Banichi sie abgeholt.«

»Nichts für ungut, meine Post kann ich noch selbst abholen.«

»Vielleicht wollte er Ihnen ja auch nur einen Gefallen tun.«

Er seufzte und ging kopfschüttelnd weiter. Jago blieb ihm auf den Fersen. »Er wird wohl in seinem Büro sein, oder?«

»Das glaube ich kaum. Er hat von irgendeinem Treffen geredet.«

»Und da ist er jetzt mit meiner Post hin?«

»Möglich, Nadi Bren.«

Hoffentlich brachte Banichi sie ihm noch vorbei. Dann würde er sich in den Schlaf lesen können oder ein paar Briefe schreiben, Gedanken in der eigenen Sprache formulieren. Wenn nicht, gab es vielleicht ein Machimi-Stück im Fernsehen, ein bißchen Rache, ein bißchen Humor, leichte Unterhaltung.

Auf Umwegen erreichten sie den Durchgang im Erdgeschoß. Vor seiner Wohnung angelangt, öffnete er die Tür mit dem neuen Schlüssel. Das Bett stand auf der anderen Seite, der Fernseher da, wo das Bett gewesen war. Die ganze Einrichtung schien spiegelverkehrt umgeräumt worden zu sein.

Mit weitem Schritt trat er über den versteckten Draht. Jago folgte und ging – ohne ein Gestatten? oder Darf ich? – ins Bad, durchsuchte die Wohnung nach Wanzen.

Er nahm die Fernbedienung zur Hand und schaltete den Fernseher ein. Die Programmbelegung stimmte nicht mehr, und bis auf den Wettersender und einen Unterhaltungssender waren alle Kanäle ausgefallen.

»Kein Empfang.«

Jago, die am Boden kniend die Drahtinstallation prüfte, blickte auf. »Womöglich wegen des Unwetters vergangene Nacht.«

»Aber die Schäden sind doch schon heute früh behoben worden.«

»Oder auch nicht. Wer weiß?«

Er warf die Fernsteuerung aufs Bett. »Ein Unglück kommt selten allein. Wonach suchen Sie eigentlich da unten?«

Jago stand wieder. »Ich habe nur einen Blick auf den Eingangszähler geworfen.«

»Der registriert jeden, der hier reinkommt?«

»Ja, es sei denn, wir haben's mit einem Profi zu tun, der weiß, wie ein solcher Zähler zu umgehen ist.«

»Es war kein Profi. Der hätte seine Absicht angemeldet. Oder?«

»Halten Sie etwa jede Vorschrift ein? Wir müssen mit allem rechnen.«

Die Assassinen des Aiji gingen gründlich zu Werke, denn sie verstanden ihr Geschäft und zogen darum jede erdenkliche Möglichkeit in Betracht. Bren konnte sich glücklich schätzen, daß sie für seinen Schutz garantierten.

Himmel, hoffentlich gab es diese Nacht nicht noch eine böse Überraschung. Entsetzlicher Gedanke, aufzuwachen und eine verkohlte Leiche auf dem Teppich zu finden – oder schlimmer noch: gar nicht mehr aufwachen zu können. Vielleicht hatte der Attentäter die Nerven verloren und von seinem Auftrag Abstand genommen. Aber der Auftraggeber wäre in dem Fall mindestens ebenso entnervt und würde um so entschiedener seine Absicht weiterverfolgen.

Wie auch immer. Jago hatte recht; man mußte mit allem rechnen. Ein wenig entspannter wäre die Lage erst nach glimpflichem Ablauf etlicher Tage, doch von Entwarnung könnte auch dann nicht die Rede sein.

»Ein Profi hätte die Sache klar gemacht«, sagte er.

»Ob Profi oder nicht, wir werden ihn schon schnappen. Uns entwischt keiner so leicht.«

»Es hat geregnet, und die Spuren sind verwischt.«

»Trotzdem«, entgegnete Jago.

Ihre Worte waren für ihn alles andere als beruhigend.

Am Abend kam Banichi in Begleitung von zwei neuen Dienern, die das Essen brachten, für insgesamt drei Personen. Banichi stellte die beiden vor: Algini und Tano. Sie verbeugten sich und gaben in ihrer leicht unterkühlten Art zu verstehen, daß sie was Besseres waren und in vornehmerem Ambiente aufzuwarten pflegten.

Als sie wieder weg waren, sagte Bren: »Warum sind

Taigi und Moni ausgetauscht worden? Ich vertraue ihnen.«

»Algini und Tano haben keine Zulassung«, antwortete Banichi.

»Zulassung, aha. Sie haben nicht zufällig meine Post?«

»Die liegt in meinem Büro. Tut mir leid.«

Bren konnte ihn bitten, sie zu holen; er konnte darauf bestehen. Doch dann würde sein Essen kalt; Banichi hatte sich und Jago eingeladen, gemeinsam mit Bren zu Abend zu essen.

Seufzend rückte Bren einen weiteren Stuhl zurecht. Jago brachte einen dritten von nebenan. Banichi klappte die Seitenteile des Teewagens hoch und verteilte die Portionen: gedünstete, scharf gewürzte Früchte und Wild aus dem Reservat von Nanjiran. Atevi hielten kein Schlachtvieh, jedenfalls nicht die Ragi-Atevi. Daß Mospheira von den Nisebi aus dem tropischen Süden vorverarbeitete und konservierte Fleischprodukte einführte, war für Tabini-Aiji ein Dorn im Auge. Bren hatte ihm versprechen müssen, daß er seinen Einfluß geltend machen und versuchen würde, seinen Leuten diese Art von Handel auszureden.

Selbst wenn er auf Mospheira war, aß der Paidhi, dem Aiji zu Gefallen, nichts anderes als Wildfleisch, und das auch nur zu Zeiten der offiziellen Jagdsaison. Fleisch zu konservieren widersprach dem, was Atevi unter *kabiu* verstanden, nämlich dem Handeln ›im Geiste guter Beispielhaftigkeit‹. Der Haushalt des Aiji war diesem Kabiu-Gebot strengstens verpflichtet.

Es hatte Tabini sichtlich gefallen, den Spieß herumdrehen und Bren mit den eigenen Argumenten schlagen zu können, als er ihn darauf aufmerksam machte, daß dieses ›gute Beispiel‹ nicht zuletzt auch *ökologisch* Sinn machte. Der Paidhi mußte sich dafür natürlich genauso engagieren wie für seine Umweltschutzvorstellungen.

Unten auf dem Markt der Stadt gab es jede Menge

unterschiedlicher Fleischprodukte; tiefgefroren, in Dosen oder luftgetrocknet.

»Haben Sie keinen Hunger, Nadi?«

»Mir fehlt der Appetit«, antwortete Bren und machte aus seiner schlechten Stimmung kein Hehl. »Keiner weiß Bescheid. Niemand sagt mir, was eigentlich los ist. Na schön, ich weiß es zu würdigen, daß sich der Aiji um mich sorgt. Auch daß Sie auf mich aufpassen. Aber gibt es denn einen konkreten Grund, warum ich nicht für ein paar Tage nach Hause fliegen kann?«

»Der Aiji ...«

»... braucht mich. Schon verstanden. Aber wofür? Jago, sagen Sie's mir. Sie würden mich doch nicht hintergehen, oder?«

»Es ist mein Job, Sie zu beschützen.«

»Gehört es auch zu Ihrem Job, mich zu belügen?«

Beklommenes Schweigen machte sich breit. Er hatte nicht beleidigen wollen; die Frage war ihm in seiner Verzweiflung nur so rausgerutscht, unbedachterweise. Ein grober Schnitzer, zumal ihm in seiner Ausbildung zum Paidhi eingeschärft worden war, solche Fehler zu vermeiden.

»Verzeihen Sie mir.«

Banichi wandte sich an Jago und sagte unverblümt: »Machen Sie sich nichts draus. Er weiß sich nicht anders zu behelfen.«

Jago zeigte sich irritiert.

Bren entschuldigte sich ein zweites Mal. »Das war nicht ernst gemeint, Nadi Jago.«

Jago runzelte die Stirn, wirkte aber nicht verärgert dabei. »Hauptsache, Sie nehmen die Bedrohung ernst.«

»Mittlerweile ja.« Und er dachte: Wo ist meine Post, Banichi? Doch anstatt die Frage auszusprechen, nahm er einen Löffel Suppe in den Mund. Es war nicht klug, Atevi zu einer Antwort zu drängen. »Ich bin dankbar dafür, daß Sie hier sind. Sie hatten bestimmt andere Pläne für den heutigen Abend.«

»Nein«, sagte Jago.

»Trotzdem.« Er wußte nicht, worüber er sich mit Banichi und Jago unterhalten sollte, und hoffte, daß die Fernsehsender inzwischen wieder programmiert waren. Sie könnten sich vielleicht eine Show im Unterhaltungskanal ansehen. Die beiden waren offenbar darauf vorbereitet, die Nacht in seiner Wohnung zu verbringen.

Wo sollten sie schlafen? fragte er sich. Würden sie überhaupt schlafen? Obwohl sie schon vorige Nacht kein Auge zugemacht hatten, war ihnen von Müdigkeit nichts anzumerken.

»Haben Sie Lust auf ein Kartenspiel?«

»Kartenspiel?« fragte Jago. Banichi rückte mit dem Stuhl vom Teewagen ab und sagte, daß er, Bren, ihr das Spiel beibringen solle.

»Was sind das für Karten?« wollte Jago wissen, als Bren gerade zur Frage nach seiner Post anzusetzen versuchte. Aber Banichi hatte wahrscheinlich Wichtigeres im Sinn. Vielleicht mußte er sich im Sicherheitsbüro melden oder davon überzeugen, ob die Überwachungsanlage funktionierte.

»Es ist ein einfaches Zahlenspiel«, sagte Bren, und im stillen hoffte er, daß Banichi ihn nicht mit Jago alleinlassen würde, nicht die ganze Nacht über. Zu fragen, wann sie denn zu gehen vorhabe, wäre unhöflich. Was sollte er sagen, wenn Banichi seine Kollegin aufforderte, hier zu bleiben? Noch während er sich darüber Gedanken machte, ging Banichi zur Tür und verabschiedete sich mit den Worten:

»Passen Sie auf den Draht auf, Nadi Bren.«

»Gin«, sagte Jago.

Seufzend warf Bren seine Karten hin; zum Glück spielten sie nicht um Geld.

»Verzeihung«, meinte sie, »es läge mir fern, mich brüsten zu wollen, aber Sie sagten, daß diese Meldung fällig sei, wenn …«

»Ja, ja, so sind die Regeln.«

»Hab ich sie womöglich falsch ausgelegt?« Jago war sichtlich irritiert.

Er hatte sich *mishidi* verhalten – plump und ungeschickt. Als Geste der Versöhnung zeigte er ihr seine Handfläche. »Es war genau richtig so.« Himmel, man kam gar nicht umhin, ständig irgendwo ins Fettnäpfchen zu treten. »Es ist sogar höflich anzumelden, daß man gewonnen hat.«

»Prüfen Sie nicht nach, was ausgespielt ist?«

Wie alle Atevi so hatte auch Jago ein unschlagbares Gedächtnis für Zahlen; dabei befaßte sie sich längst nicht so fanatisch mit numerologischen Spekulationen wie fast alle anderen ihresgleichen. Zugegeben, er hatte nicht richtig mitgezählt; aber er war ohnehin chancenlos.

»Ich bin nicht ganz bei der Sache, Nadi Jago. Sie verstehen hoffentlich.«

»Glauben Sie mir, von Ihrer Sicherheit hängt unser persönlicher Ruf ab, und wir tun unser möglichstes, daß beides nicht in Gefahr kommt.«

Er hätte gern den Kopf auf die Hand gelegt und zum Ausdruck gebracht, daß er über dieses Thema nicht länger reden wollte. Aber gewiß wäre er damit wieder einmal bei Jago angeeckt.

»Daran zweifle ich nicht, Nadi Jago, und ich bin auch überzeugt davon, daß Sie dazu in der Lage sind. Ich wünschte nur, selber besser auf Zack zu sein, anstatt mich dadurch in Verlegenheit zu bringen, daß ich den Eindruck erwecke, an Ihrer Fähigkeit zu zweifeln.«

»Tut mir leid.«

»Wenn ich mich erst einmal ausgeschlafen habe, werde ich bestimmt wieder voll auf der Höhe sein. Bitte, rechnen Sie es meiner momentanen Verwirrung an, wenn ich mich unhöflich zeige.«

Jagos flaches, schwarzes Gesicht und die leuchtend gelben Augen verrieten ungewöhnlich viel an Ausdruck – nicht etwa Ärger oder Kränkung, wie er fand, sondern Neugier.

»Ich gestehe, daß ich mich unwohl fühle«, entgegnete sie und zog die Brauen zusammen. »Aber sei es, wie Sie sagen. Ich habe Sie also nicht beleidigt.«

»Überhaupt nicht.« Atevi ließen sich nicht gern berühren. Doch ihr Verhalten lud ihn dazu ein, und so tätschelte er ihre Hand, die vor ihm auf dem Tisch lag. »Ich verstehe Sie gut.« Was er damit meinte, schien nicht so recht anzukommen; darum blickte er ihr in die Augen und schickte seine aufrichtigsten Gedanken hinterdrein. »Ich hoffe, Sie haben auch mich verstanden. Meine menschliche Art zu reagieren.«

»Können Sie das näher erklären?«

Die Frage war nicht an Bred Cameron gerichtet – den kannte sie kaum –, sondern an den Paidhi, den Dolmetscher. Wie Bren vermutete, ging es ihr darum, etwas mehr über die Person zu erfahren, die sie im Auftrag des Aiji zu beschützen hatte und die ihrer Meinung nach den Vorfall der vergangenen Nacht nicht ernst genug nahm, also auch nicht sie, seine Beschützerin. Wie sollte sie ihn verstehen lernen, zumal er, der Paidhi, nur verwirrende Hinweise von sich gab? Sie bat um Erklärung, da er offen den Wunsch äußerte, daß sie Verständnis für ihn haben möge.

»Wenn solche Fragen einfach zu beantworten wären, bedürfte es keines Paidhi«, antwortete er ausweichend. »Und wo bliebe ich dann?«

Das erklärte gar nichts; er versuchte bloß, die Verwirrung herunterzuspielen, was Jago zu bemerken schien. Er sah es ihren Augen an.

Er spürte, daß ihm die Kontrolle über die Situation entglitt. »Wo ist Banichi hingegangen?« fragte er. »Wird er noch heute nacht zurückkommen?«

»Ich weiß nicht«, antwortete sie und zeigte sich immer noch skeptisch. Womöglich hatte sie auch diese Frage in den falschen Hals bekommen und so interpretiert, als wünschte er sich Banichi möglichst schnell zurück.

Was er auch tat. Aber beileibe nicht deshalb, weil er an ihrer Kompetenz als Beschützerin zweifelte. Bren wußte nicht mehr, wo ihm der Kopf stand. Dieses Gespräch brachte ihn völlig aus der Fassung, wohl nicht zuletzt aufgrund Banichis Bemerkung, daß Jago seine Haare schön fand.

»Ich will meine Post«, sagte er in der Hoffnung, sie auf andere Gedanken zu bringen.

»Ich kann ihn rufen und bitten, sie vorbeizubringen.«

Er hatte vergessen, daß Banichi jederzeit über sein Taschen-Kom zu erreichen war. »Ja bitte, machen Sie das«, sagte er.

Jago versuchte mehrere Male, den Kollegen anzurufen. Vergebens. »Er meldet sich nicht.«

»Es wird ihm doch nichts passiert sein?« Die Sache mit der Post verlor an Dringlichkeit, wohl aber nicht, wie er fürchtete, an Bedeutung. Die ungewöhnlichen Vorkommnisse häuften sich.

»Wohl kaum.« Jago sammelte die Karten ein. »Noch eine Runde?«

»Angenommen, es versucht jemand, hier einzubrechen, und Sie brauchen Hilfe? Wo kann Banichi nur sein?«

Jago blähte die breiten Nasenflügel. »Damit würde ich auch allein klarkommen, Nadi Bren.«

Schon wieder hatte er sie beleidigt.

»Aber was ist, wenn *er* in Schwierigkeiten steckt? Wenn er überfallen worden ist? Wer weiß ...«

»Sie machen sich zu viele Sorgen.«

Allerdings. Dazu kam, daß ihm wieder einmal bewußt wurde, wie fremd er unter den Atevi war. In panikartiger Bestürzung zweifelte er an seiner Befähigung für das Amt, das er innehatte. Womöglich, so dachte er, war der Mangel an Einfühlung, den er Jago gegenüber an den Tag legte, beispielhaft für sein allgemeines Problem unter den Atevi, das in schärferer Konsequenz zu der Bedrohung geführt hatte, die er nun gewärtigen mußte.

Oder ließ er sich vielleicht durch der Übereifer seiner Beschützer angst machen vor einer Gefahr, die gar nicht existierte?

»Was bedrückt Sie, Paidhi?«

Er schaute auf und sah sich dem starren Blick aus gelben Augen ausgesetzt. Als ob sie das nicht wüßte, dachte er. Was soll die Frage? Mißtraute sie ihm?

Aber von Vertrauen nach menschlichem Verständnis konnte ohnehin nicht die Rede sein. Ein solches Wort gab es nicht in Jagos Sprache; es ging auf in der Bedeutung dessen, was sich ihresgleichen unter dem Begriff *Man'chi* vorstellte, übersetzbar mit ›Zentralverbund‹ oder im weitesten Sinne ›enge, persönliche Interessensgemeinschaft‹. Verbände gab es viele, und jeder Haushalt, jede Provinz gehörte Dutzenden solcher Verbände an, die keine geographische Grenzen kannten und ausschließlich interessenbezogen waren, so daß sich landein, landaus ein schier unentwirrbares Beziehungsnetz gebildet hatte. *Man'chi*, der Zentralverbund, war das, was ›Vertrauen‹ gleichsam in seiner Definition einschloß und insofern das vertrauensvolle Verhältnis zwischen zwei Personen kennzeichnete.

»*Man'china aijiia nai'am*«, sagte er. Ich bin vor allem der Verbündete des Aiji. »*Nai'danei man'chini somai Banichi?*« Mit wem sind Sie und mit wem ist Banichi in erster Linie verbündet?

»*Tabini-aijiia, hei.*« Doch Atevi sagten in dieser Hinsicht oft die Unwahrheit.

»Nicht etwa untereinander?« hakte er nach. »Ich dachte, Sie stünden einander sehr nahe.«

»Wir haben dasselbe Man'chi.«

»Und wie steht's um Ihr beiderseitiges Verhältnis?«

Er glaubte, in ihrem Gesicht einen flüchtigen Ausdruck von Offenheit zu erkennen, der aber sofort wieder verdeckt wurde durch ihre ewig skeptische Miene.

»Der Paidhi weiß, wie heikel eine solche Frage ist«, entgegnete Jago.

»Der Paidhi fragt nicht von ungefähr«, antwortete er. »Er hält es für seine Pflicht, Nadi.«

Jago stand vom Tisch auf, durchquerte das Zimmer und blieb für eine Weile stumm. Sie schaute durch die Gartentür nach draußen, stand nahe vor dem tödlichen Draht, was ihn nervös machte. Aber er hütete sich davor, sie zu warnen. Jago war gereizt. Er hatte sie zwar nicht direkt beleidigt, sie aber mit einer äußerst persönlichen, intimen Frage behelligt.

»Als Dolmetscher dürfte Ihnen klar sein, daß Sie keine ehrliche Antwort darauf erwarten können« – so war ihre Entgegnung zu verstehen gewesen, und er hatte ihr klipp und klar, aber ohne unhöflich zu sein, zu verstehen gegeben: »Als Dolmetscher diene ich dem Aiji mit der Frage danach, wie Sie Ihre persönlichen Beziehungen gewichten.«

Auf den Punkt gebracht: der Aiji oder Banichi – wen, Jago, würdest du verraten?

Wen hast du verraten?

Konnte er sich erdreisten, ihr diese Frage unverblümt zu stellen, jetzt, da er allein mit ihr im Zimmer war?

Im Grunde war er allein im ganzen Land, einziger Mensch unter dreihundert Millionen Atevi und Milliarden auf der ganzen Welt. Dennoch war er dazu angehalten, Fragen zu stellen – allerdings mit mehr Feingefühl und Cleverness, zugegeben. Doch er war müde und verstört und wollte endlich Gewißheit haben, zumindest was sein Verhältnis zu diesen dreien, zu Tabini, Banichi und Jago, anging. Es wäre naiv, ihre Worte für bare Münze zu nehmen, ja, geradezu fahrlässig. Einer Lüge zu glauben, den falschen Personen zu vertrauen konnte nicht nur ihm, sondern nicht zuletzt auch seinen Artgenossen gefährlich werden.

Schließlich war er nicht bloß der Dolmetscher des Aiji. Er, Bren, gehörte einer noch vorrangigeren Verbindung an, einer, die ihm auf der Haut und im Gesicht geschrieben stand, für jeden Ateva unübersehbar.

Er gab Jago Zeit, über seine Frage nachzudenken. Womöglich war ihr im Augenblick selbst nicht klar, wem ihre Loyalität zuvörderst galt. Wie die Menschen so steckten vermutlich auch Atevi voll von Widersprüchen, und genausowenig wie jenen konnte es ihnen gefallen, damit konfrontiert zu werden. Vielleicht hatte er mit seiner Frage zu viel riskiert und einen wunden Punkt berührt. Wer Loyalität, über die sich Atevi ihrer Gemeinschaft versicherten, in Zweifel zog, rüttelte an den Grundfesten ihres Glaubens und an ihrem Man'chi-Begriff, der womöglich doch nur eine haltlose Fiktion war, so falsch wie die Wunschvorstellung der Menschen, die es lieber sähen, die Atevi würden ebenso empfinden und denken und die gleichen Werte achten wie sie.

Doch in der Hinsicht machte sich der Paidhi nichts vor. Er wußte um die tödliche Gefahr, die einer solchen Illusion innewohnte. Und darum lagen jetzt seine Nerven bloß.

Jago spürte, wie es um ihn bestellt war; vielleicht antwortete sie deshalb nicht auf seine Frage. Statt dessen nahm sie wieder den Taschen-Kom zur Hand und versuchte, Banichi zu erreichen.

Banichi meldete sich immer noch nicht.

Auch Jago zeigte Nerven, als sie die Zentrale anrief, um sich nach ihrem Kollegen zu erkundigen. Aber auch da wußte niemand, wo er stecken könnte.

Vielleicht war er bei einer Frau, dachte Bren, behielt diese Vermutung aber für sich, zumal Jago bestimmt selbst schon darauf gekommen war. Ob Banichi und Jago miteinander schliefen? Bren fragte sich schon seit langem, wie eng die Beziehung zwischen den beiden in Wirklichkeit war, ob sie mehr als professionelle Partnerschaft miteinander verband?

Er sah, wie sich Jagos Gesicht zunehmend verdüsterte. »Machen Sie ihn ausfindig«, sagte sie in den Apparat.

Ihm war bekannt, daß im Funkverkehr der Sicherheit mitunter Geheimcodes verwendet wurden; ob aber die Antwort, die er hörte, ebenfalls verschlüsselt war, wußte er nicht. »*Laborarbeiten*«, teilte die Zentrale mit. Jago reagierte merklich ungehalten. »Wenn er damit fertig ist, soll er sich bei mir melden«, sagte sie und brach die Verbindung ab, als die andere Seite bestätigte, verstanden zu haben.

»Sie haben Schlaf nachzuholen«, sagte sie, an Bren gewandt, trat vorsichtig über den Draht und schob die Glastür vor der verschlossenen Holzlade auf. In ruhigem, professionellen Tonfall: »Ruhen Sie sich bitte aus, Nadi Bren.«

Er war in der Tat erschöpft. Aber er wartete immer noch auf eine offene, ehrliche Antwort. Es war ihm außerdem nicht recht, daß sie die Tür geöffnet hatte. Wieso nur? Sperrte sie die Falle auf? Nein, er war nicht in Stimmung, sich schlafend zu stellen, um als Köder zu dienen.

»Nadi«, sagte er, »haben Sie meine Frage vergessen?«

»Nein, Paidhi-ji.«

»Wollen Sie nicht antworten?«

Jago musterte ihn mit durchdringendem Blick. »Stellt man solche Fragen auf Mospheira?«

»Ständig.«

»Aber nicht bei uns«, entgegnete sie und ging zur Zimmertür.

»Jago, Sie sind mir doch nicht böse, oder?«

Wieder dieser starre Blick aus hellen, gelben Augen. Unmittelbar vor dem tödlichen Quadrat im Teppich blieb sie stehen, unterbrach den Kontakt und wandte sich ihm zu. »Auch so eine Frage. Egal was ich darauf antworte, Sie glauben mir sowieso nicht.«

»Aber ich bin doch ein Mensch, Nadi.« Er merkte selbst, wie hilflos seine Worte klangen.

»Ist also Ihr Man'chi letztlich doch nicht bei Tabini?«

Eine gefährliche Frage. »Natürlich, doch. Aber was ist, wenn man zwei ... zwei sehr starke Man'chiin hat?«

»Einen solchen Fall nennen wir Charakterprobe«, antwortete Jago und öffnete die Tür.

»Das sehen wir ähnlich, Nadi Jago.«

Jetzt hatte er sie neugierig gemacht. Schwarz, groß, eindrucksvoll stand sie vor dem hellen Licht, das durch den Korridor flutete. Es schien, als wollte sie etwas sagen.

Aber der Taschen-Kom piepte. Sie wechselte eine paar Worte mit der Zentrale und bekam zu hören, daß Banichi mittlerweile das Labor verlassen habe, aber dringend zu einer Konferenz gerufen worden sei und nicht gestört werden wolle.

»Verstanden«, sagte sie. »Stellen Sie ihm meine Mitteilung zu.« Und an Bren: »Gehen Sie ins Bett, Paidhi Bren. Die Drähte werden gleich wieder entsichert sein. Ich warte draußen für den Fall, daß Sie mich brauchen.«

»Die ganze Nacht über?«

Statt auf die Frage zu antworten, sagte sie: »Gehen Sie lieber nicht in den Garten, nand' Paidhi. Und halten Sie sich von den Türen fern. Seien Sie vernünftig und legen Sie sich schlafen.«

Sie machte die Tür von außen zu. Der Draht war wieder aktiviert. Vermutlich. Er schaltete sich automatisch ein, wenn die Tür ins Schloß fiel.

War denn all das wirklich nötig – Jago *und* der Draht –, um ihn zu beschützen?

Wo steckte Banichi? Und wie war es bloß zu diesem törichten Gespräch über Loyalitäten gekommen? Wer hatte damit angefangen? Er konnte sich nicht mehr erinnern.

Jago hätte doch merken müssen, daß er für ein solches Gespräch viel zu müde war und nicht imstande, einen gescheiten Beitrag dazu zu leisten. Oder hatte er das

Thema angeschnitten? In welcher Absicht? Bren wußte nicht mehr, wo ihm der Kopf stand. Der ganze Abend, zuerst mit Banichi und dann mit Jago, hatte ihm schwer zugesetzt.

Im Rückblick schien es, als habe nicht nur er Jago, sondern auch umgekehrt sie ihn auszuhorchen oder aus der Reserve zu locken versucht, immer auf der Hut, die eigene Deckung nicht preiszugeben. Vielleicht hatte sie mehr über ihn in Erfahrung bringen wollen. Sie kannte ihn kaum; was sie von ihm wußte, wußte sie über Banichi. Warum hatte Banichi ihn heute nacht im Stich gelassen? Als einzig zulässige Erklärung kam in Betracht, daß er, der Erfahrenste im Sicherheitsteam, wichtigere Aufgaben zu erledigen hatte.

Wenn er sich recht erinnerte, hatten weder er noch Jago irgendeinen nützlichen Hinweis aus dieser seltsamen Unterhaltung für sich gewinnen können, abgesehen davon, daß sich wieder einmal bestätigt hatte, wie groß die Unterschiede waren und wie brenzlich die Schnittstelle zwischen Ateva und Mensch war.

Wenn er sich nicht einmal einer einzelnen Person verständlich machen konnte, die gebildet war und geneigt, ihm zuzuhören, wie sollte es ihm dann gelingen, die verschiedenen Ratsausschüsse von seinen politischen Vorstellungen zu überzeugen und Fortschritte in die Wege zu leiten, die hier niemand für notwendig hielt. Denn immerhin herrschte seit zwei Jahrhunderten Frieden, und die Atevi waren froh darüber, daß die Menschen auf Mospheira unter sich blieben. Zähnekirschend hatten sie hingenommen, daß sich die Computer womöglich in ihre Numerologie einmischten und Verwirrung stifteten, weil sie all dem widersprachen, was Atevi für schön und heilig erachteten, nämlich das proportionale Gleichmaß der Dinge, das *Agingi'ai*, übersetzt: ›die treffliche Zahlenharmonie‹.

Aus ihr erwuchs Schönheit; davon waren die Atevi überzeugt. Untreffliches konnte nicht schön sein und war, weil es keinen Sinn machte, indiskutabel. Selbst die Kantenlängen eines Tisches hatten in einem ausgewogenen Verhältnis zueinander zu stehen. Alles war von zahlensymbolischer Bewandtnis; wer zum Beispiel einen Blumenstrauß mit einer geradzahligen Menge von Blüten überreichte, forderte Feindschaft heraus.

Der Himmel allein wußte, wie oft er Jago mit irgendeiner seiner Bemerkungen vor den Kopf gestoßen hatte.

Er zog sich aus, löschte das Licht und warf einen scheuen Blick auf die Gardine vor der Terrassentür. Dann legte er sich zu Bett – mit dem Kopf ans Fußende, weil diese Seite nicht der direkten Zugluft ausgesetzt war.

Er fand keinen Schlaf, dachte daran, das Fernsehen einzuschalten. Aber wahrscheinlich funktionierte es nicht. Er starrte auf die Gardinen und versuchte, sich an die Ratsversammlung zu erinnern. Doch immer wieder kehrten seine Gedanken zurück zur Audienz am Vormittag, als Tabini diese verdammte Fehdeabsicht erklärt hatte. Es behagte ihm ganz und gar nicht, daß nun alle Welt Bescheid wußte.

Und dann diese verfluchte Pistole. War sie, als man das Bett verschoben hatte, weggenommen worden?

Er stand auf und langte unter die Matratze.

Sie lag noch da. Erleichtert schlüpfte er wieder unter die Decke und starrte im Dunkeln vor sich hin.

Er grübelte bis tief in die Nacht hinein. Immer wieder kamen Zweifel an dem, was er zu wissen glaubte. Obwohl er Tabini in gewissen Dingen sehr nahestand, zweifelte er daran, ihm, dem Aiji, jemals irgend etwas begreiflich gemacht zu haben, was der nicht schon von ehemaligen Paidhiin gelernt hatte. Er, Bren, war Spezialist in Sachen linguistischer Forschung. Die wissenschaftliche Arbeit, mit der er sich für das Amt als Paidhi empfohlen hatte, war eine Analyse der Pluralbildung bei Mengenbegriffen im Dialekt der Ragi-Atevi – nichts Besonderes, aber er war stolz darauf, und er hatte ihr im

Laufe der Zeit weitere Forschungsergebnisse hinzufügen können, nicht zuletzt dank der geduldigen Unterstützung Tabinis.

Ja, in der Grammatik kannte er sich aus, aber wie es den Anschein hatte, verstand er die Atevi immer weniger. Zum Beispiel Taigi und Moni, diese beiden Dienstboten, die ständig einen grimmigen Eindruck machten – Bren hatte aus ihnen nie schlau werden können. Warum waren ihm ausgerechnet diese beiden zur Seite gestellt worden? Was dahinter stecken mochte, wollte auch noch in Erfahrung gebracht werden. Er war völlig durcheinander und selbst schuld an diesem Zustand. Bestimmte Nuancen übersah er einfach, und er hatte sich auf etwas eingelassen, das für ihn nicht zu durchschauen war. Er stand in Gefahr, gänzlich zu versagen. Dabei war er angetreten in der Überzeugung, leisten zu können, was schon der erste Paidhi geschafft hatte: die sprachliche Kluft zu überbrücken und damit zum Verständnis und friedlichen Auskommen zwischen Menschen und Atevi beizutragen.

Damals, vor zweihundert Jahren, als die Menschen diese Welt für sich entdeckten, ihre Lager bauten und mit ihren Raumfähren immer mehr ihresgleichen herbeiholten, damals waren sie noch zuversichtlich, mit den einheimischen Atevi gütlich zusammenleben zu können – bis dann eines Tages, einundzwanzig Jahre nach ihrer Ankunft, zu einer Zeit, da sie sich hier eingerichtet hatten und voller Hoffnung auf die Zukunft waren, da plötzlich – warum und aus welchem Anlaß, fragte man sich unter Menschen nach wie vor – da schlug ihnen offner Haß entgegen.

Es kam zum erbitterten Krieg. Die Menschen hatten hochentwickelte Technik auf ihrer Seite; ihnen standen Heerscharen entschlossener Atevi gegenüber. Sie vertrieben die Fremden vom Küstenland der Ragi und drängten sie auf die Insel Mospheira, fielen auch dort über die Überlebenden her, die sich dort verschanzt hatten und in Sicherheit wähnten. Fast wäre die Menschheit restlos am Ende gewesen, wenn sich nicht der damals amtierende Aiji bereit erklärt hätte, sich mit jenem Mann, der der erste Paidhi werden sollte, unter vier Augen zu unterhalten, mit dem Ergebnis, daß er Mospheira an die Menschen abtrat und ihnen zusicherte, auf dieser Insel unbehelligt leben zu können.

Mospheira plus Waffenstillstand im Austausch gegen Technik. Der damalige Aiji hatte die Alternative klar vor Augen gesehen: Wäre es nicht zu diesem Abkommen mit dem Feind gekommen, hätten die eigenen Verbündeten sein Land zum Schlachtfeld gemacht in dem Versuch, einen jeweils exklusiven Zugriff auf die überlegene Technik der Fremden zu gewinnen. Der Feind wäre ausgerottet und damit jeder weitere Fortschritt im Keim erstickt worden.

Und so kam es zum Friedensvertrag, der unter anderem die Einrichtung des Paidhi-Amtes vorsah und der die Menschen verpflichtete, ihr technisches Know-how an die Atevi des Westbundes abzutreten – stufenweise, denn sowohl der damalige Aiji als auch der erste Paidhi waren vorausschauend und wußten zu verhindern, daß ein ungeordneter Transfer das existierende Gleichgewicht der ökonomischen und politischen Strukturen des Landes gefährdete.

Der Aiji hatte somit Kontrolle über die Menschen und deren Technologie. Der Krieg war zu Ende; die Atevi von Mospheira wurden auf die fruchtbaren Küstengebiete umgesiedelt – zu Lasten der ansässigen Ragi, doch auch sie konnten entschädigt werden, so daß schließlich alle Seiten zufrieden waren.

Die Menschen lebten nicht freiwillig unter dieser Sonne; der Zufall hatte sie hierher gebracht; sie gehorchten der Not, und alles, was mit den Atevi ausgehandelt wurde, war nur selten von Vorteil für sie. Sie hatten den Krieg verloren. Von der Gruppe war nur ein kleiner Rest übriggeblieben, und der schrumpfte immer mehr – auch oben in der Raumstation, so daß sie schließlich aufgegeben werden mußte. Auf dem Planeten Fuß zu fassen war die letzte Möglichkeit, die die Menschen hatten.

Und sie blieben Fremde, kamen nicht zurecht mit Nachbarn, in deren Sprache es keinen adäquaten Begriff für Freundschaft gab. Sie stießen nur auf Mißtrauen, waren sie doch den Atevi ein Rätsel: töricht, weil sie sich auf Gedeih und Verderb auf einen fremden Planeten niedergelassen hatten, und unheimlich, weil sie im Besitz von Geheimnissen waren, die sie nur nach und nach lüfteten.

Auch der Paidhi hielt mit seinem Wissen hinterm Berg. Aber es war ja seine vertragliche Pflicht, das Know-how der Menschen nach geregeltem Zeitplan abzutreten, gleichsam als Raten der Pacht für Mospheira. Und er unterstützte das einzige menschenfreundliche Aijiat auf dem Planeten, versetzte es in die Lage, den unnachgiebigen Feinden der Menschen Paroli bieten zu können. Der damalige Aiji wollte unbedingt auch automatische Gewehre haben. Die Atevi hatten nur Vorderlader und schwerfällige Kanonengeschütze und waren wie versessen auf diese neuen Waffen.

Bretano, der Paidhi zu jener Zeit, mußte all sein diplomatisches Geschick aufbieten, um den Aiji von diesen Aufrüstungsvorhaben abzubringen. Er machte darauf aufmerksam, daß die Ragi ohnehin schon überlegen seien; außerdem wären diese Waffen den Gegnern nicht lange vorzuenthalten.

Auch der industrielle Fortschritt konnte den Ragi-Atevi nicht schnell genug gehen. Bretano versuchte zu bremsen, indem er auf die ökologischen Risiken hinwies – mit Erfolg, an den seine Nachfolger anknüpften.

Das ökologische Argument war nicht zuletzt ein taktisches, das die Absicht verfolgte, die kriegerischen Atevi friedlich zu stimmen. Statt Kanonen sollten Schienenwege gebaut werden, statt Raketen mit Sprengköpfen solche, die wissenschaftlichen Zwecken dienten. Sie sollten auf die nachteiligen Folgen der Verschmutzung von Gewässern aufmerksam gemacht werden, bedenken lernen, was giftige Emissionen von Chemiewerken für Schäden anrichten. Glücklicherweise hatten die Ragi für solche Ratschläge offene Ohren, und über die Jahrzehnte machten sie sich dieses Denken zu eigen. Schon in Kinderreimen war von sauberen Flüssen die Rede. Die Strategen auf Mospheira planten den behutsamen Fortschritt, natürlich stets mit dem eigennützigen Ziel vor Augen, von der industriellen Entwicklung der Atevi profitieren zu können.

Seit nun schon zweihundert Jahren verfolgten die Menschen auf Mospheira einen geheimen Plan. Auch Bren als jüngster Paidhi wußte davon, und darin eingeweiht zu sein machte ihm angst, zumal davon auszugehen war, daß die Atevi ahnten, was sich die Menschen von dem durch sie initiierten Raumfahrtprogramm ihrer Gastgeber versprachen. Welche Möglichkeiten sich für Menschen daraus ergeben würden, war zumindest den Mitgliedern des Rates für Raumfahrtentwicklung bewußt, an dessen Sitzungen Bren teilnahm, voller Sorge, auf diesen Punkt konkret angesprochen zu werden. Es war nicht abzusehen, wie sie reagieren würden auf etwas, das sich nicht länger ignorieren ließ. Kaum vorstellbar, wie die Öffentlichkeit darauf ansräche, die voller Ressentiments steckte. Die Erzschurken der meistgelesenen Romane waren samt und sonders Menschen; und in den Machimi-Stücken, den Mantel-und-Degen-Dramen, traten sie als Schattenfiguren auf, als *Nebai*, denn Menschen waren für diese Rollen nicht zu finden.

Menschen galten gemeinhin als die Monstren, mit denen man Kinder erschreckte, und das in einer Gesellschaft, in der ein jeder ständig mit der realen Gefahr konfrontiert war, die von Assassinen ausging. Doch insbesondere das Fernsehen kultivierte eine geradezu paranoide Angst vor Fremden.

Was führten die Menschen auf Mospheira im Schilde? Welche dunklen technologischen Geheimnisse teilte Tabini-Aiji mit ihnen? Was hatte es mit diesem telemetrischen Flugkörper in Wirklichkeit auf sich, der zwischen Raumstation und Insel schwebte?

Und wieso wollte da jemand den Paidhi umbringen?

Für morgen war eine Sitzung des Raumfahrtausschusses angesetzt. Zur Verhandlung standen ein paar technische Detailfragen – nichts von Bedeutung; Bren hatte entsprechende Recherchen in der Bibliothek von Mospheira vorgenommen und sollte nun morgen seine Ergebnisse referieren.

Strittige Punkte waren nicht auf der Tagesordnung. Gegen Informationsaustausch hatte niemand etwas einzuwenden, auch nicht gegen verbesserte Möglichkeiten der Wettervorhersage.

Problematisch war allenfalls die Finanzierungsfrage. Um auf eine günstige Summenzahl zu kommen, mußte das bereitgestellte Budget für den geplanten Satellitenstart korrigiert werden. Aber ob dem Gesamtetat von sechs Milliarden eine Million abzuziehen oder aufzuschlagen sei, war nun wahrhaftig kein Problem, das große Kontroversen aufwarf oder gar einen Mordanschlag auf ihn motivierte.

Bedenklicher stimmte jener schwelende Konflikt in der anhaltenden Debatte um die Frage, ob die menschliche Raumstation, die mit leeren Tanks in einem stabilen Orbit kreiste, aber zunehmend verfiel, geborgen werden sollte oder nicht.

Um keine Unruhe zu stiften, spielten die Verantwortlichen die Möglichkeit herunter, daß die Station aus ihrem Orbit fallen und auf bewohnte Gebiete stürzen könnte. Offiziell und unter Vorlage statistischer Berechnungen ließen sie verlauten, daß solch eine Gefahr, wenn überhaupt, allerfrühestens in fünfhundert Jahren drohe und daß selbst dann die Bevölkerung nicht betroffen sei, weil die Trümmer der Station aller Wahrscheinlichkeit nach ins offene Meer fallen würden. Von Bren wurde verlangt, daß er diese Expertenmeinung den Atevi gegenüber vertrat, und das tat er auch, obwohl er von dem, was er sagte, selbst kaum etwas verstand.

In seiner Antrittsrede vor dem Raumfahrtausschuß hatte er davon gesprochen, daß es zwar teuer sei, die Station zu bergen und flottzumachen, aber dennoch lohnend und ökonomisch sinnvoller als die Förderung anderer Raumfahrtprogramme mit unbemannten Raketen bei gleichzeitiger Preisgabe dieser kostbaren Ressource, der vorhandenen und noch zu rettenden Station.

Die Befürworter der bemannten Raumfahrt waren natürlich sofort auf seiner Seite. Astronomen und gewisse anti-menschliche Kreise protestierten leidenschaftlich dagegen – mit dem Ergebnis, daß eine Entscheidung darüber bis auf weiteres zurückgestellt wurde. Zuvor wollte man Numerologen zu Rate ziehen. Denn wichtiger als alles andere war für sie die Frage nach dem im Sinne der Auspizien günstigsten Starttermin. Darüber hinaus wollte man gleich noch ein paar ebenso günstige Alternativtermine festlegen. Und schon gerieten die verschiedenen numerologischen Schulen in Streit miteinander, darüber nämlich, welches Datum als Grundlage der Berechnungen anzuwenden sei: der Tag, an dem das Programm geboren wurde, das Projekt oder der Plan für den Bau der Startrampe?

Und außerdem war noch längst nicht geklärt, ob die Schlingerwand im Treibstoffbehälter der Trägerrakete vierteilig sein durfte, denn es stand zu befürchten, daß eine solche, von den Technikern geforderte Konstruktion die sorgfältig ausgetüftelte Proportionierung des Tanks hinfällig machte.

Doch all jene Themen, die wirklich gefährlichen

Sprengstoff enthielten, waren nie debattiert worden. So zum Beispiel die Instandsetzung der Raumstation als vorrangiges Ziel aller Anstrengungen. Dafür hatte er sich unermüdlich eingesetzt, und er war zuversichtlich, etliche Ratsmitglieder auf seine Seite gezogen zu haben, auch wenn diese sich noch hüteten, offen Stellung zu beziehen.

Zu groß war der allgemeine Argwohn, genährt insbesondere auch durch die Tatsache, daß nach wie vor, ununterbrochen seit zweihundert Jahren, zwischen Mospheira und der Station telemetrische Daten ausgetauscht wurden.

Einige radikale Gruppen waren davon überzeugt, daß an Bord der verlassenen Raumstation Waffen gelagert wären. Manche verstiegen sich sogar zu der Behauptung, daß das allmähliche Absinken der Station kein Zufallsergebnis sei, sondern eine sorgsam kalkulierte Annäherung, in die Wege geleitet von Menschen, die sich noch heimlich an Bord aufhielten, oder von denen auf Mospheira mit Hilfe von Computern, denen es ein leichtes wäre, die Station auf einen Flammenkurs durch den Himmel zu jagen, um ›im aufgewühlten Äther Disharmonie und Gewalt zu säen‹, Wirbelstürme und Springfluten zu entfesseln, während die Waffen an Bord Feuer sprühten auf die Atevi und sie unter die Herrschaft der Menschen zwängen.

Verzeih ihnen, pflegte Tabini zu sagen, wenn solche Parolen laut wurden; sie glauben auch, daß der Mond ihre Geldgeschäfte beeinflußt und daß Raketenstarts das Wetter durcheinanderbringen.

Auswärtige Aijiin, die in Gegnerschaft zu Tabini standen, finanzierten Spezialistenteams, die von Shejidan aus den telemetrischen Funkverkehr abhörten und zu analysieren versuchten. Die Numerologen am Hofe dieser Aijiin argwöhnten nämlich, daß mit den Funkdaten ungünstige Codes abgestrahlt würden mit nachteiligen Auswirkungen auf das Wetter, die Landwirtschaft oder die Geschicke der Rivalen Tabinis. Und wer wagte es, über solch einen Verdacht zu lachen?

Das tat Tabini nur im Beisein seiner engsten Vertrauten; in der Öffentlichkeit verhielt er sich streng *kabiu*. Er beschäftigte Dutzende von Zahlengelehrten und Geometrikern unterschiedlichster Schulen, die den Auftrag hatten, jede Funkmeldung aufmerksam zu verfolgen und auszuwerten – um, falls nötig, die Gegenseite mit den eigenen Waffen schlagen zu können.

Um dieser einen Streich zu spielen, legte Tabini seinem Paidhi manchmal einen Zettel vor und forderte ihn schmunzelnd auf: Sorgen Sie dafür, daß das hier durch den Äther geht. Dann rief Bren auf Mospheira an und ließ von dort einen Code zur Station schicken, der, wie die Techniker versicherten, unleserlich war für die Computer und sofort in den Papierkorb wanderte – beziehungsweise in die Aufzeichnungsgeräte der Abhörer. Und was sie aus dem Code entschlüsselten, ließ alle apokalyptischen Seifenblasen der selbsternannten Untergangspropheten zerplatzen.

Aber dem Paidhi war das Lachen darüber längst vergangen. Er verzweifelte vielmehr an diesem irrwitzigen Raumfahrtprogramm. Da war kein Weiterkommen, weder im Rat noch im Hasdrawad, geschweige denn im Tashrid. Der radikale Flügel torpedierte jede vernünftige Maßnahme. Es wurden wieder Stimmen laut, die den Vertrag von Mospheira als Verrat an den Atevi bezeichneten und forderten, was manche Radikale unter den Menschen – die es auch gab – schon für eine ausgemachte Sache hielten, nämlich einen neuerlichen Angriff auf Mospheira.

Über ihr Ansehen bei den Atevi machten sich die Menschen keine Illusionen, aber immerhin hatten sie seit Generationen in relativer Sicherheit leben können. Es gab immer wieder kleinere Attacken gegen sie, die es nicht wert waren, beachtet zu werden. Ernst aber wurde es, so oft die Fraktion ihrer Feinde das strittige Thema des Schnellstraßenausbaus aufs Tapet brachte und unterstellte, daß Tabini im Komplott mit den Menschen versuche, eine Liberalisierung der Wirtschaft zu verhindern, was der Wahrheit gefährlich nahe kam. Und weder der Paidhi noch der Aiji konnten ein Interesse daran haben, daß dieses Thema in der Öffentlichkeit breitgewalzt wurde.

Zum Glück gab es da noch die sogenannte Mondschein-Fraktion, die sich auszeichnete durch eine fragwürdige Auslegung der Geschichte und eine leicht verquere Einschätzung der Wirklichkeit. Wie dem auch sei, diese Fraktion wetterte von Anfang an besonders heftig gegen das Raumfahrtprogramm (was kaum einen wunderte, wußte man doch aus Erfahrung, daß die Mondschein-Leute vornehmlich gerade solche Themen besetzten, über die sich nur wenig Konkretes sagen und um so ungezwungener bramarbasieren ließ). Sie entwarfen haarsträubende Schreckensszenarien und warnten zum Beispiel davor, daß eine Rakete ein Leck in die Atmosphäre schlagen und alle Luft daraus entweichen würde, oder davor – und das war Brens Lieblingsalarm –, daß die Raumstation, auf einen Kurs dicht über der Oberfläche gebracht, ganze Städte mit ihren Todesstrahlen ausradieren würde. Darüber konnte man nur lachen, Atevi und Menschen gleichermaßen. Und das war gut, daß gelacht wurde; es wirkte wie ein Ventil für aufgestaute Ressentiments und nutzte dem Verhältnis zwischen Atevi und Menschen mehr als alle wohlmeinenden Reden in Ratsversammlungen.

Allerdings war nicht auszuschließen, daß sich einer aus den Mondschein-Reihen, ein bißchen zu weit übergeschnappt, als unlizensierter Assassine auf den Weg gemacht hatte – vielleicht aufgrund irgendeiner numerologischen Berechnung, bei der unter dem Strich herauskam: Geh und meuchle den Paidhi, um zu verhindern, daß die Atmosphäre ausläuft.

Bislang … wußte Tabini die Sache halbwegs gut zu

deichseln. Auch seine, Brens, Vorgänger hatten ordentliche Arbeit geleistet und technische Innovation so dosiert ins Land gebracht, daß weder die Wirtschaft geschädigt wurde noch die Umwelt. Sie hatten es verstanden, ethnische Differenzen unter den Atevi und politische Einmischungsversuche seitens der Menschen aus ihren Entscheidungen herauszuhalten. Stets waren sie und die Ragi-Atevi nach der Maxime verfahren, der offenen, profitierenden Hand den Vorzug gegenüber der Faust zu geben. O ja, das besondere Verhältnis zu Mospheira zahlte sich aus. Tabini hatte wohl schon seit Jahren mehr als bloß eine vage Vorstellung davon, wohin ihn der Rat und die Technik der Menschen führten.

Immerhin genoß der Westbund den höchsten Lebensstandard der bewohnten Welt. Auf all die Annehmlichkeiten, insbesondere das Fernsehen wollte keiner mehr verzichten. Und es kam auch nicht mehr vor, daß Ragi-Flugzeuge auf Brücken stürzten.

Wie auch immer, es schien so, als trachtete jemand nach Tabinis Leben. Das war die wahrscheinlichste Erklärung für den versuchten Anschlag. Weil aber Tabini unerreichbar abgeschirmt war, hatte der Überfall seinem Vermittler zu den Menschen gegolten und zum Ziel gehabt, die Beziehungen zu Mospheira zumindest vorübergehend zu stören.

Auch der nachfolgende Paidhi wäre seines Lebens nicht mehr sicher; es würde eine Phase der Destabilisierung anbrechen, in der eine alte Forderung mit neuem Nachdruck vorgetragen werden könnte, nämlich die Forderung, den Vertrag von Mospheira nachzuverhandeln, und zwar dahingehend, daß auch andere Bünde im gleichen Maße profitieren. Das hatte der Westbund bislang immer erfolgreich zu verhindern gewußt.

In einem solchen Szenario war der Paidhi-Aiji eine willkommene Zielscheibe. Er kam gut aus mit Tabini. Er mochte Tabini sogar gut leiden, wenngleich dieses freundschaftliche Gefühl natürlich nicht auf Gegenseitigkeit beruhte; Tabini war schließlich ein Ateva. Dennoch, ihr Verhältnis konnte kaum besser sein. Es war so gut, so einvernehmlich und entspannt, daß manche Anstoß daran nehmen mochten, konkret: an ihrem gemeinsamen Kurzurlaub in Taiben als Beispiel aus der jüngsten Vergangenheit.

Ja, vielleicht hatte dieses – nach Brens Einschätzung – besondere Verhältnis zur Krise geführt; vielleicht war irgendeine sensible Grenze überschritten worden, allzu naiv und plump.

Erschreckender Gedanke. Völlig versagt zu haben, weil über die Maßen erfolgreich?

Falls Tabinis Regierung ins Wanken geriete und das undurchsichtige Gefüge der atevischen Bünde sein Schwergewicht verlagerte, etwa nach Osten, weiter ins Festland hinein, würden Menschen noch mehr ins Hintertreffen geraten, allein schon wegen der ethnischen Spannungen zwischen den Ragi, Nisebi und Meduriin; in einem solchen sozialen Klima war das Feindbild Mensch von besonderer Brisanz.

Mit Ausnahme einiger Stämme in entlegenen Randgebieten und auf den Inseln im Edi-Archipel hatten die Atevi in den Zeiten vor der Ankunft der Menschen immer eine globale, im großen und ganzen homogene Zivilisation gebildet. Ihre Entdecker waren in Holzschiffen um die Welt gesegelt, nicht anders als bei den Menschen der verlorenen Erde, worüber die Geschichtsaufzeichnungen Aufschluß gaben. Allerdings hatten die Atevi keine ›Neue Welt‹ gefunden, sondern lediglich jenes Edi-Archipel, eine Reihe öder Vulkaninseln mit einer rückständigen Bevölkerung, die den doppelten Angriff und die Besetzung durch die Entdecker aus dem Osten und die aus dem Westen ohnmächtig über sich ergehen lassen mußten. Für Ethnologen und Altertumsforscher nach wie vor rätselhaft war der Umstand, daß sich damals auf diesen Inseln Vertreter der beiden atevischen Hauptstämme, beheimatet auf den jeweiligen Hälften des vom Zentralgebirge geteilten Kontinents, erstmalig begegneten, dennoch aber auf Anhieb verblüffende Gemeinsamkeiten feststellen konnten. Beide Seiten hatten von alters her, statt die jenseits des Zentralgebirges liegenden Gebiete zu erkunden, die Erforschung der Seewege vorgezogen und gleichzeitig jene hochseetauglichen Schiffe zu bauen gelernt, die ihnen die Passage zu den Inseln ermöglichte.

Historisch betrachtet war das Verhältnis zwischen den atevischen Ethnien durchweg kooperativ gewesen. Darum konnten sie nicht verstehen, daß sich die Menschen freiwillig in die Isolation auf Mospheira begeben und sich keinem Bund angeschlossen hatten. Ein solcher Verzicht mußte unter den Atevi Verdacht erregen. Doch Shejidan war in die Bresche gesprungen; es hatte seine Furcht vor diesen Außenseitern überwunden und den fremden Begriff des ›Vertrags‹ gedeutet als ein menschliches Ersuchen um Aufnahme in einen atevischen Bund. Daß es zu diesem versöhnlichen Verständnis kam, war eine der größten Leistungen des ersten Paidhi.

Tabini gestand, den Sinn solcher Wörter wie ›Vertrag‹ oder ›Grenze‹ bis heute nicht begriffen zu haben. Er bezweifelte sogar, daß sie für Menschen von Bewandtnis seien, und nannte sie ›künstliche Begriffe‹, Beispiele menschlicher Selbsttäuschung. Verschiedenen Verbänden anzugehören war für jede Person unabdingbar. Grenzen existierten allenfalls als eine Art Hilfslinie zur Festlegung der Ausmaße einer Provinz, aber sie waren bedeutungslos für den Einflußbereich einzelner Personen.

Bren lag auf dem Rücken und schaute auf die vom Mond beschienenen Gardinen, die von einer kühlen Brise in Wallung gebracht wurden. Das Wetter hatte sich nach dem Durchzug der Regenfront wieder beruhigt. Zu dumm, daß es ihm am Nachmittag versagt gewesen war, in den Garten hinauszugehen und die frische Luft zu genießen. Jago hatte vor Heckenschützen gewarnt und gesagt, er solle nicht rausgehen, nicht dahin, nicht dorthin und vor allem nicht unter Leute.

Verdammt, was war mit der Post? Banichi hatte sie doch hoffentlich nicht vergessen. Nein, wohl kaum. Auf Banichi war Verlaß. Er kümmerte sich um alles.

Noch ein erschreckender Gedanke: Würde sich Banichi an seiner Post vergreifen? Ach was, es sei denn, er wäre interessiert an Werbung für Zahnpasta, Videos oder Skiurlaub im Hochgebirge.

Und wenn er die Post gar nicht abgeholt hat? Aber warum sollte er ihn, Bren, belügen? Um einen Dieb in Schutz zu nehmen, der Werbebroschüren gestohlen hat?

Alberner Gedanke. Banichi hatte wahrscheinlich jede Menge um die Ohren, und mit ihm, Bren, ging wieder einmal die Phantasie durch, paranoid, wie er war seit dem Vorfall letzte Nacht.

Er lauschte in die Stille, nahm den Duft der Blumen vor der Tür wahr und fragte sich, wie es sich wohl anhören mochte, wenn jemand über den Draht stolperte und daran verkohlte. Und er dachte an seinen Job; wie sollte er weiterverfahren in der Sache, an der er gerade arbeitete …

Oder wie standen die Chancen, Deana Hanks aus Mospheira loszueisen, um sich durch sie am Hof des Aiji vertreten zu lassen, nur für einen Monat oder so … mein Gott, endlich mal wieder ein paar Tage mit Barb verbringen können, Urlaub, vor der Küste tauchen gehen, weg vom ewigen Hickhack bei Hofe …

Aber damit konnte er Hanks wohl nicht kommen: Oh, übrigens, Deana, da versucht mich jemand umzubringen; sieh zu, wie du damit fertig wirst. Ich komme zurück, sobald sich die Lage beruhigt hat.

Nein, so ging es nicht. Es war auch nicht ratsam, die Kontaktstelle anzurufen und ihr vorsichtig mitzuteilen, was hier im Schwange war. Mißverständnisse oder falsche Schlußfolgerungen wären vorprogrammiert und würden alles nur noch schlimmer machen. Allerdings gab es eindeutige Chiffren für Schwierigkeiten und Mordanschläge. Vielleicht sollte er doch dem Büro eine entsprechende Mitteilung machen.

Aber angenommen, Tabini hatte Grund, den Funkverkehr noch strikter ausfiltern zu lassen, als es ohnehin der Fall war. Die letzte Information, die dann Brens Büro erhielte, wäre der Hinweis auf den Attentatsversuch. Dann müßte Hanks für ihn einspringen. Und Hanks würde gleich in die vollen springen; das war so ihre hitzköpfige Art. Um Tabinis Schweigen zu brechen, würde sie Maßnahmen einleiten, die der delikaten Situation weiß Gott nicht angemessen wären. Er vertraute Tabini. Hanks würde unter den gegebenen Umständen voller Mißtrauen sein und womöglich Schritte unternehmen, die Tabini schaden und seinen Feinden Auftrieb geben könnten.

Verflucht, dieses Dilemma. Meldung zu erstattet oder vorzuenthalten – beides war gleichermaßen von Übel. Die Situation entsprach einer Gleichung mit allzu vielen Unbekannten. Tabinis Schweigen war atypisch. Als der Mann vor Ort hatte er, Bren, bedenklich wenig Informationen zur Hand, aber Hanks hätte noch weniger, wenn sie zur Ablösung käme, und würde darauf drängen, daß er möglichst bald zurückkehrte – falls er denn dann noch lebte. Ängste aus den ersten Tagen machten sich da wieder breit, vor allem die Furcht davor, daß ein Aiji die Nase voll haben könnte von einem Paidhi, der technisches Know-how immer nur häppchenweise verfütterte.

Die Gans, die goldene Eier legt – mit dieser Parabel waren die ersten Paidhiin unter den Atevi hausieren gegangen, um ihnen einzuhämmern, daß es äußerst dumm wäre, einem Paidhi nach dem Leben zu trachten. Diese Geschichte war inzwischen allenthalben wohl bekannt, obwohl es hierzulande überhaupt keine Gänse gab.

Ja, nur so ließ sich etwas bewirken, durch Beharrlichkeit und mit der nötigen Zeit. Nur über den Umweg vieler kleiner Schritte war zu erreichen, daß sich die Wünsche der Menschen und die von Tabini-Aiji erfüllten.

Gänsiin und goldene Eier.

III

Zum Frühstück kam Banichi mit einem Arm voll Post, die erwartungsgemäß bloß aus Werbung bestand. Langweilig. Der Morgen war ungewöhnlich kühl für die Jahreszeit, und Bren genoß den heißen Tee, der ihm von zwei Ersatzdienern gebracht worden war. Zur Verdauung des leichten Frühstücks hätte er jetzt gern ein bißchen ferngesehen.

»Sind die Sender immer noch außer Betrieb?« fragte er. Banichi zuckte die Achseln. »Weiß nicht.«

Immerhin war der Wetterkanal auf Sendung; es wurden Regenschauer für das östliche Bergland vorhergesagt und ungewöhnlich kalte Temperaturen für die Küste im Westen. Damit war der ersehnte Badeurlaub an den Stränden Mospheiras abgehakt.

Er dachte immer wieder an Daheim, an die weißen Strände von Mospheira, die hohen Berge, auf denen an schattigen Stellen nach wie vor Schnee lag; er dachte an menschliche Gesichter, an Menschenmengen.

In der vergangenen Nacht hatte er von zu Hause geträumt; offenbar waren ihm doch noch ein, zwei Stunden Schlaf vergönnt gewesen. Er hatte geträumt, frühmorgens in der Küche gesessen und mit der Mutter und Toby gefrühstückt zu haben, so wie immer. Von der Mutter bekam er regelmäßig Post; Toby war schreibfaul, ließ aber über die Mutter berichten, was er so trieb und wie es ihm ging.

Die Mutter lebte jetzt in seiner, Brens, Wohnung, die

132

er freigemacht hatte, als er zum Paidhi berufen worden war. Und weil er auch auf sein Erbe als Erstgeborener nicht mehr angewiesen war, kam es nun – zusammen mit dem Ersparten aus ihrem Gehalt als Lehrerin – dem Bruder zugute, der eine Arztpraxis an der Nordküste eröffnet hatte.

Toby war ein Familienmensch und sehr angesehen; er führte ein geregeltes, angenehmes Leben, so, wie es sich die Mutter für ihre Kinder immer gewünscht hatte. Darüber war sie froh, nicht zuletzt über die Aussicht auf Enkelkinder. Bren schrieb ihr nur Erfreuliches; daß ein Mordanschlag auf ihn verübt worden war und daß man ihn nicht ausfliegen ließ, verschwieg er. Die Briefe klangen immer gleich, etwa so: Hallo Mutter, hier läuft alles bestens. Wie geht es dir? Ich habe viel zu tun, aber die Arbeit ist sehr interessant. Ich wünschte, dir mehr mitteilen zu dürfen …

»Nein, die nicht«, sagte Banichi, als Bren die schlichte Jacke aus dem Kleiderschrank holte. Banichi langte an ihm vorbei und zog den Rock für Audienzen vom Bügel.

»Für die Sitzung des Raumfahrtausschusses?« fragte Bren verblüfft, doch dann wurde ihm klar, daß Tabini ihn zu sprechen verlangte.

»Die Sitzung ist verschoben worden.« Banichi klopfte den Rock aus und half ihm, den Dienern zuvorkommend, beim Anziehen. »Die Entscheidung darüber, wie nun die Schlingerwände proportioniert werden sollen, muß noch ein paar Tage auf sich warten lassen.«

Bren schlüpfte in den schweren Rock und lupfte den Zopf über den Kragen. »Und was will Tabini von mir?« murmelte er. Aber weil beide Diener anwesend waren, konnte er nicht erwarten, daß Banichi darauf antwortete. Jago war nicht dagewesen, als Tano und sein mürrischer Kollege ihn mit dem Frühstück geweckt hatten. Seit nun schon zwei Nächten hatte er nicht richtig ausschlafen können, und seine Augen brannten vor Übermüdung. Dennoch mußte er einen präsentablen Eindruck machen und seine Gedanken beieinander haben.

»Tabini ist besorgt«, sagte Banichi. »Darum wurde auch die Sitzung verschoben. Er will, daß Sie für den Nachmittag aufs Land fahren. Ein Team vom Sicherheitsdienst wird sich hier mal gründlich umschauen.«

»Was, in meiner Wohnung?«

»Auf dem ganzen Gelände. Tano und Algini werden Ihnen, wenn nötig, beim Packen helfen.«

Bren wußte: Weiter nachzufragen war sinnlos. Banichi würde nur das mitteilen, was Tabini als Antwort durchgehen ließ. Seufzend richtete er den Kragen und schaute in den Spiegel. Die Augen verrieten den Mangel an Schlaf – und die bange Befürchtung, daß sein Verzicht, Mospheira über die hiesigen Vorkommnisse zu unterrichten, wohl endgültig war. Eine Sinnesänderung kam immer weniger in Frage, nicht ohne in offenen, schroffen Widerspruch zu treten zu den taktvollen, wohlmeinenden Maßnahmen derer, die sich hier um ihn kümmerten.

Vielleicht war es Willensschwäche, oder vielleicht riet ihm sein Instinkt: Sei still, verdirb es nicht mit dem einzigen Freund der Menschen auf diesem Planeten.

Auf Paidhiin läßt sich verzichten, nicht aber auf Mospheira. Wir können uns nicht die ganze Welt zum Feind machen. Sie verfügt inzwischen über Flugzeuge, über Radar, über alle möglichen technologischen Mittel.

Sie hat uns bald nicht mehr nötig.

Die Zimmertür ging auf, und Jago kam herein, vermutlich um die beiden Dienstboten zu beaufsichtigen, von denen nichts anderes zu hören gewesen war als »Noch etwas hiervon, Nadi?« oder »Zucker im Tee?«

Moni und Taigi hatten solche Fragen nie zu stellen brauchen. Er vermißte sie bereits und fürchtete, daß sie nicht mehr zurückkehren würden, daß sie womöglich schon woanders eingesetzt wären – hoffentlich zu Diensten eines unproblematischen, einflußreichen und durch und durch normalen Ateva. Hoffentlich nicht in den Händen der Polizei, um dort über ihn, Bren, im besonderen und über die Menschen im allgemeinen ausgehorcht zu werden.

Banichi drängte zum Aufbruch und öffnete ihm die Tür. Bren kam sich eher wie ein Gefangener vor denn als Schutzbefohlener.

»Aiji-ma.« Bren legte die Hände auf die Knie und verbeugte sich untertänigst. Tabini trug Hemd und Hose, leger und alles andere als förmlich. Er saß im Sonnenlicht vor offenen Türen in luftiger Höhe, hoch oben über den abfallenden Terrassen, dem alten Gemäuer des Bu-javid. Darüber entfalteten sich rötlich schimmernde Ziegeldächer, die nach Maßgabe numerologischer Bedeutung günstig proportioniert aufeinander ausgerichtet waren und auch ein harmonisches Verhältnis zum Weichbild der Stadt eingingen, die die Burg umschürzte. In der Ferne, jenseits der Ebene, erhob sich aus morgendlichem Dunst das Bergid-Massiv – ein herrlicher Anblick.

Vor diesem Panorama frühstückte Tabini an einem gedeckten Tisch, der zur Hälfte bis auf den Balkon hinausragte. Mit einer Handbewegung wies er seine Diener an, zwei weitere Gedecke zu bringen, und ließ Bren und Banichi Platz nehmen. Ganz zwanglos.

»Ich hoffe, es ist zu keinem weiteren Zwischenfall gekommen«, sagte Tabini.

»Nein, Aiji-ma«, antwortete Banichi.

»Die Sache beunruhigt mich sehr«, sagte Tabini und nippte von seinem Tee. »Und es tut mir leid, daß dieser Fall nun Gegenstand allgemeiner Spekulationen geworden ist. Aber ich mußte damit an die Öffentlichkeit; mir blieb keine andere Wahl. Sind Sie, Bren-Paidhi, während der gestrigen Sitzung auf irgendeine Weise behelligt worden?«

»Nein«, antwortete Bren. »Allerdings muß ich bekennen, daß ich nicht besonders aufmerksam war.«

»Haben Sie Angst?«

»Ich bin verwirrt.« Er war sich über seine Gefühle selbst nicht so recht im klaren. »Verwirrt darüber, der Grund für so viel Aufregung zu sein, wo es doch meine Aufgabe ist, Ihnen behilflich zu sein.«

»Ihre Antwort klingt sehr diplomatisch.«

»Zugegeben, ich bin auch ziemlich verärgert, Aijima.«

»Verärgert?«

»Weil ich mich nicht frei bewegen und tun und lassen kann, was ich will.«

»Das ist doch einem Paidhi ohnehin nicht möglich. Sie sind schließlich auch sonst immer in Begleitung, ob Sie in die Stadt gehen oder auf Reisen. Und wie ich Sie kenne, verzichten Sie auf heimliche, amouröse Abenteuer. Darin – und davor wird Sie Banichi sicherlich gewarnt haben – liegt die größte Gefahr.«

»Aber ich bin hier zu Hause, Aiji-ma. Es stört mich, daß ich mich vor jedem Schritt in acht nehmen muß, selbst innerhalb der eigenen vier Wände. Und ständig ist zu befürchten, daß irgendein armer Diener mit dem alten Schlüssel in meine Wohnung zu kommen versucht. Es sind doch alle gewarnt worden, hoffe ich?«

»Keine Sorge«, antwortete Banichi.

»Ich sorge mich aber«, sagte Bren über die an den Mund geführte Teetasse hinweg. »Verzeihen Sie, Aijima.«

»Sie brauchen sich nicht zu entschuldigen. Ihre Sorgen und auch Ihre Klagen sind berechtigt, und ich will nicht, daß Sie darunter leiden müssen. Es wäre deshalb gut, wenn Sie für eine Weile nach Malguri gingen.«

»Malguri?« Tabinis Feriensitz am Maidingi-See, den er immer gegen Herbstbeginn aufzusuchen pflegte, wenn die Regierung Urlaub machte. Der Ort lag tief im Landesinneren. So weit war Bren noch nie gereist; so weit hatte es noch keinen Menschen verschlagen. »Werden Sie auch da sein, Aji-ma?«

»Nein.« Tabinis Tasse war leer. Ein Diener schenkte nach. Tabini rührte zwei Stücke Zucker ein. »Meine Großmutter residiert dort. Sie haben sie noch nicht persönlich kennengelernt, oder? Nein, ich glaube, das Vergnügen hatten Sie noch nicht.«

Bren schüttelte den Kopf. Der Aiji-Mutter zu begegnen war für ihn ein fast größerer Schrecken als die Furcht vor Assassinen. Ein Glück, daß sie nach dem Tod ihres Mannes in der Nachfolgerwahl unterlegen gewesen war. »Verzeihen Sie, aber könnte es nicht sein, daß ich auf Malguri womöglich noch größeren Gefahren ausgesetzt bin?«

Tabini lachte und krauste die Nase. »Sie freut sich über jede Gelegenheit zu streiten, wohl wahr, ist aber in letzter Zeit sehr viel zurückhaltender geworden. Sie behauptet, daß es mit ihr zu Ende geht.«

»Das behauptet sie seit fünf Jahren schon«, brummte Banichi. »Aiji-ma.«

»Sie werden mit ihr zurechtkommen«, versicherte Tabini. »Sie sind ja Diplomat und wissen sich entsprechend zu verhalten.«

»Ich könnte doch auch nach Mospheira ausweichen, wenn es nötig ist, daß ich von hier verschwinde. Das käme mir im übrigen sehr gelegen. Es gibt da für mich eine Menge Dinge zu regeln. Meine Mutter hat eine kleine Zweitwohnung an der Nordküste …«

Tabinis gelbe Augen waren ohne jeden Ausdruck. »Für deren Sicherheit kann ich nicht garantieren, und ich will nicht, daß Ihre Angehörigen in Gefahr geraten.«

»Aber ohne Visum kommt kein Ateva nach Mospheira.«

»Dazu braucht man nur ein Ruderboot«, meinte Banichi. »Und wo das Häuschen Ihrer Mutter steht, hätte ich im Handumdrehen rausgefunden.«

Ein Ruderboot würde nicht unbemerkt am Strand vom Mospheira anlegen können. In dem Punkt ließ sich

Banichi leicht widersprechen, allerdings wäre dann ein Geheimnis preisgegeben.

»Auf Malguri sind Sie besser aufgehoben«, sagte Banichi.

»Da hat irgendein Idiot versucht, in mein Schlafzimmer einzudringen. Vielleicht war's ja nur mein Nachbar, der bezecht durch den Garten getorkelt kam und jetzt nicht mit der Sprache rausrückt, weil er Angst davor hat, daß man ihn des versuchten Mordanschlags bezichtigt. Und nun ist meine Wohnung verdrahtet!« Es war ungehörig, sich in Anwesenheit Tabinis zu ereifern und laut zu werden. Bren biß sich auf die Lippe und senkte den Kopf.

Tabini trank von seinem Tee, stellte die Tasse ab und sagte: »Die Ermittlungen machen Fortschritte. Ihre Hilfe ist nicht weiter nötig. Vertrauen Sie mir. Habe ich Sie jemals enttäuscht?«

»Nein, Aiji-ma.«

Tabini stand auf und reichte ihm die Hand – eine Geste, die den Atevi fremd war und um so mehr Entgegenkommen bezeugte. Auch Bren stand auf und schlug feierlich ein.

»Sie sind ein wichtiges Mitglied meiner Regierung«, sagte Tabini. »Und weil dem so ist, bitte ich Sie, nach Malguri zu gehen.«

»Ist mir irgendein Vorwurf zu machen?« fragte Bren; er fühlte sich gefangen in der großen Hand Tabinis. »Habe ich mich in irgendeiner Hinsicht falsch verhalten? Wenn ja, wär's mir lieb, daß man mich darüber aufklärt.«

»Die Ermittlungen gehen weiter«, sagte Tabini gelassen. »Meine Privatmaschine wird in diesem Augenblick vollgetankt. Und, bitte, legen Sie sich nicht mit meiner Großmutter an.«

»Aber ich kann doch jetzt nicht einfach davonlaufen. Solange ich nicht weiß, ob und wodurch ich Anstoß erregt und dieses ganze Durcheinander angestiftet habe, bleibt die Gefahr bestehen, daß ich mich in Zukunft erneut daneben benehme.«

Tabinis Finger drückten fester zu; dann löste er den Griff. »Wer sagt denn, daß Sie einen Fehler gemacht haben, Bren-Paidhi? Grüßen Sie meine Großmutter von mir.«

»Aiji-ma.« Bren gab sich geschlagen. »Läßt es sich einrichten, daß mir meine Post nachgeschickt wird?«

»Wenn sie dem Sicherheitsbüro zugestellt wird, sehe ich da kein Problem«, antwortete Banichi.

»Wir wollen nicht, daß bekannt wird, wo Sie sich demnächst aufhalten«, erklärte Tabini. »Die Sicherheit muß natürlich informiert werden. Passen Sie gut auf sich auf. Nehmen Sie die Vorsichtsmaßnahmen bitte ernst. Sie fahren jetzt auf direktem Weg zum Flughafen. Ist die Sache soweit klar, Banichi?«

»Jawohl«, antwortete der. Bren hatte keine Ahnung, von welcher ›Sache‹ die Rede war, doch ihm blieb nichts anderes übrig, als sich förmlich zu verabschieden.

›Auf direktem Weg zum Flughafen‹ bedeutete exakt das: ohne ins Zimmer zurückzukehren, sofort hinunter auf die unterste Ebene im Bu-javid zum Anschluß ans Schienennetz.

Die Station im Innern war ein strengbewachter Ort und zugänglich nur für den Aiji, die Mai'aijiin sowie für deren Personal. Für alle anderen Bediensteten stand ein zweiter Bahnsteig unterhalb des Burgkomplexes zur Verfügung.

Überall standen Wachposten, und der Fahrdienst war rund um die Uhr in Bereitschaft, denn nicht einmal die Einsatzleitung wußte, wer wann hinausfahren oder ankommen würde.

Auf dem Gleis wartete ein Wagen, der wie ein Frachtwaggon aussah. Er würde sich unterwegs von keinem anderen Frachtwaggon unterscheiden, abgesehen von der Registrationsnummer, die ständig geändert wurde.

Es war Tabinis Wagen, im Innern luxuriös gepolstert, ein Konferenzraum auf Rädern. Banichi ging zielstrebig darauf zu.

»Der eine oder andere vom Personal muß doch wissen, was hier abläuft«, sagte Bren. Er kannte den Wagen, fuhr regelmäßig einmal im Jahr zum Flughafen damit, wenn er Urlaub machte und nach Hause zurückkehrte. Um so unheimlicher war es ihm, jetzt unter Lebensgefahr damit wegzufahren.

»Der Fahrdienst weiß, daß es zum Flughafen geht«, antwortete Banichi und kontrollierte die ausgestellten Papiere. »Machen Sie sich keine Sorgen, Nadi Bren. Ich versichere Ihnen, daß wir Sie nicht mit dem Gepäck vertauschen werden.«

Bren hatte für solche Scherze keinen Sinn. Nervös betrat er den fensterlosen Wagen, setzte sich in einen weich gepolsterten Sessel am rückwärtigen Ende und starrte auf einen Monitor, auf dem das von einer Überwachungskamera aufgenommene Bild vom Bahnsteig wiedergegeben wurde. Das Gefühl, gefangen zu sein, war übermächtig; er wähnte sich lebendig begraben, ohne Aussicht darauf, sich jemals wieder einer Menschenseele mitteilen zu können. Auf Mospheira wußte niemand davon, daß er abreiste, und jetzt war es zu spät für einen Anruf. Er könnte allenfalls noch auf die Schnelle einen Brief an Hanks schreiben, aber ob ihn Banichi aufgeben würde, war fraglich.

»Fahren Sie mit?« fragte er Banichi.

»Selbstverständlich.« Banichi schaute auf den Monitor. »Ah, da ist sie ja.«

Aus dem Aufzug rollte ein Karren, voll beladen mit weißen Plastikkisten und angeschoben von Jago. Wenig später tauchte Jago in natura an der Schwelle des Wagens auf und ließ sich von Banichi helfen, den Karren hineinzubugsieren. Bren stand auf, um selbst mit Hand anzulegen, aber schon war draußen Tano herbeigeeilt, und zu dritt brachten sie das Gepäck in den Wagen.

So viel Gepäck – Bren fürchtete, man habe seine ganze Wohnung leergeräumt, es sei denn, Dreiviertel der Fracht gehörte zu Banichi und Jago. Die Kisten blieben auf dem Karren, der an die Seitenwand geschoben und mit einer Spinne abgesichert wurde.

Einspruch zu erheben war zwecklos, und kritische Fragen zu stellen, würde jetzt nur für Mißstimmung sorgen. Bren setzte sich wieder und blieb stumm, während Banichi und Jago am Ausstieg standen und sich mit einem Wachposten unterhielten.

Wenig später kehrten sie zurück und sagten, daß die Zugmaschine unterwegs sei und in Kürze vor den Wagen gekoppelt würde. Tano bot Bren einen Drink an, und Algini kam mit einem Schriftstück, das Banichi zu unterschreiben hatte.

Was hat das nun wieder zu bedeuten? fragte sich Bren im stillen. Sollte damit seine Exilierung besiegelt werden? Sein Gang ins Gefängnis der sterbenden Aiji-Mutter, jener notorisch verbitterten Alten, die zweimal gescheitert war bei der Wahl zum Aiji und – Gerüchten nach – in die Verbannung geschickt worden war, weil sie Tabini beleidigt hatte ...

Schnell stieg der Jet auf und überflog die nach allen Seiten hin ausbordende Stadt Shejidan. Im Meer der Ziegeldächer ließen sich manche der größeren Bauten identifizieren – das Einwohnermeldeamt, das Stammhaus des Landwirtschaftsverbands, der langgezogene Komplex der Stahlhütte, der Turm von West-Montan oder das Verwaltungsgebäude der Fluggesellschaft Patanadi. Die Tragflächenspitze der kurvenden Maschine neigte sich in Richtung auf das Bu-javid mit seinen Terrassen und Gärten. Bren glaubte, den Hof erkennen zu können, der vor seiner Wohnung lag, und fragte sich bang, ob er jemals dorthin zurückkehren würde.

Bald war die Flughöhe erreicht – oberhalb des Luftraums für den übrigen Flugverkehr. Tano servierte einen Drink, beflissen, wie es seine Art war. Bren konnte ihn nicht leiden, denn Tano hatte seine Diener verdrängt, die Zeit seines Aufenthaltes in Shejidan um ihn gewesen waren, mit denen er sich immer gut verstanden hatte und die jetzt, vermutlich ohne jede Erklärung, abgeschoben worden waren auf einen anderen Posten. Das war nicht fair, weder den beiden noch ihm, Bren, gegenüber. Er mochte sie, obwohl sie wahrscheinlich keine Vorstellung hatten vom Begriff der Zuneigung. Er hatte sich an sie gewöhnt, und nun waren sie fort.

Aber deswegen Groll zu hegen gegen Tano und Algini, war auch nicht fair, und so bemühte er sich, der atevischen Form von Höflichkeit zu entsprechen und sich seine Vorbehalte den beiden Fremden gegenüber nicht anmerken zu lassen. Er setzte eine zufriedene Miene auf, lehnte sich zurück und schaute auf die Wolken, die unter der Tragfläche vorbeizogen. Er wünschte, die Maschine nähme Kurs auf Mospheira und flöge ihn in Sicherheit.

Und er wünschte, Banichi und Jago wären kulturell oder biologisch so veranlagt, daß sie unter den Worten ›Freund‹ oder ›Verbündeter‹ dasselbe verstünden wie er. Doch das war so aussichtslos wie die Hoffnung darauf, Mospheira zu erreichen und barfüßig über die Sandstrände der Insel laufen zu können.

Der Magen fing an zu rebellieren. Bren war mittlerweile überzeugt, daß es ein schwerwiegender Fehler gewesen war, Deana Hanks nicht angerufen und von dem Anschlag gegen ihn unterrichtet zu haben. Unmittelbar oder am Tag danach hätte es dafür Gelegenheit gegeben. Jetzt mußte er davon ausgehen, daß Banichi und Jago angewiesen waren, einen solchen Anruf zu verhindern.

Aber er hatte nicht rechtzeitig daran gedacht; er konnte sich nicht erinnern, was ihm durch den Kopf gegangen war. Ihm schien es nun, als habe er unter Schock gestanden, als habe er den Vorfall nicht wahrhaben oder in seiner Bedeutung nicht ernst nehmen wollen. Er hatte auf den Anruf verzichtet, um bei Hanks nicht den Eindruck zu erwecken, daß er allein nicht mehr zurande kam und auf seinem Posten fehlbesetzt war.

Inzwischen war er tatsächlich außerstande, selbst aktiv zu werden, es sei denn er riskierte den Bruch mit Tabini, es sei denn, er würde, am Ziel angekommen, Zetermordio schreien und den nächstbesten Ateva bitten, ihn vor dem Aiji zu retten.

Verrückter Gedanke, ebenso verrückt wie das Ansinnen, Tabinis Einladung nachträglich auszuschlagen oder auch nur zu versuchen, von Malguri aus nach Mospheira zu telefonieren, denn ein solcher Anruf müßte über die Schaltstelle am Bu-javid vermittelt und vom Sicherheitsdienst genehmigt werden.

Wie dem auch sei, das Büro auf Mospheira würde sich bald – in einer oder spätestens zwei Wochen – wundern, warum er nichts von sich hören ließ, man würde sich Sorgen machen und das Auswärtige Amt einschalten. Und es würde eine weitere Woche vergehen, bis das Auswärtige Amt auf Mospheira sämtliche zur Verfügung stehenden Kanäle ausgeschöpft hätte und, weil ergebnislos geblieben, beschließen würde, den Präsidenten zu informieren, der dann nach Absprache mit seinen Beratern die Angelegenheit zur Chefsache erklären, eigene Nachforschungen anstellen und womöglich mit Tabini direkt Kontakt aufnehmen würde.

Es würde also insgesamt ein guter Monat ins Land gehen, bevor Mospheira eine zuverlässige Nachricht vom Verschwinden des Paidhi erreichte.

Es machte Bren beklommen, sich eingestehen zu müssen, daß er Tabini und das, was in seinem Umfeld geschah, doch nicht so gut kannte und ausrechnen konnte wie geglaubt. Und er konnte nicht länger so naiv sein und verhehlen, daß man ihn gekidnappt hatte und womöglich auf Nimmerwiedersehen verschleppte.

Eines vermißten Paidhi wegen, der sich womöglich einen unverzeihlichen Fehler zu Schulden hatte kommen lassen, würde auf Mospheira niemand den Vertrag mit Shejidan aufs Spiel setzen.

Nein, sie würden ihn nicht zurückverlangen, sondern einfach nur für Ersatz sorgen, einen neuen Paidhi so schnell und gründlich wie eben möglich ausbilden und ihn anweisen, vorsichtiger zu sein als der gescheiterte Vorgänger.

Ach, wie sehr hatte er sich doch getäuscht zu glauben, Tabini als den Ateva, der er war, zu durchschauen und über seine Interessen Bescheid zu wissen. Und er war ja auch all seinen Vorschlägen gegenüber aufgeschlossen gewesen – was den Schienenverkehr anging, das Raumfahrtprogramm, die medizinische Forschung oder die Computerisierung der Versorgungssysteme. Tabini hatte sich nie widersetzt oder auch nur Einspruch erhoben, was ja durchaus zu erwarten gewesen wäre; nein, er hatte immer nur aufmerksam zugehört und intelligente Fragen gestellt, so wie alle Aijiin vor ihm der Vernunft den Vorrang gegeben und Einsicht gezeigt hatten in die Notwendigkeit der Verschränkung von ökologischem und technischem Fortschritt – ein Konzept, das die Atevi schnell überzeugt hatte.

Umgekehrt waren von seiten der Aijiin nie unannehmbare Forderungen, überzogene Wünsche oder Ansprüche an die Menschen gestellt worden. Jüngstes Beispiel war der Versuch, wohlgemerkt: der taktvolle Versuch, den Leuten auf Mospheira klarzumachen, daß die Kommerzialisierung von Fleischprodukten für die Ragi – im Unterschied zu den Nisebi – ein Tabu war. Die kulturelle Annäherung wurde von beiden Seiten vorangetrieben. Mospheira verlegte sich auf den Hochseefischfang, für den es keine Schonzeiten gab, und machte somit seinen Gastgebern auf diesem Planeten deutlich, daß man ihre Sensibilitäten respektierte und entsprechend umzudenken bereit war, so wie auch die Atevi

Bereitschaft gezeigt hatten, sich auf die Menschen einzustellen.

Bren hatte als Paidhi großen Anteil an solchen Vermittlungsbemühungen gehabt, und manchmal war er sich dabei vorgekommen wie jener mythische Held, der einen großen Felsbrocken bergauf wuchten und immer wieder hinnehmen mußte, daß gewonnener Boden verlorenging.

Inzwischen standen die Atevi an der Schwelle zur bemannten Raumfahrt. Sie nutzten bereits die Möglichkeiten der Kommunikation via Satellit. Es stand ihnen ein verläßliches Leichtraketensystem zur Verfügung. Mit ratgebender Unterstützung seitens der Menschen wurde an der Entwicklung von Materialien gearbeitet, mit denen es möglich sein würde, einen großen Sprung nach vorn zu tun – hin zu kontrollierten, antriebsgestützten Landemöglichkeiten, die den Menschen damals, als sie auf dem Planeten niedergingen, noch nicht zur Verfügung gestanden hatten. Was in dieser Richtung erforscht wurde, war auch für Bren Neuland, das er während seiner sogenannten Herbstferien zu beackern versuchte, um sich vorzubereiten auf jenen Bericht, den er irgendwann in den nächsten fünf Jahren vorzulegen hatte – und hoffentlich würde vorlegen können. Voraussetzung war unter anderem, daß die geplante Erprobung stärkerer Triebswerksysteme Erfolge zeitigte.

Dabei war dieser Entwicklungsschritt nicht wirklich nötig. Aber das Büro auf Mospheira meinte: Laß sie nur machen; sollen sie doch die Schubkraft zu steigern versuchen. Über Starts mit herkömmlichen Raketen und bemannten Kapseln würden die Atevi Erfahrungen sammeln können – nicht zuletzt im Hinblick auf die politischen und emotionalen Investitionskosten der Raumfahrt. Und Atevi sahen sich gern in der Rolle von heldenhaften Pionieren.

Diese Entscheidung war vor allem kulturpolitisch

motiviert, was Bren ärgerlich und ungeduldig machte, denn er wollte als Paidhi nicht nur Wegbereiter, sondern auch Nutznießer der Raumfahrt sein und selbst mit ins All fliegen, solange er noch jung genug dazu war. Das war sein Geheimnis, sein Traum, und er hoffte darauf, als Vertrauter der Atevi die Chance zu erhalten, mitfliegen zu dürfen.

Das war sein Traum. Der Alptraum war weniger konkret, bloß eine düstere Vorahnung, die ihn mitunter beschlich. Darüber hatte er auch schon mit Hanks und anderen Kollegen des Büros gesprochen. Er fürchtete, daß der allmähliche, Stück für Stück vorgenommene Technologietransfer an die Atevi zu unvorhersehbaren Folgen für die Menschen führen könnte, denn der Verstand der Atevi funktionierte nun einmal anders als der der Menschen; sie hatten womöglich eine ganz andere Vorstellung von Fortschritt. Was ihnen an Know-how scheibchenweise an die Hand gegeben wurde, ließ sich auch auf eine Weise verwerten, die den Interessen der Menschen zuwiderlief. Die Atevi waren durchaus erfinderisch, und sie würden sich nicht vor jeder Innovation mit der Kommission für Technologie und Entwicklung auf Mospheira beraten.

Dem Himmel sei dank, daß ihre unabhängigen Forschungen noch keine sprengkopfbestückten Interkontinentalraketen oder Atombomben hervorgebracht hatten.

Zwischen Wolkenlücken sah er das Land unter sich weggleiten, bebaute Äcker, Weideflächen und Wälder. Im Hintergrund tauchten wie schroffe Inseln die schwarzen und schneebedeckten Bergspitzen des Bergid-Massivs aus Nebelschwaden auf. Er flog über Landschaften hinweg, die kein Mensch vor ihm gesehen hatte. Aber schon bald verhüllten sie sich unter einer vom Meer heraufziehenden, gerippten Wolkendecke, als wollten sie wie ihre atevischen Bewohner Geheimnisse vor ihm hüten.

Um sich zu beschäftigen, kramte Bren seinen Computer aus dem Gepäck, setzte sich an den Tisch und rief die Stichworte und Notizen auf, die er gesammelt hatte zur Vorbereitung eines Referats, mit dem er auf der nächsten Quartalskonferenz plädieren wollte für die Einrichtung eines Informatikzentrums in Costain Bay mit Modemverbindungen zu den Studenten in Wingin.

Bemerkenswerterweise, so schrieb er jetzt, *sind die größten technologischen Probleme auf eine diskrepante Anwendung mathematischer Logik zurückzuführen, bedingt durch kulturspezifische und sprachliche Unterschiede, die im einzelnen noch zu klären sein werden. Zunächst gilt es festzustellen, daß diese Diskrepanzen insbesondere das Studium der Computerwissenschaft erschweren. Computer funktionieren nach einer logischen Architektur, die menschlicher Geist entwickelt hat und darum gewisse Erwartungen und begriffliche Vorstellungen atevischer Anwender mißachtet.*

Die Entwicklung einer Computerarchitektur, die den Denk- und Wahrnehmungsstrukturen der Atevi entspricht, ist unverzichtbar, weil Voraussetzung für weitere Fortschritte, auf welchem Gebiet auch immer. Mit Verlaub gibt der Paidhi zu bedenken, daß viele nützliche Technologien sehr viel effektiver vorangetrieben werden könnten, wenn dieses Problem gelöst wäre.

Der Paidhi erkennt die Gültigkeit und die Gründe für eine Beibehaltung der im Vertrag von Mospheira festgelegten Doktrin der kulturellen Trennung an; gleichzeitig aber sieht er eine große Chance in der Möglichkeit, daß Lehrer auf Mospheira mit Studenten auf dem Festland über Computer in Verbindung miteinander treten. Studierenden Atevi böte sich der Vorteil, direkt teilzuhaben an kompetenter Lehre, die sie befähigt und ermuntert, Software-Programme zu entwickeln, welche die mathematische Kompetenz der Atevi zu nutzen verstehen.

Ein solches Studienzentrum könnte als Modell dienen und, wenn es sich als tauglich erweist, übertragen werden auf an-

dere Gebiete mit dem Ziel, einen Netzverbund zu installieren,
der den Fortschritt von Wissenschaft und Technik fördert
zum Nutzen aller und unter Berücksichtigung kultureller
Unterschiede.

Ich möchte in diesem Zusammenhang an jenen Passus des
Vertrags von Mospheira erinnern, der explizit darauf erkennt,
daß im Zuge wissenschaftlicher Kontakte eine für beide Seiten
verbindliche, eindeutige Terminologie zu entwickeln ist, um
den interkulturellen Austausch unter atevischer Feder-
führung zu optimieren.

In diesem Sinne sind wir geradezu aufgefordert, einen über
vernetzte Computer organisierten Lehrbetrieb einzurichten,
denn ...

Banichi ließ sich in den Sitz gegenüber fallen. »Sie
sind sehr fleißig«, sagte er.

»Ich arbeite an meinem Referat für die Quartalskonferenz. Hoffentlich werde ich es auch halten können.«

»Ihre Sicherheit ist wichtiger. Und falls Sie nicht persönlich erscheinen können, werde ich dafür sorgen, daß
Ihr Referat vorgetragen wird.«

»Die Konferenz findet erst in vier Wochen statt. Bis
dahin werde ich doch wohl wieder zurück sein.«

»Wer weiß?«

Wer weiß? Ihm wurde flau bei dieser Antwort. Jago
kam, brachte Banichi zu trinken und setzte sich neben
ihn. »Ein schöner Ort«, sagte sie. »Sie waren noch nicht
da, oder?«

»Nein. In Taiben war ich, aber noch nicht auf Malguri.« Höflichkeit mimen, das schaffte er automatisch.
Im stillen suchte er nach einem beschönigenden Ausdruck für Kidnapping. Er speicherte den Text ab und
klappte den Computer zu. »Aber vier Wochen, Nadi!
Wie soll ich da meine Arbeit fortsetzen?«

»Nehmen Sie's als Privileg«, sagte Banichi. »Sie sind
der erste Mensch, der diesen Ort zu sehen bekommt.
Seien Sie nicht so zerknirscht.«

»Und was ist mit der Aiji-Mutter? Ich kenne sie nicht

und werde mit ihr unter einem Dach wohnen müssen. Weiß sie, daß ich komme?«

Grinsend entblößte Banichi die Zähne. »Sie werden sich mit ihr bestimmt vertragen. Fast wäre sie Aiji geworden, für Ihren Vorgänger zumindest.«

»Aber das Hasdrawad wollte es anders«, fügte Jago hinzu.

Das Hasdrawad hatte ihrem Sohn den Vorzug gegeben, den sie nach eigenen Worten bei gegebener Gelegenheit am liebsten abgetrieben hätte. Als der dann einem Mordanschlag zum Opfer fiel, wurde sie ein zweites Mal vom Hasdrawad übergangen, das ihren Anspruch zurückwies und Tabini, ihren Enkel, zum Aiji bestimmte.

»Sie ist Tabini zugetan«, sagte Banichi. »Alle gegenteiligen Behauptungen sind falsch. Sie steht auf seiner Seite.«

Im Alter von zweiundsiebzig Jahren war sie bei einem Jagdrennen von ihrem Mecheita gefallen, hatte sich die Schulter gebrochen, einen Arm und vier Rippen, war aber sofort zurück in den Sattel gestiegen und hatte die Jagd wieder aufgenommen, durchgehalten, bis das Wild zur Strecke gebracht war.

Anschließend, so erzählte man sich, war sie mit der Reitgerte über den Parcours-Manager hergefallen aus Wut über die Verletzungen, die sich ihr kostbarer, hochgezüchteter Matiawa-Hengst zugezogen hatte.

»Geduld scheint nicht ihre Stärke zu sein«, bemerkte Bren.

»Und ob«, entgegnete Jago. »Wenn sie sich etwas in den Kopf gesetzt hat, kann sie äußerst geduldig und hartnäckig sein.«

»Stimmt, was man sich über ihren Nachfolger erzählt?«

»Daß Tabini-Aijis Vater ermordet wurde? Ja, das stimmt«, antwortete Banichi.

»Und es konnte nie ermittelt werden, wer hinter dem

Anschlag steckte«, sagte Jago. »Dabei waren sehr kompetente Fahnder am Werk.«

»Es gab keinen einzigen Hinweis, abgesehen davon, daß die Aiji-Mutter sehr zufrieden schien«, berichtete Banichi. »Aber das ist kein Beweis. Und sie war nicht die einzige, die ein Motiv gehabt hätte. Wie dem auch sei, ihre Leibwächter sind nicht zu unterschätzen.«

»Haben sie eine Lizenz?« fragte Bren.

»Natürlich«, antwortete Banichi.

»Allerdings sind die meisten aus dieser Truppe mittlerweile recht betagt«, sagte Jago. »Und nicht mehr auf der Höhe der Zeit.«

»Damals aber sehr wohl«, meinte Banichi.

»Und dennoch glaubt Tabini, daß ich dort sicher aufgehoben bin?«

»Wie gesagt, die Aiji-Mutter steht auf seiner Seite«, entgegnete Jago.

»Meistens, jedenfalls«, sagte Banichi.

Es regnete in Strömen, als die Maschine auf der Landepiste aufsetzte. Des schlechten Wetters wegen war der übrige Verkehr auf das Flugfeld im Tiefland umgeleitet worden. Doch die Crew des Aiji hatte sich nicht abschrecken lassen. Im Umkehrschub heulten die Turbinen auf; die Reifen glitschten über die nasse Piste. In zügiger, kontrollierter Fahrt ging es auf das kleine Terminal zu.

Mißmutig schaute Bren zum Fenster hinaus und sah Wachmannschaften und Service-Personal auf die Maschine des Aiji zueilen. Auf Mospheira wäre zu seinem Empfang ein weniger großer Aufwand betrieben worden, schon gar nicht ein so waffenstarrender.

Er schnallte den Gurt ab, nahm den Computer zur Hand und folgte Banichi zum Ausstieg. Jago war ihm dicht auf den Fersen.

Regen peitschte ihnen entgegen; er ließ kaum Luft zum Atmen, spritzte von der Fahrbahn auf und hüllte alles in Grau. Der vom Flughafen aus sichtbare See vermischte sich übergangslos mit den Wolken, und die Hügel am Ufer waren konturlose Schatten.

Irgendwo da oben, den See überblickend, muß Malguri liegen, dachte Bren.

»Sie schicken uns einen Wagen«, rief Jago gegen den rauschenden Regen an; sie hielt den Taschen-Kom ans Ohr gepreßt. Das Service-Personal rollte eine Gangway herbei. Das Ding war ohne Regenschutz. Eine veritable Wasserrutsche. Wäre Tabini gekommen, hätte man gewiß eine Markise darüber gespannt oder zumindest den Wagen näher herangefahren.

Donner rollte, zuckende Blitze spiegelten sich im nassen Asphalt.

»Ein schönes Omen«, murmelte Bren. Unter all den Blitzen über metallene Stufen steigen zu müssen behagte ihm ganz und gar nicht. Wuchtig krachte die Gangway vor den Ausstieg und erschütterte die Maschine. In Böen flog Regen herbei, kalt wie im Herbst.

Die mit Gummimänteln ausgestatteten Männer am Boden winkten und riefen ihnen zu. Banichi ging voran. Sei's drum, dachte Bren; er zog den Kopf ein und eilte ihm nach, hielt sich am kalten, nassen Handlauf fest und zuckte zusammen, geblendet von einem gleißenden Blitzstrahl, dem sogleich krachender Donner folgte. Er erreichte den Boden, erleichtert, den Handlauf loslassen zu können, und rannte auf den wartenden Kleinbus zu, während Jago hinter ihm polternd die Stufen herabhastete.

Bren hatte im Bus Platz genommen. Jago eilte herbei und ließ sich auf den Sitz neben ihm fallen. Ihre schwarze Haut glänzte feucht. Der Fahrer stieg aus, um die Tür zu schließen, blieb aber, sichtlich verblüfft, vor dem offenen Verschlag stehen und gaffte. Offenbar hatte ihn niemand darüber informiert, daß ein Mensch mit von der Partie war.

»Tür zu!« brüllte Banichi. Der Chauffeur gehorchte und beeilte sich, hinters Steuer zurückzukommen.

»Algini und Tano«, protestierte Bren mit Blick durch das vom Regen verschmierte Fenster auf die Maschine.

»Die kommen mit dem Gepäck nach«, erklärte Jago. »In einem anderen Wagen.«

Für den Fall, daß eine Bombe im Gepäck liegt, dachte Bren. Der Fahrer löste die Bremse, legte den Gang ein und hieß die Gäste herzlich willkommen in Maidingi, der ›Perle der Berge‹ – einstudierte Grußworte, die es nicht versäumten, die harmonische, glücksverbürgende Ausrichtung der einzelnen Gebirgsstöcke hervorzuheben und die ›günstigen Einflüsse‹ der Quellgewässer oberhalb des Sees, des ›Himmelsspiegels‹.

Der Himmelsspiegel war heute stumpf; seine Abbilder wurden vom Regen zerschmettert. Bren hatte damit gerechnet, daß der Wagen sie nur bis zur Ankunftshalle des Flughafens brächte und daß sie von dort aus mit einem Zug nach Malguri weiterfahren würden. Doch der Chauffeur fuhr an sämtlichen Eingängen des Terminals vorbei und weiter in Richtung See, das Flughafengelände verlassend.

»Wohin fahren wir?« wollte Bren wissen und sah sich verstört nach Banichi um in Erwartung, daß auch er protestieren würde gegen diesen seltsamen Umweg.

»Nicht nervös werden, Nadi«, sagte Jago und legte ihm eine Hand aufs Knie. »Es läuft alles nach Plan.«

»Was ist das für ein Plan?« fragte er gereizt und ließ seinen Blick zwischen Jagos Gesicht und dem Fenster hin- und herschnellen.

Automatisch öffnete sich vor ihnen ein Tor in der Flughafenumzäunung, und weil Jago keine Antwort gab, fragte er ein zweites Mal: »Wohin fahren wir?«

»Regen Sie sich nicht auf«, sagte Banichi. »Glauben Sie mir, nand' Paidhi, es ist alles in Ordnung.«

»Nehmen wir denn nicht die Eisenbahn?«

»Nach Malguri fährt keine Eisenbahn«, antwortete Banichi. »Da kommen wir nur mit dem Wagen hin.«

Das durfte nicht sein. Zwischen Flughafen und allen Orten ringsum mußten Schienenwege vorhanden sein; so schrieb es das Verkehrsgesetz vor. Nicht einmal die Superreichen hatten das Privileg eines eigenen Straßenanschlusses.

Der Kleinbus war ausgewiesen als Fahrzeug der Maidingi-Air. Wieso wurde er jetzt für eine Privatfahrt genutzt? Busse der Fluggesellschaft waren für den öffentlichen Verkehr nicht zugelassen.

Hatte der Sicherheitsdienst eine Ausnahmegenehmigung erwirkt? War die Situation denn wirklich so brandgefährlich?

»Wäre es zu riskant gewesen, einen regulären Bus zu nehmen?« fragte er und deutete auf das Logo von Maidingi-Air.

»Es fährt kein Bus nach Malguri.«

»Aber wie ist das möglich? Ein Ort ohne Bahn- und Busverbindung?«

Der Wagen bog so abrupt in eine Kurve ein, daß Bren in Jagos Arme geschleudert wurde.

Sie tätschelte sein Bein. Er verschränkte die Arme vor der Brust und lehnte sich zurück, um Fassung bemüht. Das Gewitter hielt unvermindert an.

Es gab Orte, die wirtschaftlich nicht in der Lage waren, die gesetzlichen Auflagen zu erfüllen und darum Ausnahmeregelungen geltend machten. Dazu zählte aber das Anwesen des Aiji gewiß nicht. Wieso also führte kein Bus nach Malguri, obwohl es doch gleich vor den Toren von Maidingi lag? Man sollte meinen, daß der Aiji im Hinblick auf seine Umweltpolitik mit gutem Beispiel voranging. *Kabiu*. Vorbild. Korrektes Verhalten. Den Schein wahren.

Wo, zum Teufel, lag dieses Anwesen überhaupt? Weshalb war es denn mit dem Stadtbus nicht zu erreichen?

Schotter knirschte unter den Reifen, als der Wagen in

eine Art Feldweg einbog. Auf der einen Seite graue Ödnis, zur anderen ein Berghang. In Anbetracht des schlechten Belags erinnerte sich Bren an die Vetos seines Vorgängers, mit denen er den Ausbau der Straßenverbindungen in Bergregionen verhindert hatte. Und auch er, Bren, war stets darauf aus gewesen ›die Priorität der Schiene zu sichern‹. Die Forderung der Bergdörfer nach dem Ausbau von Straßen sei, so hatte er dem Aiji anvertraut, nichts weiter als eine ›Nebelkerze‹ – ein Ausdruck, der Tabini, nachdem er ihn verstanden hatte, zu amüsieren schien –, ausgeworfen, um die Separationsbestrebungen führender Provinz-Aijiin zu kaschieren.

Dasselbe Argument hatte auch sein Vorgänger immer wieder vorgetragen, obwohl ihm nicht wohl dabei gewesen war, weil er fürchtete, einer Paranoia das Wort zu reden. Doch für Tabini war dieses Argument im Sinne atevischer Logik durchaus plausibel und vernünftig. Der amtierende Paidhi schlug weiter in die gleiche Kerbe, und zwar aus menschlichen Gründen: An Bewährtem war festzuhalten, gleichviel ob es atevischer Logik entsprach oder nicht.

Ein Ergebnis dieser Politik war der Zustand dieser Straße, die er nun befuhr. Schotter und Schlaglöcher. Kein Bus. Keine Asphaltierung.

Bren war leidenschaftlicher Skifahrer, und wenn er Urlaub hatte, fuhr er auf Mospheria über eine wunderschön ausgebaute Paßstraße hinauf zum Mount Allan Thomas. Ein angenehmes Fahren, fast so schön wie das Gleiten auf der Piste bergab.

Aber dieses …

… dieses Fahrzeug hier war nicht einmal ausreichend gefedert. Es holperte und schlitterte in den Kurven.

Krampfhaft umklammerte er den Haltegriff mit der einen und den Computer mit der anderen Hand, damit er nicht zu Boden fiel. Vielleicht, so dachte er, war es doch ratsam, den Ausbau der Bergstraßen zu empfehlen.

Die Fahrt über die holprige, vom Regen ausgewaschene Piste dauerte nun schon über eine Stunde. Der Wagen quälte sich auf Haarnadelkurven steil nach oben, und immer wieder drehten die Räder auf losem Schotter durch. Der graue Nebel wurde dichter und dichter. Es schien als schaukelte der Wagen durch einen grauen Raum. Die Knöchel der Hand, mit der Bren den Griff umklammert hielt, waren weiß angelaufen. Er wagte es nicht, aus dem Fenster zu sehen. Da war ohnehin nichts zu erkennen, und das machte ihn schwindeln.

Wie lange würde es wohl dauern, bis man sie fände, wenn der Wagen die nächste Kurve verfehlte und in die Tiefe stürzte?

Ein tiefes Schlagloch. Es schleuderte ihn aus dem Sitz. »Himmel!«

Der Chauffeur warf ihm einen verdutzten Blick über den Rückspiegel zu. Bren preßte die Lippen aufeinander. Banichi unterhielt sich mit dem Fahrer, der immer wieder über die Schulter schaute, um seinem Gesprächspartner in die Augen zu sehen.

»Bitte«, flehte Bren. »Schauen Sie nach vorn, Nadi.«

Schotter spritzte unters Blech. Die rechte Seite sackte ab, richtete sich aber mit einem Ruck wieder auf.

Nach der nächsten Kurve hob sich ein großer dunkler Schatten vom grauen Hintergrund ab. Dicke Mauern und Türme ragten vor der vom Regen besprenkelten Scheibe auf. Die Straße war nicht zu sehen, nur das mahlende Geräusch der Räder verriet ihm, daß der Wagen auf festem Boden rollte.

»Malguri«, brummte Banichi.

»Eine Festung aus dem dreiundvierzigsten Jahrhundert«, erklärte der Fahrer, »das prächtigste Schmuckstück unserer Provinz ... es wird in Stand gehalten vom hiesigen Denkmalverband und dient als Ferienresidenz des obersten Aiji. Zur Zeit wohnt die Aiji-Mutter dort ...«

Bren sah die Türme vor der Windschutzscheibe anwachsen und Konturen gewinnen aus dem allgemeinen Grau der Berge, des Sees in der Tiefe und den Wolken. Dann kam auch Farbe hinzu. Von der dunkelgrauen Brustwehr hingen schlaff und regennaß bunte Fahnen herab.

Bren kannte etliche historische Bauten der Atevi. Das Bu-javid in Shejidan war ein Musterbeispiel, und in der Stadt standen noch sehr viel mehr Sehenswürdigkeiten aus jener Zeit, die als Epoche der Landung bezeichnet wurde. Aber dieses Bauwerk hier mit seinen Türmen und Zinnen war ohne Vergleich. Nach Angaben des Fahrers stammte es aus einer sehr viel weiter zurückliegenden Zeit, lange bevor sich die Menschen in das hiesige System verirrt hatten. Bren rechnete schnell nach: Als diese Festung erbaut worden war, hatte noch kein Mensch die Erde verlassen.

Die Scheibenwischer klärten das Bild im rhythmischen Hin und Her; es war, als entstünde aus der Sintflut eine neue Welt, als der Wagen durch einen Torbogen fuhr und auf gepflastertem Weg hin zu einem regengeschützen Säulengang.

Dort hielt der Wagen an. Banichi stand auf und öffnete den Verschlag unmittelbar vor einem schattigen Portal mit offenstehenden Holztüren. Ein halbes Dutzend Atevi eilte ihnen aus beleuchtetem Raum entgegen. Alle trugen einfache, bequeme Kleidung, die Tracht der Landbevölkerung, wie Bren wußte. Doch ihre Stiefel waren ganz nach Waidmanns Art; offenbar wurde hier in dieser Wildnis die Jagd gepflegt, zumindest dann, wenn rüstigere Mitglieder der Aiji-Familie zugegen waren.

Den Computer in der Hand stieg er hinter Banichi aus dem Wagen. Vielleicht, so dachte er, würde demnächst zur Unterhaltung der Gäste eine Jagd veranstaltet. Banichi und Jago wären sicherlich daran interessiert. Er dagegen weniger. Fußmärsche durch stacheliges Dickicht, von der Sonne verbrannt zu werden und das Abendessen über den Flintenlauf ins Visier zu nehmen war seine Sache nicht. Kalte, feuchte Nebelschwaden wirbelten unter dem Vordach um ihn herum, und er machte sich Sorgen um den Computer. Er hoffte, die Begrüßungszeremonie so schnell wie möglich hinter sich zu bringen und ins Trockene zu kommen.

»Der Paidhi«, sagte Banichi und legte ihm seine Hand auf die Schulter. »Bren Cameron, enger Verbündeter von Tabini-Aiji. Heißen Sie ihn herzlich willkommen ...« Die Standardformel. Bren verbeugte sich. »Ich bin geehrt, vielen Dank«, murmelte er in Antwort auf die Höflichkeiten des Personals. Jago schlug die Wagentür zu und verabschiedete den Fahrer. Als der Kleinbus davonrollte, setzte sich das Empfangsgrüppchen in Bewegung, dem Haupteingang entgegen. Man erkundigte sich nach dem Wohlergehen des Aiji und nach Neuigkeiten aus Shejidan. Gott sei Dank, dachte Bren, als sie endlich den Eingang erreichten. Auf eine Frage hin drehte er sich um und sah auf dem gepflasterten Vorhof eine antike Kanone stehen. Mit Blick nach vorn sah er goldenes, gedämpftes Licht in der Halle leuchten, und warme Luft wehte ihm entgegen.

Der Boden der Halle war mit großen Steinfliesen belegt. Zwischen Lambries und stuckverziertem Deckensims hingen Banner in schmiedeeisernen Haltern an der Wand. Auch sie waren wohl viele Jahrhunderte alt, fadenscheinig und verschossen und mit den verschlungenen Zeichen einer uralten Handschrift versehen, die Bren nicht zu entziffern vermochte. In der Mitte entdeckte er die Farben Tabinis, sein Banner und Emblem: das rot umkreiste Baji-Zeichen auf blauem Feld. Da hingen außerdem etliche Waffen an der Wand – Schwerter und Hiebwaffen, deren Namen er nicht kannte, aber er hatte ähnliche Exemplare schon in dem Jagdschloß von Taiben gesehen, das überhaupt ganz ähnlich eingerichtet war bis hin zu den Fellen und Tierhäuten an den Wänden oder über Stühle geworfen, die nur entfernt mit den Stühlen, wie sie von Menschen gebaut wurden, vergleichbar waren.

Banichi legte ihm erneut die Hand auf die Schulter und stellte ihn diesmal zwei Dienern vor, zwei Männern, die sich ehrerbietig verbeugten.

»Sie werden Sie auf Ihre Zimmer führen«, sagte Banichi, »und stehen ausschließlich Ihnen zur Verfügung.«

Ihre Namen, die ihm gerade erst genannt worden waren, hatte Bren schon vergessen, denn er war mit seinen Gedanken woanders und wunderte sich, wo Algini und Tano blieben. Warum sollte ihm jemand anderes dienen?

»Entschuldigen Sie«, sagte er verlegen. »Wie waren Ihre Namen gleich? Ich habe nicht richtig verstanden.« Der Paidhi war ein Diplomat; er wußte, wie wichtig es war, Namen zu behalten, auch wenn es nur die Namen von Dienstboten waren. Aber anstatt sie nun aufmerksamer zu beachten, schaute er sich nach Banichi um und fragte sich, ob er oder Jago die beiden kannte und ob sie ihnen vertrauen konnten.

Sie verbeugten sich ein weiterer Mal, wiederholten ihre Namen – Maigi und Djinana – und sagten, daß es ihnen eine Ehre sei, ihm, dem Paidhi, zu Diensten stehen zu dürfen.

Ein schrecklicher Anfang – Atevi versuchten, höflich zu ihm zu sein. Und dann diese fremde Umgebung, in der er sich gänzlich verloren vorkam.

»Gehen Sie mit ihnen«, sagte Banichi. Dann gab er den Dienern eine Anweisung im regionalen Dialekt, worauf sich diese artig verbeugten. Ihre Mienen blieben dabei ebenso ausdruckslos wie die von Banichi und Jago.

»Nand' Paidhi«, sagte der eine. Maigi, erinnerte sich Bren. Er mußte die beiden auseinanderzuhalten lernen.

Maigi und Djinana, wiederholte er im stillen, als er ihnen durch die Halle folgte hin zu einer steinernen Treppe mit schmiedeeisernem Geländer. Ihm wurde plötzlich bewußt, daß der Sichtkontakt zu Banichi und Jago abgebrochen war. Aber Banichi hatte ja gesagt: Gehen Sie mit ihnen; er hielt sie offenbar für vertrauenswürdig, und er, Bren, wollte sie nicht ein zweites Mal beleidigen, indem er sich ihnen gegenüber argwöhnisch zeigte.

Er stieg also hinter ihnen die Treppe hinauf in das erste Obergeschoß dieses fremden Hauses, dem eine fremde alte Dame vorstand. Die beiden Diener unterhielten sich leise in einer Sprache, die der Paidhi nicht verstand. Es roch überall nach Gestein und Antiquitäten. Hier oben bestand der Boden aus Holzdielen; Wasser- und Stromleitungen verliefen sichtbar unter der Decke, und in einfachen, staubbedeckten Fassungen, gehalten von stoffummantelten Kabeln, steckten nackte Wolfram-Glühbirnen.

Das kann doch nicht Tabinis Standard sein, dachte er bei sich. Und hier lebt seine Großmutter?

Unglaublich. Es kam ihm geradezu wie eine persönliche Beleidigung an, daß Tabini ihn in dieses schäbige, unwirtliche Haus geschickt hatte. Was für ein Bett würde ihm wohl zugemutet werden?

Am Ende des Korridors kamen sie vor eine große, doppelflügelige Tür. Er glaubte, daß sie in irgendeinen finsteren Seitentrakt führte, weit weg vom Wohnbereich der Aiji-Mutter und derem Dienstpersonal.

Tabini war womöglich kein Vorwurf zu machen. Vielleicht hatte die Großmutter seine Instruktionen zur Unterbringung des Gastes ignoriert und eigenmächtig entschieden, ihn, Bren, in irgendeine Rumpelkammer zu stecken. Banichi und Jago würden bestimmt protestieren, wenn sie davon erführen. Dann wäre wahrscheinlich die Großmutter beleidigt, was wiederum Tabini krumm nehmen würde ...

Die Diener öffneten die Tür in ein großes, möbliertes Zimmer mit Teppichboden. Bren staunte nicht schlecht angesichts all der vergoldeten und kunstvoll geschnitzten Oberflächen. Durch hohe Fenster mit Spitzbogen und bleiverglasten, gelb- und blaugetönten Scheiben fiel weiches Licht, das die graue Tristesse des Himmels vergessen ließ.

»Das ist der Empfangsraum des Paidhi«, sagte Maigi, während Djinana eine weitere Tür öffnete und ihm einen ähnlich prächtigen Raum zeigte, mit offenem Kamin, in dem ein helles Feuer loderte. Unstatthafte Heizmethode, registrierte er im Hinterkopf, doch seine eigentliche Aufmerksamkeit war auf andere Details gerichtet: auf die Jagdtrophäen und Waffen an den Wänden, das intarsienreiche Holzmobiliar, den antiken Teppich, worin in endloser Wiederholung das *Baji-Naji*-Muster eingewebt war, auf die Fenster, die zwar weniger groß als im Zimmer nebenan, aber nicht minder schmuckvoll waren.

»Das Kaminzimmer.« Und weiter ging die Führung in einen Raum ähnlichen Stils, beherrscht von einem langgezogenen Holztisch mit polierter Platte. »Das Speisezimmer«, sagte Maigi und machte aufmerksam auf eine Zugkordel, über die das Personal zu rufen war. »Ein solcher Klingelzug befindet sich auch im Kaminzimmer«, sagte Maigi und führte ihn nach nebenan zurück, damit er ihn zur Kenntnis nahm.

Bren holte tief Luft. All das polierte Holz, der Zierat und das matte Licht … wie in einem Museum, dachte er. Maigi und Djinana deuteten auf einzelne Jagdtrophäen, präparierte Tierköpfe, unter anderem von Arten, die, wie sie versicherten, mittlerweile ausgestorben waren. Und sie erklärten, daß diese und jene Möbelstücke von großem historischen Wert seien.

»Ein Geschenk des Aiji von Deinali zur Eheschließung zwischen dem Nachfolger des Aiji der vierten Dynastie und der Erbin von Deinali. Doch zur Hochzeit kam es nicht mehr, weil der Aiji-Nachfolger auf dem Gartensteg tödlich stürzte …«

Was für ein Gartensteg? fragte sich Bren, entschlossen, diese gefährliche Stelle unter allen Umständen zu meiden.

Daß ihm immer mulmiger zumute wurde, mochte an dem strapaziösen Flug liegen, den er hinter sich hatte. Oder auch an den Glasaugen der toten Tiere, die ihn unverwandt anstarrten.

Maigi öffnete eine weitere Tür. Sie führte in ein Schlafzimmer mit beeindruckenden Ausmaßen. Das riesige, mit weichen Fellen ausgelegte Bett stand auf einem steinernen Sockel; den Baldachin und die Vorhänge stützten vier aufrechte Lanzen. Maigi zeigte ihm den Klingelzug und setzte eilends die Führung fort.

Bren folgte kopfschüttelnd. Er fand die Art seiner Unterbringung nahezu lächerlich. Durch eine Seitentür gelangten sie in eine Kammer mit steinernen Fliesen am Boden und klaffendem Loch in der Mitte. Vor der Wand stand ein silberner Zuber; daneben stapelte sich ein Berg von Handtüchern. »Der Abtritt«, erklärte Maigi. »Bitte, benutzen Sie die Handtücher. Papier verstopft den Abfluß.«

Er spürte, daß man ihm ansehen konnte, wie perplex er war. Mit einer Kelle schöpfte Maigi Wasser aus dem silbernen Zuber und kippte es über dem Loch im Boden aus.

»Es gibt im Haus natürlich auch fließendes Wasser«, sagte Djinana. »Die Installation wurde unter Padigi-Aiji im Jahre 4979 vorgenommen. Nur hier hat man's bei der alten Methode bewenden lassen.«

Bren war angewidert. Nein, er würde es nicht über sich bringen können, hier seine Notdurft zu verrichten. Es mußten doch irgendwo anders im Haus geeignetere Sanitäranlagen zu finden sein. Im Parterre vielleicht. Er würde jeden noch so weiten Weg in Kauf nehmen.

Gleich neben dem Abtritt lag das Badezimmer. Darin stand ein enorm großes Steinbassin. »Passen Sie auf, daß Sie nicht stolpern«, sagte Djinana und machte aufmerksam auf die am Boden verlegten Rohre. Über eine zweckmäßige Installation hatte man sich in diesem Haus anscheinend nur wenig Gedanken gemacht, und der für dieses Bassin notwendige Wasserverbrauch war mehr als unvernünftig.

»Ihre mitgereisten Diener werden abends fürs Feuer sorgen«, sagte Djinana und demonstrierte, daß die Wasserversorgung aus der Leitung funktionierte. Erleichtert nahm Bren zur Kenntnis, daß ihm Algini und Tano offenbar doch nicht verloren waren und daß er nicht würde allein bleiben müssen mit Djinana und Maigi.

Maigi hatte den Boiler geöffnet, der, an der Steinwand befestigt, über zwei Leitungsrohre versorgt wurde, die von der Decke herabführten. Das größere der beiden mochte für den Zufluß von Kaltwasser zuständig sein; wozu aber das zweite, kleinere Rohr diente, konnte sich Bren auf Anhieb nicht erklären. Doch als er dann die kleine, blaue Flamme im Boiler entdeckte, wußte er Bescheid. Eine Gasexplosion war vorprogrammiert. Oder Erstickungstod, falls die Flamme erlosch und sich das Gas im Badezimmer sammelte.

Mein Gott, dachte er angesichts des desolaten Zustands der gesamten Einrichtung. Glaubte Tabini tatsächlich, daß er hier in Sicherheit wäre? Auf dem Weg zurück in den Empfangsraum sah er sich argwöhnisch um und entdeckte an den Wänden und unter der Decke weitere marode strom- oder gasführende Leitungen, die sich, wie anzunehmen war, durch sämtliche Teile der Burg erstreckten, und die uralten Elektrogeräte, die er sah, waren jederzeit für entzündliche Funken gut.

Immerhin, das Gebäude stand noch. Das Personal war offenbar stets vorsichtig gewesen – bislang.

»Ihre Diener werden bald eintreffen«, sagte Maigi. »Sie wohnen bei uns im Dienstbotenflügel. Natürlich werden wir Ihnen auch weiterhin zur Verfügung stehen. Ein einmaliges Klingeln ist das Rufzeichen für Ihre Leibdiener. Wir kommen bei zweimaligem Klingeln zur

Hilfe und sind zuständig für alle Belange, die die Einrichtungen im Haus betreffen.«

Ins Kaminzimmer zurückgekehrt, trat Djinana vor den Tisch, auf dem ein kleines ledergebundenes Buch lag. Er reichte Bren einen Stift und sagte: »Wenn Sie bitte jetzt Ihren Namen ins Gästebuch eintragen würden ...« Und als sich Bren anschickte, der Bitte zu entsprechen, fügte Djinana hinzu: »Es wäre schön, wenn Sie den Namen in Ihrer Schrift einsetzen könnten. Das hat es hier noch nicht gegeben.«

»Gern«, antwortete er, gerührt über das, was er als echte Interessiertheit an seiner Person deutete, und so buchstabierte er seinen Namen einmal in atevischen Schriftzeichen und dann auf mosphei', worin er ironischerweise weniger geübt war.

Er blickte auf, als ein Poltern im Korridor laut wurde.

»Das werden sicher Ihre Diener sein«, meinte Maigi. Gleich darauf tauchte Tano im Türrahmen auf und eckte, zwei große Kisten schleppend, an dem antiken Tisch an.

»Nand' Paidhi«, keuchte Tano außer Atem; er war durchnäßt wie die Kisten. Djinana zeigte ihm den Weg ins Schlafzimmer und bat ihn aus Sorge um das wertvolle Mobiliar, vorsichtig mit den Kisten zu hantieren. Bren hoffte, daß sie seine Kleider enthielten, insbesondere den Sweater und das warme Jackett.

»Wie wär's mit einer Tasse Tee?« fragte Maigi. Mit schweren Schritten im Korridor kündigte sich die Ankunft des zweiten Dieners an. Ein Windschwall brachte das Feuer im Kamin zum Prasseln, als erneut die Tür aufging, und – tatsächlich – da kam Algini. Auch er war bis auf die Haut durchnäßt und schleppte ebenfalls zwei Gepäckstücke herbei. Unter Mühen gelang es ihm, eine Verbeugung anzudeuten.

Bren dachte daran, daß alles, was er im Bu-javid besaß, mit auf die Reise gegangen war. Wie lange wollte man ihn hier eigentlich festhalten?

»Tee?« wiederholte er zerstreut. »Ja, bitte ...« Er fröstelte trotz des wärmenden Kaminfeuers; an der Südküste, die er vor wenigen Stunden erst verlassen hatte, herrschte ein sehr viel milderes Klima, und daran war er gewöhnt. Heißer Tee käme ihm jetzt gelegen. Auch eine Kleinigkeit zu essen, denn er hatte weder gefrühstückt noch zu Mittag gegessen und nur ein paar Kekse zu sich genommen, die ihm im Flugzeug gereicht worden waren. »Ob ich ein Stück Käsekuchen bekommen könnte?« Die Wahrscheinlichkeit war groß, daß ihm diese Bitte erfüllt werden konnte, denn Käsekuchen gab es allenthalben und zu jeder Jahreszeit.

»Natürlich, Nadi. Aber ich darf den Paidhi vielleicht daran erinnern, daß in einer Stunde zu Abend gegessen wird.«

Ach ja, ich muß die Uhr vorstellen, dachte er. Hier war es nicht nur kälter, sondern auch zwei Stunden später. Aber sein Magen hatte dafür kein Verständnis, und ihm war schlecht vor Hunger.

Nach wie vor gewitterte es; Blitze flackerten durchs Fenster. »Na schön, dann also kein Käsekuchen.« Er war bereit zur Umstellung auf einen anderen, gemächlichen Tagesablauf und freute sich auf ein zünftiges Abendessen nach Jägerart.

Wind und Regen rüttelten an den Fensterscheiben. Mein Gott, dachte er; kein Wunder, daß da unten ein See ist.

Unter großem, elegantem Aufwand wurde das Abendessen im Speisezimmer serviert. Und in der Tat, es gab deftige Landkost; dagegen war nichts einzuwenden: Wildbret der Saison, das hier zum Glück von einer anderen Sorte war als im Tiefland.

Aber die Mahlzeit war eine sehr einsame Angelegenheit. Er saß mutterseelenallein am Kopf des langen Tischs. Wenn er den Blick hob, schaute er durch die geöffnete Tür hindurch auf das hohe Fenster im Wohnzimmer. Doch dahinter zeigte sich nur grauer, dunkelnder Himmel. Tano und Algini aßen in ihrem Quartier. Maigi und Djinana servierten. Jeder Versuch Brens, mit ihnen eine Unterhaltung anzufangen, scheiterte kläglich. Ja, nand' Paidhi; danke, nand' Paidhi; der Koch wird sich freuen, nand' Paidhi – viel mehr war ihnen als Antwort nicht zu entlocken.

Endlich aber – er war gerade beim zweiten Gang, einer Suppe – kam Jago. Sie stellte sich neben ihn hinter einen der zehn Stühle, stützte die Unterarme auf die Rückenlehne und plauderte, erkundigte sich danach, wie er seine Unterkunft finde und ob er mit den Dienstboten zufrieden sei.

»Alles bestens«, antwortete er. »Allerdings habe ich hier noch kein Telefon entdecken können, nicht einmal einen Anschluß. Könnte ich ein Taschen-Kom geliehen haben?«

»Da wär, glaube ich, eins übrig, aber das liegt in der Sicherheitszentrale, und es regnet so heftig.«

»Soll das heißen, die Sicherheitszentrale ist in irgendeinem Außengebäude untergebracht?«

»Leider. Wie dem auch sei, es wäre besser, Sie verzichten auf Anrufe nach draußen, Nadi Bren.«

»Warum?« fragte er unwirsch und in einem Tonfall, der in dieser Schärfe unbeabsichtigt war. Jago nahm die Arme von der Lehne und richtete sich auf. »Verzeihen Sie, Nadi«, sagte Bren. »Aber ich muß mich doch in regelmäßigen Abständen im Büro melden. Und es ist auch unbedingt wichtig, daß mir meine Post nachgeschickt wird. Ich hoffe, sie geht nicht unterwegs verschütt.«

Jago seufzte und legte die Hände zurück auf die Lehne. »Nadi Bren«, sagte sie im Geduldston. »Noch einmal: Ich bitte Sie, auf Anrufe nach draußen zu verzichten. Unseren Gegnern wird inzwischen bekannt sein, daß wir die Hauptstadt verlassen haben. Sie rechnen bestimmt mit Scheinmanövern unsererseits, und wir sollten sie in dem Glauben lassen, daß unsere Flucht nach Malguri nur ein Trick ist, eine List, um sie aus der Deckung hervorzulocken.«

»Sie wissen also, wer mir da nachstellt.«

»Nein, nicht direkt.«

Er war müde und hatte seine Kraft zur Selbstbeherrschung während der schrecklichen Busfahrt hier herauf verausgabt. Er wollte nicht länger im dunklen tappen und endlich wissen, woran er war. Die Zurückhaltung und höfliche Fassade der Atevi reizte ihn zunehmend, all seine diplomatischen Tugenden zu vergessen und seinem Ärger ungehindert Luft zu machen.

Statt dessen aber meinte er freundlich: »Ich weiß, Sie geben Ihr Bestes. Wahrscheinlich wären Sie lieber woanders als ausgerechnet hier.«

Jago runzelte die Stirn. »Habe ich Ihnen einen solchen Eindruck vermittelt?«

Himmel hilf! dachte er bei sich. »Nein, natürlich nicht. Aber Sie haben doch bestimmt noch anderes zu tun, als auf mich aufzupassen.«

»Nein.«

Typisch, dachte Bren. Jago wurde einsilbig, sobald es ans Eingemachte ging. Er nahm einen Löffel Suppe und hoffte, daß sie von sich aus etwas sagen würde.

Aber das tat sie nicht. Die Arme auf die Lehne gestützt, wirkte sie völlig entspannt.

»Werden Sie hier bleiben?« fragte er.

»Sehr wahrscheinlich.«

»Halten Sie es für möglich, daß mich derjenige, der mir nach dem Leben trachtet, bis hierher verfolgt?«

»Sehr unwahrscheinlich.«

Und so antwortete sie auf all seine Fragen – so knapp wie irgend möglich.

»Wann wird es wohl zu regnen aufhören?« fragte er schließlich in der Hoffnung, seinem Gegenüber zwei, drei Worte mehr entlocken zu können.

»Morgen«, antwortete sie.

»Jago, habe ich mir aus irgendeinem Grund Ihre Gunst verscherzt?«

»Aber nein, Nadi Bren.«

»Und wie steht's mit Tabini? Kann es sein, daß er mich los sein will?«

»Nicht, daß ich wüßte.«

»Wird mir meine Post nachgeschickt?«

»Banichi will sich darum kümmern und die Genehmigung dafür einholen.«

»Wer entscheidet darüber?«

»Das muß noch geklärt werden.«

Donner krachte über der Festung. Eine um die andere Frage stellend, die Jago, wie gehabt, nur knapp oder ausweichend beantwortete, aß Bren zu Ende. Zum Abschluß ließ er sich einen Drink bringen. Auf seine Bitte, mit ihm anzustoßen, ging Jago nicht ein. Sie ließ sich auch nicht dazu bewegen, noch eine Weile zu bleiben, was ihm lieb gewesen wäre, denn er wollte nicht allein sein.

Jago sagte, daß sie noch zu tun habe, und ging. Die Diener kamen und räumten den Tisch ab.

In Gedanken darüber, wie er sich die Zeit vertreiben sollte, fiel ihm ein, nach alter Gewohnheit die Fernsehnachrichten einzuschalten, doch dann mußte er feststellen, daß ihm kein Fernseher zur Verfügung stand.

Er verzichtete darauf, den Dienern sein Anliegen vorzutragen. Statt dessen inspizierte er seine Umgebung, öffnete Schränke und Kommoden und machte sich dann daran, systematisch nach einer Steckdose zu suchen.

Doch er fand keine, geschweige denn eine Antennenbuchse, um einen Fernseher anschließen zu können.

Hier würde sich nicht einmal der Akku seines Computers wieder aufladen lassen.

Er dachte daran, die Diener zu rufen und ihnen aufzutragen, ihm wenigstens eine Verlängerungsschnur zu besorgen, denn er wollte unbedingt noch heute abend am Computer arbeiten, und dessen Batterie war fast leer. Vielleicht würde sich ja auch ein Adapter auftreiben lassen, mit dem sich aus einer Lampenfassung Strom abzapfen ließ.

Nervös ging Bren im Wohnzimmer auf und ab, blätterte gelangweilt in den Büchern der kleinen Handbibliothek und begab sich schließlich mit einem der Bücher zu Bett, warf sich hinter den Vorhängen auf die Felle und stellte zu seinem Verdruß fest, daß es keine Leselampe gab und daß die Zimmerbeleuchtung nur über einen Schalter an der Tür zu regeln war. Verärgert wälzte er sich auf den Rücken und sah sich dem starren, grimmigen Blick einer Bestie gegenüber, deren Kopf an der Wand hing.

Ich war's nicht, sagte er im stillen. Es ist nicht meine Schuld, daß du da hängst. Als du erlegt wurdest, war ich wahrscheinlich noch gar nicht auf der Welt.

Womöglich hatte zu der Zeit unsereins die Erde noch nicht verlassen.

Nein, ich kann nichts dafür. Mir geht's wie dir. Auch ich hänge hier fest.

IV

Der Morgen dämmerte hinter nassen Fensterscheiben. Das Frühstück kam nicht ohne Aufforderung. Auf seinen Ruf hin meldete sich Maigi und nahm seine Bestellung entgegen. Wenig später kreuzte auch Djinana auf, um Feuer zu machen für ein Bad.

Dann stellte sich die Frage des ›Abtritts‹; statt durchs Haus zu irren auf der Suche nach einer etwas zeitgemäßeren Toilette, entschied er sich schließlich doch für die Benutzung dessen, was ihm exklusiv zur Verfügung stand, denn so blieben ihm peinliche Fragen erspart und niemand würde ihm den Vorwurf machen können, daß er unzufrieden sei und keinen Sinn habe für ein historisches, elegantes Ambiente. Die Verrichtung gelang, ja, er glaubte, daß er sich daran sogar würde gewöhnen können.

Als Paidhi war er von Berufs wegen zur Anpassung verpflichtet.

Das Frühstück bestand aus nicht weniger als vier Gängen. Die Bauchdecke geriet merklich unter Spannung, und fürs Mittagessen bestellte er gedünsteten Fisch und Früchte. Dann entließ er die Diener, stieg in den Badebottich und ließ es sich gut gehen. Das Leben auf Malguri verlangte voraussichtige Planung; mit spontanen Entschlüssen – etwa einen Wasserhahn aufzudrehen – war hier nichts getan. Immerhin hatte das Badewasser die richtige Temperatur.

Er verzichtete auf die mundfaule Hilfe von Tano und Algini (»Ja, Nadi; nein, Nadi«), wusch sich selbst und überlegte, welche Kleider anzuziehen seien. Es gab keinen besonderen Anlaß dafür, sich herauszuputzen. Ein Empfang oder ein Restaurantbesuch waren nicht geplant.

Also schlüpfte er in seinen Morgenmantel und studierte das Grau in Grau vorm Fenster. Der See schimmerte silbergrau; dunkelgraue Regenwolken zogen darüber hin. Für Farbe sorgten allein die gelb- und blaugetönten Glasscheiben, an denen glitzernde Wassertropfen hafteten.

Exotische Eindrücke. Ganz anders als in Shejidan und kein Vergleich zu Mospheira. Er war hier gewiß nicht sicherer aufgehoben als in Tabinis Haus und nicht annähernd so komfortabel. Es gab nicht einmal einen Anschluß für den Computer.

Vielleicht war sein Leben für den, der ihm nachstellte, nicht so viel wert, als daß dieser ein Flugticket dafür aufwenden würde.

Vielleicht schreckte den Schuft auch die hiesige Langeweile ab.

Vielleicht wäre er, Bren, nach einer Woche Aufenthalt in Malguri dermaßen bedient, daß er sich dem Assassinen anschließen und gemeinsam mit ihm fliehen würde.

Alberne Gedanken.

Um sich irgendwie abzulenken, nahm er das Gästebuch vom Bord, trat damit des besseren Lichts wegen ans Fenster, blätterte darin herum und stellte fest, daß er ein echtes Altertümchen in den Händen hielt: Die ersten Einträge reichten gut sieben Jahrhunderte zurück. Die Gäste seiner Suite waren fast ausnahmslos Aijiin gewesen oder Verwandte eines Aiji, darunter etliche Berühmtheiten wie Pagioni oder Dagina. Letzterer war Mitunterzeichner jenes Abkommens mit Mospheira gewesen, das die kontrollierte Erschließung von Bodenschätzen regelte – ein schlauer, hartnäckiger Kerl, dem die Menschen viel verdankten, weil durch sein entschiedenes Eingreifen ein Streit beigelegt worden war, der fast zum Krieg geführt hätte.

Bren war beeindruckt. Er schlug die erste Seite auf – die in atevischen Büchern ganz hinten ist, weil von rechts nach links gelesen wird – und entdeckte das Gründungsdatum der ersten Festung von Malguri. Der Fahrer hatte recht: Sie war sage und schreibe zweitausend Jahre alt, gebaut aus dem vor Ort auffindbarem Naturgestein zum Schutz der tiefergelegenen Dörfer vor Räuberbanden aus dem Hochland. Die Erweiterung der Burganlage auf die Ausmaße, wie sie heute existierten, datierte auf das einundsechzigste Jahrhundert.

Beim Weiterblättern stieß er auf eine seltsame Notiz, der zu entnehmen war, daß schon vor Urzeiten touristische Führungen auf der Burg angeboten worden waren, einmal im Monat und auf die unteren Hallen beschränkt. (*Wir bitten unsere Hausgäste, sich von den monatlichen Besuchen nicht stören zu lassen, die zu empfangen der Aiji als eine Verpflichtung ansieht, da Malguri eine bauliche Kostbarkeit der Provinz und seiner Bevölkerung darstellt. Falls ein Gast dazu bereit sein sollte, eine solche Besuchsgruppe im Rahmen einer förmlichen Audienz oder auch bloß*

informell zu empfangen, möge er sich bitte an unser Personal
wenden zur Vorbereitung eines entsprechenden Arrange-
ments. Es wäre, wie wir aus Erfahrung wissen, unseren Be-
suchern eine große Ehre ...)

Mir zu begegnen, dachte Bren, würde den Besuchern
einen Schock fürs Leben versetzen. Kinder würden
schreiend zu ihren Eltern rennen, denn hier in dieser
Gegend hatte gewiß noch keiner einen Menschen gesehen.

Zuviel Fernsehen, würde Banichi sagen. Den Kindern
von Shejidan wurde Angst gemacht vor den Menschen
und man drohte ihnen damit, daß sie Mospheira verlassen und sich nachts an ihr Bett schleichen könnten. Atevikinder wußten auch von Assassinen, und übers Fernsehen waren sie informiert über den Krieg der Landung, auch über die Weltraumstation, von der zu fürchten sei, daß sie auf den Planeten herabstürzte.

Brens Vorvorgänger hatte einmal angeregt, daß es
zum Zwecke der gegenseitigen Gewöhnung anein-
ander günstig wäre, Menschen besuchshalber einreisen
zu lassen, um sich dort als Touristen auf dem Festland
und in den Städten umschauen zu können. Mehrere
Bürgermeister waren von dieser Idee angetan gewesen. Einer mußte wegen seiner Fürsprache ins Gras
beißen.

In den Randgebieten herrschte nach wie vor eine paranoide Angst den Menschen gegenüber. Bren wagte
es nicht, daran zu rühren, schon gar nicht jetzt, da sein
eigenes Leben bedroht war. Immer schön bedeckt halten, bloß kein Aufsehen erregen – diesen Rat hatte ihm
Tabini mit auf den Weg nach Malguri gegeben. Und,
verdammt, mehr blieb ihm, Bren, auch nicht zu tun
übrig, nachdem er es versäumt hatte, Mospheira telefonisch zu unterrichten.

Als hätte es je eine Gelegenheit dafür gegeben.

Manche der Transportmaschinen, die Frachten zwischen Mospheira, Shejidan und diversen Küstenstädten

beförderten, wurden von menschlichen Piloten geflogen – das waren die kleinen Freiheiten derer, die vor Generationen Sternenflüge unternommen und Planeten besucht hatten, an die sich heute keiner mehr erinnern konnte.

Und jetzt … der Paidhi durfte nicht einmal auf eigene Faust ins Dorf gehen, um sich eine Verlängerungsschnur zu besorgen, ohne Gefahr zu laufen, verhaftet zu werden. Sein Auftauchen würde womöglich Panik auslösen und die Furcht vor herabstürzenden Raumstationen neu beleben.

Er war zutiefst deprimiert. Er hatte stets geglaubt, mit Tabini in gutem Einvernehmen zu stehen, ein fast freundliches Verhältnis zu ihm zu haben. Doch dieser Glaube war wohl nur menschlichem Wunschdenken entsprungen.

Irgend etwas war verdammt schief gelaufen. Doch was er sich als Funktionsträger oder als Person hatte zuschulden kommen lassen, blieb ein Rätsel. Tabini schwieg sich darüber aus. Bren stellte das ledergebundene Buch ins Regal zurück, lief gedankenversunken durch die Räume, ins Schlafzimmer und zurück, dann ins Kaminzimmer, wo er, zum Fenster hinausschauend, endlich zwischen den Wolken einen Sonnenstrahl hervorbrechen sah, der silberhell auf den See traf.

Ein wunderschöner See, ein herrlicher Anblick, wenn sich der Grauschleier verzog.

Geduld zu üben gehörte zum Job eines Paidhi. Es war seine Amtspflicht, stillzuhalten und darüber nachzudenken, wie sich der Frieden sichern ließ. Diesem obersten Ziel hatte er wahrscheinlich mit dem Abfeuern der Pistole im Haus des Aiji einen Bärendienst erwiesen. Aber …

Wo war die Pistole jetzt? Er hatte nicht mehr daran gedacht. Steckte sie womöglich zwischen seinen Reisesachen, die von Tano, Algini und Jago zusammengepackt worden waren?

172

Eilig kehrte er ins Schlafzimmer zurück, ging in die Knie und langte unter die Matratze.

Seine Finger berührten Metall, zwei Teile kalten Metalls. Eine Pistole und das Patronenmagazin.

Er zog beides unter der Matratze hervor, setzte sich auf den Boden und hantierte mit der Waffe herum, bis ihm plötzlich bange wurde, daß ihn jemand dabei überraschen könnte. Schnell versteckte er wieder Pistole samt Magazin. Wieso, zum Teufel, hatte man sie mitgebracht und, ohne ihn darüber in Kenntnis zu setzen, unter die Matratze geschmuggelt?

Verdammt noch mal, dachte er. Er stand auf, entschlossen, der Sache auf den Grund zu gehen, zog eine gute Hose an und einen Sweater. Typisch menschliche Aufmachung, die einem Ateva keinerlei Hinweis auf den gesellschaftlichen Rang des Trägers vermittelte. Um sich dem Stil des Hauses anzupassen, stieg er in seine derben, braunen Jagdstiefel. Und zum Schluß schlüpfte er in seine Lieblingsjacke, die lederne.

Er verließ seine Suite durch die beeindruckende Doppeltür, schlenderte betont gemächlich durch den Korridor, die Treppe hinunter in die mit Steinfliesen ausgelegte Halle und ging ohne den geringsten Versuch von Heimlichtuerei in den großen Salon, wo ein üppiges Feuer im Kamin brannte und Dutzende von Kerzen für Licht sorgten.

Dort sah er sich um, befingerte neugierig einige der auf dem Tisch liegenden Gegenstände, die für ihn nicht erkennen ließen, ob sie nützlichen oder zierenden Zwecken dienten. Ein Großteil der Dinge, die an der Wand hingen, wußte er nicht zu benennen, insbesondere nicht die verschiedenen Waffen. Da waren auch präparierte Köpfe und Häute von Tieren, die er nie zuvor gesehen hatte. Er nahm sich vor, Auskunft darüber einzuholen und das Erlernte den Datenbanken auf Mospheira einzuspeisen, am besten gleich mit Abbildungen, wenn er denn welche würde auftreiben können ... und eine Kopiermaschine ... und einen Anschluß für den Computer.

Bei diesem Gedanken sank sein Mut auf einen neuen Tiefstand. Er dachte daran, zum Hauptportal zu gehen, um nachzusehen, ob es verschlossen war oder nicht. Wenn nicht, ließe sich vielleicht ein kleiner Spaziergang im Hof unternehmen. Er könnte die Kanone einmal aus der Nähe betrachten oder vielleicht auch die Außentore und die Zufahrt in Augenschein nehmen.

Doch an solchen Initiativen würde Banichi wahrscheinlich Anstoß nehmen, weil er seinen Sicherheitsplan gefährdet sähe. Schlimmer noch: Er, Bren, könnte womöglich in eine Falle laufen, die für Assassinen gedacht war.

Also begnügte er sich mit dem Vorhaben, daß Innere des Hauses zu erkunden, stromerte durch verschiedene Gänge, staunte über manches Schmuckwerk und kam an Türen vorbei, die er nicht zu öffnen wagte. Dabei prägte er sich die einzelnen Wege, Winkel und Stiegen genauestens ein für den Fall, daß er, von seinen Verfolgern gejagt, im Dunklen würde fliehen müssen.

Er machte die Küche ausfindig. Die Vorratskammern. Und eine L-förmige Halle mit Schießscharten, die Ausblick auf die Berge boten. Offenbar befand er sich hier in einem Teil der alten Brustwehr. Weiterwandernd gelangte er in einen Vorraum, von dem zwei Gänge abzweigten. Der eine schien in einen Seitenflügel zu führen, vielleicht zu irgendwelchen Privatgemächern, die – erschreckender Gedanke – womöglich abgesichert waren durch tödliche Drähte oder Alarmgeräte, und die würden gewiß moderner und tauglicher sein als die anderen Installationen im Haus.

Darum hielt er es für vernünftiger, seinen Vorstoß an dieser Stelle abzubrechen und durch jenen anderen Korridor zurückzukehren, der, seiner Ausrichtung nach zu urteilen, in die Nähe des Ausgangspunktes führte. Und tatsächlich fand er nach einigem Hin und Her, nach manchen glücklich gewählten Richtungsoptionen in die Eingangshalle zurück.

Na bitte. Er beglückwünschte sich selbst und trat vor den wärmenden Kamin im Salon, von wo er zu seiner Expedition aufgebrochen war.

»Hallo?« meldete sich eine Stimme hinter seinem Rücken.

Er fuhr auf dem Absatz herum und schaute in das runzelige Gesicht einer alten Frau mit weißen Strähnen im schwarzen Haar. Sie saß in einem der tiefen Ledersessel und wirkte ungewöhnlich klein – für einen Ateva.

»Hallo«, wiederholte sie und klappte das Buch zu, in dem sie gelesen hatte. »Sie sind Bren, nicht wahr?«

»Ja. Und Sie sind bestimmt ...« – Wie sollte er sie anreden? – »... die ehrwürdige Aiji-Mutter.«

»Ehrwürdig, ha. Sagen Sie das mal dem Hasdrawad«, antwortete sie und winkte ihn mit dürrer, schrumpliger Hand zu sich. »Kommen Sie näher.«

Unwillkürlich trat er vor sie hin. Ilisidis Aufforderungen war Folge zu leisten. Sie dirigierte ihn mit ausgestrecktem Finger auf jene Stelle, die er vor ihr einzunehmen hatte, und taxierte ihn vom Scheitel bis zur Sohle. Wer unter diesen Blick aus blaßgelben Augen geriet, erinnerte sich automatisch an alle Sünden der Vergangenheit.

»Ziemlich mickrig«, sagte sie.

Niemand wagte es, der Aiji-Mutter zu widersprechen.

»Unter meinesgleichen bin ich überdurchschnittlich groß, nand' Aiji-Mutter.«

»Ihresgleichen ... hat Maschinen, um Türen zu öffnen, und Maschinen, um Treppen zu steigen. Kleine Wunder.«

»Maschinen, um in der Luft zu fliegen. Von einem Stern zum anderen.« Vielleicht erinnerte sie ihn an Tabini, jedenfalls setzte er sich spontan über alle Regeln der Etikette hinweg, vergaß ihre Sonderstellung und legte sich ungeniert mit ihr an. Als ihm seine Dreistigkeit bewußt wurde, gab es keine Korrekturmöglichkeit mehr. Tabini würde einen Rückzieher nicht gelten lassen. Ilisidi auch nicht – das war ihr anzusehen. Sie preßte die Lippen aufeinander, blitzte ihn mit den Augen an.

»Und uns speisen Sie ab mit Murks, auf daß wir hübsch im Hintertreffen bleiben.«

Gut gekontert. Er verbeugte sich.

»Wenn ich mich recht erinnere, haben die Atevi den Krieg gewonnen, nand' Aiji-Mutter.«

»Ach, haben wir das?«

Diese gelben Augen waren erstaunlich flink, und die Runzeln um ihren Mund verrieten Entschlossenheit. Sie attackierte. Er hielt dagegen.

»Interessant. Daran zweifelt auch Tabini-Aiji. Wir streiten darüber.«

»Setzen Sie sich!«

Das Eis war gebrochen. Er verbeugte sich und nahm, statt im Sessel Platz zu nehmen, mit dem Fußhocker Vorlieb, wovon er sich weitere Pluspunkte bei der alten Dame versprach.

»Ich sterbe«, sagte Ilisidi. »Wissen Sie das?«

»Ich weiß nur, daß wir alle sterben, nand' Aiji-Mutter.«

Er hielt unbeirrt ihrem strengen Blick stand. Sie verzog die Mundwinkel. »Altkluges Kerlchen.«

»Voller Respekt für die, denen es gelingt, am Leben zu bleiben.«

»Papperlapapp«, entgegnete sie und hob das Kinn.

»Ihre Feinde gehen da nicht so lässig drüber weg.«

»Wie geht's meinem Enkel?« fragte sie wie auf ein Stichwort reagierend.

Es verschlug ihm fast die Sprache. Fast. »Seinen Verdiensten entsprechend, nand' Aiji-Mutter.«

»Und was hat er verdient?« Sie langte mit gichtiger Hand nach dem Stock und schlug damit auf den Boden, einmal, zweimal, dreimal. »Verdammt!« rief sie in den Raum. »Wo bleibt der Tee?«

Anscheinend war das Gespräch beendet. Glücklicherweise, so schien es, hatte nicht er, sondern der säumige Diener ihren Unwillen hervorgerufen. »Ich darf mich entschuldigen«, sagte und stand auf.

Abermals schlug der Stock auf den Boden. »Sitzengeblieben!« herrschte sie ihn an.

»Ich bitte um Verzeihung …« Fast hätte er sich mit einer Ausrede davonzuschleichen versucht. Aber hier wäre jede Ausrede als solche zu durchschauen gewesen.

Immer wütender ließ sie den Stock zu Boden krachen. »Verdammtes Gesindel. Cenedi! Wo bleibt der Tee?«

Bren zweifelte an ihrem Verstand, nahm aber gehorsam wieder Platz. Von den Dienern schien niemand in der Nähe zu sein. Womöglich war der Tee gar nicht bestellt worden und der Wunsch danach eine plötzliche Laune der Alten.

»Cenedi!« zeterte sie. »Hören Sie mich?«

Womöglich war Cenedi schon zwanzig Jahre tot, dachte Bren. Wie ein Kind hockte er auf dem Schemel; er hatte die Arme um die Knie geschlungen und die Schultern eingezogen, gefaßt darauf, daß der Alten plötzlich einfallen könnte, auf ihn einzudreschen.

Zu seiner Erleichterung kreuzte schließlich ein Ateva auf, den Bren auf den ersten Blick mit Banichi verwechselte. Er trug die gleiche schwarze Uniform, war aber sichtlich älter, hatte Falten im Gesicht und graumelierte Haare.

»Zwei Tassen«, verlangte Ilisidi unwirsch.

»Sehr wohl.«

Cenedi, vermutete Bren. Er hatte schon gefrühstückt – in vier Gängen – und wollte keinen Tee. Vielmehr wollte er das Weite suchen, sich den unangenehmen Fragen der Alten entziehen sowie der Gefahr, etwas Falsches zu sagen, Ärger zu provozieren und Banichi in Schwierigkeiten zu bringen.

Oder Tabini.

Wenn, wie behauptet wurde, Ilisidi tatsächlich im

Sterben lag, war zu befürchten, daß sie, verbittert wie sie war, mit der Welt abzurechnen versuchte.

Auf einem Tablett brachte Cenedi zwei Tassen und eine Kanne, schenkte ein und bediente die Alte, die ihre Tasse mit ausgestreckter Hand entgegennahm. Bren konnte die ihm gereichte nicht ausschlagen und erinnerte sich unwillkürlich an das, was jedes Atevikind von seinen Eltern zu hören bekam: Nimm nichts von Fremden an und laß dich nicht ein mit ihnen ...

Ilisidi schlürfte Tee und ließ ihn dabei nicht aus den Augen. Er hatte den Eindruck, als machte sie sich lustig über ihn. Vielleicht hielt sie ihn für einen Narren, weil er die Tasse nicht unverzüglich absetzte und Banichi zur Hilfe rief oder weil er sich auf ein Streitgespräch eingelassen hatte, ausgerechnet mit ihr, die von nicht wenigen Atevi gefürchtet wurde.

Er nahm einen Schluck. Zu fliehen kam nicht in Betracht. Er beobachtete die Alte über den Tassenrand hinweg, und da keine alarmierende Wirkung aus Tasse oder Tee zu spüren war, riskierte er einen zweiten Schluck.

Als sie trank, verdichtete sich um ihre Augen das Netz aus Runzeln. Ihren Mund konnte er nicht sehen, und als sie die Tasse senkte, glättete sich die Haut wieder ein wenig; zurück blieben nur die Spuren der Jahre und Ambitionen, ein Labyrinth aus Furchen, überhöht vom Feuerschein auf ihrem schwarzglänzenden Gesicht.

»Und welche Laster leistet sich der Paidhi in seiner Freizeit? Spielt er um Geld? Oder treibt er Sex mit seinen Dienerinnen?«

»Der Paidhi ist immer im Dienst und entsprechend umsichtig.«

»Etwa auch keusch?« Sie war nicht neugierig, sondern wollte mit ihrer Frage befangen machen.

»Mospheira ist mit dem Flugzeug leicht zu erreichen, und dort verbringe ich meinen Urlaub.« Er fühlte sich nicht dazu aufgerufen, aus seinem Leben zu erzählen, gab aber lieber Auskunft, als daß er sich weiteren Fragen stellte. »Das letzte Mal war ich dort am 28sten Madara.«

»Aha.« Sie nippte am Tee und spreizte die langen, dürren Finger. »Und da sind Ihnen doch bestimmt die perversesten Dinge untergekommen.«

»Ich habe meine Mutter und meinen Bruder besucht.«

»Und Ihr Vater? Was ist mit dem?«

Mit der Antwort tat er sich schwer. »Lebt getrennt von der Familie.«

»Und dennoch auf der Insel?«

»Wir tragen keine Fehden aus. Konflikte werden gesetzlich geregelt.«

»Wie kaltblütig.«

»In der Geschichte der Menschen gab's auch das Fehderecht.«

»Aha, und in ihrer großen Weisheit haben die Menschen davon Abstand genommen«, entgegnete sie mit unverhohlenem Spott.

Er hatte ein Minenfeld betreten, auf dem er sich bestens auskannte, betrachtete sie mit festem Blick und sagte: »Es ist die Aufgabe eines Paidhi zu beraten. Wenn der Aiji unseren Rat verwirft ...«

»... warten Sie auf einen neuen Aiji oder man wechselt den Paidhi aus«, ergänzte sie. »Wie auch immer, am Ende hat sich Mospheira durchgesetzt.« Mit deutlichen Worten sprach sie aus, was vermutlich die unterschwellige Meinung der meisten Atevi war.

»Die Zeiten ändern sich, nand' Aiji-Mutter.«

»Ihr Tee wird kalt.«

Er nahm einen Schluck. Der Tee kühlte tatsächlich schnell ab in den kleinen Tassen. Er fragte sich, ob sie wußte, warum er in Malguri war. So abgeschieden von der Welt, wie ursprünglich angenommen, war die alte Dame offenbar doch nicht.

Ilisidi leerte ihre Tasse und schleuderte sie in den

Kamin. Das Porzellan zersprang. Er zuckte zusammen, irritiert über diesen plötzlichen Gewaltakt.

»Ich konnte das Service noch nie leiden«, sagte sie.

Bren war drauf und dran, seine Tasse folgen zu lassen. Eine solche Bemerkung aus Tabinis Mund wäre als Prüfung zu verstehen gewesen, und Bren hätte die Tasse geworfen. Doch in Gegenwart der Alten war er völlig verunsichert. Er stand auf und stellte die Tasse auf das von Cenedi gehaltene Tablett zurück.

Cenedi zögerte keinen Augenblick und kippte die Tasse samt Kanne ins Feuer. Tee zischte zwischen den Scherben in der Glut.

Bren verbeugte sich, geradeso, als bedankte er sich für ein Kompliment. Nervös schaute er die alte Dame an, die, sterbend, inmitten ihrer kostbaren Antiquitäten saß und willkürlich zerstörte, was ihr angeblich nicht gefiel. Bren drängte es, sich zurückzuziehen, und murmelte: »Vielen Dank für Ihre Aufmerksamkeit.« Doch kaum hatte er sich zwei Schritte entfernt, krachte der Stock auf die Steinboden und hielt in zurück.

Die Aiji-Mutter zeigte sich amüsiert. Sie grinste, lachte dann so herzhaft, daß es ihren dürren Leib durchschüttelte. Die Hände lagen übereinandergefaltet auf dem Knauf des Stocks. »Laufen Sie«, kicherte sie, »laufen Sie doch! Aber wohin? Wo sind Sie sicher aufgehoben? Wissen Sie das?«

»Hier«, antwortete er. Er durfte nicht kneifen; wegzulaufen wäre kindisch gewesen. »Hier in diesem Haus. Das jedenfalls meint der Aiji.«

Sie antwortete nicht, lachte bloß und warf dabei den Oberkörper vor und zurück. Nach ein paar bangen Sekunden glaubte er, entlassen zu sein und gehen zu können; er verbeugte sich und schritt zur Tür. War die Alte übergeschnappt? fragte er sich. Wußte Tabini von ihrem Geisteszustand? Und warum hatte sie das Service zerstört?

Weil ein Mensch davon Gebrauch gemacht hatte?

Oder war im Tee womöglich etwas enthalten gewesen, das jetzt über der glühenden Kohle verdampfte? Bei diesem Gedanken fing der Magen zu zwicken an. Es gab, wie er wußte, manche Teesorten, die für Menschen schlecht verträglich waren.

Mit merklich beschleunigtem Puls eilte er durch den Flur und die Treppe hinauf, schnell, denn bevor er sich würde übergeben müssen, wollte er das Bad erreichen, um das Personal nicht zu brüskieren und sich selbst nicht in Verlegenheit zu bringen.

Wie albern diese Scheu im Anbetracht der Möglichkeit, vergiftet zu sein. Aber vielleicht war es auch nur die Angst, die das Herz so rasen ließ. Vielleicht hatte man ihm bloß ein Stimulans unter den Tee gerührt, ein Mittel wie Midarga, auf das Menschen besonders heftig reagierten. In jedem Fall war es jetzt dringend erforderlich, Banichi und Jago zu informieren.

Schweiß trat ihm auf die Stirn, als er das obere Stockwerk erreichte. Es war womöglich nur die Angst oder Einbildung, daß er keine Luft mehr zu bekommen glaubte. Ihm war, als verschleierte sich der Blick. Taumelnd tastete er sich mit ausgestreckter Hand an der Wand entlang.

Er geriet in Panik. Bleib nur ja auf den Beinen! redete er sich ein; du darfst dir nicht anmerken lassen, wie das Zeug auf dich wirkt; nur keine Angst zeigen …

Wie am Ende eines schwarzen Tunnels tauchte die Tür zu seiner Suite vor ihm auf. Er warf sich dagegen, langte nach der Klinke und wankte ins Zimmer, geblendet von hellen Fenstern, grellweiß glühend wie flüssiges Metall.

Tür zu, dachte er; abschließen. Du schläfst ein, sobald du aufs Bett fällst. Vorher muß die Tür verriegelt sein.

Er drehte den Schlüssel, hörte den Riegel zuschnappen. Dann tappte er voran, schwenkte unwillkürlich ein auf das Licht, das durch die Fenster fiel.

»Nadi Bren!«

Aufgeschreckt fuhr er herum und sah von allen Seiten Dunkelheit hereinbrechen; sie schien mit Armen nach ihm zu langen und den Boden unter den Füßen wegzuziehen.

Dann wurde ihm schlagartig weiß vor Augen, doch gleich darauf trübte der Blick wieder ein. Er hing vornübergebeugt über einer steinernen Brüstung, festgehalten von jemandem, der brüllend irgendwelche Befehle gab und ihm den Sweater vom Leib pellte.

Ein Schwall kalten Wassers prallte ihm in den Rücken und flutete über ihn hinweg. Er glaubte, ertrinken zu müssen, schnappte nach Luft und versuchte sich zu wehren. Doch eine zwingende Kraft hielt ihn gepackt, bei den Armen und im Nacken. Würde er den Kopf wenden, müßte er ersticken. So, den Kopf gebeugt, konnte er wenigstens atmen zwischen den Schüttelkrämpfen, mit denen sich sein Magen entleerte.

Ein heftiger Schmerz fuhr ihm durch den Arm, der, angestochen, zu bluten oder anzuschwellen schien. Der Magen hörte nicht auf zu krampfen, und gallige Bitternis brach in Wellen aus ihm hervor. Er war ohnmächtig ausgeliefert denen, die ihn da in Schach hielten mit einer Gewalt, die von Feindschaft und Abscheu zeugte gegen ihn und alle Menschen, die sich auf Mospheira festgesetzt hatten.

Vor Kälte fing er zu zittern an. Unablässig flutete Wasser über ihn hinweg und vertrieb allmählich die Dunkelheit aus seinem Kopf. Er sah sich auf grauem Steinboden knien und einen Bottich vor sich, der das Wasser auffing. Die Arme, die ihm auf den Rücken gezwungen wurden, waren inzwischen taub.

Eine seltsame Empfindung von Leichtigkeit machte sich nun bemerkbar. Kommt so der Tod? fragte er sich.

»Das Wasser kann jetzt abgedreht werden«, hörte er Banichi sagen. Dann wurde er zurückgezogen und sank rücklings auf ein Kissen oder in einen Schoß, fühlte eine Decke als Wohltat über seinen kalten Körper gelegt, eine gelbe Decke, wie er zu erkennen glaubte, bevor ihn erneut die Sehkraft verließ. Ihm wurde angst und bange, als er spürte, wie ihn starke Arme vom Boden aufhoben und wegtrugen. Wohin? Doch wohl nicht zurück nach unten, dachte er entsetzt.

Dann ließen ihn die Arme fallen. Er schrie und sackte der Länge nach auf eine Matratze. Jemand wälzte ihn zur Seite in weiche, seidene Felle, zog die feuchte Decke unter ihm weg, zerrte ihm die Stiefel von den Füßen und die Hose herunter. Er konnte sich nicht rühren, nahm aber alles deutlich wahr, nicht zuletzt den Druck hinter den Schläfen, auf den, wie er ahnte, schlimme Kopfschmerzen folgen würden. Aus dem Gemurmel ringsum hörte er Banichis Stimme heraus, was ihn beruhigte. Er konnte sich in Sicherheit wähnen und sagte, um seinen Zustand zu erklären. »Ich habe Tee getrunken.«

»Dummkopf!« herrschte ihn Banichi an, so laut, daß ihm der Kopf zu zerspringen drohte. Dann drehte er ihn auf den Rücken und deckte ihn mit Fellen zu.

Die Kopfschmerzen setzten mit einer Heftigkeit ein, die ihn erneut in Angst und Schrecken versetzte. Er fürchtete, einen Schlaganfall oder einen Infarkt erleiden zu müssen. Banichi packte ihn beim Handgelenk und führte ihm eine Injektionsnadel in die Armbeuge.

Bren hatte nur noch den Wunsch, in Ruhe gelassen zu werden und in weichen Tierfellen unterzutauchen. Er hörte sein Herz pochen, versuchte, gleichmäßig zu atmen und so gegen die Schmerzen anzukämpfen, die ihn in Wellen attackierten. Die Augen tränten, gequält vom hellen Licht, doch er war zu matt, Banichi zu bitten, die Vorhänge zuzuziehen.

Banichi schimpfte: »Wir sind hier nicht in Shejidan, wo alles schön sauber in Plastik verpackt ist.«

Daran brauchte er nicht erinnert zu werden; er wußte, wo er war, konnte aber mit dem Hinweis auf Plastikverpackung nichts anfangen. Die Kopfschmerzen wurden so unerträglich, daß er sich den Tod wünschte, um nicht länger gequält zu werden.

Natürlich äußerte er nichts dergleichen, nicht im Beisein von Atevi, die für diese typisch menschliche Empfindung kein Verständnis hätten, schon gar nicht vor Banichi, der ohnehin wütend auf ihn war.

Und das zu Recht. Er hatte ihn nun schon zum zweiten Mal innerhalb einer Woche retten müssen. Trachtete ihm die Aiji-Mutter tatsächlich nach dem Leben? fragte er sich; sollte er Banichi vor Cenedi warnen? Daß der ein lizensierter Assassine war, stand für Bren so gut wie fest, zumal Cenedi denselben professionellen Eindruck machte wie Banichi. Mit dieser Logik ließ sich allerdings kein Beweis antreten. Um vor Banichi nicht als Narr dazustehen, versuchte Bren, seine Gedanken zu strukturieren.

»Steckt Cenedi dahinter?«

Hatte er die Frage gestellt oder nur zu stellen vorgehabt? Er wußte es nicht, so sehr schmerzte ihn der Kopf. Er sehnte sich den Schlaf herbei und wünschte, erst am nächsten Morgen wieder aufzuwachen, frei von Schmerzen. Doch sogleich beschlich ihn die Angst, daß es womöglich kein Morgen für ihn geben würde, daß er Hanks nicht mehr würde anrufen können.

Banichi rückte vom Bett ab und wechselte ein paar Worte mit jemandem, vielleicht mit Jago. Hoffentlich wird's keinen Ärger geben, dachte Bren und lauschte, konnte aber kein Wort verstehen.

Er schloß die Augen, um sie gegen das schmerzende Licht abzuschotten. Jemand fragte, ob mit ihm alles in Ordnung sei. Wahrscheinlich ja, dachte er; wenn nicht, würde Banichi einen Arzt rufen. Also nickte er zur Antwort, und kurz bevor er wegdämmerte, dachte er daran, Hanks anzurufen. Oder hatte er sie schon angerufen? Er wußte es nicht mehr.

Helles Licht tat weh. Jede Bewegung tat weh. Jede Körperstelle schmerzte, sobald er sich bewegte, vor allem der Kopf. Der Duft von Gekochtem war ganz und gar nicht verlockend. Doch wiederholt rüttelte ihn Tano bei der Schulter und beugte sich über ihn. Jedenfalls glaubte er, daß es Tano war. Das Licht brannte in den Augen, und er konnte nicht richtig sehen.

»Sie müssen was essen, nand' Paidhi.«

»Himmel.«

»Auf jetzt!« Mitleidslos stopfte Tano ihm ein Kissen unter Kopf und Schultern, was gemein weh tat und den Magen rebellieren ließ.

Bren wehrte sich nicht; daß er ruhig sitzen blieb, war sein Beitrag zur Kooperation und Beschwichtigung seiner Folterer. Er sah Algini im Durchgang stehen, der zum Bad und zu den Unterkünften der Dienstboten führte. Algini unterhielt sich mit Jago, sehr leise; ihre Stimmen waren nicht voneinander zu unterscheiden. Tano kam mit einer Schale Suppe und ein paar Waffeln ans Bett zurück. »Essen Sie«, sagte Tano. Bren wollte nicht. Er wollte Tano wegschicken, doch seine Diener würden sich nicht wegschicken lassen, denn sie waren von Tabini in die Pflicht genommen worden, und Bren mußte tun, was sie sagten.

Weiße Waffeln, die waren gut gegen Übelkeit, und du willst doch wieder gesund werden. Er dachte an Mospheira, an sein Kinderzimmer, seine Mutter ... Doch es war Tano, der seinen Kopf von hinten stützte und darauf bestand, daß er wenigstens die Hälfte essen sollte. Und so knabberte er einen kleinen Bissen ab, während alles um ihn herum zu wanken anfing und er aus dem Bett zu rutschen drohte.

Er schloß die Augen, döste ein und wurde wieder geweckt durch den Geruch der Suppe. Widerwillig nahm er einen Schluck, nachdem ihm Tano die Schale an den

Mund geführt hatte. Die Suppe brannte im Mund und schmeckte nach Tee. Er hatte genug, doch Tano blieb stur und meinte, daß er mehr davon trinken müsse, da nur so das Gift aus seinem Körper herauszuspülen sei. Also zog er den Arm unter der warmen Decke hervor, nahm die Schale in die Hand, und nachdem ihm Tano ein zweites Kissen in den Nacken gestopft hatte, trank er von der Suppe, bis der Magen keinen weiteren Tropfen mehr tolerierte.

Erschöpft hielt er die Schale mit beiden Händen, unfähig zu entscheiden, ob er den Arm unter die wärmende Decke zurücklegen sollte oder ob es günstiger war, die Finger an der Schale zu wärmen. Nur keine unnötige Bewegung, dachte er. Er wollte nur daliegen und atmen.

Banichi kam. Er schickte Tano weg und trat ans Bett, die Arme vor der Brust verschränkt.

»Wie fühlen Sie sich, nand' Paidhi?«

»Bedeppert«, murmelte er. Er erinnerte sich an die Aiji-Mutter, die Teekanne, die Scherben im Kamin. Oder war alles nur eine Halluzination? So wie der Mann, der Banichi zum Verwechseln ähnlich sah?

Und jetzt wieder in der Tür stand.

Bren schreckte auf.

Cenedi kam näher und stellte sich vors Bett. »Ich möchte mich entschuldigen«, sagte er. »In aller Form. Das mit dem Tee hätte ich wissen müssen.«

»Ich hätte es selbst wissen müssen und werde mich in Zukunft besser vorsehen.« Der Teegeschmack lag ihm immer noch im Mund. Der Kopf schmerzte bei der kleinsten Bewegung. Es ärgerte ihn, daß Banichi dem Fremden gestattet hatte, ins Zimmer zu kommen. Aber vielleicht, so dachte er, trieb Banichi ein doppeltes Spiel, das nicht so leicht zu durchschauen war. Wie auch immer, Bren entschied sich dafür, Cenedi gegenüber so zu tun, als vertraute er ihm. Es war ratsam, sich nicht mit ihm anzulegen, höflich zu sein und die Zunge im Zaum zu halten.

Banichi sagte: »Der Tee der Aiji-Mutter wird nach einem alten Rezept gebraut. Es stammt aus der hiesigen Gegend und enthält einen Wirkstoff, der der Aiji-Mutter gut bekommt und ihrer Meinung nach besonders gesundsheitsförderlich ist. Bei Menschen aber, die eine schwächere Konstitution haben und empfindlich auf Alkaloide reagieren ...«

»Mein Gott.«

»Dieser Wirkstoff steckt in der Teesorte namens Dajdi. Ich rate Ihnen für die Zukunft, die Finger davon zu lassen.«

»Auch der Koch bittet vielmals um Entschuldigung«, sagte Cenedi. »Er wußte nicht, daß die Aiji-Mutter einen Menschen zur Gesellschaft hatte.«

»Er soll sich keine Vorwürfe machen.« Ihm war schwindelig. Er lehnte sich zurück und ließ dabei fast die Suppenschale überschwappen. »Es war meine Schuld.«

»So spricht menschliche Höflichkeit«, sagte Banichi. »Er will damit zum Ausdruck bringen, daß er die Sache für einen bedauerlichen Unfall hält.«

Es wurde still. Auch Bren verzichtete darauf zu sagen, was ihm auf dem Herzen lag. Nach einer Weile murmelte er bloß: »Nichts für ungut.« Die universelle Formel zur Entschärfung einer potentiellen Beleidigung. Die Kopfschmerzen waren wieder unerträglich schlimm. Banichi nahm ihm die Suppenschale aus der Hand und setzte sie auf dem Tisch ab mit einem Geräusch, das Bren wie ein Donnerschlag vorkam.

»Die Aiji-Mutter möchte, daß sich der Paidhi von ihrem Arzt untersuchen läßt«, sagte Cenedi. »Es wäre gut, wenn Sie als Zeuge anwesend wären, Banichi-ji.«

»Sagen Sie der Aiji-Mutter besten Dank«, antwortete Banichi. »Ich werde dabeisein.«

»Ich brauche keinen Arzt«, stöhnte Bren. Und der der Aiji-Mutter soll mir gefälligst vom Leib bleiben, dachte er. Er hatte nur eins im Sinn: sich in aller Ruhe zu erholen.

Doch niemand nahm Rücksicht auf seine Wünsche. Cenedi ging mit Jago nach draußen und kehrte wenig später mit einem ältlichen Ateva zurück, dem Arzthelfer, der, nachdem er seinen Koffer am Fußende des Bettes abgesetzt hatte, die Felldecken zurückschlug, Brens nackten Körper, der Kälte aussetzte, die Herztöne abhörte, ihm in die Augen blickte, den Puls maß und Banichi fragte, wieviel der Patient vom Tee getrunken habe. »Eine Tasse«, sagte Bren, doch niemand achtete auf ihn.

Schließlich kreuzte auch der Arzt persönlich auf. Er musterte Bren wie das Exponat eines Panoptikums und fragte Bren, ob er noch einen Restgeschmack vom Tee im Mund verspüre oder einen entsprechenden Geruch wahrnehme, was Bren bestätigte.

»Milch«, verordnete der Arzt. »Ein Glas alle drei Stunden. Warm oder kalt.«

»Kalt«, sagte Bren mit zitternder Stimme.

Es wurde gewärmte Milch gebracht. Sie schmeckte nach Tee, worüber er sich beklagte. Banichi kostete davon, versicherte ihm, daß es sich um frische Milch handelte. Erst wenn er keinen Teegeschmack mehr wahrnähme, so Banichi, würde er vom Gift befreit sein.

Algini, der mit dem stets griesgrämigen Blick, nötigte ihm anschließend mehrere Gläser Fruchtsaft auf, bis Maigi ihn, Bren, schließlich auf das – wie er diskret formulierte – ›stille Örtchen‹ führen mußte.

Als sie ins Zimmer zurückkamen, war Banichi verschwunden. Bren fragte Algini, ob er ihm einen Stromanschluß für den Computer installieren könne.

»Wir befinden uns in einem denkmalgeschützten Bau, nand' Paidhi. Soweit ich weiß, muß jede Veränderung, und sei sie noch so klein, vom Amt für Denkmalschutz genehmigt werden. Wir dürfen nicht einmal einen

Nagel in die Wand schlagen oder eins der vorhandenen Gemälde abhängen, um statt dessen die Hausordnung anzubringen.«

Das klang wenig ermutigend.

»Was glauben Sie?« fragte Bren. »Ob ich bald in die Stadt zurückkehren kann?«

»Nicht daß ich wüßte. Ich bin gern bereit, Ihre Frage an anderer Stelle vorzutragen, nand' Paidhi, vermute allerdings, daß die Überlegungen, die zu Ihrer Unterbringung in diesem Haus geführt haben, nach wie vor gültig sind.«

»Was für Überlegungen?«

»Die zum Schutz Ihres Lebens, nand' Paidhi.«

»Hier kann ich mich offenbar auch nicht sicher fühlen.«

»Die Küche ist gewarnt, und der Koch läßt Sie versichern, daß er sich in Zukunft sorgsam in acht nehmen wird.«

Bren schmollte wie ein enttäuschtes Kind, bemühte sich dann aber um Fassung, als er Alginis Irritation bemerkte. Dennoch, er kam sich vor wie ein Kind, ins Bett gesteckt und bevormundet von übergroßen Leuten, die sich hinter seinem Rücken über ihn unterhielten. Er war geneigt, sich wie ein Kind zu verhalten, Algini unter irgendeinem Vorwand wegzuschicken, um unbemerkt aus dem Bett steigen und nach draußen schleichen zu können.

Am Ende blieb er aber doch brav liegen, bemühte sich um einen höflichen Ton den Dienern gegenüber und trank die verfluchte Milch. »Ich will sie lieber kalt«, sträubte er sich – mit dem Ergebnis, daß das Glas in die Küche gebracht und für eine Weile ins Eisfach gestellt wurde.

Endlich schmeckte die Milch nicht mehr nach Tee, und auch vom Fruchtsaft hatte er so viel getrunken, daß er statt Blut Fruchtsaft in den Adern fließen wähnte, was er auch Djinana gegenüber bemerkte. Der fand diese Vorstellung außerordentlich lustig.

Im Gegensatz zu Bren. Er ließ sich Lektüre bringen und informierte sich anhand eines reich bebilderten Bandes über die Burg von Malguri. So erfuhr er unter anderem, daß das Bett, in dem er lag, siebenhundert Jahre alt war. Nach wie vor wurden Touristen durchs Haus geführt, auch in den Trakt, den er zur Zeit bewohnte, aber nur, wenn er leerstand. Bren stellte sich eine Besuchergruppe vor, wie sie durchs Zimmer schlendert, Kinder, die verschüchterte Blicke aufs Bett werfen, während der Führer von jenem Paidhi berichtet, der dort im Bett gestorben sei und jetzt nächtens durch die Hallen spuke auf der Suche nach einer Tasse Tee ...

Was er durch das Buch in Erfahrung brachte, war hoch interessant, insbesondere die historischen Abrisse, über die bislang kein Mensch Bescheid wußte. In den Aufzeichnungen seiner Vorgänger waren keine entsprechenden Hinweise zu finden, und so nahm er sich vor, um ein Exemplar der *Annalen von Maidingi* zu bitten und es der Bibliothek auf Mospheira zur Verfügung zu stellen. Aber womöglich gab es nur dieses eine Exemplar. Nun ja, in dem Fall müßte er daraus exzerpieren, aber dazu bräuchte er den Computer, und der ließ sich nirgends anschließen. Er durfte ja keine der verdammten historischen Glühbirnen herausdrehen und die Fassung zu einem Stecker umfunktionieren. Möglich, daß die historischen Leitungen überlastet und das historische Gebälk durch einen Kurzschluß in Brand gesteckt würde.

Solarzellen, dachte er. Vielleicht gab es im Ort solche Zellen zu kaufen, mit Akkus und einer passenden Verbindung für den Computer. Es wäre doch sicherlich möglich, das Geld für den Kauf von seinem Konto auf die hiesige Bank transferieren zu lassen. Banichi würde das bestimmt in die Wege leiten können.

Vorläufig mußten es Papier und Stift tun. Er stand

auf und durchstöberte den Schreibtisch im Arbeitszimmer. Papier war zu finden, aber nichts zum Schreiben. Er suchte nach dem Stift, mit dem er sich im Gästebuch eingetragen hatte. Doch der war verschwunden.

Zum Verrücktwerden. Er läutete nach Djinana und verlangte nach einem Stift, und zwar unverzüglich. Der besorgte einen Füllfederhalter aus dem Dienstbotenquartier. Das Ding kratzte und kleckerte, aber immerhin, es schrieb, und so warf sich Bren einen warmen Morgenmantel über, zog ein Paar dicke Socken an und machte Notizen, nicht zuletzt bestimmt für seine Nachfolger.

Der Text fiel reichlich angekränkelt aus. Zum Schluß fügte er hinzu: *In der Hoffnung, daß diese Zeilen irgendwann auch mal einem Menschen zu Gesicht kommen. Ich habe eine Pistole unter der Matratze liegen. Wen soll ich damit erschießen? Algini, der seine Hausordnung nirgends anbringen kann? Oder Cenedi, der wahrscheinlich keine Ahnung davon hatte, daß der Tee, so wie er hier getrunken wird, für Menschen tödlich sein kann?*

Tabini-Aiji hat mich zu meiner Sicherheit nach Malguri geschickt. Bislang war mir die hiesige Küche gefährlicher als irgendein Assassine in Shejidan …

Manches ließ er unerwähnt aus Sorge vor einer möglichen Durchsuchung der Suite, vorgenommen zur eigenen Sicherheit oder aus Neugier seitens des Personals, was auf ein und dasselbe hinauslief. Und erneut ging ihm die merkwürdige Aiji-Großmutter durch den Kopf. Oder was hatte es mit dieser beiläufig hingeworfenen Bemerkung Tabinis auf sich? Wörtlich: »Meine Großmutter hält Hof.«

Natürlich war für Tabini die fast fatale Einladung zum Tee nicht vorhersehbar gewesen. Er mochte seiner Großmutter einiges zutrauen, wohl aber keine vorsätzliche Vergiftung eines Gastes.

Immerhin, aus seiner kurzen Unterhaltung mit ihr

hatte Bren deutlich erfahren müssen, daß Ilisidi Menschen nicht gut leiden konnte.

Angenommen – ein von Krankheit geschwächtes Gehirn kam auf die entlegensten Ideen – angenommen, Tabini hatte mit der Evakuierung seines Paidhi gar nicht so sehr dessen Schutz im Sinn gehabt, sondern vielmehr die Möglichkeit, Banichi und Jago nach Malguri zu schleusen, vorbei an Ilisidis Wachen …

Um einen Anschlag auf die Alte auszuüben?

Der Gedanke verursachte neuerliche Kopfschmerzen.

Der Appetit war immer noch nicht zurückgekehrt. Zum Abendessen ließ er sich eine Schale Suppe und Waffeln bringen, die ihm jetzt immerhin schon ein wenig besser schmeckten als am Vortag; ja, er war sogar für einen Nachschlag empfänglich – in diesem fernseh-, telefon- und freundlosen Exil.

Die Mahlzeiten wurden zu einschneidenden Erlebnissen im ansonsten monotonen Tagesablauf. Weil nicht einmal eine Uhr zur Verfügung stand, maß er die Zeit nach den Schritten, die er im Zimmer auf und abging, nach der Anzahl umgeblätterter Buchseiten oder dem langsamen Dahinziehen der Wolken am Himmel und der Boote tief unten auf der gekräuselten Oberfläche des Sees.

Er zwang sich, normalen Tee zu trinken, und ließ sich viel Zeit mit dem süßen Milchpudding, in dem fragwürdige, bitter schmeckende Klümpchen enthalten waren, die er aber inzwischen geschickt herauszufischen verstand.

Zu essen machte ihm zunehmend Vergnügen; es kam einem Abenteuer gleich, obwohl der Koch wiederholt beteuerte, äußerste Vorsicht walten zu lassen. Das neben dem Teller aufgeschlagene Buch lenkte ihn ab mit spannenden Berichten über die umtriebigen Geister derer, die auf Malguri durch Mord oder einen Unfall ums Leben gekommen waren. Auch vom See hieß es, daß ein

Fluch auf ihm laste, seit sich ein bedauernswerter Lord von Malguri in voller Rüstung von den Klippen ins Wasser gestürzt hatte, weil er – wie im Buch zu lesen stand – lieber sterben wollte als einer ›schändlichen Vermählung‹ zuzustimmen.

Interessant, dachte Bren und nahm sich vor, mehr über diese gewiß delikate Geschichte in Erfahrung zu bringen.

Er schob ein letztes bitteres Klümpchen an den Tellerrand und löffelte den restlichen Pudding auf, als Djinana hereinkam – um abzuräumen, wie er glaubte.

»Ich möchte noch eine Tasse Tee«, sagte Bren. Er fühlte sich schon sehr viel besser. Mit feierlicher Gebärde legte Djinana ein kleines, silbernes Behältnis auf den Tisch, wie es zum Versand von Schriftrollen verwendet wurde.

»Was ist das?« fragte Bren.

»Keine Ahnung, nand' Paidhi. Nadi Cenedi hat mich gebeten, es hier abzuliefern.«

»Machen Sie's bitte auf.«

»Aber das darf ich nicht«, protestierte Djinana. »Es ist vertraulich und von der Aiji-Mutter aufgegeben.«

»Ich bitte Sie, machen Sie's auf.« Er dachte an die Poststelle im Bu-javid und an Jagos Warnung vor giftigen Nadeln in Briefen.

Djinana runzelte die Stirn, brach das Siegel an der Dose auf, holte ein Schriftstück hervor und strich es auf der Tischplatte glatt.

Bren nahm den erwiesenermaßen harmlosen Brief zur Hand – eine Einladung der Aiji-Mutter zum Frühstück.

Ein Verzicht darauf kam nicht in Frage. Die Alte war von hohem Stand und seine Gastgeberin. Womöglich machte sie sich Vorwürfe wegen seiner Erkrankung. Käme er der Einladung nicht nach, würde er ihr damit zu verstehen geben, daß er nicht an einen Unfall glaubte. Und das könnte schlimme Folgen haben. »Sagen Sie Banichi, daß ich ihn sprechen muß.«

»Ich will's versuchen, Nadi.«

»Was heiß ›versuchen‹? Wo ist er?«

»Ich glaube, er und Nadi Jago sind weggefahren.«

»Weggefahren?« Wohin? Da kamen eigentlich nur der Flughafen oder die Ortschaft in Frage, ansonsten war in der näheren Umgebung nichts, was sich aufzusuchen lohnte; davon hatte er sich auf seiner Fahrt hierher selbst überzeugen lassen müssen. »Dann möchte ich mit Tano sprechen.«

»Wo der steckt, weiß ich auch nicht, nand' Paidhi. Es scheint, er ist mit Ihren Leuten unterwegs.«

»Und Algini?«

»Ich werde nach ihm suchen.«

»Die können mich doch nicht alle im Stich lassen.«

»Was auch wohl nicht der Fall sein wird, nand' Paidhi. Im übrigen stehen Maigi und ich zu Diensten.«

»Nun, dann will ich Sie fragen. Was raten Sie mir?« sagte Bren und reichte ihm den Brief.

Djinana las und runzelte die Stirn. »Das ist ungewöhnlich«, meinte er. »Die Aiji-Mutter empfängt nur äußerst selten.«

»Und? Soll ich hingehen? Kann ich's wagen?«

Djinana verzog keine Miene. »Es steht mir nicht an, einem Paidhi Ratschläge zu geben.«

»Dann muß ich jetzt sofort Algini sprechen. Ich nehme an, daß ich mir mit der Antwort nicht viel Zeit lassen kann.«

»So ist es. Nadi Cenedi wartet auf eine Antwort ...«

»Weiß er, daß Banichi nicht im Haus ist?«

»Möglich.« Djinanas professionelle Fassade bröckelte; ihm war anzusehen, daß er sich Sorgen machte. »Ich gehe Algini suchen.«

Als der Diener verschwunden war, schenkte sich Bren noch eine Tasse Tee ein. Er mußte auf die Einladung reagieren, so oder so. Der Verdacht, daß die Aiji-Mutter vorsätzlich den Zeitpunkt abgepaßt hatte, da Banichi, Jago und all die anderen außer Haus waren, kam ihm selber schäbig vor, ließ sich aber nicht unterdrücken. Darüber hinaus kam es ihm sonderbar vor, daß diejenigen, die Tabini exklusiv zu seinem, Brens, Schutz abgestellt hatte, ohne Rücksprache mit ihm weggefahren waren. Bren rollte das Schriftstück zusammen, legte es in den Behälter zurück und klappte den Deckel zu. Wenig später kreuzte Djinana wieder auf. Seine Miene verriet Befangenheit; er verbeugte sich und sagte: »Nadi, ich weiß nicht ...«

»... wo Algini steckt«, ergänzte Bren.

»Tut mir leid, nand' Paidhi. Ich weiß wirklich nicht, was ich dazu sagen soll. Keiner kann mir Auskunft geben. Ich habe in der Küche nachgefragt und auch bei Nadi Cenedi.«

»Wartet er immer noch?«

»Ja, nand' Paidhi. Ich habe ihm gesagt, daß Sie sich zu beraten wünschen ... des Protokolls wegen.«

Vielleicht sollte er Cenedi mitteilen lassen, daß er sich unwohl fühlte. Aber wahrscheinlich hatte die Aiji-Mutter bereits erfahren, daß er schon wieder auf den Beinen war.

»Nadi Djinana. Wenn Ihre Mutter eine Pistole hätte und mich damit bedrohte ... auf welche Seite würden Sie sich stellen?«

»Ich versichere Ihnen, Nadi, meine Mütter würde niemals ...«

»Sie gehören nicht zum Sicherheitsdienst. Und ich stehe nicht in Ihrem *Man'chi*.«

»Nein, Nadi. Ich arbeite für die Denkmalschutzbehörde und bin Hauswart dieses Anwesens. Aber das wissen Sie ja.«

Der Schrecken in Djinanas Augen, dieser Moment bestürzter Zögerlichkeit verriet Bren, daß, wenn ihm jemals ein Ateva die reine Wahrheit gesagt hatte, dies soeben der Fall gewesen war.

Andererseits hatte Bren seine Bemerkung nicht exakt formuliert, nicht zwingend. Banichi hätte wahrscheinlich gesagt: Ich stehe in Ihrer Pflicht, nand' Paidhi. Und das kann vieles bedeuten.

Aber der Hauswart von Malguri? Der hatte ganz andere Sorgen, und wofür er stand, war klar, nämlich entschieden gegen irgendwelche Veränderungen im Haus, gegen das Einschlagen von Nägeln und gegen das Verlegen von Stromleitungen. Soviel wußte Bren, und das war mehr, als er momentan über Banichi wußte. Was den betraf, konnte Bren nur rätseln: Wieso war er, ohne sich vorher abgemeldet zu haben, weggefahren? Hielt er mit irgend etwas hinterm Berg, oder hatte er einfach nur vergessen, sich abzumelden? Letzteres sah ihm ganz und gar nicht ähnlich.

Womöglich hatte sich etwas Katastrophales zugetragen. Vielleicht war auf Tabini ein Anschlag verübt worden.

Der Gedanke schlug ihm auf den Magen. Verdammt, dabei hatte er sich gerade erst erholt und den Magen an feste Kost gewöhnen können. Nein, Tabini war nicht in Gefahr. Tabini hatte kompetente Sicherheitsleute um sich. Auf Tabini paßte ganz Shejidan auf, während seine, Brens, Leute zum Flughafen gefahren waren und ihn in Cenedis Obhut zurückgelassen hatten, der nun jederzeit hereinspazieren und ihn nebst Djinana über den Haufen schießen könnte, falls er, Cenedi, denn darauf aus wäre, das Gebot des *Biichi-gi* zu mißachten und die historischen Teppiche zu besudeln.

»Legen Sie mir Papier und Schreibstift zurecht.«

»Wünschen Sie auch Ihr Versandetui?«

»Ich weiß nicht, wo mein Personal es hingelegt hat. Vielleicht finden Sie's hier irgendwo. Wenn nicht – egal. Dann geht der Brief eben ohne. Und wenn Banichi morgen früh noch nicht zurück ist, werden *Sie* mich begleiten.«

»Ich ...«, hob Djinana zum Protest an. Doch dann verbeugte er sich und sagte bloß noch: »In protokollarischen Dingen bin ich nicht besonders firm. Ich werde das Versandetui suchen. Oder Ersatz besorgen. Wünscht der Paidhi, daß ich bei der Formulierung des Schreibens helfe?«

»Djinana, sagen Sie mir offen und ehrlich, muß man Angst vor mir haben? Bin ich so fremdartig, daß ich bei Kindern Alpträume hervorrufe?«

»Ich …« Djinana wußte offenbar nicht ein noch aus.

»Habe ich Sie jetzt in Verlegenheit gebracht, Nadi? Das wollte ich nicht. Ich halte Sie für einen ehrlichen Mann und weiß das zu schätzen. Es gibt nicht viele, denen ich vertrauen kann.«

»Ich wünsche dem Paidhi nur Gutes.«

»Mir scheint, Sie kennen sich sehr wohl aus in proto-kollarischen Dingen. Also, wollen Sie mich zum Früh-stück bei der Aji-Mutter begleiten und dafür sorgen, daß ich unvergiftetermaßen wieder auf mein Zimmer zurückkomme?«

»Bitte, nand' Paidhi. Dazu bin ich nicht geeignet …«

»Sie sind ehrlich und ein guter Mann. Sie würden im Konfliktfall eher Ihre Mutter verteidigen als meine Per-son. Das zeugt von Ihrer Aufrichtigkeit. Ihrer Mutter schulden Sie mehr als mir. Ich würde genauso entschei-den. Darin wären wir uns gleich, und zwar auf typisch menschliche Art. Und diese Art ist doch nicht zu ver-achten, oder?«

Djinana betrachtete ihn mit skeptischer Miene. »Ich weiß nicht, worauf Sie hinauswollen, Nadi.«

»Beantworten Sie mir folgende Frage: Falls Sie, vor die Wahl gestellt, nur eines würden retten können – Malguri oder das Leben Ihrer Mutter –, wie würden Sie entscheiden?«

»Für Malguri, denn diesem Ort gehört mein Man'chi.«

»Würden Sie für Malguri auch Ihr eigenes Leben las-sen, Nadi-ji?«

»Ich bin nicht ›Nadi-ji‹, nur Nadi, nand' Paidhi.«

»Würden Sie sich opfern, Nadi-ji?«

»Ja, diese Steine sind mir mehr wert als mein Leben, Nadi-ji.«

Bren reagierte sichtlich verärgert. »Auch wir Menschen wissen Antiquitäten zu schätzen. Wir geben uns alle Mühe, solche Schätze zu konservieren. Wir wissen um die Bedeutung unserer Geschichte. Sie ist der Fundus unseres Wissens. Ich wünschte, Atevi und Menschen könnten aus der Geschichte der jeweils anderen dazulernen, so daß wir eines Tages gemeinsam – ja, warum nicht? – zum Mond fliegen.«

»Zum Mond!« Djinana lachte befangen. »Was sollten wir denn da?«

»Oder zur alten Raumstation. Sie ist das Erbe unserer gemeinsamen Geschichte ...« Bren stockte, als ihm auffiel, daß er hier ein Thema angeschnitten hatte, über das er sich sonst nur mit Tabini unterhielt. Vor dem Rat wagte er damit nicht zu kommen, denn der hegte ein tiefes Mißtrauen gegen alle Wünsche und Pläne der Menschen, vertreten durch den Paidhi.

Ausgerechnet dem Diener und Hauswart Djinana gegenüber rückte er nun mit unverblümter Wahrheit raus. Der war davon merklich irritiert, räumte den Tisch ab und brachte, weil Brens Versandetui nirgends zu finden war, eine antike Schmuckdose aus dem Bestand des Hauses, dazu Papier, Schreibstift und Siegelwachs.

In sorgfältiger Schönschrift gab er zur Antwort: *Nehme der Aiji-Mutter großgesinnte Einladung zum Frühstück zur ersten Stunde des morgigen Tages voller Dankbarkeit an – ergebenst, Paidhi-Aiji, Bren Cameron ...*

Auch Djinana, mit seinem untrüglichen Sinn für höfliche Regeln, hatte an dieser Formulierung nichts einzuwenden. Bren versiegelte die Dose mit seinem Siegelring und schickte Djinana los, um Cenedi nicht länger warten zu lassen.

Gleich darauf setzte er einen Brief an Tabini auf.

Es beunruhigt mich, Aiji-ma, daß ich meinen Pflichten nicht nachkommen kann und die Bearbeitung anhängiger Sa-

chen aufschieben muß. Ich hoffe, daß mich mein Personal auf dem laufenden hält, denn es wäre mir schrecklich, den Anschluß an die aktuellen Entwicklungen in der Hauptstadt zu verlieren. Wie Sie wissen, hat Malguri keinen Zugang zum Computernetz. Leider sehe ich auch keine Möglichkeit, mich telefonisch zu informieren.

Ich wünsche Ihnen Glück und Gelingen, daß Baji-Naji stets zu Ihren Gunsten sei. Mit vorzüglicher Hochachtung und in ergebener Verbundenheit – Bren Cameron als Paidhi-Aiji, Malguri am …

Um das Datum zu ermitteln, zählte er an den Fingern nach. Wie viele Tage hatte er verloren? Einen oder sogar zwei? Er war in seiner Zeitrechnung völlig durcheinandergeraten, setzte schließlich das Datum ein, das er für das wahrscheinliche hielt, verschnürte das zusammengerollte Schriftstück mit einem Band und versiegelte den Papierrand.

Er würde den Brief Banichi mitgeben, wenn der das nächste Mal zum Flughafen hinausführe. Für den Fall, daß das Schreiben verlorenginge, fertigte Bren sicherheitshalber eine Kopie an.

Djinana kam zurück, meldete, die Antwort abgeliefert zu haben, und fragte, ob der Paidhi das Siegelwachs weiter benötige.

»Ich will noch ein paar Briefe schreiben«, sagte Bren. »Ich lösche die Kerze dann selbst. Vielen Dank, ich glaube, ich brauche Sie nicht mehr. Ist die Pförtnerstelle besetzt?«

»Das Tor ist verriegelt, nand' Paidhi.«

»Nun, Banichi hat ja einen Schlüssel.«

»Ja, auch Nadi Jago. Aber wahrscheinlich werden sie durch den Kücheneingang kommen.«

Natürlich, der Eingang nach hinten raus, den das Personal benutzte und wo die Waren abgeliefert wurden. Von dort erreichte man auf kürzestem Weg die Dienstbotenquartiere und darüber die Hintertür zu seinem Schlafzimmer.

»In Ordnung. Gute Nacht, Djinana. Vielen Dank, Sie haben mir sehr geholfen.«

»Gute Nacht, nand' Paidhi.«

Djinana ging. Bren fügte der Briefkopie einen Nachsatz hinzu.

Wenn Sie, Tabini-ji, statt des Originals nur diese Kopie zu lesen bekommen, muß Zweifel fallen auf die Zuverlässigkeit des Zustellers. Seit der Teevergiftung bin ich mir der Bediensteten von Malguri und meines eigenen Personals leider nicht mehr sicher.

Er legte das Schriftstück ins Gästebuch, damit rechnend, daß es der nächste Gast dort fände, falls er nicht mehr selbst dazu käme, es wieder herauszunehmen.

Donner grollte, und Blitze ließen die regennassen Fensterscheiben aufleuchten.

Bren las immer noch oder blätterte im Buch herum, um nicht seinen düsteren Gedanken nachhängen zu müssen. Er betrachtete die Abbildungen, wenn ihn der Text langweilte oder vor seinen übermüdeten Augen verschwamm. Inhaltlich ging es darin fast ausschließlich um Kriege, Betrug und heimtückische Morde.

Von einem Donnerschlag begleitet, trat Banichi zur Tür herein. Vor dem Kamin blieb er stehen. Auf der schwarzen, silbern abgesetzten Uniform perlte Nebelnässe. »Nadi Bren, es ist nicht gut, daß Sie ohne Rücksprache mit mir Verabredungen treffen.« Er machte einen unzufriedenen Eindruck.

Bren betrachtete ihn mit starrer Miene, sagte kein Wort und wechselte Banichis Vorwurf im stillen: Es ist nicht gut, daß Sie ohne Rücksprache mit mir das Haus verlassen.

Mochte Banichi doch im dunklen tappen und, was seine, Brens, Gedanken angingen, auf Spekulationen angewiesen sein; ihm blieb ja auch nichts anderes übrig, als Vermutungen anzustellen über Banichis Gedanken oder die von Jago oder die jener vermeintlichen Diener, die aus der Hauptstadt mitgekommen waren, aber nicht zur Verfügung standen, wenn er sie brauchte.

Doch womöglich hatte er gar keinen Grund, verärgert zu sein. Vielleicht war Banichi wegen einer dringlichen, streng geheimen Sache zum Flughafen oder wer weiß wohin gefahren. Trotzdem kam Wut in ihm hoch, als er Banichi da vorm Feuer stehen sah, eine Wut, die körperlich weh tat und zusätzlich angestachelt wurde vom – zugegebenermaßen törichten, typisch menschlichen – Schmerz aus der enttäuschten Hoffnung, Tabini oder die beiden Atevi an dessen Seite verstehen zu können.

Vielleicht war auch der angekratzte Gesundheitszustand schuld an seiner Stimmung, ein durcheinandergebrachter Vitaminhaushalt, ein Mangel an Mineralien oder eine schlechte Verdauung, bedingt durch ungewohnte Ernährung. Für das Verhalten, das er hier an den Tag legte und mit dem er sich nur selbst schädigte, gab es zig Erklärungen und beileibe nicht nur diätetische, sondern insbesondere die seiner persönlichen Veranlagung, seiner kulturellen Prägung: Er wollte, verdammt noch mal, wenigstens von einem oder einer derer, denen er sein berufstätiges Leben widmete, *gemocht* werden.

»Ich muß nicht unbedingt Paidhi sein«, sagte er schließlich, zumal Banichi auf stur geschaltet hatte. »Ich bin nicht erpicht darauf, unliebsamer Gast eines fremden Volkes zu sein.«

»Wie wird man Paidhi?« fragte Banichi.

»Durch Ausbildung und Spezialisierung. Und nur der beste seines Fachs kommt für das Amt in Frage. Was ihn motiviert, ist die Hoffnung, daß er mit seiner Arbeit den Frieden zu wahren hilft.«

»Sie sind der beste Ihres Fachs.«

»Ich gebe mir alle Mühe«, entgegnete er. »Aber anscheinend habe ich an irgendeinem Punkt versagt. Ich bin in Gefahr und weiß nicht warum. Das ist ein Armutszeugnis für mich als Paidhi. Möglicherweise habe ich auch noch die Aiji-Mutter beleidigt. Wodurch? Auch das weiß ich nicht, und Sie, Banichi, waren nicht da, um mich aufzuklären oder zu beraten. Auch Jago war nicht da. Keine Spur von Algini oder Tano. Also habe ich Djinana um Rat gebeten. Doch er konnte mir nicht helfen, jedenfalls nicht in dem Maße, wie Sie mir hätten helfen können, wären Sie nur dagewesen.«

Banichi zog die Stirn kraus. Seine Miene verdüsterte sich zusehends.

»Wo waren Sie Banichi? Oder ist diese Frage nicht angebracht? Wenn Sie ohne weiteres darauf antworten könnten, hätten Sie sich nicht davonzuschleichen brauchen, nicht wahr? Ich muß also davon ausgehen, daß Sie mir etwas verheimlichen, was mich beunruhigen könnte. Darum weichen Sie der Frage aus.«

Banichi schwieg sich aus. Nach einer Weile kehrte er dem Kamin den Rücken zu und ging in Richtung Schlafzimmer.

Bren schlug das Buch zu, und zu seiner Genugtuung sah er Banichi vor Schreck zusammenfahren. Auch er zeigte Nerven.

»Wo ist Jago?« fragte Bren.

»Draußen. – Fragen ausweichen?«

»Verdammt!« Bren stand auf, doch selbst auf fünf Schritt Entfernung mußte er noch zu Banichi aufblicken. »Stehe ich hier unter Arrest? Ich will endlich Klarheit. Und was ist mit meiner Post? Wird der Flughafen von Maidingi überhaupt regelmäßig angeflogen?«

»Aus Shejidan einmal die Woche. Hier im Hinterland hat alles einen etwas gemächlicheren Takt, Nadi. Seien Sie unbesorgt. Genießen Sie den See. Genießen Sie die Ruhe.«

»Das kann ich nicht. Ich will einen Solarstroman-schluß haben, Banichi. Und ich will telefonieren können. Sagen Sie mir nicht, daß es im ganzen Haus kein Telefon gibt.«

»So ist es aber. Die Burg ist ein Baudenkmal und darf nicht verunziert werden durch ...«

»Sind all die Rohre und Leitungen, die hier kreuz und quer umeinanderhängen, etwa schön zu nennen? Es gibt Gas, es gibt Licht. Warum nicht auch Steckdosen? Warum kann nicht jemand ins Dorf gehen und mir eine verdammte Verlängerungsschnur kaufen und einen Stecker, der sich in die Lampenfassung drehen läßt? Auf eine Deckenlampe kann ich gut verzichten, und keine der historischen Wände wird dadurch verunstaltet.«

»Was Sie da wünschen, ist in Maidingi nicht zu haben. Maidingi ist ein sehr kleiner Ort, Nadi Bren.«

»Himmel!« Die Kopfschmerzen setzten wieder ein. Er spürte, wie der Blutdruck zunahm. Ihm wurde schwindelig. Um nicht zu Boden zu gehen, hielt er sich am Kaminsims fest. »Banichi, was ist nur mit Tabini los? Warum tut er das?«

»Was denn, Nadi? Ich glaube kaum, daß der Aiji verantwortlich ist für das unzureichende Angebot an Elektrozubehör in Maidingi.«

Zum Scherzen war Bren nicht zumute. Er lehnte sich rücklings an die Steinwand, verschränkte die Arme und fixierte Banichi mit zornigem Blick, entschlossen, die Wahrheit ans Licht zu bringen. »Sie wissen ganz genau, was ich meine. Mir wäre wohler, wenn ich glauben könnte, daß Tabini eine bestimmte politische Taktik verfolgt. Aber leider ist zu befürchten, daß ich ihn in Schwierigkeiten gebracht habe. Und das bedrückt mich. Ich könnte es nicht ertragen, wenn er durch mich Schaden nehmen würde. Das ist mein *Man'chi*: Ich bin ihm nicht nur in Loyalität zugetan, sondern fühle mich ihm auch freundschaftlich verbunden, was unter Menschen sehr viel mehr bedeutet als bloße Höflichkeit.«

»Ich verstehe.«

»Und für Sie empfinde ich Gleiches, nach wie vor. Denn wenn unsereins jemanden gern hat, Banichi, dann läßt er sich in dieser Einstellung kaum beirren, komme, was wolle. Daran sollten Sie sich gewöhnen.«

Worte wie *mögen* oder *gern haben* machten in der Sprache der Atevi nur Sinn im Zusammenhang mit Leckereien. Man mochte grünen Salat oder eisgekühlte Drinks. Und von Liebe zu reden wäre geradezu fatal. Eine solche Entgleisung würde ihm Banichi niemals verzeihen.

Banichis Nasenflügel wölbten sich. »Was soll das heißen, nand' Paidhi?«

»Daß das, was ich für meine Mutter, für meinen Bruder und für meinen Job empfinde, von der gleichen Qualität ist wie meine innere, gefühlsmäßige Einstellung zu Tabini, zu Ihnen und zu Jago.« Seine Stimme fing zu zittern an; er hatte die Kontrolle über sich verloren. »Banichi, ich würde für ein freundliches Wort von Ihnen tausend Meilen gehen. Ich würde Ihnen mein letztes Hemd geben, wenn Sie in Not wären. Wenn Sie Probleme hätten, würde ich alles daransetzen, um Ihnen zu helfen. Wie finden Sie das? Albern? Dumm?«

»Mühsam«, antwortete Banichi, ohne mit der Wimper zu zucken.

»Ja, es fällt einem nicht leicht, Atevi gern zu haben«, rutschte es aus Bren heraus, bevor er den Gedanken zensieren konnte. »Baji-Naji, darauf läuft's hinaus.«

»Sie scherzen.«

»Nein, bei Gott, es ist mir ernst. Unsereins muß jemanden gern haben, wir kommen nicht umhin, sonst gehen wir ein, Banichi. Wir verabreden uns mit Großmüttern, trinken den Tee, den uns Fremde anbieten, und wir bitten nicht mehr um Hilfe, denn was soll's? Sie wissen ja doch nicht, was wir nötig haben, Banichi.«

»Sie drohen mir, wenn ich recht verstehe, wollen meinen guten Ruf ruinieren, falls ich nicht errate, was Sie mögen. Stimmt's?«

Vor lauter Kopfschmerzen konnte Bren nicht mehr

klar sehen. »Mögen, mögen … das Wort ist mir zuwider. Verdammt noch mal, ich muß tagtäglich über meinen Schatten springen. Warum schaffen Sie es nicht, wenigstens einmal? Versetzen Sie sich in meine Lage, Banichi. Lernen Sie meine Gedanken und Gefühle verstehen.«

»Ich bin doch keine Süßspeise.«

»Banichi-ji.« Die Schmerzen hielten sich jetzt in Grenzen und waren halbwegs erträglich, weil er wußte, daß sie nicht weiter zunahmen. Er wandte sich wieder dem Feuer zu, legte die Hände auf den Kaminsims, fühlte den seidigen Staubfilm auf dem erhitzten Stein, der behauen und hier eingefügt worden war, lange bevor die Menschen ihre Heimatwelt verlassen und für immer verloren hatten. Er straffte die Schultern, erinnerte sich daran, daß er Paidhi war, ein Mann von Rang und Namen. Er hatte freiwillig dieses Amt übernommen und gewußt, was auf ihn zukommen würde, sich aber dennoch immer wieder auch Hoffnungen darauf gemacht, im Umgang mit den Atevi Worte finden zu können, die so etwas wie emotionale Resonanz hervorzurufen vermochten. Das hätte ihn entschädigt für den Weggang von Mospheira und den Verzicht auf menschliche Nähe.

Er war damals zweiundzwanzig Jahre alt gewesen und reichlich naiv.

»Ihr Verhalten beunruhigt mich«, sagte Banichi.

»Verzeihen Sie.« Bren schluckte, hatte sich aber wieder halbwegs gefangen. Dennoch scheute er den Blickkontakt zu Banichi, der, wie es schien, argwöhnisch und gereizt war. »Ich war aufdringlich und habe unbesonnen reagiert.«

»Reagiert auf was, nand' Paidhi?«

Hatte er sich doch schon wieder in der Wortwahl vergriffen! Die Kopfschmerzen brachten den Magen in Aufruhr. »Auf Ihr Verhalten. Ich habe es falsch gedeutet. Meine Schuld, nicht Ihre. Wollen Sie mich morgen zu meiner Verabredung begleiten und aufpassen, daß ich mich nicht danebenbenehme?«

»Was habe ich Mißverständliches gesagt oder getan?«

Banichi ließ nicht locker, geschweige denn ablenken. Doch Bren war nicht in der Verfassung, sachlich und unaufgeregt zu argumentieren.

»Das habe ich zu erklären versucht. Anscheinend vergeblich.« Er starrte in einen dunklen, vom Feuerschein unerreichten Winkel des Zimmers und dachte an Banichis Interpretation seiner Erklärung. »Von einer Drohung meinerseits kann keine Rede sein. So etwas käme mir nicht in den Sinn. Ich schätze Ihre Gegenwart und Ihre außerordentlichen Qualitäten. Werden Sie mich morgen begleiten?«

Zurück zu einfachen, unverfänglichen Worten. Nüchtern und entkrampft.

»Nein, Nadi. Sie sind eingeladen. Ich kann mich nicht selbst dazu einladen, schon gar nicht an den Tisch der Aiji-Mutter.«

»Aber Sie haben den Auftrag, mich zu …«

»Mein Man'chi ist bei Tabini. Ich handele in seinem Interesse. Das sollten Sie doch wissen.«

Banichi war merklich ungehalten. »Natürlich«, antwortete Bren. »Wie könnte ich das vergessen?« Und er taxierte ihn, gerade so, als versuchte er dessen Äußerung mit Blicken abzuklopfen.

Banichi zeigte sich unbeeindruckt. »Seien Sie vorsichtig mit dem, was Ihnen angeboten wird. Lassen Sie den Koch wissen, daß Sie mit am Tisch sitzen.«

Die Tür ging auf. Jago trat ein, vom Regen durchnäßt wie Banichi, aber anscheinend bei bester Laune. Doch als sie die beiden sah und deren Stimmung gewahrte, veränderte sich ihre Miene schlagartig. Wortlos durchquerte sie den Raum in Richtung Schlafzimmer.

»Entschuldigen Sie mich«, sagte Banichi und ging ihr nach.

Bren starrte auf den Rücken der schwarzen Uniform und den hin- und herpendelnden Zopf. Die beiden nutzten den kurzen Weg durch sein Schlafzimmer, um in den Trakt des Dienstpersonals zu gelangen. Jähzornig schlug Bren mit der Faust gegen die Steinwand.

Er machte sich Vorwürfe. Wie dumm von ihm, wie gefährlich, Banichi erklären zu wollen, was für einen Ateva nicht zu verstehen war.

Banichi und Jago waren im Quartier der Dienstboten, wo sie wohnten, in separaten Zimmern. Bren ging in sein Schlafzimmer und zog sich aus unter den Glasaugen des Tierkopfes, der, den Schrecken der Jagd im Ausdruck konservierend, an der Wand hing.

Bren legte sich ins Bett, und weil er zu aufgewühlt war, um schlafen zu können, nahm er ein Buch zur Hand und las von Schlachten zwischen befeindeten Atevi, von Intrigen und Morden.

Von Geisterschiffen auf dem See, von einem Gespenst, das die Audienzhalle unsicher machte, und von einem verhexten Tier, das rastlos durch die Korridore streifte – atevischer Aberglaube. Bren ließ sich davon nicht beeindrucken, doch immer wieder und unwillkürlich richtete sich sein Blick auf die Bestie an der Wand, die ihn mit stumpfen, glasigen Augen anstarrte.

Es donnerte. Das Licht ging aus. Der Feuerschein vom Kamin nebenan funzelte durch den Türausschnitt und tanzte über die Wand, ohne je die Ecken zu erreichen, und auch die Tür zur Unterkunft der Dienstboten blieb im Dunklen.

Wahrscheinlich, so dachte er, hatte ein Blitz in den Transformator eingeschlagen.

Doch es blieb unheimlich still im Haus. Von Ferne war nur ein dumpfes Stampfen zu vernehmen, das wie ein Herzschlag durch die Mauern drang.

Dann tönten aus dem hinteren Trakt Schritte, die sich über den Korridor auf sein Schlafzimmer zubewegten.

Er schlich aus dem Bett und kniete sich vor die Matratze.

»Nand' Paidhi«, meldete sich Jagos Stimme. »Ich bin's, Jago.«

Er zog die Hand zurück, die nach der Pistole gelangt hatte, setzte sich aufs Bett und sah eine ganze Brigade von Dienstboten durchs Zimmer nach draußen marschieren. Gesichter waren nicht zu erkennen. Metall blinkte vor schwarzen Umrissen, die er als Banichis Uniform auszumachen glaubte.

Eine Gestalt blieb zurück.

»Wer ist da?« fragte er kleinlaut.

»Ich bin's, Jago. Ich bleibe bei Ihnen, Nadi. Sie können getrost schlafen.«

»Soll das ein Witz sein?«

»Es war wohl nur ein Blitzeinschlag. Was Sie da hören, ist das Notstromaggregat, der die Kühlkammer in Betrieb hält.«

Bren stand auf, suchte nach seinem Morgenmantel und verursachte schrecklich viel Lärm, als er mit dem Knie gegen einen Stuhl stieß.

»Was treiben Sie da, Nadi?«

»Ich suche meinen Morgenmantel.«

»Ist er das?« Sie reichte ihm den Mantel, der am Fußende des Betts gelegen hatte. Atevi konnten bei Nacht sehr viel besser sehen als Menschen, erinnerte sich Bren mit Unbehagen. Er zog den Mantel über, verknotete den Gürtel und ging ins Kaminzimmer, wo das Feuer flackerte, überstrahlt mitunter vom grellen Blitzlicht vor den Fenstern.

Jago folgte. Ihre Augen funkelten golden. Atevi fanden es gespenstisch, daß Menschenaugen kaum Licht reflektierten und im Dunkeln fast unsichtbar waren. Der Unterschied kam nicht zuletzt in den Alpträumen der jeweils anderen zur erschreckenden Geltung.

Aber Bren fühlte sich nun sicher unter ihrer Bewachung, und überhaupt: Ursache der nächtlichen Störung war gewiß nur der Einschlag eines Blitzes. Banichi würde jetzt draußen in feuchter Kälte herumirren müssen und wahrscheinlich in übler Laune sein, wenn er zurückkehrte.

Daß Banichi und Jago in voller Montur und bewaffnet waren, stimmte Bren allerdings ein wenig argwöhnisch.

»Schlafen Sie denn nie?« fragte er und hielt die Hände gegen das Feuer gerichtet.

Das glimmende Augenpaar blinkte. Sie trat näher, schaute auf ihn herab und legte den Ellbogen auf den Kaminsims. Der Feuerschein schimmerte auf schwarzer Haut. »Wir waren noch wach«, antwortete sie.

Trotz des Morgenmantels war ihm kalt, vor Übermüdung wohl, wie er dachte. Er brauchte Schlaf, um zum Frühstück mit der Aiji-Mutter ausgeruht zu sein.

»Ist das Haus genügend abgesichert?« fragte er.

»Allerdings, Nadi-ji. Wir befinden uns in einer Festung, die nach wie vor als solche durchaus tauglich ist.«

»Aber bei all den Touristen …«

»Apropos … für morgen ist eine Gruppe angemeldet. Seien Sie vorsichtig; es wäre gut, Sie bleiben ungesehen.«

Fröstelnd stand er vorm Feuer. Er kam sich klein und verwundbar vor. »Passiert es, daß sich einzelne von der Gruppe entfernen und heimlich an den Wachen vorbeischleichen?«

»Das ist bei Strafe verboten«, antwortete Jago.

»Den Paidhi umzubringen ist wahrscheinlich auch bei Strafe verboten«, murmelte er. Sein Morgenmantel hatte keine Taschen. Atevische Schneider ließen sich von der Zweckmäßigkeit solcher Applikationen kaum überzeugen. Er steckte die Hände in die Ärmel. »Darauf stehen mindest dreißig Tagessätze.«

Jago schmunzelte, was selten vorkam. Es beruhigte ihn.

»Ich bin mit Tabinis Großmutter zum Frühstück verabredet«, sagte er. »Banichi ist darüber verärgert.«

»Warum haben Sie sich darauf eingelassen?«

»Ich wollte nicht unhöflich sein. Hätte ich gewußt, daß ich damit Banichis Zorn auf mich lade …«

Jago schnaufte spöttisch. »Banichi ist sauer, weil er glaubt, daß er für Sie eine Art Süßspeise sein soll.«

Ihm blieb das Lachen im Halse stecken. Es war zu komisch: Banichis tumbe Verwirrtheit, sein, Brens, waisenknabenhafter Wunsch nach Zuneigung. Und nun Jagos unverhoffte Bereitschaft, sich mit ihm darüber zu unterhalten.

»Ich vermute, es hat sprachliche Unstimmigkeiten gegeben«, sagte Jago.

»Ich habe versucht zum Ausdruck zu bringen, wie sehr ich ihn schätze und respektiere«, antwortete er kühl, nüchtern, formelhaft und eingedenk der unüberwindlichen Barrieren, die einer Verständigung im Weg standen. »Respekt, Gunst ... austauschbare Wörter.«

»Ach ja«, entgegnete Jago ohne jede Ironie. Nach ihrer Sprachauffassung bedeuteten diese beiden Wörter ganz und gar nicht dasselbe. Das wußte Bren; er wußte, daß die persönlichen Beziehungen zwischen Atevi anders funktionieren. Aber wie? Das hatte noch kein Paidhi im einzelnen herauszufinden vermocht, geschweige denn in menschliche Begriffe übertragen können, so sehr sie dies auch versucht hatten – doch das war wohl ihr entscheidender Fehler gewesen, ein Fehler, der eine gutgemeinte Absicht in ihr Gegenteil verkehrte.

Himmel, warum schnitt Jago ausgerechnet jetzt dieses Thema an? Aus Höflichkeit? Oder wollte sie ihn verhören?

»Nadi«, sagte er müde. »Ich wünschte so sehr, mich begreiflich zu machen, aber es gelingt mir einfach nicht.«

»Banichi spricht Mosphei'. Sie sollten sich mal in Ihrer Sprache mit ihm unterhalten.«

»Er *fühlt* nicht auf mosphei'.« Es war schon spät; es fiel ihm schwer, seine Gedanken auf verständliche Weise zum Ausdruck zu bringen. »Ich habe zu erklären versucht, daß ich zu seinen Gunsten vieles auf mich nehmen würde, weil mir an seiner Person – zufällig –

sehr gelegen ist.« Mit dieser Wendung hoffte er in einen abstrakten Bereich auszuweichen und an die atevische Vorstellung vom Zufall beziehungsweise Glück als Lenker des Universums anzuknüpfen.

»Midei«, sagte Jago und zeigte sich überrascht. Bren hatte das genannte Wort noch nie zuvor gehört, dabei kam es selten vor, daß er lexikalische Lücken bei sich feststellen mußte. »Dahemidei. Sie sind ein Midedeni.«

Gleich drei neue Vokabeln. Der verdammte Computer war nicht angeschlossen, und er hatte weder Papier noch Stift zur Hand, um sich Notizen zu machen. »Was bedeutet das?«

»Midedeni vertraten die Lehrmeinung, daß uns Atevi von Geburt an Glück und Gunst zur Seite stehen. Ein Irrglaube.«

Klar, natürlich. »Und der ist vermutlich längst ausgemerzt.«

»Nun, rund die Hälfte der Adjaiwaio, zumindest die, die auf dem Land leben, halten immer noch daran fest und glauben, daß alle Atevi zu einem Bund gehören und daß jeder aufgerufen ist, diesen Bund mit allen, die ihm begegnen, neu zu schließen.«

Wo lebten diese Leute, die einander gern zu haben als eine Verpflichtung ansahen? Bren sehnte sich dorthin, wo Sympathie verstanden wurde, fürchtete aber sogleich, daß er an diesem idyllischen Ort auf andere, möglicherweise vertragsgefährdende Schwierigkeiten stoßen würde.

»Mit solchen Vorstellungen haben Sie doch wohl nichts zu tun, oder?« hakte Jago nach. »Ist es möglich, daß Menschen, die Herren der Technik, so etwas für wahr halten?« Das traute Jago intelligenten Wesen offenbar nicht zu.

Nach professioneller Gewohnheit als Paidhi fragte er sich insgeheim, ob Menschen vielleicht tatsächlich blind waren im Hinblick auf ihre Gefühle der Zuneigung. Doch in dem Punkt konnte ihn kein Zweifel beirren.

»Ich denke ja, so ungefähr«, antwortete er. Experten auf Mospheira meinten, daß Atevi nicht in der Lage seien, Vorstellungen jenseits ihrer festgefügten Logismen zu entwickeln. Dem schien aber doch so zu sein, wenn er Jago richtig verstanden hatte. Sein Herz wechselte in einen merklich rascheren Rhythmus über. Sein Menschenverstand warnte: Sieh dich vor, hier ist ein Widerspruch. »Sie können sich also vorstellen, Zuneigung für jemanden zu empfinden, dem Sie nicht durch Man'chi verbunden sind.«

»Nadi Bren, wollen Sie etwa mit mir ins Bett gehen?«

Bren fiel aus allen Wolken. »Ich ... o nein, Jago-ji.«

»Ich dachte nur ...«

»Verzeihen Sie meine ungehobelte Art.«

»Verzeihen Sie mein Mißverständnis. Wie war Ihre Frage noch?«

»Ich ...« Unmöglich, zu einem sachlichen Gespräch zurückzufinden. »Ich würde gern mehr erfahren über die Midedeni. Gibt es Literatur über sie?«

»Sicher, die wird aber hier nirgends aufzutreiben sein. Die Bibliothek von Malguri enthält fast ausschließlich Werke zur Lokalgeschichte. Die Midedeni stammen aus dem fernen Osten.«

»Wo könnte ich ein solches Buch bekommen?«

»Ich habe eins zu Hause, in Shejidan.«

Herrje, dachte Bren; Jago würde bestimmt Bericht erstatten und bei Tabini den Eindruck erwecken, daß die Menschen geneigt sein könnten, einen alten, überkommenen Irrglauben in neuer Form wieder aufleben zu lassen.

Er versuchte zu retten, was zu retten war. »Es ist unwahrscheinlich, daß es Parallelen gibt zwischen menschlichen Vorstellungen und denen der Midedeni«, sagte er. »Ich weiß auch sehr wohl um die Gefahr von vermeintlichen Ähnlichkeiten. Sie täuschen über alle Unterschiede hinweg.«

»Jedenfalls sind wir in Shejidan durchaus tolerant.

Wir schießen nicht gleich auf jeden, der einer eigenen Philosophie nachhängt. Ich für mein Teil würde einen solchen Mordauftrag nie annehmen.«

Gott bewahre. Dieser Ausspruch war doch hoffentlich nur als Scherz zu verstehen. Es wäre der zweite aus Jagos Mund an diesem Abend. »Das würde ich Ihnen auch nicht zutrauen.«

»Ich hoffe, Sie nicht beleidigt zu haben, Nadi.«

»Ich hab Sie ebenfalls gern, Nadi«, antwortete er schmunzelnd. Was auf atev' recht lustig klang, verfehlte auch bei Jago nicht seine Wirkung. Sie grinste und warf ihm einen verschlagenen Blick aus gespenstisch leuchtenden Augen zu.

Aber dann: »Ich verstehe nicht ganz«, sagte sie und hob das Kinn. »Die Pointe ist mir entgangen.«

Auch der beste Wille konnte die Kluft nicht überwinden. Er sah sie an und fühlte sich so ausgegrenzt wie damals während seiner ersten Woche auf dem Festland, als ihm ein erster grober Schnitzer im Umgang mit einem Ateva unterlaufen war.

»Aber Sie bemühen sich wenigstens, Jago-ji. So wie Banichi auch. Das macht mich weniger ...« Es gab kein Wort für einsam. »Weniger einzeln.«

»Uns bindet ein Man'chi ...«, entgegnete Jago, als habe sie doch – immerhin zum Teil – begriffen, was er gesagt hatte – »... an Tabinis Haus. Zweifeln Sie nicht an uns, Paidhi-ji. Wir lassen Sie nicht im Stich.«

Und mit dieser Wendung zum Schluß wurde wieder klar, daß sie nicht gewillt war, auf seine Gedanken einzugehen. Er betrachtete sie und fragte sich, wie es möglich sein konnte, daß eine so aufrichtige, offenherzige Person wie sie einfach nicht empfänglich war für die Signale emotionaler Bedürfnisse. Nein, der Sinn dafür ließ sich nicht als Schrulle irgendwelcher Adjaiwaio oder einer überkommenen Philosophie abtun.

Philosophie war das Stichwort; intellektuell verbrämte Emotion. Ein Mensch, der darauf einstieg, ging allein und in Kummer davon.

Er sagte: »Vielen Dank, Nadi-ji«, und trat ans Fenster, auf dessen Glas vor schwarzem Hintergrund der Regen perlte.

Da war ein Pochen oder Krachen zu hören; es kam von der Auffahrt und hallte von den Mauern wider, einmal, zweimal ...

Das waren keine losen Fensterläden.

Im Haus blieb alles still. Nur der Regen rauschte, und im Kamin zischte das Feuer.

»Weg vom Fenster«, sagte Jago. Er sprang zur Wand und preßte die Schultern gegen die Steine. Sein Herz fing heftig zu pochen an aus Angst, Jago könnte ihn alleinlassen, um Banichi zu Hilfe zu eilen. In wahnhafter Vorstellung sah er vier, fünf Assassinen über die Brustwehr klimmen und durch die Flure stürmen.

Jago blieb völlig ruhig und lauschte, wie es schien. Ihr Funkgerät piepte plötzlich. Banichi meldete sich; er sprach verschlüsselt.

»Tano hat auf Schatten geschossen«, übersetzte sie für Bren. »Nichts weiter passiert. Er hat keine Lizenz.« Was heißen sollte: Das kann auch nur einem Amateur passieren. Bren entnahm diesem Hinweis, daß Tano – und wahrscheinlich auch Algini – nicht zur Leibgarde Tabinis gehörte, zwar eine Waffe tragen durfte, aber nur zum Selbstschutz.

»Worauf glaubte er denn anlegen zu müssen?« wollte er wissen.

»Er hat wohl nur einen nervösen Finger gehabt«, antwortete Jago und steckte das Funkgerät zurück. »Keine Sorge, Nadi-ji.«

»Wann haben wir endlich wieder Strom?«

»Nicht vor morgen. Der Elektriker kommt aus Maidingi. So was kann passieren. In die Kanone da unten schlägt häufig der Blitz ein, und mitunter trifft's eben auch den Transformator.«

Vielleicht wird wegen des Stromausfalls das Frühstück mit der Alten abgeblasen, dachte Bren hoffnungsvoll.

»Sie sollten jetzt zu Bett gehen«, sagte Jago. »Ich setze mich hier in den Sessel und lese, bis die anderen wieder reingekommen sind. Sie, Nadi, haben morgen eine wichtige Verabredung.«

»Wir sprachen über Man'chi«, sagte er, nervös geworden durch das Gewitter, die Schüsse oder sein Versagen im Gespräch mit Jago. Seine persönlichen, gefühlsduseligen Offenbarungen waren bei ihr als sexuelle Avancen angekommen. Himmel hilf! Sie würde bestimmt Banichi einweihen, mit ihm zu Tabini gehen und sagen: Der Paidhi verhält sich äußerst merkwürdig; er macht Jago einen Antrag, lädt Djinana zu einer Mondfahrt ein und hält Banichi für eine Süßspeise.

»Soso«, antwortete Jago. Sie kam auf ihn zu und faßte ihn beim Arm. »Sie gehen jetzt besser ins Bett, nand' Paidhi. Sonst erkälten Sie sich noch ...« Sie riß ihn geradezu vom Fenster weg, packte so fest zu, daß ihm der Arm weh tat.

Er war perplex. Erkälten, so ein Unsinn, dachte er; sie will mich bloß vom Fenster weghaben; mit dem Feuerschein im Rücken wäre seine Silhouette nach außen hin gut sichtbar. Oder fürchtete sie etwa, daß ein Blitz ins Fenster einschlagen könnte? Wohl kaum.

»Legen Sie sich schlafen, Bren-ji«, sagte sie an der Tür zum Schlafzimmer. »Und keine Angst. Banichi und die anderen schauen nach, wie groß der Schaden ist; dann werden sie beim Kraftwerk anrufen. Wir haben natürlich Vorkehrungen getroffen für den Fall, daß der Strom ausfällt. Alles Routine. Vielleicht ruft man mich, vielleicht auch nicht. Seien Sie unbesorgt; Ihre Sicherheit ist garantiert.«

Es war also doch möglich anzurufen, zumindest über das Funkgerät der Sicherheit; klar, das verstand sich eigentlich von selbst, aber erst jetzt gab es jemand offen zu. Und daß die Sicherheitsleute sein Zimmer passieren mußten, war auch nicht dazu angetan, in aller Ruhe schlafen zu können.

Jago machte an der Tür kehrt und ließ ihn allein und im Dunkeln zurück. Er legte den Morgenmantel ab, schlüpfte unter die Felle, lauschte angestrengt und starrte auf den spärlichen Feuerschein von nebenan, den Schattenwurf an der Wand und die schimmernden Glasaugen der Trophäe überm Bett.

Die anderen meinen: alles in Ordnung, kein Grund zur Sorge – Bren adressierte seine Gedanken an den Tierkopf. Warum auch nicht? Es war eine Adresse wie jede andere, ein Wesen dieser Welt, das sich im irren Todeskampf gegen seine Verfolger zur Wehr gesetzt hatte und ohne Erbarmen, aus schierer Lust an der Jagd erlegt worden war; es blieben ja schließlich noch jede Menge Artgenossen übrig, die draußen im Dickicht wild und selber mitleidslos ihr Dasein fristeten, perfekt angepaßt an ihre Umwelt, von der Natur ausgestattet mit einem harten Sinn für Dominanz und Selbstbehauptung, frei von sentimentalen Gefühlen.

Wen kümmerte es, daß dieses eine Exemplar in seinem Kampf um Selbstbehauptung schließlich Stärkeren unterlegen gewesen war und jetzt an der Wand hing, einem närrischen Menschen zur Gesellschaft, der studierend und Wissen in sich reinfressend alles daran gesetzt hatte, der Beste seines Fachs zu sein.

Das war geschafft, das mußte doch ausreichen, um in einer Nacht wie dieser beruhigt schlafenzugehen. Was trieb ihn denn sonst noch um? Daß er als Paidhi im Alter von sechsundzwanzig Atevijahren versuchte, die Gesellschaft, in der er lebte, zu humanisieren, war doch ein hoffnungsloses Unterfangen. Daran waren doch alle seine Vorgänger schon gescheitert.

In Shejidan, das nur eine Flugstunde von Mospheira entfernt war und wo pünktlich zweimal die Woche Post für ihn eintraf, da hatte er mit sich und seiner Arbeit noch halbwegs zufrieden sein können. Da hatte es noch so ausgesehen, als sei er auf dem besten Weg, Freundschaft zu schließen mit Tabini.

Von wegen Freundschaft – ein eitler Wunschgedanke, der ihn blindlings in Scherereien tappen ließ, die es auch in Shejidan für den Paidhi gab, und das nicht zu knapp.

Und jetzt war er hier, ohne zu wissen warum und wie lange noch, in Gesellschaft mit Banichi und Jago, denen nicht zu entlocken war, was er von Tabini erfahren hatte, nämlich ein wenig emotionale Resonanz. Mit ihm hatte er lachen können und Melonen zerschossen. Tabini hatte sein Talent als Schütze gelobt und ihm auf die Schulter geklopft – behutsam, denn menschliche Knochen waren ja so zerbrechlich. Tabini hatte bei ihm ins Schwarze getroffen; offenbar kannte er seinen Paidhi und wußte, worauf bei ihm abzuzielen war, daß er einen Schwachpunkt hatte, nämlich ein Bedürfnis nach Zuneigung. Da war er zu packen. Wer dieses Bedürfnis zu füttern verstand, konnte ihn um den Finger wickeln.

Bren spürte einen Kloß im Hals, jenen Knoten aus Gefühlen, die der Vernunft im Wege standen. Schon oft hatte er sich gefragt, ob er sich jemals würde anpassen und taugliche Arbeit leisten können. Wilson, sein unmittelbarer Vorgänger, war, obwohl wie alle Paidhiin auf Lebzeit verpflichtet, nicht länger im Amt zu halten gewesen und vom Kontrollausschuß zurückgezogen worden, gegen den ausdrücklichen Willen von Tabinis Vater, dem damals amtierenden Aiji. Im ersten Monat nach seiner Rückkehr nach Mospheira hatte Wilson drei Herzattacken gehabt. Er war am Boden zerstört und verbittert und nicht in der Lage gewesen, Bren, der ihn oft besucht und um Rat gefragt hatte, einen nützlichen Hinweis zu geben.

Der Kontrollausschuß sprach davon, daß Wilson ausgebrannt sei. Bren versuchte, diese Diagnose zu berücksichtigen in seinem Urteil über Wilson, den er ansonsten für ein Miststück hielt. Er, Bren, hatte schon damals einige Male für Wilson einspringen müssen. Das war während der letzten beiden Regierungsjahre von Valasi gewesen, einem unangenehmen Kerl, genauso muffig und reizbar wie Wilson. Zu Tabini aber, Valasis Sohn und Nachfolger, hatte Bren auf Anhieb einen Draht gefunden und sich große Hoffnungen auf die Zukunft gemacht. Darum mochte er auch nicht glauben, daß sich Wilson verausgabt hatte und darum so merkwürdig geworden war. Vielmehr glaubte er, daß dessen psychische Störungen auf eine charakterliche Disposition zurückzuführen waren. Als er Wilson einmal gefragt hatte, was er von Tabini halte, bekam er zur Antwort: »Der ist nicht anders als der schäbige Rest.«

Er hatte Wilson nicht leiden können, Tabini dagegen von Anfang an gemocht, hatte es als einen Fehler angesehen, daß ein so arroganter, vorurteilsbeladener Mann wie Wilson zum Paidhi bestellt worden war.

Ängstlich lag er nun da, voller Zweifel an seinen Möglichkeiten als Paidhi und an seiner vermeintlich guten Beziehung zu Tabini. Er sah sich in der gleichen Lage wie Wilson, alleinstehend, ohne Kinder, ohne Liebschaft, und auch Barb würde auf Mospheira früher oder später jemand anders finden, denn das Leben war zu kurz, um an einer Zufallsbekanntschaft festzuhalten, die nur gelegentlich vorbeischaute und deren Gesicht immer ausdrucksloser wurde, als würde ihm ein Nerv nach dem anderen gezogen.

Er könnte den Dienst quittieren und nach Hause zurückfahren. Er könnte Barb bitten, ihn zu heiraten.

Aber vielleicht wollte sie gar nicht. Vielleicht wollte sie den Zustand beibehalten: keine Fragen, keine Verpflichtung, kein Wälzen von Problemen, ab und zu traumhaft schöne Wochenenden in luxuriösen Hotels und schicken Restaurants. Er wußte nicht, was Barb wirklich wollte oder dachte. Er kannte sie nur im Rahmen ihrer kurzen, flüchtigen Begegnungen. Es war keine Liebe, nicht einmal enge Freundschaft. Und wie stand es um die anderen, mit denen er befreundet gewesen war? Er hatte sie samt und sonders aus den Augen verloren, wußte nicht, wie es ihnen ging und wo sie jetzt wohnten.

Seit nun schon einer Woche hatte er keine Gelegenheit gefunden, Deana Hanks zu informieren, geschweige denn zu bitten, ihn zu vertreten, damit er mal für eine Weile würde ausspannen können, vielleicht mit dem Ergebnis, daß er sich dazu entschlösse, den Krempel ein für allemal hinzuwerfen … um am Ende nicht wie Wilson dazustehen, der nach dreiundvierzigjähriger Amtszeit nicht mehr vorzuweisen hatte als eine Sammlung neuer Wörter, ein halbes Dutzend Artikel in der Fachpresse und einen Rekord an Vetos gegen das transmontane Straßenprojekt. Keine Frau, keine Familie und nur einen Lehrstuhl an der Uni in Aussicht, den er nicht ausfüllen konnte, weil er mit Studenten nicht zu kommunizieren verstand.

Wenn er aus dieser Sache heil herauskäme, würde er, Bren, einen Aufsatz schreiben, einen Aufsatz über die »Schnittstelle« zwischen Menschen und Atevi, über sein Gespräch mit Jago und darüber, warum Wilson mit seinem Gesicht, seiner Art und der Einstellung, die er vertrat, keinen vernünftigen Unterricht hatte geben können.

Er zuckte vor Schreck zusammen, als ein greller Blitz aufzuckte, unmittelbar gefolgt von ohrenbetäubendem Donner.

Die Kanone, in die schlüge nicht selten der Blitz ein, hatte Jago gesagt.

Zitternd lag er da mit zerrütteten Nerven. Das war alles zuviel für ihn, das Gewitter, die beklemmende Nacht, das Grübeln darüber, warum er hier sein mußte, warum Tano auf Schatten schoß, obwohl doch angeblich nur ein defekter Transformator zu inspizieren war.

Verdammt, Jago, was sind das für Schatten, auf die

Tano angelegt hat? Schatten, die mit dem Flugzeug gekommen und unbemerkt durch die Maschen eures ach so engen Sicherheitsnetzes geschlüpft sind?

Verdammt noch mal, Jago ...

VI

»Das war ja eine aufregende Nacht«, sagte die Aiji-Mutter. »Ich hoffe, Sie haben trotzdem schlafen können, nand' Paidhi.«

»Ein wenig.«

Ilisidi schmunzelte und blickte zum Fenster hinaus. Noch immer tropfte nach dem Regen Wasser vom Balkongeländer. Hinter den Bergen war die Sonne aufgegangen, und der Nebeldunst überm See leuchtete auf. Mit ausgebreiteten Flügeln aus dünner Haut warf sich ein echsenartiges Ungetüm von der Felswand in den See und tauchte mit Beute zwischen den Klauen wieder auf.

»Diese Räuber nehmen langsam überhand«, sagte Ilisidi. »Sie versetzen unsere Mecheiti in Angst und Schrecken. Dennoch bringe ich es nicht über mich, ihre Nester zerstören zu lassen. Sie waren eher hier als wir. Was denkt der Paidhi darüber?«

»Der Paidhi ist ganz Ihrer Meinung.«

»Ach ja? Glauben Sie wirklich, daß diejenigen, die zuerst hier waren, einen natürlichen Besitzanspruch auf ihren Lebensraum haben?«

Kaum hatte er zweimal an der Tasse genippt – vom garantiertermaßen harmlosen Tee – und einen Bissen Brot verzehrt, schon ging die Alte zum Angriff über.

Bren dachte kurz nach, schwankte zwischen Zustimmung und Wortklauberei. Dann sagte er: »Ich bin wie Sie der Meinung, daß die Kette des Lebens nicht unterbrochen werden sollte. Die Ausrottung dieser Art wäre ein Verlust für Malguri.«

Ilisidi musterte ihn aus ihren blassen Augen. Ihr Blick war so ausdruckslos wie der von Banichi. Was sie von Brens Antwort hielt, war ihr nicht anzumerken.

»Das sind Banditen«, sagte sie.

»Aber unersetzlich.«

»Geschmeiß.«

»Gegenwärtiges baut auf Vergangenem auf und bildet die Grundlage für Zukünftiges.«

»Schädlinge, aber wie gesagt: Ich will, daß sie erhalten bleiben.«

»Der Paidhi stimmt Ihnen zu. Wie wird die Art genannt?«

»Wi'itkitiin. So klingt auch der Schrei, den sie ausstoßen.«

»Wi'itkitiin.« Er sah ein zweites Exemplar ins Wasser tauchen, ein Wesen aus Schuppen und Federn. Ob es je etwas Ähnliches auf der Erde gegeben hat? fragte er sich. »Gibt es andere Tiere, die solche Laute von sich geben?«

»Nein.«

»Ein Grund mehr, diese Art zu schonen.«

Ilisidi preßte die Lippen aufeinander. Es schien, als versuchte sie, sich ein Lachen zu verkneifen. Sie schwieg für eine Weile und beschäftigte sich mit dem, was auf ihrem Teller war: Getreidebrei und dünne Scheiben Frühstücksfleisch.

Bren tat es ihr gleich. Er wollte sie nicht stören beim Nachdenken und auch das vorzügliche Essen nicht kalt werden lassen. Auf offenem Feuer zubereitet, hatte Cenedi geantwortet auf Brens Frage, wie denn ohne Strom zu kochen sei. Das Gestampfe, das nach Jagos Worten vom Notstromaggregat verursacht werde, hatte im Laufe der Nacht plötzlich ausgesetzt. Vielleicht war der Treibstoff verbraucht oder die Maschine kaputtgegangen. Das Kraftwerk hatte hoch und heilig versprochen, den Schaden so schnell wie möglich zu beheben. Wie es hieß, war auch ein Teil von Maidingi vom Strom abgeschnitten, und dessen Versorgung wiederherzustellen hatte Priorität.

Vorläufig mußten auf der Burg die vorhandenen Feuerstellen für erträgliche Temperaturen und warme Speisen sorgen. In den Fluren und da, wo das Licht der Fenster nicht ausreichte, brannten Kerzen. Die Aiji-Mutter hatte den Frühstückstisch draußen auf dem Balkon decken lassen. Bren war froh, seine dicke Jacke angezogen zu haben. Von seiner Teetasse stiegen Dampfschwaden auf, so kühl war es, aber angenehm, sehr viel angenehmer als die drückend schwülen Nächte, die zu dieser Jahreszeit in der Hauptstadt herrschten.

Bei all den Kerzen zwischen alten Mauern und dem Duft brennenden Holzes wähnte sich Bren um Jahrhunderte zurückversetzt, und es hätte ihn nicht gewundert, wären Galeeren unter heraldischen Segeln am dunstverhangenen Rand des Sees aufgetaucht.

Der Schrei eines Wi'itkiti hallte von den Felsen wider, und er sah den Raubvogel übers Wasser gleiten.

»Was geht dem Paidhi durch den Kopf? Irgendein weiser, einsichtsvoller Gedanke?«

»Ich dachte gerade an Schiffe und an Feuerholz und daran, daß Malguri im Grunde unabhängig ist und sich selbst versorgen kann.«

Die Aiji-Mutter spitzte die Lippen und führte eine Hand unters Kinn. »Tja, mit gut hundert Bediensteten, die die Wäsche machen, Holz sammeln und Kerzen ziehen, kämen wir hin. Dazu wären allerdings weitere fünfhundert vonnöten, um die Äcker zu bestellen und Wild zu jagen, damit diese, die Wäscherinnen, Holzfäller und Kerzenzieher genügend zu essen haben. Ja, durchaus, dann wären wir unabhängig. Abgesehen von den Kunstschmieden und Kopisten, deren Dienste wir dann und wann in Anspruch nehmen müßten, ganz zu schweigen von den Söldnern und Kanonieren für den Fall, daß wir uns zu verteidigen haben gegen Räuber, die sich auf unsere Kosten unabhängig zu machen ver-

suchen. Glauben Sie mir, Nadi, Malguri ist ans Strom-
netz angeschlossen, auch wenn es zur Zeit nicht danach
aussieht.« Sie nahm einen Schluck Tee, setzte die Tasse
ab und winkte mit ihrer Serviette Cenedi herbei, der
sich an der Tür in Bereitschaft hielt.

Bren glaubte, das Frühstück sei beendet, und erhob
sich, doch Ilisidi deutete in Richtung der Terrassen-
treppe.

»Kommen Sie mit!« sagte Ilisidi.

Darauf war Bren nicht gefaßt gewesen. »Ich bitte um
Verzeihung, aber die Sicherheit verbietet mir ...«

»Verbietet? Unerhört! Hat da mein Enkel irgendwas
verfügt, hinter meinem Rücken?«

»Nein, nichts dergleichen, bitte glauben Sie mir.«

»Na, dann sollen Ihre vorzüglichen Wachen doch mal
beweisen, wie gut sie sind.« Sie rückte ihren Stuhl zurück. Cenedi eilte herbei und reichte ihr den Krückstock. »Kommen Sie. Ich zeige Ihnen den Rest von Malguri. Es wird Ihnen gefallen.«

Was sollte er bloß tun? Die Alte war ihm nicht feindlich gesinnt. So hoffte er jedenfalls, und er wollte sie
sich auch nicht zur Feindin machen. Tabini, verdammt,
hatte ihn hierher unter das Dach seiner Großmutter ver-
schickt. Banichi war wegen der Einladung verärgert, die
er, Bren, ohne Rücksprache mit ihm angenommen hatte.
Und jetzt blieb dem Paidhi keine Wahl, es sei denn, er
sank stöhnend zu Boden und markierte auf krank – was
ihm der ohnehin schon gebeutelte Koch krumm nehmen könnte.

Der Alten zu folgen war gewiß unverfänglicher. Banichi würde ihm wahrscheinlich nichts anderes raten.
Also ging er mit Ilisidi, angeführt von Cenedi und gefolgt von vier Leibwachen, treppab über eine zweite
und dritte Terrasse hinunter in einen gepflasterten, von
Mauern umringten Hof und weiter durch eine Art
Zwinger in den rückwärtigen Bereich der Burganlage.

Je weiter sie sich vom Ausgangspunkt entfernten,

desto mulmiger wurde ihm. Banichi und Jago werden mich steinigen, dachte er.

Sie bewegten sich auf eine Pforte zu, gegen die von der anderen Seite gehämmert wurde, wie es schien. Als Cenedi einen der beiden Flügel öffnete, wurde ein wildes Kreischen laut, das Bren aus Machimi-Spielen kannte, aus so unmittelbarer Nähe aber noch nie gehört hatte.

Ein Mecheita, dachte er bestürzt. Die Äquivalentiker auf Mospheira würden sagen: Pferd.

Aber mit einem Pferd war dieses dunkle und mit langen Hauern bewehrte Ungetüm kaum zu vergleichen, abgesehen von dem Umstand, daß es von den Atevi als Reit- und Zugtier benutzt wurde. Es wehrte sich gegen den Zugriff der Diener, warf den Kopf hin und her und drohte dabei mit seinen furchterregenden Stoßzähnen, die durch Goldkappen an den Spitzen entschärft worden waren. Glitzernde Perlen steckten in Zaumzeug und Mähne.

Bren hielt sich zurück, doch Ilisidi ging an Cenedi vorbei in den Stall, gefolgt von ihren Wachen, deren Anzahl unterwegs auf sieben angewachsen war. Bren versuchte sich klarzumachen, daß seine Furcht unangemessen war, doch als er sich ein Herz faßte und auf die Pforte zutrat, wurde ihm wieder einmal mit aller Deutlichkeit bewußt, wie klein und schutzlos er war in dieser atevisch dimensionierten Welt, zumal er nun den Eindruck hatte, um Jahrhunderte zurückversetzt zu sein, angesichts der Alten, die ihm, obwohl hinfällig und kurz vor dem Sterben, an Mut und Kraft bei weitem überlegen war und von der gleichen unheimlichen Dunkelheit wie dieses erschreckende Tier, dem sie ihre knöcherne Hand entgegenstreckte.

Er sah, wie das Mecheita den riesigen Kopf senkte, der Alten aus der Hand fraß und dann mit den Lippen nach ihren Fingern schnappte, verspielt, wie es schien, und vorsichtig auf jede Bewegung der Alten reagierend, mit einer Sensibilität, die ihm Bren nicht zugetraut hatte. Er fühlte sich genarrt und in seinem Schrecken vor diesem scheinbar wilden, aber im Grunde zahmen Tier veralbert.

»Kommen Sie näher«, sagte Ilisidi und klopfte mit der Hand auf die Kruppe des Mecheita.

Bren kannte das Spiel. Es war nicht das erste Mal, daß seine atevischen Gastgeber versuchten, ihn der Lächerlichkeit preiszugeben. Sei's drum, dachte er bei sich und trat mit pochendem Herzen herbei. Die Alte würde ihn schon zurückhalten, wenn er tatsächlich in Gefahr geriete, räsonierte er und langte zögernd mit der Hand aus.

Neugierig reckte das Tier den Hals – und schreckte zurück, nicht weniger nervös als Bren.

»Nur zu«, sagte Ilisidi. »Keine Angst, Paidhi. Er hat schon lange keine Finger mehr gefressen.«

Bren holte tief Luft und streckte erneut die Hand aus. Vorsichtig näherte sich das Tier. Schnuppernd gingen die Nüstern auf und zu, und Bren erinnerte sich gelesen zu haben, daß Mecheiti über einen ausgeprägten Geruchssinn verfügten. Der Tierkopf war so lang wie sein Arm von Schulter bis Fingerspitze, der Rumpf so groß, daß er die ganze Pforte ausfüllte. Das Tier wurde mutiger und betastete die Hand mit der empfindlichen Oberlippe. Die goldbewehrten Stoßzähne kamen ihm bedrohlich nahe.

Auf der Nase hatte es einen kleinen knochigen Höcker, nackt, grau und von glatter Oberfläche. Die tastende Lippe kräuselte sich und wurde lang. Vorwitzig beschnüffelte das Tier die dargebotene Hand und zuckte mit den Ohren. Es schien nicht ungehalten darüber zu sein, daß Bren ihm kein Naschwerk reichte.

Rauh wie eine Raspel war die Zunge, die zunächst zaghaft, dann aber mit hautabschürfender Lust über seine Finger schleckte. Bren war entzückt und begeistert darüber, in dieser Welt einem Wesen zu begegnen, das ihm so unverhohlene Neugier entgegenbrachte und offenbar keinen Anstoß nahm am fremden Geruch des Menschen.

Schließlich nahm es sich die Freiheit heraus, sein Gesicht zu beschnüffeln. Abwehrend warf Bren die Arme hoch, und unversehens lag er auf dem Boden.

»He!« rief Ilisidi und packte das Tier beim Halfter. »Sie dürfen ihm nicht vor die Nase stoßen, nand' Paidhi. Das gefällt ihm nicht. Nicht wahr, Babs?« Und dann: »Es tut ihm leid, daß er Sie von den Beinen geholt hat.«

Er stand auf. Den Kopf hatte er vorm Aufprall auf den Boden schützen können, nicht so den Rücken. Er klopfte den Staub aus den Kleidern und streckte erneut die Hand nach dem Mecheita aus. Er wollte sich seine Verlegenheit nicht anmerken lassen und überhörte das schadenfrohe Kichern der Alten.

»Ich schlage vor, Sie nehmen Nokhada. Die ist gutmütig und leicht zu führen.«

»Nehmen? Führen? Wozu, Aiji-mai?«

»Ich will Ihnen doch Malguri zeigen«, antwortete Ilisidi, als habe er sein Einverständnis längst gegeben. Sie gab Cenedi ihren Krückstock, raffte den Saum des Kleides und klapste Babs auf die Schulter, worauf das Tier in den Vorderläufen einknickte und zu Boden ging. Von einem Diener unterstützt, stieg die Alte in den Sattel. Babs richtete sich wieder auf, geschmeidig und elegant wie in formvollendeter Gebärde. Reiterin und Mecheita ragten hoch über Bren auf und verdunkelten den Raum mit ihrer schwarzen Silhouette, die der wilden Vergangenheit Malguris entsprungen zu sein schien.

Aus einem Stall jenseits des Hofes wurden weitere Mecheiti herbeigeführt, ein schwarzer Pulk aus Dienern und Reittieren für jeden einzelnen derer, die die Aiji-Mutter und Bren begleiteten.

»Verzeihen Sie«, fing Bren zu stammeln an, als Cenedi den Dienern per Handzeichen bedeutete, eines der Tiere für den Paidhi herbeizuschaffen und zu satteln. »Daraus wird nichts. Ich kann nicht reiten und möchte Sie daran erinnern, daß ich zu meinem Schutz hierher geschickt worden bin. Im übrigen müßte ich zuerst Rücksprache nehmen mit meinen Leibwächtern …«

Wie ein Berg rückte Nokhada vor ihn hin und versperrte den Ausblick auf die Burgmauern. Cenedi nahm aus den Händen des Dieners die Zügel entgegen und sagte: »Bitte, halten Sie still; sie muß Ihren Geruch aufnehmen. Und stoßen Sie ihr nicht vor die Nase. Darauf reagiert sie ungestüm, was trotz der gekappten Zähne gefährlich werden könnte.«

Das Mecheita reckte den Hals, schnupperte an Brens Hand und an seiner Kleidung, fuhr ihm leckend mit der rauhen Zunge übers Gesicht und senkte den schweren Kopf auf seine Schulter. Bren sprang zurück, doch im selben Moment warf das Tier den Kopf zur Seite, und der blanke Hauer prallte ihm mit solcher Wucht vor die Schläfe, daß er Sterne sah. Während Cenedi das Tier im Zaum hielt, machten sich zwei Diener daran, ihn, Bren, in den Sattel zu hieven, ungeachtet seiner wütenden Proteste.

»Keine Angst, nand' Paidhi«, versuchte Cenedi zu beruhigen. »Treten Sie mit dem Fuß hier in den Bügel. Da passiert nichts.«

»Verdammt, ich sagte doch, ich kann nicht reiten!«

»Es ist nichts dabei. Halten Sie sich einfach an den Sattelringen fest. Die Zügel brauchen Sie nicht. Nokhada wird Babs auf Schritt und Tritt folgen.«

»Wohin?« wollte er wissen. »Wohin soll's gehen?«

»Auf einen kurzen Ausritt in die nähere Umgebung. Kommen Sie. Ich verspreche Ihnen, auf Sie aufzupassen. Es kann nichts passieren.«

Sollte er Cenedi einen Lügner nennen? Es gab für ihn keinen Weg zurück. Unmöglich, sich jetzt noch aus der Affäre stehlen zu wollen. Cenedi hatte versprochen, daß nichts passierte, und war nun verantwortlich für seine

Sicherheit. Dafür bürgte er mit seinem Leben. Banichi würde ihn zur Rechenschaft ziehen, falls dem Paidhi ein Unfall zustieße.

Und wenn schon, falls er sich den Hals bräche, würde aus Mospheira in kürzester Zeit Ersatz für ihn eintreffen.

»Sie tragen die Verantwortung«, sagte Bren an Cenedi gewandt und nahm die Zügel in die Hand. »Tabini-Aiji hat sich für mich stark gemacht und eine Absichtserklärung unterzeichnet. Ich nehme an, Sie wissen, was vergangene Nacht vorgefallen ist.«

Dem Beispiel der Alten folgend, klopfte Bren dem Tier auf die Schulter, um es vorn in die Knie gehen zu lassen. Nokhada gehorchte, und kaum hatte Bren seinen Fuß in den Steigbügel gesetzt, packten die Diener von hinten zu und bugsierten ihn in den Sattel. Ehe er sich versah, stand Nokhada wieder auf den Beinen und machte so unvermittelt eine Kehrtwende, daß Bren seitlich herabrutschte – in die Arme der herbeigeeilten Diener.

Nur selten lachen Atevi laut. Doch Ilisidis Kichern war unüberhörbar. Vor Wut zitternd, ließ sich Bren von Cenedi die Zügel geben, als Nokhada zu ihm zurückgeführt worden war. Das Tier schien genauso verunsichert zu sein wie der ihm aufgebürdete Reiter.

»Schön brav. Wir wollen uns doch nicht lumpen lassen«, flüsterte Bren und tätschelte die Flanke, um das Mecheita erneut in die Knie zu bitten. »Sie müssen fester schlagen«, sagte Cenedi und versetzte dem Tier einen derben Hieb.

Im zweiten Anlauf trat Bren in den Steigbügel; zum zweiten Mal hievten ihn die Diener in den Sattel.

Diesmal war Bren auf der Hut. Er hielt die Sattelringe gepackt, als Nokhada aufsprang und sich in Bewegung setzte.

»Zügel lockern, Zügel lockern, nand' Paidhi!«

Er hörte das brüllende Lachen der Alten, hielt sich

krampfhaft an den Sattelringen fest und ließ die Zügel durch die Hände gleiten. Nokhada schüttelte sich und lief im Kreis umher.

Mittlerweile waren auch die anderen aufgesessen. Der Troß setzte sich in Bewegung. Tätschelnd versuchte Bren Freundschaft mit Nokhada zu schließen, die nun um die Achse ihrer Hinterläufe kreiste, den Kopf zur Seite gereckt und offenbar interessiert an seinem rechten Fuß, den Bren vor den schnappenden Lippen in Sicherheit zu bringen versuchte.

Als Babs, von der Alten angetrieben, wie ein Schatten vorbeiflog, sprang Nokhada mit dem Schwung aus einer letzten Umdrehung voran und zerrte seinem Reiter die Zügel aus den Händen. Geduckt und an den Ringen festgeklammert, sah Bren aus den Augenwinkeln die Hofmauern vorbeiwischen, einen Torbogen und eine steinerne Rinne neben Treppenstufen, die durch eine Pforte in der Wehrmauer ins Freie führten.

Die Burg thronte auf einer steil abfallenden Klippe über dem See. Bren sah Ilisidi und Babs kurz vor der Kante auf einen Reitweg einschwenken und zerrte am Zügel, was ihm Nokhada übel zu nehmen schien, denn sie brach in entgegengesetzter Richtung aus und tanzte bedrohlich nahe am Abgrund.

»Lassen Sie vom Zügel ab, nand' Paidhi!« rief jemand von hinten. Dann kam Cenedi herangeritten und drängte Nokhada noch weiter auf die Klippe, worauf das Tier den Kopf senkte und mit den Hinterläufen austrat.

Ilisidi war auf halber Höhe stehengeblieben und schaute sich wartend um. Nokhada folgte dem Pulk und hielt schnaubend an, als sie zu den anderen Reitern aufgeschlossen hatte, die sich um die Aiji-Mutter gruppierten. Bren fiel ein Stein vom Herzen.

»Na, wie klappt's denn, nand' Paidhi?« erkundigte sich die Alte.

»Ganz gut«, log er und atmete tief durch.

»Für einen Anfänger empfiehlt es sich, von der Steilküste Abstand zu nehmen«, sagte sie, was wohl nur als Scherz zu verstehen war. »Können wir weiter? Nehmen Sie die Zügel zwischen Daumen und Zeigefinger, nand' Paidhi. Ganz sacht. Nokhada braucht keine harte Hand.«

Ilisidi setzte ihr Mecheita in Bewegung. Nokhada folgte wie an einer unsichtbaren Schnur, ging jedes Tempo mit. Zwei Wachen ritten vorneweg, die anderen bildeten die Nachhut.

An Cenedi gewandt, der sich an seiner Seite hielt, sagte Bren: »Jemand hat mich umzubringen versucht.« Er wollte ihm gegenüber klarstellen, daß seine Angst nicht von ungefähr kam. »In Shejidan. Unter dem Dach des Aiji. Ich nehme an, Banichi hat Sie davon in Kenntnis gesetzt, und hoffe, daß Sie die Gefahr ernst nehmen.«

»Wir sind unterrichtet«, antwortete Cenedi.

Na also, man wußte Bescheid. Trotzdem hatte Ilisidi darauf bestanden, daß er sie begleitete auf einen Ausritt vor die Burgmauern und auf Nokhadas Rücken Kopf und Kragen riskierte. Diese Bedenkenlosigkeit schien in der Familie zu liegen, auch Tabini hatte einen Hang dazu. Dennoch und trotz der Versicherung Cenedis, daß er nichts zu befürchten habe, beschlich Bren das ungute Gefühl, daß seine Feinde selbst hier in seiner Zuflucht auf ihn lauerten, daß er womöglich bereits mitten unter ihnen war.

Aber Banichi hätte, wenn dies tatsächlich der Fall wäre, längst Gefahr gewittert. Er schien Cenedi voll und ganz zu vertrauen, und Cenedi hatte ihm, Bren, Sicherheit garantiert.

Plötzlich und für Bren völlig überraschend senkte Nokhada den Kopf, um das Geläuf zu beschnüffeln. Bren fand, daß sie sich einen denkbar ungünstigen Moment dafür ausgesucht hatte, und zerrte an den Zügeln. Das Tier blieb kurz stehen, beleidigt, wie es schien, schritt aber dann wieder voran, die Nüstern am Boden.

»Sie hat eine Fährte aufgenommen«, sagte Cenedi. Sein Mecheita schnupperte ebenfalls in der Spur, so auch Babs weiter vorn. »Lassen Sie sie gewähren, nand' Paidhi. Sie tut es Babs gleich, und der hat die Führung.«

»Was soll das heißen?«

»Er ist Mecheit'-Aiji«, antwortete er. Bren erinnerte sich an Fernsehsendungen über die Jagd, an den sagenhaften Spürsinn der Mecheiti in der Verfolgung entflohener Vier- oder Zweibeiner. Er erinnerte sich daran, von Babs und auch von Nokhada beschnüffelt worden zu sein, und dachte beklommen: Das hier ist kein Fernsehfilm, kein gestellter Vorgang.

Und ihm wurde bewußt, daß er das verfluchte Mecheita, auf dem er saß, durch nichts davon abhalten konnte, Ilisidi zu folgen, egal wohin sie Lust hatte zu reiten.

Babs hob den Schweif und rannte plötzlich drauflos, vom Pfad ab und quer über den Hang nach oben. Wie auf Kommando sprengten Nokhada, Cenedis Reittier und all die anderen hinterdrein, als säße ihnen der Teufel im Nacken. Nokhada war besonders schnell auf den Beinen; sie ließ Cenedi und den Rest hinter sich zurück. Bren war hilflos; ihm blieb nichts anderes übrig, als sich krampfhaft an den Sattelringen festzuhalten.

Weiter vorn klaffte eine tiefe Rinne, aus der sich Schlamm gelöst hatte und ins Tal gerutscht war. Babs hielt unbeirrt auf den Graben zu und setzte mit vollem Schwung darüber hinweg.

Mein Gott, dachte Bren und sah sich im Geiste schon blutend am Boden liegen, von den nachfolgenden Mecheiti überrannt. Er duckte sich, hielt mit aller Kraft an den Ringen fest und setzte all seine Hoffnung darin, daß er als Mensch nur eine geringe Last für Nokhada sei. Mit stampfenden Hufen rannte sie quer über den Hang – sie würde es schaffen, keine Frage. Er spürte, wie die Hinterläufe Tritt faßten, wie sich die Schultern aufbäumten.

Und dann hatte er den Eindruck zu schweben. Instinktiv warf er den Oberkörper zurück, um gleich darauf wieder nach vorn geschleudert zu werden, so ruckartig, daß er wuchtig mit dem Gesicht in Nokhadas Nacken prallte.

Nokhada hatte wieder festen Boden unter den Läufen, die ihr rhythmisches Stampfen fortsetzten. Etwas weiter vorn sah er den dunkeln Rumpf von Babs in fliegendem Galopp nach links ausscheren und dann wieder nach rechts; er verfolgte etwas, das braun und weiß dicht vor ihm herrannte. Nokhada sprengte geradeaus, den übrigen Mecheiti voran, die donnernd den Boden erbeben ließen.

Ein Schuß krachte, abgefeuert von Ilisidi. Das, worauf sie angelegt hatte, rollte und rutschte Staub aufwirbelnd den Hang hinab.

Babs blieb stehen. Johlend rückten die Wachen auf ihren Reittieren an, die schnaubend und mit angelegten Ohren nervös auf der Stelle weitertrabten, erregt von der Jagd und dem Geruch von Schießpulver in der Luft.

Bren spürte, daß ihm die Lippe aufgeplatzt war. Er preßte die Hand vor den Mund und sah eine der Wachen auf die erlegte Beute zureiten. Alle gratulierten Ilisidi zu ihrer großartigen Schützenleistung. Wirklich beachtlich, dachte Bren. Er zitterte am ganzen Leib. Die Lippe schwoll bereits an. Die Innenschenkel krampften schmerzhaft, waren wund und geschunden, und der Schweiß trat ihm aus allen Poren.

»Na, wie geht es dem Paidhi?« fragte Ilisidi, sichtlich zufrieden mit ihrem Erfolg.

»Ich bin noch da, Nai-ji«, antwortete er unwirsch. »Was ich nicht mir, sondern dem Mecheita verdanke.«

»Haben Sie sich verletzt, nand' Paidhi?«

Sie hatte wirklich die gleiche Art wie Tabini, gab sich jetzt besorgt.

»Ihr Nacken und mein Gesicht sind aufeinanderge-
prallt.«

»Zu weite Vorlage«, erklärte sie, warf den Zügel
herum und preschte los, den Hügel hinauf. Bren warf
einen Blick über die Schulter und sah, wie die Wache
das Beutetier vom Boden hievte.

Was Bren in Fernsehübertragungen von Machimi-
Spielen gesehen und für dramatische Übertreibung gehalten hatte, zeigte sich hier bestätigt. Mecheiti waren
blutrünstige Bestien, die, wenn man sie gewähren ließ,
flüchtiges Wild mit ihren Stoßzähnen zerfleischten. Nur
das nicht, dachte er unter dem Eindruck der entsetz-
lichen Vorstellung davon, im Staub zu liegen, schutzlos
ausgeliefert diesen Hufen, diesen Stoßzähnen, die in
Kriegszeiten von ihren stumpfen Goldkappen befreit
wurden.

Dem Versprechen Cenedis, daß er in Sicherheit
sei, traute Bren immer weniger. Er erinnerte sich, von
Babs, dem Mecheit'-Aiji, beschnüffelt worden zu sein,
und dieser, für das Tier fremde, einzigartige Geruch
würde seinem Spürsinn auf immer verhaftet sein,
wahrscheinlich sogar dem Gemeinsinn des Artenver-
bandes – wenn man den Experten Glauben schenken
konnte, die behaupteten, daß nicht nur die Atevi, sondern auch das ganze Tierreich verbandsmäßig organi-
siert war.

Politik. Vierbeiner-Politik. Biologen und Verhaltens-
forscher auf Mospheira hatten entsprechende Phänomene am Beispiel vieler Arten feststellen können,
doch keine reichte an diese Mecheiti heran, diese Alles-
fresser, die im Rudel jagten und niedermachten, was
ihnen in die Quere kam.

Bren konnte seine Beine kaum mehr bewegen. Er zitterte am ganzen Leib. Adrenalin, dachte er.

Die Jagd, der Schuß, das ganze Drumherum waren
ihm zuviel. Alles drängte in gleicher Intensität und un-
gefiltert auf seine Sinne ein wie bei einem Irren, der, von

233

Reizen überflutet, durchdreht und nicht mehr ein noch aus weiß.

Derjenige, der die Beute geborgen hatte, überholte ihn und den Troß auf diagonalem Hanganstieg. Hinterm Sattel hing schlaff und quer zur Kruppe seines Mecheita ein kleines, zierliches Tier mit baumelndem Kopf und großen Augen, ähnlich denen der Trophäe an der Wand, aber ganz und gar nicht wütend, sondern sanft und verwundert. Aus der schwarzen, feingeformten Nase tropfte Blut. Nein, mit der Aiji-Mutter zu Abend zu essen kam für Bren nicht in Frage.

Er hatte seine Fleischgerichte lieber verarbeitet, zu einem Würstchen etwa, das das geopferte Geschöpf nicht mehr erkennen ließ. Tabini sprach in diesem Zusammenhang von einer moralischen Fehlhaltung. Was er, Bren, Zivilisation nannte, bezeichnete Tabini als Illusion. Er würde sagen: Sie essen Ihr Fleisch unzeitgemäß, in Mißachtung natürlicher Rhythmen. Sie essen, was nie frei umherlaufen konnte. Und das soll zivilisiert sein?

Der Troß ritt eng beieinander. Erneut beglückwünschten alle die Aiji-Mutter zum Jagderfolg. Ilisidi sagte, daß man nun, da fürs Essen gesorgt sei, den Ausritt genießen möge.

Bei langsamerer Gangart, hoffte Bren. Die Beine taten ihm weh, und als er versuchte, einen bequemeren Sitz auf dem ungewohnten Sattel einzunehmen, trat er aus Versehen Nokhada in die Flanke, worauf sie zur Seite hin ausbrach und bergab stob. Bren hatte große Mühe, sie abzufangen und auf den Weg zurückzuführen.

»Nand' Paidhi?« rief Cenedi.

»Wir kommen«, antwortete er. Mit ›wir‹ meinte er vor allem Nokhada. Das Tier hatte seinen eigenen Willen und brachte den unmißverständlich zum Ausdruck mit angelegten Ohren und selbstbestimmter Gangart.

»Was ist passiert?« wollte Cenedi wissen, als Bren zu ihm aufgeschlossen hatte.

»Das müssen wir noch unter uns klären«, murmelte

Bren. Doch Cenedi sah Veranlassung zu einem kurzen Nachhilfeunterricht und erinnerte: mit den Füßen lenken, mit den Zügeln Aufmerksamkeit verlangen und notfalls zur Ordnung zwingen. Nur ja nicht vor die Nase stoßen und nicht in den Nacken fallen. Ein Tritt in die linke Flanke führt nach rechts, in die rechte nach links. Ein leichtes Zupfen am Zügel bringt das Tier auf Trab. Wenn es langsamer gehen soll, fester ziehen. Und treten Sie ein Mecheita niemals in die Rippen.

»Sind die Steigbügel in der richtigen Länge?« fragte Cenedi.

»Um ehrlich zu sein, Nadi, ich habe keine Ahnung.«

»Sagen Sie Bescheid, wenn die Beine zu krampfen anfangen.«

Zur Zeit fühlten sich die Beine wie Gummi an, was Bren auf seine Angst und die Erschöpfung der Muskulatur zurückführte. Er war solche Strapazen nicht gewöhnt.

Cenedi scherte vom Pulk aus und führte sein Mecheita steil bergan, der Steilküste entgegen. Ab und zu und ohne einen Schritt auszulassen senkte es den Kopf, um den Boden zu beschnuppern. Immer wieder hob es auch die Nüstern in den Wind, ständig darauf bedacht, eine Witterung aufzunehmen. Wirklich bemerkenswert diese Fähigkeit.

Cenedi hatte sein Tier erstaunlich gut im Griff. Als er den Höhengrat vor den Seeklippen erreichte, hielt er an und winkte die anderen herbei. Nokhada hängte sich an die Fersen von Babs, der, von Ilisidi angespornt, den Hang hinaufjagte.

Verdammt, dachte Bren, dem diese Gangart entschieden zu schnell war, doch er wagte es nicht, an den Zügeln zu zerren, zumal das Geläuf hier aus losem Schotter bestand, und überall lagen dicke Felsbrocken, auf die zu stürzen fatale Folgen hätte.

»Entschuldigung!« rief er denen zu, die hinter ihm zurückblieben. »Ich kann nichts dafür, Nadiin.« Er hörte ihr lautes Lachen im Rücken.

Immerhin lachten sie. Damit kam Bren besser zurecht als mit unterschwelligen Ressentiments.

Es bestand offenbar tatsächlich eine klare Rangordnung unter den Mecheiti, die jedes Tier befolgte. Ilisidi, Cenedi und all die anderen wußten natürlich, daß dem so war, daß Nokhada, ungeachtet der Wünsche seines Reiter, ihrem ›Aiji‹ Babs nachrannte, durch Dick und Dünn. Und sie hatten ihren Spaß daran, während er, Bren, mit geschwollener Lippe und malträtierten Beinen hilflos im Sattel hing. Immerhin war er noch nicht gestürzt und nach wie vor erfolgreich in seinem Bemühen, den Spott der anderen zu ertragen. Das hatte er am Hofe Tabinis gelernt.

Bloß nicht kneifen vor der Herausforderung. So war es nun mal, daß Atevi jeden Fremden auf die Probe stellten, um herauszufinden, welchen Platz er in der Ordnung der Dinge einnahm. Und eine solche Prüfung vollzog sich immer beiläufig; beiläufig kam auch das Urteil zustande: Der ist ein Narr oder einer mit Führungsqualitäten. Bren war auf keine dieser Rollen erpicht, wollte von Ilisidi und Cenedi weder verhöhnt noch gefürchtet werden.

Kleine Witzeleien auf seine Kosten konnte er verkraften und selbst belachen, wodurch er den anderen zu verstehen gab: Ich ahne sehr wohl, warum ihr mir ausgerechnet Nokhada untergeschoben habt. Dem hohen Besuch aus Tabinis Stab ein hochrangiges Mecheita, das seinem Aiji treu ergeben ist – und dem ungeübten Reiter das Fürchten lehrt, wenn er versucht, von der ihm zugewiesenen Position im Pulk abzurücken oder der Anführerin Ilisidi die Stirn zu bieten.

Ihn demütigen? Wenn es ihr darum ginge, hätte Ilisidi nur mit ihrer Reitgerte zu schnalzen brauchen. Und wenn schon, wenn hier auf diesem halsbrecherischen

Geläuf nur sein Stolz einen Knacks bekäme, würde er von Glück reden können.

Es schien allerdings, als habe er die Prüfung bestanden. Cenedi hatte ihm über das Links, Rechts, Vorwärts und Halt genügend beigebracht, um einen Narren in Schwierigkeiten zu bringen oder einen halbwegs gescheiten Mann davon abzuhalten. Seine Ungeschicklichkeit beim Aufsitzen im Hof und am Rand der Klippen war wohl weniger brenzlich gewesen als im ersten Schrecken angenommen. Möglich, daß die Alte den Paidhi gern hätte stürzen sehen. Doch sie wäre wohl kaum bereit gewesen, ein so edles Tier wie Nokhada deswegen in Gefahr zu bringen oder gar zu opfern.

Wer weiß? Bren war sich nicht schlüssig. Die Überdosis im Tee mußte als kalkulierte Botschaft verstanden werden, und gewiß hatte Ilisidi ihre Hand mit im Spiel gehabt. Doch es schien, als bedauerte sie, einen Schritt zu weit gegangen zu sein und dem atevitypischen *Bihawa* nachgegeben zu haben, jenem aggressiven Impuls, Fremde auf die Probe zu stellen. Der Tee-Test war danebengegangen und hatte auf beiden Seiten Schaden angerichtet. Und den galt es nun wiedergutzumachen.

Auch für Bren. Nachdem er die Einladung zum Frühstück angenommen hatte, war es ihm schlechterdings unmöglich gewesen, den gemeinsamen Ausritt zu verhindern. Das würde auch Banichi zugeben müssen.

Jetzt, da er seinen Platz in der Reitgesellschaft der Aiji-Mutter gefunden hatte, hoffte er, die Sonne und den phantastischen Ausblick auf die Berge unbekümmert genießen zu können.

Sie ritten durch hohes, windzerwühltes Gras. Gelbe Blumen säumten den Klippengrat hoch oben über dem See. Die Luft duftete nach aromatischen Kräutern, nach geöltem Zaumzeug und herbem Mecheitischweiß. Von alledem fühlte sich Bren erinnert an seinen Ausflug nach Taiben, wo Tabini ihm das Schöne und Interessante an der Jagd und der Pirsch nahezubringen versucht hatte.

An diese Erfahrung knüpfte er nun wieder an, so unmittelbar, daß alles andere vergessen schien, Angst, Blamage und die Bedrohung an Leib und Leben, die ihn hierher verschlagen hatte, zweitausend Meilen von Mospheira entfernt, in diese beeindruckend schöne Gegend, die vor ihm kein Mensch gesehen hatte. Die Mecheiti aus den Machimi-Spielen waren hier so echt und wirklich wie der Staub, die Blumen und die Sonne.

Noch nie in seinem Leben – nicht einmal in Taiben – hatte er eine solche Stille wahrgenommen, wie sie hier auf dem Lande herrschte; nein, nicht Stille war es, sondern das völlige Fehlen von maschinellen Geräuschen, die er in der Stadt Tag und Nacht zu hören gewöhnt war. Statt dessen drangen Laute an sein Ohr, auf die er so noch nie geachtet hatte: das Sausen des Windes, das Knarzen von Leder; die metallenen Teile am Zaumzeug klirrten, Kieselsteine knirschten unter den Hufen, und das Gras wisperte. Was er in Shejidan nie zur Kenntnis nahm, wurde ihm hier als Nichtvorhandenes bewußt: das Sirren der Starkstromleitungen, die monotone Geräuschkulisse einer Stadt.

Tief unten, perspektivisch verkleinert, lag Malguri. Dieser Blick auf die Burg war gewiß nur wenigen vergönnt. Weit und breit war keine ausgebaute Straße, kein Schienenweg und keine Behausung zu erkennen.

Bren verlor sich in der Zeit. In seiner Vorstellung sah er Szenen aus Machimi-Spielen, im Wind flatternde Banner, Heerscharen, die Festung belagernd und zum Sturm bereit, Verrat und Hinterhalt, Assassinen innerhalb der Mauern, deren Einsatz weniger verlustreich war als eine offene Schlacht.

Auch die Typen solcher Stücke waren festgelegt und immer ähnlich: der ahnungslose Aiji, der die Gefahr hätte erkennen müssen, die aus einem uralten Konflikt neu erwachsen ist; sein Gegenspieler, der zum Kampf ruft; und der Assassine, dessen Man'chi im unklaren bleibt. Man hört das Knattern der Fahnen im Wind, das Klirren und Klacken schwerer Rüstungen ... Vergangenheit, Atevigeschichte, die in Machimi-Spielen und im Fernsehen wachgerufen wurde.

Bren war gefangen von der Atmosphäre, von der Suggestionskraft und Vielfalt der Eindrücke, die ihm eine Erfahrung von Wirklichkeit vermittelten, zu der es in Shejidan oder Mospheira keinen Vergleich gab.

In hundert Jahren würde es diese Welt so nicht mehr geben, denn Zukunft war nicht mehr allein Sache der Atevi, seit ihnen von Mospheira Eisenbahnen und Kommunikationssatelliten zur Verfügung gestellt wurden und Flugzeuge, die so hoch und so schnell über das Land hinwegdüsten, daß es seinen Passagieren unmöglich war, Malguri auszumachen, jenen Ort, an dem die rein atevische Geschichte zu Ende ging.

»Haben Sie sich mit Banichi abgesprochen, Nadi?« fragte er Cenedi, der an seiner Seite ritt. »Ich möchte nicht in eine Falle tappen, die zur Sicherheit installiert worden ist.«

Cenedi warf ihm einen flüchtigen, ausdruckslosen Blick zu. »Das möchten wir auch nicht.«

Typisch, diese Antwort. Wenig hilfreich und beliebig auslegbar. Sollte der Paidhi nichts wissen von den getroffenen Sicherheitsvorkehrungen? Oder hatte Cenedi selbst keinen Überblick?

Die beiden Männer, die gleich nach dem Aufbruch vorausgeritten waren, hatten nichts von sich hören oder sehen lassen. Wahrscheinlich waren sie jenseits der Anhöhe. Aber Babs wußte ihre Spur zu lesen, so auch Nokhada, die immer wieder die Nüstern zu Boden senkte. Bren hatte sich inzwischen darauf eingestellt, daß sie ab und zu ruckhaft die Richtung wechselte oder einen Schritt zulegte.

Mecheiti ließen sich nicht von ihrer Fährte abbringen oder gar in die Irre führen. Das mußte auch jedem Assassinen bekannt und eine Warnung sein, dachte Bren.

Und alles sprach dafür, daß der Stromausfall auf Malguri durch einen Blitzschlag verursacht worden war, zumal anscheinend ein Teil der Ortschaft im Tal auch davon betroffen war.

Ilisidi hatte gefragt, ob er trotz der Unruhen in der Nacht gut geschlafen habe ... nein, von einer ›aufregenden Nacht‹ war die Rede gewesen.

Worauf hatte sie angespielt? Auf den Stromausfall? Oder auf den Schuß und Tanos nervösen Finger am Abzug?

Weder Banichi noch Jago hatte erkennen lassen, ob er oder sie über den geplanten Jagdausflug im vorhinein informiert gewesen waren. Entweder hatten sie nichts davon gewußt oder darauf vertraut, daß er sich als Paidhi richtig zu verhalten wisse.

Tabini, der die Aiji-Mutter besser kannte als irgendein anderer, hatte ihm den Rat gegeben, im Umgang mit Ilisidi diplomatisch zu sein.

Ilisidi zügelte ihr Mecheita und hielt vor einer abschüssigen Strecke Wegs an. »Von hier«, sagte sie und deutete mit ausgestrecktem Arm ringsum, »können Sie drei Provinzen sehen: Maidingi, Didaini und Taimani. Wie finden Sie mein Land?«

»Wunderschön«, antwortete er ehrlich.

»Mein Land, nand' Paidhi.« Ilisidi sagte nichts ohne Hintergedanken.

»Ihr Land, Nai-ji. Ich gestehe, daß ich ungern nach Malguri gekommen bin. Jetzt bin ich froh, hier zu sein. Wo hätte ich sonst Gelegenheit gehabt, ein Wi'itkiti mit eigenen Augen zu sehen oder auf einem Mecheita zu reiten?« Im Moment stimmte er dem, was er äußerte, innerlich zu; er genoß es, seine Aufpasser Banichi und Jago für eine Weile abgeschüttelt zu haben und befreit zu sein von den einengenden Verpflichtungen, die ihm als Paidhi auferlegt waren. »Aber Banichi wird mich umbringen, wenn ich zurückkehre.«

Ilisidi sah ihn von der Seite an; ihre Mundwinkel zuckten.

Atevi nahmen immer alles wörtlich. »Das meine ich natürlich nur im übertragenen Sinn, Nai-ji«, fügte er hinzu.

»Sie vertrauen meinem Enkel, nicht wahr?«

»Sollte ich zweifeln, Nai-ji?« Die Frage war zwar an die richtige Adresse gestellt, doch eine verläßliche Antwort war von ihr nicht zu erwarten. Wem ihr Man'chi galt, schien niemand so recht zu wissen. Auch nicht Banichi und Jago, denn sonst hätten sie ihn darüber aufgeklärt.

Nun, gleiches traf auf Tabini zu. Das war bei allen Aijiin der Fall. Ob sie ein Man'chi hatten, blieb ein Geheimnis.

»Tabini ist ein zuverlässiger Bursche«, sagte Ilisidi. »Jung, sehr jung. Glaubt, daß sich durch Technik alles bewältigen läßt.«

Bren wußte nicht recht, was er von dieser Bemerkung halten sollte. »Verzeihen Sie, aber das trifft so nicht zu, Nai-ji.«

»Ist es nicht so, daß der Vertrag jegliche Einmischung in unsere Angelegenheiten verbietet?«

»Allerdings.« Verflixte Wendung. Das Gespräch stand auf der Kippe. »Dazu stehe ich, oder habe ich Ihnen etwa einen gegenteiligen Eindruck vermittelt? Wenn ja, wodurch? Bitte, sagen Sie's mir.«

»Hat mein Enkel Ihnen denn etwas Derartiges gesagt?«

»Ich schwöre Ihnen, Nai-ji, wäre mir von ihm Einmischung vorgeworfen worden, hätte ich mich sofort zurückgenommen.«

Schweigend setzte sie ihr Mecheita in Bewegung und ritt weiter. Bren folgte auf gleicher Höhe und hatte Zeit darüber nachzudenken, ob er in den diversen Ratsversammlungen etwas gesagt oder gefordert hatte, was als Einmischung interpretiert werden könnte.

»Bitte, Aiji-ji, nehmen Sie kein Blatt vor den Mund. Haben Sie Einwände gegen das, was ich vertrete?«

»Was für eine seltsame Frage«, erwiderte Ilisidi. »Warum sollte ich darauf antworten?«

»Weil mir daran gelegen ist, Ihre Bedenken, wenn Sie denn welche haben, zu erfahren und verstehen zu lernen – nicht um dieses Wissen gegen Sie zu verwenden; im Gegenteil, ich will Ihre Interessen kennenlernen, um sie respektieren zu können. Übrigens, ich darf Sie vielleicht daran erinnern, daß unsereins auf den Einsatz von Assassinen verzichtet. So etwas kommt für uns nicht in Betracht.«

»Für uns aber, und sei es, daß Sie, der Paidhi, in Ihrer Position unangefochten bleiben.«

Er kannte dieses Argument, hatte es oft genug von Tabini gehört. Ach, wie gern würde er sich jetzt mit ihm unterhalten können. Er war der einzige weit und breit, der auf seine Fragen Antwort gab.

Wie so oft in den Stunden seit seiner Ankunft auf Malguri fühlte er sich wieder einmal völlig fehl am Platz. Soeben noch hatte er sich erfreut an Natur und Panorama, doch jetzt zweifelte er wieder an sich und seinen Möglichkeiten, erkannte, wie isoliert er war.

»Verzeihen Sie meine Frage«, sagte er zu Ilisidi. »Aber der Paidhi weiß nicht immer richtig einzuschätzen, in welchem Verhältnis er zu Ihren Angelegenheiten steht. Ich wünschte, daß Sie eine gute Meinung von mir haben, Nai-ji.«

»Was hoffen Sie, als Paidhi bewirken zu können?«

Mit dieser Frage hatte er jetzt nicht gerechnet, war aber vorbereitet, da er darauf schon oft bei anderer Gelegenheit hatte antworten müssen. »Atevi und Menschen einander näherzubringen auf dem Weg technologischen Transfers und in einem für beide Seiten gangbaren Tempo.«

»Das ist mühsam und langwierig, vorgegeben durch den Vertrag. Seien Sie weniger bescheiden. Sagen Sie mir doch lieber, auf welche großartige Leistung Sie am Ende Ihres Lebens zurückblicken möchten. Was für ein segensreiches Erbe möchten Sie als weiser Mensch den Atevi hinterlassen?«

Trotz ihrer ironischen Formulierung versuchte er die Frage ernst zu nehmen. »Ich weiß nicht.«

»Wie, der Paidhi weiß nicht, was er will?«

»Ich weiß nicht, was im Blick auf ferne Zukunft möglich ist, und darum beschränke ich mich darauf, Schritt für Schritt zu planen.«

»Was ist Ihr ehrgeizigster Plan?«

»Der Ausbau der Schienenwege.«

»Unsinn. Wir haben die Eisenbahn erfunden. Die Menschen können sich allenfalls ein paar Verbesserungen zugute halten.«

Zugegeben, aber die Dampflokomotiven und Dampfschiffe der Atevi waren äußerst dürftige Maschinen gewesen und deren Kessel in erschreckender Regelmäßigkeit explodiert.

»Was sonst noch, Paidhi? Mondraketen? Sternreisen?«

Jetzt wurde es heikel. »Ja, durchaus, es wäre schön, wenn ich noch erleben könnte, daß die Atevi die Schwelle zur Raumfahrt überschreiten. Denn dann ist in der Tat unendlich viel möglich. Aber wir sind uns noch allzusehr im unklaren über die Konsequenzen. Die sorgsam abzuschätzen und entsprechend zu beraten sehe ich als meine Aufgabe an, Nai-ji.« Es war das erste Mal, daß er sein Amt so definierte. »Wenn wir die Welt von oben sehen, verändert sich alles.«

»Was denn zum Beispiel?«

Wieder so eine heikle Frage; sie zielte auf kulturelle und philosophische Belange. Er schaute auf den See hinaus und den von Bergen eingegrenzten Horizont.

»Mit zunehmender Höhe verändert sich die Perspektive auf die Welt. Von unserem Standort aus sehen wir drei Provinzen. Was nicht zu erkennen ist, sind die durch Verträge festgelegten Grenzen.«

»Und ob. Die Gebirgskette und der Fluß sind sehr wohl erkennbar.«

»Aber angenommen, dieser Berg da wäre so hoch, daß er bis an den großen Mond reichte, und Sie würden auf seiner Spitze wohnen; könnten Sie dann die Grenzen ausmachen, und wenn ja, würden diese für Sie das gleiche bedeuten wie für all jene, die unten im Tal leben?«

»Ein Man'chi ist auch nicht fürs Auge sichtbar und bleibt trotzdem von entscheidender Bedeutung, so wie eine Grenzlinie, über deren Verlauf sich Aijiin geeinigt haben.«

Mit dieser Antwort hatte er gerechnet. Von Tabini wären ähnliche Worte zu hören gewesen. Daß Atevi in Grundsatzfragen so berechenbar reagierten, befriedigte Bren.

»Nun gut, daran würde sich also nichts ändern«, sagte er. »Auch nicht, wenn Sie auf dem höchsten aller Berge stünden.«

»Ein Man'chi bleibt bestehen«, bekräftigte Ilisidi.

»Selbst dann, wenn Sie diese Welt jahre-, jahrzehntelang aus den Augen verlieren.«

»Selbst wenn ich in der Hölle landen würde. Aber das versteht ein Mensch wohl nicht.« Babs legte einen Schritt zu und entfernte sich ein wenig. Doch schon bald hatte Nokhada wieder Anschluß gefunden.

Auch das war Thema der Machimi-Spiele: das katastrophale Ereignis, wodurch alles, was man für wichtig erachtet hat, auf den Kopf gestellt wird, aber so, daß Wahrheit zum Vorschein kommt und geklärt wird, was Man'chi im wesentlichen bedeutet.

Es schien, als wartete Ilisidi auf einen Kommentar zu ihrer Bemerkung. Bren fiel auf die Schnelle nichts Gescheites ein, aber um sie nicht zu enttäuschen, sagte er: »Zugegeben, die Menschen haben sich zu Anfang schwer getan und die Ansichten ihrer Gastgeber nicht zu würdigen gewußt. Aber unsereins ist genausowenig verstanden worden. Und so kam es zu diesem schrecklichen Krieg.«

»Ursache für den Krieg war die Besitznahme Mospheiras und die Vertreibung Tausender von Atevi, die sich nicht zur Wehr setzen konnten, weil die Menschen überlegene Waffen hatten«, entgegnete Ilisidi streng, aber ohne Groll. »War es nicht töricht von Ihnen, diese Überlegenheit preiszugeben und uns aufzurüsten mit Ihrer Technologie? Wozu das alles?«

Er hörte diese Frage nicht zum ersten Mal. Sie war den Atevi nach wie vor ein Rätsel und dazu angetan, Argwohn zu schüren. Es gab nur eine Antwort darauf, und die war unübersetzbar: Wir hofften darauf, eure Freundschaft zu gewinnen.

Statt dessen half er sich mit der gängigen Formel aus: »Wir sahen die Möglichkeit, uns mit den Atevi zu verbünden, und rechneten mit ihrem Wohlwollen, der uns zum Vorteil gereichen würde hier in dieser Welt, wohin uns das Schicksal verschlagen hatte.«

»Sie wollen uns einreden, was besser für uns sei, Straßen oder Schienen, entscheiden nach eigenem Gutdünken, worauf wir verzichten sollen. Sie versprechen uns wahre Wunder. Aber wie ich höre, bleiben die größten Wunder für Mospheira reserviert, wo es jede Menge Annehmlichkeiten gibt, die uns vorenthalten bleiben. Zum Beispiel geteerte Straßen.«

»Die gibt es doch auch auf dem Festland, zahlreicher als bei uns.«

»Aber in welchem Verhältnis? Das Festland ist tausendmal größer als Mospheira. Seien Sie doch ehrlich, nand' Paidhi.«

»Das Problem sind die Verbrennungsmotoren. Aber bald wird es auch hier Fahrzeuge geben, die andere Antriebsmöglichkeiten nutzen.«

»Wann? Ich werde das wohl nicht mehr erleben.«

»In dreißig Jahren vielleicht. Vielleicht eher. Für den Bau solcher Fahrzeuge müssen geeignete Industrieanlagen eingerichtet und Rohstoffe bereitgestellt werden. Und bevor es dazu kommen kann, müßten die einzelnen Bündnisse und Provinzen zur Kooperation bereit sein. Es gilt, die Interessen aller zu berücksichtigen und zu harmonisieren. Ich brauche Ihnen nicht zu sagen, wie schwierig das ist.«

Ilisidi lachte, kurz und bitter. Ihr schwarzes Profil stand wie ein Schattenriß vor der diesigen Kulisse der Landschaft. Wortlos ritten sie nebeneinander her. Der Wind zauste in der Mähne Nokhadas. Er kam sich vor wie eine halbe Portion auf dem Rücken dieses kräftigen Mecheita, das gezüchtet worden war, um Atevi in den Kampf zu tragen.

»Da hinten liegt der Flughafen«, sagte Ilisidi und zeigte mit dem Finger geradeaus.

Hinter einem Vorsprung im Gelände war eine Ansammlung von Häusern zum Vorschein gekommen, die Ortschaft Maidingi, wie es schien. Unweit davon entfernt, erstreckte sich ein flaches Feld, auf das vom Berg herab eine Straße zuführte.

»Ist das Maidingi?« fragte er, obwohl die Antwort auf der Hand lag. Ilisidi bestätigte, was offenkundig war.

Sie machte ihn des weiteren auf andere Ansiedlungen im Tal aufmerksam, nannte einzelne Landkreise und Bergspitzen jenseits des Sees beim Namen, so auch manche Pflanzen, die hier beheimatet waren.

Doch er schweifte in Gedanken ab, zurück in die Geschichte dieser Region, wovon er in den Büchern aus seiner Unterkunft gelesen hatte; er sah die Burg unter Belagerung der verbündeten Feinde von der anderen Seite des Sees. Malguri hatte über Jahrhunderte den Angriffen aus dem Osten getrotzt. Fliegende Fahnen, Kanonenrauch …

Fang nicht an zu romantisieren, hatte ihm sein Vorgänger eingeschärft; keine Schwärmereien, keinen

Wunschvorstellungen nachhängen. Scharf beobachten und sachlich berichten, darauf kommt's an, davon hängt letztlich unser aller Leben ab.

Davon und von seiner Fähigkeit, die eine Seite über die andere präzise aufzuklären und zwischen beiden zu vermitteln.

Bren aber dachte: Zur Aufklärung gehört das Studium der Geschichte, doch die haben wir ausgeblendet, auf Vergeßlichkeit gesetzt und sie, die Atevi, darin unterstützt, Abstand zu nehmen von ihrer Vergangenheit zugunsten einer Zukunft nach unserer Vorstellung.

Sie ritten dicht an die Steilküste heran. An der fernen Südspitze des Sees zogen schon wieder dunkle Gewitterwolken auf und entluden grelle Blitze in schiefergraues Wasser. Doch die Sonne über dem Bergkamm im Osten ließ das Wasser vor den Ufern Malguris glänzen wie poliertes Silber. Ein Wi'itkiti sprang kreischend aus seinem Horst in der Felswand, während sein Partner mühsam und unter Einsatz seiner Flügelkrallen daran emporkletterte – ein strapaziöser Akt, aber für diese Art unumgänglich, da sie nicht aufwärts fliegen konnte.

Wi'itkitiin lebten auch in Shejidan. Die Wände der hohen Häuser am Park waren so gestaltet, daß diese Tiere daran emporklimmen und dort ihre Nester bauen konnten. Atevi hatten ein Faible für diese ungelenken Flieger, die so viel Mut und Ausdauer bewiesen, den Sprung in die Tiefe riskierten, ungeachtet der Gefahren und Mühen beim Wiederaufstieg.

Gefährliche Räuber in der Luft und leichte Beute am Boden.

Der Pfad endete hier. Ilisidi schwenkte davon ab und lenkte Babs über eine steile, steinige Böschung talwärts. Bren folgte.

Nach einer Weile passierten sie grasüberwuchertes Ruinengemäuer. Cenedi erklärte, daß hier die Burg Tadiiri – das hieß Schwester – gestanden habe, eine einst wehrhafte und mit Kanonen bespickte Festung.

»Und wodurch ist sie zu Fall gekommen?« fragte Bren.

»Es kam zum Streit mit Malguri«, antwortete Cenedi. »Und dann war da noch ein Faß Wein im Spiel, das dem Aiji von Tadiiri oder seinem Hof nicht bekam. Ziemlich ungeschickt eingefädelt die ganze Sache. Von Biichi-gi keine Spur.«

Diese Bemerkung brachte Bren endlich die Gewißheit, daß Cenedi die gleiche Funktion ausübte wie Banichi und Jago. Jetzt erklärte sich auch, warum Cenedi auf seine, Brens, Teevergiftung so verlegen reagiert und den unglücklichen Zufall als persönliche Schlappe empfunden hatte.

»Danach brach offener Kampf aus«, fuhr Cenedi fort. »Tadiiri wurde zerstört. Die Kanonen an der Einfahrt zu Malguri sind Beutestücke aus jener Zeit.«

Bren hatte sie für Attrappen gehalten, für museale Dekoration. Er wußte nur wenig über diese Dinge. In der Geschichte der Atevi hatten Kanonen nie eine große Rolle gespielt. Krieg wurde in der Regel mit anderen Mitteln geführt, klammheimlich und mit List. Es drohten nicht hochgerüstete Armeen, sondern Hinterhalt und Meuchelmord. Dagegen war schwere Artillerie wehrlos.

Und da ritt er nun in Begleitung Ilisidis und deren Leibwache, während diejenigen, die ihm Tabini zum Schutz an die Seite gestellt hatte, außen vor blieben.

War dieses Arrangement womöglich eine Art Manöver, ein Winkelzug, eine verschlüsselte Demonstration von Macht und Stärke?

Banichi und Cenedi sprachen miteinander, ließen auch zu, daß der eine dem anderen ins Gehege kam. Allerdings war Banichi verärgert darüber gewesen, daß Bren die Einladung angenommen hatte, die rückgängig zu machen unmöglich wäre, wie Banichi gesagt hatte. All das gehörte vielleicht zur atevischen Dramaturgie der Bewältigung einer vertrackten Situation, nämlich der zwischen Tabini und seiner Großmutter. Vielleicht sollte Banichis Autorität in diesem Haus auf die Probe gestellt werden.

Womöglich würde man ihn, Bren, in Frieden lassen, sobald der Konflikt zwischen Ilisidi und Tabini gelöst wäre.

Ja, hier war Diplomatie gefragt, dachte er bei sich, während Nokhada in die Spur zurückging, an ihren Platz hinter Babs.

Wer auf Malguri das Sagen hatte, war ihm nun restlos klar, und das schien auch Tabini zu respektieren, was an Banichis Verhalten deutlich wurde.

Wie dem auch sei, er fühlte sich jetzt ein wenig sicherer, geschützt von Ilisidis und Tabinis Garde gleichermaßen.

VII

Die Schreie der Mecheiti hallten durch den Burghof. Erst auf seine dritte Aufforderung hin knickte Nokhada in den Vorderläufen ein, um ihn absitzen zu lassen, aber wahrscheinlich, so dachte er, tat sie dies nicht auf Verlangen, sondern weil alle anderen Reittiere bereits zu Boden gegangen waren.

Er rutschte von der schweißnassen Flanke, und während er die Zügel zu richten versuchte, sah er den Kopf des Tiers herumfahren und an seinem Ärmel knabbern. Die Stoßzähne kamen ihm bedrohlich nahe, doch er hütete sich, Nokhadas Nüstern zu berühren. Dann hob sie den Kopf, schnupperte in der Luft und beklagte sich lauthals – oder vielleicht gefiel ihr auch der Widerhall der eigenen Stimme.

Zwei Stallburschen kamen, um sie wegzuführen. Bren hielt es für angemessen, sie mit einem Klaps auf die Schulter zu verabschieden, doch sie schnaubte bloß, riß ihm die Zügel aus der Hand und trottete in Richtung Stall.

Ilisidi sagte: »Nokhada steht Ihnen jederzeit zur Verfügung. Die Stallknechte sind angewiesen, dem Paidhi-Aiji behilflich zu sein.«

»Besten Dank«, antwortete er und massierte die schmerzenden Schenkel.

»Sie könnten noch ein bißchen Übung gebrauchen«, meinte sie, ließ sich ihre Krücke reichen und ging. Nach wenigen Schritten drehte sie sich noch einmal um und sagte: »Bis morgen zum Frühstück.« Und mit dem Stock fuchtelnd, fügte sie hinzu: »Keine Widerrede, nand' Paidhi. Sie sind mein Gast.«

Er verbeugte sich und kehrte im Gefolge aus Dienern und Wachen ins Haus zurück. Seine Lippe war stark angeschwollen, die Haut der rechten Innenhand aufgeschürft. Das Hinterteil schmerzte, und ihm graute davor, wie weh es erst morgen täte, wenn die Alte ihre Drohung wahrmachte und zu einem neuerlichen Ausritt aufforderte.

Auf demselben Weg, den sie gekommen waren, folgte er den anderen über die Stufen hinauf zum Balkon, auf dem er gefrühstückt hatte. Die Alte war vorausgegangen und kümmerte sich nicht mehr um ihn, was nicht etwa als Unhöflichkeit aufzufassen war. Sie hatte im Moment einfach kein Interesse daran, den Austausch mit einem Untergebenen fortzusetzen. Bren konnte sich nun frei bewegen, es sei denn, ein Bote käme, um ihm irgendeinen Auftrag zu erteilen.

Dem war nicht so. Er durchquerte den Eingangsbereich zu den Gemächern der Aiji-Mutter und ließ sich von beflissenen Dienern eine Tür nach der anderen öffnen und gutes *Baji* wünschen.

Auf kraftlosen, schmerzenden Beinen schleppte er sich durch die Gänge, müde, aber glücklich über die neugewonnenen Eindrücke. Er hatte die Landschaft kennengelernt, wunderschöne Ausblicke auf die Burg und die angrenzenden Provinzen genossen und sogar erfahren, was es mit der Kanone im Hof auf sich hatte – wo, wie er nun sah, mehrere Fahrzeuge parkten.

Vielleicht war, wie angekündigt, ein Service-Team des Kraftwerks eingetroffen, um den Transformator zu reparieren. Wie auch immer, Bren wollte nicht gesehen werden. Der Anblick des Paidhi würde unter hinterwäldlerischen Atevi für Befremden sorgen und Unruhe stiften. Er eilte, so schnell ihn die geschundenen Beine tragen konnten, in Richtung seiner Unterkunft.

Und stolperte geradewegs in eine Gruppe von Touristen, die durch die Burg geführt wurden.

Schreiend ging ein Kind hinter seinen Eltern in Deckung, die sich wie eine schwarze Wand vor ihm aufbauten und Bren aus weit aufgesperrten, gelben Augen entgegenstarrten, sichtlich entsetzt über das, was sie sahen: einen weißen Mann mit geschwollener Lippe und verstaubter Kleidung. Bren verbeugte sich entschuldigend und versuchte – ganz Paidhi, der er war – zu beschwichtigen.

»Willkommen auf Malguri«, sagte er. »Ich wußte nicht, daß Besucher hier sind. Es tut mir leid, Ihre Tochter erschreckt zu haben.« Nach Luft schnappend, verbeugte er sich ein zweites Mal. »Mit Verlaub, ich bin der Paidhi, Bren Cameron, stets zu Ihren Diensten. Es würde mich freuen, Ihnen einen Gefallen tun zu können …«

»Ich hätte gern eins dieser Bändchen«, meldete sich ein Junge. Es ging ihm offenbar um das Paidhi-Siegel.

»Damit kann ich leider nicht dienen«, antwortete Bren. Doch vom Burgpersonal meinte einer, daß er ein solches Band und auch Wachs besorgen könne, falls der Paidhi seinen Siegelring dabei habe.

Er saß in der Falle. Banichi würde ihm den Hals umdrehen.

»Entschuldigen Sie mich bitte«, sagte er. »Ich komme gerade aus dem Stall und müßte mir schnell mal die

Hände waschen. Bin gleich wieder da ...« Unter mehrmaligen Verbeugungen eilte er zur Treppe.

Auf der obersten Stufe stand Tano. Er hatte eine Pistole gehalftert, blickte merklich ungehalten auf ihn herab und gab ihm mit hektischer Handbewegung zu verstehen, daß er sich sputen solle. Bren hoffte, daß die Gäste unten in der Halle von dieser peinlichen Szene nichts mitbekommen konnten.

»Nand' Paidhi«, sagte Tano mit strenger Stimme. »Es war doch abgemacht, daß sie den Hintereingang benutzen.«

»Davon weiß ich nichts«, antwortete Bren. Er war wütend und mußte an sich halten. Wenn hier jemandem ein Vorwurf zu machen war, dann Banichi. »Ich muß mich waschen. Und den Leuten habe ich versprochen ...«

»Ich habe gehört, was Sie versprochen haben. Beeilen Sie sich, nand' Paidhi. Ich werde mich um die Bänder kümmern.«

Bren hastete an Tano vorbei, durch den Flur zurück in seine Wohnung. Zum Baden blieb jetzt keine Zeit. Er wusch sich flüchtig, zog frische Sachen an, strich mit parfümierten Händen durch die windzerzausten Haare und ordnete den Zopf.

Dann kehrte er nach unten in die Halle zurück, wo die Touristen wie zu einem Empfang der Reihe nach Aufstellung genommen hatten. Auf dem Tisch vor dem Kamin lagen Siegellack, Bänder und Autogrammkarten bereit – insgesamt an die dreißig Stück, willkommene Souvernirs für die angereisten Besucher, die den Paidhi mit verstohlenen Blicken bedachten und womöglich zum ersten Mal einen Menschen leibhaftig vor sich sahen.

An die Neugier Erwachsener war Bren gewöhnt. Gaffende Kinder machten ihm mehr zu schaffen. Sie wuchsen auf unter dem Einfluß von Machimi-Episoden über den Krieg. Manche zeigten sich verstört und ängstlich.

Andere wollten die Menschenhand berühren, um zu sehen, ob deren Haut auch echt sei. Ein Junge erkundigte sich danach, ob die Mutter des Paidhi dieselbe Hautfarbe habe. Ob er eine Waffe trage, fragte ein anderer.

»Nein, Nadi«, antwortete er. »Nichts dergleichen. Wir leben doch in Frieden miteinander. Ich wohne im Haus des Aiji.«

Einer der Väter wollte wissen: »Sind Sie auf Urlaub hier, nand' Paidhi?«

»Ja. Ich bin beeindruckt von der schönen Landschaft«, antwortete er und fragte sich im stillen, ob die Nachricht über den versuchten Mordanschlag auf ihn bis zu der Provinz durchgedrungen war, aus der dieser Mann stammte. »Ich lerne zu reiten.« Er träufelte Wachs auf Band und Karte und drückte sein Siegel auf. »Es gefällt mir hier sehr gut.«

Donner grollte. Besorgt schauten die Touristen zur Tür.

Bren beeilte sich, damit jeder an die Reihe kam, bevor, wie an jedem Tag, das Unwetter hereinbrechen würde, dessen Vorboten er von der Anhöhe aus am fernen Seeufer gesehen hatte. Der Mittsommer war hier, wie es schien, Regenzeit; wahrscheinlich kam Tabini deshalb, wenn überhaupt, nur im Herbst nach Malguri.

Strom gab es immer noch nicht. »Ganz wie zu alten Zeiten«, kommentierten die Besucher die kerzenbeleuchtete Düsternis. »So authentisch.«

Ihr müßtet erst mal die Badezimmer sehen, dachte Bren. Er sehnte sich nach einem Wannenbad, aber auf heißes Wasser würde er mindestens eine halbe Stunde warten müssen. Ihm war unbehaglich zumute. Auf dem harten Stuhl sitzen zu müssen, hatte ihm nach dem Ausritt gerade noch gefehlt. Wenn er die Beine streckte, spürte er jeden Muskel einzeln.

Ein kalter, feuchter Windstoß fegte durch die offene Tür und ließ die Kerzenflammen flackern. Siegellack spritzte auf die blankpolierte Tischplatte. Von den Dienern war keiner in erreichbarer Nähe; er hätte selbst aufstehen müssen, um die Türen zu schließen.

Jetzt waren nur noch zwei Touristen zu bedienen, ein älteres Ehepaar, das sich vier Karten wünschte. »Für die Enkelkinder, wenn der Paidhi so gütig wäre.«

»Keine Ursache.«

Die Gruppe der Besucher strebte nach draußen. Ein frischer Wind wehte ins Zimmer und vertrieb – wohltuend – den Geruch von Siegellack.

Er signierte zusätzliche Karten, drückte ihnen samt Band seinen Stempel auf und reichte sie dem alten Herrn, der ihm anvertraute, daß seine Enkel Nadimi, Fari, Tabona und Tigani hießen und daß Tigani gerade ihre ersten Zähne bekomme und daß sein Sohn Fedi ein Landwirt sei aus der Provinz Didaini. »Dürfte ich Sie photographieren?«

Bren stand auf, straffte die Schultern und lächelte in die Kamera, worauf auch andere ihren Apparat zückten, um eine Aufnahme von ihm zu machen. Es freute und ermutigte ihn, daß diese Touristen so zugänglich und aufgeschlossen waren. Selbst die Kinder schienen ihre anfängliche Scheu verloren zu haben. Abgesehen von den Audienzen in Shejidan, hatte er noch nie so engen Kontakt gehabt zu einfachen Leuten. Er geleitete sie in den Hof und zu den wartenden Kleinbussen, betont höflich und zuvorkommend, wie es sich für den Paidhi gehörte. Das alte Ehepaar wich ihm nicht von der Seite und erkundigte sich nach seiner Familie. »Nein, ich bin nicht verheiratet«, antwortete er. »Nein, daran habe ich noch nicht gedacht …«

Barb würde in der klosterhaften Umgebung des Paidhi vor Langeweile und Frustration umkommen. Sie würde ersticken in dem engmaschigen Sicherheitsnetz, das um Shejidan gelegt war – wenn man sie denn überhaupt dort einziehen ließe. Und außerdem … so sehr er sie auch nötig hatte, er liebte sie nicht wirklich.

Ein Junge kam herbeigelaufen, baute sich kerzengerade vor ihm auf und stellte fest: »Ha, ich bin genau so groß wie Sie«. Seine Eltern zerrten ihn weg und meinten, so etwas zu sagen sei sehr *insheibi*, flegelhaft und gefährlich. Sie entschuldigten sich und baten den Paidhi um die Gefälligkeit, sich mit ihnen ablichten zu lassen.

Nach Ateviart lächelnd, nahm er Aufstellung zwischen den beiden, wartete, bis die Kamera eingestellt und einem Dritten überreicht war, der nur noch den Auslöser zu drücken brauchte.

Andere wollten nicht nachstehen, und im Nu klickten ringsum die Verschlüsse etlicher Fotoapparate.

Plötzlich knallte es dreimal aus dem Hintergrund. Pistolenschüsse, unverkennbar. Bren erstarrte vor Schreck. Jemand packte ihn beim Arm und stieß ihn unsanft durch die Tür zurück ins Haus. Die Touristen schienen davon nichts bemerkt zu haben; sie eilten kreischend unters Vordach, um sich vor dem Regen zu schützen, der gerade mit Macht eingesetzt hatte.

Da krachte es nochmals. Die Touristen johlten.

»Rühren Sie sich nicht von der Stelle!« Es war Tano, der ihn in Deckung gezerrt hatte, wie Bren erst jetzt erkannte. Mit gezogener Pistole rannte sein Diener zurück in den Hof.

Bren riskierte einen vorsichtigen Blick nach draußen und sah neben der alten Kanone einen Mann auf dem Pflaster liegen. Auf dem Rasen dahinter kamen schwarze Gestalten herbeigelaufen, kaum zu erkennen im dichten Regenschauer. Einer der Busfahrer drängte die Touristen zur Eile und erinnerte daran, daß ein Mittagessen am See geplant und noch eine weite Strecke zurückzulegen sei.

Die Touristen stiegen in die Fahrzeuge. Um den Mann am Boden hatte sich eine Gruppe schwarz Uniformierter geschart. Bren glaubte, daß die Schießerei vorüber sei, und trat hinter der Tür hervor. Ein kühler Schwall schlug ihm entgegen. Tano kam zurückgerannt. »Gehen Sie rein, nand' Paidhi!«

Der erste Kleinbus war losgefahren; einige der Insassen winkten durchs Fenster heraus. Unwillkürlich winkte Bren zurück, hielt aber dann mitten in der Bewegung inne, verwirrt über sich selbst. Der Wagen fuhr an der Kanone vorbei die Auffahrt hinunter; der zweite folgte wenig später.

»Bitte, gehen Sie rein, nand' Paidhi«, wiederholte Tano. »Wir haben alles unter Kontrolle. Jeder glaubt, daß wir einen Machimi-Akt für die Touristen inszeniert haben.«

Bren zitterte vor Erregung und starrte nach draußen. »Wer ist das? Wer ist da erschossen worden?«

»Keine Ahnung, nand' Paidhi. Das wird sich rausstellen. Aber Sie können hier nicht stehenbleiben. Bitte, gehen Sie nach oben in Ihre Wohnung.«

»Wo ist Banichi?«

»Da hinten«, sagte Tano. »Es ist alles in Ordnung, Nadi. Kommen Sie, ich bringe Sie nach oben.« Tanos Taschen-Kom schnarrte. Er nahm das Gerät zur Hand, meldete sich und sagte: »Er ist hier bei mir.« Als die Antwort durchkam, glaubte Bren, Banichis Stimme erkennen zu können. Das Problem habe sich erledigt, sagte er verklausuliert.

»Was ist mit der Aiji-Mutter?« wollte Bren wissen, und er fragte sich, ob sie auf irgendeine Weise in die Sache verstrickt sei, unwissentlich oder gar in maßgeblicher Rolle.

»Ihr ist nichts passiert«, antwortete Tano und schob Bren mit leichtem Nachdruck vor sich her. »Machen Sie sich keine Sorgen, Nadi.«

»Wer ist der Tote? Hat er zum Personal gehört?«

»Das weiß ich nicht. Bitte, behindern Sie uns nicht bei der Arbeit.«

Bren ließ sich durch die düstere Halle und über die Treppe nach oben führen, aber das Bild des Toten auf den Pflastersteinen gleich neben der Kanone und dem Blumenbeet ging ihm nicht aus dem Sinn.

Und er dachte an den Alarm, den es in der voraufgegangenen Nacht gegeben hatte, an den Ausritt vor knapp einer Stunde; wie leicht hätten er, Ilisidi oder Cenedi Opfer eines Heckenschützen werden können ... Er erinnerte sich an jene Nacht in Shejidan, an die Erschütterung in den Händen, als er die Pistole abgefeuert hatte, und an Jago mit ihrem erschreckenden Hinweis auf die Blutspur vor der Terrassentür.

Ihm wurde übel vor lauter Entsetzen über den Alptraum, der sich nun zu wiederholen schien.

Tano ging zwei Schritte vor ihm her und öffnete die Tür zum Empfangszimmer seiner Wohnung, der Zuflucht, wo er sich geborgen fühlen konnte, wo ihn warme Luft empfing. Regen prasselte ans Fenster. Ein Blitzstrahl ließ es grell aufleuchten. Den Touristen stand eine ungemütliche Talfahrt bevor, und ob sie zu Mittag am See würden essen können, war mehr als fraglich.

In der Nacht hatte sich jemand aufs Gelände geschlichen, und dieser Jemand lag jetzt tot in der Auffahrt, gehindert an der Ausführung seiner Absichten.

Tano läutete nach den anderen Dienern und versprach Bren eine Kanne heißen Tee. »Ich würde gern ein Bad nehmen«, sagte Bren. Er hatte jetzt keine Lust, Djinana und Maigi zu begegnen. Er wollte, daß Tano bei ihm bliebe, traute sich aber nicht, ihn dazu aufzufordern, ihn oder die anderen, denen er vertraute, weil sie Tabinis Leute waren. Wenn er ihnen auf die Nerven ginge, würden sie sich noch mehr verschließen. Es waren schließlich nicht seine Gesellschafter, sondern Aufpasser, und Tano hatte deutlich zu verstehen gegeben, daß sie durch seine persönlichen Wünsche bei der Arbeit behindert würden. Nur zu, dachte Bren, nehmt eure Ermittlungen auf, sichert die Spuren vor dem Regen, verhört das Personal. Wie konnte die Person unbemerkt aufs Grundstück kommen? Hatte Banichi womöglich einen schrecklichen Fehler begangen und einen unschuldigen Touristen niedergeschossen, nur weil der sich ein paar Schritt weit von seiner Gruppe abgesondert hatte, um aus günstigem Blickwinkel die Burg zu photographieren?

In dem Fall wäre doch einer zu wenig in dem einen oder anderen Bus. Würde es nicht auffallen, wenn ein Platz leerbliebe? Oder war tatsächlich nur ein Machimi-Akt mit Schauspielern zur Unterhaltung der Touristen vorgeführt worden?

Djinana und Maigi ließen nicht lange auf sich warten. Sie halfen ihm aus den feuchten Kleidern und wollten wissen, wie das Frühstück mit der Aiji-Mutter gewesen sei. Auf die Touristen und das, was vorhin geschehen war, gingen sie mit keinem Wort ein.

Wo steckte Algini? fragte er sich. Gestern hatte er ihn, Tanos Partner, das letzte Mal gesehen. Oder war es vorgestern gewesen? Sein Zeitgefühl war seit der Abreise aus Shejidan völlig durcheinandergeraten.

Tano hatte keinen besorgten oder niedergeschlagenen Eindruck gemacht – was nicht viel besagte, da den Mienen der Atevi ohnehin kaum eine Regung abzulesen war. Sie zeigten nicht, was sie fühlten, wenn sie fühlten, und man konnte nicht …

Maigi forderte Djinana auf, den Boiler zu feuern, legte ihm, Bren, eine warme Decke um die Schulter und sagte: »Nehmen Sie Platz, Nadi. So kann ich Ihnen besser die Stiefel ausziehen.«

Bren ließ sich vorm Kamin in den Sessel fallen. Seine Hände waren eiskalt, so auch die Füße, die Maigi von den Stiefeln befreite. »Jemand ist getötet worden«, sagte er gereizt. »Wissen Sie das eigentlich?«

Maigi kniete vor ihm auf dem Teppich und wärmte Brens Füße, indem er sie kräftig massierte. »Darum kümmern sich die anderen. Sie sind sehr tüchtig.«

Damit meinte er wohl Banichi und Jago. Sehr tüchtig. Ein Mann war tot. Vielleicht hatte sich damit der Fall erledigt. Vielleicht würde er, Bren, morgen zurückfliegen, wieder am Computer arbeiten und seine Post entgegennehmen können.

Ach nein, die Aiji-Mutter hatte ihn ja zum Frühstück eingeladen. Danach würde er wieder mit ihr ausreiten müssen.

Warum war er von Banichi nicht rechtzeitig gewarnt worden? Der hatte doch offenbar gewußt, daß da jemand auf dem Gelände herumschleicht. Warum hatte er ihm nicht gesagt, daß er sich vor den Touristen in acht nehmen soll?

Aber Jago, die hatte doch was erwähnt, gestern, davon, daß eine Touristengruppe erwartet werde. Verdammt, das war ihm ganz entfallen, weil er sich den Kopf zerbrochen hatte wegen dieser anderen Geschichte.

Den beiden war nichts vorzuwerfen. Im Gegenteil, sie hatten Finesse bewiesen und eine mögliche Katastrophe verhindert. Denn derjenige, der ihm auf der Spur gewesen war, hatte sich, wie es schien, unter die Touristen gemischt. Nicht auszudenken, was geschehen wäre, wenn die Wachen nicht so besonnen gehandelt hätten.

Ihm war kalt. Maigi brachte heißen Tee. Eingemummt in der Decke, kauerte er im Sessel, die Füße vorm Kaminfeuer hochgelegt, während es draußen donnerte und der Regen an die Scheiben trommelte. Das Fenster lag oberhalb der Ringmauer und bot einen freien Ausblick auf den See. Es hörte sich an, als würden kleine Kieselsteine ans Glas geschleudert. Oder Hagelkörner. Erstaunlich, daß es diesem Beschuß standhielt. Das Glas war anscheinend besonders dick, womöglich sogar – weil vom Rand der Ringmauer aus einsehbar – kugelsicher.

Vergangene Nacht hatte Jago verlangt, daß er vom Fenster wegtrete. Algini ließ sich seit einiger Zeit nicht blicken. Die Stromversorgung war immer noch unterbrochen.

Bren saß da und ließ den Vormittag Revue passieren, das Frühstück, den Ausritt mit Ilisidi und Cenedi, die Touristen, wie sie ihm noch von den Bussen aus fröhlich zuwinkten. Er hatte sie, die Kinder wie die Älteren, davon überzeugen können, daß sie keine Angst vor ihm zu haben brauchten. Und dann war jemand vor ihren Augen niedergeschossen worden. Wie im Fernsehen, wie in einem Machimi-Spiel.

Er hatte eine Pistole und wußte damit umzugehen. Er würde sie, wenn es drauf ankäme, auch benutzen, aus Angst und – wie er sich eingestand – weil er so wütend war wie nie zuvor in seinem Leben. Noch immer zitterte er vor Wut, ohne zu wissen, was ihre Ursache war oder wem sie eigentlich galt. Ihm selbst, den Atevi oder irgendwelchen Umständen?

Das war kein falscher Alarm gewesen vergangene Nacht. Wenn doch, müßte man – mit Barbs Worten – von einem wundersamen Zufall sprechen. Es schien allerdings vielmehr so gewesen zu sein, daß Banichi und die anderen einen Assassinen aufgespürt und dann wieder aus den Augen verloren hatten. Daß Ilisidi am Morgen mit dem Paidhi ausgeritten war, hatte die Wachen womöglich hoffen lassen, der Assassine würde ihnen folgen und aus der Deckung kommen.

Zuviel Fernsehen, hatte Banichi gesagt in der Nacht, als Brens Zimmer voller Pulverrauch gewesen und der Regenschauer auf die Terrasse niedergegangen war. Zu viele Machimi-Spiele.

Zuviel Angst in den Gesichtern der Kinder. Allzu viele ausgestreckte Zeigefinger.

Bren wollte, verdammt noch mal, endlich seine Post haben, und seien es nur Kataloge mit Anzeigen und netten Fotos. Doch damit war nicht zu rechnen.

Hanks vermißte ihn womöglich inzwischen, hatte ihn vielleicht schon vergeblich in Shejidan anzurufen versucht. Man würde ihr gesagt haben, daß der Paidhi mit Tabini Urlaub mache. Doch damit konnte man Hanks nicht hinters Licht führen. Der Geheimdienst auf Mospheira war über jeden Schritt des Aiji informiert. Allerdings würde man das Bu-javid wegen dieser Sache nicht brüskieren wollen und lieber eigene Nachforschungen über den Verbleib des Paidhi anstellen, um ihm anschließend die Hölle heiß zu machen und vorzuwerfen, in seinem Amt versagt zu haben. Hanks würde dann wahrscheinlich mit dem Kofferpacken anfangen in der Hoffnung, seinen Posten zu bekommen. Sie hatte nie verwinden können, daß er ihr vorgezogen worden war.

Tabini würde Hanks die kalte Schulter zeigen. Jede Wette. Und daß er, Bren, nach wie vor richtig war auf seinem Posten, weil er Tabinis Vertrauen genoß, müßte sich auch dem Ausschuß klarmachen lassen. Wenn er bloß endlich Mospheira anrufen und die Situation schildern könnte …

Ach, was bildete er sich eigentlich ein? In seiner Angst vor einem verrückt gewordenen Mörder sah er bereits den Vertrag in Gefahr, als hätten die Atevi jahrhundertelang nur auf diese Gelegenheit gewartet, um den Krieg fortzuführen.

Dieser Gedanke war ebenso unsinnig wie die Furcht der Atevi vor Satelliten, die mit Todesstrahlen auf den Planeten herabstürzen. Zugegeben, es gab Krisen in den Beziehungen zwischen Mospheira und Shejidan. Aber Tabinis Regierung war mit Abstand die bislang zuverlässigste. Mit ihr ließ sich fair und effektiv verhandeln.

Über vermeintliche ›Todesstrahlen‹ konnte Tabini nur lachen. Das sollte man nicht so ernst nehmen, Bren, würde er sagen und ihm zuprosten; Idioten gibt's überall, auf Mospheira genauso wie bei uns.

Immer schön die Hand ruhig halten, Bren-ji, so als zeigten sie bloß mit dem Finger auf ihr Ziel. Ja, das war ein guter Schuß. Sehr gut …

Es schüttete, der Regen verwusch alle Spuren. Zwei

Kleinbusse rollten ins Tal; Touristen lachten amüsiert über das, was sie auf der Burg erlebt hatten.

Sie waren ihm gegenüber sehr aufgeschlossen gewesen, hatten sich mit dem Paidhi ablichten lassen, um mit ihren Fotos vor den Nachbarn zu prahlen ...

»Nadi«, sagte Djinana. »Sie können jetzt baden.«

Er mühte sich aus dem Sessel, wickelte die Decke um den Leib und folgte Djinana durch Schlafzimmer und Korridor ins überhitzte Bad, wo er die Decke ablegte und in die dampfende Wanne stieg.

Von Schwaden umhüllt, streckte er sich aus, spürte im heißen Wasser Schmerzen an Stellen, wo er sie am allerwenigsten leiden mochte, und ließ sich wichtige Fragen durch den Kopf gehen. Zum Beispiel: Ob der Holzboden auch standhält unter der schweren Steinwanne?

Oder: Warum hatte Cenedi während des Vorfalls in der vergangenen Nacht, statt selbst das Heft in die Hand zu nehmen, Banichi den Vortritt überlassen?

Sie hatten sich über die Kanone unterhalten und über Kriege von einst.

Alles vermischte sich ineinander – Dampfschwaden, Zweifel, Altertum, Hitze, Lebensgefahr. Vom Gewitter war hier nichts zu hören, bis auf gelegentlich dumpfes Donnergrollen wie ferne Schüsse aus Kanonen.

Und von allen Seiten hieß es bloß: Alles in Ordnung, nand' Paidhi. Kein Grund zur Sorge, nand' Paidhi.

Er hörte Schritte draußen im Gang, Stimmen, die schnell wieder verstummten.

Vielleicht war Banichi zurückgekehrt. Oder Jago oder Tano. Algini womöglich, wenn er noch lebte. Im Haus deutete nichts auf Notstand hin. Der Boiler war vom Stromausfall nicht betroffen; er funktionierte über Gasfeuerung.

Der Paidhi war daran gewöhnt, daß sich andere um sein Wohlergehen kümmerten. In der Hinsicht blieb ihm nichts zu tun übrig.

Er lag still im Wasser und wackelte mit den Zehen, die unter dem Druck der engen Stiefel angeschwollen waren. Die Beine ließen sich vor lauter Muskelkater kaum bewegen. Die Schmerzen einweichen zu lassen tat gut. Als schließlich das Wasser abkühlte, stieg er aus der Wanne und trocknete sich ab. Djinana hätte ihm bestimmt bereitwillig geholfen, aber für Bren kam nicht in Frage, daß er sich auch noch abtrocknen ließ.

Er zog den Morgenmantel an, den Djinana bereitgelegt hatte, und ging ins Kaminzimmer, wo er sich mit einem Buch ans Feuer setzte und darauf wartete, daß jemand käme und ihn informierte über das, was passiert war. Aber darauf kann ich wohl warten, bis ich schwarz werde, dachte er.

Vielleicht hatten sie den Assassinen lebend zu fassen gekriegt. Vielleicht wurde er gerade verhört. Wenn dem so wäre, würde Banichi demnächst doch hoffentlich mit der Sprache rausrücken.

»Wann wird es wieder Strom geben?« fragte er, als Djinana kam, um sich nach den Wünschen des Paidhi zu erkundigen. »Wissen Sie Näheres?«

»Jago sagte was von einem neuen Transformator, der bestellt sei und von Raigan mit dem Zug herbeigeschafft werden müsse. In der Schaltstelle auf halbem Weg zwischen Maidingi und der Burg soll irgendwas in die Luft geflogen sein. Ich weiß nicht, was. Der Paidhi kennt sich in solchen Sachen wahrscheinlich sehr viel besser aus als ich.«

Von dieser Schaltstelle hörte Bren zum ersten Mal. Allerdings war davon die Rede gewesen, daß ein großer Teil von Maidingi vom Stromausfall betroffen sei. Gewitter konnten solche Schäden hervorrufen, gewiß, darauf mußte man gerade hier in dieser Gegend gefaßt sein. Um so unverständlicher war, daß nicht vor Ort für Abhilfe gesorgt werden konnte, daß Ersatzteile von weit her angefordert werden mußten.

»Passiert das öfter?«

»Ja«, antwortete Djinana. »Im vergangenen Sommer zweimal.«

»Passiert es auch häufiger, daß Malguri von Assassinen heimgesucht wird?«

»Ach was. Zerbrechen Sie sich nicht den Kopf, nand' Paidhi. Es besteht keinerlei Gefahr.«

»Ist er tot? Weiß man inzwischen, wer er ist?«

»Keine Ahnung. Uns wurde nichts gesagt. Aber ich bin sicher, daß sich alles aufklärt. Keine Sorge.«

»Wie soll man da noch ruhig bleiben«, murmelte Bren vor sich hin und schaute ins Buch. Es war nicht fair, daß er seinen Ärger an Djinana oder Maigi ausließ. Die beiden arbeiteten hier und nahmen Vorwürfe, die sich direkt oder indirekt gegen Malguri richteten, sehr persönlich. »Ich hätte gern noch eine Tasse Tee, wenn ich bitten darf.«

»Und eine Kleinigkeit zu essen?«

»Nein, danke. Ich möchte nur ein wenig ausruhen und lesen.«

Die hiesige Folklore wußte von Geisterschiffen auf dem See zu berichten, unter anderem von einem Passagierschiff, das in Winternächten aufkreuzte und die Häfen ringsum anlief, um an Bord aufzunehmen, wer allzu unachtsam war und verdammt zu sein verdiente. Einmal, vor über hundert Jahren, erreichte es auch den Hafen von Maidingi und entführte einen hohen Richter. Seitdem hatte man es dort nicht mehr gesehen.

Und dann war da ein Fischerboot, das, wie es hieß, nur bei Sturm auslief. Vor etwa zwanzig Jahren war es einer Gruppe von Netzfischern erschienen, die mit ihrem Kutter auf ein Riff gelaufen und in Seenot geraten waren. Bis auf den Kapitän und dessen Sohn, die den leckgeschlagenen Kutter nicht verlassen wollten, war die Mannschaft, um sich zu retten, auf das andere Boot umgestiegen und mit ihm auf Nimmerwiedersehen davongesegelt.

Beide Legenden warnten vor sorglosem Verhalten und brachten ein atevisches Grundprinzip zur Anschauung: Laß dich nicht täuschen vom bloßen Augenschein oder von vager Hoffnung. Über den, der kritisch Abstand hält, haben böse Geister keine Macht.

Banichi war immer noch nicht zurückgekehrt. Maigi und Djinana kamen, um zu fragen, ob er, Bren, zu Abend essen wolle. Das Angebot – ein Gericht aus dem Fleisch irgendeines scheuen, warmblütigen Tiers – fand Bren wenig appetitlich. Ihm wäre eine Portion Muscheln lieber, sagte er, worauf Djinana erwiderte, daß es im Sommer ungünstig sei, Muscheln zu essen; wenn er allerdings darauf bestünde, müßte einer der Diener in den Ort fahren und welche kaufen, was zwei oder drei Stunden dauern würde.

»Ich kann warten«, antwortete Bren. »Soll er gleich zwei Portionen mitbringen, damit mir für morgen mittag noch was bleibt.«

»Wir haben kein Eis«, gab Djinana zu bedenken.

»Aber im Ort gibt's doch wohl welches.«

»Hoffentlich, Nadi. Aber wie Sie wissen, sind weite Teile ohne Strom, und darum wird die Nachfrage nach Eis groß sein. Wir werden sehen ...«

»Ach, lassen Sie nur. Mir reicht auch ein Stück Brot mit Marmelade, dazu eine Tasse Tee. Ich habe ohnehin nicht viel Hunger.«

»Aber Sie haben doch auch nichts zu Mittag gegessen. Mit einem Stück Brot allein kommen Sie doch nicht aus.«

»Djinana-Nadi, um ehrlich zu sein, die Speisen der Saison bekommen mir nicht. Unsereins reagiert allzu empfindlich auf Alkaloide. Vielleicht liegt's nur an der Zubereitung. Wie dem auch sei, ich muß leider darauf verzichten. Wenn ich statt dessen Obst haben könnte oder Gemüse, *kabiu*-gemäß, versteht sich. Übrigens, die Aiji-Mutter hatte vorzügliche Frühstücksbrötchen ...«

»Ich werde Ihr Kompliment dem Koch übermitteln.«

Djinana setzte eine spöttische Miene auf. »Wenn ich mich recht erinnere, ist vom letzten Monat noch eine geräucherte Keule übriggeblieben. Und Reste zu essen entspricht durchaus guter Sitte.«

Konserviertes Fleisch. Außerhalb der Saison. Der Himmel sei ihnen gnädig.

»Bei uns bleibt immer was übrig«, fuhr Djinana fort, mit wieder ausdruckslosem Gesicht. »Es ist nicht abzusehen, wie viele Gäste zu bewirten sind, und deshalb sorgen wir vor. Lieber zuviel als zuwenig.«

»Djinana-Nadi, Sie haben mir das Leben gerettet.«

Djinana war sichtlich zufrieden über den Ausgang der Verhandlung, verbeugte sich zweimal und ging.

Bren schmökerte weiter in seinem Buch und las von kopflosen Kapitänen, die auf ihren Geisterschiffen die Küste vor Malguri unsicher machten. Auf der Burg, so hieß es, gab es eine Glocke, die Sturm läutete, wenn Unheil nahte …

Die Tür öffnete sich; Bren blickte auf und sah Banichi eintreten, völlig durchnäßt und sichtlich erschöpft. »Ich werde Ihnen beim Abendessen Gesellschaft leisten, Nadi«, sagte er.

Bren klappte das Buch zu und war kurz davor zu sagen, daß für gewöhnlich darum gebeten werde, mit jemandem essen zu dürfen, daß es sich außerdem gehöre, vorher anzuklopfen und daß er es überdies satt habe, übergangen, nicht für voll genommen und wie ein Kind behandelt zu werden.

»Das freut mich«, antwortete er. »Sagen Sie Djinana, daß er für zwei decken soll. Oder gesellt sich Jago vielleicht auch dazu?«

»Sie ist nach Shejidan geflogen«, sagte Banichi und machte sich auf den Weg durchs Schlafzimmer in den Seitenflügel der Dienstboten, um ein Bad zu nehmen. »Sie wird morgen zurück sein.«

Bren verzichtete darauf, nach dem Grund ihrer Abreise zu fragen oder sich laut darüber zu wundern, daß ein Flugzeug bei diesem Unwetter startete, zumal außerplanmäßig.

Er vertiefte sich wieder ins Buch, erfuhr mehr über Gespensterglocken und verschollene Seeleute, deren Unglück zum Wohle Maidingis gereichte. Solange ein Aiji auf Malguri regiert hatte, war der Ort dafür bekannt gewesen, daß er vom Schaden anderer profitierte.

So stand es schwarz auf weiß in diesem Buch. Statt an allmächtige Götter glaubten die Atevi an *Baji* und *Naji* als universelle Ordnungs- oder Schicksalsmächte und daran, daß zumindest das *Naji*, also der glückliche Zufall, von einer Person auf die andere überspringen kann. Doch gegenwärtig setzte sich mehr und mehr die zynische, vermeintlich aufgeklärte Meinung durch, daß moderne Feuerwaffen das Glück willkürlich verteilen, nicht zuletzt auf solche, die kein Glück verdienten.

Bren hockte den ganzen Nachmittag über im Morgenmantel da; die Wundschmerzen an den empfindlichen Stellen nahmen zu, und er hatte wenig Lust, sich zum Abendessen umzuziehen. Banichi hatte sich selbst eingeladen; er würde seine, Brens, legere Aufmachung tolerieren müssen.

Banichi kam in schwarzem Hemd, mit Hose und gestiefelt, ein bißchen gediegener, aber beileibe nicht salonfähig. Er trug kein Jackett, und sein Zopf war noch so naß, daß er tropfte. »Paidhi-ji«, sagte Banichi und verbeugte sich.

»Darf ich Ihnen auch was zu trinken anbieten?« fragte Bren, der sich zwischenzeitlich schon einen kleinen Aperitif genehmigt hatte, aus eigenen Beständen, von denen er wußte, daß sie ihm bekamen. Er hatte die Flasche Dimagi geöffnet, die ihm von Tabini geschenkt worden war, ein edler Tropfen, der, auch in größeren Mengen genossen, keine Kopfschmerzen verursachte, geschweige denn Schlimmeres. Davon schenkte er Banichi großzügig ein.

»Auf Ihr Wohl«, sagte Banichi und hob sein Glas.

Dann nahm er seufzend Platz im Sessel vorm Kamin, Bren gegenüber.

»Und?« fragte Bren. Der Likör brannte ihm auf der geschwollenen Lippe. »Ein Mann ist tot? Ist es derselbe, der mich in meiner Wohnung in Shejidan überfallen hat?«

»Das wissen wir nicht genau«, antwortete Banichi.

»Aber es war doch hoffentlich kein unschuldiger Tourist?«

»Nein. Es war ein Profi. Er ist uns bekannt.«

»Und es hat auch diesmal keine Absichtserklärung gegeben?«

»Das macht uns selbst stutzig. Als Profi mit Lizenz muß dieser Mann gewußt haben, auf was er sich da einläßt. Sein Name wird aus der Liste gestrichen; ihm werden nachträglich alle Berufsrechte aberkannt, und seine Lehrer fallen in Ungnade. Das sind keine Kleinigkeiten.«

»Dann muß man Mitleid haben mit seinen Lehrern«, sagte Bren.

»Allerdings, Nadi. Es waren auch meine Lehrer.«

»Sie kennen den Attentäter?« fragte Bren verwundert.

»Wir sind uns gelegentlich über den Weg gelaufen.«

»In Shejidan?«

»Er ist der Sohn einer angesehenen Familie.« Banichi nahm einen Schluck aus seinem Glas und starrte ins Feuer. »Jago begleitet den Leichnam und wird der Gilde Bericht erstatten.«

Kein guter Tag, dachte Bren; er hatte seinen Appetit aufs Abendessen verloren. Was mochte Banichi durch den Kopf gehen? Wie stand es um seine Verantwortung gegenüber Tabini oder der Gilde oder diesem Mann? Wo lag sein Man'chi jetzt? »Es tut mir sehr leid«, war alles, was Bren dazu sagen konnte.

»Sie haben das Recht auf Vergeltung.«

»Darauf verzichte ich. Ich habe diesen Streit nicht gewollt.«

»Aber jetzt ist er da.«

Bren ließ verzweifelt den Kopf hängen. Sein Magen rumorte. Die Zähne schmerzten. Zu sitzen war ihm eine Qual. »Banichi, ich will nicht, daß Sie oder Jago deswegen in Gefahr geraten, daß noch jemand zu Tode kommt.«

»Die anderen wollen's, Nadi. Das ist jetzt sonnenklar. Um derentwillen hat sich ein Profi von seiner Gilde abgewandt und das Gesetz gebrochen. Dazu kann nur sein Man'chi motivieren. Wem hat es gegolten? Das müssen wir nun herausfinden.«

»Warum schalten wir nicht die Gerichte ein?«

»Das würde alles nur verschlimmern«, antwortete Banichi. »Die Gegenseite braucht nur bekanntzugeben, daß man sie beleidigt oder geschäftlich geschädigt hat. Wie wollen Sie sich dagegen zur Wehr setzen? Ihnen als Mensch traut im Zweifelsfall keiner über den Weg. Und überdies ist das Gericht nicht in der Lage, die Drahtzieher ausfindig zu machen.«

»Zählt denn mein Wort so wenig? Mein Man'chi gilt dem Aiji. Daran ist nicht zu rütteln, und das sollte jeder wissen.«

»Wie wollen Sie das beweisen?« entgegnete Banichi. »Nicht einmal ich bin restlos überzeugt davon. Ich weiß nur, was Sie mir sagen, Nadi.«

»Ich bin doch kein Lügner, Banichi«, ereiferte sich Bren. »Ich habe mich doch nicht fünfzehn Jahre lang abgestrampelt, um Ihnen als Paidhi was vorzumachen.«

»Fünfzehn Jahre?«

»Ausbildung, ja. Um zwischen Atevi und Menschen zu vermitteln. Ich lüge nicht, Banichi!«

Banichi musterte ihn, ohne mit der Wimper zu zucken. »Niemals? Ich dachte, das gehört zu Ihrem Job.«

»Jedenfalls nicht in dieser Sache.«

»Wann denn? In welchen Fällen darf gelogen werden?«

»Ach, finden Sie heraus, wer ihn angeheuert hat.«

»Er hat sich nicht einfach bloß anheuern lassen. Zu einer so riskanten Tat zwingt kein Vertrag.«

»Was hat ihn dann gezwungen?«

Banichi antwortete nicht. Er starrte unverwandt ins Feuer.

»Was, Banichi, was?«

»Ein Toter läßt sich nicht danach befragen. Ich wünschte, Cenedi hätte weniger gut getroffen.«

»Es war also Cenedi, der ihn erschossen hat.« Bren zeigte sich erleichtert. Daß Cenedi und Ilisidi auf seiner Seite standen, war nun für ihn erwiesen.

Banichi aber schien voller Bedenken zu sein, zumindest was den Ausgang der Schießerei im Hof anging.

»Sie sind besorgt, wie's scheint«, sagte Bren.

»Ich bin unzufrieden mit der Kontrolle der Zufahrten. So geht das nicht weiter.«

»Glauben Sie, daß er mit den Touristen gekommen ist?«

»Möglich.«

»Werden die Führungen jetzt eingestellt?«

»Viele haben schon vor Monaten gebucht. Das würde Ärger machen.«

»Diese Leute waren in Gefahr, Banichi.«

»Nein, nicht durch den Attentäter und nicht durch uns.«

Finesse. *Biichi-gi.*

»Aber all die Kinder. Sie haben mitansehen müssen, wie ein Mann erschossen wurde.«

Banichi sah ihn an, als wartete er auf einen Zusatz, der das Gesagte erklären würde.

»Ich finde das scheußlich. Die glaubten bestimmt, ein Machimi zu sehen, einer Fernsehshow beizuwohnen.«

»Dann wird niemand Probleme damit gehabt haben. Oder?«

Bevor sie auf dieses Thema näher eingehen konnten, kamen Djinana und Maigi mit dem Abendessen: einer

Auswahl verschiedener Speisen. Saisongemäßes und Scheiben der übriggebliebenen geräucherten Keule. Banichi war sichtlich angetan von dem, was auf dem Tisch des Speisezimmers serviert wurde. Der mörderische Vorfall schien ihn nicht weiter zu belasten.

Der Koch hatte verschiedene Früchte kunstvoll zubereitet. Weniger appetitlich fand Bren den präparierten Tierkopf, der als Deckel für den Eintopf diente. Banichi hob ihn bei den Ohren ab und ließ ihn dankenswerterweise unterm Tisch verschwinden.

»Köstlich«, sagte Banichi.

Lustlos stocherte Bren auf seinem Teller herum. Nach Essen war ihm nicht zumute, und der harte Stuhl quälte sein geschundenes Hinterteil. Er versuchte, den Kopf zu befreien von Geistergeschichten und Mordanschlägen, und als er sich schließlich überwunden und den ersten Bissen genommen hatte, war sein Appetit geweckt. Das Fleisch und die würzige Sauce zum Gemüse schmeckten außerordentlich gut.

»Könnte ich vielleicht meine Post bekommen?« fragte er in das Schweigen, das beim Essen entsteht. »Ich weiß, Sie haben viel zu tun, aber wäre es …«

»Vielleicht kann sich Jago darum kümmern. Ich habe dafür wirklich keine Zeit.«

»Dann veranlassen Sie das bitte.« Bren fühlte sich nicht ernst genommen und war verärgert. »Ist meinem Büro auf Mospheira mitgeteilt worden, wo ich mich zur Zeit aufhalte und warum ich Shejidan verlassen mußte?«

»Das weiß ich nicht, Paidhi-ji.«

»Ich möchte, daß dort Bescheid gegeben wird. Oder besser noch: Stellen Sie mir bitte eine Verbindung her. Ich weiß, daß Sie die Möglichkeit dazu haben.«

»Nicht ohne Genehmigung, die einzuholen schwierig sein dürfte. Sie verstehen, was es bedeuten würde, wenn wir dem Paidhi gewährten, unsere Sicherheitskanäle zu nutzen. Es wäre besser, einen Kurier zu beauftragen. Glauben Sie mir, Nadi. Setzen Sie einen Brief auf, und ich werde dafür sorgen, daß er zugestellt wird.«

Banichi verweigerte sich nicht, jedenfalls nicht ausdrücklich. Aber es schien, als spielte er wieder einmal auf Zeit. Warum bloß? fragte sich Bren.

Für eine Weile hielt er sich mit seinen Fragen zurück und versuchte, beim Essen die geschwollene Lippe zu schonen.

Doch eines wollte er jetzt unbedingt wissen: »Der Stromausfall, ist das bloß eine Panne gewesen?«

»Sehr wahrscheinlich. Kaum anzunehmen, daß ein Mitglied der Gilde große Teile einer Ortschaft wie Maidingi lahmlegt, um einen Mann zu ermorden.«

»Aber Sie haben vergangene Nacht schon Lunte gerochen und gewußt, daß jemand ins Gelände eingedrungen ist.«

»Ich wußte nichts, hatte nur einen Verdacht. Wir sind über einen Außenposten in Alarm versetzt worden.«

Ach ja? dachte Bren bitter. »Wo ist Algini?« fragte er.

»Er wird mit Jago zurückkehren.«

»Ist er mit ihr zusammen abgereist?«

»Er hat den planmäßigen Linienflug genommen. Gestern.«

»Mit einem Bericht im Gepäck?«

»Ja.«

»An wen und weshalb? Verzeihen Sie, Banichi-ji, aber ich bin sehr skeptisch geworden und vermute, daß Sie und auch Tabini längst durchschaut haben, was los ist. Warum tun Sie nur so ahnungslos? Ich kann zum Beispiel auch nicht glauben, daß Sie nicht gewußt haben, wo ich heute morgen war.«

»Sie sind ausgeritten. Mir ist aufgefallen, daß Sie kaum mehr laufen können.«

Bren ließ die Antwort nicht gelten. »Sie hätten mich warnen sollen.«

»Wovor? Daß Ilisidi Sie wahrscheinlich auffordern

wird, mit ihr auszureiten? Damit war allerdings zu rechnen, ja.«

»Verdammt, wenn Sie mich auf die Gefahr eines Heckenschützen aufmerksam gemacht hätten, wäre ich gewiß nicht mitgeritten. Ich hätte mich aus gutem Grund weigern können.«

»Sie hatten andere gute Gründe. Ilisidi würde niemanden auf ein Mecheita zwingen, der gerade erst von einer schweren Vergiftung genesen ist.«

»Trotzdem, Sie hätten auf die Gefahr hinweisen müssen.«

»Wir leben ständig in Gefahr, Nadi.«

»Wiegeln Sie nicht dauernd ab. Raten Sie mir, wie soll ich mich morgen verhalten? Die Aiji-Mutter will bestimmt wieder ausreiten. Kann ich mich sicher fühlen?«

»Ja. Cenedi hat sich vergangene Nacht an der Suche beteiligt und mehr als einmal Gelegenheit gehabt, mich auszuschalten, wenn er das gewollt hätte. Darauf war ich gefaßt.«

Es dauerte eine Weile, bis Bren verstand, was Banichi da gesagt hatte. »Soll das heißen, Sie haben Cenedi die Möglichkeit gegeben, Sie zu töten?«

»Daß Sie mit Fremden Verabredungen treffen, ohne sich vorher mit mir abgestimmt zu haben, macht meinen Job schwierig. Jago war natürlich eingeweiht und hätte mir im Ernstfall Rückendeckung gegeben. Wie dem auch sei, Cenedi ist nicht auf Sie angesetzt worden, soviel steht fest. Und außerdem, ich habe Sie auch heute morgen nicht aus den Augen gelassen.«

»Banichi, ich bitte vielmals um Verzeihung. Das meine ich ernst.«

Banichi zuckte die Achseln. »Ilisidi ist eine gerissene Frau. Worüber haben Sie sich mit ihr unterhalten? Übers Wetter? Über Tabini?«

»Ich war hauptsächlich damit beschäftigt, im Sattel zu bleiben. Sie hat mir was von ihren Mecheiti erzählt, insbesondere von dem namens Babs ...«

»Babsidi.« Was soviel wie ›tödlich‹ bedeutete. »Und was sonst noch?«

Bren versuchte krampfhaft, sich zu erinnern. »Wir sprachen über das Land und seine Geschichte. Über Pflanzen, die hier wachsen. Über Wi'itkitiin.«

»Und?«

»Nichts weiter. Nichts von Belang. Cenedi zeigte mir die Ruinen einer alten Burg, von der die Kanone stammt, die draußen im Hof steht. Ich glaube, sie haben sich ein wenig lustig gemacht über meine Ungeschicklichkeit beim Reiten. Aber nachdem ich mir die Lippe aufgeschlagen habe, waren sie sehr höflich und zuvorkommend. Auch die Touristen waren höflich und nett zu mir. Ich habe Bänder und signierte Karten an sie verteilt. Sie gaben mir Auskunft über Familie und Herkunft. Daran ist doch nichts zu beanstanden, oder? Wenn doch, sagen Sie's mir. Ich bitte Sie um Rat.«

Banichis Augen waren klar und außerordentlich gelb. Wie gefärbtes Glas. Und ebenso ausdruckslos. »Sie sind ein Profi und machen Ihre Sache gut.«

»Was soll das heißen?«

»Sie sind – so wie ich – pausenlos im Dienst.« Banichi schenkte ihm und sich selbst noch einen Schluck Dimagi ein. »Ich vertraue Ihren professionellen Instinkten. Vertrauen Sie auch meinen.«

Zum Nachtisch gab es Früchte und Likörcreme, eine verlockende Köstlichkeit. Doch Bren war die Unterhaltung auf den Magen geschlagen.

»Um noch einmal auf den Kurier zu sprechen zu kommen«, sagte er. »Sie würden also dafür sorgen, daß ein Brief von mir an mein Büro auf Mospheira überstellt wird?«

»Ja, wenn Tabini nichts dagegen einzuwenden hat.«

»Wie steht's um die Solarzellen? Sind im Ort welche aufzutreiben?«

»Tut mir leid. Alles, was Strom erzeugen kann, wird

jetzt dringender in Maidingi gebraucht. Da sind alte Leute, Kranke …«

»Natürlich«, antwortete Bren. Gegen dieses Argument war nicht anzukommen.

Vertrauen, murmelte Bren mit Blick auf die Tiertrophäen an der Wand; Geduld. Glasaugen starrten ihm entgegen, manche scheinbar wild und zornig, andere sanft und dumm, als hätten sie dem Abschuß durch die Jäger mit Gleichmut entgegengesehen.

Banichi hatte sich entschuldigt mit dem Hinweis darauf, Berichte schreiben zu müssen. Mit der Hand?

Wie auch immer. Djinana kam, um den Tisch abzuräumen. Er zündete Öllampen an und löschte die Kerzen im Eßzimmer.

»Wünschen Sie noch etwas?«

»Nein«, antwortete Bren und dachte im stillen: Von denen, die ständig im Dienst sind und doch am wenigsten über das, was hier geschieht, aufgeklärt werden, steht Djinana sicherlich an der Spitze. Wo mochte Tano stecken, der ihm, Bren, angeblich als Kammerdiener an die Seite gestellt worden war? »Nein danke. Ich werde nur noch ein bißchen lesen und schon bald zu Bett gehen.«

»Ich lege Ihnen das Nachtzeug raus.«

»Vielen Dank«, murmelte er, setzte sich mit seinem Buch an den Kamin und rückte den Sessel so zurecht, daß der Feuerschein und das Lampenlicht auf die Seiten fielen. Lebendiges Licht flackerte. Ein Grund mehr, die Vorzüge elektrischer Glühbirnen zu preisen.

Fast lautlos rollte Djinana den mit Geschirr beladenen Servierwagen hinaus. Das Kaminfeuer ließ bizarre Schattengestalten über die Wand tanzen und funkelte in den Augen der ausgestopften Tierköpfe.

Er hörte den Diener an den Kommodenschubladen im Schlafzimmer hantieren und bald darauf zur Tür hinausgehen.

Eine sonderbare Stille machte sich breit. Man hörte nichts als das Prasseln im Kamin, und das Blättern der Seiten im Buch wirkte ungewöhnlich laut. Bren las von einer historischen Romanze, die seltenerweise frei von Intrigen und Gemeinheiten, Mord und Totschlag war. Hier auf Malguri hatten sich vor langer Zeit die Aijiin benachbarter Provinzen kennengelernt und umeinander geworben. Aus dieser Verbindung war eine Menge talentierter Kinder hervorgegangen.

Angenehmer Gedanke, daß es zwischen diesen Mauern anscheinend für manche glückliche Zeiten gegeben hatte. Interessant auch, daß die Geschichte tatsächlich von einer höfischen Romanze zu erzählen wußte, von Blumengeschenken und einer lang anhaltenden, zärtlichen Beziehung zwischen Mann und Frau. Daß so etwas möglich unter ihnen war, hatten die Atevi dem Paidhi gegenüber noch nie zu erkennen gegeben, abgesehen von Plänkeleien, die er kaum ernst nehmen konnte. Doch nun las er, daß diese beiden von damals kleine Geschenke untereinander ausgetauscht, sie an der Tür des jeweils anderen hinterlassen oder durch einen dritten hatten überbringen lassen. Die Ehe zwischen Atevi bedeutete nicht, daß Tisch und Bett miteinander geteilt wurden. Häufig lebte man getrennt, es sei denn, da waren kleine Kinder aufzuziehen. Bei manchen dauerte das Zusammenleben an, bei anderen endete es nach kurzer Zeit. Was die Atevi zu diesem Thema dachten oder fühlten, blieb für Bren ein Rätsel. Auch keiner seiner Vorgänger hatte dieses Geheimnis lüften können.

Bren sympathisierte mit diesem Aiji-Paar von Malguri, so wie er mit jenen Großeltern sympathisierte, die, auch wenn sie möglicherweise nicht zusammenlebten, miteinander auf Reisen gingen, um gemeinsam Schönes und Interessantes zu erleben.

So oft er, der Paidhi, in Erfahrung zu bringen versucht hatte, wie Atevi ihr Leben einrichten und nach welchen Regeln sie miteinander verkehren, war er stets auf Zurückhaltung gestoßen. Solche Fragen fielen unter die Rubrik ›private Angelegenheiten‹, und die gingen niemanden etwas an.

Er dachte, daß vielleicht Jago Auskunft geben würde. Sie schien an seinen indiskreten Fragen Gefallen zu finden. Vielleicht kannte sie auch, belesen wie sie war, die Geschichte dieses historischen Paars von Malguri.

Er vermißte Jago. In ihrem Beisein wäre es bestimmt nicht zu der ärgerlichen Auseinandersetzung mit Banichi gekommen. Wieso hatte der eigentlich mit ihm zu Abend essen wollen und sich dann bei Tisch so schlecht gelaunt gezeigt?

Nun, es ließ sich durchaus verstehen, daß Banichi schlecht gelaunt war. Er hatte feststellen müssen, daß er den Mann kannte, der von Cenedi erschossen worden war. Wahrscheinlich war Banichi sehr viel tiefer betroffen, als er nach außen hin zu erkennen gab. Vielleicht wünschte auch er sich Jago zurück. Tja, Banichi hatte es wirklich schwer, nicht zuletzt mit ihm, Bren, der mit Emotionen hausieren ging, und das mit einer Nachdrücklichkeit, die sich kein Atevikind herausnehmen dürfte.

Vielleicht sollte er sich bei ihm entschuldigen.

Oder auch nicht. Verständnis zu haben bedeutete nicht automatisch, versöhnt zu sein. Ach, dachte Bren, wäre Jago doch hier und nicht nach Shejidan geflogen. Er glaubte, einen Draht zu ihr gefunden und erkannt zu haben, daß sie – vielleicht von Natur aus – offenherziger war, jedenfalls gesprächsbereiter als Banichi.

Im flackernden, spärlichen Licht zu lesen strengte die Augen an. Er schürte das Feuer, um für mehr Helligkeit zu sorgen, mit dem Ergebnis, daß es so nahe am Kamin unerträglich warm wurde. Die Öllampen verpesteten die Luft. Kopfschmerzen machten sich bemerkbar. Er stand auf und rückte den Sessel von der Feuerstelle weg, leise, damit das Personal nicht aufmerksam wurde. Er war zu unruhig, um jetzt schon schlafen zu können.

Auch diesmal mußte er wieder auf die Spätnachrichten verzichten. Kein Denken daran, mit Barb oder Hanks zu telefonieren. Ihm blieb nichts anderes übrig, als Selbstgespräche zu führen, um den Klang der Menschensprache im stillen zu hören und, wenn auch nur für kurze Zeit, den verfänglichen atevischen Denkmustern entkommen zu können.

Irgendwo draußen wurde ein Motor gestartet. Er hielt inne und lauschte. Da schien jemand den Hof zu verlassen und in die Ortschaft zu fahren. Verdammt, das kann nur einer sein, dachte Bren und ging ans Fenster. Doch in den Hof ließ sich nicht Einblick nehmen wegen des ausladenden Vordachs über dem Portal. Er preßte das Gesicht an die Scheibe, um wenigstens erkennen zu können, ob der Wagen über die Zufahrt ins Tal fuhr oder in Richtung Hügel. Der Riegel des Fensterflügels war mit einem Splint gesichert. Er öffnete ihn auf die Gefahr hin, Alarm auszulösen.

Was hatte man ihm gesagt? Daß es nur den Bus der Fluggesellschaft gebe? Von wegen. Malguri hatte seinen eigenen Wagen zur Beförderung von Lebensmitteln und Passagieren. Man hätte auch ihn vom Flughafen damit abholen können.

Wahrscheinlich war Banichi dagegen gewesen – aus Sicherheitsbedenken und weil er Cenedi anfänglich nicht über den Weg getraut hatte.

Vielleicht mißtraute er ihm noch immer.

Dem Geräusch nach zu urteilen, fuhr der Wagen um die Außenmauer herum. Aber womöglich täuschte er sich. Der Wind hatte aufgefrischt und wehte ihm entgegen.

In den vergangenen Nächten hatte es um diese Zeit immer geregnet. Nicht so heute. Die Luft über dem See und über den Bergen im Osten war klar und schwarz und kalt. Maudette schimmerte rötlich am Himmel, und bei genauem Hinsehen ließ sich auch der fast kaum sichtbare Begleiter von Gabriel über Mospheira erkennen.

Die Nachtluft duftete köstlich, nach Wildblumen, wie er vermutete. Er sehnte sich in den Garten des Bu-javid zurück.

In klaren Nächten war vom Mount Allan Thomas aus die Raumstation zu sehen, und zwar nach Sonnenuntergang und kurz vor Sonnenaufgang. In seiner Jugend hatte er die Zeiten ihres Auftauchens genau festgehalten, wenn er mit Toby in den Bergen wanderte und Geschichten über die Landung austauschte. Sie hatten sich – was ihm heute peinlich war – in ihrer Phantasie ausgemalt, Krieg zu führen gegen atevische Schurken, die sich in den Bergen verschanzt hielten – ganz nach dem Vorbild der Machimi-Stücke, in denen die abschreckende Vorstellung menschlicher Freischärler zur Anschauung gebracht wurde, die, von der heimlichen Basis ihrer Raumstation, dem sogenannten fremden Stern, gelenkt, Unheil anrichteten unter den Atevi. Die Geschichten waren dieselben, nur unter anderen Vorzeichen und mit getauschten Rollen in bezug auf Helden und Halunken.

Bren hatte Tabini gegenüber nie erwähnt, daß seine Familie väterlicherseits auf Polanski zurückzuführen war, auf jenen General, der den atevischen Truppen bei der Halbmondbucht auf Mospheira eine vernichtende Niederlage bereitet hatte.

Damit wollte Bren nichts mehr zu tun haben. Vielmehr wünschte er sich, daß Atevikinder ihre Angst ablegten vor Menschen und daß deren Kinder aufhörten, in den Wäldern auf imaginäre Atevi zu schießen. Spontan hatte er den Einfall, diesen Gedanken zum zentralen Thema seiner Winterrede vor der Vollversammlung zu machen und dafür zu plädieren, daß die Kinder auf beiden Seiten nicht länger gefüttert wurden mit Filmen, die nur dazu angetan sind,

Mißtrauen und Haß gegen das jeweils andere Volk zu schüren.

Doch wie die Dinge vorläufig standen, war es nicht klug, am offenen, erleuchteten Fenster zu stehen. Jago hatte ihn erst vergangene Nacht vor Scharfschützen gewarnt.

Er wollte gerade das Fenster schließen, als ein greller Lichtstrahl durchs Dunkel zuckte und Alarm ausgelöst wurde. Aufgeschreckt schlug er das Fenster zu und schob den Riegel vor. Gleich darauf hörte er im Nebenzimmer die Dielen knarren.

Tano kam herbeigeeilt, splitternackt und mit einer Pistole in der Hand, dicht gefolgt von Djinana, dann Maigi, der tropfnaß in ein Handtuch gewickelt war. Mittlerweile schien das ganze Haus auf den Beinen zu sein. Noch immer schrillte der Alarm.

»Haben Sie ein Fenster geöffnet?« fragte Tano.

»Ja, tut mir leid, Nadiin.«

Tano und die anderen zeigten sich erleichtert. Im Nebenzimmer hörte man einen Riegel ratschen. Auf ein Zeichen Tanos hin ging Djinana nach nebenan.

»Wir sind wieder am Netz, Nadi«, sagte Tano. »Daß sie das Fenster aufmachen, darf nicht wieder vorkommen. Und bleiben Sie davon weg, vor allem bei Nacht. Es ist zu Ihrem eigenen Schutz.«

Djinana kehrte mit Cenedi und zwei Burgwachen zurück. Tano informierte sie: »Der Paidhi hat das Fenster geöffnet.«

»Nand' Paidhi«, sagte Cenedi. »Tun Sie das nicht wieder, bitte.«

»Entschuldigen Sie«, antwortete Bren kleinlaut. Die Alarmglocke zerrte an seinen Nerven. »Kann bitte jemand den Alarm ausschalten?«

Es dauerte eine Weile, bis endlich wieder Ruhe einkehrte. Nachdem alle Türen und Fenster überprüft, die Öllampen gelöscht und alle Wachen wieder abgezogen waren, ließ sich Bren aufs Bett fallen, zerknirscht über den peinlichen Vorfall. Was würde wohl die Aiji-Mutter über ihn denken? Oder Banichi? Wieso war er nicht aufgetaucht?

So ein fahrlässiger Unsinn, die Alarmanlage von der allgemeinen Stromzufuhr abhängig zu machen und bei einer Störung zu riskieren, daß auch die Sicherheit verlorenging. Kaum vorstellbar, daß Banichi oder Cenedi eine solche Schlamperei hatten durchgehen lassen. Aber wer weiß, vielleicht war Malguri auf andere, zusätzliche Weise abgesichert. Etwa durch ein solarbetriebenes System.

Wie dem auch sei, der Paidhi hatte das Haus in Aufruhr versetzt und stand jetzt als Trottel da – was seinen Stand bei Ilisidi nicht verbessern würde. Bestimmt nicht.

VIII

»Lärmige Nacht«, meinte Ilisidi und schenkte sich ihren Spezialtee ein, dessen Duft mit dem Schwaden über den Tisch strömte und Bren auf den Magen schlug.

»Es tut mir schrecklich leid«, entgegnete er und zeigte sich verlegen.

Ilisidi grinste wohlwollend und rührte Zucker in den Tee.

Sie war bei bester Laune und vertilgte im Verlauf des Frühstücks nicht weniger als vier Fische, eine Schale Getreideflocken und zwei Kuchenstücke mit süßem Öl. Bren begnügte sich mit Getreideflocken und einem Brötchen. Der harte Stuhl, auf dem er saß, machte ihm und seinem schmerzenden Hinterteil so sehr zu schaffen, daß er entschlossen war, eher von Ilisidis Tee zu trinken, als noch einmal auf Nokhada auszureiten.

Doch die Alte nahm seine zaghaften Proteste überhaupt nicht zur Kenntnis, und so mußte er ihr folgen hinunter zu den Ställen, während ein scharfer Wind vom See herbeifegte und kalt durch Jacke und Pullover drang.

Immerhin ging Nokhada diesmal willfährig in die Knie, um ihn aufsitzen zu lassen, und ehe sie sich ruckartig wieder aufrichtete, hatte er an den Sattelringen festen Halt gefunden.

Oje, diese Qual, ausgerechnet an den für Männer besonders empfindlichen Stellen. Er hoffte auf die Gnade einer raschen Betäubung und erinnerte sich, daß auch die Menschen vor Urzeiten häufig zu Pferde gesessen und sich dennoch hatten fortpflanzen können.

Nokhada versuchte wie am Vortag, mit ihm im Kreis herumzuwirbeln. Doch jetzt setzte er sich entschlossen durch und nahm sie fest an die Kandare in der Absicht, ihr seinen Willen aufzuzwingen. Doch als Ilisidi auf Babs zum Tor hinauspreschte, gab es auch für Nokhada kein Halten mehr. Im Wettstreit mit Cenedis Mecheita um die zweite Position hinter Babs rannte sie drauflos, den Hügel hinauf und mit weitem Satz über jenen Felsvorsprung hinweg, vor dem er gestern fast abgeworfen worden wäre, weil er in seiner Panik an den Zügeln gezerrt hatte.

Doch dahinter drohte kein Abgrund, wie zuvor befürchtet. Es führte statt dessen ein steil abschüssiger Pfad hinab auf eine flache terrassenförmige Landzunge über dem See. Interessant, daß Ilisidi am Vortag einen anderen Weg gewählt und nicht riskiert hatte, mit ihm, dem blutigen Anfänger im Sattel, über die Klippe zu springen, sondern auf einfacherem Gelände zur Anhöhe hinauf geritten war. Hätte sie es drauf angelegt, daß er sich den Hals bräche, wäre sie schon beim ersten Mal auf diesen gefährlichen Kurs eingeschwenkt. Vielleicht war die Teevergiftung am Ende doch bloß ein unglücklicher Zufall.

Um den von der Burg aus überschaubaren Bereich möglichst schnell zu verlassen, boten sich zwei Wege an: Den einen hatten sie gestern genommen, den anderen heute. Auf beiden konnte man der Gefahr vor Heckenschützen ausweichen. Oder auch der Beobachtung durch Banichi ...

»Warum haben Sie mir gestern verschwiegen, daß ein Anschlag zu befürchten war?« fragte er Cenedi. »Sie wußten von der Gefahr. Banichi hat Sie informiert.«

»Unsere Vorhut war alarmiert«, antwortete Cenedi. »Und Banichi hatte uns ständig im Blick.«

»Nadi, bei allem Respekt, war es nicht sehr unvernünftig, die Aiji-Mutter einer solchen Gefahr auszusetzen?«

»Seien Sie versichert, wir sind kein Risiko eingegangen.« Cenedis Gesichtsausdruck hatte viel mit dem von Banichi gemein. »Für Ihren und Ilisidis Schutz bürgt kein Geringerer als Tabinis Mann.«

Kein Risiko? Cenedis Worte waren als Kompliment an Banichi zu verstehen, aber wohl kaum als ernstzunehmende Aberkennung eines Risikos. Doch dann erinnerte sich Bren an seine Spekulationen über zusätzliche Sicherheitssysteme. In Gedanken versunken, ritt er an Cenedis Seite. Tief unten schwappten Wellen gegen die Felsen. Der Himmel war blau. Plötzlich schoß ein Wi'itkiti dicht an Nokhadas Kopf vorbei. Scheuend bäumte sie sich auf, unmittelbar neben dem Abgrund.

»Verflucht!« rief Bren im ungelenken Kampf mit seinem Mecheita um Kontrolle. Stumm und ausdruckslos schaute Cenedi zu.

Ilisidi ritt voran, ohne ein einziges Mal den Blick zu wenden. Der Pfad führte noch ein Stück am Ufer entlang und wand sich dann auf einen Berg, hinauf zu einer hohen Warte mit schwindelerregender Aussicht. Dort hielt Ilisidi an. Bren gesellte sich zu ihr und hoffte angesichts der erschreckenden Tiefe, Babs möge still halten und Nokhada keinen Anlaß geben auszubrechen.

»Ein herrlicher Tag«, sagte Ilisidi.

»Ein unvergeßliches Panorama«, antwortete er und dachte: Wahrhaftig, das werde ich nie vergessen, auf einem ungestümen Tier am prekären Rand der Steilküste zu sitzen, tief unten und ringsum der See. Unvergleichlich und atemberaubend war alles an Malguri, im positiven Sinne die schöne und geschichtsträchtige Landschaft, weit weniger angenehm die klosterhafte Stille innerhalb der Mauern, die dunklen, klammen Winkel mit ihren stickigen Ölfunzeln ...

Ganz zu schweigen von den sanitären Anlagen.

Aber all das hatte durchaus seinen Reiz. Hier herrschte ein urwüchsiges Leben, das sich in kein Schema pressen oder begradigen ließ durch Straßenpläne und Hochhäuser mit übereinandergeschichteten Wohnungen und künstlichen Lichtern, die die Sterne am Himmel unsichtbar machten. Hier waren Wind und Wellen zu hören, verwitterte Steine und Kiesel in unendlicher Vielfalt zu finden, und es gab kein vorgeschriebenes Sollmaß, bis auf die unausweichliche Tatsache, daß Hin- und Rückweg des Ausritts die gleiche Länge hatten ...

Ilisidi sprach von Lastkähnen und Fischkuttern, während sich am Himmel über Malguri ein dünner Kondensstreifen nach Osten vorschob, über die Kontinentalschranke hinweg, jenen Gebirgszug, der die beiden Atevi-Zivilisationen jahrtausendelang voneinander getrennt hatte. Jetzt war binnen vier, fünf Stunden die Verbindung hergestellt.

»Früher hat es Tage gedauert, wenn man von Maidingi aus in eine der Nachbarprovinzen reisen wollte. Da war äußerste Vorsicht geraten«, sagte Ilisidi, natürlich nicht ohne Hintergedanken.

»Aber wir haben inzwischen viel dazugelernt, nand' Aiji-Mutter.«

»So? Was denn?«

»Daß uns Grenzmauern nicht nur nach außen abschotten, sondern auch gefangenhalten.«

»Ha!« erwiderte die Alte, worauf Babs nach jäher Kehrtwendung so kraftvoll davonsprengte, daß Steine unter seinen Hufen aufspritzten.

Nokhada folgte. Und es schmerzte, Gott, es schmerzte jeder Galoppsprung auf dem Abhang zum See hinunter. Bren blickte angestrengt nach vorn, fixierte Ilisidis fliegenden Zopf aus weißem Haar. Da war kein Schleifenband, das ihren Rang kenntlich machte, kein Schmuck zu sehen, nur der schlichte, rot-schwarze Rock, Babsidis schwarzer Rumpf und der Schwanz, der nur deshalb hin- und herpeitschte, weil ein Übermaß an Energie zu verausgaben war.

Nokhada hielt Anschluß. Für die zurückhängenden Wachen und Cenedi an Brens Seite blieb nichts anderes übrig als zu folgen.

Wenig später wurde wieder Halt gemacht an einem schmalen, sichelförmigen Sandstrand. Wer sich vor Assassinen hüten mußte, entdeckte allenthalben günstige Anlegestellen für ein Boot und Schleichwege zur Burg.

Während die Mecheiti schnaubend Luft holten, informierte Ilisidi über den See, seine größte Tiefe, seine Bewohner und – seine Gespenster. »Als ich noch ein Kind war«, sagte sie, »wurde ein Wrack ans Ufer gespült, nur Teile eines Bugs, angeblich Überreste eines Schatzschiffes, das, wie es hieß, vor vierhundert Jahren gesunken war. Viele Taucher machten sich daran, den Rumpf zu bergen. Vergeblich. Es wurden nur ein paar mehr oder minder wertvolle Gegenstände aus dem Wasser gefischt, auf die Burg geschafft und dort aufbewahrt. Mein Vater schenkte die besten Stücke dem Museum von Shejidan. Insgesamt ein Vermögen. Die Leute von Maidingi hätten es lieber gesehen, wenn das Zeug zu Gunsten der Provinz versilbert worden wäre.«

»Es ist gut, daß Ihr Vater diese Schätze gerettet hat.«

»Warum?«

»Weil sie Teil der Geschichte sind«, antwortete er und fragte sich verwundert, ob er wieder einmal einen atevischen Gedankenzug mißverstanden hatte. »Es ist doch wichtig, Erinnerungen an die Vergangenheit aufzubewahren, oder?«

»Finden Sie?« Und statt ihre Meinung dazu zu verraten, trieb sie ihr Mecheita an und preschte weiter. Bren mußte sich wieder einem dringlicheren Problem widmen, nämlich dem der Vermeidung noch größerer Schmerzen. Verflucht, dachte er und überlegte, ob er versuchen sollte, Nokhada zurückzuhalten, um der Alten zu zeigen, daß er sich geschlagen gab. Vielleicht würde sie dann ein gemächlicheres Tempo einlegen und am Ende womöglich ihr Interesse an seiner Gesellschaft verlieren. Schöne Aussicht. Er könnte ein warmes Bad nehmen und Gespenstergeschichten lesen, bis diejenigen, die es auf ihn abgesehen hatten, in Banichis Falle getappt und dieser ganze Spuk vorbei wäre, worauf er wieder zurückfliegen würde in seine klimatisierte Wohnung, die Morgennachrichten im Fernsehen verfolgen und Tee trinken, dem zu trauen war.

Doch er hielt mit Ilisidi Schritt, wollte keine Schwäche zeigen und sich geschlagen geben. Was die Atevi unter *Na'itada* verstanden, bezeichnete Barb Idiotie. Noch nie war ihm eine Stunde so lang vorgekommen, und während dieser einstündigen Rückkehr zur Burg sehnte er sich zur Erlösung von seinen Qualen einen raschen Tod herbei.

Endlich erreichten sie den Hof und die Ställe. Die Mecheiti drängte es zu ihren Futterkrippen. Es gelang ihm, Nokhada zu Boden zu zwingen und aus dem Sattel zu steigen, und als er wieder festen Boden unter den Füßen spürte, drohten seine Beine unter der Last seines Körpers einzuknicken.

»Nehmen Sie ein heißen Bad«, riet Ilisidi. »Ich werde Ihnen ein paar Kräuter bringen lassen, nand' Paidhi. Wir sehen uns dann morgen wieder.«

Er verbeugte sich und kehrte unter Ilisidis Gefolge ins Haus zurück, bemüht, nicht allzu auffällig zu humpeln.

»In vier oder fünf Tagen«, versicherte Cenedi, »ist der Muskelkater weg.«

Ein heißes Bad; er dachte an nichts anderes, als er den langen Weg zur Eingangshalle zurücklegte. Ein heißes Bad, für eine ganze Stunde. Und dann in einen weichen Sessel, der sich nicht vom Fleck rührt; in der Sonne sitzen und lesen. Nur keine Anstrengung mehr. Langsam und mit beiden Händen am Geländer schleppte er sich über die Treppe nach oben, als er eilige Schritte auf den Steinfliesen der Halle hörte. Er schaute sich um und sah Jago auf die Treppe zusteuern, voller Energie und besorgt, wie es schien. »Bren-ji«, rief sie ihm zu. »Was ist los mit Ihnen?«

Offenbar verriet sein Äußeres, wie er sich fühlte. Der Zopf hatte sich aufgelöst; an seinen Kleider klebten Staub, Haare und Nokhadas Geifer. »Was soll schon sein, Nadi-ji? Wie war der Flug?«

»Lang.« Sie nahm zwei Stufen mit einem Schritt und hatte ihn bald eingeholt. »Sind Sie gestürzt, Bren-ji? Sie sind doch nicht etwa …«

»Nein, Muskelkater. Nicht der Rede wert.« Er biß die Zähne zusammen und überspielte seine Schwäche. Jago wich ihm nicht von der Seite. Sie duftete nach Blumen, was Bren noch verlegener machte, naßgeschwitzt, wie er war. Atevi rümpften die Nase über den Geruch von Menschenschweiß; darauf war schon in der Paidhi-Schule nachdrücklich hingewiesen worden. So diskret wie möglich versuchte er deshalb auf Abstand zu gehen. Dabei war er so froh, sie wieder in seiner Nähe zu wissen. Gestern hatte er sie noch schmerzlich vermißt. »Wo ist Banichi? Ich habe ihn seit gestern nicht gesehen.«

»Vor einer halben Stunde war er unten am Flughafen«, antwortete Jago. »Er hat sich mit Leuten vom Fernsehen unterhalten. Ich glaube, sie kommen hierher.«

»Warum?«

»Keine Ahnung, Nadi. Sie sind mit dem Flugzeug angereist. Vielleicht wegen des versuchten Mordanschlags. Sie haben nichts gesagt.«

Das geht dich nichts an, übersetzte Bren im stillen; Banichi wird sich um diese Leute kümmern und sie wahrscheinlich wieder zurückschicken.

»Sonst gab es keine Probleme?«

»Nur mit Banichi.«

»Wieso?«

»Er ist wohl unzufrieden mit mir. Vielleicht habe ich was Falsches gesagt oder getan. Ich weiß nicht.«

»Es war bestimmt nicht leicht für ihn, den Toten in Schande auszuliefern. Es war ein Mann aus seiner Verbindung. Seien Sie nachsichtig, nand' Paidhi. Es gibt Dinge, die Sie nicht verstehen und für Ihr Amt auch nicht verstehen müssen.«

»Das ist mir längst klar«, entgegnete er und bedauerte im nachhinein, daß er beim Abendessen mit Banichi nur auf das eigene Unbehagen fixiert gewesen war und dessen Kummer nicht zur Kenntnis genommen hatte. Vielleicht war Banichi mit einer bestimmten Hoffnung zu ihm gekommen, die aber unerfüllt blieb, was zu dieser Mißstimmung führte, mit der sie sich verabschiedet hatten. »Ich fürchte, ich habe mich gestern abend ziemlich schofel verhalten, Nadi. Banichi hat allen Grund, über mich verärgert zu sein. Vielleicht können Sie schlichten.«

»Sie stehen nicht in seiner Pflicht, Bren-ji. Und wie dem auch sei, ich glaube kaum, daß er Anstoß genommen hat. Rechnen Sie es als ein Kompliment an, wenn er Ihnen gegenüber seinen Kummer hat durchblicken lassen.«

Kaum zu glauben. Bren kramte in seiner Erinnerung nach Hinweisen und Aussagen, die es zu überdenken und eventuell neu zu deuten galt. Ob Banichi ihn nach allem womöglich doch mochte, gern hatte?

Doch die Vernunft rief ihn zurück. Spekulationen über menschenähnliche Regungen auf Seiten der Atevi ergaben keinen Sinn. Jago war beim Wort zu nehmen, Punkt, aus. Banichi hatte sich verständlicherweise anmerken lassen, daß ihm der schmachvolle Tod eines Berufskollegen naheging, aber weder er noch Jago würden, nur weil sie mit einem gelangweilten Menschen eingesperrt waren, auf menschliche Gefühlsduselei verfallen. Dagegen waren sie immun, und daß er, Bren, dennoch ständig darauf lauerte und andere Signale übersah, mußte für sein Gegenüber reichlich frustrierend sein. Als Tischgenosse hatte er sie schlecht vertreten, Jago, die nach Shejidan geflogen war, um der Gilde zu berichten, daß auf den Paidhi erneut ein Anschlag verübt worden war. Über mögliche Motive hatte sich Banichi wahrscheinlich im Verlauf des Abendessen selbst einen Reim gemacht.

Die beiden erreichten die Tür zu Brens Unterkunft. Er holte den Schlüssel aus der Tasche, doch Jago kam ihm mit dem Zweitschlüssel zuvor und ließ ihn ins Empfangszimmer treten.

»Warum so düster, nand' Paidhi?« fragte sie und musterte ihn mit skeptischem Blick.

»Wegen gestern. Da sind Worte gefallen, für die ich mich schäme. Wenn Sie Banichi bitte ausrichten würden, daß es mir leid tut …«

»Zerbrechen Sie sich nicht den Kopf«, sagte sie, machte die Tür hinter sich zu und zog die Aktenmappe unter dem Arm hervor. »Hier. Das wird Sie aufmuntern. Ich habe Ihre Post mitgebracht.«

Damit hatte er nicht mehr gerechnet. Er hatte sich damit abgefunden, aus vermeintlichen Sicherheitsgründen isoliert zu sein. Und nun warf Jago all seinen Argwohn über den Haufen.

Er nahm das Bündel entgegen, das sie ihm reichte, und suchte sofort hastig nach persönlichen Briefen. Es waren hauptsächlich Kataloge, wenn auch nicht halb so viele wie normalerweise; dazwischen drei Briefe, jeweils einer von den Vorsitzenden der Ausschüsse für Landwirtschaft und Finanzen – der dritte trug das Siegel Tabinis. Von Mospheira war keiner dabei.

Weder von Barb noch von seiner Mutter. Keine Nachricht aus dem Büro, kein ›Wie geht es Dir?‹ und ›Lebst Du noch?‹. Das, was er da in den Händen hielt, konnte doch nicht die ganze Post sein ...

Bestimmt wußte Jago, welche Briefe man ihm vorenthielt. Sollte er sie zur Rede stellen? Sie schaute ihn abwartend an, wahrscheinlich neugierig darauf zu erfahren, was in Tabinis Brief zu lesen stand.

Oder wußte sie auch darüber Bescheid?

Er wagte nicht zu fragen, weil er die Antworten fürchtete. Gleichzeitig machte ihm die Ahnungslosigkeit angst und seine Unfähigkeit, das Schweigen um ihn herum zu deuten.

Mit dem Daumennagel brach er Tabinis Siegel auf, inständig hoffend, daß das Schreiben eine Erklärung enthielt, die nicht einem Desaster gleichkam.

Tabinis Handschrift – schwer zu entziffern. Die übliche Anrede unter Aufzählung sämtlicher Titel. Dann, mit kalligraphischem Schwung: *Ich hoffe, Sie erfreuen sich guter Gesundheit und der Ressourcen an Sonne und Wasser, die Malguri bereithält.*

Verbindlichen Dank, dachte Bren säuerlich; jedenfalls ist zu dieser Jahreszeit kein Regenmangel zu beklagen. Er lehnte das schmerzende Hinterteil an die Tischkante und las. Jago übte sich in Geduld.

Jetzt erklärte sich, warum die Fernsehleute aufgekreuzt waren ... *damit das Publikum weltweit, dessen Menschenbild geprägt ist von Machimi, einen neuen, echten Eindruck von der äußerlichen Erscheinung und den Gedanken eines Menschen gewinnt, wäre es gut, wenn Sie sich diesem Interview stellen. Ich halte das für eine sinnvolle Sache und bin zuversichtlich, daß Sie das Beste daraus machen. Bitte, sprechen sie so offen ins Mikrophon wie mit mir.*

»Nadi Jago. Wissen Sie, was hierdrin steht?«

»Nein, Bren-ji. Gibt's irgendein Problem?«

»Tabini hat dieses Fernsehteam geschickt.«

»Daß wir davon nicht unterrichtet wurden, überrascht mich. Sei's drum, die Leute werden mit Sicherheit akkreditiert sein.«

Für Ihre Person in der Öffentlichkeit zu werben ist nach meinem Dafürhalten die wirksamste Maßnahme im Kampf gegen unsere Feinde, die Sie, den Paidhi, genötigt haben, Ihre Amtsgeschäfte vorübergehend einzustellen und die Stadt zu verlassen. Ich habe persönlich mit dem Leiter der Nachrichtenredaktion der nationalen Fernsehanstalt gesprochen und veranlaßt, daß ein Team aus hochangesehenen Journalisten nach Malguri reist, um Sie zu interviewen. Mit mir hofft insbesondere auch der Minister für Erziehung, daß dies der Einstieg ist zu einer monatlich stattfindenden Nachrichtenkonferenz …

»Er will, daß ich am Nachrichtenprogramm mitwirke. Wußten Sie das?«

»Nein, Nadi-ji. Aber ich bin mir sicher, daß Tabini-Aiji die Leute, die das Interview mit Ihnen führen, handverlesen hat.«

»Handverlesen.« Er überflog den Brief, gefaßt auf weitere Überraschungen. Doch mehr kam nicht, und zum Schluß hieß es: *Ich weiß, das Wetter ist zur Zeit nicht sonderlich gut, hoffe aber, daß sie angenehme Ablenkung finden, sei es in der Bibliothek oder in Gesellschaft meiner hochverehrten Großmutter, der Sie bitte meine besten Wünsche übermitteln wollen …*

»Es ist nicht zu fassen. Ich muß unbedingt mit Tabini sprechen. Jago, ich brauche ein Telefon. Sofort.«

»Ich muß Sie enttäuschen, Bren-ji. Hier gibt's kein Telefon, und ich bin nicht befugt, Sie über unsere …«

»Zum Teufel, Jago!«

»Ich kann Ihnen nicht helfen.«

»Banichi, kann er mir helfen?«

»Wohl kaum.«

»Na schön. Dann muß das Interview abgeblasen werden.«

Jago war sichtlich irritiert. »Der Paidhi hat doch gelesen. Die Journalisten sind auf Veranlassung des Aiji angereist; es ist dessen persönlicher Wunsch, daß es zu diesem Interview kommt. Dem Paidhi wird bewußt sein, daß er, falls er sich weigern sollte, diese Leute und nicht zuletzt den Hof des Aiji in große Verlegenheit bringt.«

»Ich kann nicht vor die Kamera treten, ohne vorher mit meinem Büro auf Mospheira Rücksprache genommen zu haben, ganz zu schweigen davon, daß es mir nicht gefällt, dermaßen überrumpelt zu werden. Ich will sofort telefonieren!«

»Haben Sie nicht behauptet, daß Ihr Man'chi Tabini gilt?«

Natürlich, dieser Hinweis mußte kommen.

»Was unter anderem auch umfaßt, daß ich ihm meine Meinung sage und daß ich meine Autorität als Paidhi den eigenen Leuten gegenüber nicht aufs Spiel setze. Mein Man'chi gebietet mir, Rücksprache zu nehmen. Ich hoffe, Sie haben ein Einsehen, denn zwingen kann ich Sie nicht.«

Geschickt zu lavieren gehörte zu seinem Geschäft. Doch es war leichter, die Schwerkraft außer Kraft zu setzen, als Jagos Man'chi-Begriff zu erschüttern.

»Wenden Sie sich an Banichi«, entgegnete sie gelassen. »Aber ich bezweifle, daß er Ihnen weiterhelfen kann. Wenn Sie es wünschen, mache ich mich gleich auf den Weg zum Flughafen und berichte Banichi von Ihren Einwänden. Vielleicht läßt sich noch was in Ihrem Sinne arrangieren. Aber es kommt nicht in Frage, daß die Sache abgeblasen wird. Stellen Sie sich vor, wie Tabini dastehen würde …«

»Mir ist schlecht. Das muß am Tee liegen.«

»Bitte, Nadi, machen Sie keine Scherze.«

»Ich bin auf dieses Interview nicht vorbereitet.«

»Ihre Weigerung würde sich sehr unvorteilhaft auswirken. Sie werden doch verstehen …«

»Ich kann darüber nicht eigenmächtig entscheiden, Jago; diese Sache ist von politisch weitreichender Konsequenz.«

»So oder so. Machen Sie doch wenigstens der Form halber mit, Bren-ji. Das Interview wird nicht direkt ausgestrahlt. Falls es zu Problemen kommen sollte, bleibt immer noch Zeit für Korrekturen. Denken Sie daran: Tabini hat diese Journalisten ausgesucht. Das sind Leute mit Fingerspitzengefühl, die sehr vorsichtig sein werden, zumal ihr eigener Ruf auf dem Spiel steht.«

Jago wußte selbst geschickt zu argumentieren, wenn Man'chi oder Pflichterfüllung zur Debatte standen, Fragen, die in ihrem Beruf über nicht weniger als Leben und Tod entschieden.

»Darf ich mal den Brief sehen, Bren-ji?«

Er reichte ihr das Schreiben. Jago trat ans Fenster, nicht um besser, sondern um ungestört lesen zu können.

»Tabini-Aiji empfiehlt, daß Sie diesen Leuten offen gegenübertreten und kein Blatt vor den Mund nehmen. Ich kann mir vorstellen, warum er einen solchen Rat erteilt. Für den Fall, daß Sie in Schwierigkeiten geraten, wäre es günstig, das Wohlwollen der Öffentlichkeit zu haben.«

»Schwierigkeiten?«

»Um Sie zu schützen, mußten wir ein Atevileben opfern.«

Bren hörte, was er zu hören fürchtete, einen unentrinnbaren Vorwurf gegen ihn als Menschen. »Ein Atevileben.«

»Wie gesagt, um Sie zu schützen, wie es unser Man'chi verlangt. Doch viele werden dafür kein Verständnis aufbringen.«

»Und was ist Ihre Meinung?« Er mußte sie das fragen.

Jago ließ mit der Antwort auf sich warten. Sie faltete seelenruhig den Brief und sagte dann: »Ich verlasse mich auf das Urteil des Aiji. Überlassen Sie mir den Brief, damit ich ihn zu den Akten legen kann?«

»Natürlich.« Er wehrte sich gegen das Gefühl der Kränkung. Was erwartest du? fragte er sich, und dann:

Wie soll ich mich verhalten ohne Rücksprache mit Mospheira? Was werden sie mich fragen, und was kann ich antworten?

Jago steckte den Brief ein und ging durch sein Schlafzimmer in ihr Quartier, ohne seine Frage nach ihrer Meinung beantwortet oder auch nur mit einem einzigen Wort darauf angespielt zu haben, daß auch sie persönlich in Schwierigkeiten geraten könnte.

Gestern hatte er Banichi brüskiert, heute Jago.

»Jago«, rief er ihr nach. »Fahren Sie jetzt zum Flughafen runter?«

Es gehörte sich auch nicht, dermaßen laut zu rufen. Jago kam den ganzen Weg zurück, um zu antworten. »Wenn Sie so wünschen. Der Brief bietet allerdings keine Verlassung, diese Leute aufzuhalten, nand' Paidhi. Ich bin aber gern bereit, Banichi mitzuteilen, daß Sie Bedenken haben. Mehr ist mir nicht möglich.«

Bren wußte keinen Rat mehr. Er verbeugte sich flüchtig und sagte: »Ich bin sehr müde, Nadi. Wenn ich mich in Tonfall oder Wortwahl vergriffen habe, verzeihen Sie mir bitte.«

»Keine Ursache, Bren-ji. Wichtiger ist, daß Sie den Journalisten gegenüber ein gutes Bild abgeben. Was ist nun? Soll ich Banichi aufsuchen?«

»Nicht nötig«, antwortete er und seufzte. »Ich werde mich den Leuten stellen. Aber richten Sie bitte bei der nächsten Gelegenheit dem Aiji von mir aus, daß er mich in eine Lage gebracht hat, die mich meinen Job kosten könnte.«

»Das verspreche ich Ihnen«, sagte Jago auf eine Weise, die keinen Zweifel aufkommen ließ.

»Vielen Dank, Nadi«, murmelte er, worauf sie sich verbeugte und verschwand.

Aus dem einstündigen Bad wurde nichts. Zur Wannenlektüre wählte er eine Reisebroschüre aus und einen Flugzeugkatalog. Dann klingelte er nach Djinana, um ihn über seine geänderten Absichten zu informieren. Er zog die Jacke aus, humpelte ins Badezimmer und warf seine verdreckten, durchschwitzten Sachen in den Wäschekorb.

Das Wasser war heiß und duftete nach Kräutern. Am liebsten hätte er den halben Tag darin zugebracht. Bald überkam ihn eine bleierne Müdigkeit. Der Kopf nickte auf die Brust, und die Hände sanken samt der Broschüre, die sie hielten, ins Wasser.

Und dann kam auch schon Tano, um zu berichten, daß ein Wagen vorgefahren sei mit Banichi und Leuten vom Fernsehen. Ob der Paidhi sich jetzt anzukleiden wünsche?

Der Paidhi würde sich lieber ersäufen, aber Tabini hatte andere Pläne mit ihm, und so stieg er aus der Wanne und zog brav die von Tano zurechtgelegte Amtstracht an.

Er hatte keinerlei Notizen zur Hand, die ihm geholfen hätten, auf all die Fragen zu antworten. Ihm war flau vor Hunger, aber immerhin hörte nach einer Weile das geschundene Sitzfleisch zu schmerzen auf. Statt dessen machte sich Taubheit breit.

»Stimmt es, daß auf Mospheira all diese Systeme vorhanden sind und genutzt werden?« fragte der Interviewer, der, wie konnte es anders sein, hauptsächlich an der Regelung des Technologietransfers interessiert war.

»Die meisten, ja.«

»Welche nicht?«

»Die Schiene ist für uns weniger zweckmäßig. Aufgrund der gebirgigen Topographie bietet sich vor allem der Luftweg an.«

»Vor zweihundert Jahren war von dieser Option noch nicht die Rede. Warum wurde sie dem damaligen Aiji vorenthalten?«

»Aus Sorge vor einem Angriff.«

»Neben ökologischen Bedenken spielen also offenbar auch andere Erwägungen eine Rolle.«

Ein kritischer Mann, der die sprichwörtliche Schere offenbar nicht im Kopf hatte. Tabini vertraute ihm.

»Einschneidende Veränderungen sind in jeder Hinsicht riskant«, antwortete Bren. »Zur Zeit der Landung waren die ersten Schwellen und Gleise schon verlegt. Hätte Shejidan schon damals gleichsam von heute auf morgen den Sprung zur Luftfahrt gewagt, wäre es gewiß zu problematischen Auseinandersetzungen mit benachbarten Verbänden gekommen. Es war wohl auch im Sinne von Barjida-Aiji, daß der weit weniger bedrohlichen Entwicklung der Dampflokomotive der Vorzug gegeben wurde. Wir hätten auch Raketen bereitstellen können. Wir hätten gleich zu Anfang mit der Tür ins Haus fallen und sagen können: Hier ist die Formel für Dynamit. Wäre dann nicht zu befürchten gewesen, daß sich zerstrittene Lager oder Städte mit Bomben beworfen hätten? Wir hatten gerade einen Krieg hinter uns, und den zu beenden war schwer genug. Wir wollten nicht durch Aufrüstung einen weiteren Krieg provozieren. Als wir die Flugzeuge hatten, wäre es uns durchaus möglich gewesen, Bombardements aus der Luft durchzuführen. Aber das wollten wir nicht.«

»Das spricht für Sie«, entgegnete der Interviewer.

Hoffentlich, dachte Bren, verstehen das alle so.

»Uns stand nie der Sinn nach Krieg«, fuhr er fort. »Es hat uns auf diesen Planeten verschlagen. Wir mußten auf ihm landen, auf Gedeih oder Verderb. Daß wir zum Teil großen Schaden verursacht haben, war nicht unsere Absicht. Die Wiedergutmachung, die der Vertrag von uns fordert, ist angemessen und gerecht.«

»Gibt es Grenzen für Sie, was den Austausch an Know-how angeht?«

Er schüttelte den Kopf. »Nein.«

»Und wie steht's um die Schnellstraßen?«

Verdammt, schon wieder diese Frage. Er holte Luft und ließ sich Zeit zum Überlegen. »Ich weiß aus eigener Anschauung, wie es um die Transportwege gerade in den Bergen bestellt ist, und werde meine Beobachtungen *unserem* Rat zu Gehör bringen. Und ich bin sicher, daß die Nai-Aijiin mir entsprechende Empfehlungen mit auf den Weg geben.«

Er hatte die Lacher auf seiner Seite. Doch es wurde schnell wieder ernst. »Ob eine Stadt das von ihr benötigte Transportsystem erhält, hängt weniger von der Entscheidung der Legislative ab als vielmehr von Ihrem Dafürhalten, nicht wahr?«

»Nein, darüber befinde ich nicht allein, sondern in Absprache mit dem Aiji, den Ratsausschüssen, den Gremien der Legislative.«

»Warum kommt es dann nicht zum Ausbau der Schnellstraßen?«

»Weil ...«

Weil Mecheiti ihrem Anführer folgen. Weil Babs das Leittier ist und Nokhada keine andere Wahl hat, es sei denn, sie legte es auf einen Machtkampf an, was sie nicht will ... Verrückter Einfall. Er mußte auf diese Frage antworten, und zwar so, daß sich kein Atevi auf den Zopf getreten fühlte.

»Weil die Konsequenzen noch nicht klar genug vorauszusehen sind. Weil sich Schwierigkeiten in der Planung abzeichnen.« Er wußte nicht weiter, geriet in Panik. Er hatte den Faden verloren. Was er sagte, ergab keinen Sinn und mußte sich deshalb wie eine Lüge anhören. »Und außerdem stand zu befürchten, daß sich in Fragen der Finanzierung der Bund auseinanderdividieren könnte.«

Der Interviewer zögerte, verzog aber höflicherweise keine Miene. »Soll das heißen, daß der gegenwärtige Stand der Dinge auf eine Fehleinschätzung zurückzuführen ist?«

Himmel hilf! »Von Fehleinschätzung kann nicht die Rede sein, allenfalls von vorsichtiger Zurückhaltung.« Bren setzte neu an, hatte wieder Tritt gefaßt. Strukturprobleme waren in erster Linie Angelegenheit der Atevi.

»Den Dörfern und Kleinstädten in Randgebieten hätte ein solches Projekt nicht viel gebracht, im Gegenteil. Sie wären noch weiter ins Abseits gedrängt worden, während diejenigen Orte, die das Glück gehabt hätten, an Schnellstraßen angebunden zu werden, einen enormen Aufschwung genommen hätten. Je breiter und schneller eine Straße, desto eher lassen sich an ihr Handel und Gewerbe nieder. Ein Wildwuchs von Ballungsgebieten würde daraus entstehen, und bis auf den Aiji wäre niemand mehr interessiert am Zustand der entlegenen Ortschaften. Das wirtschaftliche Ungleichgewicht hätte unweigerlich auch ein politisches Ungleichgewicht zur Folge. Ich sehe durchaus die Notwendigkeit für den Bau von Straßen, doch die sollten nach meiner Meinung eingebunden sein in das Netz des zentralen Transportsystems.«

Der Interviewer schien sein Interesse an diesem Thema verloren zu haben. Vielleicht fürchtete er, daß den Zuschauern die detaillierten Ausführungen des Paidhi zu langweilig werden könnten. Daß er eine andere Sitzhaltung annahm, deutete auf einen Wandel der Gesprächsführung hin. Bren war froh darüber. Sein Gegenüber wollte nun wissen, wo er zu Hause sei, welches Verhältnis er zu seiner Familie pflege, wie er seinen Urlaub verbringe und dergleichen mehr, gottseidank keine kritischen Fragen. Unter dem heißen Scheinwerferlicht hatte sich Schweiß auf der Stirn gebildet, und er atmete erleichtert auf, als das Interview abgeschlossen wurde mit den üblichen höflichen Floskeln.

»Vielen Dank, nand' Paidhi«, wiederholte der Interviewer, nachdem das Licht ausgeschaltet worden war.

»Ich bin es leider nicht gewöhnt, vor Kameras zu sprechen«, entschuldigte sich Bren. »Hoffentlich hat das, was von mir zu hören war, Sinn gemacht.«

»Sie waren sehr gut, nand' Paidhi, viel besser als manch andere Gesprächspartner aus Politik und Wirtschaft, das versichere ich Ihnen. Wir sind froh, daß Sie

Zeit für uns gefunden haben.« Der Mann stand auf, Bren stand auf, und Banichi, der am Rand im Schatten gesessen hatte, stand ebenfalls auf. Sie alle verbeugten sich. Der Interviewer bot ihm, Bren, die Hand. Eine nette Geste, zu der man ihm vermutlich hinter den Kulissen geraten hatte.

»Sie wissen, was bei uns Brauch ist«, sagte Bren. Der Interviewer grinste und drückte kräftiger zu, als es einem zarter gebauten Menschen lieb sein konnte.

Die nächste Linienmaschine nach Shejidan startete erst am Abend. Das Fernsehteam wollte die Zeit nutzen, um noch über den Stromausfall in Maidingi zu berichten. Es packte die Scheinwerfer ein und rollte die Kabel auf, die rot und schwarz aus der Küche in die Halle und über den Teppich rankten. Die gesamte Ausrüstung verschwand in Kisten. Die Tierköpfe an den Wänden starrten so verwundert und glasig drein wie der Paidhi.

Er versuchte sich an jedes einzelne Wort zu erinnern, das er gesagt hatte und in seinem Bericht an Mospheira würde rechtfertigen müssen. Zum Glück waren die wirklich heiklen Themen nicht angeschnitten worden, und bis auf diesen einen Aussetzer in punkto Schnellstraße hatte er sich nichts vorzuwerfen.

»Es wäre schön, wenn wir Gespräche dieser Art regelmäßig führen könnten«, sagte der Interviewer, dessen Namen Bren entfallen war, doch er glaubte sich dann an ›Daigani‹ zu erinnern. »Vielleicht auch mal auf Mospheira in Zusammenarbeit mit dem dortigen Fernsehsender mit Berichten über Land und Leute. Wie fänden Sie das?«

»Es würde mich freuen, wenn sich das einrichten ließe«, antwortete Bren. »Ich bin gern bereit, mich für ein solches Projekt bei den zuständigen Stellen auf Mospheira stark zu machen. Noch heute, wenn Sie es wünschen«, fügte er hinzu, was, an die Adresse von Banichi und Jago gerichtet, heißen sollte: *Man gebe mir nur ein Telefon.* Und sofort beschlichen ihn unheimliche Gedanken. Die Leute der Nachrichtenredaktion mußten doch wissen, daß jemand versucht hatte, ihn zu töten. Darauf aber war niemand zu sprechen gekommen, weder der Interviewer noch er, Bren, selbst. Der konspirative Umgang der Sicherheitskräfte des Bu-javid mit diesem Problem färbte offenbar auf alle ab. Darüber sprach man nicht ohne Genehmigung, schon gar nicht vor laufenden Kameras.

Sollte womöglich totgeschwiegen werden, daß gestern hier auf Malguri ein Mann getötet worden war? Oder wußte das Fernsehen auch davon schon?

Bren schwitzte immer noch, obwohl die Luft merklich abgekühlt war. Eine neue Gewitterfront zog auf. Die Leute vom Fernsehteam berichteten, daß sie auf dem Hinflug in Turbulenzen geraten und mächtig durchgerüttelt worden seien. »Sehr ungemütlich«, sagten sie. Bren erinnerte sich, daß Jago einen ganz anderen Kommentar dazu abgegeben und nur die Länge beklagt hatte.

Als das Portal geöffnet wurde, wehte ein böiger Wind in die Halle, der die Lampen unter der Decke zum Baumeln brachte. Während sich der Interviewer weiter mit Bren unterhielt, schleppte die Mannschaft das Gepäck nach draußen – unter aufmerksamer Beobachtung von Tano und Algini, die an der Tür standen. Algini war mit ihnen nach Malguri heraufgekommen, so auch Banichi. Und Jago … sie hatte sich zurückgezogen, vielleicht ins Bett, um auszuruhen. Sich dahin zu verkriechen wäre jetzt auch nach Brens Geschmack gewesen. Ihm rauchte der Schädel.

Banichi kam wie gerufen, als er den Interviewer von Bren ablenkte und zur Tür geleitete. Zum Abschied gab es noch viele artige Worte und Verbeugungen; dann, endlich, war es soweit, die Fernsehleute stiegen in ihren Wagen, und Bren konnte erleichtert aufatmen.

»Tano und Algini fahren mit zum Flughafen«, sagte Banichi. »Vielleicht bleiben sie länger und essen in Maidingi zu Abend. Ich habe da ein gutes Restaurant entdeckt.«

»Schön«, sagte Bren und verzichtete darauf zu fragen, warum sie nicht alle dort einkehrten, denn die Antwort lag auf der Hand: Kein Wirt sieht es gern, wenn sich in seiner Gaststube Mordszenen abspielen. Bren spürte erst jetzt in vollem Umfang, wie nervös er vor und während des Interviews gewesen war, nicht nur weil er unangenehme Fragen befürchtet, sondern ganz einfach Angst gehabt hatte vor den Fremden mit ihren vielen Kisten und Kästen, in denen wer weiß was verborgen gewesen sein mochte.

Er fragte sich jetzt, ob er schon unter Verfolgungswahn litte. Einem Team der nationalen Fernsehanstalt heimtückische Mordabsichten zu unterstellen war absolut verrückt.

»Sie haben Ihre Sache wirklich gut gemacht, nand' Paidhi.«

»Ach was, ich war viel zu durcheinander.«

»Tabini meint auch, daß solche Interviews häufiger gebracht werden sollten«, sagte Banichi. »Er hofft, daß sich der Paidhi verstärkt der Öffentlichkeitsarbeit widmet und entsprechende Kontakte aufnimmt.«

»Vielleicht auch zu denen, die mich lieber tot sehen?« Die Antwort war ihm rausgerutscht und seiner gereizten Stimmung zuzuschreiben. Tabinis Vorschlag war sinnvoll, daran gab es nichts zu deuteln.

»Warum gehen Sie nicht nach oben, nand' Paidhi? Ziehen Sie sich was anderes an und versuchen Sie sich zu entspannen.«

Auf Entspannung war heute kaum zu hoffen, aber der Kragen kratzte, und vom langen Stillsitzen waren sämtliche Gelenke steif geworden. Keine schlechte Idee, nach oben zu gehen und die Sachen zu wechseln. Mehr blieb ihm ohnehin nicht zu tun.

Nicht nur aus Höflichkeit, sondern weil es ihm ein echtes Anliegen war, sagte er: »Ich habe mich gestern abend ziemlich schlecht benommen, verzeihen Sie mir, Banichi.«

»Mir ist nichts dergleichen aufgefallen«, antwortete Banichi. Er achtete kaum auf Bren und beobachtete den Wagen, der sich in Bewegung gesetzt hatte.

»Daß ein Mann aus Ihrer Verbindung dran glauben mußte, tut mir leid. Besonders auch für Ihre Ausbilder.«

»Dafür können Sie nichts. Ein bedauerlicher Vorfall.« Banichi legte ihm die Hand auf die Schulter. »Gehen Sie nach oben, Nadi.«

Deutlicher gesagt: Gehen Sie mir nicht länger auf die Nerven. Banichi war mit seinen Gedanken woanders und wollte in Ruhe gelassen werden, wofür Bren vollstes Verständnis hatte. Auch er wollte Ruhe haben und ungestört das unterbrochene Bad fortsetzen. In der Wanne würde sich endlich abschalten lassen.

Es dauerte eine Weile, bis der Boiler das Wasser aufgeheizt hatte und die Wanne gefüllt war. Ihm blieb genügend Zeit, einen Imbiß zu sich zu nehmen und einen der beiden anderen Briefe zu lesen, die Jago gebracht hatte. Spontan stellte sich der Wunsch ein, Notizen in den Computer zu tippen. Interessant, wie schnell der Verstand in gewohntes Fahrwasser zurücktreibt.

Aber Verlängerungskabel und Strom aus der Küche gab es für den Paidhi nicht; Ausnahmen wurden nur für Kameraleute gemacht.

Er tauchte in das dampfende Bad ein und lehnte den Kopf an den Wannenrand, auf dem ein Glas Weinbrand abgestellt war, in der Qualität durchaus vergleichbar mit entsprechenden Erzeugnissen aus Mospheira. Und dann lagen da noch der Reisekatalog und ein Prospekt für Sportgeräte, in denen er nicht nach irgendwelchen konkreten Angeboten suchte, sondern einfach nur nach Wunschanregungen.

Es hatte wieder zu Donnern angefangen, und er fragte sich müßig, ob die Linienmaschine bei diesem

Wetter wohl planmäßig starten würde. Hoffentlich. Er wollte, daß die Fernsehleute verschwanden. Wieso waren eigentlich Tano und Algini mit nach Maidingi gefahren? Zum Vergnügen? War ihnen zu wünschen, daß sie nicht naß wurden.

Er nahm einen Schluck aus dem Glas, an dem Kondenstropfen perlten. *Eis* in gutem Weinbrand? Bren erinnerte sich, wie entsetzt Tabini darüber gewesen war.

Auf seinen Sonderwunsch hin hatte Djinana die Stirn gerunzelt, sich aber jeden weiteren Kommentar erspart. Zum Glück gab es Eis, jetzt, da der Strom wieder floß und die Lampen brannten.

Er blätterte durch die Werbebroschüre und las einen Artikel über die Skistation auf Mt. Allan Thomas, der ersten Einrichtung dieser Art auf Mospheira, die der fast vergessenen Sportart einen neuen Aufschwung beschert hatte.

Auch die Atevi zeigten in jüngster Zeit gesteigertes Interesse am Skifahren. Tabini hatte darüber nur den Kopf schütteln können, wurde dann aber selbst neugierig, als der Paidhi mit Erlaubnis der Kommission die neuen, auf Mospheira hergestellten Steigfelle nach Shejidan einführte.

Eine sportliche Leidenschaft, die Atevi und Menschen gleichermaßen teilten, konnte für die Beziehungen untereinander nur von Vorteil sein.

Fast hätte sich Tabini zu einem Versuch auf Brettern überreden lassen, wenn nicht die verdammte Krise dazwischen gekommen wäre. Aber was nicht ist, kann ja noch werden, dachte Bren. Im Bergid, nur eine Stunde von Shejidan entfernt, gab es gute Abfahrten, auf denen, wie Tabini zu sagen pflegte, Verrückte Hals und Kragen riskierten.

Das Interview machte ihm immer noch zu schaffen. Die Kameras und das grelle Licht ... er hatte sich nicht richtig konzentrieren können und sich womöglich mißverständlich ausgedrückt, irritiert auch durch die ausdruckslose Miene des Interviewers, von dem nicht die geringste Rückmeldung gekommen war.

Ein heftiger Donnerschlag. Das Lampenlicht flackerte und ging aus.

Unglaublich. Er starrte unter die dunkle Decke. Tatsächlich, die Glühbirne gab keinen Schimmer mehr von sich.

Nein, nicht schon wieder! Er stieg aus der Wanne, nahm den Kandelaber vom Tisch, entzündete den Docht an der Boilerflamme und steckte damit die Kerzen an der Wand an. Durch den Flur draußen hallten die Rufe der Diener, keine aufgeregten Stimmen, bis auf die des Kochs vielleicht, der am ehesten Grund hatte, verärgert zu sein.

Er stieg zurück ins warme Wasser, gelassen aus Erfahrung: Der Paidhi hatte gelernt, daß die Welt nicht aufhört sich zu drehen, wenn die Elektrizität versagt. Er nippte am eisgekühlten Drink und kehrte zurück zu den Empfehlungen von Sicherheitsbindungen für Skier, die in den Farben schwarz, weiß und grün zur Auswahl standen.

Eilige Schritte näherten sich der Tür, und als er aufblickte, traf ihn der Strahl einer Taschenlampe im Gesicht.

»Bren-ji?« Es war die Stimme von Jago. »Schon wieder Stromausfall. Im ganzen Haus. Es tut uns leid. Ist sonst mit Ihnen alles in Ordnung?«

»Danke der Nachfrage, mir geht's prima«, antwortete er. »Ist etwa das neue, gerade erst installierte Aggregat auch schon wieder kaputt? Wie ist so was möglich?«

»Keine Ahnung. Wir tappen buchstäblich im dunkeln. Der erste Stromausfall ist vermutlich vorsätzlich herbeigeführt worden. Was jetzt passiert ist, muß noch untersucht werden. Bleiben Sie bitte solange in Ihren Räumen.«

Vorbei war's mit dem Gefühl von Sicherheit. Der Gedanke, daß jetzt, da er in der Wanne saß, womöglich ein

Eindringling durch die Flure schlich, brachte Bren auf Trab. »Ich zieh mich schnell an.«

»Nicht nötig. Sie können ruhig in der Wanne bleiben. Ich werde schon aufpassen.«

»Wär mir aber lieber. Ich wollte sowieso ein bißchen lesen.«

»Na schön. Ich bin dann im Empfangszimmer. Djinana wird gleich hier sein.«

Jago ging. Er stieg aus dem Wasser und zog sich bei Kerzenlicht an. Im Schlaf- und Eßzimmer hatte schon jemand die Öllampen angesteckt.

Dicke Regentropfen klatschten gegen die Fensterscheiben. Er empfand Mitleid mit Banichi, der wahrscheinlich wieder nach draußen mußte, um Ermittlungen aufzunehmen. Wie war es bloß möglich, mit einem simulierten Blitzstrahl einen Transformator zu zerstören?

Bren ging ins Empfangszimmer und sah Jago vorm Fenster stehen. Im düster grauen Licht waren nur ihre Umrisse zu erkennen. Sie starrte auf den See hinaus oder in den konturlosen Himmel.

»Die werden's doch nicht ein zweites Mal auf die gleiche Weise versuchen«, sagte Bren. »So verrückt kann doch niemand sein.«

Jago schaute ihn an und lachte kurz auf. »Wär's nicht vielleicht sogar clever? Auf jeden Fall werden sie unsere Erwartungen mit ins Kalkül ziehen.«

»Sie?«

»Oder er oder sie. Wir versuchen's rauszufinden, Nadi.«

Nerven Sie mich nicht, sollte das heißen. Er stellte sich neben Jago und blickte nach draußen. Ins Leere.

»Sie wollten doch lesen«, sagte Jago.

Als hätte er ausgerechnet jetzt noch Muße dazu. Im Ungewissen zu sein behagte ihm nicht. Es gefiel ihm nicht, daß stumme Wachposten in seinem Empfangszimmer herumlungerten und daß es womöglich einen triftigen Grund dafür gab – in Gestalt eines Meuchlers, der sich gerade Zugang zur Burg zu verschaffen versuchte.

Lies doch! Er wollte ein Fenster, vor dem mehr zu sehen war als graues Einerlei.

Nein, ausgeschlossen, dazu war er viel zu nervös.

»Nadi Bren. Gehen Sie vom Fenster weg.«

Das mußte er sich nun schon zum wiederholten Mal sagen lassen. Kopfschüttelnd trat er zur Seite.

Jago musterte ihn mit besorgter Miene. Wie jemand, der auf ein kleines Kind aufpassen muß, das nicht hören will, dachte er. »Entschuldigung«, sagte er.

»Sie wollen doch dem, der es auf Sie angelegt hat, keinen Gefallen tun, oder?« sagte sie. »Nehmen Sie Platz. Entspannen Sie sich.«

Ein Assassine der Gilde, hatte Banichi gesagt. Einer, den er gekannt, mit dem er verkehrt hatte.

Doch offen blieb die Frage, warum der über alle Regeln seiner Zunft hinweggegangen war.

»Jago, wie kommt man an eine Lizenz?«

»Wofür?«

»Sie wissen schon. Die Gilde.« Ihm war klar, daß er ein verfängliches Thema anschnitt und Jago in Verlegenheit damit bringen könnte.

»Wie man deren Mitglied wird? Durch geheime Wahl und Ernennung.«

Das wollte er nicht wissen. Ihn interessierte vielmehr, was eine vernünftige Person bewegt, eine solche Laufbahn einzuschlagen. Jago schien ihm nicht der Typ dafür zu sein.

»Warum fragen Sie, Bren-ji?«

»Ich mache mir so meine Gedanken – über die Art von Person, die mir nachstellt.«

Jago reagierte nicht. Sie schaute unverwandt durchs Fenster. Auf eine Kulisse aus strömendem Regen.

»Sie irren, wenn Sie glauben, daß die Mitglieder der Gilde von ein und demselben Schlag sind.«

Er wandte sich ab, schaute durchs Zimmer auf der Suche nach Ablenkung.

»Sind sich alle Paidhiin gleich?« konterte sie.

Gute Frage. Darüber hatte er selbst schon oft nachgedacht, war aber nie zu einer Antwort gekommen. Er konnte sich nicht erinnern, wann dieser Berufswunsch zum ersten Mal bei ihm aufgekommen war oder ob er sich jemals ernstlich darüber Rechenschaft abgelegt hatte.

»Als Narren vielleicht.«

»Kaum zu glauben. Sie glauben also, daß man ein Narr sein muß, um Paidhi zu werden.«

»Kann schon sein.«

»Aber was bestätigt den Narren in seinem Amt als Paidhi?«

»Neugierde. Der Wunsch, über den Tellerrand von Mospheira hinauszublicken und die Nachbarn kennenzulernen.«

»Das trifft auch auf Wilson zu?«

Ins Schwarze getroffen. Was ließ sich darauf sagen?

»Sie haben mit Wilson-Paidhi nicht viel gemein«, sagte Jago.

»Tabini ist schließlich auch ein ganz anderer als Valasi-Aiji«, entgegnete er.

»Sehr wahr.«

»Jago, ich …« Er war wieder in Versuchung, jenes Wort zu gebrauchen, das in der Sprache und im Denken der Atevi nur Sinn machte im Zusammenhang mit Süßspeisen. Er schüttelte den Kopf und ging auf die Tür zum Kaminzimmer zu.

»Ich höre, Bren-ji.«

Er hatte keine Lust zu reden, zumal er an seiner Selbstbeherrschung zweifelte. Doch Jago wartete.

»Jago-ji, ich habe immer nach Kräften versucht, meine Sache gut zu machen. Aber jetzt weiß ich nicht mehr weiter. Ich stecke in der Klemme und frage mich, inwieweit ich selbst schuld daran bin. Habe ich mich zu weit oder zu schnell vorgewagt und dem Aiji geschadet statt zu helfen, wie es meine Absicht ist? Wie kommt's, daß jemand so versessen darauf ist, mich zu töten? Warum, Jago? Fällt Ihnen dazu etwas ein, und sei es noch so vage?«

»Sie bringen Veränderung«, sagte Jago. »Und das macht manchen angst.«

»Ist es die verdammte Eisenbahn?« Dieses Thema hatte auch in diesem Interview eine für seinen Geschmack viel zu große Rolle gespielt. Jago blieb stumm, ein Schatten, ausdruckslos und unerreichbar. Frustriert winkte er mit der Hand ab und ging weiter auf die Tür zu, um Abstand zu gewinnen, zu lesen, Ruhe zu finden, wenigstens bis zum Abendessen, wozu ihm Jago oder Banichi womöglich Gesellschaft leisten würde, vorausgesetzt, der Koch blieb verschont von einem Giftanschlag.

Aber um nicht unhöflich zu erscheinen, machte er an der Tür kehrt und sagte: »Wenn es denn tatsächlich einmal möglich sein sollte, mit einem Fernsehteam nach Mospheira einzureisen, werde ich Sie und Banichi bitten, mitzukommen und meine Familie zu besuchen. Es liegt mir viel daran, Ihnen zeigen zu können, wer wir sind und wie wir leben. Ich möchte, daß Sie uns besser kennenlernen, Nadi-ji.«

»Es wäre mir eine Ehre«, antwortete Jago.

Damit war jetzt wieder für bessere Stimmung gesorgt. Erleichtert ging er ins Kaminzimmer und legte ein paar Holzscheite ins Feuer, während draußen Donner grollend von den Burgmauern widerhallte. Jago war ihm gefolgt. Anscheinend glaubte sie, daß er das von ihr erwartet hatte. Wortlos trat sie vor das Bücherregal und studierte den Bestand an Lektüre.

Sie tat nur ihre Pflicht. Konversation gehörte nicht unbedingt dazu. Also nahm er sein Buch zur Hand und setzte sich in den Sessel.

Plötzlich ging das Licht wieder an.

Verwundert schaute er zur Deckenlampe auf.

»Es war wohl bloß die Sicherung«, bemerkte Jago. »Na bitte.«

Bren dachte an die verstaubten, spröden Stromkabel, die ungeschützt neben den Gasleitungen unter der Decke im Flur verlegt worden waren. »Die Installationen auf Malguri müßten dringend erneuert werden«, sagte er. »Wo steht eigentlich der Gasbehälter?«

»Für welches Gas?«

»Methan.«

»Im Keller«, sagte Jago.

»Dann sitzen wir ja hier auf einer Bombe. Warum hat man statt der Gasbrenner nicht längst eine Elektroheizung eingebaut? Strom gibt's doch.«

»Das dürfte wohl eine Frage des Geldes sein«, antwortete Jago.

»Alles ist auf der Hut vor einem Eindringling. Hat man denn auch den Gaskessel im Auge?«

»Hier wird alles bewacht, jeder Zugang, jeder Winkel.«

»Aber nur solange Strom fließt. Wenn der ausfällt, ist's zum Beispiel mit der Fenstersicherung vorbei. Davon habe ich mich gestern überzeugen können.«

Jago runzelte die Stirn und fuhr mit dem Finger an der Fensterlaibung entlang. Was sie zu ertasten versuchte, blieb ihr Geheimnis.

»Wie haben Sie sich davon überzeugen können, Brenji?«

»Ich habe das Fenster geöffnet. Dann war plötzlich wieder Strom da, und der Alarm ging los. Die Anlage ist wohl ziemlich veraltet.«

»Allerdings«, räumte Jago ein. »Haben Sie Meldung gemacht?«

»Das ganze Haus war auf den Beinen.«

Mit skeptischem Blick setzte Jago die Überprüfung der Fenstersicherung fort.

»Als der Alarm losging, waren alle zur Stelle. Nur Banichi nicht«, sagte Bren.

»Ach ja?«

»Ich habe mich gefragt, wo er wohl sein mochte. Wie gesagt, wir hatten kurz zuvor eine kleine Meinungsverschiedenheit. Er ist gegangen und nicht zurückgekommen.« Es drängte sich ihm ein schlimmer Gedanke auf, den er vorsichtshalber für sich behielt. Jago ging zur Tür, bewegte den Flügel hin und her und prüfte den Anschlag. Über Sicherheitsvorkehrungen schwiegen sich die, die dafür Sorge zu tragen hatten, wohlweislich aus. Mit einer Erklärung rechnete Bren nicht.

»Nadi Jago«, sagte er. »Wissen Sie, wo Banichi vergangene Nacht gesteckt hat?«

Jago verzog keine Miene. Sie zog die Tür wieder auf und trat hinaus ins Empfangszimmer.

In diesem Moment gingen die Lichter wieder aus. Bren stöhnte laut auf und folgte ihr nach nebenan. Sie stand am Fenster, entriegelte den Seitenflügel, ließ ihn auf- und wieder zuschwingen. Kein Alarm.

»Was, zum Teufel, geht hier vor, Jago?«

Jago griff zum Taschen-Kom, drückte die Ruftaste und flüsterte ins Mikro, verschlüsselte Worte, die für Bren keinen Sinn ergaben.

Banichi antwortete. Zumindest glaubte Bren, dessen Stimme zu erkennen. Jago zeigte sich ein wenig erleichtert, antwortete und brach die Verbindung ab.

»Es funktioniert«, sagte sie. »*Unser* System ist intakt.«

»Ihr System? Das Sie und Banichi nachträglich eingebaut haben?« fragte er, doch gleich darauf piepte der Taschen-Kom. Jago meldete sich und kniff die Brauen zusammen. Es war wieder Banichis Stimme. Sie gab ihm eine knappe Antwort, schaltete ab und eilte zur Tür.

»Was ist los?« fragte er irritiert. »Was ist passiert? Jago?«

Sie kam zwei Schritte zurück, faßte ihn bei den Schultern und blickte auf ihn herab. »Bren-ji. Sie können sich auf mich verlassen, ich werde Sie nie hintergehen, glauben Sie mir.«

Dann eilte sie weiter und schlug die Tür hinter sich zu. Krachend.

Jago? dachte er. Er spürte noch den festen Zugriff ihrer Finger an den Schultern, hörte, wie sich ihre Schritte im Flur hastig entfernten, während er dastand und sich fragte, wieso Banichi nicht gekommen war, als er den Alarm ausgelöst hatte.

Es gab also noch ein Sicherungssystem, und Banichi hatte registriert, daß das Fenster geöffnet worden war. Als dann der Alarm losging, stand für ihn vielleicht schon fest, daß keine Gefahr bestand. Trotzdem, es war nicht seine Art, daß er sich auf Vermutungen verließ.

Was für ein Tag; zuerst das Frühstück und der Ausritt mit der Aiji-Mutter, dann der Überfall der Fernsehleute trotz strengster Sicherheitsmaßnahmen. Und er hatte immer noch nicht telefonieren können. Die Nerven lagen ihm bloß. Es gefiel ihm nicht, daß Jago Hals über Kopf verschwinden mußte, daß sie Veranlassung hatte, ihn auf ihre Art um Vertrauen zu bitten.

Er untersuchte den Fensterriegel. Wozu sollte der gut sein? Es war kaum anzunehmen, daß jemand die Fassade heraufgeklettert kam. Sei's drum. Er ging zur Flurtür und hörte ein leises Klicken, als er sie vorsichtig öffnete.

Was nutzte diese Sicherung, wenn das gesamte Personal Schlüssel hatte für den rückwärtigen Zugang?

Er hatte es plötzlich eilig ins Schlafzimmer zu gelangen und unter die Matratze zu greifen.

Die Pistole, die Banichi ihm gegeben hatte ... wo war sie geblieben?

Er suchte. Vielleicht war sie beim Bettenmachen verrutscht. Er hob die Matratze an. Kein Zweifel, irgend jemand hatte die Waffe weggenommen mitsamt der zusätzlichen Munition.

Er ließ die Matratze fallen, ordnete Bettlaken und

Felle und wehrte sich gegen den Anflug von Panik, indem er nüchtern nachzudenken versuchte. Am Bettrand sitzend räsonierte er: Daß er den Verlust der Waffe schon bemerkt hatte, würde der Dieb nicht wissen können, es sei denn, er konnte ihn über ein verborgenes Kameraauge oder Spähloch beobachten.

Tatsache: Die Pistole war weg und stand nun einem anderen zur Verfügung. Wahrscheinlich hatte der normalerweise keinen Zugriff auf diese Art von Waffe, deren Kaliber oder Munition. Sie stammte von Banichi, und der hatte sie bestimmt nicht genommen. Es trug also nun irgend jemand eine Pistole bei sich, die für Banichis Kommandantur im Bu-javid ohne weiteres zu identifizieren war, nicht zuletzt auch über deren speziell gekennzeichneten Geschosse.

Er mußte dringend Banichi Bescheid geben, denn der käme in Teufels Küche, wenn aus dieser Waffe geschossen würde. Aber wie sollte er ihn erreichen? Er hatte kein Telefon, kein Taschen-Kom und wußte nicht, wo Banichi steckte. Er konnte nicht einmal die Wohnung verlassen, ohne Alarm auszulösen …

Ja, Alarm auslösen und hoffen, daß Banichi darauf antwortete. Nicht gerade der diskreteste Weg, um dessen Aufmerksamkeit zu erregen.

Vielleicht war es doch besser stillzuhalten, bis Banichi oder Jago von sich aus zurückkehrten. Das Personal durfte von der verschwundenen Waffe nichts wissen. Am ehesten wäre noch Tano und Algini zu trauen, die aus Shejidan mit nach Malguri gekommen waren …

Bren wußte nicht ein noch aus. Er war völlig übermüdet und in einer so schlechten Verfassung, daß er sich außerstande sah, einen Entschluß zu fassen. Er hatte jeden Überblick verloren.

Als es in der Ferne donnerte, zuckte er vor Schreck zusammen – auch das ein Beleg für seine Müdigkeit. Sollte er es tatsächlich wagen, Alarm zu schlagen? Banichi und Jago machten womöglich gerade auf irgend jemanden Jagd, draußen im Regen – oder schlimmer noch: im Haus. In seiner Phantasie sah er den Gaskessel im Keller mit Sprengsätzen behaftet ...

So ein Unsinn anzunehmen, daß wegen seiner ganz Malguri in die Luft gesprengt werden könnte. So plump, so *mishidi* würde kein Assassine zu Werke gehen.

Nein, eine Explosion war nicht zu befürchten. Und angenommen, es würde ein Verbrechen verübt werden und in dem Zusammenhang ein Geschoß auftauchen, dessen Markierung auf die Spur von Banichi führte – nun, dann würde er die Sache aufklären können.

Es sei denn, er wäre das Opfer dieses Verbrechens.

Nein, dachte er; es war keine gute Idee, nach draußen zu, im Flur umherzuirren und seine Bewacher zu alarmieren. Und weil er keinen besseren Plan hatte, nahm er sich vor zu lesen. Er warf den Morgenmantel über, um es ein bißchen wärmer zu haben, setzte sich im Kaminzimmer vors Feuer und nahm seine Lektüre zur Geschichte Malguris wieder auf.

Es ging um Loyalität und um Erwartungen, die sich nicht erfüllen.

Darin kannte er sich aus, hatte doch auch er erwartet, Gefühle auf seiten der Atevi ansprechen zu können, obwohl diese offenbar gar nicht vorhanden waren. Ende der Fahnenstange. Daran ließ sich nicht rütteln.

Und wie stand es wohl um die Erwartungen der Atevi an die Menschen – in emotionaler Hinsicht? Darüber machten sich die Atevi doch bestimmt auch Gedanken. Oder? Oder entsprang auch diese Unterstellung anthropozentrischen Vorurteilen. Es war einfach falsch, von universellen Emotionen auszugehen oder davon, daß Lebewesen, die ähnliche Dampflokomotiven konzipiert haben wie seinerzeit die Menschen, auch von einer ähnlichen psychischen Disposition sind. Lokomotiven, egal von welcher Gattung gebaut, erfüllen einen praktischen Zweck, den nämlich, sich aus eigener

Kraft und mit möglichst geringen Reibungsverlusten vorwärts zu bewegen. Dieser Zweck richtet sich nach den Vorgaben der Mechanik und der Physik, und die, nur die waren gleich, auf der Erde wie in der Welt der Atevi.

Ein Bewußtsein samt seiner emotionalen Ausstattung entwickelt sich jedoch nach ganz anderen, sehr viel verwickelteren Vorgaben aus genetischen Zufällen und evolutionären Umständen.

Wie dem auch sei, es war niemandem ein Vorwurf zu machen. Keiner trug Schuld daran, daß die Menschen hier auf diesem Planeten gelandet waren, verirrt, entwurzelt. Die Physiker hatten zwar ihre Theorien, doch nach wie vor wußte kein Mensch seinen neuen Platz im Weltall zu lokalisieren. Die bewährten Methoden zur Ortsbestimmung schlugen fehl. Alle Anhaltspunkte waren während der jahrzehntelangen Irrfahrt durch den Subraum aus den Augen verlorengegangen.

Und es war ein mühsamer Weg gewesen durch den Sterngürtel aus Eistrümmern hinunter in die bewohnbare Zone, wo sie ihre Station errichtet hatten. Dort zu bauen und nicht am Rand des Systems, die bewußte Entscheidung für das Risiko, in direkter Nachbarschaft mit den Alteingesessenen zu leben, über die soviel wie gar nichts bekannt war – das und nur das hatten die Menschen zu verantworten.

Sie hatten der Not gehorchen müssen und zukünftige Probleme in Kauf genommen. In einem ramponierten Raumschiff von Sonnenstürmen und kosmischer Strahlung bedroht, war ein verlockender Planet ins Blickfeld gerückt. Zum Teufel auch, sie würden keinen Schaden anrichten. Die Einheimischen hatten eine hoch entwickelte Kultur und würden den Zuzug von Fremden ertragen und verkraften können. Warum hätten sie, die Menschen, aus lauter Rücksichtnahme auf eine lebenswerte Zukunft verzichten sollen?

Bren konnte diese Entscheidung der sechs oder sieben

Generationen vor ihm lebenden Menschen sehr wohl nachvollziehen. Wie hätten sie ahnen können, was nicht einmal er wahrhaben wollte, nämlich daß die Atevi so andersartig sind? Der Eindruck der Ähnlichkeit drängte sich doch geradezu auf. Die Atevi hatten Lokomotiven, sie hatten Dampfmaschinen, eine Industrie.

Der äußere Anschein ließ keinen Rückschluß auf ihre Mentalität zu. Es war nicht schwer, Kontakt aufzunehmen. Hallo, wie geht es Ihnen; schönes Wetter heute. Wie wär's mit einem kleinen Handelsgeschäft? Ein bißchen Know-how im Austausch gegen eine Palette Fleischkonserven ...

Schon war man ins Fettnäpfchen getreten, und jeder Vermittlungsversuch schien den kulturellen Graben weiter zu vertiefen.

Was hatten die ersten Siedler nicht schon alles falsch gemacht? Mißverständnis um Mißverständnis hatte sich angehäuft, ehe endlich klar wurde, daß Betrug nicht gleich Betrug ist, Mord nicht gleich Mord und daß man den Aiji einer Region nicht hofieren konnte, ohne mit allen anderen Mitgliedern des Weltverbandes in Konflikt zu geraten. Wer hätte voraussehen können, daß eine Zivilisation, die noch mit Dampfkraft hantiert, dermaßen subtil und weitreichend strukturiert ist?

Vor fünfzig Jahren hatten sich die Verantwortlichen auf Mospheira einen Ruck gegeben und ein Satellitenprogramm aufs Tapet gebracht in der kühnen Hoffnung, den technischen Fortschritt auf friedliche, kommunikative Zwecke auszurichten und gleichzeitig den Geboten von *Biichi-gi* und *Kabiu* Genüge zu tun.

Denn sie glaubten, die Atevi inzwischen ausreichend gut kennengelernt zu haben.

Möge Gott allen Narren und Touristen gnädig sein.

Bren blätterte in seinem Geschichtsbuch zurück, weil er bemerkte, daß er die letzten Seiten nicht richtig zur Kenntnis genommen hatte. Er versuchte, sich auf den Inhalt zu konzentrieren, vergeblich. Seine Gedanken kamen aus ihren engen Grenzen nicht heraus, pendelten hin und her wie ein gefangenes Tier zwischen Gitterstäben. Die gesuchten Antworten blieben unerreicht außen vor.

Wahrscheinlich waren alle Paidhiin vor ihm an einem solchen Punkt angelangt. Vielleicht war es Naivität, vielleicht sein kirremachendes Verhältnis mit dem freundlichsten aller Aijiin, daß er sämtliche, durchs Studium vermittelte Warnungen in den Wind geschlagen hatte und in dieselbe Falle getappt war wie die ersten Menschen auf diesem Planeten... die Illusion, daß Atevi und Menschen einander entsprechen, daß auf beiden Seiten der Wunsch vorliegt, in Harmonie zusammenzuleben – in wechselseitiger Anerkennung der emotionalen Bedürfnisse des jeweils anderen.

Statt dessen lag er hier auf Eis.

Es drängte ihn zurück nach Shejidan. Er wollte seine Geschäfte wiederaufnehmen, Tabini zur Seite stehen, der ihn womöglich dringend nötig hatte. Ach, eitler Gedanke. Würde der Aiji tatsächlich nicht ohne ihn auskommen können, hätte er ihm gewiß nicht das Fernsehteam nach Malguri geschickt, um der Welt zu zeigen, was der Paidhi doch für ein netter, anständiger Kerl ist, ganz und gar kein finsterer Unhold, der mit seinesgleichen konspiriert in der Absicht, atevische Städte mit Todesstrahlen zu vernichten.

Ich werde Sie nie hintergehen, Bren-ji.

Was hatte dieser Ausspruch bloß zu besagen, den Jago zwischen Tür und Angel von sich gegeben hatte, worauf sie davongerannt war, als ginge es um Leben oder Tod?

Und wo war die Pistole, Jago? Wo war Banichis Pistole?

Das Feuer im Kamin war heruntergebrannt; funkensprühend zerbrach ein ausgeglühtes Holzscheit. Er legte nach und widmete sich wieder dem Buch.

Von Banichi oder Jago war kein Wort zu hören über das, was sich neuerlich zugetragen hatte, ob wieder jemand versucht hatte, durch das Sicherheitsnetz zu schlüpfen, ob bloß ein weiterer Gast vom Flughafen abzuholen oder aber einer dringenden Forderung von Tabini nachzukommen war.

Wieder hatte er den Faden der Lektüre verloren und mußte zurückblättern, sich auf den Text konzentrieren, auf den antiquierten Stil atevischer Geschichtsschreibung.

Das Licht ging an und wieder aus.

Verdammt, dachte er und blickte durchs Fenster. In Nieselregen und graue Wolken, die sich zu lichten schienen.

Er legte das Buch aus den Händen und stand auf, um zu sehen, wie sich das Wetter entwickelte. Da hörte er Schritte im Schlafzimmer, und gleich darauf stand Djinana in der Tür.

»Liegt's wieder am Transformator oder ist bloß eine Sicherung rausgeflogen?« fragte Bren betont gelassen.

»Wir hoffen, daß es bloß die Sicherung ist«, antwortete Djinana und verbeugte sich. »Eine Nachricht für Sie.«

Eine Nachricht? Hier, wo es keine Telefone gibt?

Djinana reichte ihm eine kleine Schriftrolle – mit Band und Siegel der Aiji-Mutter, wie er auf den ersten Blick zu erkennen glaubte. Er öffnete das Schreiben und erwartete eine Absage oder Verschiebung der Verabredung mit Ilisidi zu lesen.

Ich muß Sie unverzüglich sprechen. Wir treffen uns unten in der Halle.

Unterzeichnet von Cenedi.

IX

In der Eingangshalle brannten zahlreiche Öllampen. Die
Waffen, die Tierköpfe und Banner an den Wänden
schimmerten golden, braun und rötlich. Bis auf ein paar
kreisrunde Lichtflecke, die auf die Stufen fielen, lag das
Treppenhaus im Dunkeln. Es war kalt, und Bren bedauerte, daß er nicht die Jacke angezogen hatte.

Im Kamin brannte ein Feuer, und in seiner Nähe ließ
es sich aushalten. Er streckte die Hände den wärmenden Flammen entgegen und wartete. Schließlich waren
Schritte zu hören. Er blickte auf den Seitengang, der zu
Ilisidis Gemächern führte.

Und tatsächlich, da kam Cenedi. In dunkler Uniform
und mit blinkenden Metallstücken, die ihn als Gilden-
mitglied und Leibwache kenntlich machten. Statt sich
zu ihm vor den Kamin zu gesellen, blieb Cenedi auf halben Weg durch die Halle stehen und forderte Bren mit
einer Geste auf, ihm zu folgen.

Folgen – wohin? fragte sich Bren beklommen. Er war
geneigt, nach oben zurückzukehren unter dem Vorwand, seine Jacke holen zu müssen, um dann Djinana
aufzutragen, nach Banichi und Jago zu suchen, was er
ohnehin schon längst hätte tun sollen. Verdammt,
dachte er; hätte ich doch bloß einen Moment lang nachgedacht …

Doch wo sollte er ansetzen? Es ließ sich nichts ausrechnen; die Gleichung bestand aus lauter Unbekannten. Jemand hatte die Pistole entwendet. Vielleicht war's
Cenedi, vielleicht Banichi. Vielleicht wollte Banichi verhindern, daß Cenedi sie fand. Hätten Djinana oder
Maigi die Waffe an sich genommen und Cenedi davon
in Kenntnis gesetzt, wäre ihnen bestimmt etwas anzumerken gewesen. Nicht alle Atevi hatten sich so gut
unter Kontrolle wie Banichi oder Jago.

Angenommen, Cenedi wollte mit ihm über die Pistole
reden. Was dann? Den Ahnungslosen zu spielen kam

nicht in Frage. Und wenn er die alleinige Verantwortung dafür übernähme? Cenedi konnte nicht wissen, daß ihm die Waffe buchstäblich untergeschoben worden war. Aber wenn er behauptete, sich heimlich und eigenmächtig bewaffnet zu haben, wäre ein Skandal in Aussicht. Er würde als Paidhi womöglich die Koffer packen müssen. Immer noch besser, als Tabini zu belasten oder gar dem Bund zu schaden. Er mußte die Sache allein ausbaden.

Aber was, wenn Cenedi die Waffe tatsächlich an sich genommen und anhand der Seriennummer in Erfahrung gebracht hatte, wem sie gehörte? Als Leibwache der Aiji-Mutter war er bestimmt in der Lage, entsprechende Nachforschungen anzustellen – mit Hilfe der Polizei vor Ort und eben jener Computer, für die sich der Paidhi so stark gemacht hatte. Und eine Lüge in der Absicht, Banichi zu decken, würde alles nur schlimmer machen.

War denn Banichi überhaupt noch zu trauen? Sein Verhalten – vor allem auch in Reaktion auf den gewaltsamen Tod seines Waffenbruders oder Kollegen – warf eine Frage nach der anderen auf und verunsicherte Bren mehr und mehr.

Dagegen war sein Argwohn Cenedi gegenüber geringer geworden, hatte der doch Gelegenheit um Gelegenheit ausgelassen, ihn, den Paidhi, auszuschalten. Falls zwischen dem Bu-javid und Malguri Intrigen gesponnen wurden und falls Tabini ihn an Ilisidis Hof geschickt hatte, um Banichi und Jago einzuschleusen, so steckte er vollends in der Klemme; das war seine schlimmste Befürchtung überhaupt. Er mochte Ilisidi gut leiden, und Cenedi hatte ihm auch nichts getan. Wozu um Himmels willen wollte der nun mit ihm reden? Mit einem vernünftigen Plan im Kopf würde er lavieren und notfalls auch lügen können. Aber da er selbst nicht ein noch aus wußte, fühlte er sich außerstande, auf kritische Fragen zu antworten, ohne Unsicherheit zu verraten, was einen Ateva in höchste Alarmbereitschaft versetzen würde.

Zögernd ging er auf Cenedi zu, der sich nun umdrehte und hinführte auf eine geöffnete Tür, aus der ein langer Schatten in den Flur fiel.

Bren hatte erwartet, mit Cenedi unter vier Augen zu reden. Doch nun fand er in dessen Büro eine weitere Person vor, die zu Ilisidis Wachmannschaft gehörte und am vormittäglichen Ausritt teilgenommen hatte. Ihr Name war ihm entfallen.

Cenedi setzte sich und bot Bren den Stuhl neben dem Schreibtisch an. »Nand' Paidhi, bitte.« Und mit ironischem Grinsen: »Darf ich Ihnen eine Tasse Tee einschenken lassen? Ich schwöre, er ist einwandfrei.«

Bren konnte eine so höfliche Einladung nicht ausschlagen. Jetzt erklärte sich ihm auch die Anwesenheit des anderen, der allem Anschein nach zur Bewirtung abgestellt war. »Gern«, sagte Bren und nahm Platz.

Nachdem der Tee serviert war, zog sich die Wache zurück. An der Wand hinterm Schreibtisch hingen zwei Öllampen, die die breitschultrige Gestalt Cenedis in zwei divergierende Schlagschatten aufteilten. An der Teetasse nippend ordnete er die Papiere auf dem Schreibtisch, als suchte er darunter nach einer Vorlage für das Gespräch, das er mit Bren zu führen beabsichtigte.

Dann blickte er auf, und seine gelben Augen funkelten verschmitzt. »Wie sitzt es sich, nand' Paidhi? Haben die Schmerzen nachgelassen?«

»Halbwegs.« Bren mußte unwillkürlich lachen. Cenedis gutmütige Eröffnung irritierte und erleichterte ihn zugleich.

»Da hilft nur eins«, sagte Cenedi. »Herzhaft drüber lachen. Deshalb haben auch die Diener der Aiji-Mutter gelacht. Aus Mitgefühl, glauben Sie mir. Sie wollten sich nicht auf Ihre Kosten lustig machen.«

»Das habe ich auch nicht angenommen, wirklich nicht.«

»Für einen Anfänger sitzen Sie gut im Sattel. Ich kann nicht glauben, daß Sie tagein, tagaus am Schreibtisch zubringen.«

Bren fühlte sich geschmeichelt. »So oft ich Gelegenheit habe, fahre ich in die Berge. Zweimal im Jahr ungefähr.«

»Zum Klettern?«

»Skifahren.«

»Ziemlich gewagt«, antwortete Cenedi. »So hört man jedenfalls. Unter den jungen Leuten zirkulieren Schmuggelkataloge aus Mospheira mit bebilderten Anleitungen für erste Versuche auf eigene Faust. Und solchermaßen vorbereitet, stürzen sie sich von den Hängen im Bergid. Ein echter Skilehrer wäre mir lieber.«

»Aha, jetzt ahne ich, wo meine Post hinkommt.«

»Tja, dafür gibt es einen Markt. Die Postämter sind zwar achtsam, aber trotzdem verschwindet einiges.«

Kaum zu glauben, dachte Bren. Hatte Cenedi ihn tatsächlich rufen lassen, um ihm mitzuteilen, daß mit seiner gestohlenen Katalogpost verbotenermaßen gehandelt wurde?

»Wenn Sie es selbst mal ausprobieren möchten, will ich gern Ihr Lehrer sein. Auf die Weise könnte ich mich für den Reitunterricht erkenntlich zeigen.«

Cenedi hatte inzwischen sämtliche Papiere zu einem ordentlichen Stapel auf dem Schreibtisch zusammengelegt. »Das würde mir gefallen, nand' Paidhi, und vielleicht bietet sich Gelegenheit dazu. Ich versuche nämlich die Aiji-Mutter zu überreden, den Winter in Shejidan zu verbringen. In Malguri ist es zu dieser Jahreszeit kaum auszuhalten.«

Er kam immer noch nicht auf das eigentliche Thema zu sprechen. Um den heißen Brei zu schleichen war allerdings für Atevi nicht ungewöhnlich.

»Dann sollten wir das ins Auge fassen«, meinte Bren.

Cenedi nippte von seinem Tee und setzte behutsam die Tasse ab. »Auf Mospheira wird nicht geritten.«

»Nein, jedenfalls nicht auf Mecheiti.«

»Aber man geht doch auch auf die Jagd.«

»Manchmal.«

»Auf Mospheira?«

Worauf zielte Cenedi bloß ab? Wollte er auf Jagdwaffen zu sprechen kommen? »Ja, ich habe selbst schon gejagt. Auf kleines Wild.«

»Soso.« Cenedi machte einen zerstreuten Eindruck. »Es ist wohl alles sehr andersartig. Auf Mospheira.«

»Anders als auf Malguri? Ja sehr. Aber nur wenig verschieden von Shejidan.«

»Es heißt, daß es sehr schön auf der Insel gewesen ist. Vor dem Krieg.«

»Sie ist immer noch schön. Wir legen großen Wert darauf, daß die Landschaft erhalten bleibt. Es gelten strenge Regeln, was Natur- und Artenschutz anbelangt.«

Cenedi lehnte sich in seinem Stuhl zurück. »Glauben Sie, Nadi, daß die Grenze zwischen Mospheira und dem Festland irgendwann einmal geöffnet wird?«

»Das hoffe ich sehr.«

»Aber wird es Ihrer Einschätzung nach in absehbarer Zeit dazu kommen können, nand' Paidhi?«

Bren rätselte darüber, ob Cenedi immer noch vom eigentlichen Thema, nämlich dem Waffenfund, ablenkte, um ihn, Bren, entspannen zu lassen. Aber das Gegenteil war der Fall. Ihm wurde zunehmend unbehaglich zumute. Außerdem reichte die gestellte Frage in politische Dimensionen, die wiederum viel Sprengstoff in sich bargen. Cenedi schien eine Bejahung zu erwarten, die er ihm aber vorenthalten mußte. »Ich hoffe es. Mehr kann ich dazu nicht sagen.« Er nahm einen Schluck Tee. »Dafür setze ich mich mit aller Kraft ein, doch letztlich entscheiden darüber die Aijiin und die Presidenti.«

»Glauben Sie, daß das Fernsehinterview ein Schritt in diese Richtung ist?«

War dies der Knackpunkt? Publizität? Tabinis Kampagne für die Öffnung nach Mospheira? »Um ehrlich zu sein, ich bin über den Ablauf sehr enttäuscht, Nadi Cenedi. Das Interview war leider sehr oberflächlich. Ich hätte gern noch einiges gesagt. Doch die mir wichtigen Fragen sind nicht gestellt worden. Mir ist auch nicht klar, wozu dieses Gespräch gut sein sollte, und ich fürchte, daß meine Äußerungen falsch ausgelegt werden könnten.«

»Wenn ich recht verstanden habe, ist eine Sendefolge in monatlichen Abständen geplant. Der Paidhi spricht zu den Massen.«

»Davon weiß ich nichts. Und es liegt auch nicht an mir, darüber zu entscheiden.«

»Das letzte Wort behalten sich Ihre Vorgesetzten vor?«

»Ja, so ist es.«

»Sie sind nicht autonom?«

»Ganz und gar nicht.« Das alte Mißverständnis der Atevi, wonach die Paidhiin aus eigener Verantwortung Vereinbarungen treffen und einhalten, hatte der Hof von Shejidan längst ausgeräumt, und davon mußte auch Cenedi erfahren haben. »Zugegeben, es kommt praktisch kaum vor, daß sich ein Paidhi mit seinen Vorstellungen nicht durchsetzt auf Mospheira, denn er verlangt in der Regel nur das, was sein Rat auch billigen kann. Es gibt natürlich auch Kontroversen, bei denen sich am Ende die Meinung des Paidhi durchsetzt.«

»Sind Sie für regelmäßige Interviews? Werden Sie sich dafür einsetzen?«

Ilisidi vertrat ihrem Alter gemäß streng konservative Vorstellungen. Vielleicht hatte sie Anstoß genommen an den Fernsehkameras auf Malguri; es ging ihr auch bestimmt gegen den Strich, daß einem Paidhi Zugang zu den Medien gestattet wurde. Tabini würde von ihr sicherlich einiges darüber zu hören bekommen.

»Ich bin mir noch unschlüssig und möchte die Reaktion des Publikums abwarten. Es ist noch fraglich, ob Atevi überhaupt einen Menschen im Fernsehen sehen wollen. Vielleicht mache ich den Kindern Angst.«

Cenedi lachte. »Ihr Gesicht ist schon des öfteren auf dem Bildschirm aufgetaucht, nand' Paidhi, eingeblendet zu Meldungen wie: ›Der Paidhi diskutierte mit dem Bauminister über das Schnellstraßenprogramm‹ oder: ›Der Paidhi stellt eine technische Neuentwicklung in Aussicht …‹«

»Aber das waren nur Fotos. Keine Interviews. Ich kann mir nicht denken, daß es die Öffentlichkeit interessiert, den Paidhi stundenlang über die Vorzüge integrierter Schaltkreise referieren zu hören.«

»Das würde ich nicht sagen. Da geht's doch um Geometrie und Zahlenverhältnisse. Die Numerologen und alle, die sich dazu rechnen, würden sämtliche Telefondrähte heiß werden lassen und verlangen: ›Wir wollen den Paidhi sprechen. Er soll uns sagen, welche Zahlen für integrierte Schaltungen relevant sind.‹«

Bren wußte auf Anhieb nicht einzuschätzen, ob Cenedi scherzte oder nicht. Nur seit wenigen Tagen vom Bu-javid entfernt, hatte er schon vergessen, wie intensiv und leidenschaftlich Numerologen ihr Hobby ausübten. Doch dann stand für ihn fest: Cenedi hatte sich bloß lustig gemacht, so wie es auch Tabini tat, dem diese besessenen Zahlenmystiker nicht selten auf die Nerven gingen.

»Ja, es könnte leider durchaus sein, daß meine Vorschläge von vielen Leuten zahlenmäßig negativ ausgelegt werden«, sagte Bren ernsthaft. »Bei einigen ist das offensichtlich der Fall.« Und in abruptem Schwenk auf ein näherliegendes Thema: »Übrigens, Nadi, war diesmal wirklich eine durchgebrannte Sicherung Ursache für den Stromausfall?«

»Ich glaube, es hat irgendwo einen Kurzschluß gegeben. Die Sicherung springt immer wieder raus. Man versucht zur Zeit, die defekte Stelle zu finden.«

»Jago hat von Banichi eine Nachricht erhalten, durch die sie merklich verstört worden ist. Das bedrückt mich, Nadi. Wissen Sie, was dahinter steckt? Ich dachte, Sie hätten mich vielleicht deswegen kommen lassen.«

»Banichi arbeitet mit dem Hauspersonal zusammen. Ich weiß nicht, was er so treibt. Aber er ist offenbar sehr streng und anspruchsvoll. Seine Leute reißen sich die Beine für ihn aus.« Cenedi leerte seine Tasse. »Sie brauchen sich keine Sorgen zu machen. Wäre ein ernstes Problem zu vermelden, hätte er sich schon an mich gewandt. Und wenn nicht durch ihn, so wäre ich doch mit Sicherheit vom Hauspersonal informiert worden. Wie wär's mit einer zweiten Tasse Tee, Nadi?«

Er hatte Cenedi auf ein anderes Thema gebracht und war nun aus Höflichkeit verpflichtet, dessen Angebot anzunehmen. »Ja, gern«, sagte er und stand auf, um die Kanne zu holen, denn der Diener war nicht zur Stelle. Doch Cenedi winkte ab, langte über den Tisch nach der Kanne und schenkte ihm und sich ein.

»Nadi, verzeihen Sie meine Neugier, ich hatte noch nie die Ehre, mit einem Paidhi zu reden. Mich interessiert: Seit Jahren eröffnen Sie uns Geheimnisse. Aber irgendwann muß doch Schluß damit sein. Was dann?«

Seltsam, daß ihm diese Frage noch nie so direkt und unverblümt gestellt worden war – jedenfalls noch nicht auf dieser Seite der Meeresstraße. Auf Mospheira sorgte sie bei den Verantwortlichen längst schon für schlaflose Nächte.

Vielleicht war es Cenedi ein echtes, persönliches Anliegen, eine Antwort darauf zu erhalten, obwohl Bren nicht glauben konnte, daß er ihn deswegen zu sich gerufen hatte. Ein unbequemer Journalist oder ein naives Kind mochte diese Frage stellen; sie aus dem Munde eines so politisch scharfsichtigen Mannes wie Cenedi zu hören, überraschte sehr.

Bren hatte dieses Problem bereits auf diversen Technologiesitzungen vorsichtig anzureißen versucht, um die Stimmung auszuloten und darauf hoffend, den Ansatz eines Gesinnungswandels unter den Atevi ausmachen zu können. Ihm war bewußt, daß die technologische Aufbauhilfe bald an ihre Grenzen stieß und damit auch die friedliche Koexistenz gefährdet war.

»Der Transfer verläuft ja nicht in einseitiger Richtung, Nadi. Wir auf Mospheira lernen etliches von Ihren Wissenschaftlern. Auch unsere Forschung steht nicht still. Allerdings liegen die wesentlichen Grundlagen schon seit hundert Jahren offen auf dem Tisch. Ich bin zwar kein Experte, glaube aber verstanden zu haben, daß die atevische Wissenschaft noch einige Zwischenschritte absolvieren muß, um die besagten Grundlagen in vollem Umfang auswerten zu können. Zum Beispiel in Sachen Materialkunde. Dazu sind industrielle Voraussetzungen zu schaffen. Nicht zuletzt auch geeignete, moderne Ausbildungseinrichtungen. Eine Bildungsreform. Noch immer debattieren Ratsausschüsse über die Gestaltung der Schlingerwand in Treibstoffbehältern. Viel wichtiger wäre es, den Studenten beizubringen, warum eine solche Schlingerwand überhaupt notwendig ist.«

»Halten Sie uns für ungelehrig?«

Diese Falle war so offensichtlich wie ein klaffendes Loch im Boden. Und in der Tat, man hatte auf Mospheira erwartet, daß Atevi schneller lernen oder sich zumindest schneller einlassen auf konkrete Neuerungen. Statt dessen wurde jedes Projekt in endlosen Diskussionen zerredet. Der Sprung von der Fliegerei zur hochentwickelten Metallurgie war erstaunlich schnell vollzogen worden. Doch eine Brücke zu bauen, die den Belastungen schwerer Eisenbahnzüge standhielt, schien kaum möglich zu sein.

»Im Gegenteil, ich glaube, Atevi sind im Durchschnitt hochintelligent, aber mitunter allzu diskussionsfreudig und entsprechend unentschlossen.«

Cenedi lachte. »Und die Menschen debattieren nicht.«

»O doch, aber nicht über Technologie, Nadi Cenedi. Die ist da; wir nutzen sie.«

»Und was bringt es Ihnen?«

Paß auf! dachte er; paß bloß auf! Er hob die Schultern, ganz nach der geringschätzigen Art der Atevi. »Eine zufriedenstellende Verbindung mit dem Festland«, antwortete er. »Wie gesagt, die letzten technologischen Geheimnisse liegen auf dem Tisch. Der Wille und die Bereitschaft zur Nutzung dieser Möglichkeiten muß von den Atevi ausgehen. Leider gibt es allzu viele konservative Vorbehalte. Zugegeben, unsere Geheimnisse stecken voller Zahlen. Aber sie beschreiben das Universum. Wie könnten sie Unglück heraufbeschwören? Es ist uns ein Rätsel, wieso manche Leute darauf bestehen, daß es ungünstige Zahlenkombinationen gibt. Wir glauben einzig und allein an die Natur.« Er sprach mit dem engsten Vertrauten von Ilisidi, die es vorzog, auf Malguri zu residieren, die ihre Speisekammer mit selbsterlegtem Wild füllte – aber immerhin auch an die Notwendigkeit von Wi'itikiin glaubte. »Nun, vielleicht irre ich mich, aber mir scheint, als versuchten manche Numerologen der Natur in die Rechnung zu pfuschen.«

Es war dreist, so etwas zu sagen, auch wenn er den kritisierten Kreis mit dem Wort ›manche‹ unspezifisch kleinhielt. Er wußte nicht, zu welcher Zahlenphilosophie Cenedi neigte. Es gab Dutzende von unterschiedlichen Richtungen. Er hoffte auf ein Bekenntnis Cenedis. Doch der schmunzelte nur und sagte schließlich: »Und was tun die Computer, die Sie entwerfen. Pfuschen die der Natur nicht viel mehr ins Handwerk, indem sie Sterne auf einen anderen Kurs bringen?«

»Das wäre mir neu. Die Bahn der Sterne ist von der Natur vorgegeben. Sie ist auch Ursache dafür, warum

Treibstoffbehälter mit einer Schlingerwand ausgestattet werden müssen.«

»Sind wir in Ihren Augen abergläubische Narren?«

»Gewiß nicht. Die Atevi haben sich eine Welt geschaffen, an der nichts auszusetzen ist. Aber wenn sie von unseren Wissenschaften profitieren wollen ...«

»Halten Sie Numerologie für eine Torheit?«

Das zuzugeben wäre Ketzerei. Bren fürchtete plötzlich, daß irgendwo ein Tonbandgerät versteckt sein könnte. Aber er scheute auch davor zurück, Cenedi zu belügen und zu riskieren, daß die bislang höflich verlaufene Unterhaltung abgebrochen werden könnte, noch ehe das eigentliche Thema angesprochen war.

»Nadi«, sagte er, »ich schwöre, wir haben den Atevi nur günstige Zahlen gebracht. Zahlen, die funktionieren und deren Gültigkeit überprüfbar ist. Und trotzdem zweifeln manche daran, anstatt die Natur zu Rate zu ziehen.«

»Sie zweifeln vielleicht weniger daran als am guten Willen der Menschen.«

Was so beiläufig klang, war todernst gemeint. Sie saßen hier im Licht der Öllampen – er, Bren, Cenedi gegenüber, in dessen Büro, ohne zu wissen, welche Rolle Cenedi in Wirklichkeit spielte, worauf er abzielte, welche Gefahr von ihm ausging.

»Nadi, meine Amtsvorgänger haben nie ein Geheimnis daraus gemacht, weshalb und in welcher Absicht die Menschen auf diesem Planeten gelandet sind. Wir sind durch einen Unfall hierher verschlagen worden und waren verzweifelt. Daß Atevi hier lebten, wußten wir nicht. Wir wollten nicht verhungern und waren zur Landung gezwungen. Und dann sahen wir, daß die Atevi technisch weit fortgeschritten waren und auf demselben Weg wie wir. Wir glaubten fest daran, daß den Atevi durch uns kein Schaden zugefügt wird, und wählten einen entlegenen Landeplatz, um uns nicht aufzudrängen. Aber das war leider unser erster Fehler.«

»Und worin bestand Ihrer Meinung nach der zweite?«

Sie kreuzten durch eine See voller Eisberge. Cenedis Fragen waren allesamt gerechtfertigt, und Bren hielt sich mit seinen Antworten an das, was seit über einem Jahrhundert akzeptiert wurde.

Bren überlegte und ließ lange mit der Antwort auf sich warten, weil ihm die unterschiedlichsten Gedanken durch den Kopf gingen, und dann wurde er hektisch aus Sorge, Cenedi könne sein Schweigen mißverstehen.

»Der zweite Fehler ist beiden Seiten anzukreiden«, sagte er. »Daß es zum Krieg kam. Wir hatten im Vorfeld gewisse Dinge völlig falsch gedeutet und uns irrigerweise ermutigt gefühlt ...«

»Wozu?«

Der atevischen Sprache fehlte das Wort, mit dem er antworten wollte. »Von guter Nachbarschaft auszugehen. Meine Vorfahren waren voller Hoffnung, zumal ihre Siedlung einen vielversprechenden Anfang genommen hatte.«

»Sie behaupten doch nicht, daß wir den Krieg angezettelt haben, oder?«

»Nein, aber uns ist dieser Vorwurf genausowenig zu machen. Davon bin ich überzeugt.«

Cenedi tippte mit den Fingern auf die Schreibtischplatte. Er schien nachzudenken. Dann: »Es hat also ein Unfall die Menschen zu uns gebracht. Waren da womöglich ungünstige Zahlen oder falsche Berechnungen im Spiel?«

Es fiel Bren schwer zu atmen, vielleicht wegen der durch die Öllampen verbrauchten Luft, vielleicht auch weil ihn die Fragen Cenedis zunehmend beklommen machten. »Ich weiß nicht. Ich bin kein Wissenschaftler.«

»Aber Ihre Zahlen beschreiben doch zuverlässig die Natur, wenn ich richtig verstanden habe. Ist der Unfall etwa auf übernatürliche Gründe zurückzuführen?«

»Wohl kaum. Vielleicht sind einige Aggregate oder

Rechner ausgefallen. So was kann vorkommen. Der Weltraum ist voller Staub und Gestein. Kollisionen sind nicht immer vermeidbar.«

»Ihre Zahlen sind also doch nicht so zuverlässig, wie behauptet.«

Wieder so ein versteckter Vorwurf der Ketzerei. »Unsere Ingenieure können nur Näherungswerte ermitteln. In diesem Sinne nähern wir uns der Natur. Wenn wir Fehler machen, korrigiert sie uns. Was aber selten der Fall ist. Unsere Zahlen sind gut, wenn auch nicht perfekt.«

»Der Krieg hat ein Beispiel dafür geliefert.«

»Ja, ein schreckliches Beispiel. Aber wir können daraus lernen. Ich habe Jago mindestens zweimal unwissentlich beleidigt, aber sie ist gelassen geblieben und gab mir dadurch die Möglichkeit, meinen Fehler einzusehen. Banichi hat mich schwer enttäuscht, doch ich weiß, daß das nicht seine Absicht war, und werde ihm weiterhin verbunden bleiben. Solange Bereitschaft für ein friedliches Zusammenleben erkennbar vorhanden ist, können wir duldsamer miteinander umgehen.«

Cenedi starrte ihn an. Seiner Miene glaubte Bren ablesen zu können, daß er in Gefahr war, einen schweren Fehler zu begehen. Hoffentlich, dachte er, weiß Banichi, wo ich gerade bin.

»Tja«, sagte Cenedi. »Es scheint, daß jemand die Geduld verloren hat. Auf Sie ist ein Anschlag verübt worden.«

»Was leider nicht zu leugnen ist.«

»Können Sie sich erklären, warum?«

»Ich habe keine Ahnung, Nadi. Ich wüßte keinen konkreten Grund, bin mir aber darüber im klaren, daß die Menschen allgemein bei manchen schlecht gelitten sind.«

Cenedi öffnete die Schublade und brachte eine große Schriftrolle zum Vorschein, verschnürt mit den rotschwarzen Bändern des Aiji-Hauses.

Von Ilisidi, dachte Bren mit ungutem Gefühl, als Cenedi ihm das Papier zu lesen gab. Er rollte es auseinander und erkannte die Handschrift auf den ersten Blick. Es war die von Tabini.

Ich schicke Ihnen, 'Sidi-ji, einen Gast ins Haus, um ihn zu schützen vor feindlich gesinnten Kräften, die sich mir nicht zu erkennen geben, Ihnen aber, wie ich vermute, bekannt sein dürften. Daß sich diese zu Handlungen entschlossen haben, die Sie persönlich in Ausnahmefällen selbst für notwendig erachten würden, will ich Ihnen nicht zum Vorwurf machen.

Was hatte das nun zu bedeuten? Bren traute seinen Augen kaum. Er las den Satz noch einmal, um zu begreifen. Drohte Tabini seiner Großmutter oder unterstellte er ihr, daß sie mitverantwortlich war für das Attentat auf den Paidhi?

Aber warum hatte Tabini ihn dann hierher geschickt?

Ich entlaste Sie, wertgeschätzte Feindin, von der Bürde dieser vermeintlichen und gefährlichen Notwendigkeit, indem ich den Paidhi in Ihre Obhut stelle, denn ich weiß, daß von allen, die mich bekämpfen, Sie, 'Sidi-ji, die einzige sind, die sich meiner Politik und dem Vertrag nicht aus Haß oder persönlichem Machtstreben widersetzt, sondern aus lauteren Beweggründen.

Weder ich noch meine Agenten werden Sie daran hindern, über den Paidhi-Aiji Erkundigungen einzuziehen und frei zu verfügen. Ich bitte Sie lediglich darum, mir mitzuteilen, welchen Eindruck Sie von ihm gewonnen haben.

Frei verfügen? Tabini, Tabini, um Himmels willen, was tun Sie mir an?

Meine Agenten sind angewiesen, vor Ort zu bleiben und dennoch Abstand zu wahren.

Mit tiefempfundenem Respekt, Tabini-Aiji

An Ilisidi von Malguri, auf Malguri in der Provinz Maidingi ...

Ihm zitterten die Hände. Er las den Brief ein zweites, ein drittes Mal, ohne einen neuen Aspekt zu erkennen. Es war Tabinis Handschrift, sein Siegel, kein Zweifel.

Fälschung war ausgeschlossen. Bren versuchte auf die Schnelle, den Wortlaut auswendig zu lernen, doch bald verschwammen ihm die verschnörkelten Buchstaben vor Augen. Er rief sich zur Vernunft, die ihm sagte, daß Tabini ein Ateva war und den Begriff der Freundschaft nicht kannte, sich davon also auch nicht leiten lassen konnte. Daß er im Interesse der Atevi handeln mußte, und zwar als Ateva, auf eine Weise also, die mit menschlichen Maßstäben nicht zu fassen war.

Die Vernunft sagte, daß er, Bren, zu einer angemessenen Interpretation der Worte des Aiji nicht fähig war; und sie sagte, daß er hier auf Malguri in äußerster Gefahr schwebte. Ein wenig Hoffnung war nur aus dem Hinweis zu schöpfen, daß Banichi und Jago den Auftrag hatten, ihm auf Malguri nicht von der Seite zu weichen. War womöglich Tabini gezwungen worden, seinen Paidhi zu verraten? Versuchte er ihm für den Ernstfall durch Banichi und Jago eine Hintertür zur Flucht offenzuhalten?

Doch all das waren vage, abwegige Spekulationen. Falls Tabini tatsächlich den Paidhi zu opfern und den Fortschritt, der aus Mospheira kam, auf Eis zu legen bereit war, ließ sich mit Bestimmtheit nur eines schließen: daß es mit seiner Macht dem Ende zuging.

Dem Paidhi wäre vorzuwerfen, daß er diese bedrohliche Situation nicht erkannt hatte. Unverzeihlich.

Er gab Cenedi das Schreiben zurück, bemüht, das Zittern der Hände zu unterdrücken. Dabei fühlte er sich plötzlich frei von Angst, was ihn selbst verblüffte. Er spürte nur einen Kloß im Hals und eine kalte Unempfindlichkeit in den Fingerkuppen.

»Nadi«, sagte er ruhig. »Ich verstehe das alles nicht. Stammte der Assassine, der mich in Shejidan zu liquidieren versucht hat, etwa aus Ihren Reihen?«

»Nicht direkt. Zu leugnen wäre Unrecht.«

Tabini hatte ihn bewaffnet und damit den Vertrag verletzt.

Cenedi war doch derjenige gewesen, der den Eindringling im Burghof zur Strecke gebracht hatte, oder nicht?

Brens Verwirrung war komplett.

»Wo ist Banichi? Wo ist Jago? Wissen die beiden von dem Brief? Wissen sie, wo ich bin?«

»Ja. Ich sagte: Mitverantwortung zu leugnen wäre Unrecht, eine Lüge. Aber wir bedauern und schämen uns, daß ein Verbündeter einen lizensierten Profi zu einer unehrenhaften Tat angestiftet hat. Die Gilde ist in Verlegenheit gebracht worden durch dieses Mitglied, das aus persönlicher Gesinnung gehandelt hat. Auch ich schäme mich, weil es zu dieser Teevergiftung gekommen ist. Daß Sie meine Bitte um Verzeihung angenommen haben, macht es mir nun nicht leichter meiner Pflicht nachzukommen. Bitte, glauben Sie mir, ich hege keinen persönlichen Groll gegen Sie. Aber ich werde alles tun, um die Situation aufzuklären.«

»Welche Situation?«

»Nand' Paidhi, ich frage Sie: Haben Sie uns je hinters Licht geführt? Uns weniger – oder mehr – als die Wahrheit versprochen?«

Allen panischen Regungen zum Trotz versuchte Bren, kühlen Kopf zu bewahren. Er wußte nicht, welche Informationen oder Fehlinformationen Cenedi hatte. Äußerste Vorsicht war angezeigt.

»Nadi, es kann durchaus sein, daß ich das eine oder andere Mal ein technisches Detail – einen Schaltplan oder dergleichen – dem Aiji oder dem zuständigen Fachbereich vorenthalten habe, aus Schlampigkeit, aber auf keinen Fall in böser Absicht. Auch für meine Vorgänger kann ich guten Gewissens sagen, daß wir nie ein doppeltes Spiel gespielt haben.«

»Haben Sie sich in Zusammenarbeit mit Tabini jemals in den Funkverkehr zwischen Mospheira und der Raumstation aktiv eingeschaltet?«

Gütiger Himmel.

»Fragen Sie den Aiji.«

»Präziser gefragt: Haben Sie auf Anordnung des Aiji bestimmte Zahlencodes in diese Verbindung einge- speist?«

»Fragen Sie ihn.«

Cenedi warf einen Blick in seine Papiere; sein dunkles Gesicht war völlig ausdruckslos. »Ich will's von Ihnen wissen. Ist es dazu gekommen?«

»Das ist Tabinis Sache.« Seine Hände waren kalt. Er knetete die Finger und versuchte sich einzureden, daß das Gespräch mit Cenedi nicht brisanter war als eine x-beliebige Ausschußsitzung. »Wenn Tabini-Aiji mit Mospheira in Kontakt zu treten wünscht, übermittle ich seine Mitteilung auf den Punkt genau. Das gehört zu meinem Job. Ich würde seine Worte oder die Antwort von Mospheira niemals verfälschen. Ich belüge weder die eine noch die andere Seite.«

Cenedi legte eine lange Pause ein. Aus der Ferne grollte dumpfes Donnern.

»Haben Sie immer die Wahrheit gesagt, Nadi?«

»In diesen Funkmeldungen? Ja, das habe ich.«

»Ich soll Ihnen im Namen der Aiji-Mutter ein paar Fragen stellen. Werden Sie darauf antworten?«

Die Fallschlingen zogen sich enger zu. Der Alptraum eines jeden Paidhi war für Bren Wirklichkeit geworden, nicht zuletzt deshalb, weil er Atevi Vertrauen geschenkt hatte, entgegen allen Ermahnungen seiner Ausbilder und obwohl er wußte, daß dieses Vertrauen nicht auf Gegenseitigkeit beruhen konnte. Dennoch hatte er an der Einbildung festgehalten, Tabini wäre ihm persönlich zugetan, wovon er schließlich so überzeugt war, daß er seine Pflichten Mospheira gegenüber verletzte und dar- auf verzichtet hatte, sein Büro zu informieren, als dies dringend geboten war.

Falls Cenedi nun Gewalt anwenden würde ... der Paidhi wäre ihr hilflos ausgeliefert. Falls Cenedi das Ge- ständnis eines Komplotts der Menschen gegen die Atevi aus ihm herauszupressen versuchte ... Bren zweifelte, ob er dem Druck würde standhalten können.

Er seufzte, hob nach Ateviart die Schultern und sagte: »So gut ich kann. Ich werde die Fragen nach bestem Wissen beantworten.«

»Mospheira hat ... wie viele Einwohner?«

»Ungefähr vier Millionen.«

»Keine Atevi?«

»Keine.«

»Sind in der Zeit seit dem Vertrag jemals Atevi auf der Insel gewesen?«

»Nein, Nadi, abgesehen von den Besatzungsmitgliedern der Linienflugzeuge.«

»Was halten Sie von der Einführung des Amtes eines Paidhi-Atevi?«

»Dafür haben wir uns immer schon ausgesprochen. Wir wollten dieses Amt in den Vertrag mitaufnehmen als Bedingung für den Waffenstillstand, denn uns war bewußt, wie wichtig es ist, die andere Seite besser kennenzulernen. Es waren schließlich Mißverständnisse, die zum Krieg geführt haben. Aber die Atevi haben sich geweigert. Wären sie jetzt dazu bereit, würde ich alles daran setzen, daß es möglichst bald einen Paidhi-Atevi gibt.«

»Ihr Volk hat nichts zu verbergen? Glauben Sie, ein Ateva wäre auf Mospheira und als ständige Vertretung in Ihren Ratsversammlungen willkommen?«

»Ich bin sicher, daß es notwendig und nützlich ist, daß die Atevi unsere Sitten und Gebräuche kennenlernen. Dafür plädiere ich. Unsere Art zu leben ist sehr ähnlich, wir leben in ähnlichen Verhältnissen. Die Unterschiede zwischen Adams Town und Shejidan würden Ihnen kaum auffallen.«

»Mir nicht?«

»Wir haben sehr viele Gemeinsamkeiten.« Und mit Bedacht fügte Bren hinzu: »Man kann beileibe nicht behaupten, daß nur Sie von uns beeinflußt werden, Nadi.

Glauben Sie mir, wir haben viele gute Ideen von den Atevi aufgegriffen und von ihnen gelernt. In manchen Bereichen würden Sie sich wie zu Hause fühlen.«

Cenedi schien daran zu zweifeln. Er zog die Stirn in Falten. »Gibt es irgendwelche Forschungen, die vor uns geheimgehalten werden?« fragte er.

»Die biologische Forschung. Gentechnik. Das letzte, komplizierteste Feld.«

»Wieso?«

»Wegen der Zahlen, der gewaltigen Menge von Daten, die es zu verarbeiten gilt. So auch in der Erforschung des Weltalls. Man kann nur hoffen, daß Computer auf mehr Akzeptanz bei den Atevi stoßen. Wir brauchen Computer, Nadi, auch wenn Sie, die Atevi, glauben, mit herkömmlichen Mitteln zurechtzukommen. Aber für die Weltraumwissenschaft, für die Verwaltung und für die genetische Forschung sind Computer unerläßlich.«

»Unsere Numerologen bezweifeln das. Manche von ihnen behaupten, daß Computer Unglück bringen und in die Irre führen.«

»Andere wiederum geben zu, daß sie Phantastisches leisten. Mir ist zu Ohren gekommen, daß einige Numerologen Software entwickeln ... und Kritik üben an der vorhandenen Hardware. Zu Recht. Und unsere Wissenschaftler sind an Anregungen und Verbesserungsvorschlägen sehr interessiert.«

»An Erfindungen der Atevi.«

»Aber ja.«

»Was könnten wir denn noch erfinden oder entdecken? Die Menschen haben uns doch schon alle Arbeit abgenommen.«

»O nein, bei weitem nicht. Das Universum ist unerschöpflich an Geheimnissen, die darauf warten, gelüftet zu werden.«

»Wozu soll das taugen?«

Auch an den Atevi waren immer neue, verblüffende

Eigenschaften zu entdecken. »Was taugt die Welt, in der wir leben, Nadi? Sie ist Ursache und Grundlage unserer Existenz. Was könnte wichtiger sein?«

»Glauben Sie, daß es Dinge gibt, die unzählbar sind?«

Wieder so eine Fangfrage zur Entlarvung von Ketzerei. Die Befürchtung, von versteckten Mikrophonen belauscht zu werden, mahnte Bren zur Vorsicht. Eine falsche Antwort, und die Extremisten hätten, wonach sie suchten. »Wer alles sehen kann, vermag auch alles abzuzählen.«

»Kann denn jemand alles sehen?«

Verflucht, worum ging es diesem Cenedi? Um Glaubensbekenntnisse oder um Antworten auf politische Streitfragen? »Ich weiß nur, daß ich es nicht kann.«

»Noch etwas Tee?« fragte Cenedi.

»Nein, danke, ich habe noch einen Rest in der Tasse.«

»Halten Sie mich für einen Feind?«

»Ich bin mir im unklaren, hoffe aber, daß Sie nicht gegen mich sind.«

»Meine Haltung Ihnen gegenüber hat nichts mit meiner persönlichen Einstellung zu tun, nand' Paidhi.«

»Davon gehe ich aus. Denn ich wüßte auch nicht, wann oder wodurch ich Sie beleidigt haben könnte.«

»Seien Sie unbesorgt, es geht hier nicht um den Vorwurf der Ketzerei. Wenn Sie meine Meinung wissen wollen: Ich finde diese Zahlenspielereien idiotisch und primitiv.«

»Ich nehme an, unser Gespräch wird mitgeschnitten. Ist nicht zu fürchten, daß das Tonband in falsche Hände gerät? Aber es lassen sich ja zum Glück nachträglich Änderungen daran vornehmen.«

»So auch an Fernsehaufnahmen«, entgegnete Cenedi. »Wie dem auch sei, Sie haben Tabini-Aiji eine Fülle von Material geliefert.«

Das Fernsehen! Daran hatte er vor lauter Aufregung gar nicht mehr gedacht. Tabinis Aufforderung, freimütig über seine Person, sein Leben und seine Verbindungen zu reden, war in Anbetracht des Briefes, den er soeben gelesen hatte, völlig neu zu bewerten.

Verraten und betrogen von dem einzigen Ateva, dem er vertraute, der Verständnis für ihn und für die Menschen zeigte.

Tabini hatte ihn bewaffnet zum Schutz vor Assassinen, doch jetzt war, nach allem, was er wußte, nicht einmal mehr ausgeschlossen, daß diese Killer aus Tabinis eigenen Reihen stammten. Er hatte ihm eine Pistole zugeschoben, wohl wissend, daß sie entdeckt und auf ihren wahren Besitzer zurückverfolgt werden konnte.

Doch als er diese Waffe abgefeuert hatte, war ihm von Banichi eine andere gegeben worden. Womöglich hatte der nur getan, was ihm gesagt worden war, ohne zu ahnen, was dahintersteckte. Bren schwirrte der Kopf. Und nun war auch noch Banichis Pistole unter der Matratze verschwunden, ein Beweisstück mit Registriernummer.

Was war ihm während der Ausbildung nicht alles eingetrichtert worden an Warnungen vor den Finessen der Intrigen am Hofe. Doch er hatte sie in den Wind geschlagen, denn Tabini war für ihn über jeden Zweifel erhaben gewesen.

»Wie viele Menschen leben auf Mospheira?«

»Das haben Sie mich schon gefragt, Nadi Cenedi. Ungefähr vier Millionen. Genauer: vier Millionen dreihunderttausend.«

»Wir wiederholen Fragen von Zeit zu Zeit, um sicherzugehen. Kinder eingeschlossen?«

Es folgte Frage auf Frage – zur Verkehrspolitik, zu Brens Amtsvorgängern und deren Kurs, zu Kraftwerkprojekten, Staudämmen oder ökologischen Studien auf Mospheira und dem Festland.

Fragen zur Luftbrücke und zum Straßennetz im Hochland von Mospheira – all dies war leicht nachzuprüfen, nicht zuletzt anhand der Kataloge und persönlichen Briefe Brens, die offenbar die Runde machten.

Wahrscheinlich waren seine Briefe Informationsquelle des atevischen Geheimdienstes, lange bevor diesem Satelliten zur Verfügung standen. Womöglich hatte man aus seinen Reisekatalogen einen Lageplan der Straßen und Städte Mospheiras rekonstruiert und sich ein Bild davon gemacht anhand der mitgelieferten Ansichtsfotos.

»Haben Sie viele Verbindungen auf Mospheira, Nadi? Nennen Sie diese beim Namen.« – »Wie verbringen Sie Ihre Zeit auf Mospheira? Sie haben doch gewiß auch von Amts wegen dort einiges zu erledigen, oder ...«

Und dann: »Sie hatten eine Waffe in Ihrem Quartier versteckt, Nadi. Weshalb?«

Da war sie endlich, die gefürchtete Frage. Bloß nichts zugeben, dachte Bren.

»Ich weiß nichts von einer Waffe.«

»Die Pistole unter Ihrer Matratze.«

»Keine Ahnung, wie die dahingekommen sein soll.«

»Keine Scherze, bitte. Die Sache ist äußerst ernst.«

»Dessen bin ich mir bewußt. Trotzdem, seien Sie versichert, ich habe keine Waffe mitgebracht, geschweige denn unter die Matratze gelegt.«

»Dann muß sie wohl von selbst dahin gelangt sein.«

»Scheint so. Jedenfalls habe ich nichts damit zu tun. Was sollte ich auch damit? Ich kann nicht schießen. Eine Pistole wäre nur mir selbst und dem Mobiliar gefährlich.«

»Nadi, die Pistole stammt nicht von Malguri. Wir kennen die Registriernummer.«

Cenedi hob den Kopf und blickte in Richtung eines kantigen Schattens in der Ecke des Zimmers. Bren spekulierte: Womöglich war Tabini politisch ausmanövriert worden und gezwungen, in das gegnerische Lager zu wechseln. Wen sollte er, Bren, wegen der verschwundenen Waffe nun in Schutz nehmen und wovor? Tabini vor seinen Rivalen oder Banichi vor einem drohenden Strafverfahren? Dadurch, daß Banichi ihm eine Ersatzpistole zugesteckt hatte, war eine Situation entstanden, in der alle Beteiligten gleichermaßen unter Verdacht geraten mußten

Es erübrigte sich die Frage, in wessen Besitz die Pistole jetzt wohl sein mochte.

Bren war entschlossen, konsequent an der mit Banichi abgesprochenen Linie festzuhalten.

»Nadi«, sagte Cenedi. »Beantworten Sie meine Frage.«

»Ich dachte, Sie hätten eine Feststellung getroffen. Verzeihen Sie. Ich habe keine Waffe. Ich habe die fragliche Pistole nicht unter meine Matratze gelegt. Mehr kann ich dazu nicht sagen.«

»Sie haben in Shejidan auf jemanden geschossen, nand' Paidhi.«

»Nein, ich habe nur Alarm geschlagen. Banichi hat geschossen.«

»Ich kann nicht glauben, daß er sein Ziel verfehlt.«

»Es war dunkel, es regnete, und der Mann war flüchtig.«

»Und außer Ihnen war kein anderer anwesend.«

»Als ich ein verdächtiges Geräusch hörte, rief ich die Wachen.«

»Steht Banichi jede Nacht vor Ihrer Tür in Bereitschaft?«

»Das weiß ich nicht. Vielleicht war er zufällig gerade in der Nähe. Ich habe nicht danach gefragt.«

»Nadi, Sie lügen. Und damit ist niemandem geholfen.«

»Was geschehen ist, können nur drei Personen wirklich wissen: ich, Banichi und der Mann auf der Terrasse. Das waren doch wohl nicht Sie, Cenedi-ji? Oder?«

»Natürlich nicht. Ich bediene mich anderer Methoden.«

Vielleicht sollte das ein Witz sein. Bren aber hatte dafür keinen Sinn. Er zermarterte sich das Hirn. Woher bezog Cenedi seine Informationen? Wieviel wußte er wirklich? Und was führte er im Schilde? Versuchte er, einen Tatbestand zu konstruieren, um Klage zu erheben? Es gab Gesetze gegen Kidnapping und Freiheitsberaubung, aber keines, das Tabini verboten hätte, seinen Paidhi nach Malguri zu schicken.

»Sie können sich also angeblich nicht erklären, wie die Pistole unter Ihre Matratze gekommen ist«, sagte Cenedi. »Sie halten an der Behauptung fest, nicht gewußt zu haben, daß sie dort liegt.«

»Ja.«

Cenedi lehnte sich zurück und musterte Bren sekundenlang. Dann: »Banichi hat Ihnen die Waffe gegeben.«

»Nein, Nadi. Das trifft nicht zu.«

»Nand' Paidhi, es gibt im Umkreis der Aiji-Mutter etliche Personen, die mit Tabini-Aiji eng verbunden sind, und zwar, wohlgemerkt, vermittels der Aiji-Mutter. Diese Personen halten diesen Wisch, diesen Vertrag mit Mospheira für ungültig, insbesondere den darin festgelegten Status der Insel. Sie wollen, daß Mospheiras Unabhängigkeit wieder aufgehoben wird.«

Dieses Pack, dachte Bren und spürte, wie er in Wallung geriet; diese Ewiggestrigen, diese Kriegstreiber.

»Diese Nadiin verlangen Ihre Auslieferung«, sagte Cenedi. »Es sind bereits Agenten angereist mit dem Auftrag, Sie, nand' Paidhi, festzunehmen und der Aiji-Mutter klarzumachen, daß es besser für sie sei, wenn es zwischen ihr und Tabini endgültig zum Bruch käme. Ich habe einen Kompromiß vorgeschlagen, mit dem die andere Seite einverstanden ist: Sie verzichtet auf Ihre Festnahme, wenn Sie, Nadi, kooperieren und Informationen preisgeben. Dazu haben Sie hier und jetzt Gelegenheit.«

Schrecklicher konnte es kaum kommen. Von allen Fragen, die auf ihn einstürzten, erschien ihm die nach der Rolle Cenedis nun vorrangig. »Stehen Sie im Dienst der Aiji-Mutter, Nadi?«

»Immer und ausnahmslos.«

»Und auf welcher Seite steht sie? Ist sie für oder gegen Tabini?«

»Sie hat kein Man'chi und handelt aus freien Stücken.«

»In der Absicht, den Aiji zu verdrängen?«

»Vielleicht. Sie würde nichts tun, was ihre Unabhängigkeit schmälerte.«

Ilisidi hatte sich zweimal dem Hasdrawad zur Wahl gestellt und war beide Male gescheitert. Zuletzt vor fünf Jahren, übertrumpft von Tabini.

Und Tabini schickte seinen Paidhi ausgerechnet ihr, samt Begleitschreiben.

»Werden Sie mir die verlangten Informationen geben, nand' Paidhi?«

Bren schwieg. Vielleicht – vielleicht hatte Tabini ihn ja doch nicht betrogen, nicht wirklich. Vielleicht ging es mit seiner Regierung zu Ende, und er, der Paidhi, hatte die politischen Erschütterungen nicht gespürt, was er kaum glauben konnte. Aber er wäre nicht der erste Paidhi, der das Ränkespiel bei Hofe nicht durchschaute.

»Nand' Paidhi«, sagte Cenedi, auf eine Antwort drängend. »Ich wiederhole: Es sind Agenten hier auf Malguri, die darauf warten, Sie in ihre Gewalt zu nehmen. Es muß nicht sein, daß Sie für immer verschwänden, wenn ich Sie auslieferte. Ich könnte Sie wahrscheinlich zurückholen. Doch in welchem Zustand Sie dann wären, ist eine ganz andere Frage. Die Leute, von denen ich spreche, würden Sie gründlicher befragen und sehr viel mehr wissen wollen als ich. Ich hoffe, Sie täuschen sich nicht. Wir spielen hier nicht Machimi. Es gibt Verhörmethoden, die bisher jeden zum Reden gebracht haben. Seien Sie klug, geben Sie mir die Information, die den Aiji zu Fall bringt, und wir werden gut miteinander auskommen. Wenn nicht ...«

Bren rang so verzweifelt mit sich, daß er auf Cenedis Worte kaum mehr achtete.

»... werde ich Sie ausliefern müssen. Was dann auf Sie

zukäme, würde ich Ihnen gern ersparen. Also, noch mal: Wer hat den Schuß abgegeben?«

»Banichi.«

»Wer gab Ihnen die Pistole?«

»Mir wurde nie eine Pistole gegeben.«

Cenedi seufzte und drückte einen Schalter. Am Rande und zerstreutermaßen registrierte Bren: Nicht alles in diesem Haus war antik und veraltet. In Cenedis Büro schien im Gegenteil so manches installiert zu sein, was modernsten Ansprüchen genügte.

Sie warteten. Für einen Sinneswandel blieb noch Zeit, dachte Bren. Er konnte die verlangte Aussage machen und die Fronten wechseln. Cenedi hatte deutlich genug zum Ausdruck gebracht, daß Tabini und also auch sein Paidhi auf verlorenem Posten standen. Dennoch, Bren konnte und wollte das alles nicht wahrhaben. Tabini war viel zu gerissen, als daß er sich geschlagen gäbe, ohne ein letztes Manöver riskiert zu haben, und vielleicht hatte er ihm, Bren, dabei eine entscheidende Rolle zugewiesen in der Hoffnung, daß auf ihn Verlaß war.

Unfug, so etwas anzunehmen. Wenn Tabini wirklich auf ihn setzte, hätte er ihn in seinen Plan doch einweihen und durch Banichi oder Jago vorbereiten lassen können auf das, was ihn erwartete.

Und er hätte, wie es seine Pflicht war, sein Büro auf Mospheira anrufen und Bericht erstatten können.

X

Es öffnete sich die Tür hinter ihm. An Flucht war nicht zu denken, Mospheira unerreichbar weit, es gab kein Telefon und niemanden, auf den sich Bren verlassen konnte, außer Jago und Banichi vielleicht. Zwei hünenhafte Atevi bauten sich hinter ihm auf und packten ihn bei den Armen, als er vom Stuhl aufstand.

Wortlos sah Cenedi zu, wie er von den beiden hinaus

in den dunklen Flur abgeführt wurde. Von dort entfernten sie sich durch einen Trakt der Burg, den er nicht kannte, immer weiter weg von der Eingangshalle. Wenn Cenedi die Wahrheit gesagt hatte, hielt sich Banichi in der Nähe auf, beschäftigt mit der Reparatur der Stromkabel, da, wo sie ins Haus führten. Wenn er sich alarmieren ließe und wenn er es mit zweien aufnehmen könnte oder gar mit dreien, denn Cenedi war mit einzurechnen ...

»Ich muß austreten«, sagte Bren und blieb stehen; sein Herz hämmerte. Ein alberner Versuch, die beiden hinzuhalten, aber nach zwei Tassen Tee hatte er tatsächlich das Bedürfnis, Wasser zu lassen. »Augenblick, ich muß mal.«

»Dann kommen Sie«, sagte der eine. Sie führten ihn an eine Stelle, die, wie Bren vermutete, direkt unter den Waschräumen seines Quartiers im Obergeschoß gelegen sein mußte.

Einer postierte sich vor der Tür, der andere wich ihm nicht von der Seite und stand hinter ihm, während er Wasser ließ. Dann wusch er sich die Hände und versuchte verzweifelt einzuschätzen, welche Chance er gegen die beiden hatte. Die Zeit, da er regelmäßig Kampfsport betrieben hatte, lag weit zurück, und im Unterschied zu diesen durchtrainierten Kerlen war er völlig außer Form. Er ging zur Tür, und hoffte, daß sein Begleiter den Fehler beginge, sie vor ihm zu öffnen, was er aber nicht tat. Dennoch meinte Bren, diese, vielleicht letzte Gelegenheit zur Flucht wahrnehmen zu müssen. Er rammte dem einen seinen Ellbogen in die Seite und holte zum Tritt gegen den Mann an der Tür aus, wußte aber, daß sein kläglicher Ausbruchversuch gescheitert war, noch ehe er spürte, wie sein Handgelenk umklammert und ihm mit Gewalt in den Rücken gezwungen wurde.

»Schon gut, schon gut«, stöhnte er, das Gesicht an die Steinwand gepreßt, der Arm dermaßen verrenkt, daß ihm die Schulter auszukugeln drohte, als er nach Luft schnappte.

Irgendeinen zusammenhängenden Gedanken zu fassen war vor lauter Schmerzen nicht möglich. Er spürte, wie ihm eine Schnur ums Handgelenk gebunden wurde, fester und fester. Er krümmte und wand sich in Gegenwehr, doch die Schnur und der eiserne Knebelgriff des anderen waren unwiderstehlich.

Er ging, wohin sie ihn führten, durch den Flur zu einer steinernen Stiege, die nach unten in ein Kellergewölbe führte. »Ich will mit Banichi sprechen«, protestierte er und sträubte sich.

Offenbar hatten die beiden keine Ahnung von der Zerbrechlichkeit menschlicher Knochen; es hätte nicht viel gefehlt, und der Arm wäre ihm gebrochen worden. Er stolperte über die erste Stufe, verlor das Gleichgewicht, doch der grobe Kerl stieß ihn achtlos voran und mißbrauchte seinen Arm als Hebel. Zufällig faßte er bald wieder Tritt und stieg die letzten Stufen aus eigener Kraft nach unten. Eine einzige, funzelige Lampe sorgte für Licht in dem Kellergelaß, das sie betraten. Da waren ein Tisch und ein Stuhl sonst nichts. Wie eine letzte Mitteilung von der Außenwelt drang dumpfes Donnergrollen durch die nackten Bruchsteinmauern. Hinter einer offenstehenden Tür befand sich eine dunkle Zelle. Darauf schoben sie ihn zu.

Es gab keine Hilfe mehr, oder aber Banichi kreuzte unvermittelt auf. Doch auf wessen Seite er sich schlagen würde, war nicht ausgemacht. Bren hatte seine letzte Chance leichtfertig verspielt in dem sinnlosen Versuch, sich mit zwei Atevi anzulegen. Aber vielleicht, wenn es ihm gelänge, sich nur für einen Moment lang loszureißen und, statt selbst eingesperrt zu werden, die Tür vor den beiden würde zuschlagen können ...

Nein, daraus konnte nichts werden. Schon stießen sie ihn durch die Tür in die Zelle. Es schien, als wollten sie ihn hier sich selbst überlassen. In seiner Verzweiflung hoffte er, doch noch kehrtmachen und davonrennen zu können, sobald sie von ihm abließen.

Aber der Kerl hielt die Fessel gepackt und stieß ihn mit dem Rücken gegen die Wand, während der zweite den freien Arm umklammerte. Bren trat aus, was zur Folge hatte, daß ihm ein Knie in den Unterleib gewuchtet wurde.

»Das passiert nicht noch mal. Verstanden?« sagte der eine und zwang ihn zu Boden, worauf der andere Brens ausgestreckte Arme an eine metallene Querstange band, von den Händen bis zum Ellbogen.

Benommen vom Tritt in den Unterleib, schnappte Bren nach Luft. Ihm fiel nichts anderes mehr ein, als ›verdammt‹ zu fluchen. Die Querstange, an der er hing, war für widerspenstige Atevi angebracht worden, viel zu hoch für einen Menschen. Sein Hinterteil schwebte in der Luft, und er konnte die Beine nicht anwinkeln, um auf den Fersen zu sitzen – oder um kauernd Schutz zu finden, wenn man ihn, wie zu befürchten war, in die Mangel nehmen würde.

Die beiden wandten sich wortlos ab und klopften im Weggehen ihre Kleider aus, was offenbar keinen anderen Zweck hatte, als Verachtung zum Ausdruck zu bringen. Bren fürchtete, daß sie die Tür schließen und ihn in totaler Dunkelheit zurücklassen würden. Doch die Tür blieb offen, und er sah sie im Vorraum verschwinden. Den einen hörte er sagen, daß er sich jetzt einen Drink verdient habe. Dann waren nur noch ihre Schritte auf der Treppe zu hören, und wenig später fiel die Kellertür ins Schloß.

Im Anschluß daran: nichts als Stille.

Zu Beginn des Studiums war ihm gesagt worden, daß in ausweisloser Lage der Freitod letzte Amtspflicht sei, um einer Folter vorzubeugen und der Gefahr, Geheimnisse preisgeben zu müssen. Diese ultimative Forderung an den Paidhi stammte aus einer Zeit, da der Vertrag permanent bedroht war aufgrund der immer wieder aufflammenden Machtkämpfe zwischen rivalisierenden atevischen Verbänden.

Daß er einmal in eine solche Lage geraten könnte, hatte Bren nie für möglich gehalten.

Im Zuge seiner Ausbildung waren ihm nach altem Lehrplan etliche Methoden der schmerzfreien Selbsttötung beigebracht worden – für den unwahrscheinlichen Fall aller Fälle, wie es hieß. Doch nach wie vor war diese letzte Konsequenz gefordert, denn es galt den Frieden zu wahren, weshalb auf spektakuläre Rettungsversuche verzichtet werden mußte.

Dabei gab es überhaupt nichts, was er hätte ausplaudern können, abgesehen von jener Information, die Tabini zu Fall brächte. Der Paidhi hatte längst den Überblick verloren über die neuesten technischen Entwicklungen; ihm wurden von seinem Büro auf Mospheira immer nur spezifische Produkte oder Verfahrenstechniken vorgestellt, die er dann atevischen Experten zu erklären hatte. Von den Forschungen in sensiblen Bereichen hatte er keine Ahnung, weshalb ihm auch niemand irgendwelche Informationen darüber entlocken konnte.

Aber bedrohlich genug war die Aussicht, daß man ihn politisch mißbrauchte und zu Äußerungen zwang, die, verdreht und aus dem Kontext gerissen, für verheerende Schlagzeilen sorgen würden oder schlimmer noch: ihm zu den Bildern des Fernsehinterviews nachträglich in den Mund gelegt werden könnten.

Cenedi hatte seine Antworten auf Band, also auch seine hartnäckige Leugnung, irgend etwas mit der Pistole zu tun zu haben. Bild- und Tonmaterial waren vorhanden, um ein beliebig verzerrtes Porträt von ihm zu kolportieren.

Verdammt, dachte er. Er hatte alles verpfuscht. Hanks würde seinen Posten übernehmen, ausgerechnet sie, die völlig ideenlos und untauglich war. Wenn man doch wenigstens jemand anders einstellte, jemanden, der erkannte, daß Tabini immer noch die beste Wahl war.

Was seine Vorgänger und er in jahrelanger Kleinarbeit mühsam aufgebaut hatten, wäre nur noch Makulatur, wenn Tabini gestürzt, von Menschenfeinden abgelöst und Deana Hanks als Paidhi fungieren würde. Und die Hardliner unter den Menschen bekämen Oberwasser. Sie hatten ja immer schon davor gewarnt: Hütet euch vor Freundlichkeiten mit Tabini.

Ironischerweise waren sich die Betonköpfe zu beiden Seiten der Meeresstraße äußerst ähnlich. Würden sie ans Ruder gelangen, wäre das Verhängnis nicht mehr aufzuhalten.

Vielleicht war es doch ein Fehler gewesen, daß er Cenedis Kompromißvorschlag abgelehnt hatte. Bren überlegte, wie es sich jetzt noch einrichten ließe, Cenedi, der doch für vernünftige Gedanken aufgeschlossen zu sein schien, wieder ins Spiel zu bringen.

Kälte schlich sich in die Knochen, die Muskeln verkrampften und fingen an weh zu tun. Sinnvoll nachzudenken und Pläne zu schmieden war unter diesen Umständen nicht mehr möglich. Und zu den Schmerzen kam die Angst, womöglich nie mehr aus diesem Kellerloch herauszukommen, es sei denn durch Verrat an Tabini.

Nein, so nicht. Ausgeschlossen. Daß er hier nun feststeckte, war Folge seiner politischen und persönlichen Haltung Tabini gegenüber, und die hielt er nach wie vor für die einzig richtige. Den Aiji jetzt über die Klinge springen zu lassen wäre eine Bankrotterklärung seiner Arbeit als Paidhi.

Die Hoffnung nicht aufgeben, redete er sich ein. Tabini war ein ausgekochter Kerl, der mit Sicherheit noch irgendeinen Trick auf Lager hatte. Zu dumm nur, daß er nicht fühlte wie ein Mensch und darum auch nicht ahnen konnte, daß er, Bren, aufopferungsvoll für ihn zu kämpfen bereit war. Tabini hatte das Fernsehinterview durchführen lassen und der Welt damit gezeigt, daß auf Bren Cameron Verlaß war. Doch gleich darauf hatte die Gegenseite Agenten losgeschickt, um ihre Forderungen an Ilisidi zu stellen, die sich wahrscheinlich dabei gefiel, Neutralität zu wahren.

Schach. Und matt.

Und er hatte jetzt die Sache auszubaden. Besten Dank, Tabini, dachte er.

Aber wir brauchen dich. Der Frieden hängt davon ab, daß du an der Macht bleibst. Du weißt: Für mich gibt's Ersatz, einen brandneuen Paidhi, eine neue, unbekannte Größe, an der Numerologen ihre Rechenkünste ausprobieren können. Die sind dann wenigstens wieder beschäftigt, und die Menschen lassen's sich sowieso gefallen.

Du mieser Kerl, Tabini-ji.

Die Zeit schleppte sich dahin, über Stunden, wie es schien, über Angst und Schmerzen. Die gefesselten Arme waren kalt und taub. Er fand mit den Füßen keinen Halt, um die Schultern zu entlasten, und jede Bewegung tat weh.

Was in Dunkelheit und Stille an Vorstellung wach wurde, brachte wenig Trost. Zuviel Machimi, würde Banichi sagen.

Banichi – der hatte entweder die Seiten gewechselt und damit offenbart, wem sein Man'chi in Wirklichkeit galt, oder aber ihm erging es ähnlich dreckig.

In seiner wildesten Hoffnung sah er Banichi und Jago durch die Tür schleichen und ihn von der Querstange losschneiden, in letzter Minute denen zuvorkommend, die ihn zum Verhör schleppen wollten. Warum ließ die Gegenseite überhaupt so lange auf sich warten? War es ihr vorläufig wichtiger, nach Jago und Banichi zu fahnden? Jagos gehetzter Aufbruch in Reaktion auf Banichis Funkspruch erklärte sich jetzt womöglich als Flucht vor den feindlichen Agenten. Die beiden hatten sich in Sicherheit bringen müssen, um ihn, Bren, in einem günstigen Augenblick befreien zu können …

Ein hübscher Machimi-Plot, aber leider unwahrscheinlich. Die Wirklichkeit war nicht so gnädig. Sie ließ ihn zappeln an schmerzenden Gliedern.

Bis er plötzlich Schritte hörte, auf der Treppe, dann im Vorraum, Schritte von zweien, oder waren es drei Paar Beine, die sich da näherten? Ja, es waren jetzt drei Stimmen zu unterscheiden, doch was sie sagten, verstand er nicht. Seine Angst wich einer seltsamen Gelassenheit. Mochte geschehen, was geschehen mußte. Er ließ den Kopf auf die Brust fallen und schloß die Augen.

Als er wieder aufblickte, sah er einen Schatten in den Türausschnitt treten, eine uniformierte Gestalt mit blinkenden Metallbeschlägen.

»Guten Abend«, sagte Bren. »Oder ist es schon Nacht?«

Die Gestalt wandte sich wieder ab. Hatte sie nur nach ihm sehen wollen? Würden die Kerle jetzt wieder abziehen? Brens Beine fingen heftig zu zittern an; sie zuckten in spastischen Krämpfen, die womöglich, so dachte er entsetzt, als Symptome einer einsetzenden Lähmung zu deuten waren.

Wieder hörte er diese Schritte. Wollte man ihm zusätzlich Angst einjagen mit diesem Hin und Her? Damit hatten sie Erfolg. Er wurde fast verrückt vor Angst, ja, er hoffte, in Wahnsinn zu verfallen, jenen Zustand, den er für erträglicher hielt als permanente Panik.

Es kamen jetzt mehrere Gestalten. Sie brachten einen Holzstuhl und einen Recorder mit. Sie verdunkelten den hellen Türausschnitt, und es war fast nichts mehr zu sehen – bis auf das rot glühende Licht des betriebsbereiten Aufnahmegeräts.

»Live, auf Band«, sagte Bren, den die Wut packte, und er lief Gefahr, sich zu vergessen. »Wer sind Sie, was wollen Sie? Haben Sie eine vernünftige Erklärung für das, was Sie tun? Das bezweifle ich.«

»Keine Angst?« fragte der Schatten. »Keine Reue?«

»Was sollte ich bereuen, Nadi? Daß ich damit gerechnet habe, im Haus der Aiji-Mutter Gastrecht zu genießen? Wenn ich hier nicht mehr willkommen bin, tut's mir leid. Und es wäre mir recht, wenn ich jetzt gehen könnte ...«

Einer der Schatten löste sich aus dem anderen, rückte den Stuhl zurecht, nahm rittlings darauf Platz und verschränkte die Arme auf der Rückenlehne.

»Woher stammt die Pistole?« fragte der Schatten. Bren hatte dessen Stimme nie zuvor gehört.

»Ich habe keine Pistole. Banichi hat geschossen. Ich nicht.«

»Warum hätte sich Banichi einmischen sollen? Und wie ist die Pistole in Ihr Bett gekommen?«

»Keine Ahnung.«

»War Banichi jemals mit Ihnen auf Mospheira?«

»Nein.«

»Mit Ihnen oder allein?«

»Solange ich lebe, war noch kein Ateva auf Mospheira.«

»Das mit der Pistole ist gelogen, nicht wahr?«

»Nein.«

Das linke Bein fing wieder zu zittern an. Er versuchte sich zu entspannen und nachzudenken, während ihm eine Frage nach der anderen entgegengeschleudert und immer wieder nachgehakt wurde in Sachen Waffe.

Das Band war zu Ende, und er sah zu, wie eine neue Kassette eingelegt wurde. Der Schüttelkrampf ließ nicht nach. Im rechten Arm machte sich jetzt auch ein Zucken bemerkbar.

»Was hat es mit den vermehrten Rohmetalllieferungen nach Mospheira auf sich?« war die nächste Frage.

»Der Bedarf ist nun mal gestiegen«, antwortete er fast patzig. »Viele Betriebe müssen modernisiert werden.«

»Und wie steht's mit Ihrer Raketenbasis?«

Bren Herz schlug einen Takt schneller. Ihm war bewußt, daß er ein wenig zu lange mit der Antwort zögerte. »Was für eine Raketenbasis?«

»Es sollte Ihnen doch klar sein, daß wir darüber Bescheid wissen. Immerhin haben Sie uns Satelliten zur Verfügung gestellt, und die sehen alles.«

»Aber anscheinend nicht genau genug. Eine Raketenbasis bietet sich für uns nicht an. Die Lage der Insel ist einfach viel zu ungünstig.«

»Ob ungünstig oder nicht; sie haben keine Alternative. Oder sind die Schiffe, die Mospheira verlassen, womöglich gar nicht zum Fischfang unterwegs?«

Was für verdammte Schiffe? fragte sich Bren. Nun ja, er war nicht über alle Vorgänge auf der Insel informiert. »Ich schwöre Ihnen, wir bauen keine Raketenbasis auf Mospheira, jedenfalls nicht daß ich wüßte.«

»Sie haben Zahlencodes in die Datenübertragung einfließen lassen in der Absicht, einen Streit unter den Sektierern zu provozieren und damit unsere Opposition zu schwächen. Daß auf Mospheira Metalle gehortet werden, ist unübersehbar. Sie fordern immer mehr Stahl und Gold, tauschen Ihre Mikrochips gegen Graphit, Titan, Aluminium, Palladium – Stoffe, die uns bis vor hundert Jahren unbekannt waren, für die wir aber heute, Dank Ihrer Hilfe, selbst Verwendung haben. Und wofür brauchen die Menschen all diese Stoffe, wenn nicht für jene Verfahren, die sie uns beigebracht haben, nämlich zur Herstellung von Materialien für den Flugzeugbau, für Leichtlift-Maschinen, die sie dem Vertrag nach gar nicht herstellen dürfen ...«

»Ich bin kein Ingenieur und weiß nur, daß die genannten Stoffe in Elektrotechnik und Schwerindustrie verarbeitet werden.«

»Und im Flugzeugbau? Für Turbinen und dergleichen?«

Er schüttelte den Kopf – eine Angewohnheit aus der Kindheit, die den Atevi nichts bedeutete. Es war höchste Zeit, daß jemand Mospheira warnte vor den Verdächtigungen der Atevi, und er fürchtete, daß er aus dem Kellerloch nicht mehr herauskäme, es sei denn, er zeigte sich kooperativ und lieferte plausible Antworten.

»Ich bestreite nicht, daß auch auf dem Gebiet der Flugzeugtechnik experimentiert wird. Von den Maschinen, die es früher gab, liegen nur noch Pläne vor. Daraus stellen unsere Experten Modelle her, um vorher auf Tauglichkeit und Sicherheit testen zu können, was wir den Atevi an die Hand geben.«

»Das sollten Sie ruhig unsere Sorge sein lassen.«

»Nadi, was glauben Sie, wem die Schuld gegeben wird, wenn bei Ihnen ein Laboratorium in die Luft fliegt oder eine Maschine vom Himmel stürzt? Es gibt ohnehin genügend Leute, die uns ständig irgendwelche Fehler vorwerfen und für alle möglichen Probleme verantwortlich machen. So zum Beispiel für die Überproduktion von Getreide im vergangenen Jahr. Und was war? Der Minister für Landwirtschaft hatte den Computerdaten nicht getraut, weil die Zahlen angeblich von einem drohenden Unheil kündeten. Nein, es ist verdammt notwendig, daß wir die Programme testen. Wir versuchen, Katastrophen vorzubeugen. Das ist keine Verschwörung, sondern im Gegenteil ein ganz wesentlicher Beitrag zur Wahrung des Friedens.«

»Sie beschränken sich nicht auf Tests«, sagte der Inquisitor. »Und das weiß der Aiji. Oder etwa nicht?«

»Er weiß soviel wie ich, und ich weiß nichts von dem, was Sie mir unterstellen. Es gibt keine Raketenbasis, nichts, was wir vor den Atevi geheimhielten. Wenn Flugzeuge gebaut werden, so sind das Prototypen für Versuchszwecke.«

»Wer hat Ihnen die Pistole zugesteckt, Nadi?«

»Niemand. Ich weiß auch nicht, wie sie unter die Matratze gelangt sein soll. Fragen Sie Cenedi, vielleicht weiß er's.«

»Von wem haben Sie sie? Eine klare Antwort, bitte.

Sagen Sie: Der Aiji hat sie mir gegeben. Dann sind Sie raus aus der Sache und können ins Bett gehen.«

»Ich weiß nicht's. Ich sagte, ich weiß nichts.«

Der Schatten, der ihm am nächsten war, zog eine Waffe. Trotz der Dunkelheit sah Bren den Pistolenlauf schimmern. Dann fühlte er das kalte Metall auf der Wange. Also gut, dachte er; das wollen wir doch, keine weiteren Fragen mehr.

»Nand' Paidhi«, sagte der Mann. »Sie behaupten, Banichi habe auf den Eindringling im Bu-javid geschossen. Ist das wahr?«

Es reichte. Zum Teufel mit ihnen! Bren schloß die Augen und dachte an Schnee und Berge und Skifahren. An den Wind. Allein auf weiter Flur.

Er war selbst davon überrascht, daß ihm nicht spontan Barb in den Sinn gekommen war. Sehr aufschlußreich. Traurig.

»Ist das wahr, nand' Paidhi?«

Er verweigerte die Antwort. Die Pistole wurde zurückgezogen. Eine schwere Pranke legte sich ihm auf die Stirn und wuchtete seinen Kopf vor die Wand.

»Nand' Paidhi. Tabini-Aiji hat Sie fallenlassen. Und uns in die Hand gespielt. Sie haben den Brief gelesen. Oder etwa nicht?«

»Ja.«

»Und was glauben Sie, haben wir mit Ihnen vor?« Und an die Wachen gewandt, sagte er: »Warten Sie bitte draußen.«

Der brutale Kerl ließ von ihm ab und ging mit den anderen nach draußen. Es fiel wieder Licht durch die offene Tür. Bren konnte die Gesichtsumrisse desjenigen erkennen, der ihn verhörte. Er hatte diesen Mann nie zuvor gesehen. Wie war dessen letzte Bemerkung zu verstehen? Und warum hatte er die anderen rausgeschickt? Was zu erwarten stand, gefiel Bren nicht.

Der Mann schaltete den Recorder aus. Es wurde still in der Zelle, und es blieb sehr lange still.

Dann endlich: »Ihnen wird doch wohl bewußt sein, daß wir es nicht riskieren können, Sie nach Mospheira zurückkehren zu lassen, oder? Wenn Sie aber gestehen, was die Aiji-Mutter wissen möchte, um Tabini zu stürzen, und wenn Sie sich für uns als nützlich erweisen ... nun, in dem Fall wären wir schlecht beraten, Sie der radikaleren Fraktion unseres Verbandes zu überantworten.«

»Etwas Ähnliches hat mir schon Cenedi gesagt. Und mich dann hierher bringen lassen.«

»Wir unterstützen die Aiji-Mutter. Es soll Ihr Schaden nicht sein, nand' Paidhi. Sie können nach Shejidan zurück und Ihr Amt wieder aufnehmen. Die Regierung wechselt, aber am Verhältnis zu Mospheira wird sich nichts ändern. Wir lassen mit uns reden, solange Sie uns nichts vorzumachen versuchen. Es kostet Sie doch nichts, und es bleibt für Sie alles beim alten. Wir verstehen uns doch, oder?« Er beugte sich vor und schaltete den Recorder wieder ein. »Wer hat Ihnen die Pistole gegeben, nand' Paidhi?«

»Ich habe nie eine Pistole gehabt«, antwortete Bren. »Und ich weiß nicht, wovon Sie reden.«

Der Mann schaltete das Gerät aus, nahm es zur Hand, stand auf und ging.

Mit zitternden Armen hing Bren an der Querstange und schimpfte sich einen Narren. Tabini hatte es nicht verdient, daß er sich für ihn aufopferte, wo er die Chance hatte, mit dem Leben davonzukommen, im Amt zu bleiben, nach Mospheira zurückkehren und wie gewohnt weitermachen zu können ...

Als würden die das zulassen. ›Vertrauen‹ ließ sich nicht übersetzen, aber für ›Betrug‹ hatten die Atevi vierzehn verschiedene Wörter.

Er rechnete damit, daß die Wachen wieder hereinkommen würden, vielleicht, um ihn zu erschießen oder aber denen auszuliefern, die nicht mit sich reden ließen. Nein, er war ein zu wichtiger Informant, als daß man ihn an die sogenannte rivalisierende Fraktion abtreten würde. So einfach würde sich die Aiji-Mutter das Heft nicht aus der Hand nehmen lassen. Trotzdem, Bren konnte sich darauf gefaßt machen, daß es nun rauher für ihn werden würde. Cenedi hatte ihn gewarnt: Es gibt Methoden, die bisher jeden zum Reden gebracht haben.

Er hörte Schritte und Türen gehen. In der Stille, die einsetzte und lange, lange anhielt, malte er sich aus, was ihm bevorstand – in gräßlichen Bildern aus Machimi-Stücken. Nicht weiter drüber nachdenken. Das Atmen tat weh, und die Beine waren kaum noch zu spüren.

Sehr viel später öffnete sich die Kellertür, und er hörte Schritte auf der steinernen Treppe. Er lauschte angestrengt, atmete flach und flüchtig, sah Schatten in den Vorraum fallen und versuchte, all seinen Verstand zusammenzunehmen. Es mußte möglich sein, dachte er, diese Bande zu beschäftigen, sie hinzuhalten, um für Hanks oder Tabini oder sonst wen Zeit zu schinden, damit sie etwas unternehmen konnten.

Die Wachen kamen herein – es waren bestimmt Cenedis Leute.

»Teilen Sie Cenedi mit, daß ich einen Entschluß gefaßt habe«, sagte er geschäftsmäßig, geradeso, als säße er in seinem Büro am Schreibtisch. »Vielleicht können wir uns noch einigen. Ich möchte mich mit ihm unterhalten. Richten Sie das bitte aus.«

»Das ist nicht unsere Aufgabe«, sagte einer, und in seiner Stimme klang durch, was ihm als Befehl mit auf den Weg gegeben worden war: Tun Sie Ihre Pflicht, und zwar diskret. War es möglich, daß sich Cenedi abwandte und von der Ausführung der angedrohten Methoden keine Kenntnis nehmen wollte? Wohl kaum. Bren schätzte ihn anders ein, nämlich als einen Vorgesetzten, der seine Leute nicht aus den Augen ließ.

»Es ist wichtig«, drängte Bren. »Sagen Sie ihm, daß

ich eine Lösung vorzuschlagen habe.« Bringt mich zu Cenedi!

Aber die Wachen hatten andere Order. Sie banden ihm die Arme von der Stange und hatten offenbar vor, ihn wegzuschaffen. In ein noch entlegeneres Verlies? Himmel hilf!

Sie waren zu viert. Lächerlich. Er würde sich kaum auf den Beinen halten, geschweige denn weglaufen können. Als er sich aufzurichten versuchte, packten zwei Männer zu, drehten ihm die Arme auf den Rücken und hievten ihn hoch. Das hätte auch einer geschafft. »Verzeihung«, sagte er, weil ihm mit jedem Schritt zur Tür hin die Knie einknickten. Idiotische Höflichkeit, die ihm in Fleisch und Blut übergegangen war. »Geben Sie Cenedi Bescheid«, sagte er. »Wo führen Sie mich hin?«

»Nand' Paidhi, wir sind nicht befugt, Ihnen Antwort zu geben.«

Sie führten ihn über die Treppe nach oben in den Flur, der auf Cenedis Büro zulief. Bren faßte Hoffnung. Doch die mußte er sogleich wieder aufgeben, als sie an der geschlossenen Tür vorbeigingen. Um so größer wurde sein Grauen vor dem, was ihm bevorstand. Und wer waren diese Männer, wem gehorchten sie? Sinnlose Fragen, die zu nichts führten. Wichtiger war es, daß er sich konzentrierte. Welche Fragen waren ihm gestellt worden, und was würde man sonst noch von ihm wissen wollen? Darauf mußte er sich besinnen. Vielleicht hatte die Sache mit der Pistole gar nicht die Bedeutung, die man ihm einzureden versuchte. Vielleicht wollte man ihm damit nur Angst einjagen und ihn wie beiläufig auf andere Informationen abklopfen, um sich ein Bild davon machen zu können, wieviel er wußte und wie nützlich er war als Informant.

Verdammt, es gab keine Raketenbasis, jedenfalls hatte er nie davon gehört. In dem Fall mochten sie noch so hartnäckig bohren. Aber was die vielen Lieferungen an

Rohstoffen anging ... die waren nicht zu leugnen. Schließlich gab es genaue Angaben über die Exporte nach Mospheira. Und die Atevi hatten ihre Lektionen von den Menschen gut gelernt; sie wußten, wozu welches Material verwendet wurde und in welchem Umfang. Herrje, es stand zu befürchten, daß er allzuviel ausplauderte, falls man geschickt fragen und ihm womöglich noch mit gewissen Drogen auf die Sprünge helfen würde. Was hatten ihm seine Vorgesetzten auf Mospheira mehr als einmal gesagt? Geschickt zu lügen will gelernt sein.

Himmel, *hoffentlich* war diesen Leuten nur daran gelegen, den Aiji über diese verfluchte Pistole stolpern zu lassen. Offenbar war Tabini noch nicht geschlagen, und solange sie nach der Pistole fragten, war ihm nichts anzuhaben.

Wenn bloß nicht auf diesen anderen Geschichten herumgeritten würde ...

Das wäre auf die Dauer nicht durchzuhalten. Er mußte sich zusammenreißen, kühlen Kopf bewahren. Aber die Gedanken gingen kreuz und quer durcheinander und in alle Richtungen gleichzeitig. Dazu kamen die Schmerzen.

Sie führten ihn an den Küchenräumen vorbei und den Korridor entlang, durch den er schon einmal gelaufen war, hin zur Treppe, die zu dem von Ilisidi bewohnten Trakt hinaufführte und von der er angenommen hatte, daß sie mit Falldrähten gesichert sei.

»Banichi!« schrie er aus Leibeskräften, als ihn die Wachen die Treppe hinaufstießen. »Banichi! Jago! Hilfe!« Er schlug mit der Faust um sich und hielt mit der anderen Hand das Geländer gepackt. Doch eine der Wachen zerrte ihn davon los, schlang ihm von hinten die Arme um die Brust und hievte ihn nach oben.

»Banichi!« brüllte er, bis ihm die Stimme versagte. Hilflos zappelte er in den Armen des Mannes, der ihn hinauftrug in die Halle und durch die Tür in Ilisidis

Wohnung, wo es nach Blumen, Holzfeuer und Lampenöl roch.

Die schwere Tür schlug hinter ihm ins Schloß. Schalldicht. Es hatte keinen Zweck mehr, Widerstand zu leisten. Er atmete tief durch, versuchte, aus eigener Kraft auf den Beinen zu bleiben, und ließ sich führen: über poliertes Parkett und alte Teppiche, vorbei an zierlichen Möbel und Kunstgegenständen von unschätzbarem Wert. Und wie überall auf Malguri so hingen auch hier präparierte Tierköpfe an den Wänden, darunter auch letzte Zeugen von Arten, die längst ausgestorben waren.

Fenster und Türen waren geöffnet, so daß kühle, regenfrische Luft durch die Zimmerfluchten wehte, die sie entlang gingen, und schließlich gelangten sie in einen nur spärlich beleuchteten Raum, den er als den Empfangssalon der Aiji-Mutter wiedererkannte. Die Tür zum Balkon stand offen.

Am gedeckten Tisch saß eine dunkle Gestalt mit weißen Strähnen im schwarzen Haar. Die Morgendämmerung war noch nicht angebrochen, und Ilisidi, in einen wärmenden Schal gehüllt, nahm bereits ihr erstes Frühstück ein, was Bren äußerst befremdlich fand, so auch die Art, mit der sie ihn zu sich winkte und aufforderte, auf dem freien Stuhl an ihrer Seite Platz zu nehmen. Ein bitterkalter Windstoß ließ die Ränder der Tischdecke flattern.

»Guten Morgen, nand' Paidhi«, sagte sie. »Setzen Sie sich. Was haben Sie bloß für hübsche Haare. Sind die Locken echt?«

Er ließ sich auf den Stuhl fallen, langte an den Kopf und befingerte den Zopf, der sich zum Teil aufgelöst hatte. Die Haare flogen im Wind. Ein Diener schenkte ihm Tee ein, während die Wachen in seinem Rücken Aufstellung nahmen. Ihm war kalt. Wirbelnd stieg Dampf aus der Tasse und verflüchtigte sich im Dunkel. In den tieferen Einschnitten der Gebirgskette zeigte sich ein erster, rötlicher Lichtschein.

»Jetzt ist Geisterstunde«, sagte Ilisidi. »Glauben Sie an Geister?«

Bren hatte Mühe, seine Verstandesreste zu mobilisieren.

»Ich glaube, daß es Undank gibt und Verrat und falsche Versprechen.« Mit zitternder Hand langte er nach der Tasse. Tee schwappte über den Rand und brannte auf den Fingern. Aber er führte die Tasse an die Lippen und nippte daraus. Außer Süße schmeckte er nichts. »Cenedi hat den nicht gebraut. Wie wirkt sich diese Mischung aus?«

»Mir wurde gesagt, daß Sie Süßes mögen. Hören Sie die Glocke.«

Ja. Eine Schiffsglocke, wie er auszumachen glaubte, weit draußen auf dem See.

»Der Wind trägt den Schall herauf«, sagte Ilisidi und zog den Schal enger. »Die Glocke warnt vor Untiefen. Seit unzähligen Jahren. Sie sehen, wir wußten uns schon zu helfen, bevor die Menschen kamen.«

»Daran zweifle ich nicht. Die Atevi sind sehr erfindungsreich.«

»Ihre Vorfahren waren also schiffsbrüchig. So heißt es doch, oder? Und ihnen hat keine Glocke geläutet?«

»Sie sind weit vom Kurs abgekommen und haben sich verirrt«, entgegnete er und nahm einen weiteren Schluck aus der Tasse. Der Wind drang ihm durch Hemd und Hose. Ihn fröstelte. Um nicht noch mehr Tee zu verschütten, beeilte er sich, die Tasse abzusetzen. »Es hat sie in Regionen verschlagen, die zu weit entfernt waren von bekannten Sternen, an denen sie sich hätten orientieren können.«

»Und in die Nähe unseres Planeten.«

»Ihre einzige Hoffnung. Sie waren verzweifelt.« Der Wind drehte und ließ die Glocke verstummen; dann war sie wieder zu hören. »Sie hatten niemals die Absicht, den Atevi Schaden zuzufügen. Das ist die Wahrheit, und die gilt nach wie vor.«

»Wirklich?«

»Als Tabini mich zu Ihnen schickte, riet er mir zur Diplomatie im Umgang mit Ihnen. Ich dachte mir nichts weiter dabei und habe den Rat verstanden als Hinweis darauf, daß Sie womöglich bloß ein bißchen kauzig sind.«

Ilisidi verzog keine Miene, keine, die für Menschenaugen bei diesem trüben Licht zu lesen gewesen wäre. Vielleicht war sie amüsiert; sie hatte schon mehrfach amüsiert reagiert auf seine Bemerkungen. War es der Tee oder das unterkühlte Hirn? Bren empfand keine Angst mehr.

»Darf ich Sie bitten, mir zu sagen, weshalb Sie mich zum Gefangenen machen?« fragte Bren. »Es ist Unsinn anzunehmen, daß auf Mospheira eine Raketenbasis gebaut wird. Allein der geographischen Lage wegen kommt die Insel dafür nicht in Frage. Und es gibt auch keine Schiffe, die aus anderen Gründen auslaufen als zum Fischfang. Also, was ist? Bin ich bloß politische Manövriermasse für Sie?«

»Leider hat meine Sehkraft nachgelassen. Als junge Frau konnte ich Ihre Raumstation mit bloßen Augen ausmachen. Können Sie sie sehen. Von hier aus?«

Er wandte das Gesicht den Bergen zu in Richtung Sonnenaufgang und suchte über den Gipfeln nach dem hellen Stern, der nicht blinkte und das Sonnenlicht reflektierte.

Und er sah die Station, aber anders als sonst. Er glaubte, einer optischen Täuschung aufzusitzen. Um sein Sehvermögen zu prüfen, schaute er auf die schwächeren Sterne in der Nachbarschaft. Die sah er klar und deutlich. Und als er den Blick auf die Station zurücklenkte, war diese seltsame Deformation unverkennbar. Es schien, als gierte die Station, als habe sie ihre Planlage verlassen. Statt rund zeigte sie sich oval verformt.

Wie war das möglich? Er suchte nach plausiblen Erklärungen. Ging der Verfall der Station doch rapider vonstatten als angenommen? Hatte sie ein Sonnensturm aus der Bahn gebracht? Im Kontrollzentrum auf Mospheira war jetzt bestimmt die Hölle los. Man würde Funkspruch um Funkspruch hochschicken und alles daransetzen, um die Station zu retten. Auch den Atevi mußte aufgefallen sein, daß da oben was im Argen war.

Vielleicht hatte sich ein Solarschirm gelöst. Die Station rotierte in soundsoviel Minuten einmal um die Mittelachse. Ein loses Teil, das die Sonne reflektierte, würde sichtbar aufblinken und wieder verdunkeln.

»Nun, nand' Paidhi?«

Er stand auf und starrte in den Himmel. Bald brannten ihm die Augen in der kalten, zugigen Luft.

Seine Vermutung bestätigte sich nicht; da war kein Aufglimmen und Erlöschen. Diese scheinbare Deformation verharrte. Stand die Station denn etwa still? Der Gedanke entsetzte ihn. Daß ihre Rotation um die eigene Achse über die Jahrhunderte allmählich langsamer werden würde, war als entropisches Phänomen bekannt. Aber, bei Gott, er hatte gehofft, einen solchen Ausgang nicht mehr erleben zu müssen, den Stillstand, der unweigerlich zum Auseinanderbrechen führte, zu einer Katastrophe …

Er trat vor die Brüstung. Sofort war eine der Wachen zur Stelle und legte ihm eine Hand auf die Schulter, als fürchtete sie, daß er sich durch einen Sprung in die Tiefe umzubringen vorhatte. Dabei wollte er nur dem Lichtschein ausweichen, der aus den Fenstern fiel, um besser sehen zu können. Doch er wurde um keinen Deut klüger.

»Vor acht Tagen«, sagte Ilisidi. »Vor acht Tagen ist dieses Ding aufgekreuzt und hat an der Station festgemacht.«

Aufgekreuzt.

Festgemacht an der Station.

O mein Gott …

XI

»Zwischen Mospheira und der Station kommt's in letzter Zeit gehäuft zu Funkkontakten«, sagte Ilisidi. »Haben Sie eine Erklärung dafür, nand' Paidhi? Was sehen Sie?«

»Ein Schiff. Unser Schiff ... oder irgendeins ...«

Er sprach in seiner Sprache. Die Beine wurden ihm weich. Er konnte keinen Fuß mehr vor den anderen setzen. Gut, daß ihn der Wachmann zurück an den Tisch führte.

Aber nicht zu seinem Stuhl. Er mußte sich vor Ilisidi hinstellen und wurde dort festgehalten.

»Manche sprechen von Verrat, nand' Paidhi. Wie sagen Sie dazu?«

Vor acht Tagen. Die überstürzte Abreise von Taiben. Das Ausbleiben der Post. Die permanente Beaufsichtigung durch Banichi und Jago.

»Nand' Paidhi? Sagen Sie mir, was Sie sehen?«

»Ein Schiff«, murmelte er in der Landessprache. Ihm war eiskalt. Nur mit Mühe hielt er sich aufrecht. »Es ... es muß wohl das Schiff sein, das uns hier abgesetzt hat, Aiji-mai«, stammelte er. »Etwas anderes fällt mir dazu nicht ein.«

»Vielen von uns fällt sehr viel mehr dazu ein, nand' Paidhi«, entgegnete Ilisidi. »Raten Sie mal, was diese Leute sagen ... über das Schiff ... über die Menschen? Und, was glauben Sie, kommt wohl in dem Zusammenhang über den Aiji und seinen Paidhi zur Sprache?«

Er blickte wieder zum Himmel auf und dachte, das kann nicht sein ...

Dann schaute er auf Ilisidi, den Schatten in der Dämmerung; nur das Silber in ihrem Haar schimmerte und der Zorn in ihren Augen.

»Aiji-mai, ich verstehe das alles nicht. Ich wußte nichts von alledem. Damit war nicht zu rechnen. Mir hat niemand etwas gesagt.«

»Oh, das ist aber sehr unglaubwürdig, Paidhi-ji.«

»Bitte.« Er ahnte, es fehlte nicht viel, und die Aiji-Mutter würde ihre Wachen veranlassen, ihn über die Brüstung zu stoßen, um auf atevische Art zum Ausdruck zu bringen, daß der Paidhi in seiner Aufgabe, den Krieg zu verhindern, endgültig gescheitert war. »Nand' Aiji-Mutter, ich sage die Wahrheit. Damit habe ich nicht gerechnet. Aber ich kann mir jetzt vorstellen, was sich da abspielt. Ich glaube zu wissen, was Sie wissen wollen.«

»Ach ja? Der Paidhi ist doch bloß Dolmetscher.«

»Und ein Mensch, Aiji-mai. Ich kann mir denken, was da oben abläuft, denn ich weiß schließlich, was die Menschen in der Vergangenheit getan haben und für die Zukunft anstreben. Was sie auch planen mögen, es ist nicht zum Schaden der Atevi.«

»Hat es uns nicht geschadet, daß die Menschen über uns hergefallen sind? Daß sie sich in unsere Angelegenheiten mischen, unsere Wirtschaft bestimmen, unsere Forschung und nicht zuletzt auch unsere Politik? Sie haben nach eigenem Gutdünken entschieden, welche Neuerungen für uns in Frage kamen; sie haben uns Industrien aufbauen lassen, die vor allem für sie selbst nützlich sind; sie haben unsere Bedürfnisse so pervertiert, daß sie in ihr Konzept paßten, und uns in eine Zukunft gedrängt, die von Fernsehen, Computern und Satelliten beherrscht wird. O ja, wir haben uns an all diese Dinge gewöhnt, verlassen uns darauf ... und vergessen darüber unsere eigene Vergangenheit, unsere eigenen Sitten und Gewohnheiten, das, was wir aus eigener Kraft hätten aufbauen können. Sie, nand' Paidhi, und Ihre Vorgänger haben uns einzureden versucht, daß wir ohne Ihre großzügige Hilfe nicht auskommen können, aber wir lassen uns nicht für dumm verkaufen. Uns ist längst klar, daß Sie auf einem Kurs sind, der uns und unser Wohl nicht im mindesten berücksichtigt. Tabini hat dennoch an Ihnen festgehalten. Und als er erkannte, was da hinter seinem Rücken geschieht, ließ er Sie zu mir kommen, weil er mich für jemanden hält, der noch seinen Verstand beisammen hat und nicht korrumpiert ist durch jahrelanges Fernsehen und Bequemlichkeit. Also, sagen Sie mir die Wahrheit, nand' Paidhi! Erklären Sie mir, was es mit all den Lügen auf sich hat, und was versprechen Sie sich von dieser Wahrheit da an unserem Morgenhimmel?«

Der Windstoß traf ihn nicht kälter als Ilisidis Wut. Und die war sehr wohl berechtigt. Ihm war durchaus bewußt, daß er Zeit seiner Amtsübung als Paidhi dazu genötigt war, ein doppeltes Spiel zu treiben und einen schlechten Handel zu fördern, um einen Frieden zu wahren, der nie ein wirklicher Frieden war, um zu retten, was noch halbwegs Bestand hatte, so zum Beispiel dieses Malguri hier, die uralten Mauern, den See, die Traditionen und das Leben auf einer Atevi-Burg, von der der Himmel und die Sterne in unerreichbarer Ferne lagen. Erneut starrte er hinauf auf das helle Licht, bis sich ihm der Blick verschleierte. Der wirbelnde Wind brachte ihn um die Orientierung, um den Sinn für oben und unten; er stand auf Steinen, die er nicht mehr spüren konnte, und glaubte, in den Himmel zu stürzen. Er hatte Angst, war so entsetzt wie die Atevi entsetzt sein mußten über das, was die Menschen dort oben veranstalteten. Aus welchem Grund? Er konnte es nicht begreifen.

»Aiji-mai, ich weiß nicht, was das zu bedeuten hat; ich weiß nicht, ob es gut ist oder schlecht. Sie könnten mich jetzt töten lassen, doch dadurch wird es bestimmt nicht besser. Ich kann mir nicht vorstellen, daß Mospheira dafür verantwortlich ist. Zugegeben, wir haben die Atevi bevormundet und Industrien bauen lassen, die uns von Nutzen sind. Wir wollten immer zurück ins All, Aiji-mai, hatten aber keine Mittel dazu. Und wir wußten wirklich nicht, daß das Schiff noch existiert. Wir haben zweihundert Jahre lang an den Voraussetzungen für eine Rückkehr zur Station gearbeitet. Und ich wiederhole, es war nie unsere Absicht, den Atevi zu schaden; im Gegenteil, wir wollten, daß sie dieselbe Freiheit haben, die wir für uns erstrebten.«

»Das ist aber nett von Ihnen. Haben Sie gefragt, ob uns daran gelegen ist?«

»Wir waren wohl zu naiv. Aber wir sahen keine andere Wahl. Der Weg zurück war uns verschlossen. Auf einem Planeten zu landen ist einfacher, als wieder aufzusteigen. Es war unser Entschluß, alles zu tun, um wieder aufsteigen zu können, und wir hofften, daß uns die Atevi begleiten. Wir haben nie vorgehabt, Krieg zu führen; wir wollten den Atevi nichts wegnehmen.«

»Baji-Naji, nand' Paidhi. Das Glück hat ein Menschengesicht und sein Bastard, der Zufall, treibt sich saufend und hurend auf Mospheira herum.« Und an die Wachen gewandt: »Laßt ihn gehen, Nadiin. Laßt ihn gehen, wohin er will. Wenn Sie in die Ortschaft möchten, nand' Paidhi ... da ist ein Wagen, der sie runterfährt.«

Benommen blinzelte er in den Wind, taumelte und drohte, der Länge nach hinzufallen. Die Wachen hielten ihn fest. Sie waren sein ganzer Halt angesichts der neuen Situation.

Ob er je den Flughafen erreichen würde, war zweifelhaft. Ilisidi hatte ihm lediglich freies Geleit nach Maidingi versprochen. *Wenn Sie möchten*, klang es ihm in den Ohren nach, und er hörte die implizite Drohung: *Wenn Sie den Nerv haben*.

Er schüttelte die Wachen ab und wankte zum Tisch zurück. Zwei Pistolenläufe waren auf ihn gerichtet, als er sich schwindelnd auf den Stuhl fallen ließ.

»Tabini hat mich hergeschickt«, sagte er. »Aiji-mai, Ihr Enkel wußte offenbar selbst nicht mehr weiter und hat sich von Ihnen Hoffnung versprochen. Darauf will ich mich auch verlassen. Was soll ich tun?«

Ilisidi starrte ihn an, sekundenlang und ohne mit der

Wimper zu zucken. Ihm war so kalt, daß er zu zittern aufhörte. Geduckt kauerte er da und schlang die Arme um die Brust, überzeugt davon, sich endlich einmal richtig entschieden zu haben. Ilisidi hatte ihn zur Flucht ermutigt, doch er glaubte sie inzwischen gut genug zu kennen, um voraussagen zu können, daß sie ihm und den Menschen ein für allemal den Rücken zukehren würde, wenn er sich jetzt aus dem Staub zu machen versuchte.

Ilisidi sagte schließlich: »Ihnen ist trotz Androhung von Gewalt keine Aussage zu entlocken gewesen, die meinen Enkel belastet hätte. Was kann einem Menschen Man'chi bedeuten?«

»Alles.« Es fiel ihm wie Schuppen von den Augen. »Es bedeutet, einen festen Standpunkt einzunehmen und zu verstehen, wer man ist. Daß mich Tabini-Aiji hierhergeschickt hat, heißt: Er verläßt sich auf Ihre Beurteilung – meiner Person, der Situation und meiner Nützlichkeit für ihn.«

Es dauerte eine Weile, bis Ilisidi antwortete. »Ich bin altmodisch. Unpraktisch. Habe keinen Sinn für die moderne Welt. Was könnte mein Enkel von mir wollen?«

Es schien, als sei das Eis gebrochen. Bren konnte wieder zittern. »Das ist doch offensichtlich. Er weiß Ihre Meinung zu schätzen.«

Ilisidis Lippen bildeten eine harte, geschwungene Linie. »In Maidingi sind Leute, die nur auf Sie warten – und damit rechnen, ja, von mir verlangen, daß ich Sie ausliefere. Im Unterschied zu meinem Enkel haben sich diese Leute immer schon auf mich verlassen. Daß Sie beschlossen haben, hier zu bleiben, ist klug. Aber was soll ich denen jetzt sagen, Nadi?«

Sein Zittern wurde heftiger. Er schüttelte den Kopf und versuchte zu antworten, war aber nicht sicher, ob Ilisidi überhaupt eine Antwort wünschte. Die Sonne tauchte in diesem Moment hinter dem Bergrücken auf und warf flammendes Gold über den See.

»Dem jungen Mann ist kalt«, sagte Ilisidi. »Führen Sie ihn nach drinnen und geben Sie ihm Tee und ein Frühstück. Wer weiß, wann er die nächste Mahlzeit zu sich nehmen kann?«

Wieso? Was sollte das heißen? Er wollte eine Erklärung, doch Ilisidis Leibwachen hievten ihn bereits vom Stuhl hoch – es waren die, die er kannte, und nicht jene, die ihn in den Keller geschleppt hatten. Die Kälte steckte ihm in Mark und Bein, und er wußte sich kaum zu bewegen. »Ich will auf meine Zimmer«, protestierte er. »Ich will mit Banichi reden. Oder mit Jago.«

Ilisidi sagte kein Wort. Die Wachen führten ihn, an den Armen gestützt, vom Balkon in den Windschatten des Hauses, an antiken Kostbarkeiten vorbei durch eine geöffnete Tür in einen Raum voller Bücher und Zeitungen, Ilisidis Studierzimmer, wie er vermutete. Sie setzten ihn in einen Sessel vorm Kamin und gaben ihm eine Wolldecke, in die er sich einwickelte. Dann legten sie frische Holzscheite ins Feuer, aus dem knisternd Funken aufsprühten.

Von einer Bewegung am Blickfeldrand aufmerksam gemacht, schaute er zur Seitentür und erkannte Cenedi, der ihn stumm betrachtete. Wie lange schon? Bren erwiderte seinen Blick, und ihm dämmerte, daß das ganze verdammte Schattenspiel auf dem Balkon eine Inszenierung von Cenedi gewesen war.

Wie zur Bestätigung dieser Ahnung nickte Cenedi mit dem Kopf und zog sich wortlos zurück.

Bren bebte vor Wut, und er zog die Decke enger, um seine Reaktion zu verbergen. Eine von Ilisidis Wachen – er glaubte sich an den Namen Giri zu erinnern – stocherte im Feuer und musterte ihn von der Seite. »Die dünnen Menschen frieren schneller«, sagte Giri. »Wünschen Sie Tee, nand' Paidhi? Etwas zum Frühstück?«

»Nur Tee, wenn ich bitten darf.« Cenedis Anblick war ihm auf den Magen geschlagen, obwohl ihm der Verstand sagte, daß er sich bei Cenedi bedanken konnte dafür, daß er ihm nur das entlockt hatte, worauf es ihm tatsächlich angekommen war. Cenedi wäre durchaus in der Lage gewesen, so viel Druck auf ihn ausüben, daß er alles, aber auch alles gestanden hätte.

Trotzdem, er spürte noch den Zugriff der Atevipranken auf den Armen und fühlte sich durch die grobe Behandlung erniedrigt. Die Schulter war verrenkt, und es gelang ihm kaum, die Hand zum Zopf zu führen. Wütend und verwirrt, wie er war, rätselte er darüber nach, wer für seine Schmach die eigentliche Verantwortung trug – Cenedi wohl nicht, auch nicht Ilisidi, wahrscheinlich nicht einmal Tabini, der angesichts der Vorgänge am Himmel und seiner bedrohten Regierung allen Grund hätte, den Paidhi ans Messer zu liefern.

Und während Tabini um seine Macht kämpfte, hatte er, Bren, dem Fernsehen ein Interview gegeben und Autogrammkarten an ahnungslose Touristen verteilt.

Derweil hatte das Büro auf Mospheira bestimmt die Telefondrähte heiß werden lassen, um ihn ausfindig zu machen. Doch Atevi hielten dicht, wenn so viel auf dem Spiel stand. Nachrichten von entscheidender Bedeutung würden ohne Zustimmung des Aiji nicht an die Öffentlichkeit dringen, weder hier im Bund der Ragi noch anderswo. Ein Recht auf Information gab es nicht.

Es war also sehr wohl möglich, daß die Touristen keine Ahnung hatten von dem, was sich am Horizont abzeichnete, zumal sie wahrscheinlich seit Tagen auf Reisen waren. Vielleicht wußten auch die Fernsehleute nicht Bescheid. Die Opposition aber, die in Ilisidi eine Verbündete sah im Kampf gegen Tabini – sie verfügte über eigene Informationsquellen, und ihr war mit Sicherheit dringend daran gelegen, den Paidhi zur Rede zu stellen. Koste es, was es wolle.

Womöglich aber war sie überzeugt zu wissen, was er zu sagen hatte, und nur noch darauf aus, ihn zum Schweigen zu bringen. Endgültig.

Oder sie wollte etwas ganz anderes. Vielleicht hatte es

nie einen Mordanschlag gegen ihn gegeben; vielleicht hatte sie, die Gegenseite, ihn einfach nur aus seiner Wohnung in Shejidan zu entführen versucht in der Absicht, ihn auszuhorchen und sich anhand seiner Aussagen als Mensch ein eigenes Urteil über den Ernst der politischen Lage bilden zu können, bevor der Aiji über ihren Kopf hinweg entscheiden und Tatsachen schaffen würde, die nicht rückgängig zu machen wären.

Tabini hatte ihn bewaffnet und dann zur Abreise von Taiben gedrängt. Warum? Um ihn mit der Pistole im Gepäck ins Lager seiner Rivalen zu schicken?

War der nächtliche Überfall nur vorgetäuscht worden, womöglich von Tabini selbst, weil er einen Vorwand brauchte, ihn, seinen Paidhi, nach Malguri bringen zu lassen?

Ja, wie erklärte es sich, daß ein so hochrangiger Offizier wie Banichi in dieser Nacht zufällig und prompt zur Stelle gewesen war? Seine Anwesenheit hatte gewiß nicht dem Schutz der Angestellten gegolten, die in diesem Flügel wohnten. Es war sein, Brens, Zimmer, das bewacht worden war. Tabini hatte zu dieser Zeit bestimmt schon von den Vorgängen am Himmel erfahren.

Hätte denn ein so erfahrener Mann wie Banichi seinen Schützling bei offenen Fenstern und Türen schlafen lassen, wenn tatsächlich mit einem Mordanschlag zu rechnen gewesen wäre?

Bren konnte keinen klaren Gedanken mehr fassen. Seine Hände waren klamm. Es packte ihn die Wut über das gemeine Spiel, das man mit ihm trieb. Er hatte Cenedi geglaubt. Er hatte das Kellerverhör ernst genommen und schon mit seinem Leben abgeschlossen, als ihm die Pistole an den Kopf gedrückt worden war. Er hätte vorher wetten können, daß ihm in einem solchen Moment Barb in den Sinn kommen würde, seine Mutter, Toby oder irgendeine noble, menschliche Empfindung, aber nein, er hatte das Bild verschneiter, einsamer Berge vor Augen gehabt. So weit war er gebracht worden, daß für ihn mittlerweile Liebe und Menschlichkeit zurückstanden hinter dem Bedürfnis, allein zu sein, frei von allen Forderungen, die an ihn gestellt wurden.

Unwillkürlich schlug er die Hand vors Gesicht, um sich seine Erschütterung nicht anmerken zu lassen, die ihm das Wasser in die Augen trieb. Die Nerven, der psychische Zusammenbruch nach der Krise … immerhin eine menschliche oder natürliche Reaktion, wie er sie schon so lange nicht mehr hatte zulassen dürfen.

»Nadi.« Giri stand vor ihm, sichtlich verblüfft über das merkwürdige Verhalten des Paidhi, den die Aiji-Mutter zu schonen beschlossen hatte, weil er ihr nützlich sein konnte.

Wie gut, daß ich nicht ganz unnütz bin, dachte Bren und wischte sich die Augen. Er lehnte den Kopf zurück und entspannte sich durch bewußtes, regelmäßiges Atmen, bis er so ruhig und gelassen wirkte wie ein Ateva.

»Haben Sie Schmerzen, nand' Paidhi. Soll ich einen Arzt holen?«

Giris Verwirrung mutete so komisch an, daß Bren zu lachen anfing, wider Willen und alles andere als befreiend. Geradezu hysterisch platzte es aus ihm heraus. Aber schon bald hatte er sich wieder gefaßt und trocknete ein zweites Mal die Augen.

»Nein«, sagte er, bevor Giri Alarm schlagen konnte. »Ich brauche keinen Arzt. Ich bin nur müde.« Er schloß die Augen, spürte die Tränen übers Gesicht rollen, atmete langsam und bedächtig und wähnte sich in einer Spirale aus Feuerwärme und Sauerstoffmangel trudeln, immer tiefer, einer schwindelnden Dunkelheit entgegen. Im Hintergrund waren besorgte Stimmen zu hören, die sich, wie es schien, über ihn unterhielten. Sei's drum, dachte er.

Es waren meistens die Diener, die einen verrieten, Leute wie Djinana und Magi, Tano oder Algini. Aber unterm Geflatter der Banner, im Waffengeklirr und

Rauch aus Ruinen verkehrte sich alles. Die Hölle brach aus. Oder vielleicht war's das Fernsehen. Machimi- und Schattenspiele.

Blut auf der Terrasse, hatte Jago gesagt, als sie aus dem Regen ins Zimmer zurückgekehrt war und Banichis Gesicht im Spiegel auftauchte.

Wenn alles schläft, streicht das Ungeheuer in den Hallen Malguris umher auf der Suche nach seinem abgehauenen Kopf.

Das ist meine Pistole, hatte Banichi gesagt, was der Wahrheit entsprach. Er, Bren, war mißbraucht worden, so auch Banichi, nicht anders als Jago; sie alle waren mißbraucht worden in einem Spiel, das kein normaler Ateva verstand – genausowenig wie der den Streit verstehen konnte zwischen den Menschen, die auf der Station zurückgeblieben waren, und denen, die das Schiff genommen und sich zweihundert verfluchte Jahre lang abgesetzt hatten ...

Die Menschen waren in ein Loch im Raum gestürzt und hatten keinen bekannten Stern entdecken können im Spektrum der tausend Sonnen, die auf den Bannern der Atevi flatterten, den Bannern, die Krieg erklärten und Besitzanspruch auf jene Welt, die den gestrandeten Fremden Hoffnung gemacht hatte auf ein Leben in Freiheit.

Bren lag still im Sessel, lauschte auf das Knistern im Kamin, ließ die Kopfschmerzen in Wellen kommen und gehen, erschöpft, wie er war, emotional und physisch, mit Schmerzen an dutzend Stellen, die die Wärme des Feuers ein wenig zu lindern vermochte und halbwegs erträglich waren, solange er sich nicht rührte.

Die Raumstation zu einer Basis ausbauen und dann im Umkreis der benachbarten Sterne nach Rohstoffen suchen – das hatte die Pilotengilde für sich zu tun beschlossen, und es war ihren Leuten schnurzegal gewesen, wie die Techniker und Bauarbeiter da unten auf dem Planeten zurechtkommen würden. Jedes Kind auf

Mospheira kannte diese Geschichte, wußte vom Verrat der *Phoenix*-Mannschaft, und darum hatten sie mit denen da oben längst gebrochen. Und Zeit vergeht nicht im Flug, sie tickt langsam, und nur im Märchen gibt es einen hundertjährigen, bewußtlosen Schlaf.

In den Märchen der Atevi oder denen der Menschen? Bren hatte vergessen.

Gänsiin und goldene Eier. Nein, sie würden den Paidhi nicht umbringen. Aber womit sollten sie ihm Druck machen, um herauszufinden, was sie wissen mußten?

»Bren-ji.«

Er wähnte sich im Kellerverlies. Schatten ringsum. Das kalte Metall im Gesicht. Aber nein. Was ihn da berührte, war weniger fest, ein flüchtiges Streichen auf der Haut.

»Bren-ji.«

Er schlug die Augen auf und sah in ein dunkles, besorgtes Gesicht.

»Jago!«

»Bren-ji, Sie müssen fliehen, sofort! Es sind Leute in Maidingi eingetroffen, dieselben, die schon einmal gegen Sie vorgegangen sind. Wir müssen weg von hier, zu Ihrem Schutz, aber auch zum Schutz dieser Leute. Da sind viele Unschuldige drunter, Bren-ji. Die Aiji-Mutter hat uns Bescheid gegeben. Ein Teil der Rebellen hört immer noch auf ihr Kommando, aber längst nicht mehr alle. Außerdem sind die Aijiin von zwei Nachbarprovinzen in den Aufstand getreten. Sie haben Truppen in Bewegung gesetzt, die auf Malguri zumarschieren.« Erneut streichelte sie ihm mit dem Handrücken über die Wange; er war wie gelähmt vom Anblick ihrer gelben Augen. »Wir versuchen die Rebellen aufzuhalten. Sie können sich ganz auf uns und Ilisidi verlassen, Bren-ji.«

»Jago?«

»Ich muß los. Die Zeit drängt.«

Er wollte nach Banichi fragen oder danach, wie sie

das anzustellen gedachten: die Rebellen aufhalten. Doch sie löste ihre Hand aus seinen Fingern und eilte mit wippendem Zopf zur Tür und hinaus.

Bren hielt es nicht länger im Sessel. Er warf die Decken beiseite und stemmte sich hoch. Jagos Worte rasselten ihm durch das benommene, müde Hirn.

Aufhalten? Einen aufgebrachten Mob? Zum Teufel, Jago, wie sollte das möglich sein?

Oder ist das alles wieder nur ein Bluff?

Jago hatte von Unschuldigen gesprochen.

Unschuldige – die ihn zu lynchen versuchten?

Wahrscheinlich waren sie aufgeschreckt wegen der Vorgänge am Himmel, die sich hier auf dem Lande deutlich erkennen ließen. Denn die Nächte waren stockdunkel und nicht so diesig und voller Kunstlicht wie in den Städten. Hinzu kam, daß in weiten Teilen Maidingis der Strom ausgefallen war und die Bewohner wohl häufiger als sonst zum Himmel aufgeschaut hatten. Jeder konnte sich überzeugen von dem, was Astrologen und Amateure bereits vor Tagen mit ihren Teleskopen ausgemacht haben mochten.

Und jetzt machte sich Panik breit, Angst vor Landungen, Gerüchte über feindliche Angriffe auf ihren Planeten.

Was würden sie von der Erscheinung am Himmel halten? Natürlich mußten sie annehmen, daß eine neue Invasion bevorstand, womöglich wieder Krieg und ein gewaltsames Vordringen der Menschen.

Bren stand wie verloren da, sah sich beobachtet von Ilisidis Wachen und wußte nicht, wie er sich verhalten sollte. Dabei war ihm bewußt, daß er und nur er, der Paidhi, atevische Interessen vor den Behörden auf Mospheira und der Kommandantur des Schiffes dort oben vertreten konnte.

Die Gilde hatte ursprünglich keine Kontakte zulassen wollen, aber dann nach der ersten härteren Auseinandersetzung einlenken müssen, um im Einverständnis mit der Bodenstation im stellaren Umfeld nach Mitteln und Wegen für eine Rückkehr zur Erde suchen zu können. Im Gegenzug hatte sie weiteres Personal und zusätzliche Ausrüstungen auf der Planetenoberfläche absetzen lassen.

Und dort hatten sich die Menschen eingerichtet; nach zweihundert Jahren kannten sie nichts anderes als diese Welt, und es gab die Hoffnung, mit den Nachbarn auszukommen, zumindest auf Distanz.

Verdammt, dachte Bren. Er war außer sich vor Wut über diese Einmischung von oben, und er konnte sich lebhaft vorstellen, daß auch Mospheira alles andere als erfreut sein würde über den Austausch mit dem Schiff. Angenommen, die *Phoenix* wollte wissen: Wo steckt dieser Dolmetscher, wo ist der Paidhi-Aiji, auf welcher Seite steht er und warum könnt ihr ihn nicht finden …? Was sollte Mospheira darauf sagen? Tut uns leid, keine Ahnung? Es ist das erste Mal, daß wir den Kontakt zu ihm verloren haben.

Sein Büro auf Mospheira mußte längst ahnen, daß er in Schwierigkeiten steckte, daß den Atevi das Auftauchen des Schiffs nicht entgangen sein konnte und daß man ihn, den Paidhi, irgendwo versteckt hielt und Verhören unterzog.

Und jetzt spielte sich Hanks wahrscheinlich mächtig auf. Deana Betonkopf würde, weil er unerreichbar war, Entscheidungen in seinem Namen treffen.

Er brauchte ein Telefon, ein Funkgerät, irgendwas. »Ich muß unbedingt mit meinen Leuten reden«, sagte er, »über das Schiff da oben. Bitte, Nadiin, könnten Sie jemanden losschicken und Jago zurückrufen lassen. Oder Banichi … irgend jemanden, der zu meinem Personal gehört? Ich will mit Cenedi sprechen. Oder der Aiji-Mutter.«

»Ich fürchte, das ist jetzt nicht mehr möglich, nand' Paidhi. Man packt schon ein paar Sachen für Sie zusammen. Wenn Sie frühstücken möchten …«

»Meine Sachen? Wohin gehen wir, Nadiin? Und wann? Ich muß vorher telefonieren. Ich muß mich mit meinem Büro auf Mospheira in Verbindung setzen und Bescheid geben, daß es mir gut geht. Das ist extrem wichtig. Denn sonst könnte jemand auf dumme Gedanken kommen und Maßnahmen einleiten, die gefährlich werden.«

»Wir leiten Ihre Bitte an Cenedi weiter«, sagte Giri. »Sie sollten sich aber jetzt erst mal stärken. Der Tee ist gleich fertig. Und das Frühstück steht bereit. Ich empfehle dringend, daß Sie etwas essen. Bitte, nand' Paidhi. Cenedi erfährt von mir persönlich, was Sie wünschen.«

Mehr war nicht zu verlangen. Ihm wurde wieder kalt, und die Schwäche, die er empfand, gab Giri recht. Man hatte ihn gestern noch vor dem Abendessen zu Cenedi geführt. Der Magen war leer.

»Na schön«, murmelte er. »Dann frühstücke ich jetzt. Aber bitte sagen Sie auch der Aiji-Mutter Bescheid.«

Giri verschwand. Sein Kollege rührte sich nicht vom Fleck. Bren trat vor den Kamin und zupfte an den Haarsträhnen, die ihm lose über die Schultern fielen. Seine Kleider waren verdreckt und voller Kellerstaub. Das Hemd war vorn eingerissen – wohl in Folge seines sinnlosen Fluchtversuchs auf der Treppe. Er machte beileibe keinen guten Eindruck als Mensch. Die Atevi um ihn herum sahen immer aus wie aus dem Ei gepellt mit sauber geflochtenen Zöpfen, in makelloser Aufmachung und aufrechter Haltung, egal wie müde und erschöpft sie auch sein mochten. Bren hob die schmerzenden Arme und richtete die Haare mit drei, vier Flechten … Herrje, die Spange war weg. War wohl verlorengegangen auf der Treppe. Wenn er dort vorbeikäme, würde er sie vielleicht wiederfinden.

Ein Diener brachte auf einem großen Tablett das Frühstück aus Fisch, Käse, frischgebackenem Brot und einer Kanne mit starkem, schwarzem Tee. Bren nahm vor dem kleinen Tisch Platz, an dem serviert wurde.

Sein Appetit war größer als erwartet, angeregt durch verlockende Düfte und Giris Hinweis darauf, daß dieses Frühstück wohl lange würde vorhalten müssen. Seine Sachen waren gepackt; es sollte also tatsächlich gleich losgehen, womöglich mitten durch die Reihen der Aufständischen in Maidingi. In der Hoffnung, daß Ilisidi für seinen Schutz garantierte.

Aber würde sich der aufgebrachte Mob von der Aiji-Mutter überhaupt noch zügeln lassen? Ilisidis Worten war zu entnehmen gewesen, daß sie auf seiten der Opposition gestanden und erst vergangene Nacht ihren Sinn geändert hatte. Die Radikalen würden einen solchen Kurswechsel nicht nachvollziehen wollen und an der Absicht festhalten, den Paidhi zu ermorden. Wenn es zur Konfrontation oder gar einer Schießerei käme, wären sie der Masse mit Sicherheit unterlegen.

Die vergangene Nacht war nur ein kleiner Vorgeschmack auf das, was ihm blühte, wenn er den Radikalen in die Hände fiele. Besser wäre es, auf der Flucht erschossen zu werden …

Er aß sein Frühstück, trank Tee und vertraute darauf, daß Cenedi alles weitere im Griff hatte. Der Sicherheitsheitbeauftragte einer so hochgestellten Persönlichkeit wie Ilisidi hatte zweifelsohne ein gerütteltes Maß an Finesse und eine ziemlich genaue Vorstellung von den – legalen und allen anderen – Möglichkeiten, die ihm zur Lösung des anstehenden Problems zur Verfügung standen.

Es war nur zu hoffen, daß Banichi und Jago nicht die Leidtragenden seiner Tricks sein würden. Wenn er, Bren, die beiden verlöre … nicht auszudenken.

»Nand' Paidhi.«

Er erkannte die Stimme sofort und fuhr auf dem Stuhl herum. Djinana brachte seine Jacke und Kleider zum Wechseln, sein Necessaire und – gottseidank – den Computer. Hatte Djinana von sich aus daran gedacht, oder war er dazu aufgefordert worden – von Banichi oder Jago –, den Apparat mitzunehmen? Wie auch immer, es war wichtig, daß er nicht zurückblieb und von Leuten angezapft wurde, die die enthaltenen Aufzeichnungen falsch verstehen könnten.

»Djinana-ji«, sagte Bren und dachte mit Schrecken daran, daß das Hauspersonal den Aufständischen schutzlos ausgeliefert sein würde. »Es heißt, daß sich bewaffnete Truppen auf den Weg hierher gemacht haben, um mich gefangenzunehmen. Daß zwei Aijiin den Angriff auf Malguri unterstützen. Sie und die anderen werden denen nichts entgegenzusetzen haben, so tüchtig Sie auch sein mögen ...«

Djinana legte die Sachen auf dem Tisch ab. »Wir werden Malguri gegen diesen schlechtberatenen Haufen zu verteidigen wissen.« Djinana entnahm dem Necessaire Kamm und Bürste und trat hinter ihn. »Entschuldigen Sie, daß ich Ihnen beim Essen die Haare richte, aber es bleibt nicht mehr viel Zeit.«

»Warum verteidigen?« fragte Bren. »Ihr Leben ist mehr wert als diese alten Gemäuer, Djinana.«

»Bitte.« Djinana drückte ihm den Kopf nach vorn, bürstete die Haare aus und flocht mit schnellen, geschickten Handgriffen einen Zopf. Bren war der letzte Bissen im Hals steckengeblieben, und er mußte ihn mit einem Schluck bitteren Tee hinunterspülen.

»Nadi-ji, wissen Sie, warum man mich hierhergebracht hat? Wußten Sie von dem Schiff?«

»Ja. Und von Ihnen wollte man erfahren, was es damit auf sich hat. Wenn Sie mich fragen, ich glaube nicht, daß Sie uns feindlich gesinnt sind, nand' Paidhi.« Djinana hatte eine Spange mitgebracht. Dieser Mann war wirklich Gold wert. Er staubte Schultern und Rücken ab und nahm die Jacke zur Hand. »Ich fürchte, wir haben keine Zeit zum Wechseln der Kleider. Das können Sie ja nachholen, wenn Sie im Flugzeug sitzen. Ich habe auch ein paar warme Sachen eingepackt.«

Bren stand auf, wandte sich von Djinana ab und

schaute zum Fenster hinaus. »Schickt man einen Wagen hoch?«

»Nein, Paidhi-ji. Es sind, wenn ich richtig verstanden habe, etliche Leute in Bussen hierher unterwegs. Aber ich denke, die brauchen Sie nicht zu fürchten. Wie dem auch sei, Sie sind in guten Händen. Verlassen Sie sich darauf.« Djinana half ihm in die Jacke und lupfte den Zopf unterm Kragen hervor. »So, das wär's, Nadi. Vielleicht kommen Sie mal nach Malguri zurück. Richten Sie dem Aiji aus, daß Sie beim Personal jederzeit willkommen sind.«

»Djinana ...« Fast wäre Bren dem Diener um den Hals gefallen. »Bitte, sagen Sie allen, daß ich mich herzlich bei ihnen bedanke.« Er ließ es sich nicht nehmen, ihm die Hand auf den Arm zu legen. »Und seien Sie hier, wenn ich zu Besuch komme. Es würde mich traurig machen, Sie nicht anzutreffen.«

Djinana schmunzelte, verbeugte sich und ging, als im Nebenzimmer Stimmen laut wurde. Ilisidis Stimme: »Man wird es nicht wagen, Hand an mich zu legen.«

Und Cenedi, ebenso entschieden: »'Sidi-ji, wir müssen weg. Die treten uns die Türen ein. Holen Sie jetzt endlich Ihren Mantel.«

»Cenedi, es reicht doch, wenn er verschwindet.«

»Giri, holen sie 'Sidis Mantel. Sofort!«

Bren warf seine Sachen über den Arm, nahm den Computer in die Hand und hörte, wie Cenedi seinen Männern Befehl gab, sämtliche Türen zu schließen und das Feuer in den Kaminen zu löschen. Worauf sich die Stimme Djinanas meldete und versprach, daß sich das Hauspersonal darum kümmern werde; sie sollten jetzt besser gehen und, bitte, den Paidhi in Sicherheit bringen.

Da stand er nun, Bren, die Ursache aller Schwierigkeiten und der Gefahr für Malguri, und er spürte, daß es jetzt für ihn ratsam war, den Anweisungen, die an ihn ergingen, gehorsam Folge zu leisten. Er ging zur Tür, um sich den anderen anzuschließen, denn er glaubte, daß sie auf dem üblichen Weg das Haus verlassen würden. Doch dann kamen ihm Cenedi und Ilisidi eilend entgegen, gefolgt von einer Gruppe von Wachen.

»Wo ist Banichi?« wollte Bren wissen, als sie durch das Schlafzimmer der Aiji-Mutter drängten. Cenedi aber gab keine Antwort; er stritt mit Ilisidi und trieb sie zur Eile an. Sie erreichten einen Treppenabsatz im hinteren Teil des Seitenflügels. Davor stand ein Mann, den Bren als einen seiner Aufpasser von letzter Nacht wiederzuerkennen glaubte. Aus einer Schachtel, die auf dem Geländerpfosten lag, nahm er Patronen und stopfte sie ins Magazin einer Pistole – einer Waffe, die er nicht wiedererkennen durfte.

Es durfte diese Waffe gar nicht geben, und der Mann, der sie in der Hand hielt, gehörte, soweit Bren wußte, nicht zum Hauspersonal. Wo waren Banichi und Jago, Algini und Maigi? fragte er sich auf dem Weg nach unten. Von dort aus ging es weiter durch den rückwärtigen Teil der Burg und schließlich durch eine Hintertür, die zu den Ställen führte. Ihm schwante nun, auf welche Weise er Malguri würde verlassen müssen.

Das ist doch verrückt, schimpfte er im stillen, als er auf den Hof hinabblickte und sah, daß die Mecheiti bereits gesattelt waren und zusätzlich bepackt mit diversen Ausrüstungsgegenständen.

In welchem Jahrhundert leben wir eigentlich? Es gibt doch Flugzeuge …

Plötzlich krachte ein Schuß. Die Detonation hallte durch den Hof und erschütterte ihn in Mark und Bein. Da hatte jemand nicht länger warten wollen auf den Mob in den Bussen.

»Kommen Sie, schnell!« rief Cenedi. Die Wachen drängten Bren nach unten in den Hof. Die Stallburschen hatten sichtlich Mühe, die nervösen Tiere im Zaum zu halten.

Ein ganz und gar idiotischer Plan. Über die offenen Felder fliehen zu wollen widersprach aller Vernunft. Aber vielleicht lag ja ein Boot am Seeufer, auf dem sie in eine andere Provinz würden fahren können.

Ein zweiter Schuß … Ilisidi warf einen Blick über die Schulter zurück und fluchte. Doch Cenedi packte sie beim Arm und zerrte sie zu dem Burschen hin, der auf Babs aufpaßte.

Bren entdeckte Nokhada und eilte auf sie zu. Ein Bursche nahm ihm seine Sachen aus den Armen. »Vorsicht!« zischte er, als der ihm auch den Computer aus der Hand riß und diesen fast zu Boden fallen ließ, weil er sein Gewicht unterschätzt hatte. Der Computer verschwand dann in der einen Satteltasche, seine Kleider in der anderen. Nokhada stampfte mit den Hufen auf und zerrte am Zügel. Statt der stumpfen Kappen trugen die Mecheiti heute spitze Kupferkronen auf ihren Stoßzähnen – zum Kampf gerüstet, wie sonst nur in Machimi-Spielen zu sehen.

Ein unwirklicher Anblick. Und beängstigend. Bren nahm die Zügel aus der Hand des Burschen, hob den schmerzenden Arm und forderte das Tier mit einem Schlag auf die Schulter auf, in die Knie zu gehen. Die anderen um ihn herum saßen bereits im Sattel. Nokhada sträubte sich, scheute und verweigerte auch bei der zweiten Aufforderung den Gehorsam. Sie hatte sich anstecken lassen von der Hektik und Aufregung ringsum. Auch das noch, als reichte nicht die Angst vor den Verfolgern … Wie soll ich dieses wilde Biest nur bändigen? dachte Bren.

»Nadi«, sagte der Stallbursche und langte nach dem Zügel. »Setzen Sie den Fuß in den Steigbügel und halten sie den Sattelknauf gepackt.« Und dann stemmte er ihn kraftvoll auf den Rücken des Tiers. Bren winselte vor Schmerzen, als er die Schultern zu straffen versuchte. Aber er biß die Zähne zusammen, nahm die Zügel zur Hand und hatte Nokhada halbwegs unter Kontrolle gebracht, als das Außentor geöffnet wurde und kalter Wind in den Hof fegte.

Der Troß setzte sich in Bewegung. Bren hielt Ausschau nach Babs und Ilisidi, und noch bevor er sie entdeckte, hatte Nokhada ihre Spur aufgenommen. Sie ließ sich nicht mehr halten, drängte andere Mecheiti aus dem Weg und stürmte los, durch den Torbogen, auf das Steilufer zu und dann nach scharfer Wende den Hügel hinauf.

Und führte Babs sie den Weg zur Hölle, Nokhada würde folgen.

XII

Sie sprengten über den Hang voller Geröll und niedrigem Buschwerk und setzten über die Felsrinne, auf gleichem Kurs wie beim ersten Ausritt, als er sich die Lippe aufgeschlagen hatte.

Er schaute zurück und sah ein Dutzend Wachen folgen, dazu noch mal so viele Mecheiti, gesattelt aber ohne Reiter. Der Stall war geräumt worden, um den Verfolgern keines der Tiere zurückzulassen. Uralte Taktik, wie er aus Machimi-Stücken wußte. Angesichts der zum Krieg gerüsteten Mecheiti und all der bewaffneten Reiter war ihm, als steckte er mittendrin in einem dieser Schauspiele. Es fehlten nur die fliegenden Banner, die Piken und Lanzen. Immerzu dachte er: Ein Mensch paßt da nicht hinein. Und er mußte fürchten, die Kontrolle über Nokhada zu verlieren oder gar abgeworfen zu werden, wenn sich ihnen die aufgebrachte Menge oder ein anderes Hindernis in den Weg stellen würde.

Was hatten Ilisidi und Cenedi eigentlich vor? Quer über den halben Kontinent nach Shejidan zu fliehen? Wohl kaum.

Jago hatte ihm gesagt, er solle sich ganz auf Ilisidi verlassen. Und Djinana hatte ihm geraten, sich an Cenedi zu halten.

Doch diese flohen in Richtung Nordwest, weg vom Flughafen, von seinen Leuten und der Möglichkeit zu telefonieren, weg von allem, was ihm vertraut oder auch nur bekannt war, es sei denn, Tabini hatte Truppen in die Provinz Maidingi geschickt, um den Flughafen einzunehmen, der von den Rebellen besetzt worden war.

Denen standen also Flugzeuge zur Verfügung, während sie auf Mecheiti zu fliehen versuchten. Die Rebellen würden sie ausfindig machen und attackieren können, am Boden und aus der Luft.

Es war nur zu hoffen, daß sie keine Flugzeuge mit Bordwaffen hatten. Aber wer weiß? Die auf Mospheira entworfenen Maschinen ließen sich zwar nur schwerlich für Kampfzwecke umrüsten, aber möglich war's, und vielleicht scherten sich die Rebellen einen Teufel um *Biichi-gi*. Das Prinzip der Finesse fand im Krieg keine Anwendung, und es war Krieg, den die zwei rebellischen Aijiin hier anzuzetteln versuchten – um Tabini zu stürzen, den Westbund aufzulösen und unter einem neuen Anführer zu reformieren. Vielleicht unter Ilisidi?

Und versuchte jetzt sie, die zweimal bei den Hasdrawad-Wahlen durchgefallen war, die Rebellen auszumanövrieren?

Bren wagte nicht länger darüber nachzudenken.

Eine Detonation hallte von den Mauern Malguris wider.

Er riskierte einen zweiten Blick zurück und sah eine Rauchfahne aufsteigen und im Wind zerfasern. Entsetzt wandte er sich wieder nach vorn und starrte auf den Felsgrat, der sich vor ihnen erhob und Rückendeckung versprach als Bollwerk gegen Beschuß von der Burg aus.

Und wenn sie hinter diesem Grat verschwunden wären, würde vielleicht der Angriff auf Malguri zum Erliegen kommen. Das Hauspersonal würde vielleicht den Mob davon überzeugen können, daß die Gesuchten nicht mehr da waren. Gott schütze Djinana und Maigi, die nun zu kämpfen gezwungen waren, an der Seite von solchen Männern wie denjenigen, der mit der Pistole am Treppengeländer gestanden hatte, Männern, die anscheinend von Ilisidi und Cenedi angeheuert worden waren und keine Rücksicht nehmen würden auf die historischen Mauern von Malguri.

Der kalte Wind ließ die Augen tränen. Die Schultern schmerzten im Rhythmus der Sprünge Nokhadas. Noch waren sie in Reichweite von Scharfschützen, die womöglich gerade in dem zur Bergseite gelegenen Wehrgang der Burg Position bezogen. Doch um die würden sich Banichi und Jago kümmern, redete sich Bren ein. Vor sich sah er nichts als Buschwerk und Geröll, dann blauen Himmel, und ihm schwindelte, wurde schwarz vor Augen, als Ilisidi und Cenedi hinter der Felskante abtauchten und Nokhada, den Kopf senkend, beschleunigt zum Sprung ausholte, über den Grat hinwegsetzte und auf steil abschüssigem Geläuf weiterjagte. Es zerriß ihm fast die schmerzenden Muskeln und Glieder; nur die Hände und Beine waren taub vor Kälte.

Nur nicht stürzen, war sein einziger Gedanke. Darüber hinaus blieb ihm nur Empfindung. Er spürte Nokhadas Bewegungen und den Boden unter ihren Hufen. Er wickelte die Zügel um die schwache Hand, klammerte sich mit der stärkeren an einem der Sattelringe fest und beugte den Rumpf nach vorn. Sein Herz raste, und die Angst wich einem rauschhaften Hochgefühl; er wähnte sich eingebunden in die Sinne des Tieres, glaubte, die Logik und Notwendigkeit eines jeden Schrittes nachvollziehen und den Kurs genau voraussehen zu können. Es drängte ihn – genauso wie das Tier – Anschluß zu halten, ja, er fand Gefallen daran, Babs und Ilisidi zu jagen.

»'Sidi!« hörte er Cenedi von hinten rufen.

Daß er Cenedi überholt hatte, brachte ihn für eine Schrecksekunde lang zur Ernüchterung.

Und plötzlich zersplitterte ein Steinblock nahebei. Babs setzte über einen schmalen Wasserlauf und stieg auf der anderen Seite zwischen haushohen Felsbrocken einen Hang hinauf.

Ein Scharfschütze. Noch waren sie nicht außer Reichweite.

Bren folgte, langsamer, aber geschützt von den Felsen, und er fand Zeit zum Luftholen und nachzudenken über die Torheit, die ihn getrieben hatte, zu Ilisidi aufzuschließen und Cenedi hinter sich zu lassen.

So ein Schwachsinn, rügte er sich. Er hatte sich gehenlassen und Kopf und Kragen riskiert, um die Verantwortung abzuschütteln, die auf ihm lastete, all die Gedanken, die ihn quälten. In diesen euphorischen Minuten, im rauschhaften Erleben des Augenblicks war ihm alles herzlich egal gewesen, das eigene Leben, Tabini, die Atevi, seine Mutter, Toby, Barb, die ganze verdammte Menschheit.

Alle Bitterkeit und heimliche Wut stellten sich wieder ein, so nachdrücklich, daß er am ganzen Leib zu zittern anfing, während sich Nokhada mit gebremsten Schritten und umsichtig zwischen den schützenden Felsen bewegte. Und ihm wurde bewußt, was diesem Anfall von Wahnsinn tatsächlich zu Grunde gelegen hatte, nämlich ein gehässiger Todeswunsch, eine Zerstörungswut, die sich nicht nur gegen das eigene Leben richtete, sondern auch gegen all diejenigen, denen er verpflichtet war.

Endlich einmal unbeschwerte Lust, um dann feststellen zu müssen, einem Todeswunsch nachgegeben zu haben.

Er war es leid, von Mospheira unter Druck gesetzt zu werden, er haßte die Zwänge, die ihm sein Amt auferlegte, nicht zuletzt auch die Zwänge aus eigener, menschlich emotionaler Bedürftigkeit. Und er haßte die Atevi, ihre leidenschaftslose Gewaltbereitschaft, ihre Lügen und ihre Art, die ihn dazu nötigte, sich in geradezu schizophrenen Analysen Rechenschaft abzulegen über jedes Wort und jede Empfindung, um zu sortieren: Was ist objektiv vertretbar und was ist bloß Ausfluß typisch menschlicher Schwäche?

Er war erschöpft und ausgelaugt, fühlte sich zerrieben zwischen beiden Welten.

Und dies war die zweite persönliche Wahrheit, der er sich gegenübersah seit dem Moment, da man ihm die Pistole an den Kopf gesetzt hatte: daß der Paidhi den Anforderungen seines Amtes nicht länger gewachsen war, daß er Angst hatte vor denen, die ihn umgaben, daß er schlichtweg versagt und nichts richtig gemacht hatte.

Aus den Atevi war einfach nicht schlau zu werden. Was sich in ihrem Innern abspielte, war nicht nur nicht zu übersetzen, sondern nicht einmal nachvollziehbar oder auch nur annähernd zu erahnen.

Es drohte der Ausbruch eines Krieges. Atevi schossen aufeinander, weil sie von den Unternehmungen der Menschen irritiert waren, und der Paidhi, für Vermittlung zuständig, funktionierte nicht mehr. Der Schrecken der vergangenen Nacht hatte ihm den Rest gegeben. Vielleicht war denen, die ihn in den Keller geschleppt hatten, nicht klar gewesen, was sie da anrichten. Vielleicht ahnte niemand, wie es um ihn bestellt war und was sein Verhalten an diesem Morgen, sein Schüttelfrost und seine morbiden Selbstzweifel zu bedeuten hatten.

Nein, das war kein Spiel gewesen, das sie in der vergangenen Nacht mit ihm getrieben hatten, keine Drohung zum Schein. Cenedi war gründlich zu Werke gegangen und hatte, um zu erfahren, was er wissen wollte, keinerlei Rücksicht genommen auf seine, Brens, Verfassung und in Kauf genommen, daß er bleibende Schäden davontrug.

Aber er durfte sich nicht aufgeben. Keinesfalls. Hör auf, die Wunden zu lecken, redete er sich ein; denk nach und laß dir einfallen, was diesen Spuk beenden und die

Wahnsinnigen zur Vernunft bringen könnte, die den Krieg heraufbeschwören.

Darauf mußte er sich jetzt konzentrieren.

Immerhin waren keine weiteren Gewehrschüsse mehr zu hören. Sie entfernten sich von Malguri auf halbwegs ebenem und bis auf gelegentliche Hindernisse und Klippen gut passierbarem Gelände, kamen zügig voran und hielten sich weiter südlich. Womöglich, dachte Bren, am Ende doch auf den Flughafen von Maidingi zu, wo es den schlimmsten Ärger zu erwarten gab.

Womöglich hatte Tabini Hilfe geschickt, vorausgesetzt, er wußte Bescheid und war von Banichi über die Lage unterrichtet worden. Hoffentlich hatte der Gelegenheit gehabt zu telefonieren oder jemanden anzufunken, der die Meldung nach Shejidan weiterleiten konnte.

»Wir reiten nach Süden«, sagte Bren, als Cenedi zu ihm aufschloß. »Geht's etwa nach Maidingi?«

»Wir sind verabredet«, antwortete Cenedi. »An der Straße kurz hinter einem Ort namens Zinnen. Da treffen wir auf Ihre Leute, falls sie's denn bis dahin geschafft haben.«

Bren atmete erleichtert auf. »Und wie soll's dann weitergehen?«

»Nach Nordwesten zu jemandem, bei dem wir sicher sind. Vorsicht, Nadi!«

Sie waren in einen schmalen Hohlweg geraten. Tali, Cenedis Mecheita, galoppierte voraus und kreuzte Nokhadas Bahn, die sich kurz aufbäumte und mit den Vorderläufen austrat, verärgert darüber, Tali den Vortritt lassen zu müssen.

Bren faßte Mut in Aussicht darauf, Banichi und Jago zu erreichen, dem Flughafen auszuweichen und auf einen Helfer zu treffen, der womöglich Fahrzeuge bereithielt. Endlich zeichnete sich ein Plan ab, eine zielgerichtete Route. Und die Adresse einer Man'chi-Verbindung zu wissen versprach mehr Sicherheit als das Überschreiten irgendeiner Provinzgrenze.

Cenedi war nicht der Typ, der einer vagen Hoffnung nachlief; er wußte, worauf er sich einlassen konnte – im Unterschied zu Ilisidi und ihresgleichen, die Aijiin, die keine Verbindlichkeiten kannten, kein Man'chi über sich hatten. Und darum waren sie nicht berechenbar, insbesondere Ilisidi nicht. Ihre Verbündeten wußten wohl, daß sie ein doppeltes Spiel trieb. Doch in ihrer Antwort darauf hatten sie sich offenbar gründlich verkalkuliert. Tabini war mit vollem Risiko auf ihr Spiel eingegangen, indem er seinen Paidhi nach Malguri geschickt hatte, damit sie ihre Neugier befriedigen und ihn zur Rede stellen konnte – auch auf die Gefahr hin, daß sie den Paidhi an die Gegner auslieferte. Vielleicht hatte Tabini darauf spekuliert, daß die Rebellen ihrerseits mit Täuschungen taktierten und bei Ilisidi in Ungnade fallen würden. Denn die Aiji-Mutter war viel zu gerissen, als daß sie sich von Numerologen oder Angstmachern überlisten ließe. Und wahrscheinlich hatte sie verstanden, daß Tabini ihr ein Friedensangebot in Gestalt seines Paidhi zu machen versuchte, ein Angebot, das in ihrem Alter attraktiver sein mußte als eine Verschwörung mit aufsässigen Provinzfürsten, die sich am Ende womöglich gegenseitig bekriegten – wie es zwischen atevischen Lords schon allzuoft der Fall gewesen war.

Aber solche Vermutungen Ilisidi oder Cenedi gegenüber zu äußern durfte sich Bren nicht erlauben. Die Sache war zu vertrackt, und außerdem kam es zur Zeit vor allem darauf an, die Hierarchie innerhalb der Gruppe einzuhalten. Babs preschte vorneweg, während Tali und Nokhada um die zweite Stelle stritten, ungeachtet ihrer Reiter und der persönlichen Probleme, die diese miteinander haben mochten. Bren tat gut daran, sich nicht zwischen Ilisidi und Cenedi zu drängen. Cenedi wäre ungehalten, und Tali würde einen solchen

Versuch nicht wehrlos hinnehmen, und Bren hatte es ohnehin schwer genug, im Sattel zu bleiben.

Er war wieder bei Verstand, der Anfall verflogen dank neugewonnener Zuversicht und einem rettenden Ziel vor Augen.

Aber noch konnte er sich nicht in Sicherheit wiegen. Ilisidis Hilfe war an Bedingungen geknüpft, und es blieb mehr als fraglich, ob diese Frau, die Tabini ›'Sidi-ji‹ nannte, tatsächlich die Fronten gewechselt hatte oder nicht doch einen eigenen Kurs verfolgte mit dem Ziel, die Macht im Westbund zu übernehmen.

Von einem schwindelnden Moment zum nächsten war er wieder voller Argwohn und Mißtrauen.

Vierzehn verschiedene Wörter hatten die Ragi-Atevi für Betrug, und eines davon ließ sich umschreiben mit ›Einlenken auf den naheliegenden Kurs‹.

XIII

Ein ausgetretener Pfad war nicht zu erkennen. Bren sah Ilisidi um Längen voraus, und wie eins der flüchtigen Gespenster von Malguri huschte Babs zwischen hochaufragenden Felsbrocken davon.

Dann hatte er sie und Cenedi aus den Augen verloren, konnte sich aber darauf verlassen, daß Nokhada ihnen auf der Fährte blieb, und an der Spitze eines Pulks aus über zehn Reitern und zwei Dutzend Mecheiti gelangte er schließlich auf eine windige Anhöhe, an deren Fuß ein schmaler Flußlauf zu erkennen war, begleitet von grasüberwucherten Fahrrinnen.

Sollte das etwa die Straße sein, von der Cenedi gesprochen hatte?

Die Gruppe sammelte sich, und Cenedi schickte einen der Reiter los, um nach frischen Radspuren Ausschau zu halten.

Wenn überhaupt, so schaffte es nur eine schwere,

geländegängige Maschine auf dieser Piste hier herauf. Jedenfalls kein gewöhnliches Fahrzeug. Und falls
die Aufständischen auftauchten, wären sie dank der
wendigen Mecheiti schnell abgehängt. Daß sie reitend
geflohen waren, machte für Bren nun nachträglich
Sinn. Sie befanden sich auf wildem, unwegsamem
Gelände. Da war weit und breit kein Telefon, keine
Stromleitung, keine gepflasterte Straße oder gar ein
Bahnanschluß.

Sie blieben auf der Anhöhe zurück, während der
Kundschafter den Hang hinunterritt, die Spuren musterte und schließlich mit negativem Bescheid zurückkehrte.

Bren war tief enttäuscht, und er fürchtete, daß es nun
ohne Banichi und Jago weiterginge. Er wollte schon Protest einlegen und zu bedenken geben, daß die beiden
womöglich aufgehalten worden seien. Doch Cenedi
kam ihm zuvor und forderte dazu auf, abzusteigen und
zu warten.

Bren atmete erleichtert auf. Er trat Nokhada in die
Flanken, doch die wollte von dieser Aufforderung
nichts wissen, und anstatt in die Knie zu gehen, riß sie
ihm mit einem Kopfschlenker die Zügel aus der Hand,
drehte sich – zur Schadenfreude der anderen – bockend
im Kreis und schüttelte seine schmerzenden Glieder
durch, bis endlich einer der Reiter Erbarmen hatte und
das Tier bei den Zügeln festhielt.

»Nand' Paidhi.« Bren erkannte den Mann an der
Stimme wieder. Es war jener, der ihm vergangene Nacht
im Waschraum fast die Schulter ausgekugelt hatte. Er
führte Nokhada am Zügel herum, ließ sie, zum Hang
hin gerichtet, auf die Knie gehen und reichte Bren die
Hand, um ihm beim Absteigen behilflich zu sein.

Dem, der an der nächtlichen Scharade beteiligt gewesen war, mochte Bren nicht so schnell verzeihen. Aber
immerhin zählte er nicht zu den Feinden, und er hatte ja
auch nicht übermäßig zugelangt, sondern nur mit Nach-

druck zu verstehen gegeben, daß Gegenwehr zwecklos war.

Also schluckte Bren seinen Ärger, grummelte: »Danke, Nadi«, rutschte aus dem Sattel – und sackte auf kraftlosen Beinen in sich zusammen. Er wäre sicherlich den Hang hinuntergekugelt, hätte ihn Cenedis Mann nicht aufgefangen. Ein zweites Dankeschön war fällig. Er ließ sich die Zügel geben und humpelte zur Seite, um sich im Abstand zu den anderen auf den Boden zu setzen. Jeder Schritt schmerzte, aber immerhin spürte er, wie das Blut wieder die Stellen erreichte, die er schon abgestorben wähnte.

Die Augen wässerten im kalten Wind, und er hob den gezerrten Arm, um die Tränen abzuwischen. Schwindelnd blickte er den Hang hinunter. Seine Sinne waren benommen und die Gedanken durchkreuzt von schrecklichen Erinnerungen an die vergangene Nacht im Keller. Statt sich, wie vorgenommen, hinzusetzen, blieb er stehen, verlagerte das Gewicht von einem Fuß auf den anderen und hielt die Zügel, während Nokhada mit ihren metallbewehrten Stoßzähnen einen dürren Strauch entwurzelte und Zweig um Zweig zerkaute.

Die Kälte milderte seine Schmerzen. Er wollte einfach nur abschalten und Nokhada beim Fressen zusehen, doch die Sorgen ließen ihm keine Ruhe. Hatten es Banichi und Jago geschafft, von Malguri zu fliehen?

Und Ilisidi? Ihre Motive und Absichten waren ihm nach wie vor ein Rätsel. Daß er sich halbwegs sicher fühlte, war allein der Geduld geschuldet, mit der man auf Banichi wartete. Und dennoch, Cenedi könnte sein Vorhaben vom Vortag wieder aufgreifen und versuchen, den Paidhi zum Reden bringen, mit allen Mitteln, denn Cenedi kannte keine Skrupel, wenn es darum ging, der Aiji-Mutter dienlich zu sein.

Wie viele Menschen leben auf Mospheira, Nand' Paidhi?

Bren wünschte ernsthaft, die Pistole dabeizuhaben,

doch Djinana hatte sie ihm nicht eingepackt. Wo mochte sie jetzt sein? Hoffentlich wieder in Banichis Besitz und nicht in den Händen derer, die sie als Beweismittel in einem Verfahren gegen Tabini-Aiji vorlegen würden.

Steine rollten den Hang herab. Ein reiterloses Mecheita wühlte oberhalb im Boden herum. Nokhada richtete die Ohren auf, kaute aber ungestört weiter.

Plötzlich wurden alle Mecheiti hellhörig; wie auf ein Kommando hoben alle den Kopf und blickten zum Rand des Hügels, hinter dem der Fahrweg zum Vorschein trat.

Die Männer suchten Deckung. Cenedi stürmte herbei, riß ihn von Nokhada weg und zerrte ihn mit sich hinter einen Felsen.

Dann hörte auch Bren das Motorengeräusch. Beim ersten Anzeichen von Gefahr hatten sich die reiterlosen Mecheiti um Babs versammelt, den Ilisidi im Zaum hielt und somit die ganze Herde.

Das Brummen des Motors näherte sich, wurde lauter.

Die Männer blickten auf Cenedi, der ihnen mit erhobener Hand bedeutete, in Deckung zu bleiben.

Irgend etwas ratterte, knallte und hallte über die Hügel.

Was war das? Bren hielt die Luft an.

Und dann hörte er eine dumpfe Explosion. Die Muskeln verkrampften sich, und das Herz raste vor Angst, als Cenedi seinen Posten verließ, von einer Deckung zur anderen lief und seinen Leuten befahl, sich bergaufwärts zurückzuziehen.

Sie rückten ab. Das Rattern war Maschinengewehrfeuer; die Wiederholung ließ keinen Zweifel daran. Ein Schußwechsel. Cenedi trieb zur Eile an. Seine Zeichen und Gesten waren eindeutig; sie galten vor allem ihm, Bren. Doch er war wie gelähmt vor Schrecken und starrte nach unten in der Hoffnung, Banichi und Jago auf dem Weg auftauchen zu sehen.

Daß geschossen wurde, konnte nur bedeuten, daß die

beiden in der Nähe waren, gleich hinter dem Hügel, vom Feind bedroht ...

Vom Wind getrieben, rollte schwarzer Rauch über den Weg. Und mit ihm tauchte, wie Bren erkennen konnte, eine schwarz uniformierte Gestalt auf. Ein einzelner Ateva, der vom Weg abbog und stolpernd den Hang heraufhastete, auf die Gruppe zu.

Jago! Bren sprang auf und lief ihr entgegen, glitt aus auf losem Geröll, rutschte, schürfte sich die Hände auf. Auf halbem Weg trafen sie zusammen, beidermaßen keuchend.

»Ein Überfall«, rief sie, »bei den Zinnen. Sie müssen weg! Sagen Sie Cenedi, daß er abziehen muß. Sofort!«

»Wo ist Banichi?«

»Verschwinden Sie endlich! Der Panzerwagen steht in Flammen. Banichi kann nicht laufen. Aber er hält die Angreifer zurück, bis Sie und die anderen weit genug weg sind.«

»Er hält sie zurück? Zum Teufel noch mal, er soll kommen!«

»Verdammt, er kann nicht. Bren-ji ...«

Er hörte nicht auf atevische Logik und rannte weiter, den Hang hinunter auf den Weg zu, dem Rauch entgegen. Jago folgte; sie fluchte und schrie, er sei ein Narr und solle kehrtmachen.

Dann hörte er auch Reiter im Rücken. Er schlitterte über die Halde auf den Weg, tauchte in der Rauchwolke unter und rannte, getrieben von der Angst, daß ihn die Mecheiti niedertrampeln könnten, daß Cenedi ihn zu fassen bekäme, zum Rückzug zwänge und Banichi sich selbst überließe.

Heiß schlug ihm der Rauch ins Gesicht, doch er sah das rot glühende Zentrum, das sich als brennende Karosserie mit geöffneten Türen entpuppte. Das Rattern der Maschinengewehre hallte von den Hügeln ringsum, und mittendrin aus der Nähe des Fahrzeugs waren vereinzelt Schüsse zu hören.

»Banichi!« schrie er und wischte Tränen und Ruß aus den Augen, um in den beißenden Schwaden Einzelheiten ausmachen zu können. Am Wegrand vor grauem Gestein entdeckte er eine schwarze Gestalt, die eine Pistole in den Händen hielt. Ein Geschoß schlug in den Boden, ließ Dreck und Steine aufspritzen und jagte Bren einen Splitter ins Bein, als er zu Banichi hinter den Felsen in Deckung sprang.

»Verflucht!« brüllte Banichi. »Scheren Sie sich weg!« Doch Bren packte ihn beim Arm und versuchte, ihn aufzurichten. Daß Banichi Schmerzen hatte, war nicht zu verkennen. Er stützte sich am Felsen ab und drängte Bren mit hektischen Gesten zur Flucht, während eine Salve von Geschossen über ihren Köpfen auf die Felswand prasselte.

Jetzt war auch Jago zur Stelle. Sie stützte Banichi auf der anderen Seite. Der gab nun nach, ließ sich helfen und zwischen den Spurrinnen des Weges wegführen. Der Beschuß ging unvermindert weiter. Krachend zerschlugen Kugeln das Fahrzeugblech. Die Hitze benahm den Atem und brannte auf der Haut, doch der dichte Rauch bot Deckung.

Auch aus anderer Richtung waren Schüsse zu hören. »Cenedi«, stöhnte Jago. »Er ist vor uns auf dem Weg.«

»Runter zum Fluß!« rief Banichi; er zwang die beiden am Fahrzeug vorbei und über den Wegrand. Von der Böschung gerutscht, klatschten sie in knietiefes, dampfendes Wasser.

Die Lungen brannten. Die Augen tränten. Bren glaubte, ersticken zu müssen, doch er hielt Banichis Arm geschultert und stützte ihn, so gut er konnte. Auf der anderen Seite trug Jago, weil sie größer war, den Hauptteil der Last.

Sie waren aus der Schußlinie heraus, schleppten sich hustend und ächzend im Flußbett zwischen glatten, glitschigen Steinen voran, bis Banichi haltzumachen verlangte, erschöpft in die Knie sank und seine Pistole ins Halfter zurücksteckte.

»Nadi, wo sind Sie verletzt?« fragte Bren. »Hat Sie eine Kugel erwischt?«

»Keine Kugel«, ächzte Banichi. »Sie haben uns erwartet, gleich hinter Zinnen, und uns in die Luft zu sprengen versucht. Verdammt, ist Cenedi mit seinen Leuten da?«

»Ja«, antwortete Jago und versuchte, ihn wieder hochzuhieven. Er half nach Kräften mit, doch das Bein auf Jagos Seite gab nach unter seinem Gewicht. Bren legte sich ins Zeug, und zusammen stiegen sie auf den Weg zurück, Cenedis Stellung entgegen, in Richtung der wehenden Rauchfahne.

Unmittelbar vor ihnen schlugen Geschosse ein. Die drei warfen sich zwischen Felsen am Wegrand zu Boden. Bren krümmte den Rücken unter der drohenden Wahrscheinlichkeit, durchlöchert zu werden von einer der Kugeln, die aus allen Richtungen abgefeuert zu sein schienen, Dreck aufspritzten und Sträucher zerfetzten.

Dann wurde es plötzlich still. Er raffte sich auf und stemmte Banichi in die Höhe, als ein Mann rennend aus dem Rauch auftauchte, unmittelbar gefolgt von einem Mecheita, das ihn zu Boden schleuderte, knurrend auf ihm herumtrampelte und mit den bronzenen Spitzen der Stoßzähne zerfleischte.

»Schnell!« rief Jago, doch ehe sie den Wegrand erreichten, stampften weitere Mecheiti aus schwarzem Dunst herbei. Banichi forderte Jago auf, seine Pistole zu ziehen.

Und dann tauchte noch ein Mecheita auf. Bren erkannte es auf den ersten Blick. Nokhada! Sie tobte und wütete unter den anderen Tieren, trat mit der Hinterhand und stieß mit den Zähnen zu, mußte sich aber gefallen lassen, das ihr ein anderes wild gewordenes Tier mit Wucht in die Flanke fuhr. Jetzt, gütiger Himmel, kam auch noch Babs dazu, sprang zwischen die beiden und trieb sie auseinander, Nokhada auf das Bachufer zu, Tali zurück in den Rauch. Die anderen Mecheiti stoben auseinander.

Von Geschossen umschwirrt, schleppten Bren und Jago den Verletzten den Hang hinauf. Von oben dröhnte der Befehl, die Mecheiti einzufangen und das Feuer einzustellen. Abmarsch.

Eine andere Stimme rief: »Sie werden sich uns an die Fersen heften, Nadi!«

»Sie haben auch schon Verstärkung gerufen!« brüllte Banichi, so laut er konnte. »Wir müssen schnellstens weg.«

Giri tauchte neben Bren auf, voller Vorwurf: »Nand' Paidhi, was fällt Ihnen ein, einfach davonzurennen?«

»Er hat den Verstand verloren«, sagte Jago. Giri schob Bren beiseite und hebelte Banichis Arm über seine Schulter. In der Rauchwolke zeichneten sich nun etliche Männer ab, die die Front der Angreifer unter Beschuß hielten. Aber dort schien das Feuer eingestellt worden zu sein.

»Vielleicht versuchen sie uns in den Rücken zu fallen«, sagte Jago. »Kann auch sein, daß sie ein Fahrzeug weiter unten haben.« Sie war außer Atem. »Auf jeden Fall sollten wir so schnell wie möglich von hier wegkommen. Sie haben durchgegeben, wo wir sind, und könnten in wenigen Minuten mit ihren Flugzeugen hier sein.«

Männer rannten auseinander auf der Suche nach ihren Mecheiti. Bren entdeckte Nokhada im Gewühl, lief ihr nach und trat auf den Zügel, der über den Boden schleifte. Sie hatte eine klaffende Wunde an der Schulter, und aus einer Stichverletzung am Hals sickerte Blut. Sie widersetzte sich seiner Aufforderung, in die Knie zu gehen, stampfte im Radius des Zügels kreisend umher und warf den Kopf auf und ab. Bren zog sie zu sich heran, langte nach dem Sattelknauf und versuchte aufzuspringen.

Da packte ihn jemand von hinten bei der Schulter und wirbelte ihn herum. Er sah den Schlag nicht kommen, der ihn seitlich vor den Kopf traf und zu Boden schickte. Benommen lag er da und hörte Jagos Stimme im Streit mit jemand anders.

»Was hat den Kerl bloß geritten?« – Cenedis Stimme – »Erklären Sie mir das! Rennt einfach los und geradewegs ins Sperrfeuer. Wie kommt der dazu?«

Bren hatte ein verschwommenes Bild vor Augen; es klingelte ihm in den Ohren. Er wälzte sich zur Seite und langte mit der Hand nach dem Felsen, um sich daran hochzuhangeln. »Was weiß ich?« antwortete Jago. »Er ist ein Mensch und unberechenbar. Darum geht's doch, oder nicht?«

»Nadi«, entgegnete Cenedi mit scharfer Stimme. »Sagen Sie ihm, wenn er noch mal aus der Reihe tanzt, zerschieß ich ihm das Knie. Und nehmen Sie mich beim Wort.«

Ein hochaufragender Schatten rückte vor die Sonne: Babs mit Ilisidi im Sattel, die stumm auf Bren herabblickte, als der sich vom Boden aufmühte.

»Aiji-ma«, grüßte Jago kleinlaut. Sie hielt Brens Arm umklammert und stieß ihn einen Schritt zur Seite. Er stand da mit brennender Gesichtshälfte und taub auf einem Ohr, als Ilisidi vorbeiritt und Cenedi hinterherstiefelte. »Verdammter Narr!« zischte Jago und zerrte ihn am Arm.

»Die hätten Sie und Banichi im Stich gelassen.«

»Haben Sie gehört, was er gesagt hat? Er wird Sie zum Krüppel schießen. Und das ist keine leere Drohung.«

Zwei von Cenedis Männern hatten Nokhada eingefangen und herbeigeführt. Widerwillig ging sie in die Knie und schlenkerte den Kopf hin und her. Bren nahm den Zügel, richtete den Steigbügel und hielt den Sattelknauf gepackt. Doch ehe er den Fuß in den Steigbügel setzen konnte, sprang Nokhada auf. Er hing mit ausgestreckten Armen am Sattel, die Füße schwebten frei in der Luft, als jemand von hinten zulangte und ihn kraftvoll nach oben stieß.

Er sah Jago auf eines der mitgeführten Mecheiti steigen. Alle saßen nun im Sattel, und Ilisidi ritt voran. Nokhada zögerte keinen Augenblick und trabte los. Die heftige Bewegung machte Bren schwindeln; seine Hände zitterten, und er drohte das Gleichgewicht zu verlieren.

»Bleiben Sie nur ja im Sattel«, warnte Jago, die neben ihm herritt. »Hören Sie, Nadi? Machen Sie keinen Fehler mehr.«

Er antwortete nicht. Ihre Worte machten ihn wütend. Er konnte verstehen, warum Cenedi ihn geschlagen hatte, und wußte sehr wohl, daß sein Alleingang unverzeihlich war, denn er hatte Ilisidis Befehlsgewalt mißachtet und einen Kampf provoziert, dem Cenedi ausweichen wollte, weil es ihm einzig und allein um die Sicherheit der Aiji-Mutter ging. Und womöglich, argwöhnte Bren, hatte Ilisidi und somit auch Cenedi ein Interesse daran, Banichi und Jago abzuschütteln, um ganz allein und nach eigenem Gutdünken über den Paidhi zu verfügen. Cenedi würde ihn bestimmt mit Freuden an den höchstbietenden Gegner verschachern. Es war dieser unterschwellige Verdacht gewesen, der Bren spontan dazu getrieben hatte, Banichi zu Hilfe zu eilen. Daß er dadurch Ilisidi brüskierte, war nach seinem – menschlichen – Ermessen ein läßlicher Fehltritt.

Nicht aber für Cenedi. Und offenbar nicht einmal für Jago – und das konnte er nicht verstehen oder akzeptieren.

»Haben Sie mich verstanden, Nadi? Hören Sie mich?«

»Wo sind Algini und Tano?« wollte er wissen.

»In einem Boot auf dem See«, antwortete sie. »Die beiden sollten von Ihrer Spur ablenken und die Gegner auf eine falsche Fährte locken. Aber jetzt können wir von Glück reden, wenn ...«

Jago stockte und blickte zum Himmel auf. Und spuckte einen Fluch aus, den er noch nie von ihr gehört hatte.

Er folgte ihrem Blick. Es klingelte ihm immer noch in den Ohren, und so hörte er nicht, was sie hörte.

»Flieger«, sagte Jago. »Verdammt.«

Sie ließ sich hinter Bren zurückfallen, als Ilisidi das Tempo beschleunigte und mit Babs am Flußufer entlangpreschte, dicht an der Bergwand und dem Talausgang entgegen. Nokhada drängte unaufhaltsam zur anführenden Gruppe vor.

Jetzt hörte auch Bren das Flugzeug kommen. Es war beileibe keine Maschine auf planmäßiger Verkehrslinie. Der Motor dröhnte bedrohlich tief. Bren geriet in Panik und war drauf und dran, aus dem Sattel zu springen und zwischen den Felsen in Deckung zu gehen. Aus der Luft auf wehrlose Opfer zu schießen war nicht fair, nicht *kabiu*, im Sinne guter Tradition oder jener Konventionen, nach denen die Atevi früher ihre Kriege ausgetragen hatten. Doch bei wem sollte er sich beklagen, wenn nicht bei sich selbst und den Menschen. Schließlich war *er* das Streitobjekt, und es waren von Menschen entwickelte Waffen, mit denen sich die Atevi nun bekämpften.

In geschlossener Reihe folgten sie dem Flußlauf im Schatten der Bergwand, Ilisidi und Cenedi an der Spitze, Nokhada dahinter. Cenedi drehte sich um und schaute zum Himmel.

Der Motorenlärm schwoll an. Konnte es sein, daß die Maschine – widerrechtlich – mit Bordgeschützen ausgestattet war? Die Konstrukteure auf Mospheira hatten mit ihren Bauplänen solche Umrüstungsversuche von vornherein zu verhindern oder zumindest zu erschweren versucht, denn die Insel lag in Reichweite selbst kleinerer Flugzeuge. Pläne für Zielvorrichtungen und dergleichen waren nie Bestandteil des Technologietransfers gewesen, und es gehörte zur Aufgabe des Paidhi, der Bedrohung durch Aufrüstung vorzubeugen.

All diese Gedanken schwirrten ihm durch den Kopf, als die Maschine hinter dem Bergrücken auftauchte und im Tiefflug herangerast kam, direkt auf sie zu. Die Reiter um Bren zogen ihre Pistolen; einige brachten Gewehre in Anschlag. War nun das Flugzeug mit Geschützen bestückt oder saß da womöglich nur ein Hasardeur am Steuerknüppel, der nichts weiter im Sinn hatte, als sie zu erschrecken? Gleich, dachte Bren, mußte die Antwort fallen.

Die Hülle der Maschine war vermutlich ungepanzert. Eine gezielte Kugel würde das Blech durchdringen, den Piloten ausschalten oder ein wichtiges Aggregat außer Funktion setzen können. Aber Bren kannte den Typ nicht genau. Der war nicht auf seiner Liste und wahrscheinlich zu Wilsons Zeiten gebaut worden.

Das Flugzeug röhrte über sie hinweg. Sprengkörper zerbarsten donnernd in der Luft. Die Mecheiti scheuten und sprangen schreiend auseinander. Die Feuerbälle verpufften zu Rauchwolken. Vom Hang lösten sich Steinplatten und Geröll.

»Die werfen Minen ab«, hörte er jemanden rufen.

Nein, wußte Bren. Bomben. Oder Granaten. Anscheinend hatten ihre Zahlenmagier den Zündzeitpunkt bestimmt. Aber denselben Fehler würden sie nicht noch mal machen. »Sie haben sich verrechnet«, sagte er zu Banichi, der auf seinem Mecheita neben ihm halt gemacht hatte. »Die Dinger sind zu früh losgegangen. Aber sie werden jetzt die Zündung neu einstellen. Wir dürfen es nicht auf einen zweiten Versuch ankommen lassen.«

»Wir haben keine andere Wahl«, sagte Banichi. Atevi schwitzten eigentlich nicht. Banichi aber schwitzte. Sein Gesicht hatte eine merkwürdige Farbe angenommen, doch ruhig und methodisch wechselte er das leergeschossene Magazin seiner Waffe gegen ein volles aus, von denen noch einige an seinem Gürtel steckten.

Der Flieger kehrte zurück und brachte Bewegung in

die Gruppe. Babs preschte vornweg über den steil abschüssigen Weg ins Tal. Die Mecheiti drängten so dicht aufeinander, wie es das enge Terrain erlaubte.

Ja, schnell nach unten, dachte Bren, den Abstand vergrößern. Das war die einzige Chance, zumal das Gelände keine Deckungsmöglichkeiten bot. Von hinten brüllte jemand, daß auf den Rumpf und die Pilotenkanzel gezielt werden solle, nicht auf die Flügel; die Tanks seien am Rumpf angebracht.

Bren hörte das Dröhnen der Maschine; er blickte nach oben und sah sie von der Seite kommen, über den Gebirgsstock. Es blieb nur wenig Zeit, auf sie anzulegen.

Granaten platzten am Hang und ließen Schutt und Dreck auf sie niederhageln. Nokhada bäumte sich auf und reckte den Kopf nach dem Feind, den sie nicht erreichen konnte.

»Der Kerl lernt schnell«, sagte jemand, und Ilisidi führte die Gruppe hinter einer Felsschulter vom Weg ab. Im Hintergrund hörten sie das Flugzeug wenden.

Von Süden her tönte dumpfes Donnergrollen. Ein Gewitter zog auf. Bitte, lieber Gott, dachte Bren. Wolken und Deckung. Die Aussicht auf Rettung ließ seine Hände zittern. Unter den Armen brach der Schweiß aus.

Ein weiteres Mal raste die Maschine herbei. Eine Granate schlug hinter ihnen ein und setzte einen Busch in Flammen.

Unmittelbar danach tauchte ein zweites Flugzeug auf; es ließ seine Bomben auf die gegenüberliegende Bergwand fallen.

»Jetzt sind's zwei«, schrie Giri. »Verflucht!«

»Das eine hat uns noch nicht im Visier«, meinte Banichi. Doch dem erneut einschwebenden ersten Flieger war die Gruppe nun auf freier Fläche ausgeliefert. Die Männer hoben ihre Waffen. Im letzten Moment rief Cenedi: »Hinter die Motorhaube!«

Der Berg warf das Echo der Schüsse zurück.

Die Maschine raste vorüber, ohne eine Bombe abgeworfen zu haben. Sie streifte die Hügelkuppe, und gleich darauf erschütterte eine gewaltige Explosion den Boden.

Keiner frohlockte. Schon näherte sich wieder die zweite Maschine. Die Reitergruppe drängte weiter so schnell wie möglich auf diesem felsigen Gelände. Donner grollte; jedenfalls klang es wie Donner. Der Jäger kam, warf aber seine Bomben zu früh. Sie detonierten auf dem Hügelkamm.

Auf steilem Weg hatten sie bald eine Schlucht erreicht, für das schnelle Flugzeug ein winziger Abwurfschacht. Sie hörten es kommen. Der Motor dröhnte und stotterte knackend wie Donner. Oder mischte sich echter Donner unter den Motorenlärm?

Vielleicht stimmt was mit der Maschine nicht, dachte Bren hoffnungsvoll.

Er sah den Flieger durch den engen Himmelsausschnitt jagen. Und plötzlich krachte es rechts über ihnen. Nokhada scheute und sprang. Ein scharfer Schlag traf ihn an der Schulter. Der Reiter neben ihm stürzte aus dem Sattel. Bren sah nicht warum. Gesträuch flog ihm entgegen, und er hob die Hand, um die Augen zu schützen, während Nokhada zur Seite hin ausbrach.

Die Explosion hatte ihn fast taub gemacht, aber dennoch hörte er die Schreie der Mecheiti. Er blickte zurück und sah da, wo er gewesen war, Männer am Boden liegen. Andere ritten dorthin zurück, doch Nokhada stürmte davon auf der Suche nach Babs.

Dann war ein einzelner Gewehrschuß zu hören. Das Geschrei verstummte schlagartig und ließ eine Stille zurück, die in den Ohren sauste. Nokhada hatte Babs erreicht und tänzelte nervös umher. Als sich Bren umschaute, war die Gruppe wieder der Reihe nach formiert. Ein Reiter rückte vor und meldete Cenedi und Ilisidi den Verlust von drei Männern. Einer davon war Giri.

Bren spürte, wie ihm schlecht wurde. Ausgerechnet Giri hatte es erwischt, einen der wenigen, die er kannte ... Gleichzeitig war er froh, Banichi und Jago zu sehen, und ihm wurde vage bewußt, wie selbstsüchtig und menschentypisch seine Empfindungen waren, daß sie nichts mit Man'chi zu tun hatten und keinen Vergleich zuließen mit dem, was Atevi fühlten oder nicht fühlten.

Ihm schwirrte und schmerzte der Schädel. Es rauschte in den Ohren, und er bekam kaum Luft vor lauter Pulverrauch. Er und Nokhada waren voll von Dreck und nassem Laub. Was ihn sonst noch ereilt haben mochte, daran wollte er lieber nicht denken. Er erinnerte sich nur an den Schock der Explosion, an den Wirbel aus Bruchstücken und an den schmerzhaften Schlag vor die Schulter. Ein Zufallstreffer, diese Bombe. Eine Wiederholung war wohl nicht zu befürchten.

Oder vielleicht doch? Ein Ende der Jagd war nicht abzusehen. Womöglich stiegen in Maidingi weitere Bomber auf, die es immer und immer wieder versuchen würden, und nichts ließe sich dagegen unternehmen.

Aber die zweite Maschine kam nicht zurück. Vielleicht war sie in den Bergen abgestürzt oder auch inzwischen wieder auf dem Flughafen gelandet.

Das Donnergrollen wurde lauter; kein Zweifel, es zog ein Gewitter auf. Der Himmel hatte sich verdunkelt, der Wind frischte auf, und es fing zu regnen an. Die Reiter holten schwarze Plastikumhänge aus den Packtaschen. Auch Bren fand eine Regenhaut zwischen seinen Sachen. Er faltete sie auseinander, stülpte sie über den Kopf und breitete den Saum rings um den Sattel aus. Und kaum hatte er den Kragen zugebunden, kam ein heftiger Schauer nieder. Dicke Tropfen klatschten ihm ins Gesicht und sickerten durch den Halsausschnitt. Der Wind fuhr unter die Plastikhaut; die Hosenbeine waren im Nu durchnäßt und klebten kalt auf der Haut. So ungemütlich das Unwetter auch war, Bren hieß es willkommen mit seinen tiefhängenden Wolken, die den besten Schutz boten vor Angriffen aus der Luft.

Nokhada brauchte keine Führung; sie hielt sich an Babs. Bren verschränkte die Arme vor der Brust und schob die Hände unter die Achseln. Er versuchte sich zu entspannen, doch je mehr ihm das gelang, desto heftiger fröstelte er. Die dünnen Menschen frieren schneller, hatte Giri gesagt, und der lag jetzt tot in der Schlucht.

Immer wieder hörte Bren im Geiste das Echo der Detonation.

Wenn er die Augen schloß, wähnte er sich in schwarze Tiefen stürzen, in das Kellerloch zurückversetzt. Er vernahm den Donner, spürte die Waffe am Kopf und traute Cenedi zu, daß er bis zum äußersten gehen würde, denn seine Wut auf die Menschen entsprach den Ambitionen und Machtansprüchen der Aiji-Mutter. Ihr galt Cenedis Man'chi. Von den Rebellen war ihr Unterstützung zugesagt worden, doch Ilisidi hatte sich ein eigenes Bild von dem Paidhi machen wollen, und wahrscheinlich sah es Cenedi als seinen persönlichen Fehler an, daß es ihm nicht gelungen war, sie zur Annahme des Rebellenangebots zu überreden.

Daher rührte Cenedis Wut auf ihn und auf Ilisidis Verzicht – aus Altersgründen oder der Umstände wegen oder aus welchen Motiven auch immer. Bren hatte keine Hoffnung, jemals aus ihr schlau werden zu können. Er war sich ja mittlerweile selbst ein Rätsel, kam sich vor wie ein Spielball atevischer Fraktionen. Auf wessen Seite befand er sich zur Zeit? Und warum hatte Cenedi auf ihn und Banichi überhaupt gewartet?

Warum hatte Jago so wütend darauf reagiert, daß er Banichi zur Hilfe geeilt war?

Jago. Machte sie etwa gemeinsame Sache mit Cenedi? In Gegnerschaft zu Tabini und Banichi? Nein, daran konnte Bren nicht glauben.

Er weigerte sich, daran zu glauben, nicht aus logi-

schen Gründen, sondern aus einem menschlichen Bedürfnis heraus, das, wie er wußte, völlig unmaßgeblich
war, wenn es galt, atevisches Taktieren einzuschätzen.
Aber obwohl ihm das – und nur das – wirklich klar war,
hielt er hartnäckig an seiner guten Meinung von Jago
fest.

In strömendem Regen ging es weiter, bergan, bergab.

Bald gelangten sie in dichtes Gehölz. Von den faseri-
gen Blättern der Bäume troff Regenwasser in dünnen
Fäden herab. Aber weil sie hier endlich vor dem Wind
geschützt waren, ließ Ilisidi anhalten und Rast machen.
Sie waren zu zwölft. Zwölf Reiter die überlebt hatten,
dazu weitere sechs Mecheiti, die eng beieinanderstan-
den und die Köpfe hängen ließen. Wie viele von ihnen
umgekommen waren, wußte Bren nicht; er hatte sie vorher nicht gezählt. Und vielleicht waren manche ausge-
brochen, in anderer Richtung davongerannt.

Er hielt sich am Sattelknauf fest und rutschte über
Nokhadas nasse Flanke zu Boden, froh, wieder auf eigenen Beinen stehen zu können. Doch die waren so ge-
schwächt und bleiern, daß er das Zaumzeug gepackt
halten mußte, um nicht einzuknicken. Blitze flackerten,
und es donnerte über ihren Köpfen. Der Waldboden
war aufgeweicht und rutschig. Er hangelte sich von
Zweig zu Zweig, wankte wie betrunken umher auf der
Suche nach einem trockenen Unterschlupf. Dann sah er
Banichi auf einem Feldstein sitzen und ging auf ihn zu.
Jago und vier Männer hatten sich um ihn geschart; einer
kauerte auf den Knien und hielt Banichis Fuß, der, vom
weichen, nassen Stiefelleder umspannt, merklich angeschwollen war.

»Ist er gebrochen, Jago-ji?« fragte Bren.

»Wahrscheinlich«, antwortete sie ungehalten. Auch
sie und Banichi trugen Regenumhänge; die Dienerschaft
Malguris war wirklich vorsorglich gewesen. Jago kehrte
ihm den Rücken zu und machte deutlich, daß sie nicht
mit ihm zu sprechen wünschte. Er hütete sich vor jedem

weiteren Wort, zumal nicht nur sie, sondern auch alle anderen sehr gereizt wirkten.

Der Mann, der sich um Banichi kümmerte, schien zu wissen, was er tat; vielleicht war er Arzt oder Sanitäter. Tabini hatte stets einen Arzt in seiner Nähe, und bestimmt würde auch die Aiji-Mutter auf ständige medizinische Betreuung Wert legen, bedachte man ihre waghalsigen Ausritte, ganz zu schweigen von den riskanten politischen Manövern.

»Der Stiefel bleibt dran«, sagte Banichi zur Antwort auf den Vorschlag, das Leder aufzuschneiden. »Der stützt das Gelenk, und damit kann ich wenigstens ...«

Der Mann hatte mit den Fingern zugedrückt, worauf Banichi vor Schmerzen den Kopf zurückwarf und zwischen zusammengebissenen Zähnen zischend Luft abließ.

»Entschuldigung«, sagte der Mann; und zu einem der Gardisten neben ihm gewandt: »Ich brauche zwei oder drei geeignete Holzschienen.«

Mit schmatzenden Schritten im tiefen Boden näherte sich ein weiterer Mann. Jago ging neben Banichi in die Hocke und hauchte Wärme in die klammen Hände. Im Mittelpunkt der Aufmerksamkeit zu stehen behagte Banichi wenig. Er legte sich rücklings auf den Stein, starrte nach oben und ignorierte alles um sich herum. Der Boden war kühl, und leider hatte die Umsicht der Diener nicht gereicht, um Decken oder Zelte mit einzupacken.

Auf ihren Stock gestützt und von Cenedi begleitet, hinkte Ilisidi herbei. Auch sie wollte wissen, ob der Fuß gebrochen sei. Banichi richtete sich auf und erklärte, daß er, als der Wagen in die Luft geflogen sei, einen Schlag aufs Bein verspürt und sich dann beim Wegspringen den Fuß umgeknickt habe.

»Können Sie auftreten?« fragte Cenedi.

»Im Notfall«, antwortete Banichi, was keinerlei Aufschluß über die Schwere der Verletzung gab. Bren glaubte erkennen zu können, daß der Knöchel gebrochen war; der Fuß schien verdreht zu sein. »Aber lieber nicht. Oder was haben Sie vor?«

»Das wäre jetzt zu klären. Uns bleiben zwei, bestenfalls drei Fluchtwege offen.« Cenedi legte eine Pause ein, um den Donner abklingen zu lassen. »Wigairiin hat ein kleines Flugfeld. Um davon abzulenken, haben wir ein Boot auf den See hinausgeschickt mit Kurs auf Südwest. Wir sind aber nicht mehr im Zeitplan. Die Rebellen in Maidingi werden inzwischen kapiert haben, daß wir uns ihnen nicht anschließen. Und daß wir mit Wigairiin verbündet sind, haben sie mit Sicherheit nicht vergessen.«

»Das liegt im Norden, oder?« erkundigte sich Banichi.

»Im Nordwesten. Jenseits der Hügel da hinten. Es ist allerdings damit zu rechnen, daß die Rebellen das Flugfeld einzunehmen versuchen.«

»Dann hätten sie's sich auch mit Wigairiin verscherzt«, sagte Ilisidi. »So dumm können sie eigentlich gar nicht sein. Und daß wir ihnen unsere Unterstützung aufgekündigt haben, kann ihnen erst wirklich klar geworden sein, als wir zum Stalltor hinausgeritten sind.«

»Wie dem auch sei, das Flugfeld aus der Luft anzugreifen, wäre ziemlich kostspielig«, meinte Cenedi.

»Vielleicht sind Landtruppen in Marsch gesetzt worden, und zwar ehe Malguris Weigerung feststand.«

»Kann sein«, sagte Cenedi. »Aber kommen wir zu den anderen Optionen. Wir könnten über die Grenze zur Provinz von Fagioni; die ist nicht weit. Falls aber Wigairiin fallen sollte, wären wir da auch nicht sicher. Eine andere Möglichkeit bestünde darin, ins Reservat zu fliehen. Da ist weit und breit nur Wildnis, jede Menge Wild. Aber wenig Deckung.«

»Und da würden sie uns mit ihren Bomben mächtig einheizen«, sagte Ilisidi.

»Auf dem Weg könnten wir uns gleich geschlagen geben.« Banichi ächzte vor Schmerzen, als er sich weiter aufzurichten und mit dem Ellbogen abzustützen versuchte. »Fagioni ist ans Eisenbahnnetz angeschlossen und schnell zu erreichen, auch bei schlechtestem Wetter. Die Rebellen könnten mit schweren Truppen in kürzester Zeit zur Stelle sein, wenn sie's nicht schon sind, jetzt, da die Fronten geklärt sind. Und sie wissen inzwischen längst, daß wir nicht den Seeweg genommen haben.«

»Dann also auf nach Wigairiin«, schlug Cenedi vor.

»Oder nach Süden«, sagte Banichi. »Nach Maidingi.«

»Das wäre Selbstmord. Wir sind nur zu zwölft. Die hätten uns dort im Handumdrehen erledigt. Ich bin für Wigairiin. Dem Wetterbericht nach wird das Unwetter bis zur Dunkelheit andauern. Solange sind wir geschützt. Wir könnten unbehelligt bis Wigairiin vorstoßen und von da aus fliegen wir weiter.«

»Womit?« fragte Banichi. »Verzeihen Sie, aber wir haben doch eben bewiesen, wie leicht ein Flugzeug abzuschießen ist.«

»Und ein schneller Jet?« sagte Cenedi.

Banichi runzelte die Stirn und dachte eine Weile nach. »Wie lange ist es her, daß die Rebellen in Maidingi eingefallen sind? Vier, fünf Stunden? Dem Aiji stehen Großraumflugzeuge zur Verfügung. Vielleicht ist er schon mit seinen Truppen in Maidingi gelandet.«

»Und der Aufstand wäre in Kürze niedergeschlagen. Doch darauf würde ich mein Leben nicht verwetten«, meinte Ilisidi. »Der Bund wackelt. Was ihn noch zusammenhält, ist Tabinis Ansehen in der Öffentlichkeit. Das weiß mein Enkel sehr genau, und er weiß auch, daß dieses Ansehen verspielt wäre, wenn er mit brutaler Gewalt zuschlüge, um einen Aufstand zu unterdrücken, der angesichts der Vorgänge am Himmel vielen Atevi nachvollziehbar, wenn nicht gar legitim erscheint. Nein. Tabini hat bereits reagiert, indem er Bren-Paidhi in mein Haus schickte. Und ich bin überzeugt, daß sich der Aufstand von allein legt, wenn ich – als ausgesprochene

Gegnerin des Vertrags – den Paidhi persönlich bei meinem Enkel in Shejidan abliefere. Darum will ich so schnell wie möglich losfliegen, also von Wigairiin aus. Nadiin, vergessen Sie nicht, wir führen hier einen politischen Krieg.«

»Nand' Aiji-Mutter«, sagte Banichi. »Es kommt nicht von ungefähr, daß Bomben vom Himmel fallen. Das wurde von langer Hand vorbereitet, denn ein Flugzeug umzurüsten geschieht nicht von heute auf morgen. Sie werden doch bestimmt über diese Vorgänge informiert gewesen sein.«

»Nadi«, konterte Ilisidi, »gewiß hat Sie mein Enkel über das, was er so alles plant, in Kenntnis gesetzt.«

Worüber reden die eigentlich? fragte sich Bren erschrocken. Was unterstellen sie sich da gegenseitig?

Verrat?

»Für den Fall, daß Sie nachfragen sollten«, sagte Banichi. »Tabini gibt uns nur wenig Auskunft.«

Mein Gott.

»Wir gehen nach Wigairiin«, sagte Cenedi. »Maidingi kommt nicht in Frage, denn was Tabini nun plant oder nicht, ist mir zu ungewiß.«

»Sie entscheiden«, sagte Banichi und verlagerte das Gewicht von einem auf den anderen Ellbogen. »Sie kennen sich in der Gegend aus und wissen besser als ich, was uns dort erwartet.«

»Also, das wäre geklärt«, sagte Ilisidi und rammte nachdrücklich ihren Stock in den weichen Boden. »Heute nacht. Hoffen wir, daß nach all dem Regen die Startbahn nicht überschwemmt ist.«

»Die hat selbst im trockenen Zustand ihre Tücken«, sagte Cenedi. »Eine einzige, bedenklich kurze Piste, am Rand eines Felsbruchs. Da könnten sich Heckenschützen verschanzen. Das Flughafengebäude ist eine alte Villa; von der führt ein Schotterweg nach Fagioni. Die letzte Provinz-Aiji hat die Anlage bauen lassen, weil sie zu vornehm war, um mit Linienmaschinen von Maidingi aus zu starten. Der Piste mußte übrigens eine Burg aus dem vierzehnten Jahrhundert weichen.«

»Was die Denkmalbehörde schwer erschüttert hat«, ergänzte Ilisidi. »Dem Sohn der verstorbenen Aiji gehört der Jet, der auf uns wartet. Ein Zehnsitzer, aber es kommen auch zwölf Personen spielend unter. Cenedi hat sich davon überzeugt. Die Maschine wird voll betankt sein.«

»Es sei denn, die Rebellen sind einmarschiert«, schränkte Cenedi ein. »In dem Fall müßten wir uns um das Flugfeld schlagen, Nadiin. Sind Sie dazu bereit?«

»Ja«, antwortete Banichi kaum hörbar. »Ich bin dabei.« Die Spannung zwischen ihm und Cenedi war nahezu greifbar.

»Selbstverständlich«, sagte Jago.

»Und wird sich der Paidhi unseren Befehlen fügen?« wollte Cenedi wissen.

»Ich ...«, hob Bren an, doch Jago schlug ihm mit dem Handrücken vors Knie und knurrte: »Der Paidhi tut, was ihm gesagt wird.«

»Ich ...« Bren wollte für sich selbst sprechen, doch Jago unterbrach ihn ein zweites Mal. »Sie halten jetzt den Mund, Nadi Bren.«

Er blickte verlegen zu Boden und scharrte mit dem Fuß in vermodertem Laub, während sich die anderen über das Gelände von Wigairiin und die Flugpiste unterhielten. Inzwischen waren dem mutmaßlichen Arzt die verlangten Schienen – drei schlanke Äste – und eine elastische Bandage gebracht worden, mit denen er Banichis Fuß zu stützen versuchte. »Fester, Nadi«, forderte Banichi, doch der Arzt bemerkte schroff, daß er keine Belehrung nötig habe.

Banichi lehnte sich zurück, unter Schmerzen, wie es schien. Er nahm an der Besprechung nicht länger teil. Jago dagegen stellte detaillierte Fragen zum weiteren Vorgehen.

Den direkten Zugang zur Ortschaft von Wigairiin

versperrte ein alter Befestigungswall. Das Stadttor aber werde für sie geöffnet sein, versicherte Cenedi. Von dort aus sollte es zu Fuß weitergehen; einer der Männer würde die Mecheiti nach Malguri zurückführen.

Warum? fragte sich Bren. Warum die Tiere nicht in Wigairiin zurücklassen? Wie sollten sie, wenn nötig, fliehen?

Ein idiotischer Plan. Und seltsam, daß weder Jago noch Banichi Einwände dagegen vorbrachten. Bren war drauf und dran, Kritik zu üben, doch Jago hatte ihn gewarnt, und er wagte es nicht, sich zu Wort zu melden.

Spar dir deine Fragen für später auf, dachte er.

Für die Aiji-Mutter war Babs wahrscheinlich wertvoller als jeder ihrer Gardisten, verständlicherweise, denn für das Tier gäbe es so bald keinen Ersatz.

Aber war das nicht wieder ein typisch menschlicher und verfänglicher Gedanke? Er konnte nicht wissen, was Ilisidi tatsächlich für ihr Mecheita empfand. Wenn es um atevische Gefühle ging, verrechnete er sich doch immer wieder. Und daß er das für einen Augenblick lang vergessen hatte, führte ihm vor Augen zurück, wie schnell er in die Falle tappte, wenn es darum ging, Zeichen und Gesten zu deuten – so im Moment vor allem jene alarmierenden Signale, die von Banichi und Jago ausgingen.

Darauf konnte er sich keinen Reim machen, ohne Ilisidis Motive zu verstehen, das, was sie am höchsten wertschätzte, was sie zwingend zu dieser oder jener Entscheidung veranlaßte.

Brens Gedanken taumelten hin und her, verhaspelten sich in ungültigen Schlußfolgerungen, assoziierten, was nicht miteinander verbunden war, und versuchten anzuknüpfen an das, was zuverlässig als wahr vorausgesetzt werden konnte.

Sollte er sich von seinem Instinkt leiten lassen? Nur ja nicht. Instinkte waren menschlich, so auch Gefühle, nicht zuletzt aber auch vernunftbegründete Erwartungen …

Ilisidi drängte zum Aufbruch. Es waren gut fünfzig Meilen zurückzulegen. Sie hoffte, Wigairiin gegen Mitternacht erreichen zu können.

»Es kommt jetzt darauf an, Tempo zu machen«, sagte sie. »Damit überraschen wir das Stadtvolk. Es ahnt nicht, was Mecheiti leisten. Das hat es vergessen oder auch nie gelernt, wie so vieles, was unser Land betrifft.«

Bren wollte ihren Worten glauben schenken, dem Gefühl nach trauen können. Er wünschte, ihr unterstellen zu dürfen, daß sie ihr Land liebte und zu schützen versuchte.

Und er wollte begreifen, warum sie vorhatte, die Mecheiti nach Malguri zurückbringen zu lassen, wo wahrscheinlich die Rebellen von antikem Porzellan frühstücken würden.

Er blieb sitzen und wartete, bis der Arzt gegangen war. Dann richtete er sich auf den Knien auf und flüsterte so leise wie möglich: »Banichi-ji. Warum will die Aiji-Mutter die Mecheiti wegschicken? Das ist doch unvernünftig. Womöglich brauchen wir sie noch.«

Banichis gelbe Augen blieben ohne jeden Ausdruck. Und auch der Mund antwortete nicht.

»Banichi. Warum?«

»Warum was?«

»Warum hat sich Tabini nicht anders verhalten? Er hätte mich doch bloß zu fragen brauchen, wenn ihm Zweifel an meiner Loyalität gekommen wären.«

»Gehen Sie, Nadi.«

»Warum ärgert es Sie so, daß ich Ihnen geholfen habe? Cenedi hätte Sie im Stich gelassen und ...«

»Ich sagte: Gehen Sie. Wir reiten weiter.«

»Liege ich denn wirklich so verkehrt, Banichi? Bitte, antworten Sie mir. Warum will Ilisidi die Mecheiti abziehen lassen, bevor wir tatsächlich in Sicherheit sind?«

»Helfen Sie mir beim Aufstehen«, sagte Banichi und reichte Jago die Hand, erhob sich mühsam und trat vorsichtig mit dem geschienten Fuß auf, um dann einsehen zu müssen, daß er es aus eigener Kraft nicht schaffte. Bren sprang zur Hilfe, und mit Jago schleppte er den Verletzten zu dessen Mecheita hin.

»Banichi-ji.« Bren war verzweifelt; er würde über die nächsten Stunden kein Wort mehr wechseln können. »Banichi, diese Leute belügen uns doch. Warum?«

Banichi starrte ihn an, und Bren erschauderte bei der Vorstellung, ihn als professionellen Gegner vor sich zu haben.

Banichi wandte sich ab, langte zum Sattelknauf und schwang sich mit verblüffender Schnellkraft auf den Rücken des Tieres, ohne es vorher aufgefordert zu haben, in die Knie zu gehen und die Schulter abzusenken. Jago reichte ihm die Zügel.

Banichi brauchte Brens Hilfe nicht. Atevi legten keinen Wert auf Freundschaft. Ein jeder war sich und seinem Schicksal selbst überlassen. Und er als Paidhi hatte die Aufgabe, ein solches Verhalten zu verstehen und den Menschen erklärlich zu machen.

Doch Bren weigerte sich, Regeln anzuerkennen, die von ihm verlangten, einen anderen hilflos sterben zu lassen. Und er konnte und wollte nicht nachvollziehen, was Banichi veranlaßte, ihn deswegen zu tadeln.

Alle hatten inzwischen ihre Mecheiti bestiegen. Der Troß setzte sich in Bewegung. Nokhada würde gewiß nicht auf ihn warten; das war ihm bewußt, und er konnte sich ausmalen, wie man ihm begegnen würde, wenn die Gruppe seinetwegen ins Stocken geriete. Er hastete den glitschigen Hang hinauf, und als er Nokhada erreicht hatte, sah er, daß ihm Jago gefolgt war. Sie zog ihr Mecheita am Zügel hinter sich her.

»Nadi«, sagte sie mit unverhohlener Wut. »Hüten Sie sich. Ihre Besserwisserei geht uns gegen den Strich. Tabini-ji hat Ihnen klare Anweisungen gegeben. Halten Sie sich gefälligst daran.«

Bren streifte den Regenumhang und den Ärmel der Jacke hoch, um ihr einige der blauen Flecke zu zeigen, die ihm während der vergangenen Nacht zugefügt worden waren. »Das habe ich von der Gastlichkeit, die mir zugesichert wurde, davon, daß ich der Aiji-Mutter wahrheitsgemäß Rede und Antwort gestanden habe. Ich trage keine Schuld an dem, was passiert ist, und frage mich allen Ernstes, weshalb auch noch Sie, ausgerechnet Sie auf mir herumhacken.«

Jago schleuderte ihm ihre Hand ins Gesicht, so wuchtig, daß er gegen Nokhadas Rippen prallte.

»Tun Sie, was von Ihnen verlangt wird!« sagte Jago. »Noch irgendwelche Fragen, Nadi?«

»Nein«, antwortete er und schmeckte Blut. Seine Augen wässerten, und er sah nur noch ein verschwommenes Bild von Jago, die sich von ihm abwandte und ihr Mecheita bestieg.

Er schlug Nokhadas Schulter fester als nötig. Sie ging in die Knie und ließ ihn aufsitzen. Wütend zerrte er den Regenumhang unter sich weg und trat dem Tier in die Flanken, um es in Bewegung zu setzen. Geduckt ritt er los und schützte sich mit erhobener Hand vor tiefhängenden Zweigen.

Jago hatte nicht voll zugeschlagen. Schmerzlicher als der Hieb vor den Mund war die Wut – ihre, aber auch die eigene.

Was hatte er denn gesagt oder getan? Waren denn seine Fragen an Banichi wirklich Anlaß genug für so viel Ärger? Wohl kaum, aber offenbar hatte er an irgendeine wunde Stelle gerührt. Wenn er alle persönlichen Gefühle außen vor ließe und nüchtern nachzudenken versuchte, würde er vielleicht Aufschluß darüber finden. Er mußte sich an den genauen Wortlaut seiner Fragen erinnern, an alles, was gesagt worden war. Das gehörte zu seinem Job, so schwer er ihm auch gemacht wurde.

In Gedanken kehrte er auf Ilisidis Balkon zurück, in den schneidenden Wind, die Dunkelheit, da Ilisidi ihn mit Tatsachen konfrontiert hatte, die er kaum für wahr halten konnte.

Und er war allein in den Bergen, blickte über tief ver-
schneite Hänge ...

... am Fuß des Hügels mit Jago, die Banichi im Stich
gelassen hatte und ihn, Bren, davon abzuhalten versuchte, ihren Partner zu retten ... und im schwarzen
Feuerqualm von allen Seiten beschossen.

Und dann war er wieder im Keller, heillosem
Schrecken ausgesetzt. So schoben sich die Bilder über-
einander, in einer Reihenfolge, für die er keine Erklärung wußte. Vielleicht, räsonierte Bren, reagierte sein
Unterbewußtsein; es war doch ganz natürlich, daß es
das Trauma der vergangenen Nacht zu bewältigen versuchte. Doch das lenkte ihn ab von dem, was im Augenblick geschah, und er befand sich beileibe noch nicht
in Sicherheit, auch wenn zur Zeit keine Bomben mehr
fielen. Er mußte sich unvermindert konzentrieren und
achtgeben auf die alarmierenden Signale im Hier und
Jetzt.

Banichi hatte es gewagt, Ilisidi auf die Aufrüstung
der Flugzeuge zu Jagdbombern anzusprechen. Er hatte
gebohrt und war fündig geworden. Was wissen Sie
denn schon? war Ilisidis Replik gewesen, und Banichi
hatte behauptet, Tabinis Pläne nicht zu kennen. Ja, er
hatte sie indirekt dazu aufgerufen, *ihn* in den Keller zerren und foltern zu lassen, um ihr seine Standfestigkeit
unter Beweis stellen zu können.

Was hatte Banichi zu dieser Auseinandersetzung veranlaßt? Wie war Ilisidis Reaktion darauf zu verstehen?

Bren verrannte sich in seinen Gedanken. Er fand kein
Packende unter all den losen Enden, die immer mehr
wurden und ihn zusätzlich ängstigten, von Leuten umgeben zu sein, die ein Geheimnis um sich machten.

Jago hatte ihrem Partner keinerlei Rückendeckung geboten in diesem Streit, statt dessen ihn, Bren, angefahren,
er solle den Mund halten – wiederholtermaßen, das
letzte Mal, vorhin, mit unmißverständlichem Nachdruck.

Daß Jago ihn geschlagen hatte, war den anderen

wahrscheinlich nicht entgangen. Doch niemand hatte sich deswegen empört. Womöglich verstanden alle, warum sie dermaßen schroff mit ihm umging, mit diesem Menschen, der ihre Signale nicht zu deuten wußte.

Ihm schwirrte der Kopf. Schwindelnd verlor er das Gleichgewicht, kippte vornüber und langte in die Mähne, um nicht aus dem Sattel geworfen zu werden.

Er sah sich wieder in den Keller zurückversetzt. Die Einbildung war so lebendig, daß er Schritte zu hören glaubte. Um sich davon zu befreien, starrte er zu den wolkenverhangenen Hügeln empor, merkte auf die Regentropfen, die ihm ins Gesicht fielen und am Hals entlangsickerten.

Immerhin, Banichi lebte, und er war froh und stolz darauf, ihm geholfen zu haben, egal, was die Atevi darüber denken mochten. Sein Impuls zu retten war womöglich ebenso zwanghaft wie der Gehorsam der Atevi, der sie – wie die Mecheiti – darauf festlegte, ihren Anführern zu folgen, auf Gedeih und Verderb. Er hatte in diesem Moment vergessen, daß er, der Paidhi, Ursache dafür war, daß Atevi einander bekriegten. Wieso wurde ihm überhaupt soviel Bedeutung beigemessen? Tabini würde innerhalb einer Stunde Ersatz für ihn finden können. Es schien ihm ja ohnehin nicht viel an seinem Paidhi gelegen zu sein. Womöglich machte er sich lustig über die, die vom Gegenteil überzeugt waren und deshalb gegeneinander zu Felde zogen.

Es gab auch nichts, was er an wertvollen Informationen verraten könnte. Für den Gegner interessant waren allenfalls seine Computeraufzeichnungen. Ja, er täte gut daran, den Computer in die nächste Schlucht zu werfen oder gegen eine Felswand zu schleudern. Womöglich aber würde der Speicher intakt bleiben und sein Inhalt von Experten abrufbar sein.

Hätte er doch bloß die Daten gelöscht. Aber dazu wäre Strom nötig gewesen …

Lieber Himmel, was soll ich jetzt machen? fragte er sich. Er konnte das Ding in der Satteltasche doch nicht mit Nokhada nach Malguri zurückkehren lassen. Dort saßen jetzt bestimmt die Rebellen. Er konnte aber auch kein Aufsehen darum machen, denn dann wäre der Verdacht seiner Begleiter erregt.

Dunkel. Schritte, die kommen und gehen.

Tierköpfe an der Wand. Einsam nach all den Jahrhunderten.

Es war zwecklos, Banichi um Hilfe zu bitten. Banichi konnte nicht mehr gehen, geschweige denn kämpfen, und er ließ es sich gefallen, daß Cenedi über ihn bestimmte.

Aber Cenedi war Profi. So auch Banichi. Vielleicht zogen sie ja doch an einem Strang, in eine Richtung, die für Bren nicht auszumachen war.

Jago war ihm auf dem Hang nachgestiegen, um ihm ins Gesicht zu schlagen.

Kalt und dunkel. Schritte im Vorraum. Stimmen, die sich auf einen Drink verabredeten. Und dann Stille.

Eine Waffe am Kopf, und er dachte an Schnee, an Schnee und nichts sonst, alleingelassen. Wie Banichi.

Gib's auf, dachte er.

Er kapierte einfach nichts. Giri war tot, einer Bombe zum Opfer gefallen. Warum ausgerechnet er? Der Bombe war's einerlei, doch dem Feind ging es darum, ihn, den Paidhi, zu erwischen, tot oder lebendig.

Darüber war bislang kein Wort gefallen.

Er spürte die Nachwirkungen der Schläge im Gesicht; der von Cenedi und der von Jago waren als Schmerz nicht mehr voneinander zu unterscheiden. Aber der Schmerz rüttelte ihn auf.

Wie ein Echo hörte er Jagos Worte, die sie gestern zum Abschied gesagt hatte, bevor er vom Boten Cenedis gerufen worden war: Ich werde Sie nie hintergehen, Nadi Bren.

Ich werde Sie nie hintergehen ...

XIV

Das Gewitter verzog sich, und der Regen ließ nach, verdunstete in der Luft als kalter Nebel, so dick, daß es ihm fast den Atem verschlug. Unter aufgewühltem Himmelsgrau trabten die Mecheiti dahin, eins nach dem anderen, mit Babs in Führung, dem Flußlauf folgend durch felsige Engpässe und dichte Baumbestände, aus deren Laub unablässig Wasser auf sie herabtropfte.

Die Tiere an der Spitze hatten es aufgegeben, um ihre Position zu streiten. Insbesondere Nokhada war ungewöhnlich zurückhaltend. Vielleicht hatte Ilisidi ein Machtwort gesprochen und durch Babs an die Herde vermitteln lassen; vielleicht spürten die Tiere auch von selbst, was jetzt geboten war. Der angestammten Ordnung nach lag Nokhada an vierter Stelle. Ihr Schritt war so gleichmäßig wie ein ruhiger Herzschlag.

Niemals hintergehen. Von wegen.

Mehr Tee? fragte Cenedi.

Und ließ ihn dann in den Keller schleppen.

Der Schädel brummte, und die Augen tränten im kalten Wind, der ihm entgegenschlug. Der Wunsch, Cenedi kopfüber gegen einen Felsen zu stoßen, war im Augenblick übermächtig. Doch Rachegelüste beantworteten Brens Fragen nicht und verhalfen ihm auch nicht zur Rückkehr nach Mospheira.

Vorläufige Zwischenetappe war irgendeine verdammte Ortschaft, wo Ilisidi Freunde wohnen hatte.

Wieder meldete sich Alarm. Freunde. Atevi kannten keine Freunde. Verpflichtet waren sie – die gewöhnlichen unter ihnen – nur ihrem Man'chi. Die Aiji-Mutter aber hatte selbst damit nichts im Sinn.

Ihr Weg kreuzte kein einziges Mal eine ausgebaute Straße; weit und breit waren keine Überlandleitungen zu sehen, nicht einmal bestellte Äcker. Und zu hören gab es nichts als das Gestampfe auf nassem Boden, knarzendes Zaumzeug und das gleichmäßige Atmen der Tiere – eine hypnotisierende Monotonie, Meile um Meile. Das Tageslicht verteilte sich auf alle Himmelsrichtungen gleich; nur am dunkelnden Grau war ersichtlich, daß es Abend wurde.

Auf einem Flachstück hielt Ilisidi an, richtete sich mit schmerzverzerrtem Gesicht im Sattel auf und befahl den vier schwersten Männern, auf bislang unberittene Mecheiti umzusteigen.

Angesprochen waren unter anderem Cenedi und Banichi. Banichi bewies erstaunliches Geschick im Sattel, als er mit minimalem Kraftaufwand von einem Tier auf das andere überwechselte, ohne absteigen, ohne den verletzten Fuß ins Spiel bringen zu müssen.

Bren sah sich von Jago beobachtet; ihr Blick war von schneidender Kälte und ansonsten ohne jeden Ausdruck.

Der Kloß im Hals und das siedendheiße Gefühl, das ihn angesichts dieser unheimlichen Blicke Jagos überkam, waren, wie er fürchten mußte, sichere Vorboten eines drohenden Desasters.

Reiß dich am Riemen! sagte er sich. Tu deinen Job! Denk nach!

Jago blieb auf Abstand. Die Reiterreihe formierte sich wieder nach alter Ordnung, und Nokhada trug ihn weiter.

Bren schaute auf Banichi zurück, der mit gesenktem Kopf und hängenden Schultern im Sattel saß, mit akuten Schmerzen, wie es schien. Der gebrochene, geschiente Fuß baumelte neben dem Steigbügel. Bren fragte sich, ob der Arzt oder Sanitäter wohl auch ein Schmerzmittel im Gepäck hatte.

Die eigenen Schmerzen erschienen harmlos im Vergleich zu Banichis Zustand, und Bren machte sich Sorgen. Banichi war wehrlos, und wenn es zum Kampf käme, würde sich keiner um ihn kümmern; im Gegenteil, es war zu fürchten, daß man ihn ein zweites Mal im Stich ließe – falls in Wigairiin der Feind auf sie wartete.

Und womöglich hatte Ilisidi über ihre wahren Absichten hinweggetäuscht. Sie konnte doch unmöglich darauf bauen, daß die Verbündeten von Wigairiin, die sich wie sie als Oppositionelle verstehen mußten, ihren vermeintlichen Kurswechsel ohne weiteres nachvollziehen würden.

Auf jeden Fall war diese Allianz äußerst fragwürdig und, wenn unter Druck geraten, kaum aufrechtzuerhalten.

Im Keller hatte man seine Aussagen auf Band mitgeschnitten – und am Ende behauptet, daß alles bloß Spiel gewesen sei, Machimi. Ohne Belang.

Aber das Band existierte wahrscheinlich noch, und womöglich steckte es in Ilisidis Gepäck, bestimmt für diejenigen, die angeblich ihre Verbündeten waren.

Ja, wenn man es nicht zerstört hatte, war das Band bestimmt bei Ilisidi.

Er zügelte Nokhada, ließ Reiter um Reiter vorbeiziehen und tat so, als habe er Probleme mit dem Steigbügel. Als dann Banichi kam, hängte er sich dran und flüsterte ihm zu: »Banichi, da ist noch dieses Tonband. Vom Verhör. Mit Fragen zur Pistole.«

Dann ließ er die Zügel schießen, und Nokhada hatte es eilig, an die Spitze zurückzukehren, so ungestüm, daß sie auf das Tier an vierter Stelle wuchtig auflief und abdrängend Streit mit ihm herausforderte.

»Verzeihung, Nadi«, sagte Bren und zerrte am Zügel. »Mein Steigbügel hat sich verheddert.«

Nach einschläferndem Trott war Nokhada wieder voller Esprit und kaum zu bändigen. Bren hatte alle Hände voll zu tun, um sie im Zaum zu halten, was seinen Kopfschmerzen und dem schmerzenden Arm beileibe nicht zugute kam.

Es dämmerte allmählich, und das gespenstische Dämmerlicht verlor sich mehr und mehr in der heranbrechenden, sternlosen Nacht. Doch in unvermindertem

Tempo ging es weiter. Atevi fanden sich bei stärkster Dunkelheit zurecht, so wohl auch Mecheiti. Babs trabte zügig und in raumgreifenden Schritten vornweg, nicht schneller werdend auf Gefälle und kaum langsamer bei Steigungen. Nokhada hatte sich immer noch nicht beruhigt und drängte, merklich unzufrieden mit ihrer viertrangigen Position. Es war ein permanenter Kampf, sie unter Kontrolle zu halten. Gleichzeitig mußte sich Bren davor hüten, daß ihm nicht ein Zweig ins Gesicht schlug, unter den sich die Reiter vor ihm weggeduckt hatten.

Daß es nicht mehr regnete, war kaum auszumachen, denn nach wie vor fielen dicke Tropfen vom Laub der Bäume. Als sie schließlich den Wald hinter sich ließen, hatten sich die Wolken verzogen, und das Panorama aus Sternen und Silhouetten hätte befreiend auf Bren wirken können, wenn da nicht dieses Schiff am Himmelshorizont gewesen wäre, das die Welt bedrohte.

Ilisidi hatte gesagt, daß sie Wigairiin gegen Mitternacht erreichen würden. Doch diese Stunde schien längst überschritten zu sein, wie Bren am Stand der Sterne zu erkennen glaubte.

Laßt mich doch einfach sterben, dachte er, erschöpft und von Schmerzen gequält, als der Weg wieder steil bergan führte über felsige Hänge. Nach einer Weile ließ Ilisidi anhalten, und er fürchtete, daß nun erneut ein Mecheitiwechsel bevorstand, was bedeuten würde, daß eine noch weite Strecke zurückzulegen wäre.

Vor dem Nachthimmel zeichnete sich eine Hügelkuppe ab, bewachsen mit verkrüppelten Bäumen, und Ilisidi befahl abzusitzen. Von hier aus, sagte sie, gehe es weiter ohne Mecheiti.

Da wünschte sich Bren, weiterreiten zu dürfen, denn ihm schwante, daß es von jetzt ab brenzlich werden würde. Himmel, er hatte Angst vor dem, was vor ihm lag und dem nicht mehr auszuweichen war, zumal sich Banichi und Jago nach vorsichtigem Protest zum Ausgang auf den eingeschlagenen Kurs eingelassen hatten.

Und niemand außer ihm würde Banichi Hilfe leisten – wahrscheinlich nicht einmal Jago. Jetzt entschied sich auch, was mit dem Computer geschehen sollte. Würde er mit Nokhada zurückkehren, war nur noch zu hoffen, daß ihn loyale Stallburschen vor den Rebellen in Sicherheit brächten.

Doch wenn diese Malguri eingenommen hätten, würden sie beim Eintreffen der Mecheiti interessiert aufmerken, und der Computer bliebe gewiß nicht unentdeckt. Nicht auszudenken, was sich daraus ergeben könnte.

Baji-Naji. Den Apparat aus der Hand zu geben hieße, das Glück herauszufordern, und auf den Zufall war auch kein Verlaß. Mit zitternden Händen löste er die Halteriemen und nahm die Satteltaschen an sich; dabei gab er sich betont arglos, merkte aber, wie ihm die Knie weich wurden.

Der Atem stockte, ihm wurde schwarz vor Augen, und er lehnte sich Halt suchend an Nokhadas warme Flanke, spürte die Kälte des Kellerlochs und die Fesseln, die ihn hielten. Hörte Schritte …

Als er die Satteltaschen anhob, um sie über die Schulter zu werfen, langte von hinten eine Hand danach. »Da trage ich weniger schwer dran«, sagte der Mann. Bren fuhr herum und starrte ihn entgeistert an. Er konnte nicht glauben, daß es pure Höflichkeit war, die den Mann veranlaßte, ihm die Last abzunehmen. Wahrscheinlich hatte ihn Cenedi dazu aufgefordert. Wie auch immer, dachte Bren; bloß kein Aufhebens darum machen. Es war zwar unwahrscheinlich, aber immerhin doch möglich, daß hier niemand von seinem Computer wußte. Djinana hatte ihn gebracht, und dann war er von einem der Stallburschen verstaut worden.

Nokhada rückte von Bren ab und trottete den anderen Mecheiti nach. Eine der Leibwachen Ilisidis war auf Babs losgeritten. Nun machte sich die Gruppe zu Fuß auf den Weg, wahrscheinlich in Richtung Wall, den Cenedi erwähnt hatte. Hoffentlich behielt er recht, und das Tor war tatsächlich geöffnet.

Der Mann, der ihm die Taschen abgenommen hatte, eilte an ihm vorbei den Hang hinauf zu Cenedi und Ilisidi hin, was seine Befürchtungen bestätigte. Er durfte den Mann nicht aus den Augen lassen; gleichzeitig mußte er Banichi Bescheid sagen, doch der kam, gestützt von Jago und einem anderen Mann, nur schleppend voran und fiel immer mehr zurück.

Bren wußte nicht wohin. Wenn er zurückginge, um mit Banichi zu reden, wären die anderen im Dunkeln verschwunden. Also hielt er sich auf der Mitte zwischen beiden Gruppen, wütend darüber, daß er sich die Taschen hatte abnehmen lassen. Und Banichi im Beisein des anderen zu informieren, kam jetzt auch nicht in Frage. Ebensogut könnte er das, was er ihm mitzuteilen hatte, in die Nacht hinausposaunen.

Sollte er sich unter irgendeinem Vorwand seine Sachen zurückholen?

Er mußte es versuchen, eilte, so schnell er konnte, den Hang hinauf.

»Nadi«, keuchte er außer Atem.

Doch als er den Mann erreichte, sah er gleich hinter der Kuppe den versprochenen Wall. Ein uraltes Stadttor öffnete sich vor einer von Sternen beleuchteten, grasüberwucherten Straße.

Wigairiin war erreicht.

XV

Schwarz ragte die Mauer auf. Es schien, als ließe sich das schwere Tor in den verrosteten Angeln nie mehr bewegen.

Die Schatten von Ilisidi und Cenedi traten als erste hindurch, auf einen Vorplatz aus Unkraut und gepflasterten Steinen. Auf die alten Gebäude im Hintergrund führte eine Straße zu, die Bren an die prächtig angelegte Zufahrt zum Bu-javid erinnerte und vielleicht wie diese aus vor-ragischer Zeit stammte.

Banichi und Jago hingen weit zurück. Vorn gab Ilisidi das Tempo an, und das war überraschend schnell für eine so alte Frau, die nicht mehr ohne Stock auskam.

Bren zupfte den Mann am Ärmel, der seine Taschen trug. »Die kann ich jetzt wieder nehmen, Nadi«, sagte er und versuchte, ihm die Gepäckstücke von der Schulter zu nehmen, wie der es bei ihm getan hatte. »So schwer sind sie nun auch wieder nicht, und außerdem brauche ich was von meinen Sachen.«

»Dafür haben wir jetzt keine Zeit«, antwortete der Mann. »Bleiben Sie dicht hinter uns. Bitte.«

Verdammt! Bren geriet auf holprigem Pflaster ins Straucheln, was ihn zusätzlich zu seiner Verzweiflung auch noch wütend machte. Er rief sich zur Vernunft, dachte: dranbleiben, kein Aufhebens machen und warten, bis sie die Maschine bestiegen, dort die Taschen reklamieren unter dem Vorwand, Medizin gegen die Flugkrankheit nehmen zu müssen, um dann das Gepäck unterm Sitz verschwinden zu lassen – so vorzugehen kam ihm jetzt in den Sinn, während er sich mühsam und unter Schmerzen voranschleppte.

Zwischen Häusern, die wie verlassen dastanden, stiegen sie über eine langgezogene, grasbewachsene Treppengasse aufwärts. Ilisidis Schritte wurden langsamer, bis schließlich einer der Gardisten zur Hilfe kam und sie auf den Armen weitertrug.

Bren blieb stehen und schaute sich nach Banichi um. Doch kaum hatte er ihn entdeckt, ergriff eine Wache seinen Arm, zog ihn mit sich und sagte: »Wir dürfen keine Zeit verlieren, nand' Paidhi. Brauchen Sie Hilfe?«

»Nein«, antwortete Bren. Kümmern Sie sich lieber um Banichi, wollte er gerade sagen, als ein Schuß krachte. Der Mann an seiner Seite taumelte, von einer Kugel getroffen, zurück und riß ihn mit sich in die Deckung eines engen Durchgangs. Es schien nun aus allen Winkeln des Viertels geschossen zu werden. Das Krachen hallte von den Mauern wider; Querschläger schwirrten umher.

»Wir müssen hier weg!« schrie er, doch der Mann neben ihm sackte erschlaffend zu Boden. Im Dunkeln ertastete Bren einen blutnassen Fleck, suchte vergeblich nach einem Lebenszeichen. Am ganzen Leib zitternd, spähte er um die Hauskante und sah Banichi und Jago am unteren Rand der Treppe, unter Beschuß, der unvermindert anhielt.

Mit Blick zurück glaubte er erkennen zu können, daß der Durchgang, der ihm Deckung bot, in einen verwilderten Garten führte, raus aus unmittelbarer Gefahr.

Er zog seine Beine unter dem Toten weg, rückte ihn in einer unnützen Anwandlung so zurecht, daß er aufrecht mit dem Rücken an der Wand lehnte und tastete sich daran entlang in Richtung Garten, voller Angst, weil er nicht wußte, wo Ilisidi und Cenedi waren oder ob es Tabinis Männer waren, die auf sie schossen, oder, was wahrscheinlicher war, die Rebellen.

Der Garten lag an einem Hang, und schon nach wenigen tappenden Schritten gelangte er an eine Mauer, vor der moderndes Laub angehäuft war und die, wie es schien, das Grundstück umringte.

Das Feuer wurde endlich eingestellt. Er sank vor der Mauer in die Hocke, lauschte bei angehaltenem Atem und versuchte, das Zittern der Glieder zu unterdrücken.

Es war nun so still, daß er das Rascheln der Blätter im Wind hörte.

Wo bin ich hier? fragte er sich. Außer Gesträuch und Ruinen ringsum war nichts zu erkennen. Er starrte zurück in den Durchgang zur Treppe und lauschte angespannt. Warum hatten Cenedi und Ilisidi ausgerechnet diesen Ort als Zuflucht gewählt? Wußten sie, daß er ausgestorben war und nur noch aus Trümmern bestand? Was wußten Banichi und Jago? Ihm war, als sei er in ein tiefes Loch gefallen, abgeschnitten von allem Leben. Er hörte nur den eigenen stockenden Atem und Geraschel von Laub.

Nichts sonst.

Keine Bewegung.

Die anderen konnten doch nicht alle tot sein. Wahrscheinlich hielten sie sich versteckt so wie er. Womöglich wagten auch sie es nicht, sich zu rühren, weil sie dann zu hören und zu entdecken wären. Wer lauerte ihnen da auf? Die wilde, blindwütige Schießerei zeugte von der gleichen groben Gewalt wie der Abwurf der Bomben aus Maschinen, die vom Flughafen Maidingis gestartet waren.

Ilisidi und Cenedi hatten sich offenbar verkalkuliert. Banichi sollte anscheinend recht behalten. Die Rebellen waren bis hierher vorgedrungen und hielten wahrscheinlich das Flugfeld besetzt, wenn es ein solches überhaupt gab.

Nichts rührte sich. Entweder war keiner mehr am Leben, oder jeder hielt still und wartete auf eine Regung des anderen.

Atevi fanden sich im Dunkeln besser zurecht als Menschen; das Licht in der Treppengasse reichte ihnen, um sehen zu können.

Die Hände zur Hilfe nehmend stand Bren vorsichtig auf und schlich so leise wie möglich die Mauer entlang, um festzustellen, daß hier kein Weiterkommen war. Angestrengt überlegte er, was ihm zu tun übrig blieb. Die Suche nach Banichi oder Cenedi würde ihn mit größter Wahrscheinlichkeit dem Feind in die Arme treiben. Ausgeschlossen war auch der Weg zurück in den Wald, denn gewiß hielt der Feind inzwischen das Tor besetzt. Ebenso aussichtslos erschien der Versuch, die Ortschaft Fagioni zu erreichen; Cenedi – oder war es Ilisidi? – hatte gesagt, daß es auch dort nicht mehr sicher wäre, wenn Wigairiin an die Rebellen gefallen sei.

Er könnte auf eigene Faust über Land fliehen in der

vagen Hoffnung, bis zu einer politisch stabilen Grenze vorstoßen zu können, doch wäre er womöglich tagelang unterwegs und liefe Gefahr, sich an falschen Früchten zu vergiften.

Immerhin, etwas Besseres fiel ihm nicht ein. Es ließ sich für eine Weile ohne Nahrung auskommen, solange Trinkwasser zu finden war. Dieses Risiko würde er zur Not eingehen. Doch wie sollte er es anstellen, unbemerkt von hier zu verschwinden? Atevi sahen auch bei Nacht und hatten ein scharfes Gehör.

Andererseits, falls Banichi und Jago noch lebten, durfte er hoffen, daß sie ihm zur Hilfe kämen. Die beiden würden bestimmt nach ihm suchen, denn ihm galt ja das Hauptaugenmerk – nicht nur das ihre, sondern auch das der Rebellen.

Das, worauf es ihm vor allem ankam – der Computer –, war verloren. Nach dem Mann zu suchen, der ihn hatte, kam nicht in Frage; womöglich war er gefallen. Verfluchter Mist, dachte er und schlang unter dem Regencape die Arme um die Brust in vergeblicher Absicht, die Kälte abzuwehren, die vom nassen Boden aufstieg.

Frierend stand er da, ausweglos und ungeschützt. Hier war er leicht aufzuspüren. Er mußte versuchen, an die Stelle zurückzukehren, wo er Banichi und Jago das letzte Mal gesehen hatte – hinter dem Tor, das jetzt bestimmt von Rebellen bewacht war.

Im Zweikampf gegen einen Ateva hatte er keine Chance, es sei denn, er bewaffnete sich, mit einem Ziegelstein etwa.

Falls …

Da war etwas zu hören. Er kauerte sich hin und hielt den Atem an, bis das Geräusch Sekunden später verstummte.

Um zu verhindern, daß der Plastikstoff verräterisch raschelte, raffte er das Cape. Dann erhob er sich und schlich auf steifgefrorenen Beinen in den Durchgang zurück, wo der Gardist schlaff an der Wand lehnte. Er vergewisserte sich noch einmal, daß er auch wirklich tot und nicht bloß verwundet war, indem er sein Gesicht berührte. Es war beinkalt.

Er hatte eine Leiche zur Gesellschaft und eine Mauernische als Unterschlupf, gerade groß genug, um einen Menschen aufzunehmen, und von Ranken überwuchert, durch die er auf die Gasse hinausspähen konnte.

Es näherten sich schleichende Laute; woher – ob vom oberen oder unteren Teil der Treppengasse – war nicht auszumachen. Bren erstarrte und sah einen Mann auftauchen, einen Mann mit Pistole, ohne Regenumhang, und von Cenedis Männern hatte keiner eine solche Jacke, wie er sie trug.

Einer von der Gegenseite, mit Sicherheit. Er suchte jeden Winkel ab und kam näher.

Bren holte tief Luft, schmiegte sich in den Schatten des Mauerausschnitts und versteckte die weißen Hände unter den Armen. Er hörte die Schritte in unmittelbarer Nähe anhalten und ahnte, daß die Patrouille den Toten entdeckt hatte und sich nun daranmachte, ihn zu durchsuchen.

Himmel, der Gardist war doch bewaffnet gewesen. Daran hatte Bren nicht gedacht. Er hörte ein leises Klacken, wagte es nicht, die Augen zu öffnen, bis sich die Patrouille wegbewegte und mit einer Taschenlampe in den kleinen Garten leuchtete, in dem er sich soeben noch aufgehalten hatte. In sich zusammengekauert, versuchte er die zitternden Glieder ruhig zu halten, als der Mann zurückkehrte.

Der Lampenstrahl strich an der gegenüberliegenden Wand entlang, riß aber plötzlich ab, und es war wieder dunkel. Womöglich fürchtete die Patrouille, ein Ziel für Schützen im Hinterhalt zu bieten. Er trat über den Toten hinweg und verschwand auf der Treppe in Richtung Tor.

Zur Säuberung, dachte Bren und rang nach Luft. Er harrte noch eine Weile aus, bis er sich zu hoffen traute, daß die Suchaktion beendet war. Dann kroch er aus dem Versteck hervor, kniete neben dem toten Gardisten nieder und suchte ihn nach Waffen ab.

Das Halfter war leer. Er hielt auch keine Pistole in der Hand.

Verdammt, dachte Bren. Es war ein törichter, vielleicht fataler Fehler gewesen, daß er nicht daran gedacht hatte, die Waffe des Toten an sich zu nehmen, und statt dessen – wiederum irrigerweise – blindlings in einen Garten geflohen war, der keinen Ausweg bot. Die Gegenseite tat das Richtige, er machte alles falsch. Er hatte bislang nur das Glück gehabt, nicht erwischt worden zu sein.

Er wußte nicht wohin, zumal er den Ort nicht kannte; er kannte nur den Weg zurück, und der war ihm verschlossen.

Er stand auf und schlich an den Rand zur Treppe vor, sprang aber aufgeschreckt zurück in sein Versteck, als Stimmen in der Gasse laut wurden.

Kam da die Patrouille mit Verstärkung zurück? Und Bren fragte sich, was ein Profi wie Banichi nun an seiner Stelle tun würde. In entgegengesetzter Richtung davonzuschleichen wagte er nicht, und so blieb ihm nur eins: geduldig ausharren, stillhalten im Versteck, das ja schon einmal übersehen worden war. Sie hatten keine Nachtsichtgeräte; Mospheira hielt die Infrarot-Technik unter Verschluß, weil zu fürchten war, daß die Atevi sie zur Aufrüstung einsetzen würden. Sie hatten auch keine dressierten Tiere mit Spürsinn, abgesehen von den Mecheiti, und es war nur zu hoffen, daß sie nicht zum Aufgebot der Rebellen gehörten. Bren hatte mitansehen müssen, wozu diese Bestien imstande waren.

Er hörte die Patrouille die Treppengasse herunterkommen und den Toten im Eingang zur Seite wälzen. Es waren zwei Männer, von denen einer nun einen Blick in den Garten warf. Als er zurückkehrte, unterhielten sich die beiden mit gedämpften Stimmen. Bren hörte nur ein paar Wortfetzen, denen zu entnehmen war, daß sie die Zahl der gefallenen Gegner zählten und zu dem Ergebnis kamen, daß mindestens drei Männer tot seien.

Dann zogen sie weiter, nach unten, dem Tor entgegen.

Von dort tönte wenig später Lärm und eine laute Stimme im Befehlston, worauf es wieder still wurde.

Anscheinend hatten sich die Rebellen am Stadttor verschanzt. Dort nach Überlebenden der Gruppe um Ilisidi zu suchen, erübrigte sich also. Die Rebellen hatten ihre Kräfte zusammengezogen, um den Fluchtweg zu versperren und, wie zu vermuten war, bei Tagesanbruch die Säuberungsaktion fortzusetzen.

Er spähte durch den Vorhang aus Gestrüpp, das von der Mauer herabrankte, schlich dann gebückt auf den Gehweg hinaus und eilte die Treppe hinauf, auf der Suche nach einem anderen Versteck.

Nach wenigen Schritten tauchte er in einer Seitengasse unter, wo er Ausschau hielt nach einem geeigneten Unterschlupf, der auch bei Tageslicht im Verborgenen bliebe.

Er folgte dem Pflasterweg um zwei Kehren und fürchtete schon, abermals in eine Sackgasse geraten zu sein, als sich vor ihm freies Gelände auftat. Er schaute auf ein planiertes Feld, sah blaue Lichter und ein großes Gebäude, auf einer kleinen Anhöhe gelegen und von einer Mauer umgeben. Aus den Fenstern schimmerte weißes Licht.

Das Flugfeld. Er entdeckte den Jet am Ende der Piste, unbeleuchtet, stumm die Turbinen.

Ilisidi hatte also doch nicht gelogen. Da war ein Flugzeug, und es wartete auf sie. Aber die Feinde hatten den Fluchtplan durchkreuzt und Wigairiin eingenommen, wie von Banichi vorhergesehen. Niemand hatte auf ihn hören wollen, und jetzt waren sie hier und steckten in auswegloser Klemme.

Tabini werde gegen die Rebellen vorrücken, hatte Banichi gesagt. Doch da war das Schiff am Himmel, und Tabini konnte nicht mit Mospheira sprechen, es sei denn, man schickte ihm Hanks. Aber Hanks, verdammt noch mal, war keine Hilfe. Daß sich der Bund aufzulösen und in kleine Aijinate zu zerfallen drohte, kam ihr doch gerade recht; es entsprach ihrer erklärten politischen Wunschvorstellung. Dagegen hatte er, Bren, ihr immer wieder klar zu machen versucht, wie wichtig der Zusammenhalt der Landesverbände für die Sicherheit Mospheiras war.

Und seine Position wurde hier und jetzt aufs Schlimmste bestätigt.

Ilisidi und Cenedi hatten ihn nicht belogen. Das Flugzeug stand wirklich startbereit auf der Piste. Nein, keiner hatte ihn belogen, und es war ihnen nicht anzulasten, daß die Rebellen den Fluchtplan durchschaut hatten. Immerhin, es tröstete ihn, nicht betrogen worden zu sein. Vielleicht hatte Ilisidi längst schon vorgehabt, nach Shejidan zu gehen und Frieden zu schließen mit Tabini. Was mochte sie daran gehindert haben? Ihn beschlich eine düstere Ahnung, und schwindelnd lehnte er sich mit dem Rücken zur Wand, versuchte, klaren Kopf zu behalten, was nach all den Tagen voller Argwohn und Zweifel kaum möglich zu sein schien. Und doch, er konnte jetzt sicher sein, daß die zugeschnappte Falle nicht aufgestellt worden war von denen, für die er freundschaftliche Gefühle hegte.

Freundschaft, Gefühl ... zwei Wörter, die ein guter Paidhi auszuklammern wußte. Doch nüchtern zu urteilen, wie es sein Amt verlangte, war in seiner Verfassung absolut unmöglich. Mit zitternder Hand wischte er die Tränen vom Gesicht und schlich weiter, vorsichtig, am Gemäuer verlassener Häuser dem Ausgang der Gasse entgegen, durch Gestrüpp und an Maschinenschrott vorbei, stets auf der Suche nach einem Versteck und mit der Frage im Kopf, wie lange er noch aushalten mußte und ob zu hoffen war, daß Tabini inzwischen Maidingi

eingenommen und seine Truppen nun auch nach Wigairiin in Marsch gesetzt hatte.

Rettung wäre, wenn überhaupt, frühestens in zwei,
drei Tagen in Sicht. Zwischen Ruinen versteckt könnte
er ausharren. Verdursten würde er nicht. Regenzeit.
Und für eine Weile ohne Nahrung auskommen zu müssen war kein Problem, solange er sich nicht anzustren-
gen brauchte. Er brauchte bloß ein sicheres Versteck, am
besten eines, das auch einen geschützten Blick nach
draußen zuließ.

Am Rand der Piste sah er einen Rest des alten Walls
und davor aufgestapelt ein paar alte Fässer, Behälter für
Öl oder Treibstoff, was auch immer, jedenfalls dem Anschein nach lange nicht benutzt, denn das Gras ringsum
war hoch aufgeschossen. Dort würde man nicht so
schnell nach ihm suchen; die Feinde wähnten ihn wahrscheinlich in der Nähe des Tors, ihnen auflauernd.

Plötzlich sah er sich wieder im Kellerloch stecken; das
reale Bild verschwamm ihm vor Augen, und er langte
zur Mauer, um sich aufrecht zu halten, neu zu orientieren. Er mußte alle Sinne zusammennehmen, aufpassen,
wohin er die Füße setzte. Das Terrain war verwahrlost,
voller Müll und Schutt, Maschinenteile, vermodertes
Bauholz und Bruchsteine.

Der uralte Wall sei dem Rollfeld gewichen, hatte Ilisidi gesagt. Hier scherte man sich nicht um Altertümer.

In der Hinsicht war Ilisidi ganz anders eingestellt.
Bren hatte sich mit ihr unterhalten über Artenschutz
und die Notwendigkeit, geschichtliches Erbe zu konservieren, Landesschätze zu hüten, die jetzt bedroht waren
durch Bomben und Bürgerkrieg – aus Angst vor den
Menschen und Tabini-Aiji, der mit ihnen angeblich
gemeinsame Sache machte und den Posten besetzte, um
den Ilisidi seit Jahren kämpfte.

Wi'itkitiin, die sich von Felsklippen in die Tiefe stürzen ...

Atevische Denkmäler, eingeebnet, damit sich eine

vermeintlich fortschrittliche Provinzfürstin den Weg zum Flughafen nach Maidingi ersparen konnte.

Bren erreichte die Fässer, ertastete schrundigen Rost, ging zu Boden und kroch in den Spalt zwischen Mauer und Tonnen, lag dann still auf feuchtem Gras.

Wußte für einen Moment nicht, wo er war. Er fand einen Ausguck, eine Lücke zwischen zwei Fässern, sah aber bloß Sträucher und wildwucherndes Kraut. Das Herz pochte so heftig, daß es die Brust zu zerreißen drohte. Doch er fühlte keinen Schmerz, nichts von dem, was ihn tagsüber gequält hatte. Der Regenumhang hielt einigermaßen warm.

Er hatte ein Versteck gefunden. Hier konnte er bleiben, konnte getrost die Augen schließen, ausruhen, abschalten.

Doch die Gedanken kreisten weiter. Er wünschte, sich klüger verhalten zu haben, wußte aber nicht, was er wann anderes hätte tun können. Immerhin lebte er noch und war bislang unentdeckt geblieben, was manchen der sehr viel gewiefteren Männern seiner Gruppe nicht gelungen war. Er hatte mehr Glück gehabt als Giri, der arme, anständige Kerl, mehr Glück als sein Retter, der nicht lange gefackelt und ihn spontan aus der Schußlinie gezerrt hatte. Vielleicht war das der springende Punkt, der Beweggrund, der keinen Spielraum ließ. Liebe oder Pflichtgefühl, wie immer man es nennen mochte. Es war, was die Mecheiti veranlaßte, stur ihrem Mecheit'-Aiji zu folgen, komme, was wolle.

Man'chi. Die Wörterbücher übersetzten diesen Begriff mit ›Dienstpflicht‹ oder ›Schuldigkeit‹, was aber nur annähernd zutraf. Man'chi bedeutete viel mehr; es bezeichnete insbesondere jenes zwingende Motiv, das auf den Zusammenhalt der Gemeinschaft gerichtet war.

Es hieß, daß Aijiin kein Man'chi hatten, und das bedeutete ein Leben in kosmischer Einsamkeit, absoluter Freiheit. Ilisidi. Tabini.

Tabini konnte tun und lassen, was er wollte, ohne

Rücksicht auf andere, niemandem verpflichtet, schon gar nicht seinem Paidhi. Und dennoch, Bren *mochte* dieses Monstrum.

Genauso wie Banichi.

Daß er noch lebte, daran zweifelte Bren keinen Augenblick lang. Es würde niemand wagen, sich mit ihm oder Jago anzulegen. Jede Wette, daß die beiden wohlauf waren. Um Tabini brauchten sie sich jetzt nicht zu sorgen.

Allenfalls um ihn, den Paidhi.

Sie würden nach ihm suchen.

Die Augen wurden ihm feucht. Tränen quollen daraus hervor; eine rollte auf den Nasenflügel, eine andere tropfte von der Wange ins Gras. Atevi weinten nicht. Die Natur hatte ihnen diese Schmach erspart.

Aber manche von ihnen, wie das alte Ehepaar, das von den Enkeln schwärmte, verrieten Regungen, die zwar nicht als Liebe zu bezeichnen, aber ebenso stark und wirksam waren und eine Qualität hatten, die zu ergründen noch kein Paidhi so nahegekommen war wie er.

Darauf zu warten, daß Atevi Liebesgefühle empfanden, war sinnlos. Als Paidhi mußte er davon abzusehen lernen und vielmehr versuchen, das Man'chi nachzuvollziehen.

Und er dachte: Versuche nachzuempfinden, warum dich Cenedi geschlagen hat, als du Banichi zu Hilfe geeilt bist; es ist doch eigentlich gar nicht so schwer zu erraten, was Cenedi bewegte – natürlich, sein Man'chi. Was sonst? Es war die alte Frage: Was retten, wenn das Haus in Flammen steht?

Er, Bren, hatte sich für Banichi entschieden, und das in Gemeinschaft mit Ilisidi.

Tabinis Leute hatten sich ihr untergeordnet.

Aber würde Jago deshalb ihr Man'chi brechen?

Niemals.

Ich werde Sie nie hintergehen, Bren-ji.

Sie halten jetzt den Mund, Nadi Bren.

Nicht an Jago zweifeln, auch wenn du sie nicht verstehst. Sie steht an deiner Seite, so wie Banichi. Ein gutes Gefühl, egal wie man es nennen mag.

Es war schon hell. Auf der Mauer schimmerte mattes Licht. Laufschritte. Da rief jemand. Bren versuchte sich zu bewegen. Der Hals war steif. Er schaffte es nicht, den Arm, auf dem er lag, unter sich wegzuziehen. Auch die Beine gehorchten nicht. Er hatte geschlafen, zwischen aufgetürmten Fässern und Mauerresten.

»Stehenbleiben!« hörte er es rufen.

Er wälzte sich auf den Bauch, wischte das Gras vorm Gesicht beiseite und spähte nach draußen, sah aber nur eine Reihe von Gebäuden am Rand der Piste. Moderne Machart, billig, aus vorfabrizierten Betonteilen zusammengepappt. Zwei Schuppen, daneben ein Windsack. Stromleitung – wahrscheinlich für die Positionslichter, vermutete er. Außerdem war da eine Wartehalle oder eine Werkstatt oder dergleichen. Um den schmerzenden Rücken zu entlasten, legte er sich wieder flach auf den Boden.

Der linke Arm tat verdammt weh. Die Beine waren nicht weniger steif. Er konnte das eine kaum strecken und wußte sich nicht zu bewegen.

Schüsse. Mehrmals hintereinander.

Es gab Widerstand. Aus seiner Gruppe lebten also noch welche. Er lauschte in die Stille, die nun einsetzte, und dachte mit Schrecken daran, daß womöglich in diesem Augenblick Banichi und Jago unter Beschuß lagen, während er, am ganzen Leibe zitternd, in seinem Versteck festsaß und nichts unternehmen konnte.

Er fühlte sich ... ja, wie? Schuldig daran, daß Atevi seinetwegen sterben mußten, daß andere bereit waren zu töten wegen eines dummen Mißverständnisses, wegen dieser Vorgänge am Himmel, die im Grunde nichts zu tun hatten mit den Atevi.

Da schrie jemand. Unverständliches. Auf die Ellbogen gestützt, richtete er sich wieder auf, plättete das Gras mit dem Handrücken und spähte hinaus.

Jetzt sah er sie: Cenedi und Ilisidi, die schwer humpelnd an Cenedis Arm lehnte, in Schach gehalten von vier Männern in Lederjacken. Der eine, der ihm den Rücken zukehrte, trug ein blaurotes Band als Schleife am Zopf.

Blaurot. Blau und rot. Die Farben der von Brominandi angeführten Provinz.

Verdammt, dachte Bren und mußte mit ansehen, wie Cenedi vor die Hauswand gestoßen und Ilisidi von ihm losgerissen wurde, wobei sie ihren Stock verlor. Cenedi sprang vor, um einzugreifen, doch einer der Männer stoppte ihn mit dem Kolben seines Gewehrs.

Als sich Cenedi vom Boden aufzurappeln versuchte, traf ihn ein zweiter Schlag.

»Wo ist der Paidhi?« wollten sie wissen. »Wo ist er?«

»Längst wieder zurück in Shejidan«, hörte er Ilisidi sagen.

Sie glaubten ihr nicht. Sie *schlugen* Ilisidi, und Cenedi warf sich auf die Kerle, trat einem mit voller Wucht ins Gesicht, ging aber gleich darauf, vom Gewehrkolben in den Rücken getroffen, in die Knie.

Sie hielten Ilisidi eine Pistole an den Kopf und verlangten von Cenedi stillzuhalten. Er hielt still und wurde geschlagen, einmal, noch einmal.

»Wo ist der Paidhi?« fragten sie und zerrten Cenedi beim Kragen in die Höhe. »Wir werden sie erschießen.«

Doch Cenedi schwieg, obwohl Ilisidis Leben bedroht war. Er konnte den Paidhi nicht verraten, weil er nicht wußte, wo er steckte.

»Verstanden?« brüllten sie, schlugen Cenedi ins Gesicht und stießen ihn vor die Wand.

Sie meinen es ernst, dachte Bren. Sie werden die Aiji-Mutter erschießen. Er fuhr herum und ließ den Hinterkopf so fest gegen eine Tonne krachen, daß ihm das

Wasser in die Augen schoß; dann langte er nach einem Stein, der vor ihm im Gras lag, und schleuderte ihn hinaus aufs Feld.

Die Gegner merkten auf. Sie trieben Cenedi und Ilisidi zurück, schauten sich nach allen Seiten hin um und riefen ihre Kumpane über Funk.

Bren hatte gehofft, daß Cenedi die momentane Verwirrung würde nutzen können, doch sie hatten ihre Waffen auf Ilisidi angelegt, und Cenedi durfte ihr Leben nicht riskieren.

Zwei Männer machten sich auf die Suche. Bren duckte sich. Sein Herz pochte; er bekam kaum Luft zum Atmen.

Schritte kamen näher, entfernten sich. Kehrten wieder um.

»Hier!« brüllte einer.

O verdammt! dachte Bren.

»Sie da!« bellte die Stimme, und als er den Kopf hob, sah er sich der Mündung eines Gewehrlaufs gegenüber. Dahinter lag vor den Tonnen, die Waffe im Anschlag, ein Mann bäuchlings im Gras. Der Schock stand ihm ins Gesicht geschrieben.

Hat noch nie einen Menschen aus der Nähe gesehen, wußte Bren. Und immer, wenn er bei Atevi diesen Schreckensausdruck sah, lief ihm ein kalter Schauer über den Rücken, mehr noch jetzt, da dieser Mann den Finger am Abzug hatte.

»Raus da!« verlangte er.

Bren kroch zwischen den Tonnen hervor. Kein nobler Auftritt für den Paidhi. Idiotisch, das Versteck verraten zu haben, dachte er. Aber es wäre ihm unmöglich gewesen, untätig mitanzusehen, wie ein Mann zu Tode geprügelt und eine tapfere alte Frau niedergeschossen wurde. Er hatte reagieren müssen.

Im Freien auf dem Bauch liegend, spürte er den Gewehrlauf im Nacken und Hände, die ihn nach Waffen absuchten.

Und außerdem, dachte er, ist der Paidhi kein Gewaltmensch, sondern Dolmetscher, Mediator, der sich darauf versteht, mit Worten zu schlichten. Und vielleicht würde sich eine Gelegenheit zum Verhandeln ergeben. Ilisidi hatte enge Kontakt zu den Rebellen gehabt. Daran anknüpfend, ließe sich vielleicht …

Sie zerrten ihm den Regenumhang vom Leib. Der Verschluß hielt, doch der Kragen zerriß. Zwei Männer packten zu und stellten ihn auf die Beine.

»Er ist ja fast noch ein Kind«, meinte einer verblüfft.

»Das scheint bei denen nur so«, sagte ein anderer. »Ich habe den Vorgänger gesehen. Er soll herkommen.«

Bren versuchte, aus eigener Kraft zu gehen, was ihm nicht so recht gelang, zumal ihn auch der Mut verließ, denn er zweifelte nun, daß sich die Gegenseite auf Argumente einlassen würde. Er hoffte inständig, daß man ihn zu Cenedi und Ilisidi brächte. Er brauchte Ilisidi an seiner Seite, um sich überzeugend für sie aussprechen zu können. Seine Loyalität ihr gegenüber – das war sein Verhandlungsangebot.

Womöglich würde man ihm abkaufen, daß sein Man'chi Ilisidi galt. Es erklärte sein Verhalten und die Tatsache, daß er sich aus seinem Versteck gemeldet hatte.

Sie stießen ihn auf das nächste Gebäude zu. Cenedi und Ilisidi waren tatsächlich zur Stelle; sie standen vor der Wand, von Pistolen in Schach gehalten. Es war davon die Rede, daß einem der Hals gebrochen worden sei. Cenedis Fußtritt, dachte Bren betroffen und suchte den Blickkontakt mit Ilisidi, starrte zu ihr hin auf eine für Atevi viel zu rüde Weise.

Sie sah ihn flüchtig an, verzog den Mund zu einer Miene, die er nicht zu lesen verstand. Doch er hoffte, daß sie sein Angebot zur Kenntnis genommen hatte.

Jemand packte ihn beim Hemdskragen und schleuderte ihn herum. Ein Fausthieb explodierte in seinem Gesicht und schickte ihn zu Boden. Ihm wurde schwarz vor Augen, und er hörte Cenedi mit ruhiger Stimme sagen, daß Menschen sehr zerbrechlich seien und daß der Paidhi einen zweiten Schlag wie diesen womöglich nicht überleben würde.

Hübscher Gedanke, dachte Bren. Vielen Dank, Cenedi. Tränen standen ihm in den Augen. Die Nase troff. Er wurde hochgehievt; beim Schopf gepackt, hielt ihn jemand aufrecht.

»Gehört das Ihnen?« fragte Rotblau und zeigte mit dem Finger zum Tisch, auf dem Bren zunächst nur ein braunes, verschwommenes Etwas ausmachen konnte.

Dann schien das Herz zwei Schläge auszusetzen. Der Computer. Daneben lag die Satteltasche.

Das Gerät war eingeschaltet, am Netz.

»Ja«, antwortete er.

»Wie kommt man da rein?«

Er schmeckte Blut. Es tropfte vom Kinn. Die Lippe war aufgeplatzt.

»Nennen Sie uns den Zugriffscode«, sagte Rotblau und zerrte an seinem Hemd.

Der Verstand setzte wieder ein. Er ahnte, daß man ihn an den Computer nicht heranließe. Aber ohne seine Hilfe kamen sie an die Dateien nicht ran. Je länger sie darauf warten mußten, desto größer würde ihr Neugier und der Verdacht, daß er Wichtiges zu verbergen suchte.

»Zugriffscode!« brüllte ihm Rotblau ins Gesicht.

Himmel, dieser Teil seines Plan schmeckte ihm weiß Gott nicht.

»Sie können mich mal ...«

Er hatte den Satz noch nicht zu Ende gesprochen, als ihm erneut die Faust von Rotblau im Gesicht landete.

Für einen Moment war er blind und taub. Er spürte kaum etwas, registrierte nur, daß man ihn gepackt hielt, daß durcheinander geschrien wurde und Rotblau brüllte, man solle ihn aufhängen. Bren verstand nicht, bis ihm Jacke und Hemd vom Körper gerissen wurden.

Dann band man ihm mit einem steifen Ledergurt die Hände vor der Brust zusammen.

Vielleicht war es jetzt an der Zeit zu reden, aber womöglich würde man ihm kein Wort mehr glauben. Er sah, wie ein Strick über einen der Deckenbalken geworfen und das freie Ende mit dem Ledergurt verknotet wurde. Dann spürte er die Arme mit einem Ruck nach oben fliegen.

Die Schultern drohten zu zerreißen. Er schrie, japste nach Luft.

Ein Gürtel klatschte ihm vor die Rippen. Ein-, zwei-, dreimal mit der ganzen Wucht atevischer Kraft. Der Boden war ihm entzogen. Er konnte keinen Gedanken fassen.

»Der Code«, sagte Rotblau.

Er konnte nicht sprechen, die Lungen waren leer. Die Sinne schwanden.

»Das bringt ihn um!« schrie jemand.

Arme schlangen sich um seine Brust, hievten ihn hoch und nahmen ihm die Last von den gefesselten Händen.

»Der Code!«

»Soll er doch wieder baumeln«, sagte jemand, und die Arme ließen von ihm ab, plötzlich, so daß er mit seinem ganzen Gewicht in die Schultern sackte. Er bekam keine Luft, worauf eine Stimme schreiend aufmerksam machte.

Wieder langten Arme nach ihm. Holz schabte über Stein. Ein Stuhl fiel zu Boden. Dann ein dumpfer Aufprall. Die Arme quetschten ihm die Brust, hoben ihn an. Röchelnd schnappte er nach Luft.

Von wem haben Sie die Pistole, nand' Paidhi?

Sag, von Tabini.

»Der Code«, verlangte die Stimme unnachgiebig.

Am Atmen hinderten ihn jetzt die starken Arme, die seinen Brustkasten umklammert hielten. Die Schmerzen in den Schultern waren jenseits des Erträglichen. Er hatte vergessen, was man von ihm wollte. »Nein«, sagte er als Antwort auf alles. Gegen jedermann.

Der, der ihn gehalten hatte, stieß ihn von sich, ließ ihn pendeln und schlug zwei-, dreimal wuchtig zu. Die Muskeln krampften zuckend, schienen sich von den Schultern lösen zu wollen.

»Der Code.« Und dann hob ihn wieder jemand an, gab ihm die Möglichkeit, die Lungen zu füllen, was aber nur die Schmerzen verschlimmerte.

Die Pistole, dachte er.

»Der Code«, sagte der Mann und schlug ihm ins Gesicht. Eine Hand hob sein Kinn, und verschwommen sah er den Folterer vor sich. »Nennen Sie mir den Zugriffscode.«

»Zugriffscode«, wiederholte er lallend. Er wußte nicht mehr, wo er war, wußte nicht mehr, wem er antworten durfte und wem nicht.

Wieder traf ihn ein Schlag ins Gesicht.

»Der Code, Paidhi!«

»Code …« Himmel hilf! Der Magen rebellierte vor Schmerzen. »Nach dem Prompt-Zeichen …«

»Was kommt dann?« drängte die Stimme. »Na, was?«

»Tippen Sie …« Vor geschlossenen Lidern sah er nur noch Funken sprühen. Und doch erinnerte er sich. »Das Datum …« Der Code für Unbefugte. Für Diebe.

»Welches?«

»Von heute.« Dummkopf. Er hörte Tasten klappern. Rotblau war noch bei ihm. Jemand hielt seinen Kopf bei den Haaren gepackt.

»Da steht ›Uhrzeit‹«, sagte einer.

»Nicht eingeben. Schreiben Sie … 1024.«

»Was heißt das?«

»Das ist der Code, verdammt.«

Rotblau blickte zur Seite. »Also los!«

Tastenklappern.

»Und jetzt?« fragte Rotblau.

»Steht da das Prompt-Zeichen wieder.«

»Ist das richtig so?« wollte Rotblau wissen.

»Ja … Sie sind drin«, keuchte Bren und lauschte auf den Mann am Computer, der sich auszukennen schien und, mit flinken Fingern tippend, das Verzeichnis aufzurufen versuchte.

Vergeblich. Das Overlay war eingeschaltet, eine Sicherung, die mit falschen Dateinamen aufwartete, und wer die aufrief, sah sich einem sinnlosen Wust von Sonderzeichen gegenüber. Für Experten wäre spätestens jetzt klar, daß jede einzelne Datei nur über ein besonderes Paßwort zu erreichen war. Doch daß es sich hier nicht um Experten handelte, bewiesen die Männer mit ihren Fragen.

Rotblau schien ratlos. »Was soll der Mist?« fragte er.

Bren schloß die Augen, holte Luft und krächzte: »Zeichensalat?«

»Ja.«

»Um Himmels willen, was haben Sie nur getan?«

Sie schlugen wieder zu.

»Ich habe nach den verdammten Filenamen gefragt.«

»Kennen Sie überhaupt die Menschensprache?«

Danach war es lange still, beängstigend lange. Rotblau war ein Narr und darum unberechenbar. Mit den Händen am Strick aufgeknüpft, die Füße über dem Boden schwebend, rang Bren nach Luft, während Rotblau über seine Möglichkeiten nachdachte.

»Wir haben, was wir wollten«, sagte Rotblau schließlich. »Alles zusammenpacken und dann ab nach Negiran.«

Provinzhauptstadt. In Rebellenhand. Hauptsache, weg von hier, dachte Bren; raus aus Kälte, Dreck und Regen, an einen Ort mit hoffentlich vernünftigeren Leuten, die mit sich reden ließen und den Argumenten des Paidhi Gehör schenkten, vielleicht sogar, wenn nötig, einzuwickeln wären …

»Kommen die mit?«

Bren wußte nicht, wer gemeint war. Als man ihn vom

Strick befreit hatte, warf er einen Blick über die Schulter und sah in Cenedis blutverschmiertes Gesicht. Cenedi verzog keine Miene. Ilisidi auch nicht.

Unglaublich, dachte er. Hoffentlich würde Cenedi sich jetzt nicht als Held aufspielen. Es wäre vielleicht besser, wenn man ihn fesselte, ansonsten aber schonte. Bren überlegte, wie er ihm helfen könnte. Wahrscheinlich nur über Ilisidi.

Es mußte sich irgendwie machen lassen, daß die Rebellen wieder Wert legten auf Ilisidis Kooperation. Sie hatte schließlich einmal zu ihnen gehört. Aber Atevi nahmen solche Beziehungen nicht persönlich.

Er konnte nicht einen Fuß vor den anderen setzen und schrie auf, als man seinen lädierten Arm packte. Jemand schlug ihm vor den Kopf, doch dann mischte sich eine vernünftigere Stimme ein, die sagte, daß sein Arm gebrochen sein. Er solle versuchen, aus eigener Kraft zu gehen.

»Ich gehe«, sagte er und gab sich Mühe, versuchte, auf den Beinen zu bleiben. Als er zur Tür wankte und hinaus in kalten Wind und Sonnenlicht, hörte er Rotblau in sein Taschen-Kom sprechen.

Und dann hörte er die Motoren aufheulen. Er sah die Maschine auf der Piste, Staub aufwirbeln hinter den Turbinen. Und er blickte zurück, um sich zu vergewissern, daß Cenedi und Ilisidi folgten, doch sein Begleiter zerrte ihn weiter und versprach, ihm auch den anderen Arm zu brechen, wenn er nicht parierte.

Der Weg wurde ihm lang in Wind und Kälte, ewig lang, bis endlich die Gangway erreicht war. Die Motoren kreischten ohrenbetäubend. Er betrat die Stufen, hangelte sich am metallenen Handlauf entlang. Einer der Männer ging voraus, andere folgten ihm dichtauf.

Fast brach er auf den Stufen zusammen. Als er die Luke erreichte, langte jemand nach seinem rechtem Arm und zerrte ihn vom Einstieg weg. Zwei Männer machten Platz und er blickte in eine dunkle Kabine mit zwei Sitzreihen, sämtlich leer.

Ein Stoß von hinten ließ Bren auf einen der Sitze zustürzen. Er bekam die Armlehne zu fassen, doch die klappte nach hinten weg. Im Mittelgang liegend, sah er Ilisidi einsteigen, gestützt von Cenedi. Und als er sich aufmühte, wurde mit einem Male ein wüstes Poltern und Krachen auf der Gangway laut. Bren hörte dumpfe Schläge mit knirschender Wirkung. Wenig später sah er Banichi in der Einstiegsluke stehen, einen metallenen Schlagstock in der Hand.

Der Kampf war vorüber; er hatte nur ein paar Sekunden gedauert. Es waren für manche die letzten gewesen. Andere blieben halbtot auf der Strecke. Jetzt tauchte auch Jago in der Kabine auf, gefolgt von drei Gardisten aus Ilisidis Truppe; ein vierter kam mit einer Pistole in der Hand aus der Tür zum Cockpit.

»Nand' Paidhi«, stöhnte Banichi und deutete eine Verbeugung an. »Nand' Aiji-Mutter. Nehmen Sie doch Platz. Cenedi, nach vorn ins Cockpit, wenn ich bitten darf.«

Bren ließ sich in die Rückenlehne fallen und musterte Banichi und Cenedi, die in drohender Gebärde einander gegenüberstanden. Dann legte Ilisidi eine Hand auf Cenedis Arm und sagte: »Wir gehen mit ihnen.«

Cenedi verbeugte sich und half der Aiji-Mutter, über die am Boden liegenden Leiber hinwegzusteigen.

»Vorsicht«, sagte Bren. »Treten Sie bitte nicht auf meinen Computer. Da muß irgendwo eine Satteltasche auf dem Boden liegen.«

»Suchen Sie die Tasche«, forderte Banichi einen der Männer auf. Ein anderer meldete sich mit ruhiger Stimme und sagte: »Nadi Banichi, wir wären insgesamt vierzehn an Bord. Es dürfen aber nur zehn plus zwei Mann Besatzung.«

»Das käme ja dann ungefähr hin«, sagte einer. »Die Toten zählen nicht.«

»Wie viele sind denn gefallen?« wollte jemand wissen. Dann rief Cenedi von vorn: »Der Pilot bleibt hier. Er ist aus Wigairiin und möchte nach Hause.«

»Einer weniger.«

»Und laßt den da auch gehen«, sagte Bren mit heiserer Stimme und deutete auf den Mann, der immerhin so gnädig gewesen war, auf seinen gebrochenen Arm aufmerksam zu machen. Doch Banichi verlangte, daß eine der Leichen nach draußen geschafft werden solle. Die Rebellen, die noch am Leben waren, wurden gefesselt, die toten aus dem Weg geräumt.

Zwei Männer schnappten sich Rotblau und warfen ihn zur Luke hinaus. Der Pilot beeilte sich, nach draußen zu kommen.

Banichi ließ per Knopfdruck die Tür zuklappen. Die Turbinen heulten noch lauter auf. Noch waren die Bremsen angezogen.

Bren schloß die Augen und erinnerte sich, von Ilisidi gehört zu haben, daß sich am Rand der Piste ein Felsbruch befand, von dem Gefahr durch Heckenschützen ausgehen könnte.

Die Tür war verschlossen. Die Motoren drehten immer weiter auf. Dann löste Cenedi die Bremsen, und die Maschine schnellte nach vorn.

Banichi ließ sich am Fenster nieder und streckte den geschienten Fuß aus. Bren hielt die Armlehne umklammert, krallte sich in der Polsterung fest, während auf der einen Seite der Fels, auf der anderen die flachen Gebäude vorbeisausten. Dann links blauweißer Himmel, rechts noch immer Fels.

Schließlich zu beiden Seiten Himmel. Das Fahrwerk rastete ein.

»Wir werden wahrscheinlich in Mogaru nachtanken müssen«, meinte Banichi. »Dann geht's direkt weiter nach Shejidan.«

Jetzt, jetzt konnte er's glauben.

XVI

Als er geglaubt hatte, sterben zu müssen, war ihm nicht etwa Barb in den Sinn gekommen. Gedanken an und Gefühle für sie ließen sich wie auf Schalterdruck ein- und ausblenden.

Nein, zu vergessen war verdammt leicht. An sie zu denken verlangte Phantasie, die er bemühte, um den tristen Alltag zu verschönern oder dann, wenn er sich für ein paar Urlaubstage auf den Weg nach Mospheira machte.

Der Wunsch, Barb zu sehen, war kaum mehr als ein Vorwand, um zu verhindern, daß ihn die Familie mit Beschlag belegte.

»Ich will Barb sehen«, log er seiner Mutter vor, so oft er allein sein und in die Berge fahren wollte.

Das war die Wahrheit, die er sich bislang nur noch nicht eingestanden hatte.

Das war – menschlich gesprochen – seine Befindlichkeit jenseits aller beruflichen Verpflichtungen und Gedankenspiele im Hinblick auf Äquivalenzen, magische Zahlen und Schlingerwände. Früher hatte er sich unter Menschen sehr viel wohler gefühlt.

Seit einiger Zeit aber zog es ihn in die Berge, in Wind und Schnee. Vor kurzem noch war er glücklich gewesen, als Paidhi wirken und unter Atevi leben zu dürfen. Der Erfolg hatte ihn blind gemacht und die Gefahren geringschätzen lassen. Diejenigen, denen er sein Vertrauen geschenkt hatte …

Etwas Rauhes, Feuchtes attackierte sein Gesicht; eine kräftige Hand drückte ihm den Kopf in den Nacken, und im Hintergrund vernahm er ein vertrautes monotones Sirren. Verstört öffnete er die Augen und sah Jagos dunkles Gesicht vor sich. Sie wischte ihm mit einem weißen Handtuch das Blut von den Lippen. Er spürte die Armlehne unter der rechten Hand, hörte die Turbinen pfeifen.

»Bren-ji«, sagte Jago mit spöttischer Miene. »Cenedi hält Sie für außerordentlich tapfer. Allerdings auch für schrecklich dumm.«

»Immerhin ist er, verdammt noch mal ...« – ein in Ragi ungehöriger Ausdruck. Er warf einen Blick zur Seite; Banichi war nicht mehr da – »... mit heiler Haut davongekommen.«

»Das ist ihm sehr wohl bewußt, Nadi-ji.« Sie betupfte seinen Mund, vielleicht um ihm das Wort abzuschneiden. Dann warf sie das Handtuch über die Kopfstütze und setzte sich auf seine Armlehne.

»Sie waren wütend auf mich«, sagte er.

»Nein«, antwortete sie, ohne mit der Wimper zu zucken.

»Mein Gott ...«

»Was soll das heißen – ›Gott‹?«

Bei Jago fühlte sich Bren immer wieder aufgeschmissen.

»Sie waren also nicht wütend auf mich.«

»Bren-ji, Sie haben sich töricht verhalten. Es wäre besser gewesen, mir zu folgen.«

»Banichi war in Not.«

»Zugegeben«, sagte Jago.

Ärger, Verwirrung, Frustration oder Schmerzen. Er wußte nicht, was ihm mehr zu schaffen machte.

Jago wischte ihm mit der Hand über die Wange. Neugierig und im Unterschied zu ihm ganz und gar nicht verlegen.

»Tränen«, sagte er.

»Was sind Tränen?«

»Gott.«

»Gott heißt Tränen?«

Er mußte lachen und wischte sich nun selbst die Augen. »Unter anderem, Jago-ji.«

»Ist mit Ihnen alles in Ordnung?«

»Ich komme offenbar nicht zurande. Es müßte mir zum Beispiel besser gelingen, Sie zu verstehen. Aber meistens werde ich nicht schlau aus Ihnen. Bin ich so begriffsstutzig, daß ich als Paidhi nichts tauge?«

Jago ließ sich viel Zeit mit der Antwort. »Nein.«

»Aber wie soll ich mich anderen verständlich machen, wenn ich's nicht einmal bei Ihnen schaffe.«

»Ich verstehe Sie doch, Nadi Bren.«

»Was haben Sie denn verstanden?« fragte Bren verwirrt und abgelenkt vom Blick auf die Toten und Verwundeten in der Kabine.

»Daß Sie es gut meinen, Nadi Bren.« Jago langte mit der Hand aus und strich ihm die Haare aus der Stirn. »Banichi und ich haben zehn Mitbewerber aus dem Feld geschlagen. Jeder wollte mit Ihnen gehen. Nadi Bren ... was ist los?«

Seine Augen waren naß. Er kam nicht dagegen an. Jago wischte ihm wieder die Tränen vom Gesicht.

»Nichts ist. Mir geht's gut. Wo ist mein Computer, Jago? Haben Sie ihn gefunden?«

»Ja«, antwortete sie. »Keine Sorge.«

»Ich brauche eine Verbindung. Es ist dringend.«

»Wofür, Bren-ji.«

»Um mit Mospheira Kontakt aufzunehmen«, sagte er. »Um Tabini zu helfen. Bitte.«

»Ich spreche mit Banichi«, sagte sie.

Sie hatten die Computerakkus aufgeladen. Das, wenn auch nicht mehr, war den rebellischen Miststücken als Verdienst anzurechnen. Jago hatte ihm eine Wolldecke gebracht, so daß er nicht mehr frieren mußte. Die Grenze war überflogen, und die beiden Gefangenen steckten aneinandergefesselt in der Toilette. Zwei von Ilisidis Männern hielten ihre Waffen auf die Tür gerichtet. Zuvor hatten alle erklärt, daß sie bis zur Zwischenlandung in Mogharu würden aushalten können.

Warmstart, Schalter 3, ›M‹ für Maske, dann Schalter 4 und gleichzeitig SICHERN.

Das war zwar nicht mit Links zu schaffen, aber die rechte Hand reichte dafür aus.

Als Prompt zeigte sich der Eintrag *Datum*.

Statt dessen tippte er auf mosphei': *Sein oder Nichtsein.*

Das Menü kam ins Bild.

Bren atmete tief durch, ließ dann seine fünf Finger über die Tastatur tanzen, rief das Diagnoseprogramm auf und ließ Konfiguration und Modemeinstellungen für die Verbindung mit Mospheira überprüfen.

Hätten die Rebellen gewußt wie, wären sie imstande gewesen, die Verteidigungslinien zu durchbrechen und mit Flugzeugen über die Insel herzufallen.

Sie hätten das Netzwerk sabotieren und den gesamten Verkehr lahmlegen können, vom U-Bahn-System angefangen bis hin zur Satellitenstation – es sei denn, Mospheira wußte von der Krise auf dem Festland und hatte entsprechende Vorkehrungen getroffen.

Im Falle geänderter Codes würde seine Meldung über Prüfkanäle umgeleitet, schließlich aber doch entgegengenommen werden.

Mit fünf Fingern tippte er seinen Text.

Verzeiht, daß ich mich nicht längst gemeldet habe ...

Banichi stand im Mittelgang und unterhielt sich mit Ilisidi und einem ihrer Männer, die beide ganz vorn saßen. Dann hinkte er herbei und hangelte sich von Kopfstütze zu Kopfstütze.

»Laufen Sie doch nicht herum mit dem kaputten Fuß«, schimpfte Bren.

Stöhnend ließ sich Banichi in den freien Sitz neben ihm fallen. Auf seiner Stirn perlte Schweiß, aber trotz der Schmerzen, die er hatte, machte er einen geradezu heiteren Eindruck.

»Ich habe mit Tabini sprechen können«, sagte Banichi. »Er ist froh, daß es Ihnen gut geht, obwohl er keinen Augenblick daran gezweifelt hat, daß Sie mit den Rebellen im Handumdrehen fertig werden.«

Bren mußte lachen. Das tat weh.

»Er schickt uns seine Privatmaschine«, sagte Banichi. »Wir haben den Kurs geändert und fliegen jetzt nach Alujisan. Da ist die Rollbahn länger. Cenedi hält sich wacker, aber er ist ziemlich geschafft und hofft, endlich ausspannen zu können. Wir werden die Gefangenen der Polizei vor Ort ausliefern und dann eine hübsche, saubere Maschine besteigen, wo wir auch was zu essen kriegen. Tabinis Truppen sind bereits in der Luft und landen in Bairimagi, drei Zugstunden von Maidingi entfernt und jeweils zwei von Fagioni und Wigairiin. Tabini will den Aufständischen Amnestie anbieten, falls Sie, wie er sagt, dem Hasdrawad erklären können, was es mit dem Schiff auf sich hat, und zwar so, daß sich die Lage entspannt. Er wünscht Sie unter vier Augen zu sprechen. Noch heute abend.«

»Erwartet er Rat von mir?« fragte Bren. Ihm war nicht länger nach Lachen zumute. »Banichi-ji, ich bin der Meinung, daß es besser wäre, die Atevi verhandelten von sich aus mit den Fremden an Bord des Schiffes. Wir auf Mospheira sind in einer sehr viel schlechteren Position. Wie Sie wissen, hat es die Menschen aufgrund eines Unglücks in dieses Sonnensystem verschlagen. Meine Vorfahren waren Passagiere und haben sich gegen den ausdrücklichen Willen der Besatzung des Schiffs hier auf diesem Planeten niedergelassen. Darüber kam's zum Streit, das Schiff flog weiter und ließ die Siedler hier zurück. Obwohl zweihundert Jahre vergangen sind, fürchte ich, daß sich das Verhältnis zwischen beiden Lagern nicht verbessert hat.«

»Ist das Schiff gekommen, um Sie abzuholen?«

»Das würde den Atevi doch gefallen, oder?«

»Tabini nicht.«

Klar, dem nicht. Nicht die Stütze des Westbundes. Darum lagen jetzt hier in der Kabine tote Männer. Die Angst vor Menschen war nur einer der Gründe.

»Der Bund steht ständig unter Zerreißprobe«, sagte Banichi. »Da sind die konservativen Kräfte. Die eifersüchtigen. Die ehrgeizigen. Doch der Frieden hält, und das schon seit fünf Generationen dank der Regierung der Aijiin von Shejidan und dem Diktat der Paidhiin ...«

»Wir diktieren nicht.«

»Aber was die Paidhiin vorschlagen, wird gemacht. Eine Raumstation und technologisches Wissen eignen sich als Druckmittel sehr gut.«

»Eine Raumstation, die ihren Orbit verläßt und Feuer auf die Provinzhauptstädte regnen läßt – das haben wir doch schon alles durchgekaut, Banichi. Es muß doch endlich genug sein. Mir jedenfalls reicht's; mir reicht's, daß man mich in Keller schleppt, verhört und foltert. Für nichts und wieder nichts. Seien Sie versichert: Auf Mospheira wird nicht daran gedacht, den Planeten einzukassieren, jedenfalls nicht mehr in diesem Monat, wenn Sie das beruhigt.« Er war wütend und aus dem Konzept gebracht. »Aber wir sprachen ja von dem Schiff. Glauben Sie mir, Banichi, von da droht keine Gefahr. Die Besatzung ist nicht daran interessiert, sich irgendwo niederzulassen. Sie wollen nur, daß wir hoch kommen und die Station warten, damit sie unbekümmert weiterfliegen können, egal wohin.«

»Und? Werden die es schaffen, Sie auf die Station zurückzuholen?« fragte Banichi.

»Ich glaube nicht. Dazu bräuchten sie ein Shuttle, und ich bin sicher, das haben sie nicht. Sie müßten darauf warten, daß wir eins bauen.« Und plötzlich dämmerte es ihm; eins fügte sich zum anderen. »Und sie werden warten. Sie werden verhandeln, aber immer schön Abstand halten. Sie haben nämlich schrecklich große Angst vor Ihnen.«

»Vor uns?« fragte Banichi.

»Vor möglichen Feinden.« Er lehnte sich zurück. »Raumreisende haben einen anderen Zeitbegriff. Sie planen auf lange Sicht. Auf sehr lange Sicht. Darum fürchten sie, sich mit Andersartigen einzulassen, denn sie wissen, daß sich niemand auf Dauer bevormunden läßt.« Er lachte auf, was alles andere als fröhlich klang. »Deshalb kam's zum Streit zwischen der Pilotengilde und meinen Vorfahren, die der Meinung waren, daß ihnen nichts anderes übrig blieb, als mit den Atevi in Kontakt zu treten.«

»Sie scherzen, Nadi.«

»Ganz und gar nicht«, sagte er. »Versuchen Sie zu schlafen, Banichi. Ich habe noch ein bißchen Arbeit am Computer zu erledigen.«

»Wozu.«

»Ich will eine Verbindung herstellen. Eine Fernverbindung.«

Ilisidi stand hinter Cenedi. Banichi und Jago schauten ihm, Bren, über die Schulter. Er saß auf dem Platz des Copiloten, des Anschlusses wegen und weil das Verbindungskabel nicht weiter reichte.

»Und was machen Sie da jetzt?« wollte Ilisidi wissen.

»Ich drücke auf Enter, nand' Aiji-Mutter. Das ist dieser Schalter hier. So. Und jetzt wird das, was ich zu sagen habe, übertragen.«

»In Zahlen.«

»Nur so funktioniert's.«

»Wie sind diese Zahlen ausgewählt worden?«

»Nach einer uralten Systematik. Die übrigens auch von atevischen Informatikern benutzt wird, seit langem schon.« Er starrte auf den Bildschirm und wartete. Sein Herz hüpfte, als gelbes Licht aufflackerte. »Hallo, Mospheira.«

»Kann man uns hören?« fragte Ilisidi.

»Nein. Aber lesen, was wir eintippen.«

Bren meldete sich mit seinem Codewort an, worauf Kolonnen von Zeichen und Buchstaben über den kleinen Bildschirm wanderten: Begrüßung und Hinweise für den Gast.

Das auch auf dem Festland gebräuchliche System der Datenfernübertragung war, wie könnte es anders sein, auf Mospheira entworfen worden. Für einen menschlichen Anwender war es ein leichtes durchzukommen.

Gott sei dank, dachte Bren. Die Verbindung stand.

Plötzlich sackte das Flugzeug in einem Luftloch ab. Bren fiel in die Rückenlehne und prallte so wuchtig mit der verletzten Schulter auf, daß ihm Hören und Sehen verging.

»Nand' Paidhi?« Jagos Hand berührte seine Wange.

Er öffnete die Augen und sah eine Nachricht auf dem Bildschirm.

Das Auswärtige Amt wollte mit ihm über Funk reden. Der Kopfhörer war in Reichweite. Einhändig versuchte er, ihn auf die Ohren zu setzen. Jago half. Er nannte Cenedi die Frequenz und hörte eine Stimme, überdeckt von statischem Rauschen und Knacken.

»Hallo«, rief Bren. »Hier ist Cameron. Ein bißchen verbeult, aber ansonsten in Ordnung. Wo ist Hanks?«

Zur Antwort bekam er, daß man von Hanks seit vier Tagen nicht gehört habe. Sie sei nach Shejidan gereist und seitdem spurlos verschwunden.

»Es wird ihr bestimmt gut gehen. Die Atevi haben bemerkt, daß da oben Besuch für uns angekommen ist. Ist doch für uns, oder?«

»*Ja, die* Phoenix. *Macht viel Wirbel.*«

»Wie sieht's aus?« fragte er und hörte:

»*Knifflig.*«

»Könntet ihr atevische Unterstützung gebrauchen? Soll ich ein Treffen arrangieren?«

Stehen Sie unter Druck? hieß es in verschlüsselter Sprache.

Er lachte. Es tat weh und trieb ihm Tränen in die Augen. »Jetzt hört mal genau zu! Hanks soll sich raushalten. Zieht sie zurück und stellt mir eine Verbindung über die Schüssel auf Adams her, heute abend noch. Ich bin dann in Shejidan ... und stehe *nicht* unter Druck.«

Dazu sei das Auswärtige Amt nicht bevollmächtigt, erklärte der Beamte am anderen Ende.

»AA, ich bin hier mit hochrangigen Atevi zusammen, die es zugelassen haben, daß ich mit euch rede. Ich finde, das ist ein ziemlich großer Vertrauensvorschuß. Leitet also meine Forderung an die entsprechenden Stellen weiter.«

Von Vertrauen könne bei Atevi nicht die Rede sein, sagte der Beamte.

»Dafür haben sie etliche Worte, die uns nichts bedeuten. Nochmal, entweder ihr geht mit Hanks oder mit mir. Das AA muß sich entscheiden. Und bedenkt, um weiter auf diesem Planeten leben zu dürfen, bedarf es der Erlaubnis des Aiji. Und damit dürfte sich das Problem mit der *Phoenix* erledigt haben, oder?«

Zur Antwort hieß es: Das AA werde mit dem Präsidenten sprechen.

»Tut das«, sagte Bren. »Aber es wäre besser, ihr laßt mich mit der *Phoenix* reden. Darum will ich eine Verbindung mit der Schüssel auf Adams. Wenn es dazu nicht kommen sollte, wird der Aiji persönlich Kontakt aufnehmen, und zwar über Intersat auf Mogari-nai. Die Atevi kämen in der Sache auch ohne mich zurande. Habt ihr verstanden? Tabinis Regierung hat ernste Probleme. Es gibt jede Menge Ärger in der Provinz Maidingi. Da komme ich gerade her. Der Aiji muß auf das Schiff reagieren. Daß er euch Gelegenheit gibt, ein Wort mitzureden, ist ein verdammt großzügiges Entgegenkommen. Das ist die Chance, AA. Wir könnten gemeinsam Front machen. Ich bin bereit, dafür zu sorgen.«

Antwort: Es müsse zunächst einmal der Präsident gehört werden. Und der versammelte Rat.

»Ich gebe euch drei Stunden. Und denkt daran, Tabini wird im Interesse des Westbundes handeln. Ich empfehle dringend, daß wir uns ihm anschließen.«

Das Auswärtige Amt unterbrach die Verbindung. Bren machte die Augen zu. Ein bißchen kam er sich vor wie ein Überläufer, was sein Gewissen zwickte. Aber nicht sehr. Er war ein Mensch und würde es bleiben, auch nach der Sitzung des Hasdrawad, auch nach der bevorstehenden Unterredung mit Tabini. Anschließend würde er nach Mospheira fliegen, um sich dort verarzten zu lassen.

»Nand' Paidhi«, sagte Banichi nach einer Weile.

Dem Gespräch mit Mospheira hatten die anderen unmöglich folgen können. Nur Banichi war in der Lage, ein paar Worte aufzuschnappen. Alle Achtung, dachte Bren; sehr geduldig diese Leute. Und verständlicherweise brennend interessiert an dem, was er zu berichten wußte.

»Tabini wäre gut beraten, noch heute Verbindung mit dem Schiff aufzunehmen. Und wenn sich der Sender von Mogari-nai nicht so schnell ausrichten läßt, versuchen wir's eben über den auf Allan Thomas. Wie auch immer, Nadiin, wenn wir mit Mospheira verhandeln, sollten wir klar erkennen lassen, daß uns Alternativen zur Wahl stehen.«

»Welche Alternativen würden Sie denn dem Schiff da oben nennen können?« fragte Ilisidi zu Recht.

»Was zur Wahl steht? Die zukünftigen Beziehungen zwischen Atevi und Menschen. Kooperation, Assoziation und Handel. Das Wort heißt ›Vertrag‹, nand' Aiji-Mutter. Darauf werden sie hören. Sie müssen hören.«

»Ruhen Sie sich aus«, sagte Jago und strich ihm mit der Hand übers Haar. »Bren-ji.«

Er wollte jetzt nicht wieder aufstehen. Der Gang ins Cockpit war ihm schwer genug gefallen.

Wahrscheinlich hatten Tabinis Lauscher jedes Wort mitbekommen, abgesehen von den verschlüsselten Computerbotschaften – vielleicht. Atevi waren Zahlenjongleure und wußten früher oder später jeden Code zu knacken.

Aber der Frieden war im Interesse beider Seiten. Tabini brauchte ihn ebenso wie die Menschen, ob auf dem Schiff oder in der Enklave von Mospheira.

Bren hatte Djinana in Aussicht gestellt, daß sie vielleicht einmal zusammen über den Mond spazieren würden. Was jetzt möglicher denn je erschien, vorausgesetzt, Malguri stünde noch.

Er versuchte, den Computerdeckel zu schließen. Jago ging ihm zur Hand und zog den Stecker. Jetzt mußte er aufstehen.

Hoch kam er, doch dann stürzte er Banichi in die Arme, der sich auf einem Bein nicht halten konnte. Sie fände es zwar schmeichelhaft, sagte die Aiji-Mutter, daß ihr zwei junge Männer zu Füßen lägen, aber sie sollten sich doch jetzt besser an ihre Plätze begeben; *sie* habe das Kommando an Bord.

»Kommen Sie«, sagte Jago, legte ihm den Arm um die Taille und führte ihn auf seinen Platz in der Kabine.

Banichi hinkte hinterher und setzte sich neben ihn.

»Ziemlich weit die Reise, nicht wahr?« sagte Banichi. »Wenn Sie da hoch fliegen, kommen wir mit, Nadi.«

Bren wußte nicht, was er von Jago oder Banichi oder Tabini halten sollte.

Aber sie wurden aus ihm genau so wenig schlau.

Banichis Andeutung wühlte ihn auf. Und was er immer nur erträumt hatte, schien in greifbare Nähe zu rücken, ließe sich verwirklichen, wenn die Verhandlungen erfolgreich verliefen und wenn es Mospheira gelänge, eine Trägerrakete zu bauen. Atevi würden ins All vorstoßen. Keine Frage. Zu seinen Lebzeiten noch.

Baji-Naji. Glück und Zufall suchten sich ihre Günstlinge aus. Man kam frei und ungebunden zur Welt, fand irgendwo sein Man'chi und ging etwas ein, wovon die Atevi eine Vorstellung hatten, die für Menschen unergründlich war.

Aber vielleicht hatten die Atevi selbst noch nicht das passende Wort dafür gefunden.

ANHANG

Zur Sprache der Atevi

A = [a:] nach fast allen Lauten, [ai] nach j; e = [e] oder [ei]; i = [i:], als Auslaut gehaucht; o = [o] und u = [u].

-J ist ein Laut zwischen [ch] und [z]; -ch = wie in ›Kitsch‹; -t ist von -d kaum zu unterscheiden; -g wie in ›Golf‹. -H ist nach einem Konsonanten ein Palatal (Zunge an Gaumen) wie in ›Paidhi‹ = [pait'(h)i:].

Das Apostroph kennzeichnet einen Verschluß: a'e sind zwei Silben [a:] [ei].

Die Betonung im Wort fällt auf die vorletzte Silbe, wenn der Vokal in dieser Silbe lang ist oder von zwei Konsonanten gefolgt wird; wenn nicht, fällt die Betonung auf die Silbe davor: 'Banichi (ch ist in atevischer Schrift ein Buchstabe und zählt nicht als Doppelkonsonant), Ta'bini (langes [i:]) – so auch alle Wörter, die auf -ini enden; Bromi'nandi (-nd = zwei Konsonanten); Mech'eiti (weil -ei als ein Vokal [ei] lautet). Aber lassen Sie sich nicht verwirren; sprechen Sie die Wörter nach Belieben aus. Sie werden zumeist richtig liegen, zumal der Unterschied zwischen betonten und unbetonten Silben kaum zum Tragen kommt.

Außerdem klingt ein fremdländischer Akzent, solange er verstanden wird, mitunter durchaus sexy.

Pluralbildung: Die Mehrzahl ist in der Regel spezifiziert als Dreiheit oder Zehnheit usw. und kenntlich als bestimmte Endung. Auf die spezifische Form wird allerdings meist verzichtet auf diplomatischem Parkett, im Gespräch mit Kindern oder – aus welchen Gründen auch immer – im Austausch mit dem Paidhi. Beim unbestimmten Plural enden Substantive auf -a meist mit -i, die auf -i mit -iin. Aus Ateva wird Atevi.

Suffixe: -ji drückt Vertrautheit aus, wenn im Anschluß an einen Namen; folgt die Silbe einem Titel, kommt Wohlwollen zum Ausdruck. Die Anschlüsse -mai oder -ma bekunden Hochachtung.

Zeichen des Respekts: Die Verwendung der Anrede ›Nadi‹ (Herr oder Frau) betont ein höfliches Einvernehmen. Das mit einem Titel verbundene ›nandi‹ bezeugt Respekt vor der Würde eines Amtes. Diese Respektsformen zu verwenden gebietet sich, es sei denn, die sprechenden Personen kennen einander gut. Kritik oder auch nur kleinere Einwände müssen durch Respektsadressen (›Nadi‹ oder Entsprechendes) gemildert werden, weil der Gesprächspartner sonst beleidigt sein könnte. Im Falle einer einfachen Aussage wird die erste Silbe von Nadi betont ['nadi]; wenn diese Anrede eine Frage abschließt, liegt die Betonung auf der zweiten Silbe [na'di].

Pronomen unterscheiden in der Regel nicht nach dem Geschlecht; Ausnahmen sind solche, die für Vater oder Mutter stehen und ein intimes Verhältnis zum Ausdruck bringen sollen. Der Paidhi ist allerdings gehalten, auf diese Mittel prinzipiell zu verzichten.

Beispielhafte Deklination

Singular	*Plural (unbestimmt)*
Nominativ: Aiji	Aijiin
Genitiv: Aijiia	Aijiian
Akkusativ: Aiji	Aijiin
Ablativ: Aijiu	Aijiiu (Woherfall: von den Aijiin)

GLOSSAR

Adjaiwaio	atevisches Volk
Agoi'ingai	glücksverbürgende Zahlenharmonie
Aiji	Herrscher eines Bundes
Algini	Diener, Leibwächter
Alujis	Fluß, Streitobjekt um Wasserrechte
Atevi	Gattungsname
Babsidi	ein Mecheita; ›tödlich‹
Baji	Glück
Banichi	Sicherheitsagent
Barjida	Aiji von Shejidan während des Krieges
Bergid	Gebirge, von Shejidan aus sichtbar
Bihawa	der Impuls, Fremde auf die Probe zu stellen
Biichi-gi	Finesse bei der Entfernung von Hindernissen
Blutfehde	legitimes Mittel zur Korrektur sozialer Mißstände
Brominandi	Provinzgouverneur
Dahemidei	Angehöriger einer ketzerischen Sekte
Dajdi	stimulierendes Alkaloid
Dajoshu	Banichis Geburtsstadt
Didaini	Nachbarprovinz von Maidingi
Dimagi	alkoholisches Getränk
Haronniin	Überbeanspruchung, die eine Korrektur rechtfertigt
Hasdrawad	Parlament
hei	selbstverständlich
Ilisidi	Großmutter Tabinis
insheibi	indiskret
Jago	Sicherheitsagentin
kabiu	im Geiste guter Beispielhaftigkeit
Machimi	Mantel-und-Degen-Stück
Maidingi	Provinz, Ortschaft
Malguri	Burg über dem Maidingi-See
Man'chi	höchste Loyalität einem Verbund oder einem Anführer gegenüber
Matiawa	Mecheitirasse
Mecheita	Reittier
Moni	Brens Diener

Midarga	stimulierendes Alkaloid, für Menschen giftig
Midedeni	Angehöriger einer ketzerischen Sekte
Midei	Ketzerglaube
mishidi	plump, ungeschickt
Mospheira	Insel; Enklave der Menschen
Mosphei'	Menschensprache
Nadi	Herr/Frau
Nadi-ji	verehrte(r) Herr/Frau
Nai'aijiin	Provinzfürsten
nai'am	ich bin
nai'danei	sie (beide) sind
na'itada	sich aufzugeben weigern
Nai-ji	respektierte Person
Naji	Zufall
nand', nadi	hochverehrt
Nisebi	Provinz, in der der Verzehr von Fleischkonserven erlaubt ist
Nokhada	ein Mecheita; ›kampfmutig‹
O'oi-ana	nachtaktive Pseudo-Echse
Paidhi	Dolmetscher
Paidhi-ji	Sir Dolmetscher
Ragi	Volk, dem Tabini angehört
Shejidan	Hauptstadt des Westbundes
Shigi	Ortschaft
somai	zusammen
Tabini	Aiji der Ragi
Tachi	Hirtenvolk, ehemals auf Mospheira beheimatet
Tadiiri	Schwester; Burg in der Nähe von Malguri
Taigi	Brens Diener
Taimani	Nachbarprovinz von Maidingi
Talidi	Banichis Herkunftsprovinz
Tano	Partner von Algini
Tashrid	Oberhaus
Toby	Brens Bruder
Valasi	Tabinis Vater
Weinathi-Brücke	Ort, an dem sich eine Flugzeugkatastrophe zugetragen hat
Wi'itkitiin	echsenähnliche Vögel
Wilson	Brens Vorgänger
Wingin	Ortschaft

Von

Caroline Janice
CHERRYH

erschien in der Reihe

HEYNE SCIENCE FICTION & FANTASY:

Alle drei Romane in einem Band als illustrierte
   Sonderausgabe:
Sterbende Sonnen · 0604763

ZYKLUS DIE COMPANY-KRIEGE
(auch DER PELL-ZYKLUS):
Pells Stern · 0604038
Kauffahrers Glück · 0604040
40 000 in Gehenna · 0604263
Yeager · 0604824
Schwerkraftzeit · 0605017
Höllenfeuer · 0605062

DIE CYTEEN-TRILOGIE
(gehört lose zum Zyklus DIE COMPANY-KRIEGE):
Der Verrat · 0604710
Die Wiedergeburt · 0604711
Die Rechtfertigung · 0604712

DER FRÜHE CHANUR-ZYKLUS:
Der Stolz der Chanur · 0604039
Das Unternehmen der Chanur · 0604264
Die Kif schlagen zurück · 0604401
Die Heimkehr der Chanur · 0604402

DER SPÄTE CHANUR-ZYKLUS:
Chanurs Legat · 0605126

DER ATEVI-ZYKLUS:
Fremdling · 0605651
Eroberer · 0605652
Erbe · 0605653 (in Vorb.)

HEYNE
BÜCHER

HEYNE BÜCHER

Das Rad der Zeit

Robert Jordans großartiger Fantasy-Zyklus!

06/5521

H e y n e - T a s c h e n b ü c h e r